BASTEI
LÜBBE

Taschenbücher von PIERS ANTHONY
im BASTEI-LÜBBE-Programm

Die Sage vom magischen Land Xanth
20053 Chamäleon-Zauber
20059 Zauber-Suche
20061 Zauber-Schloß
20065 Zentauren-Fahrt
20069 Elfen-Jagd
20071 Nacht-Mähre
20077 Drachen-Mädchen
20094 Ritter-Geist
20106 Turm-Fräulein
20120 Helden-Maus
20139 Himmels-Taler
20154 Welten-Reise

Die Inkarnation der Unsterblichkeit
22098 Reiter auf dem schwarzen Pferd
22104 Der Sand der Zeit
24102 Des Schicksals dünner Faden
24114 Das Schwert in meiner Hand
24119 Sing ein Lied für Satan

Die Titanen-Trilogie
24084 Zeit der Kämpfer

23119 Die Macht der Mantas

Die Saga vom magischen Land

XANTH

PIERS ANTHONY

MOND-ELFE

Fantasy-Roman

Ins Deutsche übertragen
von Ralph Tegtmeier

Mit Illustrationen
von Johann Peterka

BASTEI
LÜBBE

BASTEI-LÜBBE-TASCHENBUCH
Band 20177

Erste Auflage: April 1992
Zweite Auflage: September 1992

Deutsche Lizenzausgabe 1992
Bastei-Verlag Gustav H. Lübbe GmbH & Co., Bergisch Gladbach
Originaltitel: Isle of View
Lektorat: Berthold Dirnfelder/Reinhard Rohn
Titelillustration: Patrick Woodroffe
Umschlaggestaltung: Quadro Grafik, Bensberg
Satz: Fotosatz Schell, Bad Iburg
Druck und Verarbeitung:
Brodard & Taupin, La Flèche, Frankreich
Printed in France
ISBN 3-404-20177-9

1 Gute Magier, 2 Schloß Roogna, 3 Nördliches Dorf, 4 Baum, 5 Insel der Illusionen, 6 Tränensee, 7 Ogersee, 8 Magischer Staub, 9 Unbekannt, 10 Zentaureninsel, 11 Istmus, 12 Drachen, 13 Kobolde, 14 Greife, 15 Vögel, 16 Ogre Fen-Ogre, 17 Luft, 18 Erde, 19 Feuer, 20 Wasser, 21 Leere.

16
21
20
15
19
14
18
17
13
3
4
12
5
1
6
2
8
7
9
10

1

CHEX' CHANCE

Chex war verzweifelt. Ihr Lieblingsfohlen Che war verschwunden, und sie befürchtete das Schlimmste. Es war erst fünf Jahre alt, und seine Schwingen waren, obwohl es die Magie des Leichtmachens geerbt hatte, noch nicht weit genug entwickelt, um fliegen zu können. Deshalb gab es sich mit außergewöhnlichen Sprüngen zufrieden – es war ein fröhlicher, kleiner Zentaur, der jetzt auf unerklärliche Weise verschwunden war.

Wie hatte das geschehen können? Sie war im Stall ihres Landhauses gewesen und stopfte Pusteblumen in die Ritzen, durch die es zog. Sie befanden sich in der Nähe des Luftelements, wo häufig Windlöcher entstanden. Das war schön an heißen Tagen, jedoch kalt in der Nacht. Daher benutzte sie Pusteblumen, aber sie mußte rasch und aufmerksam arbeiten, weil die immer so schnell fortgeblasen wurden und sich überall verklemmten, nur nicht da, wo sie hin sollten. Also hatte sie sich konzentriert und ihre Arbeit getan und darüber eine Weile nicht mehr nach Che gesehen.

Nun war er nirgends mehr zu finden. Sie hatte nach ihm

gerufen, war um die ganze Lichtung geflogen und hatte ihn mit wachsender Unruhe gesucht. Es gab keinen Zweifel: Er war fort.

Cheiron war unterwegs, um an einer Tagung der Flügel-Ungeheuer teilzunehmen, und würde die nächsten zwei Tage nicht zu Hause sein. Sie war beinahe erleichtert, denn wie sollte sie ihrem Gatten mit der Nachricht unter die Augen treten, daß sie ihr Fohlen verloren hatte? Natürlich konnte sie das nicht, aber sie mußte Che so schnell wie möglich finden.

Sie überflog mehrmals die Umgebung und spähte aufmerksam nach unten, aber sie sah nichts als den Wald, der die Lichtung umgab. Sie mochte diese Gegend, weil sie durch die Bäume, die das meiste verbargen, was vor sich ging, abgeschlossen war. Aber nun versteckte der Wald ihr Fohlen vor ihr. Sie mußte unter den Sichtschutz der Blätter tauchen.

Sie glitt hinunter und landete in der Nähe der Hütte. Dann trabte sie einmal um die Lichtung und hielt nach Spuren Ausschau. Das Gras in der Mitte der Lichtung, wo Che umhergetollt hatte, war schon beträchtlich heruntergetreten. Aber am äußeren Rand war es noch grün geblieben. Er mußte hinaus in den Wald gewandert sein, obwohl er wußte, daß er in Sichtweite der Hütte zu bleiben hatte.

Sie umkreiste die Lichtung noch ein zweites Mal, flog aber diesmal am Waldrand entlang. Plötzlich erspähte sie einen kleinen Hufabdruck. Sie entdeckte, daß er hinaus in den Wald wies. Diesen Weg hatte er also genommen!

Aber warum? Che kannte die Regeln und war immer ein braver kleiner Zentaur gewesen. Er wußte, daß draußen im tiefen Wald von Xanth Gefahren lauerten, wie etwa Drachen, Gewirrbäume und Hypnokürbisse. Er hätte nicht mir nichts dir nichts auswandern dürfen.

Offensichtlich hatte er es dennoch getan. Die Spuren zeigten ihr, daß er zuerst gezögert und gezaudert hatte, als ob er nach etwas Ausschau gehalten hatte. Dann wirkten sie entschlossen und führten geradewegs in den dichtesten Teil des Waldes hinein.

Chex folgte den Spuren mit zunehmender Sorge. Sie hatte gehofft, daß Che lediglich etwas umhergewandert war und sich nun irgendwo in der Nähe befand, vielleicht in einem Dornengestrüpp gefangen, aus dem er sich nicht mehr allein befreien konnte. Aber nun befürchtete sie etwas Schlimmeres: Er war weiter fortgelaufen – und das war nur möglich, weil ihn jemand weggelockt hatte. Es war unwahrscheinlich, daß dahinter eine gute Absicht steckte.

Im nächsten Augenblick wurden ihre Befürchtungen bestätigt: Sie fand Spuren eines Hinterhaltes. Irgend etwas hatte hier gelauert, auf Che gewartet und ihn überwältigt. Da lag die abgeschnittene Ranke einer Kletterpflanze, die man offensichtlich verwendet hatte, um das Fohlen zu fesseln; und der Boden war zertrampelt. Aber irgend etwas hatte mit dem Büschel eines nahen Besenbusches den Boden gefegt und sich bemüht, alle Spuren zu verwischen. Sie konnte nicht mehr feststellen, wer oder was ihr Fohlen entführt hatte. Sie wußte nur, daß es schnell und leise durchgeführt worden war.

Sie suchte alles ab, fand aber keine Spuren, die vom Schauplatz des Hinterhalts wegführten. Andererseits war für Kreaturen, die groß genug waren, einen kleinen Zentauren wegzutragen, zu wenig Raum unter den Bäumen, um fliegen zu können. Die Kletterpflanzen waren mit dem Laubwerk der Bäume verflochten und legten an mehreren Stellen Henkersschlingel aus, die nur den lieben langen Tag lang auf einen unvorsichtigen Drachen oder Greifen warteten. Es war, als hätten sich Entführer und Fohlen an dieser Stelle in Luft aufgelöst.

Chex erschauderte. Das bedeutete Zauberei! Che mußte zu einem anderen Ort in Xanth gehext worden sein.

Aber warum? Sie konnte verstehen, daß ein Räuber seine Beute auf der Stelle zermalmte, wenngleich dies in diesem Fall ein schrecklicher Gedanke war. Aber Che in eine Falle locken und ihn wegzaubern? Welchen Nutzen konnte jemand von einem geflügelten Zentaurenfohlen haben, das noch nicht fliegen konnte?

Wenigstens bedeutete dies, daß er noch lebte. Sie hatte

ihre Angst vor dem Schlimmsten unterdrückt, weil es für sie unerträglich wäre. Doch wie lange würde er noch am Leben bleiben? Vielleicht hatte sein Entführer nicht damit gerechnet, daß er nicht fliegen konnte, und wenn er es herausfand –

Sie mußte Hilfe holen. Che mußte gefunden werden, bevor ihm etwas Schreckliches widerfuhr.

Sie trabte auf die Lichtung zurück, breitete dort ihre Schwingen aus, schlug sich selbst kräftig mit dem Schweif und hob ab. Sie konnte alles leicht machen, wenn sie es mit ihrem Schweif berührte. Auf diese Weise wurde sie die beißenden Fliegen los; sobald ihr Schweif sie berührte, wurden sie zu leicht, um sitzen bleiben zu können. Sie wurden in die Luft katapultiert, wo sie einige Zeit umhersummen mußten, bevor sie die Dinge wieder in den Griff bekamen. Wenn Chex sich selbst leicht genug zum Fliegen machen wollte, peitschte sie mit dem Schweif ihre Flanken. Dann konnten ihre Schwingen das geringere Gewicht leicht tragen. Wenn die Wirkung nachließ und sie schwerer wurde, schlug sie sich einfach wieder. Aber sie versuchte, dies gegen Ende eines Fluges zu vermeiden, weil es schwierig sein konnte, sich auf dem Boden zu halten, wenn eine Windbö aufkam.

Sie flog hoch über dem Wald und wandte sich nach Süden. Bald passierte sie die große Spaltenschlucht, wo Prinzessin Ivys Freund Stanley Dampfer seinen Patrouillendienst verrichtete. Sie wußte, daß der Entführer Che nicht in die Schlucht gebracht haben konnte, da Stanley Che kannte und jeden verdampfen würde, der versuchen sollte, ihm zu schaden. Aber wohin *hatte* man Che denn nur gebracht? Das war ein schreckliches Geheimnis.

Sie strebte weiter nach Süden in Richtung Schloß Roogna. Dort residierte König Dor, und wenn irgend jemand in der Lage war zu helfen, dann er. Er konnte sogar mit unbelebten Dingen sprechen, so daß nichts vor ihm verborgen blieb.

Sie erblickte das Schloß mit seinen schön verzierten Steinfassaden und den Türmen und glitt hinunter, um im Obstgarten zu landen. Dort sammelte eine junge Frau Obst, und Chex war klar, wer das nur sein konnte.

»Chex!« rief das Mädchen heftig winkend. Sie hatte Sommersprossen und hellbraunes, zu zwei Zöpfen geflochtenes Haar. Sie wirkte jünger, als sie tatsächlich war, da sie sich wie ein jüngeres Mädchen benahm. Sie sah aus wie fünfzehn.

»Electra!« antwortete Chex, als ihre Hufe auf dem Rasen aufsetzten. Dann versteifte sie sich.

Tatsächlich, Electra stürmte heran, um sie zu umarmen. Ihr Überschwang ließ sie mit Chex zusammenstoßen, und ihr Aufprall schob die leichte Zentaurin zurück. Es war unangenehm, aber Überschwang war Electras zweite Natur, vielleicht sogar ihre erste. Sie war Prinz Dolphs Verlobte und ein wunderbares Mädchen.

»Aber wo ist Che?« fragte Electra, wobei ihr sommersprossiges Gesicht den Ausdruck von Sorge annahm.

Für einen Augenblick hatte Chex beinahe ihren Kummer vergessen. Nun kehrte er mit Wucht zurück. »Er ist verschwunden!« schnaubte sie. »Irgend etwas hat ihn entführt. Ich brauche Hilfe, um ihn zu finden, bevor ...« An dieser Stelle konnte sie nicht mehr weitersprechen.

»Das ist ja schrecklich!« rief Electra aus. »Das mußt du dem König erzählen!«

Als wenn Chex nicht gerade aus diesem Grund hierher gekommen wäre! »Ja, das muß ich«, sagte Chex.

Sie gingen zum Schloß hoch. »Oh, ich vergaß!« rief Electra aus; ihre Zöpfe flogen um ihren Kopf, als sie sich Chex zuwandte. »König Dor ist fort!«

»Fort?« fragte Chex beunruhigt. »Wohin?«

»Ein zeremonieller Besuch bei König Nabob von den Naga.«

»Oh? Was für eine Zeremonie?«

»Nun, sie sind Verbündete, und vielleicht wird es bald noch mehr Gründe für Zusammenkünfte geben. Nada, mußt du wissen.«

Plötzlich merkte Chex die Unsicherheit des Mädchens. Nada Naga war Prinz Dolphs andere Verlobte und in ihrer menschlichen Gestalt eine wirklich liebliche junge Dame. Es war eine politische Bindung gewesen, aber jedermann wußte, daß Dolph Prinzessin Nada gegenüber Electra bevorzugte. Der Zeitpunkt rückte heran, an dem Dolph seine Wahl zwischen den beiden treffen mußte, und es sah für Electra nicht gut aus. Sie war ein wundervolles Mädchen, aber Nada war eben eine wunderschöne Prinzessin.

Unglücklicherweise unterlag Electra einer Verzauberung. Sie liebte Dolph nicht nur, der sie aus einem sehr langen Schlaf befreit hatte, sondern sie würde auch sterben müssen, wenn sie ihn nicht heiratete. Niemand wünschte das! Ironischerweise liebte Nada Dolph nicht. Sie war fünf Jahre älter als er und behandelte ihn wie einen kleinen Jungen. Aber sie hatte ihr Wort gegeben und beabsichtigte es zu halten – so wie es sich für eine Prinzessin geziemte. Es war für jedermann offensichtlich, daß Dolph beide Mädchen glücklich machen konnte, indem er Electra heiratete – aber das wiederum würde Dolph nicht glücklich machen. Und er war noch nicht erwachsen genug, um etwas zu tun, was ihm nicht gefiel. Es war eine vertrackte Situation.

Wie dem auch sei, Chex hatte momentan selbst ein dringendes Problem. »Dann Königin Irene ...«

»Sie ist mit ihm gereist. Sie wollte König Nabob und Nadas stattlichen großen Bruder Naldo treffen.«

»Dann Prinzessin Ivy ...«

»Die ist mit Grey Murphy zum Schloß des Guten Magiers unterwegs.«

»Es muß doch jemand da sein, der verantwortlich ist!« rief Chex erbost aus.

»Aber sicher. Der Magier Murphy.«

»Dann werde ich wohl ihn aufsuchen.« Chex war damit nicht wirklich zufriedengestellt, da sie Murphy nie vollständig getraut hatte, aber sie konnte nicht darauf warten, bis einer der anderen zum Palast zurückkehrte.

Magier Murphy war ein ergrauender, aber ansonsten ganz gewöhnlicher älterer Mann. »Ja, ich kann dir helfen, Zentaurin«, sagte er. »Erstens will ich eine Suche nach deinem vermißten Fohlen organisieren. Zweitens werde ich meinen Fluch gegen jene richten, die verantwortlich für die Entführung sind, so daß sie auf vielfältige Weise behindert werden. Das wird den Suchenden zusätzliche Zeit verschaffen, ihre Aufgabe zu erfüllen.«

Das war mehr, als Chex von diesem Mann erwartet hatte. Aber sie erinnerte sich selbst daran, daß gelegentlich böse Magier zu guten wurden. König Emeritus Trent war dafür das denkwürdigste Beispiel. Murphy hatte geschworen, die gegenwärtigen Gesetze aufrechtzuerhalten – und wenn selbst König Dor ihm vertraute, so würde sie es nicht weniger tun. »Danke dir, Magier«, sagte sie.

Murphy sprach in einen Zauberspiegel. »Nun höre dies«, sagte er. »Hier spricht Murphy, der Vertreter des Königs. Chex' Zentaurfohlen ist von Unbekannten entführt worden und muß so schnell wie möglich gefunden und gerettet werden, ASAP. An alle Bediensteten, die nicht anderweitig eingespannt sind: Bringt euren Hintern umgehend für die Zusammenstellung von Suchtrupps in Richtung Schloß in Bewegung. Das ist alles.«

Chex lauschte mit Überraschung. Offensichtlich hatte Murphy einige mundanische Begriffe während seines Exils übernommen. Wie dem auch sei, der Kern seiner Aussage kam durch.

Sie gingen zur Vorderseite des Schlosses. Aus jeder Richtung kamen Leute: Holzschuhbauer, Milchkrautmädchen, Erd- und Kopfnußpflanzer und sogar ein junger Oger, der offensichtlich keine Lust mehr hatte, durch Gewirrbäume zu stürmen. Auch aus dem Schloß kamen Leute: Prinz Dolph, Nada Naga, Grundy Golem und ein oder zwei Geister. Selbst aus Richtung der Spaltenschlucht kam eine Dampfwolke: Stanley Dampfer näherte sich. Es schien, als ob alle Welt helfen wollte.

»Sehr gut«, sagte Murphy, als sich eine ansehnliche Gruppe versammelt hatte. »Wir haben keine Ahnung, wo Che hingebracht worden sein könnte, aber wir haben Grund zu der Annahme, daß ihm für einige Zeit nichts Schlimmeres passieren wird. Ich halte es für die beste Vorgehensweise, in den nächsten Stunden so viel wie möglich von Xanth zu erkunden. Da es für die Leute nicht sicher ist, alleine in den Urwald zu gehen ...« Er unterbrach sich, da der Oger verwundert aufsah. »Oger natürlich ausgenommen«, sagte er, und die Verwirrung des Ogers legte sich. »Die meisten Gruppen werden deshalb aus zwei oder mehr Leuten bestehen. Mindestens einer von ihnen sollte in der Lage sein, sie solange zu verteidigen, bis Hilfe kommt. Hier sind magische Pfeifen aus der Waffenkammer des Schlosses. Man kann sie weit und breit hören. Also wird jede Person eine tragen und sie einsetzen, falls Gefahr im Verzug ist.«

Er verteilte die Pfeifen. Der Oger, wie immer etwas blöde, blies augenblicklich hinein. Aber kein Ton war zu hören.

Überrascht schaute der Oger auf. »Ich blies fix, aber hörte nix.«

»Das liegt daran, weil du momentan nicht in genügend räumlicher Entfernung bist«, erklärte Murphy. »Wir stehen alle dicht und eng zusammen, das ist außerhalb des Aktionsbereichs. Versuche es aus der Ferne.«

Der Oger stürmte zum Horizont und fällte dabei beiläufig einen vereinzelten Baum, dann blies er erneut. Jetzt war der Ton durchdringend.

Bald waren die Gruppen eingeteilt und in alle Richtungen aufgebrochen. »Chex, Grundy will mit dir gehen«, sagte Murphy. »Du kannst als Verbindungsperson zwischen den Suchtrupps agieren, so daß du es als erste erfahren wirst, wenn dein Fohlen gefunden wird. Grundy wird dir bei der Befragung der Pflanzen oder Kreaturen helfen, falls das erforderlich ist. Ich glaube, du solltest zuerst die Pflanzen in der näheren Umgebung der Entführung befragen. Sie müssen etwas gesehen haben.«

»Ja!« sagte Chex, die sich dumm vorkam, weil sie nicht selbst daran gedacht hatte. Murphy machte seine Arbeit großartig!

Grundy kletterte auf ihren Rücken. Er war ein winziger Mann, der sich auch ohne Zauber leicht tragen ließ. Ursprünglich ein richtiger Golem – aus Lumpen, Bindfaden und Holz gemacht –, war er nun ein wirklicher Mann, doch immer noch in seiner ursprünglichen Größe. Etwas anderes hatte sich auch nicht verändert: Er hatte noch immer ein großes Mundwerk und machte sich dadurch mit einer Gleichgültigkeit Feinde, die andere zutiefst verschreckte. Chex versetzte sich selbst einen Klaps, breitete ihre Schwingen aus und hob ab. Sie war über die effiziente Vorgehensweise bei der Suche froh. Wenn Che zu finden war, dann so.

»Wo ist Rapunzel?« erkundigte sie sich, als sie nach Norden flogen, denn Grundy hatte in Rapunzel endlich die Frau gefunden, die nach seinem Geschmack war – es konnte vielleicht aber auch anders herum sein. Rapunzel konnte jede Größe annehmen, die sie sich wünschte, denn sie stammte von beiden Arten ab, von Menschen und Elfen. Aber sie liebte es, klein zu sein. Sie war eine liebliche Dame, mit – oh, ja – magischem, langem Haar. Chex beneidete sie nicht um die Mühe, die es machte, es zu bürsten! Normalerweise waren Grundy und Rapunzel immer zusammen.

»Sie schaut sich nach einem neuen Haus um«, sagte er.

»Ach? Ich dachte, du wärst mit dem Vogelhaus zufrieden, das du umgebaut hast.«

»Bin ich auch. Aber sie sagt, es wäre zu klein.«

»Zu klein? Aber du hast dich nicht verändert, und sie kann jede Größe annehmen, die sie will.«

Grundy zuckte mit den Achseln. »Ich verstehe die Frauen nicht. Du etwa?«

Chex lachte. »Nein!« Aber dann hatte sie eine leise Ahnung, und begann zu verstehen. Die zwei mochten zwar klein bleiben, aber wenn die Familie ihre Größe änderte …

Sie glitt zur Lichtung hinunter. Hier war seit einigen Jahren ihr Zuhause, denn sie wollte es nicht riskieren, daß Che von einem Bergvorsprung fiel, bevor er fliegen konnte. Nun befremdete es sie, weil sich herausgestellt hatte, daß dieser Ort auf andere Weise gefährlich war. Wer oder was auch immer ihr Fohlen entführt hatte – wäre das möglich gewesen, wenn Che in der Abgeschiedenheit eines Berges gelebt hätte? War es wirklich klug von ihr gewesen, das Gebirge zu meiden?

Sie trabte in den Wald, in dem Che verlorengegangen war. »Hier«, sagte sie und hielt an dem Platz.

Grundy sprach mit den Pflanzen der näheren Umgebung. Chex hörte nur ein schwaches Rascheln, aber kurz darauf hatte er seinen Bericht. »Da war ein schrecklicher Geruch, wie gebackene Kuchen, und …«

»Das ist nicht schrecklich!« protestierte sie. »Che liebte frisches Gebäck!«

»Woraus ist das gemacht?« fragte der Golem.

»Warum? Frisches Mehl vom Seehafer, und … oh.« Aber natürlich, Pflanzen wie der Hafer würden den Geruch ihrer gebackenen Brüder nicht lieben. Fruchtbrotbäumen und Tortenbäumen macht es nichts aus, ihre Erzeugnisse abzugeben, aber wenn Körner von den Pflanzen abgerissen wurden, war das etwas ganz anderes. »Ein fürchterlicher Geruch«, stimmte sie zu.

»Das Fohlen roch es und folgte ihm genau bis hierher«, sagte Grundy. »Aber hier war nur eine kleine Wolke, ein böser Nebel und nichts zu sehen. Der Geruch kam aus ihr heraus. Das Fohlen ging hinein, und dann war das Geräusch eines Kampfes zu hören. Daraufhin lichtete sich der Nebel, und nichts blieb zurück. Die Pflanzen sahen nicht, was passierte, nur daß Che hineinging und nicht wieder herauskam.«

»Magie!« stieß Chex hervor. Andere Zentauren verabscheuten oft die Magie. Sie hatte sie deshalb für altmodisch und unrealistisch gehalten, aber nun begann sie ihre Sichtweise zu verstehen. Ihr Fohlen war ihr durch Magie weggenommen worden!

»So muß es gewesen sein. Und das mit dem Nebel klingt nach Fracto. Er ist immer daran interessiert, schlimme Sachen anzustellen.«

»Fracto!« rief sie, als sie sich an die übelste der Wolken erinnerte. Es stimmte: Wo auch immer ein Unheil verübt werden konnte, da war auch Fracto. »Wir sollten nach ihm suchen und ihn zum Sprechen bringen!«

»Wir könnten ihn finden, aber selbst wenn wir seine Sprache sprechen könnten, wird er uns wahrscheinlich nichts verraten«, sagte Grundy.

Er hatte recht. Es machte keinen Sinn, Fracto diese Befriedigung zu gewähren. Sie mußten einen anderen Weg finden, um weiterzusuchen.

Dies war offensichtlich eine wirklich raffiniert ausgeklügelte Entführung. Sie war so bewerkstelligt worden, daß die Spur nicht ohne weiteres verfolgt werden konnte. Warum dieser Aufwand – für einen kleinen flugunfähigen Zentauren? Es schien kaum Sinn zu machen.

Sie verließen den Wald und hoben von der Lichtung ab. Chex war verwirrt und niedergeschlagen. Der erste Schock des Verlustes verlor sich und wich allmählich der grimmigen Gewißheit, daß keine einfache Lösung möglich war. Sie hatte noch immer keine Idee, wohin Che gebracht worden war.

»Laß uns besser nachsehen, wie die anderen vorankommen«, sagte Grundy, der auch niedergeschlagen war. »Che muß doch irgendwo sein.«

Er versuchte, sie aufzumuntern, scheiterte aber. Trotzdem war es ein guter Rat. Man erwartete von ihr, daß sie die Verbindung zwischen den Gruppen herstellte.

»Als nächster ist der Oger dran«, verkündete Grundy. Das klang fast, als wenn er einen Einsatzplan besitzen würde. »Er kontrolliert das Stammesgebiet der Kobolde von der Goldenen Horde.«

»Die Goldene Horde!« rief Chex entsetzt aus. »Diese schrecklichen Kobolde!«

»Das sind deine nächsten bösen Nachbarn im Westen«, erklärte er.

Das waren sie wirklich! Sie vergnügten sich damit, Wesen zu fangen und sie zu quälen, bevor sie sie kochten. Sie lebten bei einer Haßquelle, die vielleicht verantwortlich für ihre extreme Bösartigkeit war. Wenn sich Che in ihren schmutzigen Grapschern befand …

Gut, daß der Oger dort hinging. Ein Oger wußte, wie man Kobolde anfassen mußte. Man erzählte sich, daß von Kobolden, die einen Oger angegriffen hatten, einige später in einer Umlaufbahn um den Mond wiedergefunden wurden – und das waren noch die glücklicheren. Dennoch konnte es passieren, wenn sie Che bei sich hatten, daß das Fohlen mit ihnen zusammen Prügel bezog. Oger waren völlig gerechtfertigterweise stolz auf ihre Blödigkeit.

Sie bogen nach Westen ab. Bald erblickten sie eine Schneise von umgeknickten Bäumen, denn der Oger reiste auf die einzige Art, die er kannte – immer geradeaus, wobei er jedes Hindernis, das ihm in die Quere kam, niederwalzte. Der durchschnittliche Baum liebte den durchschnittlichen Oger nicht besonders. Aber er hatte kaum eine Wahl, was den Zusammenstoß betraf, wenn der Oger seines Weges kam. Einige Bäume, wie die Greifer, wehrten sich jedoch. Man erzählte sich, daß eine Schlacht zwischen einem Oger und einem Greifer der Beobachtung wert war – allerdings nur aus einiger Entfernung.

Sie flogen am Oger vorbei zum Lager der Kobolde. Diese erspähten sie und schüttelten drohend ihre kleinen Fäuste. Aber es gab dort keine Anzeichen von Che. Das war beruhigend …

»Vorausgesetzt, daß sie ihn nicht schon gekocht haben«, bemerkte Grundy.

Chex wäre beinahe vom Himmel gefallen. Was für ein Talent der Golem für unpassende Bemerkungen hatte!

»Aber sie haben keinen Topf auf dem Feuer«, führte Grundy weiter aus. »Und in der kurzen Zeit können sie es auch noch gar nicht geschafft haben.«

Vielleicht war das letztlich doch der richtige Gedanke! Er hatte recht, es gab keinen Rauch und kein Feuer. Also war Che entweder noch nicht gekocht worden oder gar nicht dort. Sie war sich nicht sicher, worauf sie hoffen sollte.

Sie flog zurück zum Oger. »Sie sind direkt vor uns«, rief sie. »Halte die Augen nach meinem Fohlen offen!«

»Kannst wetten – werd' Fohlen retten«, stimmte er zu.

Gut, er hatte die richtige Einstellung. Sie fühlte sich jetzt besser, da es unwahrscheinlich schien, daß das Fohlen dort war.

»Die nächste Gruppe sind Menschen, die das Zentaurendorf nördlich der Spalte kontrollieren«, sagte Grundy.

Chex wußte, warum sich die Zentauren nicht an der Suche beteiligten: Sie akzeptierten sie nicht als eine von ihnen. In der Tat hielten sie sie für eine Mißgeburt, eine degenerierte Kreuzung. Den Flügel-Ungeheuern war sie willkommen gewesen, jedoch nicht ihrer eigenen Art. Aber sie versuchte, nicht länger darüber nachzudenken, denn das brachte nichts. Irgendwann einmal könnte es eine eigenständige Art geflügelter Zentauren geben, die keine Verbindung zu den bodengebundenen Zentauren brauchten – genauso wie die geflügelten Drachen unabhängig von den Landdrachen ausgezeichnet überleben konnten. Aber nicht, wenn Che verschwunden blieb!

Die Menschengruppe bestand aus drei Milchkrautmädchen. Ihnen mußte eine Art Geschwindigkeitszauber mitgegeben worden sein, weil sie sonst nicht so schnell so weit hätten kommen können. Sie überquerten gerade die unsichtbare Brücke, so daß sie in der Luft zu schweben schienen. Sie kicherten, während sie sich gegenseitig damit neckten, was die Ungeheuer unten im Tal wohl unter wessen Rock sehen mochten. Aber es gab kein Ungeheuer unter ihnen, denn der Spaltendrache hatte sich an der Suche beteiligt. Milchkrautmädchen neigten sowieso stets dazu, leicht töricht zu sein. Es hieß, daß sei eine der Eigenschaften, die sie für die Männer so betörend machten. Chex verstand das nicht ganz, aber sie war ja auch kein Mensch.

Sie ließ sich zu ihnen hinunterstürzen. »Habt ihr irgend etwas gesehen?« rief sie ihnen schon aus der Luft zu.

»Nur Bäume!« antwortete eine. »Aber wir haben noch nicht angefangen zu suchen, weil unser Einsatzgebiet das Zentaurendorf ist. Irgend jemand anderes kontrolliert den Wald südlich der Spalte.«

»Viel Glück!« sagte Chex. Aber sie glaubte nicht, daß Che im Zentaurendorf sein würde, weil die Zentauren, obwohl sie die geflügelten Mischlinge nicht anerkannten, ein ehrenwertes Volk waren, das sich nirgends einmischte. Sie hatten sich auch niemals darum bemüht, Magie zu benutzen oder ihre Aktivitäten zu verheimlichen, denn Stolz (einige sagten Arroganz) gehörte zum Wesen der Zentauren.

Sie setzten die Überprüfung der verschiedenen Gruppen fort. Sie alle suchten gewissenhaft, aber ohne irgendeinen Erfolg. Um zu verhindern, daß sich ihre Schwermut weiter steigerte, dachte Chex über ihr Verhältnis zu Che nach.

Alles hatte genau genommen mit ihrer Hochzeit angefangen. Sie war Cheiron begegnet, dem einzigen anderen geflügelten Zentaur in Xanth, und hätte sich wahrscheinlich auch dann in ihn verliebt, wenn er nicht stattlich, stark, gescheit und erfahren gewesen wäre. Sie beschlossen, sich zu paaren – die Menschen nannten es Hochzeit –, und der Simurgh kam selbst herbeigeflogen, um die Trauung zu vollziehen. Der Simurgh war der größte und älteste der Vögel. Er hatte bereits drei Perioden des Universums mit Zerstörung und Wiederaufbau gesehen und würde wahrscheinlich noch ein oder zwei weitere Perioden erleben. Natürlich hatte er alles sehr kompetent gehandhabt und dabei eine Bemerkung fallen lassen, die Chex und Cheiron überraschte. AUS DIESER VERBINDUNG, sagte er im Klang seiner kraftvollen, geistigen Stimme, WIRD EINER HERVORGEHEN, DESSEN LEBEN DEN VERLAUF DER GESCHICHTE VON XANTH ÄNDERN WIRD. Dann hatte er von allen anwesenden geflügelten Ungeheuern gefordert, und selbst von Prinz Dolph, dem es gelungen war, sich in der Gestalt einer Wasserjungfer einzuschleichen, einen Eid zu schwören, dieses Wesen vor jedem Leid zu schützen. Es war klar geworden, warum der Simugh gekommen war: Er wollte die Sicherheit des zukünftigen Fohlens gewährleistet wissen.

Nach angemessener Zeit kam Che zur Welt. Der Storch hatte ihn nicht gebracht, und er war auch nicht unter einem Feigenblatt gefunden worden. Die Zentauren waren ganz Realisten, was alle natürlichen Vorgänge betraf. Sie hatten direktere, wenn auch unbequemere Wege, ihren Nachwuchs zu empfangen. Schließlich waren Störche notorisch kurzsichtig und lieferten deswegen die Babys teilweise falsch aus. Das war vielleicht für die Menschen in Ordnung, aber ein Zentaur würde sich hüten, dieses Risiko einzugehen.

Che war von Anfang an herrlich anzusehen gewesen, mit seinem dunkelbraunen Fell und den weichen, kleinen Schwingen. Die Flügelungeheuer hatten auf ihn achtgegeben, so daß kein Greif, Drache, Rokh oder irgend etwas anderes, was fliegen konnte, von den Harpyien bis hinunter zu den kleinen Wasserjungfern, ihm gefährlich werden konnte. Einige junge fliegende Drachen waren sogar gekommen, um mit ihm zu spielen, obwohl er selbst noch nicht fliegen konnte, und sie hatten den Landdrachen über alles berichtet. Die Landdrachen waren nicht durch den Eid gebunden, aber viele von ihnen hatten ansehnliche Schwingen und identifizierten sich mit ihren fliegenden Verwandten. Deshalb sorgten auch sie sich um Che.

Ihre Familie hatte hier auf der Lichtung ein geradezu idyllisches Leben geführt. Wenn sie und Cheiron allein irgendwo hingehen oder einigen ihrer Freunde helfen wollten, hatten sie niemals Mangel an Fohlensittern. Sogar der Drache Drago, der Schrecken des nördlichen Xanth, hatte einmal vorbeigeschaut – und nicht nur wegen des Eides. Er fühlte sich immer noch gegenüber dem Skelett Mark Knochen verpflichtet, das sein ganzes Nest voller schöner Steine gerettet hatte. Und Mark Knochen war Chex' Freund. Drachen waren gegenüber denen, die sie respektierten, äußerst loyal, trotzdem gibt es zum Glück nur wenige von ihnen. So hatte es Che niemals an Gesellschaft gefehlt, und er war ein glücklicher kleiner Zentaur.

Was war es, daß der Simurgh in Ches Zukunft gesehen hatte? Wie konnte er die Geschichte von Xanth verändern? Obwohl Chex ihn über alle Maßen liebte, wußte sie irgendwo in einem Bereich ihres Verstandes, der nicht von ihrer Elternliebe beeinflußt wurde, daß Che nur ein kleiner geflügelter Zentaur wie seine Eltern war. Die normalen Zentauren erkannten ihn überhaupt nicht an, und für die Menschen war er eine bloße Kuriosität. Es gab keinerlei Anzeichen, daß er zu Größerem bestimmt sei – oder auch nur, wie es im Moment aussah, daß er überleben würde. Dennoch konnte sich der Simurgh nicht einfach geirrt haben. Er war der Hüter der Saat, und es gab wenig, wenn überhaupt etwas, was er nicht von den Gezeiten des Lebens verstand.

Dann kam Chex ein schrecklicher Gedanke. Einmal angenommen, Che war gar nicht derjenige, den der Simurgh gemeint hatte. Sicherlich war er das Ergebnis der Vereinigung von Chex und Cheiron, aber vielleicht nicht der letzte.

Außerdem war nicht wirklich klar, wie er die Geschichte von Xanth verändern würde. Vielleicht geschah es, indem er entführt und getötet wurde und die geflügelten Monster deshalb in eine Art Aufruhr gerieten?

Nein, sie konnte solche Vorstellungen nicht akzeptieren! Sie mußte einfach glauben, daß Che überleben und zu einem erwachsenen geflügelten Zentaur heranwachsen würde und daß er dann etwas zustandebrachte, was die Vorstellungsmöglichkeiten derjenigen überstieg, die ihn heute ignorierten. Sie mußte darauf achten, daß für ihn gesorgt und er so erzogen wurde, wie es für ihn am besten war, damit er, wenn die Zeit für große Taten kam, bereit dafür wäre.

Und sie wird sicherlich auch kommen, denn der Simurgh hätte es gewußt, wenn Che ein vorzeitiges Ende bestimmt gewesen wäre. Jemand hatte ihn entführt – genau genommen bezog sich Kidnapping eher auf Menschenkinder, aber es war immer noch der beste Begriff dafür. Deswegen durfte er nicht umkommen, und sie würden ihn retten, und die Prophezeiung seiner Einzigartigkeit würde wieder Gültigkeit haben. So mußte es sein.

Chex hatte sich durch diese, wie sie wußte, nicht unbedingt realitätsgerechten Gedanken etwas beunruhigt. Sie flog ihre Runde und überprüfte die Suchtrupps, die sich in alle Himmelsrichtungen von Schloß Roogna entfernten. Grundy wußte meist, wo die Trupps sich befanden, und wenn sie nicht genau dort waren, wo sie vermutet wurden, gaben die Pflanzen aus der Umgebung ihm immer gerne Auskunft.

Sie trafen auf eine Gruppe, die aus zwei hübschen jungen Frauen bestand: Nada und Electra. Sie wanderten zum Schloß des Guten Magiers, um diesen zu fragen, wo sich Che befand. Chex war beschämt, zugeben zu müssen, daß sie auf diese naheliegende Methode nicht gekommen war. Der Gute Magier wußte alles und erzählte das Gewünschte traditionsgemäß um den Preis eines Jahresdienstes. Natürlich war der Gute Magier Humfrey im Moment nicht dort, aber seine Vertretung, Grey Murphy, war es, und er gab sich alle Mühe, diesen Posten gut auszufüllen. Die Prinzessin Ivy war auch dort, um ihn, wenn nötig, zu unterstützen, und das half. Würde er eine Antwort wissen? Chex hoffte es!

Sie kehrte in die Gegend nördlich der Spalte zurück, wo Prinz Dolph die Elemente überprüfte. Die Elemente waren fünf spezielle Regionen im nördlichen inneren Xanth: Luft, Erde, Feuer, Wasser und Leere. Jedes war auf seine Weise gefährlich. Das wußte Chex aus ihrer Erfahrung mit der Luft, aber Dolph konnte die Gestalt jeder lebenden Form annehmen. Dies bedeutete, daß er sich in ein Wesen verwandelte, das mit dem jeweiligen Element zurechtkam, welches er betrat. So konnte er es ungefährdet erforschen. Sie sah ihn nicht, und das war wahrscheinlich gut so. Es bedeutete, daß er sich in einer anderen Gestalt tief in seinem Element befand, und wenn Che dort hingebracht worden war, würde Dolph ihn finden und wahrscheinlich befreien.

Nun hatte sie ihren Rundflug beendet. Alle Suchgruppen waren fleißig, aber keine hatte Che bisher gefunden. Sie mußte zu ihrer Hütte fliegen, etwas ausruhen und essen, bevor sie den nächsten Rundflug antrat. Sie wollte nicht aufgeben, bis sie die schreckliche Herausforderung, das Fohlen zu finden und zu retten, gelöst hatte.

Als sie einmal tiefer flog, sah sie etwas auf der Lichtung. War es Che? Ihr Herz machte einen Sprung, wodurch ihrer Körper hochflog und sie beinahe über ihren Landeplatz hinausschoß. Aber es war nicht Che. Es war nur ein kleines Elfenmädchen. Ihr Herz sank, woraufhin sie ein Stück durchsackte und beinahe zu früh landete. Sie berührte den Boden sicher auf allen vieren und faltete ihre Schwingen zusammen. Dann näherte sie sich der Elfe, die sie erstaunt ansah.

»Wer bist du«, erkundigte sich Chex. »Was machst du so weit weg von deiner Ulme?«

Die Elfe wippte auf den Füßen. Sie war jung, wirklich noch ein Kind, jedoch ungewöhnlich groß für die Elfen, die Chex bisher gesehen hatte. Eine normale Elfe erreichte ungefähr ein Viertel der Größe eines durchschnittlichen Menschen, während diese hier halb so groß wie ein Mensch war. Sie hatte eine Stubsnase, ihre Wangen waren mit ein paar Sommersprossen besprenkelt, und ihr zerzaustes braunes Haar hatte einen Farbton, der irgendwo zwischen Walnuß und Butter lag. Ihre Augen waren braun und schienen kurzsichtig zu sein. Das erinnerte Chex an den Zentaur Chris und an den Guten Magier Humfrey, die beide Brillengläser benutzten, um ihre Kurzsichtigkeit zu korrigieren – was um so merkwürdiger war, da sie noch keinen von beiden kennengelernt hatte. »Mein Kater ...«, hob das Elfenmädchen an.

»Aber Elfen haben keine Katzen«, protestierte Chex. »Genau genommen hat niemand eine, denn es gibt keine echten Katzen in Xanth, nur Bestrafungsvarianten wie die neunschwänzige Katze.«

»Xanth?« fragte das Mädchen und schien überrascht.

Chex war müde und hatte es eilig, aber sie erkannte, daß hier etwas nicht stimmte. »Ja, Xanth, wo wir alle leben. Versuche nicht, mir weiszumachen, daß du aus Mundania kommst!«

»Nein, ich komme aus der Welt der Zwei Monde. Mein Kater ...«

»Ich sagte dir bereits, hier gibt es keine ...« Dann sah Chex die Katze. Sie war ein orangener Flaumball, der etwas Elfisches in seinen Zügen zu haben schien. Er lag der Länge nach auf dem Boden, den Schwanz nach hinten ausgestreckt. Nichts an ihm erweckte den Eindruck eines Energiebündels: Er sah aus wie ein kleiner Hügel auf dem Pfad, über den ein laufender Zentaur stolpern mußte. »Wie gibt es denn so etwas?« fragte sie baß erstaunt.

»Etwas ist hier merkwürdig«, murmelte Grundy. »Es gibt keine Ulmen für Elfen in der Nähe. Sie sollte eigentlich zu schwach sein, um sich auf den Beinen zu halten. Und schau dir ihre Größe an! Sie ist genauso groß wie ein Kobold!«

»Sammy kann alles finden, außer nach Hause«, sagte die Elfe. »Nur weiß ich normalerweise niemals, wonach er sucht. So verläuft er sich. Ich muß auf seiner Spur bleiben, damit ich ihn zurückbringen kann, wenn er es gefunden hat.« Sie machte eine Pause und schaute zum Kater. »Ich glaube, dieses Mal hat er nach einer Feder gesucht.« Tatsächlich hatte der Kater eine Feder zwischen den lohfarbenen Pfoten.

»Das ist nicht nur einfach eine Feder«, stellte Chex fest. »Das ist eine Erstlingsfeder von meinem Fohlen Che. Es gibt überhaupt sehr wenige davon.«

»Ich vermute, er wollte eine ganz besondere Feder«, sagte die Elfe. Dann blickte sie zu Chex auf, was ihr offensichtlich nicht leicht fiel. »Wenn es dir bitte nichts ausmacht, könntest du mir sagen, was du bist?«

Chex war verblüfft. »Ich bin natürlich ein fliegender Zentaur! In der Fachsprache: ein Flügelungeheuer. Hast du noch niemals zuvor einen Zentaur gesehen?«

Das Mädchen schüttelte den Kopf. »Nein.«

»Deine Ulme muß sehr weit weg von jeder Zivilisation stehen!«

»Was ist eine Ulme?«

»Ein Baum natürlich.«

»Wir haben nicht viele Bäume in der Welt der Zwei Monde. Zumindest keine, die ich gut erkennen kann.« Sie sah sich mit zusammengekniffenen Augen um. »Sind das Bäume?«

»Ja, natürlich. Hier ist alles bewaldet. Aber wie kann es sein, daß du keine Ulme hast? Alle Elfen ...«

»Ich habe keine Ulme, nicht einmal einen Wolfsfreund, obwohl ich glaube, dßa ich eines Tages mit dem Einsamen Wolf zusammen sein werde. Im Moment habe ich nur einen Kater, der Dinge findet, aber selbst verloren geht«, sagte das Mädchen. »Auf diese Weise habe ich ihn getroffen, denn es gibt nicht viele andere seiner Art in meiner Welt – und dieses Mal habe ich mich selbst wohl auch verlaufen, denn dies ist ein sehr fremdartiger Ort.«

»Aber alle Elfen sind doch mit Ulmen verbunden!« protestierte Chex. »Wo, sagtest du, kommst du her?«

»Mein Hain ist in ...«

»Dein was?«

»Mein Hain.«

Chex erkannte, daß hier etwas nicht nur merkwürdig war,

es war sogar entschieden fremdartig, genau wie Grundy es gesagt hatte. »Ich glaube, wir sollten besser noch einmal ganz von vorne anfangen. Laß uns einander vorstellen. Du bist …?«

»Jenny von der Welt der Zwei Monde.«

»Und ich bin Chex, Zentaurin aus Xanth. Jetzt, denke ich, sollten wir …« Sie brach ab, denn sie hatte noch etwas Seltsameres entdeckt. »Sind das deine Ohren?«

Das Kind berührte sein linkes Ohr. »Ja, stimmt damit etwas nicht,«

»Sie sind spitz!«

Jenny war erstaunt. »Sind deine denn nicht so?«

»Nein, kannst du das nicht sehen?«

»Dein Kopf verschwimmt irgendwie von hier aus.«

Es war offensichtlich, die Elfe konnte auf diese Entfernung nicht gut sehen. »Meine Liebe, wir müssen dir eine Brille besorgen«, sagte Chex. Es schien, als ob sie jemanden bemuttern mußte, solange ihr Fohlen verschwunden war. »Hier in der Nähe haben wir eine Linsenpflanze, deren Früchte nicht geerntet werden. Es müssen also viele da sein.« Sie führte die Elfe dort hin. »Sie korrigieren die Sicht und passen sich natürlich magisch an. Hier, versuch diese Brille.« Sie nahm eine auf und setzte sie Jenny vorsichtig auf die Nase. Das Modell war reichlich groß für sie, aber die Bügel schlossen sich um ihren Kopf und verhakten sich hinter ihren phänomenal spitzen Ohren. Ihr Haar hatte den Effekt vorher irgendwie kaschiert, aber jetzt gab es keinen Zweifel mehr: In Xanth gab es keine Ohren wie diese! Jedenfalls nicht bei einem Humanoiden.

Jennys Augen wurden noch größer, als sie es schon von sich aus waren – ein Effekt der Linsen. »Ich kann ja alles erkennen!« rief sie erstaunt.

»Aber natürlich, dazu sind Brillen doch da. Sie ermöglichen es dir, alles brillant und glasklar zu erkennen. Ich bin überrascht, daß du bisher noch keine trägst.«

»Bei uns zu Hause gibt es keine«, sagte Jenny, wobei sie mit einer Hand diese wunderbare Erfindung berührte.

Chex war schon wieder überrascht. »Deine Hand – dir fehlt ja ein Finger!«

Jenny schaute auf ihre Hand. »Nein, es fehlt keiner. Es sind noch alle vier da.«

»Aber andere Elfen haben fünf Finger!« protestierte Chex. »Das ist bei allen Humanoiden so. Schau, ich habe auch fünf.« Dabei streckte sie die Hand vor.

Jenny starrte darauf. »Wie seltsam!«

»Du bist wirklich *nicht* aus Xanth!« sagte Chex, als sie erkannte, was das Mädchen so verwunderte. »Du siehst aus wie eine Elfe, hast aber einige sehr abweichende Merkmale.«

Jenny zuckte mit den Schultern. »Von mir aus kannst du mich eine Elfe nennen, wenn du möchtest«, meinte sie. »Ich bin einfach eine Person, wirklich.«

»Ja, natürlich, aber hier in Xanth sieht man in dir eine Elfe. Wie bist du hierher gekommen?«

»Ich habe es nicht gesehen.« Das war schon richtig. Wie hätte sie auch sehen sollen, wohin sie ging, da sie doch nicht einmal die Einzelheiten der Landschaft erkennen konnte, durch die sie gerade kam. Für ihre Leute war sie genauso verschwunden wie Che für Chex!

»Ich glaube, du mußt erst mal bei uns bleiben, bis wir herausgefunden haben, was passiert ist«, entschied Chex. »Du suchst hier nach einer Feder, und ich suche denjenigen, von dem die Feder stammt, mein vermißtes Fohlen Che. Nun sollten wir vielleicht ...«

Hier brach sie ab, denn an diesem Punkt kam Leben in den kleinen Kater, und er schoß auf den Wald zu. »Sammy!« schrie Jenny und rannte hinter ihm her. »Warte auf mich! Du wirst dich doch nur wieder verlaufen!«

»Jenny!« rief wiederum Chex. »Ihr *beide* werdet verloren gehen! Dieser Wald ist gefährlich!«

Aber der Kater und die Elfe waren, ungeachtet der Gefahr, bereits im Dickicht verschwunden. Chex erinnerte sich daran, daß die beiden schon vorher durchgekommen waren und es geschafft haben mußten, irgendwie den Raubtieren zu entgehen.

»Es wäre besser, wir finden sie«, bemerkte Grundy. »Vielleicht besteht da ein Zusammenhang, und sie ist genau in dem Moment aufgetaucht, als Che verschwand, vielleicht aber auch nicht.«

Daran hatte Chex noch gar nicht gedacht. Konnte sich ihr Fohlen vielleicht verwandelt haben zu …? Nein, unmöglich! Aber es stimmte schon, das war eine bemerkenswert fremdartige Angelegenheit.

Sie trabte zur Mitte der Lichtung, breitete ihre Schwingen aus und schnellte sich hoch in die Luft, indem sie mit dem Schweif ihre Flanken peitschte. Einen Augenblick später erhob sie sich schon über die Bäume. Sie flog in die Richtung, in der das Elfenmädchen verschwunden war, aber die Baumwipfel waren zu dicht, so daß sie weder den Boden, noch irgend etwas darauf sehen konnte. Sie blieben verschwunden.

»Wir könnten die anderen auf die Elfe aufmerksam machen«, schlug Grundy vor. »Wenn sie wirklich von ganz woanders ist, wird sie nicht lange versteckt bleiben können.«

Chex stimmte zu, blieb aber beunruhigt. Warum sollte gerade in dieser Zeit ein fremdartiges Elfenmädchen hier auftauchen?

Sie flog eine Schleife und ließ sich zurück auf die Lichtung sinken. Sie hatte Wichtigeres zu tun, als hilflos über dem Wald herumzufliegen! Sie mußte Che finden und konnte weder ihre Zeit noch Energie darauf verschwenden, Fremde zu suchen. Aber es war sicherlich eine sehr seltsame Begegnung!

2

JENNYS JAGD

Jenny lief hinter dem Kater her. »Warte auf mich! Du wirst dich wieder verlaufen!« Aber natürlich hörte Sammy nicht auf sie. Das tat er nie. Er versuchte gar nicht, vor ihr wegzulaufen, er hatte nur die Angewohnheit, alles andere zu vergessen, wenn er irgend etwas jagte, und brachte sich dabei oft in Schwierigkeiten. Das konnte sie nicht zulassen. Sie waren schon in einer äußerst merkwürdigen Gegend, und sollte sie noch fremdartiger werden, liefen sie Gefahr, niemals mehr den Weg heraus zu finden!

Sammy stürzte sich in das dichteste Laubwerk des Urwalds. Jenny hatte keine andere Wahl, als ihm hinterherzustürzen, obwohl das Gebüsch den Rest ihrer noch verbliebenen Kleidung zu ruinieren drohte. Es war schlimm genug, daß sich ihr Haar bei dem verzweifelten Versuch aufzuholen zu einem Knoten von Kletten und anderen Dingen verfilzte. Sollte sie ihn jemals aus dem Blick verlieren, könnte sie ihn nie wieder einfangen!

Sie hörte die Zentaurin hinter ihr rufen. »Dieser Wald ist gefährlich!« Das war die sonderbar aussehendste Kreatur, die Jenny jemals gesehen hatte, wie ein Tier und ein Vogel und eine Frau in eine Gestalt gepreßt. Aber sie schien nett zu sein. Sie habe ein Fohlen, hatte sie gesagt, was bedeutete, daß sie die Mutter von jemandem wäre, und das war ein gutes Zeichen. Mütter waren eine Klasse für sich, eine gute Klasse. Es war sehr nett von ihr gewesen, ihr die magische Brille zu beschaffen. Jenny hatte niemals gewußt, daß es so etwas gab. Das war eben das besondere an dieser seltsamen Welt. Aber sie konnte nicht stehenbleiben und reden, während Sammy abhaute.

Sie brach durch das Gebüsch und erspähte gleich darauf Sammy, der vor ihr einen Hang hinauflief und sich um Büsche herumdrückte, an denen niedliche, farbige Kissen wuchsen. Kissen? Das war verrückt. Kissen wuchsen nicht an Büschen, sie wurden aus Vogeldaunen und Tuch gemacht, das man zusammennähte, und so weiter. Wenn die Jäger und ihre Wolfsfreunde Vögel zum Essen mitbrachten, hoben sie immer die Federn auf. Nichts wurde vergeudet. Aber das hier sah tatsächlich wie wachsende Kissen aus!

Sammy rannte über einen Grat und verschwand auf der anderen Seite. Dort wuchsen maisähnliche Pflanzen, deren Kolben schon reif wurden. Jenny brach sich einen ab, doch er explodierte und schoß dabei aufgegangene Maiskörner durch die Gegend. Es war Popcorn! Sie schnappte sich einige aus der Luft und stopfte sie in den Mund, weil sie hungrig war, nachdem sie Sammy so weit gejagt hatte.

Nun gelangte der Kater auf einen schönen schmalen Pfad durch das Dickicht, der zu einem riesigen Baum mit hängenden Tentakeln führte.

»Nein, Sammy!« schrie Jenny aufgeregt. Sie hatte so einen Baum schon einmal gesehen. Die Tentakel hatten versucht, sie zu greifen, und es war ihr gerade noch gelungen, ihnen zu entwischen. Dabei hatte sie auch noch ihr Messer verloren, was sie sehr geärgert hatte.

»Nähere dich nicht diesem Baum!« Nun konnte sie ihn wenigstens aus einiger Entfernung erkennen, anstatt in ihn hineinzustolpern. Sie würde sich bei Chex für die Brille bedanken müssen, sobald Sammy anhielt und sie zurückkehren konnten.

Sammy sprang vom Pfad ins dichte Gebüsch und bahnte sich dort seinen Weg zurück. Einerseits war Jenny darüber erleichtert, denn sie wollte nicht, daß er von dem entsetzlichen Ding gefangen würde! Aber andererseits mußte nun auch sie durch dieses dichte Gebüsch, um Sammy nicht zu verlieren.

Sie gelangten in ein Gebiet größerer, aber weniger gefährlicherer Bäume. Es ließ sich hier leichter gehen, da das dichte Blätterdach über ihr den Boden beschattete und es deswegen nicht soviel Unterholz gab. Sammy fiel zurück auf ein schnelles Schrittempo, aber er hörte nicht auf weiterzulaufen. Sie konnte Schritt halten, ihn aber nicht fangen. Sie konnte ihm nur folgen, bis er fand, was er diesmal gesucht hatte, und dann sehen, was als nächstes zu tun war. Sie war müde, aber es gab einfach keine andere Möglichkeit, denn sie konnte nicht zulassen, daß Sammy sich noch mehr verlief.

Während sie weitereilte, dachte sie darüber nach, wie sie in diese unheimliche Gegend gekommen war. Sie hielt sich für ein ganz normales Mädchen ihres Lagers, alles in allem nichts besonderes. Tatsächlich war sie unscheinbar, weil sie nicht gerade gut sehen konnte – ohne ihr Talent des Sendens wäre sie ständig in ärgsten Schwierigkeiten gewesen. Sie mochte es, zu malen und zu weben, Schmuck herzustellen, und sie lernte, Tonwaren zu verzieren. Diese häuslichen Fähigkeiten wurden von ihrer Kurzsichtigkeit beeinträchtigt. Sie hoffte, sich zu einer geschickten Weberin zu entwikkeln, die Teppiche von besonderer Schönheit weben konnte, mit Entwürfen und Bildern, die jeder Elf haben wollte. Es gefiel ihr ebenso, Beerenkuchen zu backen, hauptsächlich, weil sie diese selbst so gerne aß. Das Hauptproblem dabei war die Zeit, die sie benötigte, um die Beeren zu pflücken, weil die Beerenstellen in der Nähe des Dorfes alle leergepflückt waren und sie deswegen ziemlich weit entfernt umherstreifen mußte. Und das war schwierig, weil sie sich in dem Moment verlief, da sie von den Hauptwegen abkam.

Sie konnte nicht mehr zählen, wie oft sie innerlich um Hilfe gerufen hatte, nur um den Weg wiederzufinden. Falls sie einen Wolfsfreund bekam, würde sie in der Lage sein, weiter hinaus und mit Sicherheit zu gehen. Aber statt dessen hatte sie ihren Katerfreund, mit dem sie nun ihre häuslichen Arbeiten zu verrichten suchte. Ihre Finger waren lang und flink, doch hatte sie noch eine Menge zu lernen. Wenn sie mit diesen Dingen allein beschäftigt war, sang sie gerne vor sich hin. Sie brach natürlich immer dann ab, wenn irgendein Elf nahe genug war, um sie zu hören. Aber Sammy mochte es, und das war das Wichtigste.

In der Kühle des Morgens war sie mit Sammy hinausgegangen, um Beeren zu pflücken. Der Kater schien gelangweilt gewesen zu sein. Eigentlich interessierte er sich nicht besonders für Beeren. »Wenn ich hier eine Feder auflesen könnte, würde ich deine Schnurrhaare kitzeln«, neckte ihn Jenny. Dann war der Kater davongelaufen, und sie wußte, daß sie ihm auf Teufel komm raus folgen mußte. Denn wenn er eine seiner Launen hatte und loszog, um irgend etwas zu verfolgen, hörte er nicht auf, bis er es gefunden hatte. Sie hatte ja keine Ahnung, wie weit ihn seine Jagd diesmal führen würde!

Er hatte einen Teil des Waldes durchstreift, der ihr unvertraut war. Man sagte, er sei verwunschen, aber sie bezweifelte das. Geister gaben sich normalerweise nicht mit einfachen Bäumen ab. Sie fürchtete hauptsächlich giftige Schlangen und andere hungrige wilde Wesen, die lauerten, um Sammy oder sie mit Haut und Haar zu verschlingen. Deswegen mußte sie weitergehen, damit Sammy sich nicht verlief.

Sie lief und lief und ihr Blick verschwamm, während sie sich abmühte, Anschluß zu halten. Alles, was sie sah, waren Sammys flüchtender Schwanz und vorbeihuschende Eindrücke von der Umgebung. Sie konnte Bewegungen besser sehen als Gegenstände, andernfalls hätte sie keine Chance gehabt, an Sammy dranzubleiben. Plötzlich sprang der Kater über einen Grat, und sie folgte ihm. Doch sie entdeckte, daß es da keine andere Seite gab. Sie wirbelte einen Augenblick durch die Luft, viel zu erschreckt, um zu schreien. Dann bekam sie wieder Boden unter den Füßen. Es war nur ein kurzer Fall, der durch Nebel verhüllt gewesen war. Sie eilte weiter, wobei sie den Kater kaum noch sehen konnte.

Aber jetzt war die Umgebung seltsam geworden. Sie hatte keine Zeit anzuhalten, um sie näher zu untersuchen, doch sie wußte, daß sie so etwas noch nie gesehen hatte. Sie nahm sich vor, diesen Wald später einmal zu besuchen, wenn sie nicht gerade ihren Kater jagte, um einfach nur zu sehen, was daran so ungewöhnlich war.

Sammy umstrich einen seltsamen, grünen Baum. Jenny rannte hin – und die Tentakel schnappten hoch und versuchten sie zu greifen. Einer hing auf ihrem flatternden Kleid, und als sie versuchte, sich von ihm zu lösen, griffen andere nach ihr, aber sie zog ihr Messer, schnitt die schrecklichen grünen Dinger ab und konnte sich dadurch befreien. Unglücklicherweise wurde ihr Messer vom letzten Tentakel umschlungen, und sie verlor es. Das war ihre erste Erfahrung mit dem aggressiven Baum gewesen und die Bestätigung, daß sie in eine äußerst fremde Gegend hineingeraten war.

Dann sauste Sammy auf eine Lichtung im Wald und hielt an. Schließlich hatte er doch gefunden, wonach er gesucht hatte: eine große weiße Feder.

»Du hast mich den ganzen Weg wegen einer blöden Feder hergeschleppt?« fragte sie, ohne wirklich über ihn verärgert zu sein, aber sie mußte etwas loswerden, bevor sie platzte. In Wirklichkeit fürchtete sie sich vor der Fremdartigkeit dieser Gegend und zitterte immer noch in Erinnerung an den Baum, der nach ihr gegrapscht hatte. Sie hatte niemals zuvor von einem Baum gehört, der so etwas tat! Doch nun erkannte sie, daß die ganze Aufregung damit begonnen hatte, daß sie Sammy mit einer Feder kitzeln wollte. Er hatte sich an ›Feder‹ orientiert und war losgezogen, eine zu suchen – und was für ein Federlesen hatte er dabei gemacht!

Ein Schatten war herabgestiegen, und eine wunderliche Tier-Vogel-Dame landete. Sie schien beinahe ebenso überrascht zu sein, Jenny zu sehen, wie Jenny es war, sie zu erblicken. Sie sagte, sie sei eine gescheckte Zentaurin oder so etwas, und sprach über Ulmen. Jenny erfuhr, daß eine Ulme ein Baum war, und wußte nicht, warum die Zentaurenstute meinte, sie sollte irgend etwas damit zu tun haben.

Die Zentaurenstute befand sich auf der Suche nach ihrem verlorenen Fohlen, welches Chay hieß. Aber Jenny hatte nicht mehr erfahren, weil Sammy plötzlich wieder losgesprungen war und sie ihm folgen mußte. Sie hoffte, daß die Gegend nicht noch fremdartiger werden würde, weil sie schon jetzt nicht mehr sicher war, daß sie ihren Weg zurück finden konnte.

Nun wurde Sammy langsamer. Ob er sich dem Ziel seiner Suche näherte? Vielleicht war es noch eine Feder, und sie könnte sie für ihn tragen und mit ihm zusammen nach Hause gehen. Nein, keine Feder, denn er suchte nie dasselbe zweimal hintereinander. Vielleicht eine ...

Jenny hielt erstaunt inne. Direkt vor ihnen stand ein kleiner, geflügelter Zentaur! Das mußte das Fohlen sein! Die Zentaurenstute hatte gesagt, daß sie nach ihm suchte, und Sammy hatte sich aufgemacht, um es zu finden – einfach so.

Aber das arme Ding war nicht einfach fortgelaufen, man hatte es gefangengenommen. Eine Ranke war um seinen Nacken geschlungen, seine Hände waren auf dem Rücken zusammengebunden, und seine Beine waren derart gefesselt, daß er kaum stehen konnte. Er flatterte hilflos mit seinen Flügeln und sah todunglücklich aus. Mehr brauchte Jenny nicht zu sehen, um zu wissen, daß sie Chay helfen mußte, zu seiner Mutter zurückzukehren.

Aber das Fohlen war von bösartigen Kreaturen umgeben. Sie ähnelten Menschen und waren etwa von ihrer Größe, aber ihre Köpfe, Hände und Füße waren größer und knotig. Sie hatten ein finsteres Äußeres, und ihre bösen Blicke waren noch finsterer. Es waren drei, die offensichtlich das Fohlen bewachten. Sie taten ihm nichts, aber zweifellos würden sie es tun, wenn es einen ernsthaften Fluchtversuch machte.

Jenny legte Sammy die Hand auf den Rücken. Er hatte zufrieden angehalten, weil er nun sein Ziel vor Augen hatte.

»Wir müssen Chay von diesen miesen Burschen befreien«, flüsterte sie. »Ich könnte ihn losbinden, damit er fliehen kann, aber dann würden sie mich fesseln. Ich wünschte, ich hätte irgend etwas, um sie lange genug abzulenken!«

Sammy lief los. »Nein!« flüsterte sie verzweifelt. »Ich habe nicht gemeint, daß du ...« Aber natürlich war es zu spät, das war immer das Problem bei Sammy. Wann würde sie endlich lernen, nicht so sorglos zu reden, wenn er zuhörte?

Nun gut, da war nichts mehr zu machen. Sie mußte ihm folgen, obowohl damit jede Aktion zur Befreiung des Fohlens verzögert wurde. Vielleicht war es kein allzugroßer Verlust, weil sie noch gar keine Idee hatte, wie sie es befreien konnte. Doch gerade jetzt konnte sie keine Ablenkung gebrauchen!

Sammy führte sie zu einem Baum. Er hatte hellgrüne Blätter und leuchtendrote Beeren. Beeren? Nein, es waren Kirschen. Ein Kirschbaum. Aber sie war nicht in Stimmung, ausgerechnet jetzt zu essen.

»Was ist in dich gefahren, hierher zu kommen, als ich sagte, ich brauchte etwas, um die bösen kleinen Männer abzulenken?« fragte sie den Kater, obwohl sie wußte, daß er nicht antworten konnte.

Er stand einfach bei dem Baum und ignorierte ihn, jetzt, da er ihn gefunden hatte. Sein Vergnügen lag in der Suche; hatte er einmal gefunden, was er suchte, ignorierte er es normalerweise.

Unsicher langte sie hinauf, um eine Kirsche zu pflücken. Sie war rund und rot, aber offensichtlich nicht reif, weil ihre Haut hart und nicht weich war. Sie nahm sie zwischen die Zähne, aber konnte sie nicht zerbeißen. Das Ding war wie ein hölzerner Ball!

Sie langte nach einer anderen. Die war genauso hart. Das konnten keine echten Kirschen sein. Vielleicht gab es sie nur, um hungrige Leute an der Nase herumzuführen – und sie war hungrig, obwohl sie im Moment nichts essen wollte.

Plötzlich reichte es ihr. Sie wollte sowieso nichts essen und selbst wenn, hätte sie mit diesen Kirschen nichts anfangen können! Sie schleuderte die zwei Kirschen soweit weg, wie sie konnte. Sie flogen in hohem Bogen hinter die Bäume und landeten auf dem Boden.

Peng! Peng!

Jenny staunte. Die beiden Kirschen waren nicht hochgesprungen oder gerollt, sie waren explodiert! Wo sie auf dem Boden aufgeschlagen waren, befanden sich jetzt zwei kleine Krater – Schmutz und Blätter lagen verstreut herum.

Verwundert schaute sie den Baum an. Explodierende Kirschen? Und sie hatte versucht, in eine hineinzubeißen! Stell dir vor, sie wäre explodiert, als …

Dann machte es in ihrem Kopf ›klick‹. Sammy hatte sie hierhergeführt, und vielleicht war dies der Grund. Was würde geschehen, wenn sie eine Kirsche nach diesen fiesen Männern warf?

Jenny lächelte. Sie hielt sich selbst nicht für einen bösen Menschen, aber sie stellte sich vor, daß sie vielleicht für eine kurze Zeit bösartig sein konnte, wenn sie es nur versuchte.

Sie sammelte einige Kirschen und verstaute sie vorsichtig – sehr vorsichtig! – in ihren Taschen. Außerdem behielt sie zwei in den Händen. Dann ging sie behutsam dorthin zurück, wo sie diese fiesen Männer gesehen hatte. Sie hoffte, daß sie die beiden Explosionen nicht gehört hatten. Möglich wäre es, denn der Kirschbaum war eine ganze Strecke entfernt.

Sie hatte Glück: Sie fand die Gruppe noch genauso vor, wie sie sie verlassen hatte. Die fiesen Männer schienen auf irgend etwas zu warten, und natürlich konnte das Fohlen nichts tun.

Nun mußte sie sorgfältig planen. Sie mußte die Männer vertreiben, dann hinunterlaufen und das Fohlen losbinden, damit es wegrennen konnte. Da seine Mutter mit ihr gesprochen hatte, konnte es das wohl auch. Sie würde ihm erzählen, was sie vorhatte. Mit etwas Glück würde es verschwunden sein, bevor die fiesen Männer mitbekamen, was geschah.

Jenny fürchtete sich, aber das konnte sie nicht aufhalten. Sie mußte jetzt das Fohlen befreien!

Sie faßte Mut, biß die Zähne zusammen und schleuderte

eine Kirschbombe hinunter auf die Männer. Sie hatte einen wirklich guten Wurf, und außerdem konnte sie sehen, wo sie hinwarf. Sie zielte so, daß die Kirsche niemanden wirklich treffen würde, sondern nur in der Nähe aufschlug.

Es funktionierte ausgezeichnet. Die Bombe explodierte genau hinter einem der fiesen Männer. Er sprang kerzengerade hoch, und seine Stummelbeine rannten los, noch während er sich in der Luft befand. Er dachte, jemand würde ihn angreifen – und das dachten alle.

Jenny warf noch eine Bombe. Diese detonierte hinter einem anderen Mann, und er rannte genauso los. Es machte ihr soviel Spaß, dabei zuzuschauen! Das Fohlen war auch aufgeschreckt, konnte aber wegen der Fußfesseln nicht losrennen. Deswegen stand es nur da und sah verängstigt aus.

Jenny klaubte eine Bombe aus ihrer Tasche und warf sie dem dritten fiesen Mann hinterher. Er war schon dabei wegzurennen, aber das ließ ihn noch schneller werden. Einen Moment später waren alle drei verschwunden.

Jenny lief hinunter zu dem Fohlen. »Fürchte dich nicht, Chay!« rief sie. »Ich bin gekommen, um dir zu helfen!« Natürlich fürchtete es sich, aber vielleicht minderte das seine Angst.

Außer Atem erreichte sie es. »Laß mich deine Hände losbinden!« keuchte sie. »Ich weiß nicht, wieviel Zeit wir haben!«

Sie fummelte an dem Knoten herum, aber er war sehr fest. Sie kannte sich mit Knoten gut aus, aber Knoten waren gezierte Dinge, und es war einfach nicht möglich, sie anzutreiben. Langsam löste er sich.

Aber das waren nur die Hände. Sie mußte noch die Beinfesseln lösen. »Oh, ich wünschte, ich hätte ein Messer, um sie durchzuschneiden!« rief sie, während sie mit dem zweiten gezierten Knoten kämpfte.

Sammy schoß los. Aber kurz darauf hielt er an, weil ihn irgend etwas auf dem Boden interessierte. Jenny sah nach. Es war ein Messer, welches einer der fliehenden Männer fallengelassen hatte! Sie eilte hinüber, um es aufzuheben und benutzte es, um zuerst die eine Fußfessel durchzuschneiden und dann die andere.

Aber dann drehte sich einer der fiesen Männer um. »Was ist das?« schrie er.

Nein, es war kein fieser Mann; die Stimme war zu hoch. Es war eine fiese Frau! Sie war bedeutend hübscher als die Männer, mit einem wesentlich kleineren Kopf und kleineren Händen und Füßen, aber wahrscheinlich vom gleichen Stamm. »Lauf, Chay!« schrie Jenny.

Der kleine Zentaur machte einen unsicheren Schritt. Es war für ihn schwierig, sich schnell zu bewegen, nachdem er so lange gefesselt gewesen war.

»Ich werde dir helfen!« ermutigte ihn Jenny. Sie legte ihre Arme um seinen Körper, wo er vom Fohlen zum Jungen überging, versuchte ihn aufzurichten und drängte ihn vorwärts.

»Eine Elfe!« rief die fiese Frau aus und wirbelte ihre langen dunklen Locken in einer un-unsinnigen Weise umher. »Dem werden wir ein Ende machen!« Sie schwang einen Schwengel, und plötzlich wurden Jenny und das Fohlen in die Luft gehoben.

»Hiiilfe!« schrie Jenny völlig entsetzt auf.

»Das ist ihr Zauberstab«, erklärte das Fohlen, »wir können nicht fliehen.«

Das verdutzte sie so, daß sie sich sofort wieder beruhigte. »Du kannst ja sprechen!«

»Na klar, ich bin schließlich schon fünf Jahre alt.«

»Aber du siehst jünger als ein Jahr aus«, sagte sie, während sie ihn noch näher beäugte.

»Wir Zentauren altern so schnell wie die Menschen – die geflügelten vielleicht etwas schneller wegen ihres Vogelerbes. Ich vermute, daß ich in deinem Alter bin, relativ gesehen.«

»Drei Hände? Aber du bist noch nicht einmal zur Hälfte ausgewachsen!«

»Hände?«

Jenny zeigte dreimal hintereinander ihre gespreizten vier Finger. »Jeder Finger ein Jahr«, erläuterte sie.

»Oh, das ist richtig. Du bist eine Elfe. Ich hatte dich mit einem richtigen Menschen verwechselt.« Dann, nach einer Pause: »Vierfingrige Hände?«

Jenny blickte hinab. »Das ist interessant, wir müssen uns wirklich länger unterhalten. Aber jetzt müssen wir uns erst mal aus den Fängen dieser fiesen Frau befreien!«

»Das ist die Koboldame Godiva. Wir kommen solange nicht von ihr los, wie sie den magischen Zauberstab hat.«

»Magischer Zauberstab?« Jenny verstand allmählich das Problem.

Unten hörte Sammy zu und schlich sich an die Frau heran, wobei sein Schwanz unheilvoll zuckte.

»Nein!« schrie Jenny von dem Gedanken erschreckt, was dem Kater geschehen würde, wenn er dieses wilde Wesen angreifen würde.

»Sag nicht nein zu mir«, sagte Godiva. »Ich werde dich so lange schweben lassen, bis du mir sagst, was die Elfen damit zu tun haben. Wo steht deine Ulme?« Während sie sprach, senkte sie den Zauberstab, und Jenny und das Zentaurenjunge sanken herab, bis sie fast den Boden berühren konnten.

»Ich weiß nicht das geringste über eine Ulme!« protestierte Jenny.

Dann sprang Sammy. Er griff den Zauberstab mit seinem Maul und zog ihn der Frau aus der Hand.

Jenny und das Fohlen fielen plötzlich auf den Boden.

»Komm damit zurück!« stieß die Frau wütend hervor. Ihr langes Haar wirbelte um ihren Körper herum, während sie sich drehte.

Sammy hatte den Zauberstab geschnappt, nachdem Jenny ihn erwähnt hatte, und nun konnte die Koboldfrau ihn nicht mehr gegen sie anwenden!

»Finde einen sicheren Ort!« rief Jenny dem Kater zu. »Lauf! Folge dem Kater!« wies sie das Fohlen an.

Der kleine Zentaur bewegte sich schneller als vorher, und die letzten Bänder fielen von seinen Fesseln. Er trabte los. Jenny rannte an seiner Seite, ihre Augen unverwandt auf Sammy gerichtet. Es würde ihnen nicht viel nützen, wenn

Sammy einen sicheren Ort fand, sie ihn aber aus den Augen verloren!

Jetzt kehrten die männlichen Kobolde zurück. »Gimpel! Idiot! Schwachkopf!« schrie die Frau. »Fangt sie! Holt den Zauberstab zurück!«

Aber der Kater lief hurtig, und der Zentaur gewann an Geschwindigkeit. Sie verschafften sich einen Vorsprung, bevor sich die Kobolde einigen konnten.

Sammy, der etwas Neues finden sollte, vergaß den Zauberstab. Er fiel ihm aus dem Maul. Jenny sah es und fing ihn auf. »Vielleicht kann sie das stoppen!« sagte sie, während sie sich herumdrehte und ihn in Richtung der Kobolde schwenkte.

Nichts geschah. »Du kannst ihn nicht benutzen«, erklärte der Zentaur. »Er ist auf Dame Godiva abgestimmt und wird für niemand anderen arbeiten.«

»Nun gut, ich werde ihn trotzdem behalten, damit sie ihn nicht gegen uns verwenden kann«, sagte Jenny und rannte weiter. Sie brachen durch immer neues Dickicht und rannten so schnell sie konnten. Aber die Kobolde blieben ihnen auf den Fersen. Jedesmal, wenn die fiesen Männer langsamer wurden, schrie die fiese Frau sie an und trieb sie wieder zu höherer Geschwindigkeit.

Jenny keuchte. Sie war es gewohnt, viel herumzuwandern und hinter Sammny herzulaufen, aber dies war eine kopflose Flucht, und sie war schon von der vorangegangenen Jagd erschöpft. Viel länger konnte sie das nicht aushalten!

Dann erreichten sie einen Fluß. Es war nicht unbedingt der größte Fluß, von dem Jenny gehört hatte, aber es war auch nicht gerade der kleinste. Er war ganz schön breit. Sie konnte schwimmen, aber sie war sich nicht sicher, was das Fohlen betraf, und sie war so erschöpft, daß sie es wirklich nicht versuchen wollte.

Aber Sammy lief zu einem Floß aus bearbeiteten Stämmen, welches am Ufer befestigt war. Was für ein Segen!

Sammy sprang auf das Floß. Jenny sprang hinterher und das Fohlen folgte ihr. Schnell band sie das Tau los, hob die Stakestange und schob das Floß auf das Wasser hinaus.

Die Kobolde platzten vor Wut, aber sie stoppten am Ufer. Jenny stakte wie verrückt, doch das Floß bewegte sich mit zäher Langsamkeit. »Oh, sie können uns nachschwimmen!« keuchte sie bestürzt.

»Nein, können sie nicht«, sagte der Zentaur.

»Aber es ist nur eine kurze Strecke!«

Er zeigte auf ein Kräuseln im Wasser. Plötzlich tanzte ein Pantoffel auf der Oberfläche. »Wassermokassin«, erklärte er.

»Aber das sieht wie ein Schuh aus!« wandte sie ein.

»Es *ist* ein Schuh – aber er beißt in die Zehen eines jeden Wesens mit Füßen, das er fangen kann.«

Nun bemerkte sie, daß das Innere des Mokassins, wo die Zehen hineinpaßten, mit scharfen weißen Zähnen ausgestattet war. Die Zunge rollte sich auf und schlappte um den Schaft. Da hinein würde sie niemals ihren Fuß setzen! Die Kobolde schienen ebenso abgeneigt, ihre Füße dem Wasser anzuvertrauen. Mehrere Wassermokassins warteten und leckten ihren Schaftrand. Alles in allem war dies ein sicherer Ort auf diesem gefährlichen Weg! Die Strömung ergriff das Floß und zog es stromabwärts. Jenny entspannte sich, da sie nicht mehr zu staken brauchte. »Was für ein Fluß ist das?« fragte sie. »Hast du es erfahren können?«

»Ich glaube, es ist der An-den-Keks-Fluß«, sagte der Zentaur. »Ich hörte, wie die Kobolde sagten, daß sie ihn meiden wollten.«

»An den Keks?« fragte sie. »Was für ein schräger Name! Warum nennt man einen Fluß so?«

»Vielleicht wegen der Kekse«, antwortete er bedeutungsvoll.

Sie schaute sich um und sah Giftpilze am Ufer wachsen. Aber als das Floß näher herantrieb, erkannte sie, daß es sich tatsächlich um Kekse handelte oder irgend etwas, das sehr ähnlich aussah. Sie langte hinüber und pflückte einen, obwohl sie fürchtete, daß er genausowenig eßbar wäre wie die Kirschen, aber es stellte sich heraus, daß er dem ähnelte, was sie einen Sandkuchen nannte – zuckersüß und knusprig frisch. Sie setzte sich auf das Floß und aß genießerisch den Rest. Der Zentaur nahm selbst einen und probierte ihn. »Sehr süß«, bemerkte er. »Das ist wahrscheinlich wegen des Zuckersands.«

»Dem was?«

»Dem Zuckersand. Er wird überall in Xanth in Mengen gefunden, und er eignet sich ausgezeichnet, um Süßigkeiten wachsen zu lassen. Manchmal esse ich ihn pur, aber meine Mutter mag das nicht.«

»Aber Sand ist doch nicht süß!« protestierte sie.

Er betrachtete sie überrascht. »Du bist eine Elfe und kennst keinen Zuckersand?«

»So etwas gibt es nicht, Chay!«

Er runzelte die Stirn. »Sprichst du mit mir?«

Jenny hatte den Namen so ausgesprochen, wie sie ihn bei der Mutter des Fohlens gehört zu haben glaubte. »Ich denke, wir sollten besser von vorn anfangen. Laß uns einander vorstellen. Du bist ...?«

»Der Zentaur Che der Flügelungeheuer von Xanth«, antwortete er auf der Stelle.

»Che? Ich dachte, du hießest Chay! Das tut mir leid.«

»Schon gut. Und du bist ...?«

»Jenny aus der Welt der Zwei Monde. Wo ich herkomme, ist der Sand aus zermahlenem Felsen oder ähnlichem; wir können ihn nicht essen.«

»Gemahlener Kristallzucker«, sagte er. »Von den großen Zuckerhutbergen, glaube ich. Ich vermute, du bist keine hiesige Elfe. Wo steht deine Ulme?«

»Was soll all das Gerede über Ulmen?« erkundigte sie sich. »Ich habe noch nie eine Ulme gesehen!«

»Aber alle Elfen sind doch mit Elfenulmen verbunden«, sagte er. »Niemals streifen sie weit von ihnen entfernt herum, weil ihre Lebenskraft umgekehrt proportional zur Distanz von ihrer Heimatulme ist. Wenn du von deiner weit entfernt bist, müßtest du dich nun sehr schwach fühlen.«

»Ich bin mit keiner Ulme verbunden!« entgegnete sie. »Nicht eine Elfe, die ich kenne, ist es! Ich bin müde, ja, aber nicht wegen irgendeines Baumes!«

Er dachte nach. »Ich nehme an, daß dein Land der Zwei

Monde kaum eines ist, über das mich meine Mutter bislang unterrichtet hat. Würdest du sagen, daß es sich hinter Xanth befindet? In einem anderen Land, wo es zwei Monde gibt?«

»Ja. Meine Welt ist nicht wie diese! Ich habe niemals vorher von Xanth gehört, und ich finde es unglaublich fremdartig. Alle diese magischen Dinge, wie Kirschbomben und Menschentiere, die fliegen ...« Sie brach ab. »Oh, nichts für ungut.«

»Macht nichts. Zentauren stammen vom Volk der Menschen und dem der Pferde ab – und selbstverständlich stammt meine Art zu guter Letzt auch noch von den Vögeln ab. Mein Ahnherr war ein Hippogryph.«

»Ein was?«

»Du würdest es ein Pferd mit einem Vogelkopf nennen.«

Jenny schüttelte den Kopf. »Wäre ich jetzt nicht hier und würde mit dir sprechen, würde ich nichts davon glauben, vermute ich. Aber ich sah deine Mutter fliegen.«

»Ja, meine Mutter hat sich selbst leicht gemacht, indem sie ihren Körper mit ihrem Schweif peitschte; dann kann sie fliegen. Aber meine Flügel sind dafür bislang unzulänglich ausgeformt, so muß ich mich mit Sprüngen behelfen, sollte es notwendig sein.«

»Du kannst dich selbst leicht machen?« fragte sie überrascht.

»Ich kann alles leicht machen«, entgegnete er. »Aber natürlich mache ich es nicht wahllos. Das wäre nicht höflich.«

»Ich wünschte, du könntest mich leicht machen!« sagte sie. »Dann wäre ich vielleicht nicht so müde!«

»Wie du wünschst!« Che peitschte ihre Schulter mit der Spitze seines Schweifes.

Plötzlich fühlte Jenny sich so leicht. Sie stand auf – und segelte beinahe vom Floß! »Ich bin wirklich leicht!« rief sie aus.

»Natürlich. Aber sei vorsichtig, weil ich dich nicht wieder schwer machen kann. Meine Magie geht nur in eine Richtung, allerdings läßt die Wirkung mit der Zeit nach.«

Jenny fühlte, wie sich ihr Geist verwirrte, und das nicht,

weil ihr Kopf leicht war. Hier gab es wirklich Magie, welche vom gewöhnlichen Volk ausgeübt wurde, anstatt von den Hohen, und es funktionierte auch bei ihr! Das erklärte eine ganze Menge.

»Ich bin mir immer noch im unklaren, wie du nach Xanth gekommen bist, wenn du aus einer fremden Gegend stammst«, sagte Che.

»Darüber bin ich mir selbst im unklaren! Ich bin Sammy gefolgt, und nachdem er gefunden hatte, wonach er suchte – es war eine von deinen Federn –, waren wir hier.«

»Oh, das ist die Erklärung. Sammy ist ein magisches Wesen.«

»Nein, er hat nur eine unheimliche Fähigkeit, das zu finden, wonach auch immer er sucht.«

»Ist das nicht Magie?«

Darüber dachte Jenny nach. »Ich nehme an, das ist es. Sicherlich ist es das jetzt, weil der Dinge viel schneller und besser findet als gewöhnlich.«

»Hast du selbst ein magisches Talent?«

»Ich?« Sie lachte. »Ich kann kaum normale Dinge tun, geschweige denn magische! Ich bin schon froh darüber, geradeauszugucken. Dank dieser hübschen Brille, die deine Mutter mir gegeben hat.«

»Willst du damit sagen, du hast es nicht versucht?«

Jenny wurde neugierig. »Denkst du, glaubst du wirklich, ich könnte etwas Magie haben? So wie Dinge leicht oder schwer zu machen oder ähnliches?«

»Es könnte möglich sein. Alle Menschen haben Talente, und manche andere Wesen ebenso, wenn sie menschlicher Abstammung sind. Elfen scheinen im allgemeinen mit ihrer Stammesmagie zufrieden zu sein, die sie mit ihren Ulmen verbindet, aber wenn du nicht von diesem Typ bist, schlägst du vielleicht mehr nach der menschlichen Art.«

»Ich frage mich, was meine sein könnte?« Zum ersten Mal fand sie einen wirklich positiven Grund, in dieser wundersamen Welt zu sein.

»Oh, ich vergaß. Mundanier haben keine Magie. Nur Leute, die in Xanth entstanden sind.«

»Was ist ein Mundanier?«

»Eine Person oder ein Tier, welches aus der öden nichtmagischen Sphäre hinter Xanth stammt. Meine Mutter mag es nicht, darüber zu sprechen.«

»Aber ich bin nicht von da! Hat Mundania zwei Monde?«

»Ich glaube nicht. Nur einen Mond wie unserer, nur ist sein Schimmelkäse zu ungenießbarem Fels versteinert.«

»Ein Mond aus Schimmelkäse?«

»Und Honig auf der anderen Seite. Mein Herr Vater und meine Frau Mutter gingen zum Honigmond, wo sie mich empfingen. Vielleicht kommt es daher, daß ich so eine Vorliebe für Süßes habe.«

»Wenn ich also nicht aus Xanth oder Mundania bin, dann wissen wir nicht, ob ich Magie habe«, folgerte Jenny. »Aber wenn Sammy Magie hat, habe ich sie vielleicht auch.«

»Kann schon sein«, sagte Che zweifelnd.

»Warum haben dich die Kobolde entführt?«

»Ich nehme an, sie wollten mich fressen.«

»Dich fressen!« schrie sie schreckerfüllt auf. »Aber das wäre hinterlistig, grausam und schrecklich!«

»Das ist wahr. Das ist die Natur der Kobolde. Ich gestehe jedoch, verwirrt zu sein, daß sie mich nicht auf der Stelle geschlachtet haben. Sie schienen mich für eine spätere Gelegenheit aufgehoben zu haben.«

»Sie hatten dich wirklich gründlich gefesselt!« stimmte sie zu.

»Sie wollten mich anscheinend irgendwo hinbringen. Die Männer sind gewiß brutal, aber Godiva hielt sie davon ab, mich zu mißhandeln. Koboldfrauen sind selbstverständlich netter als Koboldmänner. Die Tatsache, daß sie die Horde angeführt hat, läßt vermuten, daß etwas anderes als zufällige Gewalttätigkeit damit zu tun hat. Das ist ziemlich merkwürdig.«

»Wie haben sie dich geschnappt? Wußtest du nicht, daß du dich von den Kobolden fernhalten mußt?«

»Natürlich wußte ich das! Aber sie lockten mich mit dem Geruch frischgebackener Törtchen, und ich konnte einfach nicht an mich halten. Wenn du glaubst, daß Zuckersandkuchen gut schmecken, dann solltest du erst einmal frischgebackene Törtchen probieren! Doch dann umzingelte mich ein schrecklicher Nebel, und plötzlich war ich völlig verschnürt und ein Gefangener der Kobolde. Ich denke, sie haben einen Einwegpfad.«

»Einen Einwegpfad? Aber alle Pfade führen doch in beide Richtungen!«

»Keineswegs! Magische Pfade werden typischerweise nur einmal begangen, und manche führen nur in eine Richtung. Ich vermute, daß die Kobolde so einen benutzt haben, um mich eine große Strecke von meiner Heimlichtung wegzuführen, so daß meine Mutter meinen Spuren nicht folgen konnte. Nun haben sie ihren Pfadzauber erschöpft und müssen in gewöhnlicher Form vorgehen. Aber sie schienen keine hiesigen Kobolde zu sein, weil sie diese Gegend nicht kennen. Godiva hatte gerade das Gebiet da drüben erforscht, als du zu mir gestoßen bist.«

Jenny entschied sich, nicht über die Richtungen von Pfaden zu streiten. Wenn sie einen Einwegpfad sehen würde, dann würde sie es glauben, aber nicht vorher. »Das ist lustig, daß sie einen solchen Ärger am Hals haben. Ich hatte gedacht, sie würden dich direkt dahin verschleppen, wo sie herkamen.«

»Das war auch meine Vermutung. Aber anscheinend hat etwas nicht geklappt, weil sie verwirrt schienen, als sie von dem magischen Pfad abkamen. Sie hatten erwartet, auf der Ostseite der Elemente anzukommen, statt dessen befanden sie sich auf der Westseite.«

»Aber ein Pfad kann nicht mal eben seinen Verlauf ändern!«

»Normalerweise tun sie es nicht, aber das ist keineswegs festgelegt. Weil dieser ein Schnellpfad war, war die Szenerie rundherum verschleiert; sie müssen angenommen haben, daß sie in die richtige Richtung gingen. Wir gingen zum Beispiel eine halbe Stunde, bevor wir an sein Ende gelangten, und dann haben wir ihn sicherlich verlassen, und er war verschwunden. Als Godiva sah, wo wir waren, sagte sie beinahe etwas Undamenhaftes, was ungewöhnlich für Koboldfrauen ist.«

»Sie hörte sich in meinen Ohren nicht damenhaft an!« stimmte Jenny zu. »Ich hörte, daß sie die Männer dumm und idiotisch nannte.«

»Nein, sie nannte sie bei ihren Namen: Gimpel, Idiot und Schwachkopf. Dumm kam zu diesem Einsatz nicht mit.«

»Kobolde haben alberne Namen!« lachte Jenny.

Er lächelte. »Ich gehe davon aus, daß sie unsere Namen auch für seltsam halten.« Dann blickte er auf. »Oh, ich befürchte, wir bekommen Schwierigkeiten!«

Jenny schaute sich um. »Aber das ist nur eine winzige Wolke! Von der haben wir nichts zu befürchten.«

»Im Gegenteil! Sie sieht doch sehr wie Cumulo Fracto Nimbus aus, die übelste der Wolken. Er bringt allen guten und sogar einigen bösen Leuten Unheil.«

»Eine *Wolke*? Au weia!«

Aber Che sah äußerst besorgt drein. »Jenny Elfe, ich hoffe, daß du nicht mehr Lehrgeld zahlen mußt, als dir lieb ist. Vielleicht treibt Fracto auch nur vorüber.«

Doch die Wolke trieb nicht vorbei. Sie nahm immer festere Konturen an und wurde dunkler und mächtiger. Es schien beinahe so, als habe sie ein nebelhaftes Gesicht mit zwei großen Augen und einem noch größeren Mund. Dann öffnete sich der Mund, und die Wolke blies – und ein kalter Wind schüttelte das Floß.

Wellen bildeten sich, erreichten das Floß und rüttelten es. Die Wolke schwoll dichter und häßlicher an, und Donner rollten darin. Der Wind peitschte das Blattwerk der Bäume, und erste dicke Regentropfen platschten auf das Floß.

»Vielleicht sollten wir besser ans Ufer staken«, sagte Jenny verängstigt. »Ich möchte nicht vom Floß in einen Fluß geschwemmt werden, in dem die Wassermokassins warten.«

»Vielleicht ist es das beste«, stimmte Che zu.

Jenny hob die Stakstange. Aber sie selbst war noch leicht, während die Stange schwer geblieben war. Nun schien diese schwerer als sie selbst zu sein, was das Staken umständlich machte. Aber dieses Problem wurde schließlich gelöst: Che peitschte die Stange mit seinem Schweif, und sie wurde leicht.

Sie stieß sie auf das Ufer zu. Aber während sie das tat, erschienen dort bösartige kleine Gesichter. Die Kobolde!

Hastig schob sie das Floß wieder zurück. Die Kobolde standen da und schwangen ihre klobigen Fäuste. Einige von ihnen hatten Steine, aber sie warfen sie nicht. Es waren mehr als zuvor – sie zählte mindestens sechs. Sie mußten Verstärkung bekommen haben.

»Wir können nicht anlegen«, sagte sie.

»Ich fürchte, wir können uns auch nicht in der Strommitte halten«, sagte Che.

»Vielleicht ist es auf der anderen Seite sicherer.« Sie stakte hinüber.

Aber das Wasser wurde in der Mitte tiefer, wodurch das Staken zunehmend schwieriger wurde. Der Sturm nahm zu, so daß die Wellen über das Floß schwappten. Sammy war nicht scharf auf ein unfreiwilliges Bad und sprang auf Jennys Schulter, um das Wasser anzufauchen.

Das Floß drehte sich um sich selbst. Jenny verlor ihren Halt und merkte, wie sie hinunterrutschte. Sie schrie – aber Che ergriff ihren Arm und bewahrte sie vor der Landung im Wasser. Seine vier Beine gaben ihm einen besseren Stand; er hatte seine Hufe gegen die Stämme des Floßes gestemmt.

Noch wütete der Sturm. Jetzt wußte Jenny, daß Che recht gehabt hatte: Dies war keine gewöhnliche Wolke, sondern ein magisch manischer Dämon von einer Wolke, ausgesandt, sie zu packen. Sie konnte sich nicht vorstellen, warum er sie so haßte. Aber er tat sein Äußerstes, um das Floß umzukippen. Sie hatte bislang nicht an die vorsätzliche Bösartigkeit des Wetters geglaubt, aber nun tat sie es!

Eine Windbö packte das Floß und schob es auf den Strand. Jenny versuchte, es wieder drei zu bekommen. Sie bemühte sich, das Floß mit der Stange zu bremsen, aber das Ding steckte im Grundschlamm und wurde aus ihrem Griff gedreht. Schließlich war sie kein kräftiger Menschenmann, sondern ein kleines Elfenmädchen und an diese Dinge nicht gewohnt.

Die Wellen sammelten sich zu einem abschließenden Angriff. Sie hoben das Floß und stießen es so heftig, daß Elfe, Katze und Zentaur hinunter ins flache Wasser schlitterten. Jenny schrie, als sie hineinplatschte.

Aber die Wassermokassins schnappten nicht nach ihren Zehen. Es sah so aus, als ob der Sturm auch sie erschreckt hätte, und sie waren entweder betäubt oder hatten sich anderswo verkrochen. Die Kobolde stürzten herbei und ergriffen Jenny und Che. In Sekundenschnelle waren beide vollständig gefesselt.

»Finde Hilfe, Sammy!« schrie Jenny entmutigt, da sie fürchtete, daß dort keine Hilfe zu finden war.

Sammy sprang an den Kobolden vorbei und verschwand. Vielleicht würde er Hilfe finden – aber wie würde die Hilfe sie finden? So, wie sie die Kobolde kannte, würden diese sie nicht gerade am Ufer des An-den-Keks-Flusses zurücklassen. Was hatte sie nur bei dem Versuch, das Fohlen zu retten, angerichtet? Nichts als einen Aufschub, fürchtete sie. Nun steckte sie in genauso großen Schwierigkeiten wie Che.

3
ELECTRAS EXAMEN

Electra beobachtete, wie Chex mit Grundy Golem fortflog. Sie hoffte zwar, daß man Che bald finden würde, aber sie hatte dabei eine schreckliche Ahnung. Das Fohlen war entführt worden, was bedeutete, daß jemand versuchte, es versteckt zu halten. Es würde also nicht irgendwo einfach mal so im Wald gefunden werden, als sei nichts geschehen.

Doch wer könnte eine solch entsetzliche Tat begangen haben? Che war das einzige Fohlen der geflügelten Zentauren in Xanth. Falls ihm etwas zustieß, würde das den Weiterbestand aller geflügelten Zentauren gefährden. Es war also noch schlimmer als eine gewöhnliche Entführung, obwohl die schon schlimm genug wäre. Sie war sich nicht sicher, ob sich etwas Derartiges schon einmal in Xanth ereignet hatte.

Nada machte ein finsteres Gesicht. Sie war in ihrer menschlichen Gestalt eine so schöne junge Frau, daß sie sogar jetzt noch hinreißend aussah. Electra war neidisch auf sie und konnte ohne weiteres verstehen, warum Prinz Dolph sie lieber mochte als sie selbst. Auch *Electra* moch Nada lieber als Electra. Denn Nada war eine Prinzessin und zudem eine wirklich anziehende Person. Wenn Electra irgendeine Frau ausgewählt hätte, um sich mit ihr zu messen, so hätte Nada ganz unten auf ihrer Liste gestanden. Was aber die Freundschaft betraf, so stand sie ganz oben.

»Laß uns aufbrechen«, schlug Nada vor. Sie verwandelte sich in eine riesige Schlange.

Electra nahm auf dem Rücken der Schlange Platz. Nada kam mit ihren schlängelnden Bewegungen immer schneller voran. Es gab eine gewisse Ähnlichkeit in der Art und Weise, wie sie sich auch in ihrer menschlichen Gestalt fortbewegte, jedoch zeigte es dort eine weit größere Wirkung auf die Augen der Männer in ihrer Nähe: Sie fielen ihnen buchstäblich aus dem Kopf. Tatsächlich machte im Augenblick sogar der Golem große Augen. Vielleicht lag es daran, daß Nada keine Kleidung trug. Grundy hatte eine absolut liebenswerte Frau namens Rapunzel, aber wie alle männlichen Wesen schaute er gern jedem Rock nach, der ihm unter die Augen kam. Sofern der Ausdruck ›Rock‹ momentan für Nada überhaupt zutraf. An Electra hatte er keinen weiteren Blick verschwendet, und dies nicht nur, weil sie Kleider anhatte. Wenn sie mit Nada zusammen war – was meistens der Fall war –, schaute kein Mann sie ein zweites Mal an. Daran war sie schon gewöhnt.

Es war zu schade, daß Nada Dolph nicht genauso liebte wie er sie. Aber natürlich war sie auch fünf Jahre älter als er: mittlerweile zwanzig, während er fünfzehn war. Nada war eine wohlerzogene junge Dame, während Dolph – nun, sogar Electra mußte zugeben, daß er in gewisser Weise ungehobelt war. Aber Electra liebte ihn so; sie liebte ihn so und so, denn sie konnte aufgrund des Zaubers, der auf ihr lag, nichts dagegen tun. Sie mußte den Prinzen lieben und heiraten, der sie nach ihrem (na ja, beinahe) tausendjährigen Schlaf wachgeküßt hatte. Eigentlich hätte gar nicht sie, sondern eine andere in diesen Schlaf fallen sollen, zumal sie zweifellos keine Prinzessin war. Aber der Fluch des bösen Zauberers Murphy hatte alles durcheinandergebracht: Irgendwie hatte sie in einen Apfel gebissen, war in den Sarg gefallen, und nun war sie hier.

Eigentlich war Murphy gar nicht so böse, jetzt da er seinen Anspruch auf den Thron von Xanth fallengelassen hatte. Er hatte seine Magie eingesetzt, um seinem Sohn Grey dabei zu helfen, sich aus seiner schrecklichen Verbindung mit der bösen Maschine Com-Puter zu befreien. Ungefähr achthundert Jahre im Hirnkorallenteich – in dessen salzigen Bregen er gelegen hatte – hatten Murphy milder gestimmt, und zwanzig weitere Jahre in Mundania hatten den Rest besorgt. Electra hatte ihm vergeben, was er ihr mit seinem Fluch angetan hatte. Irgendwie mußte sie das auch tun, weil sie längst tot und vergessen gewesen wäre, wenn diese ganze Geschichte nicht stattgefunden hätte. Auf solche Dinge kam es eben an. Trotzdem war ihre gegenwärtige Lage nicht gerade rosig: Sie liebte einen Prinzen, der statt dessen ihre beste Freundin anhimmelte.

Genau genommen steuerte sie auf eine Krise zu. Der Gute Magier hatte in dem Buch der Antworten einige Nachforschungen angestellt und dabei entdeckt, daß ihre Verzauberung zeitlich begrenzt war, denn wenn sie den Prinzen nicht bis zu ihrem achtzehnten Lebensjahr heiratete, würde sie sterben. Ihre Verlobung konnte sie nur bis zu diesem Alter schützen, dann mußte sie sie einlösen. Wenn sie Dolph nicht heiratete und nicht diese Hochzeit vollzog, bevor sie achtzehn war, würde sie bei Anbruch ihres achtzehnten Geburtstages sterben.

Ihr genaues Alter zu schätzen war wegen ihres fast tausendjährigen Schlafs eine schwierige Angelegenheit. Aber man hatte herausbekommen, daß nur ihre ganz normalen Lebensjahre zählten. So war der Alterungsprozeß in jenem Moment zum Stehen gekommen, in dem sie in den Zauberschlaf fiel, und nachdem sie aus diesem wieder erwacht war, alterte sie weiter. Nach dieser Rechnung würde sie in der nächsten Woche achtzehn werden. Dolph würde wählen müssen. Er konnte das nicht vermeiden, denn wenn er nichts tat, würde sie sterben, so daß nur noch Nada zum Heiraten bliebe. Seine Eltern hatten ihr Wort gegeben, so daß er es nicht vermeiden konnte. Er mußte sich entscheiden und dann jene heiraten, die er erwählt hatte. So würde es geschehen: so oder so.

In gewisser Hinsicht war es für sie gar nicht so schlecht, daß Ches Entführung diese Ablenkung mit sich brachte, weil es ihre Gedanken von ihrem eigenen Problem fernhielt, oder sie zumindest daran erinnerte, daß sie nicht die einzige in Xanth war, die sich Sorgen machen mußte. Schließlich hatten auch viele andere Leute Probleme! Sie wußte, daß es ein Glück war, hier zu sein und diese sechs Jahre zusammen mit guten Freunden und ihrer großen Liebe auf Schloß Roogna zu leben. Auch wenn alles magischen Ursprungs und ohne Hoffnung auf Zukunft war, so erschien ihr die Zeit doch in ihrem Herzen großartig und wunderbar.

Sie wischte sich mit der Hand die Tränen aus dem Gesicht. Welchen Grund hatte sie zu weinen?

Auf dem magischen Pfad reiste man schnell, und nach kurzer Zeit waren sie angekommen. Electra stieg ab, und nachdem Nada wieder ihre menschliche Gestalt angenommen hatte, zog sie das Kleid, das Höschen und die Schuhe an, die Electra in ihrem Rucksack aufbewahrt hatte. Bei dem Kleid und den Schuhen spielte es keine Rolle, aber es war äußerst wichtig, daß kein männliches Wesen die Höschen zu Gesicht bekam. Sie waren von aufregendem Rosa, während Electras langweilig weiß waren, aber das durfte kein Mann wissen. Wo würde Xanth hinkommen, wenn so etwas geschähe?

Nada drehte sich zu ihr um, als sie vor dem Burggraben standen. »Ich wünschte, er würde dich heiraten«, sagte sie.

»Ich weiß.« Aber sie wußten beide, daß ihre Wünsche nicht zählten. Nur auf Dolphs Entscheidung kam es an. Er würde seine Wahl treffen, und die Auserwählte müßte ihn heiraten. Dies war von Anfang an selbstverständlich gewesen, von dem Moment an, als Königin Irene erklärt hatte, daß er nicht beide heiraten könne. Ein Mann mit zwei Frauen? Aus irgendeinem Grund war das nicht richtig.

Sie betrachteten die Burg. Sie sah ganz normal aus, jedoch

war die Zugbrücke hochgezogen. Das bedeutete, daß sie nicht einfach hineinmarschieren konnten.

Sie blickten einander wissend an. Der Gute Magier Humfrey war jetzt nicht da, aber Grey Murphy tat sein Bestes, um ihn in der Zwischenzeit zu ersetzen. Er besaß das Buch der Antworten, die ganzen Sammlungen von Phiolen und Flüchen und all die anderen Dinge, die ein Zauberer benötigte. Auch Ivy war da, die ihn gegebenenfalls verstärken würde. Alles in allem hatte er in diesen drei Jahren seine Sache ganz gut gemacht, auch wenn Electra wußte, daß er manchmal lange nach einer schwierigen Antwort schürfen mußte. Er hatte die gleichen Regeln aufgestellt, nach denen sich Humfrey gerichtet hatte: Jeder Anwärter mußte drei Hindernisse bewältigen, um in das Schloß zu gelangen, und daraufhin ein Jahr lang Dienste oder etwas Entsprechendes verrichten. Das geschah, um jene auszusieben, die es nicht wirklich ernst meinten. Sogar unter diesen Bedingungen gab es eine große Anzahl von Leuten mit Fragen. Einige saßen jetzt am Rand des Burggrabens und versuchten offensichtlich herauszufinden, ob ihre Fragen wirklich wichtig genug waren, um den Preis für die Antworten zu rechtfertigen. Das erklärte, warum die Zugbrücke hochgezogen war, denn andernfalls wären diese Leute einfach hineinspaziert.

Nada nickte, wobei ihre graubraunen Locken niedlich tanzten. Electras Locken waren auch braun, aber irgendwie tanzten sie niemals und hingen einfach lustlos herunter, wie auch immer sie frisiert waren. »Ich denke, daß Grey es sich nicht leisten kann, irgend jemanden vorzuziehen«, sagte sie.

Electra stimmte ihr zu. Niemand wird bevorzugt! Nadas andere beste Freundin war Ivy, und selbst Ivy wurde ein wenig nervös, wenn Nada ihrem geliebten Grey zu nahe kam. Warum Ivy und Grey einander die Ehe versprochen hatten, während Dolph, Nada und Electra miteinander verlobt waren, war eine Frage, die keiner von ihnen jemals richtig gestellt hatte. Daher konnte Grey es sich auch nicht erlauben, Nada ohne Hindernisse einzulassen, während andere einfach zusahen.

»Vielleicht kann ich allein reingehen«, fragte sich Electra.

»Allein?« Nadas graubraune Augen zeigten ein wunderschönes Erstaunen. Electras Augen dagegen vergaß man schnell, ob sie nun erstaunt oder aufgeregt schauten. Selbst sie konnte sich nicht an ihre Farbe erinnern, wenn sie überhaupt eine hatten.

»Keiner wird bemerken, wenn ich hineingehe.«

»Lectra, fängst du wieder mit deinem Minderwertigkeitskomplex an?« fragte Nada ernst.

»Nun ja ...«, sagte Electra schuldbewußt.

»Das würde ich nicht machen! Du bist eine großartige Freundin und ein tolles Mädchen, und nur ein Idiot würde dich nicht bemerken!«

»Was ist mit Dolph?« fragte Electra gepreßt.

»Er *ist* ein Idiot!«

Angesichts der schmerzhaften Wahrheit, die darin steckte, lachten beide.

»Was soll's«, sagte Nada nach einem Augenblick, »es geht sowieso nicht um dich oder mich, sondern darum, daß die Zugbrücke oben ist und wir keine Bevorzugung erwarten können. Daher müssen wir uns wie jeder andere auch auf jede erdenkliche Art voranarbeiten. Schließlich haben wir eine Frage zu stellen.«

»Es ist nicht die, die ich gerne stellen würde.«

»Vielleicht können wir Dolph dazu bringen, sie zu stellen.«

»Dazu müßten wir ihm erst einen Liebestrank verabreichen!«

Nada hielt inne. »Jetzt frage ich mich ...«

»Vergiß es! Selbst wenn er mich liebte, würde er dich immer noch lieben, und du bist all das, was ich nicht bin, und ...«

»Jetzt hör aber auf, Lectra! Du bist nicht weniger nett als alle anderen, und ...«

»Und ich habe auch Sommersprossen.«

»Ach, du bist ein hoffnungsloser Fall«, rief Nada verärgert aus. Sie war so liebenswert, wenn sie sich ärgerte, wie Electra es nicht war.

»Das war es, was ich dir klarmachen wollte.«

Nada wechselte das Thema. »Deshalb werden wir beide reingehen. Zusammen. Und zwar, sobald wir herausgefunden haben wie.«

Electra betrachtete nachdenklich den Burggraben. Sie konnte keine Ungeheuer im Burggraben sehen, aber sie lauerten ganz gewiß irgendwo. Sie konnten nicht eher ohne Gefahr losschwimmen, bis Nada sich in ein größeres Monster verwandelt hatte.

»Stell dir vor, du wirst zu einer riesigen Wasserschlange und ...«

»Genau meine Idee! Also los.« Nada wand sich aus ihren Kleidern, reichte sie herüber und wurde zur Schlange. Electra stopfte die Kleider in ihren wasserdichten Rucksack und stieg auf Nadas Rücken, wie sie es auch auf ihrer Reise auf dem Zauberpfad getan hatte. Nada glitt ins Wasser und begann, den Graben zu durchqueren. Electras Füße und Kleidung wurden dabei zwar naß, aber sie ließ sich dadurch nicht aufhalten, denn sie würden schon rechtzeitig wieder trocknen.

Am gegenüberliegenden Ufer konnte sie eine Bewegung ausmachen. Electra schaute gespannt nach vorne. »Ich sehe nur Muscheln«, berichtete sie. Dann lachte sie. Sie sah Seemuscheln am Meeresstrand! Nur daß es der Rand des Burggrabens war.

Es krachte, und etwas flog auf sie zu. »Geh in Deckung!« schrie Electra.

Nada verschwand, und Electra tauchte unter. Aber der Gegenstand verfehlte sie und plumpste hinter ihnen ins Wasser.

Nada kam wieder an die Oberfläche und streckte den Kopf mit einem Zischen heraus.

»Ich weiß nicht«, sagte Electra. »Es sah wie eine fliegende Muschel aus, auf die jemand die Zahl .22 gemalt hat.«

Nada schüttelte den Kopf. Sie wurde nicht schlau daraus. Electra verstand ihre Verwirrung. Seit wann konnten Muscheln fliegen? Normalerweise lagen sie am Strand oder unter Wasser.

Dann hörte man einen lauteren Knall, und eine größere Muschel kam geflogen. Auf dieser stand die Zahl .357. »Runter!« schrie Electra.

Sie tauchten wieder, und die Muschel verfehlte sie.

Einen Moment später bewegten sie sich weiter – und eine noch größere Muschel mit der Aufschrift .45 kam auf sie zugeflogen. »Noch eine!« schrie Electra und warf sich zur Seite.

Als sie sich wieder aufrichtete, klickerte etwas in ihrem Kopf. »Es ist eine Aufgabe!« stieß sie atemlos hervor. »Diese Muscheln gehören zur ersten Verteidigungslinie!«

Nada wendete, und sie näherten sich erneut dem äußeren Ufer. Als sie dort angelangt waren, nahm Nada wieder die Gestalt einer Frau an und stieg aus dem Wasser. Ein Mann, der in einiger Entfernung am Burggraben stand, fiel hinein. Offenbar hatte er zuviel gesehen und war wie vor den Kopf geschlagen. Electra war sich sicher, daß es nicht ihr eigener schmutziger Körper in den nassen Kleidern war, der das verursacht hatte.

»Ich habe noch nie von fliegenden Muscheln gehört!« wunderte sich Nada. »Wie schaffen wir es, an ihnen vorbeizukommen, wenn sie immer größer werden?«

Electra konzentrierte sich. »Mir fällt gerade etwas ein, vielleicht von meinem Besuch in Mundania. Manche Leute werfen gerne Muscheln auf Schiffe, glaube ich. Oder auf Bullen. Irgend etwas in dieser Art. Die Augen ... es klingt so gemein ...«

»Bull-Augen!« stieß Nada hervor. »Ich habe davon gehört. Es sind keine richtigen Tiere, sondern runde, dunkle Öffnungen. Wenn wir so eine malen, werden die Muscheln vielleicht darauf zufliegen.«

Es schien einen Versuch wert zu sein. Sie suchten nach etwas Passendem und fanden ein riesiges weißes Kissen an einem Kissenbusch und eine Stelle mit Bündeln von Pinselbüschen. Einen davon nahmen sie, um einen großen Kreis zu malen, der zwar überall ausfranste, aber irgendwie doch einem Auge ähnelte – eine gerade Linie hätte man damit natürlich nicht zeichnen können. Dann ließen sie das Kissen im Burggraben zu Wasser, wobei das Auge nach oben gerichtet war.

Tatsächlich flogen die Muscheln darauf zu. Und während die Muscheln von dieser Zielscheibe angezogen wurden, schwammen Nada und Electra in aller Ruhe hinüber und stiegen bei der Burg aus dem Wasser. Sie sahen niemanden außer einem Mann jenseits des Burggrabens, der prompt erstarrte und umfiel wie der erste. Nada hatte nun einmal so eine Wirkung auf Männer, auch ohne ihre rosa Höschen.

Nada zog sich an. Electras wasserdichter Rucksack hatte Nadas Kleid schön, trocken und sauber gehalten, während sie selbst wie ein nasser Zombie aussah. Aber ihr war klar, daß auch dann, wenn ihre Kleider frisch und Nadas durchweicht gewesen wären, Nadas Anblick eine Erholung für müde Augen wäre, während ihr Anblick die Augen nur schläfrig gemacht hätte.

Doch kaum hatten sie das Problem gelöst, als ihnen schon die nächste Aufgabe bevorstand. Sie wurden von einem Schwarm fliegender roter Objekte angegriffen. Alle waren annähernd herzförmig, aber nicht ganz symmetrisch. Oben ragten häßliche Röhren heraus, und dicke, geschwollene Adern umgaben die Körper. Jedes von ihnen pulsierte schrecklich.

»Oh!« rief Nada geziert, als eines dieser grotesken Dinger ihre Schulter rammte. Selbst wenn sie angegriffen wurde, benahm sie sich wie eine Lady.

»Ääh!« grunzte Electra gar nicht damenhaft, als eines dieser Dinger ihr ins Gesicht flog.

»Was *sind* das für Dinger?« fragte Nada, während sie versuchte, dem nächsten auszuweichen, das ihr hübsches Kleid mit einem Saft zu bekleckern drohte, der genau wie Blut aussah.

»Die Ungeheuer des nächsten Hindernisses!« antwortete Electra, als das Ding Nada verfehlte und ihr eigenes Kleid traf. Dunkles, dickflüssiges Blut wand sich an ihm hinunter und tropfte auf ihre Füße.

Nada verwandelte sich in eine große Schlange und richtete sich vor dem nächsten roten Klumpen auf, wobei ihr

Kleid an ihrem neuen Körper unhandlich herabhing und sie behinderte. Sie glitt jedoch rasch aus ihm heraus. Dann öffnete sie das Maul, zeigte beeindruckende Fangzähne und zischte. Dieser Klumpen schwenkte zwar zur Seite, doch ein anderer traf sie dafür von hinten. Ihr Kopf schoß herum, um danach zu schnappen, worauf der erste Klumpen seinen dickflüssigen Inhalt über sie ergoß.

»Es sind zu viele!« schrie Electra. »Wir können nicht gegen sie kämpfen, wir werden nur hoffnungslos vollgekleistert. Wir müssen den Schlüssel zur Lösung dieser Aufgabe finden!«

Die Schlange glitt hinunter in den Burggraben, um sich den Schmutz abzuwaschen. Damit wurde Electra zum alleinigen Ziel der Angriffe. Ein riesiger Klumpen rammte ihre Brust, um sie umzuwerfen.

Sie ergriff ihn, hob ihn hoch, und wollte ihn in den Burggraben schleudern. Aber sie wußte, daß er einfach umkehren und sie wieder angreifen würde. Das Ding war glitschig von dem herauslaufenden Blut, und was noch schlimmer war, es war warm und pulsierte. Gerade so wie ein herausgerissenes, lebendiges Herz …

»*Aaarrghh*!« stöhnte sie mit tiefempfundenen Schrecken. »Es *ist* ein Herz!«

Die Schlange verwandelte sich zu Nada in ihrer natürlichen Form: eine Naga mit dem Körper einer Schlange und dem Kopf einer Frau. »Eine Herzattacke!« rief sie. »Ich habe davon gehört, aber ich hätte nicht gedacht, daß es mir passieren würde!«

»Keiner denkt das«, stimmte Electra ihr von Herzen zu. Sie duckte sich, als ein dreistes Herz auf ihren Kopf zuflog, und wurde dabei von einem anderen im Rücken getroffen.

Sie hielt immer noch das große Herz fest, das ihre Brust getroffen hatte. Es war jetzt merkwürdig passiv, obwohl sie es nicht hart anfaßte. Ihr fiel ein, daß ihre elektrische Natur es vielleicht beeinflussen konnte. Das ermutigte sie, weil sich dadurch eine Lösung dieser Aufgabe anbot.

Ihr magisches Talent war die Elektrizität. Sie baute ständig eine Ladung auf und konnte sie auf einmal abgeben, wenn sie einem Ungeheuer einen starken Schock versetzen wollte, oder sie entlud sie schrittweise, wie sie es bei der Schaffung eines elektrolytischen Milieus für den Himmelspfennig gemacht hatte. Sie hatte davon gehört, daß Herzen elektrische Impulse zur Regulation ihrer Schläge verwendeten, oder so ähnlich. Vielleicht waren diese rasenden Herzen einfach außer Kontrolle geraten und griffen dabei alles in ihrer Umgebung an. Wenn sie sie mit ihren Händen anfaßte und ihren Pulsschlag beruhigte, würden sie vielleicht zahm werden.

Sie ließ das große Herz los. Es schwebte fort, passiv und mit stetigem Schlag, wobei es sich offensichtlich in Einklang mit der Welt befand.

Sie hielt nach dem nächsten Ausschau, und als es heranschoß, packte sie es. Das Ding versuchte, aus ihrem Griff herauszuschlüpfen, aber sie preßte es an sich. Es war heiß und verbrannte sie beinahe, doch wußte sie, daß es sich nur um Herzschmerz handelte. Sobald ihre Hände Kontakt mit dem Herzen aufgenommen hatten, wurde es passiv. Dann ließ sie es los, und es schwebte friedlich von dannen. Es funktionierte!

»Was machst du da, Lectra?« rief Nada aus dem Burggraben.

»Ich versetze diese Herzen in einen besseren Rhythmus«, antwortete Electra. »Sie rasen, weil sie außer Kontrolle geraten sind.«

»Du bist ein guter Schrittmacher«, bestätigte Nada, als sie zusah, wie die beruhigten Herzen davonschwebten. »Aber brich keines!«

»Wir wollen keine gebrochenen Herzen«, stimmte Electra ihr zu und fing das nächste Herz ein. Sie bezweifelte, daß sie jemals eine Herzensbrecherin sein könnte.

Schließlich waren alle Herzen gezähmt. Electra war ein wenig traurig, als sie sah, wie das letzte Herz zufrieden davonschwebte, doch sie wußte, daß alles nur Herzschmerz gewesen war. So hatten sie auch das zweite Hindernis bewältigt.

Sie ging zum Burggraben und wusch das Blut ab. Sie

hoffte, daß die sanften Herzen gute Körper finden würden, weil sie sehr warm und freundlich zu sein schienen und wahrscheinlich gut funktionieren würden, wenn man sie nur wohlwollend behandelte. Sie konnte ihnen ihre Wildheit nicht ankreiden, da sie ganz allein in die Welt geworfen worden waren.

Beide stiegen aus dem Graben und gingen weiter. Nadas Kleid war nun genauso naß wie das von Electra, weil sie es waschen mußte. Aber es sah noch immer zehnmal besser an ihr aus als alles, was Electra jemals getragen hatte. Sie erreichten einen Torbogen und betraten durch ihn die Burg. Vor ihnen lag ein schmaler, langgestreckter Flur.

Dort hinten, am Ende des Gangs, quoll doch etwas aus dem Tor! Es sah klumpig, rot und klebrig aus, als seien tausend wilde Herzen ausgequetscht und zu einer aufgeweichten Masse verdichtet worden. Waren die Herzen von da gekommen? Kein Wunder, daß sie wild gewesen waren!

Nada zog prüfend die Luft ein. Dann bückte sie sich, steckte einen Finger in das Zeug und probierte es. »Ich habe es mir doch gleich gedacht: Erdbeere.«

»Du meinst, es ist eßbar?« fragte Electra verwundert. »Erwartet man von uns, daß wir unseren Weg hindurchessen?«

»Hoffentlich nicht! Erdbeermarmelade macht fürchterlich dick.«

»Das würde mich nicht aufhalten. Ich nehme sowieso nicht zu, egal, wieviel ich esse. Das ist mein Problem.«

»Das ist *nicht* dein Problem!« brauste Nada auf. »Du bist wunderbar schlank!«

»Ich tausche meine Figur jederzeit gegen deine!«

»Wenn ich etwas von dieser Marmelade esse, wirst du meine Figur nicht mehr haben wollen«, erwiderte Nada. »Ich würde so fett sein, daß ich rollen könnte, ohne meine Arme und Beine zu benutzen.«

Electra versuchte, sich das vorzustellen, und fand es lustig, aber es kam kein mädchenhaftes Kichern oder gar herzhaftes Lachen dabei heraus, es war einfach nur ein dummes Glucksen.

Sie tauchte einen Finger hinein und probierte die Marmelade. »Nein, das ist nicht ganz Erdbeere. Es schmeckt zu metallisch. Auch keine Heubeere. Und schau – das sind überhaupt keine richtigen Beeren. Sie bewegen sich.«

Nada schaute genau hin. »Du hast recht! Einige sind größer als andere, und sie sind sogar quadratisch. Sie stoßen dauernd zusammen und halten einander gegenseitig auf.«

»Bis die andere aus dem Weg geht«, fügte Electra hinzu. »Nur scheinen sich diese Dinger leichter in die Quere zu kommen, als einander Platz zu machen.«

»Und alles zusammen führt dann zu einem absolut klebrigen Gekrieche«, sagte Nada. »Nicht eine Beere kann vorankommen, bevor es nicht auch alle anderen geschafft haben, deshalb sind sie alle wahnsinnig langsam.«

»Ich glaube, ich habe so etwas schon einmal vor Hunderten von Jahren geschmeckt«, sagte Electra. »Es war eine Art von Beeren, die in einem Kreis wuchsen, einem ... einem Kreisverkehr. Die Beeren rollten einfach immer im Kreis herum, bis sie verschlissen waren.«

»Das müssen verrückte Beeren gewesen sein!«

»Verkehrsbeeren. Sie bewegen sich immer im Kreis, außer wenn sie in einem ...«

»Verkehrsstau feststecken«, ergänzte Nada. »Und das hier ist ein großer Stau.«

»Ja, es ist widerlich. Alles steckt fest. Wie können wir da durchkommen?« Sie beobachteten, wie die Marmelade weiter quoll. »Es hilft nichts«, sagte Nada zögernd, »wir müssen uns einfach durchschlagen. Hoffentlich kann ich auf der anderen Seite ein Bad nehmen.«

Electra seufzte. »Ich gehe voran. Ich habe weniger zu verlieren.«

»Das machst du nicht! Du hast mehr zu gewinnen.« Nada trat in die Marmelade.

Sofort verlangsamte sich ihre Bewegung zu einem Kriechen. Sie versuchte, die Füße zu bewegen, aber irgend etwas war immer im Weg. Die Marmelade ließ ihr keine Chance, irgendwo hinzukommen.

»Das ist nicht gut!« keuchte Nada. »Ich stecke fest!«

Electra streckte ihr die Hand entgegen. »Ich zieh dich raus.« Aber obwohl sie zog, blieb Nada im Stau stecken.

»Es muß einen besseren Weg geben!« sagte Nada. »Ich rutsche immer tiefer.«

»Verwandle dich in eine kleine Schlange, dann kann ich dich rausziehen«, schlug Electra vor.

Das tat Nada. Sie wurde zu einer Strumpfbandschlange, deren Bänder nichts hatten, woran sie sich befestigen konnten. Electra umschloß den Körper vorsichtig mit der Hand und zog, aber der Schwanz der Schlange saß hoffnungslos fest. Sie konnte ihn einfach nicht freibekommen. Schließlich verwandelte Nada sich wieder in ihre menschliche Form zurück, damit sie stehen konnte, ohne tiefer hineinzurutschen.

Electra legte sich die Hände an den Kopf und ließ etwas Strom hindurchlaufen, um ihr Gehirn anzuregen. Das machte es ihr möglich, mit aller Macht eine Idee zu entwikkeln. »Vielleicht können wir die Marmelade dazu veranlassen, irgendwoanders hin zu fließen und uns hier zurückzulassen«, schlug sie vor.

»Aber das ist ja gerade das Problem«, überlegte Nada. »Die Marmelade steckt fest, weswegen sie sich nirgendwohin sehr schnell bewegen kann, weil sie immer fester wird.«

»Die Verkehrsbeeren können sich in der Marmelade nicht sehr schnell bewegen«, sagte Electra. »Aber vielleicht kann sich der *ganze* Kleister schnell bewegen – wenn er will.«

»Aber wie können wir das anstellen? Er ist schon fast ganz fest.«

Electra suchte in ihrem Rucksack. »Fest? Hm. In meinem Kalender habe ich etwas über ein Fest oder so etwas gesehen.« Sie zog eine abgenutzte Ausgabe des Xanthkalenders heraus und blätterte ihn einmal durch. »Ja, da ist es! Markfest! Dort kann das Fruchtmark so fest werden, wie es will, oder sich in einem Marmel-Laden ausstellen.«

Die Marmelade erbebte.

»Aber ist das nicht in ...«, fing Nada an.

»Ja. Es wird in der Spaltenschlucht stattfinden. Laß uns der Marmel ade sagen.«

»Warum soll ich denn *der* Marmelade sagen?«

»Nein, du sollst der Marmel *ade* sagen!«

Die Marmelade begann sich zu bewegen: zuerst langsam, dann immer schneller durch den Flur, wobei sie Nada mitzog, und erreichte bald eine bemerkenswerte Geschwindigkeit. Electra griff wieder nach Nada und hängte sich an sie. Glücklicherweise bewegte sich die Marmelade schon so schnell voran, daß sie ihren Zusammenhalt verlor und Nadas Füße freigab.

Kurz darauf konnten die beiden beobachten, wie die Marmelade über den Burggraben glitt. Es gab keinen Zweifel: Sie hatte die Richtung zu dem Markfest eingeschlagen. Electra hatte richtig vermutet, keine Marmelade konnte so etwas widerstehen.

»Hast du da nicht einen kleinen Scherz gemacht?« fragte Nada. »An der Schlucht findet doch gar keine Feier statt!«

Electra zeigte ihr den Kalender. »Ich habe nicht gesagt, daß es eine Feier wäre, ich sagte, es sei Markfest. Und da steht es.« Sie deutete darauf.

»Woche der festen Mark«, sagte Nada. »Aber ...«

»Hier im Kalender«, bestätigte Electra. »Es findet in der Schlucht statt, genauso wie überall in Xanth zur gleichen Zeit. Eine Woche, die daran erinnert, wie die Mark wieder fest als Grenze in das Reich von Xanth eingegliedert wurde. Die Marmelade wird es sicher rechtzeitig herausfinden.«

Nada schüttelte den Kopf. »Ich vermute, daß es die Marmelade sowieso nicht eilig haben wird, irgendwoanders hinzukommen«, lenkte sie resigniert ein.

»Aber *wir* werden schnell sein, solange der Weg ffrei ist.« Sie zog Nada mit sich in die Burg hinein. Die Nagafrau ließ sich mitschleppen, nachdem sie beschlossen hatte, daß weiterer Protest sich nicht lohne.

Der Weg endete an einer Treppe, die zu einer Tür führte, und hinter der Tür trafen sie Ivy. Sie trug ein gelbes Kleid, das ihr blaßgrünes Haar gut zur Geltung brachte. Sie war in Nadas Alter, aber nicht so üppig. In dieser Hinsicht lag sie mehr oder weniger zwischen Nada und Electra. »Oh, wie schön, euch beide wiederzusehen!« rief sie und umarmte sie nacheinander. »Warum habt ihr uns nicht gesagt, daß ihr kommt?«

Nada und Electra starrten sie in einer Mischung aus Erstaunen und Wut an. Dann verzog sich Ivys Mund, und kurz darauf brachen alle in mädchenhaftes Gelächter aus.

»Nun gut«, sagte Ivy, als sich das Gelächter gelegt hatte, »ich glaube, Grey hatte jetzt genug Zeit, um die Antwort herauszufinden.«

Electra nickte. Es gab einen Grund für die Hindernisse. Sie entmutigten nicht nur jene, die es nicht wirklich ernst meinten, sondern sie gaben auch dem Zauberer Zeit, die nötigen Informationen zu beschaffen. Nur wenige Leute wußten das, aber Nada und Electra waren Ivys beste Freundinnen und in einige ganz schön wichtige Geheimnisse eingeweiht.

Grey Murphy hielt sich mit dem Buch der Antworten im Turmzimmer auf. Manche Leute meinten, es gäbe gar kein solches Buch. Aber das lag nur daran, daß sie es nicht gesehen hatten. Es enthielt Antworten auf alle Fragen. Das einzige Problem war nur, herauszufinden, wie man sie zu lesen und zu verstehen hatte. Grey hatte mittlerweile drei Jahre daran gearbeitet und machte Fortschritte, aber manchmal mußte er sich doch sehr bemühen.

»Wir entbinden euch von dem Dienstjahr«, sagte Grey lächelnd. »Ivy ist der Meinung, daß ihre Freunde eine Ausnahme bilden oder so etwas.«

»Wir haben uns schon so etwas gedacht«, stimmte Nada zu und lächelte ebenfalls. »Bist du bereit für unsere Frage?«

»Ja. Aber ich fürchte, euch wird die Antwort nicht sehr gefallen. Seid ihr sicher, daß ihr fragen wollt?«

»Ja«, sagte Electra. »Wir haben nicht viel Zeit.«

»Also gut. Stellt eure Fragen.«

»Wo ist Che Zentaur?«

Grey starrte sie an. »Was?«

»Sie sagte, ›wo ist Che Zentaur‹?« wiederholte Nada. »Du weißt doch, Chex' Fohlen.«

»Aber ...« Grey sah erstaunt aus.

Nada runzelte die Stirn und brachte es fertig, auch dabei

noch schön auszusehen. »Was ist los – haben wir die falsche Frage gestellt?«

»Ich habe gerade das Problem eurer Verlöbnisse untersucht!« sagte Grey unvermittelt.

Nun waren es Nada und Electra, die ihn anstarrten. Dann brachen sie beide in Lachen aus. »Daran hatten wir gar nicht gedacht!« prustete Electra.

»Darum kümmern wir uns später«, fügte Nada hinzu.

Grey strich sein graues Haar nach hinten und machte ein grausliches Gesicht wie Grau, der Esel – sein Namensvetter. Das war eine denkbar leichte Übung für ihn. »Ich glaube, ich habe mich zu sehr mit technischen Fragen aufgehalten. Ich habe einfach vermutet ..« Er zuckte die Achseln. »Das bringt ein Problem mit sich.«

»Du meinst, du weißt nicht, wo Che ist?« fragte Electra. »Weil du dich mit unserem Dreiecksproblem beschäftigt hast? Das ist wirklich ein Problem, glaube ich.«

»Vielleicht weiß es der Spiegel«, überlegte er. Die meisten magischen Spiegel waren ziemlich klar, aber einige waren mehr helle als andere.

Er wühlte in einer Schublade herum und brachte schließlich einen Handspiegel zutage. »Das Problem bei diesem ist, daß er mit einem Reim befragt werden muß, wobei die Form festgelegt und nicht immer sehr sinnig ist.« Er überlegte einen Augenblick und sprach dann den Spiegel an: »Spieglein, Spieglein in der Hand, ist Che Zentaur in fremdem Land?«

»Diese Frage ist bekannt, denn Che Zentaur wurd' gebannt!« antwortete der Spiegel und hielt sich dabei an den Reim. Aber in ihm konnte man eine Szene erblicken, in der der kleine Zentaur gefesselt, angepflockt und von Kobolden bewacht wurde.

Nada, Electra und Ivy blieben die Entsetzensschreie gleichzeitig im Halse stecken. Kobolde hatten ihn entführt!

»Aber es gibt mehrere Koboldstämme«, gab Nada zu bedenken. »Da sind einmal die Kobolde vom Berg Etamin, gegen die mein Volk Krieg führt ...«

»Und die Kobolde östlich von der Region der Erde«, fügte Electra hinzu.

»Und die Kobolde der Goldenen Horde«, sagte Ivy schaudernd.

»Überall in Xanth gibt es Kobolde«, sagte Grey. »In vielen Aufzeichnungen von Magier Humfrey ist von ihnen die Rede. Die meisten von ihnen leben wohl unter der Erde. Aber der Spiegel zeigt eine Oberflächenszene. Das grenzt es sicherlich ein.«

»Kannst du den Spiegel um etwas genauere Auskünfte bitten?« fragte Electra.

»Nein, er beantwortet eine Frage nur ein einziges Mal. Außerdem kann diese Szene bereits mehrere Stunden alt sein. Ich fürchte, ich muß im Buch der Antworten nachsehen.« Er sah mürrisch aus.

»Wie lange dauert das?« fragte Electra besorgt.

»Wahrscheinlich mehrere Stunden. Das ist keine Antwort, die mir gerade leicht fällt.«

»Aber Che ist *jetzt* in Gefahr! Wir können nicht noch einige Stunden warten!«

Nada beugte sich zu ihm hinüber, wobei ihr nasses Kleid sich auf eine Weise an sie anschmiegte und wogte, wie es keines von Electras Kleidern jemals tun würde. »Gibt es keine andere Möglichkeit, Grey?« hauchte sie.

»Überleg dir etwas«, sagte Ivy schnell. Ihr Mund verzog sich für einen Augenblick zu einem scharfen Strich. Es sah beinahe so aus, als wollte sie Nada daran hindern, ihm weitere Fragen zu stellen.

»Was?« Grey schien für einen Moment abgelenkt zu sein. Nadas Kleider hatten meistens diesen Effekt auf Männer, sogar wenn sie trocken waren. Es war nur gut, daß ihre rosa Höschen nicht zu sehen waren, dachte Electra, denn dann hätte er überhaupt nichts mehr sagen können. »Oh, ja. Vielleicht mein Geistreicher.«

»Wer?« fragte Electra.

»Ein Geist, der durchs Land streicht. Damit leistet er seinen Jahresdienst für mich.«

»Allerdings ist er sehr schüchtern und spricht und zeigt

sich nicht. Aber wenn er etwas mitteilen will, schreibt er es sehr geistreich auf«, erklärte Ivy.

»Also eigentlich ein Herumschreiber!« entgegnete Electra.

»Aber wie könnte ein Geist so etwas wissen? Muß er nicht an dem Ort herumschreiben, wo er gestorben ist?«

»Nein, dieser kann umherstreichen ...«, antwortete Grey.

»Natürlich, er ist ja ein Geistreicher.«

»Er kann deswegen überall operieren, weil er mit niemandem an dem Ort, wo er starb, verbunden ist. Er bewegt sich sehr schnell und schreibt daher vielleicht etwas verschwommen, was die Einzelheiten betrifft, aber er sollte in der Lage sein, uns einen allgemeinen Überblick zu geben.«

»Gut, dann frag ihn«, drängte ihn Electra ungeduldig.

Grey runzelt die Stirn. »Vielleicht antwortet er nicht.«

»Aber wenn er doch seinen Dienst ableistet ...«

»Er fürchtet sich vor Kobolden«, gab Grey zu bedenken. »Vermutlich hatte ihn die Koboldschaft der Goldenen Horde gefangen und in einem Topf gekocht. Auf diese Weise scheint er gestorben zu sein und ist seitdem nicht mehr der alte. Er sagt, die Erinnerung an damals sei noch immer sehr kritisch für ihn. Und Schreiber mögen nun mal keine schlechten Kritiken.«

Electra konnte das gut verstehen. Sie wäre auch nicht gerne zu diesem Zweck in den Topf gesteckt worden.

»Deshalb drängen wir ihn nicht gern, wenn es um Kobolde geht«, sagte Ivy.

Electra warf Nada einen hilflosen Blick zu. Was sollten sie machen?

Aber Nada hatte eine Idee. »Ist er jetzt hier?«

»In der Burg?« fragte Grey. »Ja, ich kann ihn rufen. Aber ...«

»Sag ihm, daß ich mich von ihm küssen lasse, wenn er mir sagt, wo Che ist«, antwortete sie. »Und gebe ihm einen schönen Einblick. Äh, ich meine Überblick.«

Da hat sie zum ersten Mal recht gehabt, dachte Electra. Nadas Kleid schmiegte sich eng an sie, außer an der Stelle, wo es den Spalt zwischen ihren wogenden Brüsten überbrücken mußte. Wenn der Geist nahe genug an sie herantrieb, um sie zu küssen, würde er den besten Ausblick genießen, der in Xanth verfügbar war.

»Das könnte ihn ermutigen«, sagte Grey. Er blickte ins Leere. »Ghorge ...« Er hielt inne und wartete offensichtlich auf den Geist. »Wir würden gerne wissen, welche Kobolde Che Zentaur gefangen genommen haben. Nada Naga, die Frau mit der ...« Er zögerte, wobei seine Augen über nasse, nicht zu leugnende Tatsachen und eine Kleidung, die diese nur dürftig bedeckten, glitten, bis Ivy sich unüberhörbar räusperte. »Das erstaunliche äh, Kleid, sie, äh erlaubt dir, sie zu küssen, wenn du antwortest.«

Electras Kleid war ebenfalls naß, aber es spannte sich nicht über ihrem Busen, und kein Blick blieb daran hängen, und das Versprechen, sie zu küssen, hätte keinen lebendigen Mann in Aufregung versetzt, geschweige denn einen Geist. Sie hätte Nada das übelgenommen, wenn sie nicht eine so gute Freundin und Mitverlobte gewesen wäre.

Nach einer Weile nahm Grey ein Blatt Papier vom Schreibtisch. *Sehr gut*, stand in Zierschrift darauf.

Nada stolzierte in die Mitte des Zimmers, legte die Hände auf den Rücken, hob das Kinn, schürzte die Lippen, schloß die Augen und holte tief Luft, bis sich ihr Kleid bis zum äußersten spannte. Ivy ging schnell zu Grey hinüber und hielt ihm die Augen mit den Händen zu, gerade als der letzte Akt begann. Das war vermutlich nicht schlecht, dachte Electra, weil ihm die Augen beinahe aus dem Kopf gefallen wären.

Kurz darauf bemerkte Electra etwas. Auf dem Papier erschien eine Schrift von unsichtbarer Hand. Da stand: *Geht und findet Che, an dem Kekse.*

»Ghorge hat geantwortet!« schrie Electra und machte vor Aufregung einen Hopser. Sie konnte sich das sogar in einem nassen Kleid leisten, bei Nada wäre das gefährlich gewesen.

Nada schlug die Augen auf. »Er ist wirklich kalt!« sagte sie.

»Na ja, immerhin ist er ja auch tot«, erinnerte Ivy sie. »Aber ich glaube, daß war für ihn ein schöner Rundblick.«

Da erschienen noch weitere Worte. *Keine Spaltung wie diese, abgesehen von der Spaltenschlucht*! Electra machte sich nicht die Mühe, die anderen auf diese Botschaft aufmerksam zu machen. Sie hielt sie für unwichtig. »Aber welchen Keks brauchen wir, um Che zu finden?« fragte sie.

Grey schaute sich die Nachricht an. »Ich glaube, er meint den An-den-Keks-Fluß. Dort muß er Che gesehen haben.«

»So schnell?« fragte Electra. »Aber er hat doch noch gar keine Zeit gehabt, um herumzustreichen!«

»O doch, o doch«, erklärte ihr Ivy. »Er ist sehr schnell, denn er wird nicht durch die Bedenken Sterblicher behindert. Nun sieh zu, Nada, daß du ein paar trockene Kleider auf den Leib bekommst. Und auch du, Lectra.«

Sie begleiteten Ivy, zogen sich um und holten sich einen Happen zu essen. Als sie fertig waren, war es schon spät am Tage.

»Wir müssen uns auf den Weg machen«, mahnte Electra.

»Wir könnten euch hinbringen«, schlug Ivy vor. »Grey hat den Kürbis untersucht, während wir gegessen haben.«

»Den Kürbis?« fragte Electra beunruhigt. »Wir wollen nicht darin gefangen werden!«

Ivy lachte. »Keine Angst, das wird nicht passieren. Der Nachthengst brauchte eine Antwort und bezahlte dafür mit einigen großen Kürbissen. Wir benutzen sie für dringende Transporte. Ihr müßt nur in diesen hier einsteigen und dem Pfad zu dem Kürbis folgen, der nahe beim An-den-Keks-Fluß liegt, um dort wieder auszusteigen. Auf diese Weise seid ihr beinahe augenblicklich dort.« Sie machte eine Pause und zog besorgt die Brauen zusammen. »Aber die Gegend dort ist ziemlich rauh, und die Kobolde können sehr übel sein. Vielleicht sollten wir euch einige Extrazauber mitgeben, damit ihr mit ihnen klar kommt.«

Electra überlegte. »Nada kann in ihrer Schlangenform so gut wie alles bewältigen. Aber vielleicht könnten wir ein Signal brauchen, damit wir um Hilfe rufen können, falls wir in Schwierigkeiten geraten. Wir haben zwar eine Pfeife, aber wenn die Kobolde sie hören, sind sie vielleicht eher zur Stelle als unsere Freunde und bringen uns vom Regen in die Traufe.«

»Wir haben zufällig einige Glühbirnen«, sagte Ivy. »Ein Zweig davon sollte gut reichen.« Sie ging zu einem Wandschrank und holte einen Zweig mit ovalen grünen Blättern und kleinen gelben Birnen heraus. Sie pflückte mehrere Birnen ab und reichte sie Electra. »Du aktivierst sie elektrisch, was dir wohl keine Schwierigkeiten machen dürfte. Du nimmst einfach eine in die Hand, läßt Strom durchlaufen und wirfst sie in die Luft, dann wird sie so funkeln, daß jeder in der Gegend es bemerkt, besonders bei Nacht.«

»Danke«, sagte Electra. »Wir benutzen eine, wenn wir Che finden, falls wir Hilfe brauchen, um ihn vor den Kobolden zu retten.«

Ivy führte sie in den Keller. Grey stand dort vor einem riesigen Hypnokürbis. »Dieser befördert nicht nur deinen Geist, er befördert auch deinen Körper«, erklärte er. »Ich habe seine Magie aus Sicherheitsgründen neutralisiert, setze sie aber für kurz frei, damit ihr einsteigen könnt. Haltet euch an der Hand, wenn ihr hineinsteigt, damit ihr nicht getrennt werdet. Ihr müßt dem rechten Pfad folgen, sonst geht ihr in die Irre. Da ihr zum Ausgang beim An-den-Keks-Fluß wollt, achtet auf einen Keks oder ein entsprechendes Symbol. Das zeigt euch den richtigen Weg, falls ihr unter mehreren wählen müßt. Ihr werdet in wenigen Minuten ankommen, wenn ihr in Bewegung bleibt. Erzählt niemandem von dem Kürbis, denn wir wollen dieses System geheimhalten.«

Electra war beeindruckt. »Das will ich meinen! Du mußt ja auch in der Lage sein, in kürzester Zeit zu jedem beliebigen Ort in Xanth zu gelangen!«

»So ziemlich«, bestätigte Grey. »Zumindest überall da, wo wir große Kürbisse plaziert haben. So, seid ihr fertig?«

Electra und Nada nickten.

»Laßt euch von nichts überraschen, was ihr im Kürbis seht«, sagte Ivy. »Denkt daran, es ist das Reich der Träume. Bleibt einfach auf dem Keksweg, und ihr werdet keine Schwierigkeiten haben. Laßt euch von keinem der Träume dazu verleiten, den Weg zu verlassen.«

»Das werden wir nicht«, versprach Electra. Dann aktivierte Grey die Magie. Der Kürbis schien schwach zu erstrahlen. Die beiden Mädchen traten in das Guckloch.

4
DOLPHS DILEMMA

Als sich Dolph der Region der Luft näherte, sann er nach. Welche Form würde hierfür die beste sein? Im Augenblick hatte er die Gestalt eines jungen Mannes, die er benutzt hatte, um einen Stock aufzunehmen und ein ausreichend großes Loch in das Fliegenpapier zu stoßen, das das Königreich der Fliegen umgab. Aber er zweifelte daran, daß er in dieser Gestalt im Reich der Luft zurechtkommen konnte. Er wußte, daß es alle Arten von Luftbewegungen geben würde, einschließlich starker Stürme. Er konnte zu einer geduckten Schildkröte werden und alles in Sicherheit über sich hinwegblasen lassen, aber es würde Ewigkeiten dauern, um dieses Reich zu erforschen. Auch mußte er es schnell überprüfen, denn wenn sich Che, der Zentaur, hier aufhielt, konnte er sich in ernsthaften Schwierigkeiten befinden – deswegen kam es auf jede Sekunde an. Aber wenn Dolph eine fliegende Form annahm, so lief er Gefahr, vom Wind überall hingeblasen zu werden, nur nicht daran, wo Che sich befand, und das war auch nicht gut.

Er erreichte die Grenze. Auf der einen Seite gab es grüne

Pflanzen, Dung und verrottendes Zeug, also genau das, was Fliegen so gerne mochten, auf der anderen Seite tobten die Winde.

Er entschied sich dafür, daß eine fliegende Form die beste sei, aber es durfte keine sein, die fortgeblasen werden konnte. So nahm er die Gestalt eines Geistes an. Natürlich war er kein wirklicher Geist, denn er war nicht tot. Er sah nur wie einer aus und bewegte sich auch so; und der Wind konnte ihm nichts anhaben, weil er nicht genug Substanz hatte.

Er trieb über die Grenze. Der Wind versuchte, ihn zu pakken und ihn herumzuwirbeln, konnte aber nirgends seinen Griff ansetzen. Da heulte er vor Ärger.

Dies mochte einmal eine hübsche Gegend gewesen sein, aber der Wind hatte die Ackerkrume von der Erde und die Wolken vom Himmel fortgeblasen. Vielleicht hatte er auch die Sterne der Nacht davongeweht. Doch Dolph war nicht hierhergekommen, um das Reich der Luft zu besichtigen, er mußte Che finden, falls dieser hier war, oder aber sicherstellen, daß er sich woanders befand, falls er sich nicht hier aufhalten sollte.

Direkt hinter der Grenze zog er seine Bahnen und nahm Geschwindigkeit auf. Er wollte bis zur Mitte des Luftreichs in Spiralen aufsteigen und sich dabei alles ansehen. Er traute sich nicht, irgendeinen Fleck auszulassen, denn das könnte gerade derjenige sein, wo ein armes, verwundetes Fohlen lag und auf Rettung hoffte. In Wirklichkeit war Che wahrscheinlich nicht allein, denn da er bestimmt entführt worden war, befand er sich jetzt in der Gefangenschaft irgendeiner Kreatur. Diese Kreatur, oder Kreaturen, konnten ihn immer noch hier festhalten, deshalb wäre es am besten, nach einem Haus oder einem Unterstand Ausschau zu halten und alle, die er dabei entdeckte, zu überprüfen.

Als er sich noch einmal der Wucht des Windes aussetzte, trieb er in eine trübselige Gegend. Hier gab es überhaupt keine Vegetation mehr, sondern nur noch Sand, der sich ständig in Windhosen anzog. Wer hier für längere Zeit auf dem Boden hockte, wäre bald mit Sand begraben, deswegen würde kein Fohlenfänger Che hierher verschleppen.

Dann kam Dolph ein anderer unangenehmer Gedanke. Angenommen, jemand war wütend auf Chex oder auf Cheiron und wollte sie quälen? So einer könnte ihr Fohlen stehlen und es hier aussetzen. Sie würden sicherlich darunter leiden! So jemand würde sich nicht darum kümmern, daß das Fohlen in all dem Wind und dem Sand nicht überleben konnte. Gerade das konnte der springende Punkt sein.

Wenn das jedoch der Fall sein sollte, wollte er dann wirklich Che finden? Ein totes Fohlen, begraben unter dem Sand?

Nein, das wäre zu schrecklich! Niemand würde dies dem geflügelten Zentaur antun wollen. Die normalen Zentauren mochten die geflügelten nicht, da sie sehr strikte Vorstellungen von ihren Artmerkmalen hatten. Aber alle Zentauren waren ehrenhafte Wesen und ließen sich dann doch nicht untereinander zu solchen Bösartigkeiten herab. Die anderen Flügelungeheuer würden das sicherlich nicht tun, weil sie alle darauf eingeschworen waren, ihre eigene Art zu schützen. Dolph war in Chex' Hochzeitszeremonie hineingeplatzt und wußte, wie nachdrücklich der Simurgh ihnen und auch Dolph das nahegebracht hatte. Natürlich waren die Ungeheuer auf dem Land nicht daran gebunden, aber die meisten hatten nicht genügend Verstand, um zusammen auch nur ein Fohlen zu stehlen. Sie würden es einfach verschlingen und es damit bewenden lassen. Wahrscheinlich war dieses Unternehmen besser durchdacht, so daß das Fohlen nicht an einem Ort wie diesem ausgesetzt werden würde.

Kleine Staubteufel tobten zwischen den Wanderdünen, wobei sie von ihren Wirbelwindeltern beobachtet wurden. Es machte ihnen Spaß, den Sand aufzusaugen und herumzuwirbeln. Dies war wie eine riesige Sandkiste für sie. Aber es gab kein Anzeichen von Che oder einem anderen lebenden Wesen. Dolph war es zufrieden.

Dann stob ein Staubteufel in seine Richtung. Dolph ließ sich im Wind abfallen, um ihm auszuweichen, aber der andere drehte bei. Nun luvte er an, doch der Staubteufel folgte auch diesem Manöver. Er war hinter ihm her!

Nun ja, er konnte ihm nichts anhaben. »Waaas wiiiilst duuuu?« rief Dolph in der Art der Geister, wobei er erkannte, daß dies mehr war als nur eine Laune der Natur.

Der wirbelnde Kreisel wich einem anderen Geist. »Du bist also ein Eindringling!« sagte er ohne die typische geisterhafte Verzerrung. »Wer bist du?«

»Ich bin Prinz Dolph vom Volk der Menschen«, antwortete er. »Und wer bist du?«

Der Geist wirbelte und wurde auf geradezu verheerende Weise weiblich. »Aber hallo, ein lebendiger Mann! Das ist ja höchst interessant.«

»Du hast meine Frage nicht beantwortet«, warf er ein.

»Ich bin die Dämonendame Metria«, sagte sie. »Ich hatte bereits ein paar begrenzte Geschäfte mit Wesen deiner Güte.«

»Meiner was?« fragte er erstaunt.

»Deiner Freundlichkeit, Rechtschaffenheit, Artigkeit«, sagte sie ärgerlich.

»Oh, du meine Güte, du meinst von meiner Art«, sagte er begreifend.

»Egal. Was machst du hier, Prinz?«

»Ich suche nach Che, dem Zentaurenfohlen, das von Unbekannten entführt wurde.« Dann fiel ihm ein, daß ja auch die Dämonen dafür verantwortlich sein konnten. Vielleicht hatte er schon zuviel verraten!

»Ach so, der«, sagte sie uninteressiert. »Der ist nicht hier.«

»Er ist nicht hier?«

»Nein, die Kobolde haben ihn verschleppt. Ich vermute, daß sie ihn als Nahrung verwenden wollen, um die kleinen Kobolde zu füttern.«

»Als Gulasch für die kleinen Kobolde?« fragte Dolph erschreckt.

»Wozu sollten Kobolde sonst Pferdefleisch haben wollen?«

»Pferdefleisch!« rief er. »Er ist ein geflügelter Zentaur, ein einzigartiges Wesen!«

»Nun ja, du glaubst doch nicht, daß sie ihn wegen seiner Neigung haben wollten?«

»Wegen seiner was?«

»Seinem Hang, Anliegen, seiner Ausrichtung, Begeisterung«, sagte sie beleidigt.

Dolph konzentrierte sich und nach einem Moment kam er drauf: »Seinem Geist?«

»Egal. Was würde sich ein Kobold darum scheren?«

»Nichts«, antwortete er.

»Genau. Also könntest du dich ebensogut auf den Weg machen.«

»Warte eine Sekunde, Dämonendame! Warum sollte ich dir glauben? Vielleicht hast *du* ja Che entführt und versuchst nun, mich zu verwirren!«

Sie richtete ihre Geisteraugen auf ihn. »Hör mal zu, du Hohlkopf, wenn ich dich verwirren wollte, brauchte ich dazu keine Worte. Das kann ich einfacher erreichen.«

»Tatsächlich? Wie denn?«

»Wie alt bist du, Prinz?«

»Fünfzehn, beinahe sechzehn. Was hat das denn damit zu tun?«

»Ich bin hundertfünfzehn Jahr alt, und ein oder zwei Dekaden mehr. Ich habe irgendwann mit dem Zählen aufgehört. Aber auf mein Alter kommt es überhaupt nicht an, *du* bist in einem kritischen Alter. Weißt du, wie man den Storch ruft?«

»Nein! Niemand will es mir erzählen! NIcht einmal meine Braut.«

»Deine was?«

»Meine Verlobte, Vertraute, Versprochene, Zukünftige.«

»Oh, du meinst dein zukünftiger Klotz am Bein.«

»Egal. Warum fragst du?«

»Weil es mehr Spaß macht, Unschuldige zu belästigen. Die aus dem menschlichen Volk sind ganz schön langweilige Typen, aber unwissende junge Männer stellen in punkto Amüsement durchaus eine Versuchung dar. Vielleicht behalte ich dich einfach für eine Weile zur Unterhaltung bei mir. Beinahe ein Jahrzehnt ist es her, seitdem ich das letzte Mal mit einem sterblichen Mann herumgespielt habe.«

»Oh? Wer war denn das?«

»Ich habe es vergessen. Ein Oger, glaube ich, er sah nur wie ein Mann aus. Ein Aristokrat.«

»Ein was?«

»Ein Patrizier, Edelmann, Oberverweser.«

»Oh, du meinst so ein verwester Oger!«

»Egal. Warum hast du gefragt?«

Dolph öffnete seinen Geistermund, mußte aber feststellen, daß er vergessen hatte, worüber sie vorher gesprochen hatten. »Genug davon. Ich muß den Zentauren Che finden.«

»Aber ich habe dir doch erzählt, daß er nicht hier ist.«

Nun fiel es ihm wieder ein: Damit hatte ja alles begonnen. »Du bist vom Volk der Dämonen. Ich kann dir nicht trauen. Deshalb werde ich mit der Suche fortfahren.«

»Würde es dir etwas ausmachen, wenn ich dich bei deiner unnützen Suche begleite?«

»Ja! Verschwinde!«

»Großartig! Ich werde gleich bei dir bleiben.«

Huch. Er hatte den Fehler begangen einzugestehen, daß ihm ihre Gegenwart etwas ausmachte. »Ich werde dich ignorieren.«

»Nimm einmal an, ich würde dir erzählen, wie man den Storch ruft?«

Er stoppte mitten in der Luft. »Das würdest du tun?«

»Natürlich nicht! Weißt du nichts von der Verschwörung der Erwachsenen?«

»Du bist eine Dämonendame. Du hältst doch nichts von diesem Zeug.«

»Natürlich tu ich das!« sagte sie entrüstet. »Es ist die beste bisher entwickelte Folter für Kinder.«

»Ich bin kein Kind!«

»Du bist es so lange, bis du das Geheimnis herausbekommen hast.«

Damit hatte sie ihn am Wickel. »Du wirst es mir also nicht erzählen, du Stute. Verschwinde.«

»Was bin ich?«

»Du Schaf, Gans, Henne, Sau, Pute ...« Er brach ab. »Oh, nun hast du *mich* dazu gebracht, so zu sprechen! Du räudige Hündin ... ich komm' einfach nicht auf das Wort.«

»Ha! Du bist jung und unschuldig. Du kennst das Wort eben nicht!«

Damit hatte sie ihn wieder erwischt. »Und du wirst es mir nicht sagen. Deshalb verschwinde lieber und laß mich meine Suche fortführen.«

Aber sie verweilte, und ihre Gestalt formte sich deutlicher. »Ich werde dir das Geheimnis vom Storch nicht erzählen, aber vielleicht zeige ich dir, wie es geht.«

Damit hatte sie wieder sein Interesse gewonnen. Er traute ihr aber immer noch nicht. »Was ist der Haken dabei?«

»Du mußt die Gestalt eines Mannes annehmen.«

»O nein, nicht bevor ich nicht mit dem Durchsuchen der Elemente fertig bin.«

Metria runzelte neckisch die Stirn. »Du bist unbedacht, Dolph. *Ich bin* diejenige, die eigentlich Charakter haben sollte. Warum gibst du nicht deine hoffnungslose Suche auf und läßt dir von mir zeigen, wie man den Storch ruft?«

»Weil ich dir nicht traue! Du wirst mich nicht nur davon abhalten, Che zu finden, sondern du wirst auch verschwinden, ohne mir etwas gezeigt zu haben und mich dadurch doppelt so frustriert wie vorher zurücklassen.«

Sie nickte. »Du wirst allmählich schlauer. Aber du weißt, es gibt etwas viel Wichtigeres, was du jetzt tun solltest.«

Närrischerweise schenkte er ihr wieder seine Aufmerksamkeit. »Was könnte wichtiger sein, als Che zu finden?«

»Das Loch zu verstopfen.«

Daraus konnte er nicht klug werden. »Beziehst du dich wieder auf den Storch?«

Sie lachte so schallend, daß sie sich dabei in Rauchwölkchen auflöste, und sie brauchte eine ganze Weile, um ihre formvollendete Form wieder anzunehmen. »Ich hätte mich darauf beziehen können, habe es aber nicht. Was für ein *entendement*!«

»Ein was?«

»Mach dir nichts draus, es steht sowieso nicht im Wörterbuch. Dieser Geist muß noch gerufen werden. Nein, ich meine das Loch in Xanth, durch das die fremde Elfe und ihre fremde Katze gekommen sind.«

»*Welche fremde Elfe?*«

»Diejenige, die jetzt bei Che ist und ihm hilft, den Kobolden zu entfliehen. Was glaubst du, wie ist sie sonst dort hingekommen?«

Dolph wußte, daß sie wieder versuchte, ihn zu verwirren, aber er wollte nicht zugeben, wie erfolgreich sie dabei war. »Warum soll das Loch gestopft werden?«

»Weil sonst Ungeheuer aus fremden Welten eindringen können. Die Elfe ist harmlos, aber was immer ihr folgen mag, ist es nicht. Ganz Xanth könnte gefährdet werden. Das hier ist nicht einfach irgendein Loch zwischen zwei Welten, sondern zwischen Myriaden von Welten, und nur der Simurgh weiß, welche Verbindung die nächste sein würde.«

»Warum hast du es dann nicht verstopft?«

Sie zuckte die Schultern. »Es wäre ermüdend gewesen. Aber wenn du willst, werde ich dir zeigen, wo es ist.«

»Aber wenn es Xanth bedroht, bedroht es dich doch auch! Du würdest nicht nur einfach abwarten und zuschauen. Du versuchst jetzt schon wieder, mich zu verwirren.«

Sie nickte. »Das auch.«

»Ich verstehe dich nicht!«

»Nun, du bist eben nur menschlich«, sagte sie herablassend. »Und noch schlimmer, du bist nur männlich.«

»Weißt du, ich werde dich einfach ignorieren und mit meiner Suche fortfahren.«

»Dann mal viel Glück, mein Stumpfer.«

»Was?«

»Mein Spitzer, Rechter, Schräger, Schiefer ... nein, warte. Ich meine langweilig, unwissend, langsam, plump, dumpf ...«

»Dumm?«

»Danke.« Sie flog heran und küßte ihn auf die Stirn. »Mein Dummkopf.«

Irgendwie war Dolph nicht ganz zufrieden. Aber er

erkannte, daß es sinnlos war, weiter mit ihr zu sprechen. Deshalb nahm er seine Suche nach Che wieder auf.

Bald hatte er seine Runden in der Region der Luft beendet, ohne etwas gefunden zu haben. Nun näherte er sich der Region der Erde und trieb über die Grenze zwischen den beiden.

Diese Gegend war ebenso eine Naturgewalt, wenn auch auf andere Art und Weise. Die Luft klärte sich, und der Sandsturm ließ nach, aber nun befand sich der Boden in Bewegung. Er zitterte und bebte, und manchmal rüttelte er sogar stark. Im Norden spuckte ein riesiger Vulkan rote Flüssigkeit aus.

»Das ist kochende Lava«, sagte die Dämonendame neben ihm. »Ich glaube nicht, daß du darauf deinen Fuß setzen möchtest.«

»Es wird die Füße eines Geistes nicht verletzen.«

»Aber die heißen Gase könnten dich auflösen.«

Dolph dachte, daß sie ihn einfach ärgern wollte, war sich aber nicht ganz sicher. Er hatte noch niemals seine Geistform – oder irgendeine andere Form – in vulkanischem Gas erprobt. Deshalb steuerte er weit an dem garstigen Berg vorbei. Hier konnte er in die Ferne sehen, denn die Luft war klarer. So konnte er sich schneller bewegen, ohne etwas Wichtiges zu übersehen.

Während er flog, dachte er nach. War es möglich, daß die Dämonendame die Wahrheit gesagt hatte? Hatte man Che bereits gefunden? Wenn das zutraf, verschwendete er hier nur seine Zeit. Aber wenn es stimmte, was sollte er dann wegen des Lochs in Xanth unternehmen? Wenn eine fremde Elfe mit ihrer Katze hereingekommen war, was mochte ihr dann noch alles folgen? Das durfte er nicht auf die leichte Schulter nehmen.

»Du siehst hübsch aus, wenn du deine Geisterstirn so runzelst«, bemerkte Metria.

»Hau ab und spring in einen Hypnokürbis!«

»Du bist noch hübscher, wenn du versuchst, schlau zu sein. Schätzt deine zukünftige Gemahlin – diejenige, die dir nichts über das Rufen des Storches erzählen will – deine Klugheit auch so hoch ein?«

»Nein«, antwortete er kurz angebunden.

»Warum nicht?«

»Weil sie mich nicht liebt«, sagte er, bevor ihm wieder einfiel, daß er doch gar nicht mit der Dämonendame sprechen wollte. Du liebe Güte, das hatte diese höllische Kreatur wahrscheinlich längst begriffen.

»Und ich habe geglaubt, daß ihr Menschen ohne Liebe nicht heiratet, so verrückt das auch sein mag.«

»Wir tun es nicht, aber es ist komplizierter.«

»Ich liebe Kompliziertheit! Wie ist es passiert?«

Was nützte es? Sie würde ihn sowieso weiterhin belästigen, und vielleicht wußte sie ja eine Lösung für sein Problem. »Ich brauchte Hilfe vom Volk der Naga«, erzählte er. »Das sind Schlangen mit Menschenköpfen. Ihr König sagte, daß ich seine Tochter Nada Naga heiraten müßte, damit ihr Volk meinem gegen die Kobolde helfen würde. Aber ich war noch zu jung und wurde daher nur mit ihr verlobt. Sie kann Schlangenform oder menschliche Gestalt annehmen, weil die Naga von beiden abstammen. Aber ich selbst kann auch andere Formen annehmen, einschließlich der einer Schlange und einer Naga. Ich mochte sie, und schließlich liebte ich sie auch. Aber sie tat es nur, weil sie es mußte, denn sie hat mich niemals wirklich geliebt.«

»Was, ein nichtmenschliches Mädchen schlug die Liebe zu einem ansehnlichen, menschlichen Prinzen aus? Wie konnte sie nur!«

Dolph bemerkte, daß sie auf Dämonenart sarkastisch wurde, aber er sah darüber hinweg. Das half ihm dabei, seine Geschichte weiter zu erzählen. »Sie selbst war wunderschön und eine Prinzessin dazu, halb menschlich. Aber sie ist fünf Jahre älter. Für sie war ich noch ein Kind, darum konnte sie mich nicht lieben.«

»Das ist einfach zu lösen. Laß sie in deiner Gegenwart von einer Liebesquelle trinken.«

»Ja, wenn ich sie in der nächsten Woche heirate, wird sie das auch tun. Aber da ist noch etwas anderes.«

»Du steckst voller Überraschungen, Prinz!« Aber nun war die Klinge ihres Sarkasmus schon nicht mehr so scharf; Metria war selbst neugierig geworden.

Sie schlossen die Suche in der Region der Erde ab und schwebten in die nächste, die Region des Feuers, die von einer hohen Feuerwand umgeben war. Im Inneren der Region schlugen die hungrigen Flammen gen Himmel, aber so sehr sie sich auch bemühte, sie schafften es letztendlich nicht, den Himmel in Brand zu setzen. Doch für die Bäume darunter war es eine harte Zeit.

Die Suche hier war ebenfalls vergeblich. Als die Dämonendame durch die Flammen neben ihm herschwebte und sich nach seinem zweiten Problem erkundigte, gab er folgende Antwort: »Ich habe noch eine zweite Verlobte.«

»Ich glaube, das ist ungewöhnlich bei Wesen deiner Art. Wir Dämonen kennen keinerlei Grenzen in diesen Dingen – tatsächlich gibt es bei uns keine Verlobungen und Heiraten, wir tun einfach, was sich eben so unnatürlich ergibt. Aber ich habe noch niemals von einem menschlichen Mann gehört, der mit zwei Frauen verheiratet war.« Sie sann nach. »Ich meine in Xanth. In Mundania tun sie es; jedoch gewöhnlicherweise immer nur eine für eine gewisse Zeit, nie zugleich. Aber das zählt nicht. Mundanier sind sowieso verrückt.«

»Ich weiß nicht, Grey Murphy ist Mundanier, und der ist nicht verrückt.«

»Dennoch befindet er sich jetzt nicht in Mundania. Als er Xanth betreten hat, muß er gesund geworden sein.«

»Das würde es erklären«, stimmte er zu. Das machte wirklich Sinn. »Jedenfalls war meine Verlobte durch den Fluch des Magiers Murphy vor langer Zeit verzaubert worden und schlief in einem Sarg auf der Insel der Liebe.«

»Ach, wie ich dich, mein Prinz, immer lieber mag!« schmachtete Metria, während sie ihm nahe trat. »Denn du bsit ein großer Witznagel. Aber ...«

»Ein was?«

»Eine Niete, Schraube, Bolzen ...«

»Ein Witzbold. Aber ich meine, ich dachte, Dämonendamen lieben nicht. Wie also ...«

»Wir lieben es, die Leute zu quälen, und dich kann man wunderbar quälen. Aber du hast es zuerst gesagt.«

»Habe ich nicht! Ich habe von dem Sarg im Meer – huch!«

»Ja, das war es. Aus heiterem Himmel sagtest du, daß du mich, Metria, immer lieber magst. Wenn es dir beim schlafenden Mädchen ebenso erging, ist mir klar, wieso du in Schwierigkeiten bist.«

»Ich sagte, auf der Insel der L-I-E-B-E«, buchstabierte er das Wort. Seine Mutter hatte ihn die Zauberworte gelehrt. Aus irgendeinem Grund war sie strikt dagegen gewesen, daß sein Vater es ihm beibrachte. Irene benahm sich seltsam bei solchen Dingen wie Zauberworte, Höschen und Heirat.

Metria zog einen Flunsch. »Du meinst, du liebst mich gar nicht?«

»Das ist richtig. Ich liebe Nada und nur sie allein.«

»Zu schade. Es ist viel einfacher, jemanden zu quälen, der einen liebt. Vielleicht liebst du mich ja, wenn ich dir zeige, wie man den Storch ruft. Das soll schon vorgekommen sein.«

»Du meinst, der Storch hat irgend etwas mit Liebe zu tun?« fragte er verwundert.

Sie sah ihn spitzbübisch an. »Oh, es würde Spaß machen, dich zu unterrichten!«

»Nein, ich hasse Unterricht«, erwiderte er heftig.

»Wir werden sehen. Fahr mit deiner Geschichte fort.«

Ohne zu wissen warum, war er verärgert, als er an der Stelle fortfuhr, wo er meinte, aufgehört zu haben. »Electra schlief, weil sich der Fluch bei ihr auswirkte, der eigentlich für die Prinzessin gedacht gewesen war, und weil sie in den Apfel gebissen hatte. Entsprechend des Zauberspruchs mußte sie tausend Jahre lang schlafen, es sei denn, ein Prinz küßte sie vorher wach. Und ich war der Prinz, der kam und sie wachküßte; so war sie natürlich augenblicklich in mich verliebt und wollte mich heiraten. Das konnte ich wirklich nicht ablehnen.«

»Warum nicht?« fragte die Dämonendame boshaft. »Du

hättest nur sagen müssen: ›Lies es mir von den Lippen ab, Kleines: schlaf wieder ein.‹ Dann hättest du ihre Augenlider runterziehen und abhauen können.«

Dolph war baß erstaunt.

Dann begriff er, daß sie ihn wieder nach Dämonenart ärgerte. Ungeachtet dessen fuhr er fort. »Sie befand sich bereits außerhalb des Sarges, und nun wird sie sterben, wenn sie mich nicht heiratet. Die Verlobung bringt nur einen Aufschub. Ich vermute, der Zauberspruch berücksichtigt meine Minderjährigkeit. So steht es also um sie. Aber in einer Woche wird sie achtzehn Jahre alt sein, und wenn sie bis dahin noch nicht mit mir verheiratet ist, wird sie sowieso sterben. Ich muß mich also irgendwie entscheiden.«

»Aber bist du nicht immer noch minderjährig?« fragte Metria interessiert. »Oder hast du diese Woche deinen sechzehnten Geburtstag?«

»Nein, erst in ein paar Monaten. Aber das hat meine Schwester Grey Murphy überprüfen lassen, und er hat herausgefunden, daß es das Alter des Mädchens ist, das in Xanth zählt. Sie muß mindestens sechzehn sein, bevor sie heiratet. Über den Jungen wird nichts gesagt. Deshalb glauben wir, daß derjenige, wer auch immer das Gesetz erschaffen hat, davon ausgegangen sein muß, daß der Junge wohl immer älter wäre. Und so kann ich schon jetzt heiraten, solange ich ein Mädchen nehme, das alt genug ist – und meine beiden Verlobten sind es. Daher muß ich mich bald entscheiden. Aus irgendeinem Grund erlaubt meine Mutter nicht, daß ich beide heirate.«

»Was sagt dein Vater dazu?«

»Dazu sagt er überhaupt nichts. Ich glaube, das liegt nicht im Rahmen seiner Zuständigkeit.«

»Wieso das nicht? Wofür *ist* er denn zuständig?«

Sie hatten die Region des Feuers hinter sich gelassen und kamen nun in die Region des Wassers. Es schien ein einziger großer See zu sein, aber Dolph wußte, daß es einige Inseln und Küsten gab, und das Fohlen konnte sich durchaus dort befinden.

»Er kümmert sich um die wichtigen Angelegenheiten, wie

königliche Politik. Sie kümmert sich um die kleinen Dinge, wie ...«

»Wie um alles andere«, beendete Metria den Satz. »Nun verstehe ich. Es ist ein echtes Matriarchat, genauso wie es sein sollte. Ich wette, du darfst auch nicht nach Höschen schielen, oder?«

»Woher weißt du das?« fragte er überrascht.

»Das ist weibliche Politik. Kein unverheirateter oder minderjähriger Mann darf solche verbotenen Dinge sehen. Es würde ihren schwachen Verstand ruinieren. Welche von beiden wirst du also heiraten?«

»Ich weiß nicht«, sagte er. Das war der Kern seines Problems: Er konnte sich immer noch nicht entscheiden. »Ich würde wirklich gern Nada heiraten und ihre Höschen sehen. Aber ich möchte nicht, daß Lectra stirbt.«

»Hat denn Electra nicht auch Höschen?«

»Ja, ich glaube schon«, sagte er erstaunt. »Ich habe niemals darüber nachgedacht, denn ich liebe sie nicht, ich liebe Nada.«

»So heirate aus Liebe und laß die andere einfach abkratzen.«

Es war einfacher, die Gegenposition zu beziehen, wenn die Dämonendame die Dinge auf den Punkt brachte. »Aber Nada wäre unglücklich und Electra würde sterben. Ich möchte, daß keines von beiden passiert.«

»Dann wirf Nada hinaus und heirate Electra und nehme mit ihr zusammen einen Liebestrank.«

»Aber ich *möchte* Lectra nicht lieben«, protestierte er.

»Und Nada möchte dich nicht lieben.«

»Nun, sie möchte schon, aber nicht auf diese Weise. Wir glauben, es ist besser, wenn es natürlich geschieht. Lectra liebt mich, weil sie verzaubert worden ist. Ich würde es eher vorziehen, wenn sie einen Trank nimmt, um das aufzuheben. Aber das ist nicht der Punkt, um den es geht. Sie muß mich heiraten, ob sie mich liebt oder nicht, oder sie stirbt.

Metria nickte. »Möchtest du eien objektiven Rat von jemandem, dem ihr beide gleichgültig seid?«

Er blickte sie an. »Das kommt darauf an, welche Art von Rat es ist.«

»Heirate Electra.«

»Nein, diesen Rat möchte ich nicht.«

»Dann muß du ohne ihn weiterleben. Ich würde ihn natürlich nicht vorbringen, wenn ich glauben würde, daß du ihn annimmst. Ich ziehe es vielmehr vor zu sehen, wie du euch drei zum Narren hältst.«

Dolph hatte das unangenehme Gefühl, daß er ihr diesen Gefallen tun würde. Er wußte, daß es jeden anderen glücklich machen würde, wenn er Electra heiratete, einschließlich Nada und Electra. Aber sie war wie ein blaß glitzernder Seestern gegen Nada, die wie eine flammend leuchtende Sonnenblume war. Man konnte toll mit Electra Fangen spielen, oder Kissenschlachten veranstalteten, oder sich mit ihr vor lauter Süßigkeiten den Magen verderben. Aber Nada, o Nada, was für ein Traum! Bevor er Nada kannte, hatte er sich nie etwas aus Küssen oder diesem Herumknutschen gemacht. Nun konnte er mit ihr gar nicht genug davon bekommen. Nur, sie zog es vor, mit Ivy loszuziehen. Glücklicherweise war Ivy aus irgendeinem Grunde nicht wohl dabei, wenn sie Nada so dicht bei ihrem Ehegatten Grey wußte. Deshalb war Nada meistens mit Electra zusammen. Wann immer etwas Interessantes geschah, wie etwa das Geräusch der Schritte des unsichtbaren Riesen, machten sich die beiden Verlobten auf. Nada versuchte dabei zu verhindern, daß Dolph mitkam, während Electra ihn dazu ermunterte. Ach, wenn es nur genau andersherum wäre!

»Da ist eine Insel«, bemerkte Metria. »Laß uns landen und sie in körperlicher Gestalt untersuchen.«

Von seinen Gedankengängen abgelenkt, widersprach Dolph nicht. Er flog hinunter, bereit, sich in seine feste menschliche Form zu verwandeln, sobald seine Beine den Sand berührten. Diese Wasserregion war wirklich richtig hübsch, wenn einmal kleine Springfluten über sie hinwegrollten.

Nada würde ihn heiraten, falls er sich dafür entschied, denn es war ja eine politische Abmachung, und eine Prinzessin würde ihrem Wort niemals abtrünnig werden. Sie würde wirklich versuchen, ihn glücklich zu machen, und das wäre überhaupt kein Problem, denn er wäre schon glücklich, wenn er nur in ihrer Gegenwart sein durfte. Electra würde ihm beim Abschied alles Gute wünschen und dann fortgehen, um alleine zu sterben, damit niemand durch ihren Anblick betrübt werden würde. Electra war wirklich ein sehr feiner Mensch, daran hatte er nie gezweifelt. Aber es würde für ihn genausowenig Sinn machen, Electra zu heiraten, wie für Nada, ihn zu heiraten. Es war einfach keine Liebe dabei. Vielleicht konnte ein Liebestrank das ändern, aber das sah wie Betrug aus.

»Du bist so still geworden, Dolph.«

Er fuhr hoch. Das war Nadas Stimme!

Er schaute auf – und da stand Nada neben ihm, am Strand einer winzigen Insel. Er hatte nich auf seinen Weg geachtet und war einfach irgendwie der Dämonendame gefolgt. »Wie …?« fragte er aufgeregt.

»Ich dachte, ich sollte mal vorbeischauen, um zu sehen, wie es dir geht«, sagte Nada lieblich. Sie kam ganz nahe, um ihn zu küssen. »Vielleicht sollten wir uns, wo wir doch hier so allein sind, etwas ausruhen und uns Romantischerem zuwenden.« Sie schlang ihre Arme um ihn und zog ihn dichter an sich heran. Ihr graubraunes Haar umrahmte ihr Gesicht und fiel über ihre Schultern, während ihre braungrauen Augen seine in ihren Bann schlugen. In seiner Erinnerung schien sie ihm bei ihrer früheren ersten Begegnung in Menschengestalt größer gewesen zu sein als er. Aber das war nicht länger der Fall. Sie war das lieblichste Wesen, das er sich vorstellen konnte.

Dann sickerte etwas durch bis zu den widerstrebenden Tiefen seines Verstandes. Wie konnte Nada hier sein? Sie konnte doch gar nicht fliegen! Sie hätte die Schlangenform annehmen und schwimmen müssen, und davor hätte sie die Region des Feuers durchqueren müssen. Das schien unwahrscheinlich. Außerdem, was war mit der Dämonendame geschehen? »Ich glaube nicht …«, hob er an, halb hypnotisiert durch ihre Schönheit.

Aufreizend zog sie ihre Brauen zusammen. »Nun gut, wenn du es vorziehst ...« Ihre Konturen verschwammen und wuchsen dann wieder zusammen, und nun hielt er Electra in seinen Armen. Sie trug dasselbe Kleid, aber es hing lose an ihr herunter, wo es sich bei Nada gespannt hatte. »Ich kann das auch übernehmen, weißt du«, sagte sie. »Ich bin vielleicht nicht so üppig, aber ...«

»Metria!« rief er. »Ich hätte es wissen sollen!«

»So ist es«, stimmte sie zu, wobei sie wieder die Züge der Dämonendame annahm. Sie hielt ihn immer noch umschlungen, und ihr Kleid war wieder straff gespannt. »Ich werde dir jetzt das mit dem Storch zeigen. Aber vielleicht geht es besser ohne Kleider.« Ihr Kleid löste sich in Rauch auf und trieb davon.

»Was, es wird ohne Kleider gemacht?« fragte er. Irgendwie war er nicht wirklich überrascht.

»Normalerweise ja, laß mich also auch deine ausziehen.« Ihre Hände begannen an seinen Knöpfen zu nesteln.

Er schaute nach unten. Ihr Körper war vollkommen unbekleidet. Sie trug keinerlei Höschen. So ein Mist! Die Dämonendame war zu raffiniert, um sie zu vergessen. Sie hatte sie mit dem Rest der Kleidung aufgelöst. Er hatte für einen Moment gehofft, daß sie es vergessen würde und daß er endlich einen Blick auf diesen verbotenen Gegenstand werfen könnte. Selbst bei einer Dämonendame wäre das schon etwas gewesen. Aber damit war es wohl nichts.

Das ernüchterte ihn. Er wußte, daß sie ihm nicht wirklich das Geheimnis vom Storch zeigen würde. Sie würde ihn nur mit durchsichtigen Ausflüchten hinhalten, bis er vor unbefriedigter Neugierde platzte. Dann würde sie wieder vor Lachen zu Rauch werden und verschwinden. Sie hatte ihn bereits mit den Höschen geärgert, die sie ihm doch niemals hatte zeigen wollen. Man konnte einer Dämonendame eben nicht trauen!

»Nein«, sagte er. Er hatte sich entschieden, ihr nicht die Befriedigung zu verschaffen, vor Neugierde zu platzen. »Ich werde mit der Suche fortfahren.«

»Aber das Fohlen ist nicht hier!« rief sie. »Ich habe dir

bereits erzählt, daß es mit den Kobolden am An-den-Keks-Fluß ist.«

»Du hast mir auch erzählt, daß es in Xanth ein Loch gibt«, erinnerte er sie. »Ich glaube dir nicht.« Er war sich ziemlich sicher, daß sie ihm *nichts* über den Fluß erzählt hatte, aber er wollte kein weiteres Streitgespräch mit ihr beginnen.

Sie seufzte, und ihre Kleidung materialisierte wieder. Für einen Moment war sie leicht durchsichtig, aber als er versuchte hindurchzusehen, um einen Blick auf ihr Höschen zu werfen, wurde sie ganz undurchsichtig und er konnte überhaupt nichts erkennen. Sie zog ihn immer noch auf!

Nun nahm er wieder die Gestalt eines Geistes an und flog quer über die Insel. Aber hier war kein Fohlen zu sehen. Hatte die Dämonendame vielleicht hierüber die Wahrheit gesagt? Befand sich Che Zentaur in den Klauen der Kobolde? Wenn dies der Fall war, durfte er hier nicht herumtrödeln. Er mußte sofort zum Fluß eilen und das Fohlen retten.

Aber er konnte es sich nicht leisten, der Dämonendame zu glauben, denn im selben Moment, da er das tat, würde sich herausstellen, daß sie gelogen hatte. Bestimmt verhielt es sich mit der Geschichte über das Loch in Xanth genauso. Er mußte also seine Suche im Reich der Elemente vollenden.

Als sie die Region des Wassers hinter sich ließen, näherten sie sich der Leere. Das freundliche Wasser hörte abrupt auf, und plötzlich war unter ihnen überhaupt nichts mehr.

Metria schreckte vor dieser Grenze zurück. »Schau mal, Dolph, du bist ein Geist, und ich bin eine Dämonin, aber dies ist keine normale Gegend. Nicht einmal wir können sie sicher betreten. Dies ist der Ereignishorizont.«

»Der was?«

»Der Schluß, der Punkt, den man nicht erreicht.«

»Du meinst, alle Ereignisse liegen am Horizont?«

»Egal. Genau das meine ich«, bestätigte sie gereizt.

»Aber was ist, wenn Che Zentaur hier ist?«

»Dann wird er niemals wieder herauskommen. Das verstehst du doch. Es wäre nicht gut, wenn wir hineingingen und auch in die Falle tappten. Warum tust du nicht das

Naheliegendste und glaubst mir, dann kommen wir auch nicht in Schwierigkeiten. Das Loch in Xanth muß immer noch gestopft werden.«

Dolph betrachtete die Leere. Er wußte, daß er ihr nicht glauben durfte. Aber was sie sagte, hatte Hand und Fuß. Er konnte Che nicht mehr helfen, wenn er selbst verloren ging. Aber wenn Che *doch* dort drinnen war ...«

»Du Narr!« rief sie. »Du denkst immer noch darüber nach, diese Grenze zu überschreiten!«

»Nun ...«

Sie wurde sanft. »Wenn du einwilligst, mit mir den anderen Weg zu gehen, so könnte ich vielleicht vergessen, meine Höschen zu verbergen.«

Er war sich sicher, daß sie log. Möglicherweise trug sie sowieso niemals Höschen. Aber ungeachtet dessen war das Angebot schon eine dämonische Versuchung. »Einverstanden. Zeige mir dein Loch.«

Sie zögerte einen Moment, und er erkannte, daß sie das, was er gesagt hatte, irgendwie komisch fand. Dann erhob sie sich vom Boden. »Es liegt im Süden.«

Sie eilten zurück zu den vier Regionen, bis sie sich südlich der Region der Luft befanden und westlich vom Reich der Fliegen. Die Dämonendame schoß hinunter in den Dschungel. Dort schien zwischen den Bäumen ein sonderbarer Platz zu sein. »Schau, es ist bereits ein Ungeheuer hindurchgekommen«, sagte sie, wobei sie auf die Stelle zeigte.

Tatsächlich, da war irgend etwas. Es sah so ähnlich wie ein Oger und weniger wie ein Mensch aus. Es schien aus Stükken von verschiedenen Leuten zusammengesetzt zus ein. Grobe Nähte hielten die Einzelteile an den Gelenken zusammen, und einige Pflöcke stützten den Schädel. Es marschierte ständig in einem unregelmäßigen Kreis herum.

Dolph landete vor diesem Ding und nahm seine natürliche Form an. »Was bist du?« fragte er. »Woher kommst du?«

Die Scharniere des Kiefers schwangen auf. »Ich bin das Monster«, krächzte er. »Ich suche nach meinem Meister, Doktor Frankenstein.«

»Nun ja, der ist nicht hier«, entgegnete Dolph. »Er muß

auf der anderen Seite des Lochs sein. Warum gehst du nicht zurück und suchst nach ihm?«

Ohne eine weiteres Wort drehte sich das Ding um und marschierte in das Loch. Es war ein schimmernder, zerfranster Kreis direkt über dem Boden, in dem die Finsternis waberte. Von oben hatte es wie eine Linie ausgesehen. Aber am Boden sah es wie ein Riß in der Landschaft aus – was es vielleicht auch war. Möglicherweise hatte die Dämonendame die Wahrheit erzählt.

Das Ding verschwand in dem Loch, als wenn es nie existiert hätte. Metria hatte recht: Es durften nicht noch mehr Dinger dieser Art hindurchkommen.

»Wie können wir das Loch stopfen?« fragte er.

»Ich weiß es nicht.«

»Aber du hast mich doch deswegen hierher gebracht! Was macht das für einen Sinn, wenn du mir nicht sagen kannst, was ich damit anfangen soll?«

»Ich habe dich hierher gebracht, weil ich an deiner ausgesuchten Naivität und Blauäugigkeit interessiert bin. Es amüsiert mich, zu beobachten, wie du Dinge anpackst, über die du überhaupt nichts weißt«, antwortete sie. »Es würde mir Spaß machen, dir zu zeigen, wie man den Storch ruft, weil ich weiß, daß du Patzer und Schnitzer machen wirst, die sich die menschliche Vorstellungskraft niemals zuvor hätte erträumen können. Das wäre das Unterhaltsamste, was ich mir im Moment vorstellen kann. Aber du willst nicht mitspielen, und da ist das hier das Nächstbeste. Es ist mir ziemlich egal, welches Problem du zuerst in Angriff nehmen willst.«

Sie versuchte ihn schon wieder zu ködern. Die Frage dabei lautete, wieviel davon wahr und wieviel erlogen war. War dies wirklich ein Loch in Xanth, oder war es ein seltsamer, natürlicher Effekt, den sie benutzte, um ihn zu verwirren?

»Vielleicht sollte ich lieber zum An-den-Keks-Fluß gehen und helfen, Che zu retten«, sagte er, wobei er hoffte, etwas aus ihrer Antwort zu erfahren.

»Ja, das könnte das Beste sein«, stimmte sie zu. »Ich glaube, dort herrscht ein ziemliches Durcheinander, und ich glaube auch, deine Verlobten stürzen sich gerade in richtige Schwierigkeiten.«

»Nada und Electra?« fragte er besorgt.

»Wer denn sonst?« sagte sie gleichgültig. »Sie sind losgegangen und fragten den Guten Magier, wo Che sei, und der ...« Sie fing an zu kichern.

»Was ist daran so komisch? Ich glaube, es war ganz sinnvoll, ihn zu fragen, denn wir anderen haben das Fohlen nicht gefunden.«

»Aber er hat gedacht, daß sie eine ganz andere Frage stellen würden«, sagte sie, wobei sie immer noch vor lauter Fröhlichkeit kicherte.

»*Welche* Frage?« erkundigte er sich, wobei er schon wußte, daß er ihre Antwort nicht gern hören würde.

»Wie man das Problem deiner Verlobung lösen kann.«

Er starrte sie gebannt an. Natürlich würde Grey dies denken! Warum sonst sollten die zwei jungen Frauen unmittelbar vor Electras achtzehntem Geburtstag zu ihm kommen? Die ganze Geschichte mit Ches Entführung war so plötzlich gekommen, daß Grey vielleicht gerade an etwas ganz anderem gearbeitet und überhaupt noch nichts davon gehört ahtte. Der echte Gute Magier Humfrey wäre nicht so unaufmerksam gewesen, daß ihn dies so überrascht hätte. Aber Grey mangelte es noch an Alter und Erfahrung. Außerdem war da Ivy, die ihn die ganze Zeit derart piesackte, daß jeder andere davon verrückt geworden wäre. Als ihr Bruder wußte Dolph das aus langer, schmerzlicher Erfahrung.

»Wie hat er denn darauf geantwortet?«

»Er benutzte einen ihm verpflichteten Geist, um sich umzusehen und nach dem Fohlen Ausschau zu halten«, berichtete Metria. »Aber der konnte es ihnen nicht genau sagen, sondern nur ungefähr. So wurden sie möglicherweise ebenfalls von den Kobolden gefangengenommen. Das ist eine schlimme Gegend, weißt du. Es ist genau das, wo sich die Koboldsippe der Goldenen Horde herumtreibt.«

Dolph hatte schon davon gehört. Die Sippschaft folterte und kochte ihre Gefangenen gern. Einst hatten er und Ivy vor ihnen fliehen müssen. Wenn die also Nada und Electra gefangen hatten …

»Ich werde gleich dorthin aufbrechen!«

»Vergißt du dabei nicht etwas, Prinz?« erkundigte sich die Dämonendame.

»Ja, das Loch in Xanth! Aber vielleicht lügst du ja auch in diesem Punkt?«

»Woher willst du wissen, daß ich nicht auch bezüglich deiner Verlobten gelogen habe?«

Das brachte ihn auf. Er konnte wirklich nicht unterscheiden, wann sie die Wahrheit sprach. »Wenn du das getan hast, dann werde ich …«

»Dann wirst du was?« fragte sie interessiert.

Genau das war das Problem. Sie war eine Dämonin. Er konnte sie nicht berühren, außer wenn sie wollte, daß er sie berührte. Er konnte sie nicht einmal beleidigen, außer wenn sie sich entschied, beleidigt zu sein. Mit was konnte er sie bedrohen, von dem sie überhaupt Notiz nehmen mußte?

Die einzige Sache, die er sich vorstellen konnte, schien zu simpel zu sein, um zu funktionieren. Also versuchte er es. »Ich weigere mich, dein Spiel weiterhin mitzumachen«, drohte er. »Ich blende dich einfach aus, so daß nichts mehr, was du auch tutst oder sagst, irgendeinen Effekt hat. Du wirst vor Langeweile einfach vergehen.«

»Haha! Damit hast du schon vorher gedroht. Das kannst du überhaupt nicht.«

»Vorher stand eben noch nicht soviel auf dem Spiel. Jetzt kann ich es schaffen.« Er hoffte, daß er es schaffen würde – und er hoffte, daß sie dann aufgeben würde. Er machte sich wegen Nada und Electra wirklich Sorgen, aber auch wegen des Lochs in Xanth. Wenn auch nur eine ihrer Aussagen richtig war, so mußte er es schnell herausfinden, damit er etwas unternehmen konnte. Schon jetzt wußte er, daß er bestimmt falsch raten würde. Das tat er immer. Er stand also da und konzentrierte sich darauf, sie zu ignorieren. Ihm war klar, daß dies seine einzige Chance war, und die war nicht einmal sonderlich groß.

»Nimm einmal an, ich tue das hier?« fragte sie. Sie materialisierte in ihrer über alle Maßen üppigen Gestalt und näherte sich ihm.

Er erinnerte sich daran, daß es Nada war, die er liebte, und daß Nadas Gestalt genausogut war wie diese und um einiges echter. Er hielt sich die Hand vor den Mund und gähnte.

»Und nimm einmal an, ich tue das hier?« meinte sie, wobei sie ihn umarmte und auf den Mund küßte. Das war auf widerwärtige Weise angenehm. Sie konnte genauso gut küssen wie Nada.

Er stand einfach da, ohne zu reagieren, und wunderte sich selbst darüber, daß er das konnte. Aber er erinnerte sich immer wieder daran, daß es nicht Nada war, sondern lediglich eine verflixte Dämonin, die ihn schrecklich auslachen würde, wenn er darauf reinfiel.

»Oder das?« Auf einmal entsprach die Umarmung in Aussehen, Form und Gefühl genau seiner Nada.

Es ist nur die Dämonin! dachte er mit all seiner Kraft und widerstand der Versuchung.

»Nun gut, ich denke, dann werde ich mich bis auf mein Höschen ausziehen«, bemerkte sie und trat dabei einen Schritt zurück.

Doch Dolph blieb standhaft. Er wußte, daß sie nur bluffte. Sie würde bestimmt nicht die Erwachsenenverschwörung verraten. Es gelang ihm irgendwie, seine Augen zu kontrollieren und nicht hinzuschauen.

»Dann vielleicht in Nadas Gestalt?« versuchte sie. »Ich frage mich, welche Farbe ihre Höschen haben mögen?«

Das hätte ihn beinahe geschafft! Aber er klammerte sich an den fadenscheinigen Glauben, daß Metria überhaupt nicht wußte, welche Farbe Nadas Höschen hatten, und daß sie diese deshalb auch nicht vorzeigen konnte. Er hatte das Gefühl, als ob ihm seine Augen aus dem Kopf springen würden, so begierig war er darauf, hinzuschauen, für den Fall, daß die Dämonendame doch nicht bluffte. Doch falls er diese Auseinandersetzung verlor, mochte die wirkliche Nada vielleicht in tödliche Gefahr geraten. Dieser Gedanke ließ ihn standhaft bleiben.

Dann entstand eine Pause. »Sehr gut, Dolph, du hast

gewonnen«, sagt sie nach einer Weile. »Hör auf, mich zu ignorieren, und ich werde dir dieses eine Mal die Wahrheit sagen, auf meine Dämonenehre.«

Konnte er darauf vertrauen? Er hegte den Verdacht, daß, wenn er ihr in diesem Punkt nicht vertrauen konnte, dann auch alles andere an ihr unglaubwürdig war. Er riskierte es. »Einverstanden. Welches ist die wirkliche Bedrohung?«

»Beide sind es. Aber das Loch ist dringender und schlimmer. Deinen Verlobten droht, daß sie in etwa ein paar Stunden im Kochtopf enden, aber wenn ein Monster durch das Loch kommt, droht ganz Xanth etwas noch sehr viel Schlimmeres.«

»Aber vielleicht kommt überhaupt kein Monster durch das Loch«, argumentierte er. »Dann sollte ich jetzt lieber losziehen und zu den Mädchen gehen.«

»Ich vermute, daß dies eine wirkliche Gewissensprüfung für dich ist, Dolph«, sagte sie. »Ich bin immer interessiert daran, etwas Derartiges zu beobachten – wo ich doch selbst überhaupt kein Gewissen habe. Du weißt, du sollst Electra heiraten, aber du wirst es vielleicht nicht tun; und du weißt andererseits, du solltest das tun, was gut für Xanth ist, aber vielleicht wirst du statt dessen nach den Mädchen suchen. Mit etwas Glück kannst du es zeitlich so schaffen, daß die Kobolde sie gefangen genommen, aber noch nicht aufgefressen haben. Eventuell sind sie gerade dabei, sie zu entkleiden und für den Kochtopf vorzubereiten, wenn du sie rettest – und du könntest dabei vielleicht Nadas Höschen zu sehen bekommen.«

»Du quälst mich schon wieder!« beklagte er sich.

»Du hast versprochen zu reagieren, wenn ich dir die Wahrheit erzählt habe. Nun, das ist die Wahrheit, oder etwa nicht?«

Leider mußte er das zugeben. Er wußte, daß seine geheimen Motive nicht gerade schicklich waren, aber so waren sie eben. »Was soll ich also tun?« fragte er entmutigt.

»Du sollst das Loch stopfen.«

»Aber wenn ich das Richtige mache und Electra heirate,

dann werde ich vielleicht niemals Nadas Höschen zu sehen bekommen!«

»Das ist wahr, Prinz.«

»Oh, so ein Unsinn!« rief er, wobei er sich wünschte, daß ihm ein schlimmeres Wort eingefallen wäre. Aber irgendwie hatte all die Ausbildung, die er durch die Zentauren erhalten hatte, zu bestimmten Gebieten seines kindlichen Vokabulars nichts beigetragen. Einige Männer konnten das Blaue vom Himmel herunterreden, und eine Harpyie konnte mit einem einzigen Fluch aus ihrem Schnabel jede Fassade zum Splittern bringen, aber alles, was er zustande brachte, war, die Spur eines Lächelns auf die Lippen einer Dame zu zaubern. Er konnte nicht einmal durch einen Fluch gegen den guten Ton verstoßen, ohne daß sich sowohl seine Gestalt, als auch der Ton verflüchtigte.

»Du bist wirklich entzückend, wenn du um eine Entscheidung zwischen Falsch und Richtig ringst«, bemerkte Metria. »Würde es dir helfen, das Richtige zu tun, und hier zu bleiben und das Loch zu stopfen, wenn ich Nadas Aussehen annehme und Höschen trage?«

»Heh, ja!«

»Vergiß es, Prinz! Ich sehe lieber zu, wie du mit dir selbst ringst.«

Eigentlich hatte er gewußt, daß sie das sagen würde. Sie würde ihm überhaupt nicht helfen, außer ihn zu etwas zu ermutigen, was er später bedauern würde, was immer das auch sein mochte. Es machte ihr Spaß, ihn in diesem Dilemma zu beobachten.

Aber vielleicht gab es einen Ausweg. Es gab für ihn keine offensichtliche Möglichkeit, das Loch zu stopfen, also konnte er hier sowieso nicht viel erreichen. Er konnte die Form des Vogels Rokh annehmen, zum Schloß des Guten Magiers fliegen, ihm von dem Loch erzählen und anschließend zum An-den-Keks-Fluß fliegen und die Mädchen retten. Auf diese Art konnte er das Richtige tun und vielleicht dennoch einen Blick auf …

Plötzlich tauchte etwas in dem Loch auf. Wie eine Kreuzung zwischen Mensch und Dämon, aber schlimmer als beide. Seine Arme hingen wie Tentakel herab, und seine drei riesigen Augen blickten derart böswillig, daß es Dolph eisig durchfuhr. Die Dämonin hatte nicht gelogen: Das war wirklich ein Monster, das in Xanth Verwüstungen anrichten konnte!

»Vielleicht hast du recht«, sagte Metria. »Es ist Zeit, von hier zu verschwinden!«

»Zu spät«, brummte Dolph und ging dabei auf das Monster zu.

»Aber du könntest hier verletzt werden – und, viel schlimmer, ich auch. Dieses Ding da ist zu einem Teil ein Dämon.«

»Dann verschwinde von hier und hör auf, mich abzulenken«, knirschte Dolph. Welche Gestalt würde wohl die beste sein, um dieses Ding anzugreifen? Vielleicht ein Oger.

»Ich verstehe dich nicht«, sagte Metria. »Auf einmal machst du, ohne nachzudenken, das Richtige.«

»Natürlich verstehst du nicht: Du bist nicht menschlich. Wirst du mir helfen, dieses Ding fertigzumachen?«

»Ja. Nicht, um das Richtige zu tun, sondern weil ich dabei vielleicht etwas über die seltsame Arbeitsweise des schwachen menschlichen Verstandes erfahren werde.« Sie verwandelte sich in einen grotesk gehörnten Dämon mit überdimensionalen Klauen und näherte sich dem Monster von der anderen Seite.

Das Monster verdrehte ein Auge, um sie im Blick zu behalten, während sich die anderen beiden auf Dolph richteten. Metria erstarrte auf der Stelle, und Dolph fühlte einen heftigen, unangenehmen Schmerz. Das Monster hatte einen ebenso monströsen Verstand wie sein Körper. Es hypnotisierte sie beide!

Dolph konnte sich nicht bewegen, aber er konnte immer noch die Form verändern. Er veränderte sich zu einem Basilisken, dessen bloßer Anblick tödlich für sterbliche Kreaturen war. Das sollte das Monster eigentlich abschrecken.

Die zwei riesigen Augen blinzelten. Dann langte ein Tentakel nach Dolph. Ein zahnbewehrter Rachen öffnete sich. Das Ding schickte sich an, den Basilisken aufzufressen!

Metria blieb die ganze Zeit unbeweglich. Das dritte Auge hielt sie an ihrem Platz fixiert.

Dolph wurde zu einem alten Pökelfaß, aus gepökeltem grünen Fleisch und Salzlakeaugen. Jeder, der es berührte, wurde gepökelt. Außerdem würde es jedem, der von ihm zu essen wagte, vor Ekel den Magen umdrehen.

Noch mehr Tentakel tasteten heran und schlangen sich um das Pökelfaß. Das Monster war tatsächlich im Begriff, es trotz allem zu fressen! Vielleicht aß es gerne Gepökeltes? Dolph wurde in das Maul gestopft.

Er verwandelte sich in eine Sphinx. Sie hatte den Körper eines Löwen und den Kopf eines Mannes. Sphinxe waren normalerweise sehr friedliche Kreaturen und nicht besonders wehrhaft, aber sie waren sehr groß. So versuchte sich das Maul des Monsters um etwas zu schließen, das um ein Vielfaches größer war als es selbst. Die Haut der Sphinx war viel zu dick, um von seinen Zähnen durchdrungen zu werden. Sie blieben darin stecken, und das Monster konnte nicht mehr loslassen.

Dolph setzte sich. Da das Maul des Monsters an seiner Rückseite festhing, bedeutete es, daß er sich auf das Gesicht des Monsters setzte. Auf diese Weise bedeckte sein Gesäß alle drei Augen.

»Ich bin frei!« rief Metria und fing an, sich zu bewegen. »Du hast seinen Blickkontakt unterbrochen!«

»Los, lauf und hol ein paar Gewirranken«, wies Dolph sie mit seinem riesigen menschlichen Maul an. »Wir werden es fesseln und damit das Loch stopfen.«

Sie verschwand. Würde sie es wirklich tun? Vielleicht meinte sie ja nur, daß es woanders bessere Leute zum Quälen gab. Er konnte das Monster solange in Schach halten, wie er darauf saß, aber er konnte es nicht verlassen, ohne es dadurch auch zu befreien. Und er wollte hier nicht für immer sitzen bleiben.

Doch da tauchte die Dämonendame mit einem Gewirr sich windender Ranken auf. Augenblicklich wickelte sie das Monster darin ein. Einige Ranken befestigte sie über seinen Augen, denn die Saugnäpfe schlossen die Augen um so sicherer. Dann hämmerte sie auf die Zähne ein, die immer noch in Dolphs Hinterteil verhakt waren, damit sich diese lösten.

Jetzt nahm er wieder die Form eines Ogers an, hob das verschnürte Monster hoch und rammte es in das Loch. Nun verankerten sie es mit Hilfe weiterer Ranken, so daß das Monster Xanth weder verlassen noch betreten konnte: Es war zu einem Stopfen geworden.

»Das war sehr tapfer und klug von dir, Prinz«, lobte Metria. »Ich bin erstaunt.«

»Das bin ich auch«, gab er zu.

»Aber wie hast du es geschafft, auf einmal so männlich zu sein, wo du vorher noch so jungenhaft warst?«

Dolph überlegte: »Ich bin mir nicht sicher. Ich glaube, ich habe einfach nur das getan, was getan werden mußte.«

Sie schüttelte den Kopf. »Du bleibst für mich immer noch ein Mysterium! Jedesmal wenn ich glaube, daß du ein hoffnungsloser Fall bist, wartest du mit einem Quantum von Amplitude auf.«

»Von was?«

»Dimension, Energie, Impuls, Potential ...«, sagte sie ärgerlich.

»Potenz?«

»Egal. Es hängt mir zum Hals raus.«

»Das sollte es auch«, sagte er mit heimlicher Genugtuung.

»Du fühlst dich jetzt wohl soweit frei, um deine Verlobte zu retten und zu versuchen, einen Blick auf ihre Höschen zu erhaschen.«

»Genau«, antwortete er und nahm die Form eines schnellen Turmfalken an. Er schoß hoch in die Luft und wandte sich nach Westen, in Richtung des An-den-Keks-Flusses. Er war erleichtert, als er sah, daß die Dämonendame ihm nicht folgte.

5

CHEX' CHRONOLOGIE

Chex war gerade im Begriff, ihren Rundflug wieder aufzunehmen, als ein Geist erschien. »Oh, hallo, Ghorge«, sagte sie überrascht. »Was treibst du so weit entfernt von der Burg des Guten Magiers?«

Der Geist öffnete den Mund, brachte aber keinen Ton hervor. »Er braucht ein Blatt Papier«, sagte Grundy. »Denk daran, daß er ein Geistreicher ist.«

»Ach ja, richtig!« Chex beeilte sich Papier zu holen und legte es auf den Tisch.

Sofort erschien Ghorges verspielte Handschrift: *Das Fohlen befindet sich am An-den-Keks-Fluß. Nada Naga und Electra sind auf dem Weg dorthin.*

»Oh, dort muß ich sofort hin!« stieß Chex sichtlich erleichtert hervor.

Aber der Geist hatte seine Nachricht noch nicht beendet. Auf dem Papier erschienen weitere Schriftzeichen: *Der Magier Grey glaubt, daß auf euch Gefahren lauern, wenn ihr geht. Che ist der Gefangene der Kobolde …*

»Und wenn die Kobolde eine geflügelte Zentaurin heranfliegen sehen«, sagte Grundy, schneller als der Geist schreiben konnte, »werden sie wissen, wessen Mutter sie ist.«

»Und wenn es sich um die Kobolde der Goldenen Horde handelt«, schlußfolgerte Chex grimmig, »werden sie ihn zuerst kochen und erst danach darüber nachdenken.«

»Oder ihn in ihrer Haßquelle eintauchen«, fügte Grundy zustimmend hinzu.

»Sie fänden es sicherlich sehr lustig, wenn du ihn befreitest und er dich dafür hassen würde.«

»Sehr lustig«, wiederholte Chex tonlos. Greys Warnung war unglücklicherweise nur allzu berechtigt. Solange Che nicht aus den schmutzigen Händen der Kobolde befreit war, wagte sie es nicht, sich selbst dort zu zeigen. Sicherlich würden Nada und Electra ihr Bestes geben – eine konnte die Gestalt einer todbringenden Schlange annehmen, während die andere jeden, den sie berührte, lähmen konnte.

»Aber wir können die anderen Sucher informieren«, sagte Grundy. »Zumindest wissen wir, daß Che wohlauf und Hilfe auf dem Weg ist.«

»Ja«, stimmte sie zu, während eine Schwere ihr Herz erfaßte. »Ich danke dir, Ghorge, für deine Nachricht.«

Auf bald, schrieb der Geist und verschwand. In einer Ecke des Papiers blieb eine Nachricht zurück, offensichtlich irgendein Gekritzel: Ein roher Umriß von einem Tal zwischen den Bergen und das Wort *Aufspaltung*! Vielleicht war der Geist von der Seitenschlucht beeindruckt gewesen, als er darüber hinweghuschte.

Chex nahm Grundy hoch, setzte ihn auf ihren Rücken und trottete nach draußen. Sie schlug sich so heftig mit ihrem Schweif, daß es wehtat, und stürzte sich dann in die Luft. Sie hatte vor, diesen einen schnellen Rundflug zu machen! Danach wollte sie zum Berg Sauseschnell fliegen, um Cheiron zu informieren, der sich dort auf dem Treffen der geflügelten Monster befand. Mit Sicherheit wollte er über den Stand der Dinge informiert werden, und außerdem brauchte sie sowieso seine moralische Unterstützung.

Der Oger war noch immer dabei, sich seinen Weg nach Norden zu bahnen. »Die Kobolde sind es, die ihn haben!«

rief Chex, als sie über ihm schwebte, »irgendwo in der Nähe beim An-den-Keks-Fluß.«

»Mich nicht binden, ihn nicht finden«, antwortete er fröhlich.

Sollte er es schaffen, würden die Kobolde sicherlich etwas Besseres zu tun haben, als auf Che zu achten, weil der über sie hereinbrechende Oger sie schon in Atem halten würde. Chex flog weiter und war wieder etwas zuversichtlicher. Dennoch wunderte sie sich darüber, wie die Kobolde sich das Fohlen hatten beschaffen können, zumal es vorher kein Anzeichen von ihnen gegeben hatte. Sie machte sich keine weiteren Gedanken darüber, Greys Nachricht in Frage zu stellen. Sie wunderte sich lediglich. Vielleicht war Che erst später in die Hände der Kobolde gefallen. Aber wenn das zutraf, wer hatte ihn dann entführt? Es blieben so viele beunruhigende Fragen offen.

Sie fand die Milchkrautmädchen ohne Mühe, aber sie drängte sie nicht, sich zum Fluß zu begeben – sie waren unschuldige Mädchen, die nichts mit den Kobolden zu schaffen hatten.

Chex nahm ihren Rundflug wieder auf, wies den Suchern den Weg und wendete sich dann nach Norden. War Dolph noch immer in den Elementen? Sie hatte jetzt Wichtigeres zu tun, als sich dort hineinzubegeben und ihm alles zu erzählen. Er würde eben so lange auf die Neuigkeiten warten müssen, bis er auftauchte. Es hatte sowieso niemand ernst angenommen, daß Che sich dort befand.

Nun konnte sie zum Berg Sauseschnell fliegen. Sie wendete und flog nach Süden. Ihre Flügel wurden müde, weil sie heute schon eine ganze Weile geflogen war, aber sie war entschlossen, Cheiron zu erreichen. Erst dann könnte sie sich kurz erholen.

Am Himmel waren einige verstreute weiße Wolken zu sehen. Sie waren harmlos und in ihrer Gestalt sogar freundlich. Doch dann erspähte sie eine schwarze Wolke, die ihren Kurs so änderte, als wollte sie ihr den Weg abschneiden. Sie hoffte, daß es nicht …

»Fracto«, sagte Grundy. »Das hätten wir wissen müssen!

Er muß unsere Aktivitäten gesehen haben und will sich einmischen.«

Cumulo Fracto Nimbus, die gefährlichste aller Wolken! Das war das letzte, auf das sie zu diesem Zeitpunkt stoßen wollte. Es bestand wenig Zweifel, daß er sie erspäht hatte, denn er schwoll zu der gasförmigen Kröte an, die er war, und stieß häßliche Dunstschwaden aus. Er mochte vielleicht nicht wissen, warum sie nach Süden flog, beabsichtigte aber, ihr rücksichtslos ins Handwerk zu pfuschen. Das schlimmste aber war ihre Müdigkeit. Sie bezweifelte, daß sie die Kraft aufbringen würde, geradewegs durch ihn hindurchzufliegen.

»Vielleicht sollten wir landen und eine Weile traben«, schlug Grundy vor. Genausowenig wie sie wollte auch er nicht aus der Luft geblasen werden.

»Das wird zu lange dauern«, antwortete sie verärgert. »Dort unten erstreckt sich tiefer Dschungel ohne irgendwelche magischen Wege. Wir könnten den Erdungeheuern direkt in die Arme laufen. Wenn ich es wegen des Sturms nicht wage weiterzufliegen, könnten sie zu einem wirklichen Problem werden und uns ebenso aufhalten.«

»Das ist wahr«, stimmte er zu. »Ich könnte die umliegenden Pflanzen zwar nach der besten Route fragen, aber es würde immer noch langsam sein.« Er überlegte eine Weile. Glücklicherweise war er klein, so daß seine Überlegungen nur kurz waren. »Und das ist genauso schlecht, als wenn wir versuchen, um Fracto herumzufliegen«, sagte er.

»Das fürchte ich auch. Er kann sich über ein großes Gebiet ausbreiten. Tatsächlich, schau – er ist schon längst dabei.«

»Das läßt uns nur noch eine Route offen, wenn du damit einverstanden bist.«

»Ich bin mit allem einverstanden, was uns da sicher hindurchbringen wird!« sagte sie. »Was hast du vor?«

»Über die Wolke fliegen. Es könnte sein, daß er dort oben, wo die Luft dünn wird, nicht genügend Kraft hat.«

Chex blickte flüchtig nach oben und wurde plötzlich unsicher. »Aber was geschieht mit *uns*, da, wo die Luft dünn ist?«

»Sie wird schon nicht so dünn werden, nicht wahr? Bist

du nicht auch zum Mond geflogen, als du Cheiron geheiratet hast?«

»Aber auf seiner Honigseite«, bestätigte sie und erinnerte sich mit Wohlwollen daran. »Allerdings gibt es dort auch einen Kanal; die Luft drängt sich um den Mond herum zusammen, ganz besonders, wenn er tief am Himmel steht.«

»Nun gut, heute steht er auch tief«, sagte er. In der Tat war es spät am Tag, und der Mond wagte sich bereits in das Tageslicht hinaus. »Auch wenn du es nicht hoch genug für die Wolke schaffst, so könntest du auf dem Mond landen und dort lange genug ausruhen, um wieder zu Atem zu kommen. Fracto würde sich beim Mond nicht lange herumtreiben, weil er weiß, daß er ihn nicht aus dem Himmel blasen kann. Außerdem mag er es nicht, wenn er bei solchen Versuchen lächerlich aussieht.«

»Könnte klappen ...« Bestimmt bot sich kein besserer Plan an.

Chex schlug sich wieder mit dem Schweif und machte ihren Körper so leicht, daß er fast von selbst flog. Kräftig bewegte sie die Flügel und gewann an Höhe. Sie hoffte, daß es nicht notwendig sein würde, so bis zum Mond zu fliegen. Diese Route war zwar kürzer als die auf dem Boden, aber es würde das Beste sein, wenn sie es trotzdem ohne Unterbrechung schaffen würde.

Fracto sah sie aufsteigen. Er schwoll sogar noch heftiger an, wobei sein Wolkengesicht Augenhöhlen und eine finstere Mundregion entstehen ließ. Er stieß einen feuchten Sturm hervor und versuchte, sie durcheinanderzubringen.

»Versuch das noch mal, du Mundgeruchsknäuel!« rief Grundy.

Oh, nein. Der Golem konnte es einfach nicht lassen, üble Beleidigungen auszustoßen. Grundy hatte Fracto schon früher bekämpft, und sie hatten eine langanhaltende Fehde. Nun würde die Wolke es um so heftiger versuchen!

Tatsächlich tat Fracto dies auch. Blasenähnliche Auswüchse bildeten sich auf seiner Oberfläche und ließen die Wut seiner Turbulenzen erkennen.

»Mach doch weiter, Krötengesicht!« rief Grundy, ihn antreibend. »Willst du nicht gleich noch mal jemanden anfeuchten?«

»Reize ihn nicht noch!« keuchte Chex, als sie verzweifelt versuchte aufzusteigen, um aus seiner Reichweite zu gelangen.

»Ach, es ist besser, ihn ein bißchen aufzumuntern«, sagte Grundy. »Dann verliert er selbst das kleine bißchen Verstand, das er noch hat, und ist sogar noch leichter zu überlisten.«

Offensichtlich hatte Fracto das gehört, weil er nun solch eine heftige Bö von graupelgesprenkeltem Wind hervorstieß, daß Chex beinahe einen Purzelbaum schlug.

»Ist das dein bester Schuß, du Rauchschwade?« fragte Grundy nach. »Wie kommst du bloß darauf, daß du überhaupt heftiger als ein Teekessel blasen kannst? Geh lieber zurück und übe noch ein bißchen – und zieh dir erst mal deine Trainingshosen an!«

»Grundy, ich wünschte, du würdest nicht ...«, begann Chex. Aber sie wurde durch den wütenden Schneesturm der Wolke unterbrochen. Für einen Moment war sie geblendet und war sich nicht sicher, welcher Weg nach oben führte.

Dann durchstieß sie mit dem Kopf den Schnee und entdeckte, daß sie höher als vorher flog. »Das hat uns hochgehoben!« stieß sie hervor.

»Das ist auch Absicht«, sagte Grundy. »Man könnte genausogut Fractos Energie anstatt deiner benutzen.« Dann, zur Wolke gewandt: »Nennst du so was vielleicht einen Windstoß? Selbst die dümmste Blödbacke kann das ja noch besser!«

Aber Fracto war dicht hinter ihnen. Anstatt weiter zu blasen, konzentrierte er sich einfach darauf, seine Massen immer höher und höher aufzubauen. Die Luft war schon ziemlich dünn, doch Chex konnte noch immer nicht über den Sturm hinweggelangen.

»Was für eine Aussicht!« stieß Grundy hervor.

Chex blickte hinunter. Die ganze Pracht von Xanth lag unter ihnen – genau wie eine Landkarte ihrer Vorfahren.

Chem Zentaurs magisches Talent war das Entwerfen von Landkarten, bei deren Vervollständigung sie den größten Teil von Xanth erforscht hatte. Jetzt zeichnete sich der lange Umriß der Küste klar ab, ausgenommen dort, wo Fractos grotesk hervorsprießende Massen sie verdeckten und in der nebelhaften nördlichen Region, wo es möglich war, nach Mundania zu gelangen. Keine halbwegs vernünftige Person würde jemals so etwas tun. Unter ihnen erstreckte sich die eintönige See, abgesehen von ein paar Wolken, die über sie hinwegzogen. Jetzt zeigte sich ein Teil der großen Spaltenschlucht, die tatsächlich an eine Aufspaltung erinnerte, genau wie es der Geistreicher beschrieben hatte. Das Panorama war wunderschön. Sie hätte sich schon früher einmal in diese Höhe wagen sollen, nur um die Aussicht zu genießen. Aber selbstverständdlich war sie meistens dicht über dem Land geblieben, weil Che noch nicht fliegen konnte. Was für eine Erfahrung erwartete ihn, wenn seine Schwingen erst einmal für solche Höhen groß genug waren!

»Ich schätze, wir müssen auf dem Mond anhalten«, sagte Grundy ohne Bedauern. »Nun gut, ich wollte schon immer mal den großen Käse besuchen.«

Chex hatte nicht die Absicht gehabt, den Mond zu besuchen – nicht ohne Cheiron! Aber sie schien jetzt darauf zurückkommen zu müssen, denn sie wurde in gefährlicher Weise müde und mußte sich ausruhen. Sie bezweifelte, daß sie noch hinunter auf die Erde kommen könnte, ohne daß Fracto sie in die See blasen würde. Also schwang sie zur Seite ab und flog geradewegs auf den Mond. Glücklicherweise befand sie sich höher als er, so daß die Anstrengungen, ihn zu erreichen, nicht allzu groß waren.

Fracto sah, was sie vorhatte, und versuchte sie aufzuhalten. Aber er konnte nicht schnell genug emporwachsen, um ihr sowohl den Weg zum Berg Sauseschnell als auch den zum Mond zu versperren, und er wußte, daß sie sich an ihm vorbeischlängeln und nach Süden fliegen würde, wenn er ihr die Gelegenheit dazu gäbe. Also konnte er nur Schnee zu ihr hinaufblasen.

Es gab ein Krachen von Donnerschlägen. Dann zuckte ein

Blitz an ihr vorbei. Huch – Fracto hatte doch mehr als nur Schnee zu schleudern!

»Vorbeigeschossen, du Brutzelfratze!« kreischte der Golem vergnügt.

»Grundy!« zischte Chex.

»Keine Angst, die vollgemachte Windel kann doch nichts Kleineres treffen als Xanth, und selbst das verfehlt er noch bei jedem zweiten Mal«, fügte er beruhigend hinzu.

Dann schlug der Blitz knapp hinter seinem Kopf ein, versengte jedoch nur sein Haar. »Knapp vorbei ist auch daneben, du Knalltüte!« schrie er, doch schien seine Zuversicht leicht erschüttert zu sein. Ab nun blieb er still, während Chex weiter in Richtung Mond flog.

Der Mond war aufgrund jener besonderen unbeseelten Magie, die Perspektive genannt wurde, um einiges größer als er vom Boden aus erschien. Jedes Objekt und jeder Teil der Landschaft glaubte gerne, daß es größer sei, als es tatsächlich war, und gab daher vor, alles andere sei kleiner. Je weiter entfernt irgend etwas war, für desto kleiner konnte es ausgegeben werden und um so weniger konnte es andere Dinge als kleiner ausgeben, da diese dann nicht mehr zu sehen wären. Dadurch hatten einige ziemlich große Gegenstände für diejenigen, die weit genug entfernt waren, daß sie mit dieser Verkleinerung davonkommen konnten, den Anschein, sie seien ziemlich klein. In dieser Hinsicht war der Mond in einem beachtlichen Nachteil, weil er weit weg von allem war und deswegen keine Helfer hatte. Er kam sogar damit durch, vorzugeben, daß ganz Xanth klein wäre. Der Mond war tatsächlich groß genug, um auf ihm zu wandern und umherzulaufen, und einige der fliegenden Zentauren hätten bequem auf ihm lagern können – wenn es nur mehr als zwei von ihnen geben hätte, denen so etwas hätte in den Sinn kommen können. Aber Che würde schon zur rechten Zeit ...

Chex durchfuhr ein schrecklicher Gedanke. Wenn Che alt genug war, um sich zu paaren, wen sollte er da erwählen? Mit Sicherheit konnte er dafür nicht seine Schwester nehmen, zumal diese erst einmal das Tageslicht von Xanth erblicken mußte. Zu Chex' Zeiten hatte es nur Cheiron gegeben, und Chex selbst besaß einen gemischten Stammbaum. Gut, vielleicht könnte es zu einer erneuten gemischten Paarung kommen, um einen weiteren fliegenden Zentauren zu zeugen. Aber das schien zweifelhaft, denn Chem war für ihre Art ungewöhnlich liberal gewesen und wahrscheinlich würde kein anderer Zentaur eine Rassenkreuzung in Betracht ziehen. Es sei denn, jemand fiele in eine Liebesquelle …

»Paß auf, du Mähre!« schrie Grundy.

Chex bemerkte, daß sie gerade dabei war, auf einer großen Platte von durch und durch schimmligem, halbflüssigem Käse zu landen. Der Geruch war schrecklich! Sie schlug einmal mit ihren bleischweren Schwingen und taumelte weiter nach oben, kam aber beinahe sofort auf einer anderen Käseplatte herunter. Diese war zwar nicht schimmlig, aber der Geruch war nicht weniger schlimm. Es half alles nichts, sie landete breitbeinig auf allen vier Hufen und schlitterte so lange über den Boden, bis sie in dem Schleim steckenblieb.

»Uff«, sagte Grundy. »Mußtest du unbedingt Harzer Roller auswählen?« Er hatte recht: Sie sah die schleimigen, kleinen Herzen im Käse eingebettet.

Chex faltete die Flügel und schritt voran. Jeder Fluß kam mit einem Schmatzen und Rülpsen widerlichsten Gestanks heraus. Das mußten Herzen von Zombies gewesen sein, mit denen dieser Brei angerichtet wurde! Was für eine Schweinerei! Sie hatte keinerlei Vorstellung davon gehabt, daß die zugewandte Seite des Mondes so schlimm sein würde. Sie wollte die Luft anhalten, doch ihre vorangegangenen Anstrengungen ließen sie immer noch schwer atmen.

Ein Pferd stand plötzlich vor ihr. Es war schwarz wie die Nacht, nicht glänzend und so gut wie gar nicht zu erkennen. Was machte ein Rappen auf dieser Seite des Mondes? Hier gab es doch sonst nur Schimmel. Es trabte zielbewußt auf sie zu.

Chex begann zu träumen. In ihrem Traum erschien eine

pechschwarze Zentaurenstute. »Was machst du hier am Ort meiner Zuflucht?« fragte sie herausfordernd.

Erstaunt konnte Chex nur antworten: »Wer bist du?«

»Ich bin die Mähre Nektaris, und dies hier ist das Meer Nectaris, wo ich mich zwischen Auslieferungen entspanne. Und du brichst hier ein!«

»Du bist ein Nachtmahr«, stieß Chex hervor.

»Selbstverständlich. Und ihr befindet euch außerhalb eures Weidelandes, oder nicht?«

»Ich bin die Zentaurin Chex und versuchte, nach Berg Sauseschnell zu fliegen, aber Fracto, die böse Wolke, versperrte meinen Weg und ich mußte einen Umweg machen ...«

»Fracto! Kein Wunder! Mein Käse ist ganz schleimig geworden, als er das letzte Mal darauf niederregnete! Und vom Mond wird doch erwartet, daß er trocken ist. Er hat überhaupt keinen Respekt.«

»Das ist richtig«, stimmte Chex zu. »Ich habe eine dringende Mission, und er ...«

»Gut, ich begreife, daß das nicht deine Schuld ist. Komm hier herüber zu meiner Quelle und wasch dir die Hufe ab.«

Chex schreckte aus ihrem Traum hoch und sah, wie die schwarze Mähre ihnen den Weg zu einer wesentlich kleineren Platte wies, aus der Wasser emporspritzte. Erleichtert folgte sie.

Die Quelle war groß genug für Chex. Sie konnte in ihr stehen und sich ihre Hufe vollkommen säubern. Etwas weiter gab es eine Region, wo der Käse trocken und hart war, wahrscheinlich sonnengebackener Cheddarkäse, so daß sie auf ihm gehen konnte, ohne einzusinken. »Vielen, vielen Dank, Mähre Nektaris«, sagte sie. »Es tut mir wirklich leid, daß ich in deinem Käse gelandet bin! Ich muß so schnell wie ich nur kann weiterziehen.«

Sie schaute nach oben. Eine der seltsamen Eigenschaften des Mondes war, daß er Xanth oben anstatt unten erscheinen ließ. Wahrscheinlich lag das an der Magie der Perspektive. Aber da war noch Fracto, der direkt zwischen ihr und dem Berg Sauseschnell schwebte. Er würde sie nicht ohne zähes Ringen hindurchlassen.

Und wieder begann sie zu träumen. »Wir mögen Fracto nicht«, sagte die schwarze Zentaurendame. »Er versucht sich in unsere Auslieferungen von schlechten Träumen ein zumischen. Selbstverständlich kann er uns körperlich nicht berühren, aber er nebelt alles ein, so daß es uns schwerfällt zu sehen, wohin wir gehen. Das bringt unseren Plan in Verzug, so daß die Träume möglicherweise erst spät in der Nacht ausgeliefert werden, und manchmal wachen die Leute sogar auf und erinnern sich daran. Das ist schlechter Stil, und uns gibt man dafür die Schuld.«

»Ich nehme an, daß es nichts gibt, was ihr dagegen tun könnt«, sagte Chex, während sie sich fragte, wie lange es wohl dauern könnte, bevor sie zu Cheiron durchkam. Hätte doch Fracto nur nicht diese Gelegenheit ergriffen, um Schwierigkeiten zu machen! Das war seine Magie: Jedermann zum ungünstigsten Zeitpunkt zu erscheinen. Es machte einen völlig verrückt, hier so festzustecken und es nicht zu schaffen, die böse Wolke zu umgehen! »Ich wünschte, du könntest *ihm* einen bösen Traum schicken!«

Die Mähre Nektaris war so überrascht, daß der Traum sich auflöste. Aber einen Augenblick später erschien er wieder. »Ich frage mich, ob wir es tatsächlich könnten? Dann würde ein Traum wahr werden, wenn du mir diesen Ausdruck mal verzeihst.«

Chex hatte diese Bemerkung mit einer Hufbewegung abgetan und nahm sie nicht weiter ernst. Sie zog noch einmal alles neu in Betracht. »Also, beschränken sich deine Träume nur auf lebende Menschen? Soweit ich das verstehe, ist Fracto ein Dämon, der die Gestalt einer Wolke annehmen und sich selbst zum König der Wolken gekrönt hat. Ich vermute, daß die wirklichen Wolken zu flockig-freundlich sind, um wegen dieser Sache großes Aufhebens zu machen. Aber wenn du – ich meine, träumen Dämonen eigentlich?«

»Dämonen träumen nicht«, sagte Nektaris. »Aber Fracto ist eigentlich kein Dämon mehr, wegen der ganzen natürlichen Wolkensubstanz, mit der er sich selbst umgeben hat.

Vielleicht könnte ihn das sterblich genug machen, um zu träumen. Laß mich den Nachthengst fragen.« Sie trabte zu einem Kürbis, den sie am Rande ihres Käses liegen hatte. Sie verschwand – und der Traum hörte auf. Chex stand allein da, abgesehen von Grundy, der aber nicht zählte.

»Also hier verbringen die Nachtmähren ihre Freizeit!« stieß der Golem hervor. »Das hätte ich mir niemals träumen lassen!«

»Ich denke, daß das seinen Sinn hat«, sagte Chex. »Sie können nicht die ganze Zeit arbeiten – und sie haben die Meere des Mondes, die nach ihnen benannt sind und die ihnen die Gelegenheit verschaffen, Xanth am Tage zu erblikken. Ich bin überrascht, daß ich in der Lage bin, Nektaris zu entdecken.«

»Sie müssen hier in ihrer Unsicherheit nachlassen, genauso wie sie es im Kürbis machen. Ich bin froh, eine angetroffen zu haben, als sie keinen Dienst hatte, sie war überhaupt nicht furchterregend. Aber das heißt nichts, denn die Mähre Imbri ist auch nicht furchterregend.«

»Ja, aber sie ist auch eine Tagmähre, von ihr erwartet man gar nicht, daß sie die Menschen erschreckt.«

Da erschien die Mähre Nektaris wieder. Es war offensichtlich, daß die Kürbisse als eine brauchbare, direkte Route zum Reich der Träume dienten – ganz egal, wo sie sich befanden. Der Traum nahm wieder Gestalt an. »Der Hengst sagte, wir sollten es versuchen!« rief die Zentaurenstute. »Er mag Fracto auch nicht!«

»Ausgezeichnet!« schrie Grundy. Es schien, als hätte er den Traum genauso wie Chex empfunden. »Gib ihm einen mentalen Tritt vor den Latz, vertreib ihn hier, und wir können endlich weiter zum Berg Sauseschnell.«

Das war genau das, was Chex wollte, aber sie war vernünftigerweise vorsichtig. »Wie lange wird es dauern, um einen passenden bösen Traum für Fracto hervorzubringen?«

»Oh, nicht mehr als ein paar Tage«, antwortete die Mähre. »Wir wollen, daß es ein wahrhaft wirksamer Traum wird, dessen Folgen Fracto noch lange zu spüren bekommt.«

Das war genau das, was sie befürchtet hatte. »Aber ich

muß jetzt sofort an dieser bösen Wolke vorbeikommen, oder doch zumindest sehr bald!«

»Aber ein Traum kann nicht überstürzt angefertigt werden«, protestierte Nektaris. »Die Arbeiter im Kürbis sind Künstler. Kein schlechter, unbedeutender Traum erhält das Gütesiegel des Hengstes.«

Chex stampfte frustriert mit ihrem Huf auf. »Ich kann nicht länger als ein paar Stunden warten. Die Kobolde halten mein Fohlen gefangen, und ich muß mit Cheiron sprechen, der wissen wird, was zu tun ist.«

»Damit haben wir nichts zu tun«, antwortete die schwarze Zentaurin. »Wir haben dir gegenüber keine Verpflichtung, zumal wir unseren Traumhandwerkstandard nicht herunterschrauben können. Der Nachthengst ...«

»Vielleicht hätte ich besser selbst mit dem Hengst der Finsternis gesprochen«, sagte Chex zweifelnd. »Ich muß es ihm verständlich machen ...«

»Pscht!« flüsterte Grundy ihr ins Ohr. »Es kümmert mich nicht, wie furchterregend er für andere sein mag«, fuhr Chex gedankenlos fort. »Mein Fohlen befindet sich in schrecklicher Gefahr, und ich muß unbedingt durchkommen!«

»Es gibt da einige große Kürbisse, die für den Verkehr benutzt werden können«, sagte die schwarze Zentaurin. »Aber keinen auf dem Mond. Du müßtest zuerst einmal auf die Erde gelangen.«

Chex starrte auf Xanth hinab. Fracto wartete, häßlicher als je zuvor. Sie breitete ihre Flügel versuchsweise aus.

Die Wolke grollte. »Ich kann das nicht wörtlich übersetzen«, sagte Grundy. »Er sagt: ›Komm du mir bloß in die Quere, Holzkopf‹!«

Chex wäre auch ohne diese Übersetzung ausgekommen. Nicht nur das, ihre Schwingen waren immer noch zu müde, um mit ihnen mehr als eine ruhige Ausflugspartie zu unternehmen. Sie brauchte mehr Zeit, damit sie sich erholten, und außerdem müßte Fracto verschwinden.

»Ja, ich muß mit dem Hengst reden«, entschied Chex.

»Wir brauchen einen Traum, der in den nächsten zwei Stunden hergestellt ist, ganz gleich, was es kostet.«

»Och«, murmelte Grundy. »Du hast es schon geschmissen, du Mehr-Flügel-als-Gehirn-Wesen! Der Nachthengst, das bedeutet für uns Ärger – und nicht zu knapp.«

Vor ihnen entstand ein Flimmern, aus dem sich die Statue eines gigantischen Hengstes herausbildete, der sich auf einem Sockel erhob. Das war Trojan, das Pferd von einer anderen Farbe. »Was führt dich her, du Halbblut?« wollte die Statue wissen, ohne dabei ihren Mund zu bewegen. Dies war ein stärkerer Traum; sie schienen sich nun in einem phantastischen Pavillon zu befinden.

»Fracto, die böse Wolke, versperrt mir den Weg, und ich mußte hier landen, um mich auszuruhen«, sagte Chex kühn, obgleich erschrocken durch die furchtbare Erscheinung. »Ich möchte Fracto mit einem bösen Traum fortjagen, um meinen Flug zum Berg Sauseschnell fortzusetzen, so daß Cheiron mir helfen kann, unser Fohlen zu retten.«

»Ich gebe nichts auf euer Fohlen!« sagte die Statue. »Du hast auf dieser Seite des Mondes nichts zu suchen.«

»Wir sind aber nun einmal da«, murmelte Grundy.

»Und du, Golem«, fragte der Hengst. »Hast du sie etwa nicht vor diesem Vorgehen gewarnt?«

»Halt ihn da raus!« rief Chex. »Wir hatten keine Wahl. Alles, was ich will, ist ein schneller Traum. Muß ich ihn mir selbst anfertigen?«

Der Hengst erglühte leicht vor Zorn. »Das wird dich die Hälfte eurer beiden Seelen kosten, nur um von hier freizukommen. Wünschst du dir, die anderen Hälften genauso zu verlieren?«

»Die Hälfte meiner Seele!« stieß Chex empört hervor.

»Ich habe es dir doch gesagt«, stöhnte Grundy. »Er vertrödelt keine Zeit!«

»Das ist ja abscheulich!« fauchte Chex. »Alles, was ich will, ist eine Chance, um Che zu befreien!« Aber sie erinnerte sich jetzt: Das war unter bestimmten Umständen der Preis, um aus der Welt des Kürbis hinauszugelangen. Sie hatte nicht daran gedacht, daß eine Landung auf dieser Seite des Mondes sie so teuer zu stehen kommen würde!

Der Hengst blinzelte. Seine Augenlider bewegten sich nicht, die ganze Statue flimmerte. »Wer?«

»Che, mein Fohlen! Die Kobolde haben ihn in ihrer Gewalt und ich brauche Hilfe, um ihn zu befreien! Wenn ich dabei meine Seele wegwerfen muß, dann soll es so sein, Hauptsache ich komme auf meinem Weg so schnell wie möglich voran.«

»Der Auserwählte des Simurgh«, sagte der Hengst. »Das war mir nicht klar. Wir müssen dein Vorankommen ohne Buße unterstützen.«

»Was für eine Wende!« flüsterte Grundy, dessen Erleichterung hierüber zweimal so groß wie er selbst war. »Wir behalten also unsere Seelen doch noch!«

»Wenn ich nur ein wenig ausruhen und dann zum Berg Sauseschnell fliegen könnte«, sagte Chex, »mehr Erholung brauche ich nicht. Aber wenn es eines schlechten Traums bedarf, um Fracto zu vertreiben ...«

»Es braucht seine Zeit, um einen richtig schlechten Traum herzustellen«, meinte der Hengst. »Die Mähren stellen die Träume nicht her, sie befördern sie nur, obgleich sie manchmal, wenn der Effekt nicht ausreichend ist, Träume aus dem Gemeinschaftsvorrat hinzufügen müssen. Ein schwacher Traum würde Fracto, der bestimmt ein zäher Kunde ist, nicht wirklich stören. Zwei Tage sind das Minimum, das wir dafür brauchen.«

Chex sah, daß er es ehrlich meinte. Sie erkannte nun, daß die gewöhnlichen Träume von bissigen Drachen und häßlichen Gespenstern für diese Aufgabe nicht ausreichen würden; man brauchte schon etwas ganz Besonderes, um eine Wolke zum Teufel zu jagen. Dies war ein wirkliches Problem. Wenn sie schnell bedient werden wollte, müßte sie einen Weg ersinnen, um in aller Eile einen wirksamen Traum herzustellen.

Dann hatte sie einen so glänzenden Einfall, daß ihr förmlich ein Licht aufging. Die Mähre Nektaris wich zurück.

»Fracto – der ist nicht wie andere Kreaturen!« sagte Chex. »Er haßt gute Dinge. Er haßt Fröhlichkeit.«

»Ja«, stimmte der Hengst zu. »Deswegen muß ein außergewöhnlich schrecklicher Traum angefertigt werden. Es bedarf der schrecklichsten Elemente, die wir auftreiben können und die dann so zusammengefügt werden, daß nicht ein einziger Strahl der Hoffnung oder Freude übrigbleibt.«

»Nein, das bringt es nicht!« erwiderte sie. »Es bedarf eines glücklichen Traumes!«

»Du bist verrückt, Federgesicht!« sagte Grundy. »Wenn Fracto glücklich ist, bleibt er auf ewig da schweben!«

»Gerade nicht«, sagte Chex. »Je fröhlicher der Traum ist, desto schlechter wird Fracto sich fühlen, denn das ist *sein* Schrecken: die Freude der anderen. Wenn er mit einer fröhlichen Szene konfrontiert wird, kann er nicht ausregnen und wird voller Groll fliehen.«

Der Hengst war erstaunt. »Mähre, ich glaube, du hast recht! Verdrehte Seelenkunde! Doch sind wir nicht ausgerüstet, um einen glücklichen Traum herzustellen.«

»Möglicherweise kann ich mir einen ausdenken«, sagte Chex. »Normalerweise bin ich eine fröhliche Person.«

»Und die Ausstattung«, fuhr der Hengst fort. »Jede Szene muß mit einem passenden Hintergrund und mit talentierten Schauspielern aufgenommen werden, von denen wir aber keine fröhlichen haben.«

»Aber du mußt doch noch herausgeschnittene Reste und Schnipsel von früheren Träumen haben, die für deine Zwecke nicht eklig genug waren«, sagte sie eifrig. »Wenn diese zusammengesucht würden, müßte das einen ganz schönen Effekt ergeben. Man könnte all die unbrauchbaren Stücke verwenden!«

»Vielleicht«, bestätigte er, nicht ganz überzeugt. »Aber die Zeit …«

»Es sollte nicht viel Zeit kosten, sie zusammenzusammeln«, wandte sie ein. »Sie sind bereits hergestellt, sie müssen nur noch neu zusammengefügt werden. Die wirkliche Herausforderung ist der Hauptteil. Etwas so krankmachend Liebliches, daß Fracto davon abgestoßen wird.«

»Unsere Figuren können so etwas nicht zustande bringen«, sagte der Hengst. »*Sie* wären es, die davon abgestoßen werden würden!«

»Aber könnten sie nicht wenigstens Pantomime machen?« fragte sie. »Wenn Grundy und ich den Text dazu sprächen?«

»Sieh an!« sagte der Golem und zeigte Interesse.

»Schon möglich«, stimmte der Hengst widerwillig zu.

»Ausgezeichnet. Hole deine Figuren und die Ausstattung zusammen, und ich werde versuchen, mir eine passende Geschichte auszudenken.«

Der Hengst wirkte amüsiert. »Tut das«, sagte er zur Mähre Nektaris und löste sich in einem Flimmern auf.

Der Traumabschnitt endete abrupt, und Chex fand sich mit Grundy, aber ansonsten allein am Käsesee wieder. Die Kinder der Nacht waren dabei, ihren Teil zu erfüllen, jetzt war die Reihe an ihr.

Was für eine Art von Traum sollten sie sich ausdenken, den sie erzählen konnten, und den die furchtbaren Figuren des Kürbisses pantomimisch darstellen würden? Sie hatte nicht die geringste Idee.

»Grundy, du mußt doch davon Ahnung haben«, sagte sie. »Du hast doch mit Wesen in ganz Xanth gesprochen. Was war die wirklich krankmachendste, süßlichste Geschichte, die du jemals gehört hattest?«

»Das war, wie Cheiron Zentaur dir den Hof gemacht hatte«, sagte er prompt.

Sie hielt sich zurück, ihn hart mit dem Schweif zu peitschen. Aus irgendwelchen magischen Gründen waren sie hier auf dem Mond nicht so schwer, und sie befürchtete, daß, wenn sie ihn zu stark träfe, er in der Luft davonschweben würde, so daß sie hinterherfliegen müßte, um ihn einzuholen. Dann würde Fracto sie beide erwischen. Das war nicht der Mühe wert, zumal es mittlerweile schon dunkel wurde und es schwerfallen würde, den Weg zu erkennen. Egal, offensichtlich entsprach das seiner Vorstellung, ihr ein Kompliment zu machen.

»Davon einmal abgesehen«, sagte sie.

»Möglicherweise die Geschichte von der Prinzessin und dem Drachen«, sagte er. »Der Vogel, der mir diese Geschichte erzählte, schwor, daß er es mit seinen eigenen Augen gesehen hatte, aber ich bin mir nicht sicher.«

»Warum nicht?« fragte sie unschuldig.

»Weil es ein Flunkerfink war.«

Diesmal traf sie ihn mit ihrem Schweif. Glücklicherweise blieb er an ihrer Mähne hängen und wurde nicht in Fractos wartenden Sturm getrieben.

»Erzähle mir die Geschichte«, sagte sie grimmig. Sie wußte, daß sie es sich in dieser Situation nicht leisten konnte, übermäßig wählerisch zu sein.

»Es war einmal eine wunderschöne Prinzessin, die einen besonders stattlichen Prinzen aus einem fremden Lande traf ...«, begann er. Sie hörte aufmerksam zu, bis zum Schluß der Geschichte: »... und so lebten sie fröhlich miteinander bis in alle Ewigkeit.«

»Ich denke, das ist ausgezeichnet«, sagte sie am Ende. »Das ist eine solch hübsche Geschichte, daß Fracto vor lauter Wahnsinn die Wände hochgehen wird. Aber er muß in die Geschichte hineinpassen, so daß er sich wiedererkennt.«

»Er wird doch nur darauf niederregnen!« protestierte der Golem.

»Nein, das Schöne an einem Traum besteht darin, daß eine Person diesen nicht auf eigene Art, sondern nach Art des Traums zu träumen hat. Sonst würde ja niemand einen schlechten Traum erdulden. Er wird sich dort befinden, aber nicht in der Lage sein, auf das Geschehen hinabzuregnen.«

Grundy nickte verständnisvoll. »Du hast aber auch verrückte Einfälle.«

»Danke schön. Jetzt müssen wir unsere Rollen einstudieren, so daß wir, wenn der Nachthengst seine Arbeit erledigt hat, vorbereitet sind, den Traum zu beleben. Ich übernehme die weiblichen Rollen und du die männlichen. Vergiß nicht, übertreibe nicht, was wir wollen, ist Glaubwürdigkeit.«

»Was?«

»Plausibilität. Ich dachte, du kennst alle Wörter in allen Sprachen.«

»Tu ich auch. Ich war mir nur nicht sicher, ob du sie auch kennst.«

Abermals unterließ sie es, ihn mit ihrem Schweif zu peitschen. Soweit er wußte, hatten allen Zentauren einen reichhaltigen Sprachschatz. »Vielleicht hast du mich mit einer gewissen Dämonin verwechselt, die Schwierigkeiten hat, ihre Worte klar herauszubringen.«

»Nein, du bist nicht so hübsch wie D. Metria.«

Was für eine Überwindung kostete es sie, ihren Schweif ruhig zu halten! »Dafür aber auch nicht halb so boshaft«, lenkte sie ein. »Also paß auf: Es wird im wesentlichen ein erzähltes Stück sein. Der Hengst wird die Figuren zur Verfügung stellen, aber wir müssen ihre Rollen sprechen, weil wir keine Zeit für Proben haben und nicht beabsichtigen, es mehr als einmal zu machen. Einige Träume sind so beschaffen, also gibt es Präzedenzfälle. Wir können aus dem Stegreif heraus improvisieren, aber wir müssen uns an den Leitfaden der Geschichte halten. Bekommst du es beim ersten Mal hin?«

»Hör zu, Chex, ich schaffe es schon, wenn ich will«, sagte er verärgert. »Und ich weiß selbst, daß du all das machen mußt, um zu Cheiron zu gelangen und dein Fohlen zu retten. Möglicherweise habe ich eines Tages mal einen eigenen Sprößling!«

»Ja, selbstverständlich«, stimmte sie schnell zu. »Ich entschuldige mich, Grundy.«

»Danke schön.« Er schien überrascht. Offensichtlich erhielt er nicht viele Entschuldigungen. »Jetzt laß uns mal sehen, wie gut wir einen Traum gestalten können.« Und sie arbeiteten an den Einzelheiten, während sie auf die Rückkehr des Hengest warteten.

Zur rechten Zeit erschien der Hengst mit einer Schauspielertruppe von Kürbisbewohnern, die entsprechend zusammengestellte Requisiten mit sich trugen. Schon bald war die Umgebung mit bemalten Bühnenbildern von friedlichen Lichtungen und Stränden sowie mit kleinen Behältern von Traumresten übersät. Ein größerer Pavillon wurde aufgerichtet und unter einem Käsemantel verborgen, so daß

Fracto nicht in der Lage sein würde zu entdecken, was hier gemacht wurde.

»Wie wird eigentlich ein Traum aufgenommen oder gestaltet?« fragte Chex.

»Wir haben einen Traumator«, erklärte der Hengst und zeigte auf ein Wesen mit einer linsenähnlichen Schnauze. »Dieser Tor, der sich bevorzugt an Toren aufhält, zeichnet alle Einzelheiten einer Szene auf, und die Mähren bringen die fertigen Alpträume zu ihren Empfängern. Wenn du bereit bist, eine Szene aufzunehmen, sage einfach ›die Erste‹ und wenn du sie beenden willst, sagte einfach ›Schnitt‹. Sie werden es machen.«

Chex kannte sich damit nicht aus, mußte aber annehmen, daß der Hengst sein Geschäft verstand. »Zuerst wollen wir einige hübsche Hintergrundszenen von einem lieblichen Schloß und Bergen mit Blumen aufnehmen. Kann das so gemacht werden, daß es lebendig aussieht? Ich meine nicht einfach so wie ein Bild?«

»Sicherlich. Wie findest du das?« Der Hengst wackelte mit einem Ohr, und eine Mähre schritt vorwärts.

Plötzlich erschien ein Traum. Er zeigte einen zierlichen Berg mit einem Pfad, der spiralförmig um ihn herum nach oben führte und auf dessen höchstem Gipfel Schloß Roogna thronte. Das war zwar nicht genau das, was Chex vorgeschwebt hatte, aber es würde damit auch gehen. Wenigstens gab es am Fuße des Berges Blumen.

»Ich brauche eine besondere Szenerie«, sagte Chex, als der Traumauszug endete, »eine Böschung oder einen dürren, felsigen Ort, an dem ein Drache leben könnte.«

Einen kurzen Augenblick später entstand eine weitere Traumszene von einem entsprechenden Ort. Der war umgeben von einer tobenden See und offensichtlich für einen Traum von der Angst vor dem Ertrinken vorgesehen, aber die Gesamtszenerie war vielleicht doch etwas zu harmlos, um jemandem richtige Angst einzujagen. Daher war es Ausschuß und perfekt für ihre Zwecke.

»Jetzt zu den Figuren«, sagte sie. »Wir benötigen eine bezaubernde Prinzessin, einen unheimlichen, aber hübschen Mann, einen Drachen und ein Einhornpärchen sowie noch ein paar Nebenrollen.«

Sie standen zur Verfügung. »Aber nicht nackt«, meinte Chex. »Das Volk der Menschen ist in diesen Dingen sonderbar, sie sind fast immer bekleidet. Der Mann muß einen zweckmäßigen und offensichtlich erstklassigen Anzug tragen, und die Frau ein teures Kleid mit einem tiefen Dekolleté.«

»Was?« fragte der Hengst.

»Einen tiefen Ausschnitt.« Chex zog mit ihrem Finger über ihre Brüste, um anzuzeigen, wo die Linie über deren oberen Ansatz hinweglief. »Das Volk der Menschen schenkt dieser Linie eine ebenso große Aufmerksamkeit wie dem unteren Abschluß.«

»Ach ja. Wir haben eine finanzielle Streßabteilung, in der wir Träume gestalten, um sie nach Mundania zu exportieren. Schlechte Abschlüsse sind ...«

»Ich meinte den Saum eines Rocks. Je höher er ist, desto mehr scheint er das menschliche Volk zu fesseln.«

»Ja«, schnaufte Grundy. »Hast du jemals Nada Nagas oberen und unteren Abschluß gesehen, wenn sie menschliche Form angenommen hatte?«

»Was für ein eigentümliches Geschäft, jetzt menschliche Sehnsüchte anstatt menschlicher Ängste zu erforschen«, brummte der Hengst. Schließlich gestaltete er die Kleidung aufreizender, so daß die nackten Schauspieler passend angezogen waren.

Chex stellte die Prinzessin und den Mann in der Nähe des Schlosses auf, sagte: »Die erste« und begann den Text zu sprechen.

Es lief nicht immer perfekt. Einige Male mußten sie eine zweite Aufnahme machen, aber alles in allem war Chex mit den Aufnahmen zufrieden. Im Verlauf von zwei Stunden hatten sie den Traum im Kasten, genauso wie es der Hengst vorgesehen hatte.

Sie gingen die ganze Sache noch einmal durch, um sicher zu sein, daß er auch überzeugend war. Alle schauten zu, um an dem teilzuhaben, was möglicherweise der positivste

Traum war, den die Hersteller von Alpträumen je vollbracht hatten.

Die Prinzessin tauchte am Fuße des Berges auf, wo sie gerade wunderschöne Blumen pflückte. Plötzlich erschien ein unheimlicher, stattlicher Prinz. »Oh!« schrie sie mit Chex' Stimme. »Hast du mich erschreckt!«

»Fürchte dich nicht, du liebliches Geschöpf«, sagte der Prinz mit Grundys Stimme. »Ich bin nicht gekommen, um dir weh zu tun, sondern um dich zu lieben, denn du bist die lieblichste Prinzessin, die ich je gesehen habe.«

Die Prinzessin richtete ihre großen, leuchtenden Augen geschmeichelt auf ihn. »Das fanden die anderen nicht. In der Tat bin ich nicht verheiratet, obwohl ich schon beinahe einundzwanzig bin.

»Ich betrachte das nicht als bedauernswert«, sagte der Prinz. »Komm, wir müssen uns besser kennenlernen.«

Schon bald kannten sie sich beide besser, denn das Wetter war heiter. Die einzige Wolke in der Szene war so weiß und flockig, daß sie nicht in der Lage gewesen wäre, auf irgend etwas niederzuregnen, ganz egal, unter welchen Anstrengungen sie es auch versucht hätte. Unter solch einem wunderbaren Himmel verliebten sie sich dann auch tatsächlich ineinander. »Ich muß dir etwas erzählen«, sagte der Prinz bekümmert. »Und dich etwas fragen, von dem ich befürchte, daß es dir nicht gefallen wird.«

»Oh, ich hoffe, daß es nicht bedeutet, daß du gar kein Prinz bist!« schrie sie entsetzt auf, »oder daß du mich nicht liebst!«

»Nein, es ist keines von beiden«, versicherte er ihr. »Ich bin wirklich ein Prinz, und ich liebe dich von ganzem Herzen. Aber ich befürchte, daß deine Liebe zu mir erlöschen wird, wenn du hörst, was ich sagen und fragen muß.«

Die Prinzessin dachte, daß er ihr sagen würde, daß er von einem feindlichen Königreich käme und sich wünschte, sie zu heiraten. Selbst unter diesen Voraussetzungen – zumal die örtliche Umgebung sie offensichtlich langweilte und sie den täglichen Aufstieg zurück den Berg hinauf als mühevoll empfand –, dachte sie daran, nur ganz geringe Anzeichen von Bestürzung zum Ausdruck zu bringen, selbst wenn ihrem Vater, dem König, dies mißfiele. »Erzähle es mir und frage mich, mein Liebster«, hauchte sie aufreizend. Sie war in diesem Hauchen sehr erfahren – das war schon immer so gewesen, nachdem sie begonnen hatte, im Alter von vierzehn Jahren ein verführerisches, schulterloses Kleid zu tragen.

»Ich bin kein Mensch«, sagte er. »Ich bin eigentlich ein Drache. Ich nahm die menschliche Gestalt nur deswegen an, damit du dich in mich verliebst. Sie ist eine von drei Verwandlungen, die ich imstande bin, zu vollbringen.«

»Aber du erzähltest mir, du wärest ein Prinz«, stieß sie bestürzt hervor.

»Ich *bin* auch ein Prinz«, erwiderte er. »Ein Prinz der Drachen. Sobald ich meine Mündigkeit erreicht habe, werde ich der König der Drachen sein, denn mein Vater wurde kürzlich von einer feindlichen, giftigen Seeschlange angefallen und ist seitdem unpäßlich.«

Die Prinzessin überlegte. »Diese Entwicklung hätte ich wirklich nicht vorausgeahnt«, gab sie zu. »Aber ich nehme an, ein Prinz bleibt ein Prinz. Was ist es, was du mich fragen wolltest?« Denn es schien ihr besser, einen Drachen zu heiraten als einen Bürgerlichen.

»Ich muß mich einem Ritus des Übergangs unterziehen, um die Mündigkeit zu erhalten und König zu werden«, sagte er. »Dazu muß ich meine natürliche Gestalt annehmen und eine liebliche, unschuldige Prinzessin verzehren. Das ist etwas, was man von allen königlichen Drachen erwartet. Wirst du kommen, um gegessen zu werden?«

Die Prinzessin erlebte eine noch größere Bestürzung als zuvor. Diese Entwicklung hatte sie auch nicht vorhergesehen. Sie hatte tatsächlich auf eine andere Art Frage gehofft. »Dazu muß ich wirklich erst nach Hause zurückkehren und meinen Vater fragen«, sagte sie spröde.

»Auf jeden Fall«, stimmte der Drachenprinz zu. »Es ist nicht klug, eine so wichtige Entscheidung ohne Beratung zu fällen. Ich werde abreisen und dich in einer Woche am Steilufer des Meeres erwarten. Wenn du dich entscheidest, nicht zu kommen, so werde ich auch das verstehen.« Damit küßte er sie und machte sich auf den Weg.

Die Prinzessin begab sich nun an den mühsamen Aufstieg zum Schloß auf dem Gipfel des Berges. Sie trat vor den König und erklärte ihm die Lage. »Ich bin einem wundervollen Prinzen begegnet, mein kluger Vater«, sagte sie atemlos, weil sie immer noch erschöpft von ihrem Aufstieg war. »Aber er ist ein Drachenprinz und hat den Wunsch, mich aufzufressen. Soll ich mich dafür nächste Woche mit ihm am Steilufer des Meeres treffen?«

»Nun, das kommt darauf an, meine unschuldige Tochter«, antwortete der König. »Liebst du ihn?«

»Ja, Vater.«

»Liebst du ihn genug, um für ihn zu sterben?«

Sie überlegte, denn das war keine einfache Frage. Sie hätte wirklich eine einfachere Frage vorgezogen. »Ja, Vater, ich nehme an, ich tue es.«

»Dann meine ich, solltest du zu ihm gehen«, sagte der König, wobei er ein gewisses Bedauern durch das Anheben einer Augenbraue ausdrückte. »Aber ich fürchte, daß wir dich vermissen werden. Vielleicht solltest du dich auch mit deiner Mutter, der Königin, beraten.«

Darauf war sie noch nicht gekommen. Die Prinzessin bedankte sich für den Vorschlag und begab sich zur Königin.

»Was ist?« erkundigte sich die Königin.

Die Prinzessin wiederholte ihren Bericht.

»Ich danke dir«, sagte die Königin. »Ich habe dich vorher nicht verstanden. Aber ich bin mir nicht sicher, ob ich zustimmen soll. Was hat dieser Drachen für Referenzen? Ist er wirklich ein Prinz?«

Die Prinzessin versicherte, daß er das sei.

Die Königin überlegte. »Ich fürchte, ich kann immer noch nicht zustimmen. Ich kann dir diese Sache jedoch nicht verbieten, denn ich bin nur eine Frau, aber wenn du darauf bestehst, dann nimm von dem Gedanken Abschied, mich später noch einmal in meinen Gemächern des Schlosses aufsuchen zu dürfen.«

Die Prinzessin war durch die Ablehnung ihrer Mutter betrübt, aber sie dachte, daß sie nach ihrem Stelldichein mit ihrem Drachenprinzen sowieso kaum Gelegenheit hätte, noch einmal zum Schloß zurückzukehren.

Als der Tag der Verabredung kam, legte sie ihre besten Gewänder an. Sie trug ein Kleid, dessen Dekolleté so offen und dessen Saum so hoch war, daß es den Drachen wenig Mühe kosten würde, ihre köstlichsten Teile zu erkennen und in diese zuerst zu beißen. Schließlich liebte sie ihn und wollte, daß er mit ihr zufrieden war. Sie bürstete ihre wundervollen, seidenen Locken und setzte ein Rubindiadem auf ihren Kopf, dessen Farbe das Blut verkörpern sollte, das sie für ihren Geliebten vergießen wollte. Sie tupfte sich etwas Parfüm von roten Rosen hinter die Ohrläppchen und in ihren Ausschnitt. Auch der Geruch sollte auf die Farbe des Blutes hinweisen. Sie dachte, daß sie für diese Angelegenheit alles in allem einen ansehnlichen Eindruck machte.

Sie machte sich zu Fuß auf den Weg, denn obwohl es eine ziemlich lange Strecke war, hatte ihr Vater sie darüber informiert, daß er nicht daran dachte, das Risiko einzugehen, ein gutes Pferd allzu sehr in die Nähe eines Drachen zu lassen. »Schließlich sind diese Kreaturen berüchtigt«, argumentierte er. »Wenn sie erst einmal Blut gekostet haben, sind sie fähig, alles, was sich in Sichtweite befindet, anzugreifen.« Sie mußte die Gültigkeit dieser Umsicht einräumen.

Zur rechten Zeit, wenn auch erschöpft und verstaubt, aber immer noch wunderschön, erreichte die Prinzessin das Steilufer. Der Drachenprinz war noch nicht eingetroffen, denn sie hatte reichlich Reisezeit veranschlagt und war ein paar Minuten vor dem verabredeten Zeitpunkt eingetroffen. So ruhte sie sich aus, puderte ihr Gesicht und wischte sich den Staub von den Pantoffeln, um so ansehnlich wie möglich zu sein. Sie wollte, daß ihr letzter Anblick für ihren Geliebten ein angenehmer sei.

Als sie sich vor dem Spiegel die Nase zurechtmachte, fiel ihr etwas ins Auge. Da war etwas seitlich von ihr, hinter der

Böschung – etwas, das im morgendlichen Sonnenlicht aufblitzte. Sie nahm das Bild im Spiegel in näheren Augenschein, denn es wäre unschicklich gewesen, den Kopf zu drehen und direkt hinzuschauen, und sah, daß es der glänzende Helm eines Söldners war.

Seltsam, denn es schien keinen Anlaß für einen Aufmarsch von Söldnern in dieser Gegend zu geben. Sie benutzte ihren Spiegel, um noch mehr zu erblicken. Bald war sie sich sicher: Dort war ein ganzer Trupp von Söldnern mit Schwertern und Schildern. Das machte es nur noch geheimnisvoller. Was die wohl hier wollten?

Dann erschien der Drachen in der Ferne. Er glitt auf seinen Schwingen auf das Steilufer zu. Plötzlich kam die Prinzessin auf die Idee, es könnte ein von ihrem Vater geplanter Hinterhalt sein, um den Drachen zu erschlagen. Wie sie sich erinnerte, war dies genau die Art und Weise, wie sein verschlagener Verstand arbeitete. Es war durchaus möglich, daß die Königin ihn bestürmt hatte, etwas zu unternehmen. Obwohl die Prinzessin keine Ahnung davon hatte, welche Art von Ermunterung eine Frau einem Mann zukommen lassen konnte, damit er ihrem Willen folgte, so hatte sie doch schon bei Gelegenheit gesehen, wie ihr Vater nach einer Nacht mit der Königin seine Meinung geändert hatte. Sie hatte gehofft, eines Tages ermitteln zu können, wie solche Überredungen zustande kamen, aber diese Hoffnung schien ihm Moment etwas weltfremd zu sein. Auf jeden Fall sah es so aus, als ob der Drachenprinz sehr wahrscheinlich in Schwierigkeiten geraten würde, wenn er hier landen sollte.

Sie rannte vor bis zur äußersten Kante des Steilufers und winkte wie verrückt mit den Armen. »Oh, Drachenprinz!« schrie sie, obwohl es sich für eine Prinzessin nicht geziemte herumzuschreien. »Lande nicht! Das ist ein Hinterhalt!«

Der Drachenprinz hörte sie und schreckte zurück. Er flog eine Schleife über dem Landeplatz und war sich offensichtlich unsicher, wie er vorgehen sollte. Er würde seinen Ritus des Übergangs nicht vollenden können, wenn er nicht landete, andererseits hätte dies anscheinend wirklich unangenehme Folgen.

»Verflucht!« schimpfte der Anführer der Söldner. »Das Luder (man möge diesen Ausdruck entschuldigen) hat uns verraten! Auf uns fällt Luzifers Rache, wenn uns der Drache entkommt.«

»Naja, vielleicht können wir dafür unseren Spaß mit der Frau haben«, bemerkte ein Söldner mit gewisser Begeisterung.

Die Söldner marschierten auf die Prinzessin zu. Alarmiert wich sie zurück, aber sie schnitten ihr den Weg ab. Sie sahen hungrig aus, obwohl sie vor ihrem Überfall aus dem Hinterhalt doch sicherlich ausreichend gegessen hatten.

Der ihr am nächsten stehende Söldner griff nach ihr. Die Prinzessin schrie auf und fiel hilflos zu Boden.

Der Drachenprinz, der offensichtlich durch dieses Spektakel beunruhigt wurde, änderte abrupt seine Meinung. Er drehte um und kam in feuerspeiendem Tiefflug geradewegs herunter. Er spie einen Feuerball hervor, der, als er über die Prinzessin hinwegschoß, ihre lieblichen Locken versengte, jedoch die herumstehenden Söldner in Flammen einhüllte. Binnen eines Augenblicks wurden sie, so wie sie waren, in ihren Rüstungen geröstet.

Die Prinzessin, durch den Geruch verängstigt, raffte sich auf und versuchte, den Ort des Geschehens zu verlassen. Aber die rauchenden Körper umgaben sie überall. Deswegen sprang sie von der Klippe. »Fang mich auf, oh, mein Allerliebster!« schrie sie, als sie der schäumenden See immer schneller entgegenstürzte. »Mein Haar ist verbrannt, aber nicht mein Fleisch. Ich bin immer noch hervorragend zu verspeisen, da bin ich mir sicher, und wenn nicht, dann kannst du mich in die tobende See werfen und dich nach einer anderen Prinzessin umschauen.«

Der Drache manövrierte geschickt und stieß hinab, um sie in seinem großen Maul aufzufangen. Aber er biß sie nicht entzwei, da mindestens eines der Stücke ins Wasser hätte fallen können. Er trug sie unversehrt in den Himmel hinauf. Es zeigte sich eine kleine dunkle Wolke am Himmel, aber der

Wind stand falsch und der Sturm war nicht in der Lage, ihm irgendwelche Schwierigkeiten zu bereiten. Die Wolke schien darüber sehr beunruhigt zu sein. Er trug die Prinzessin zu einer entfernten Insel, wo er landete und sie sanft absetzte.

»Ich bin so froh, daß sie dich nicht erwischt haben«, sagte sie. »Denn ich liebe dich, ganz gleich, in welcher Gestalt, und ich kann es nicht ertragen, dich leiden zu sehen.«

»Ich kann dich jetzt nicht mehr fressen«, sagte der Drachenprinz mit einem gewissen Bedauern.

»Aber warum denn nicht, oh, mein Liebster?« fragte sie fordernd.

»Weil du deine Unschuld verloren hast. Ich muß eine unschuldige Prinzessin verzehren, um den Ritus des Übergangs zu vollenden.«

»Aber was habe ich denn getan?« fragte sie verwirrt.

»Du hast den Hinterhalt deines Vaters verraten.«

»Aber sie hätten dich doch verletzt!« protestierte sie.

»Unzweifelhaft. Aber nur eine wahrhaft Unschuldige hätte die Söldner nicht an einen Feind verraten.«

Beschämt ließ sie ihren Kopf fallen. »Du wirst schon recht haben, denn ich fühle mich beschmutzt. Ich fürchte sogar, ich würde, wenn sich die Gelegenheit dazu böte, es wieder zu tun, denn meine Liebe zu dir kann ich nicht verleugnen. Es tut mir leid, daß ich dich in diesem Fall enttäuscht habe; es lag mir so viel daran, für dich unverdorben zu sein.«

»Vielleicht ist es so am besten«, sagte er philosophisch. »Denn ich war bereits zu dem Entschluß gelangt, daß ich dich nicht verspeisen konnte, und damit verriet ich meinen eigenen Glauben.«

»Du konntest nicht? Warum?«

»Weil ich dich genauso liebe, wie du mich liebst. Nun wage ich nicht, meine Schnauze wieder im Drachenland zu zeigen, denn ich habe mich als meines Namens unwürdig erwiesen.«

»Es tut mir so leid«, sagte sie mitfühlend. »Jetzt sind wir beide in Schwierigkeiten, denn nach alledem kann auch ich mit Sicherheit nicht mehr in mein Königreich zurückkehren. Was sollen wir bloß tun?«

»Ich denke, es kann uns nichts anderes helfen, außer daß wir heiraten, uns niederlassen und für immer glücklich miteinander leben«, sagte er mit einigem Bedauern.

»Aber ich kann dich doch nicht in dieser Gestalt heiraten«, protestierte sie. »Außerdem hätte ich keine Freude daran, auf dieser Insel zu leben, ohne die Vorzüge eines Schlosses und seiner Bediensteten.«

»Bist du dir sicher, daß du nicht zu deinem Schloß zurückkehren möchtest?« fragte er. »Dort würdest du immerhin die Dinge einer Prinzessin haben, an die du gewöhnt bist.«

»Nein, denn mein Vater, der König, wäre höchst erzürnt über den Verrat seines Hinterhalts, und meine Mutter, die Königin, befahl mir, nicht wieder zu ihr zurückzukehren.«

Der Drache überlegte. »Ich habe noch zwei mir verbliebene Verwandlungszaubersprüche übrig«, sagte er nach einer Weile. »Ich könnte sie benutzen, um uns in gleichartige Geschöpfe zu verwandeln. Würdest du es mögen, eine Drachin zu sein?«

»Und Leute fressen? Das ziehe ich nicht vor. Was hältst du von einer freundlicheren Gestalt, etwa ein Einhorn?«

»Bist du verliebt in Einhörner?« fragte er überrascht.

»Natürlich. Alle unschuldigen jungen Frauen sind das.«

»Dann werde ich uns beide in Einhörner verwandeln«, sagte er. »Auf diese Weise können wir in keinem unserer Königreiche erkannt werden und sind in der Lage, hier auf der Insel der Liebe, der Perle im Meer der Dichter, umherzustreifen.«

»Ich liebe dich auch«, stimmte sie zu.

Dann beschwor er die Zaubersprüche und wurde zu einem wunderbaren, stattlichen Einhornhengst, der so ähnlich aussahe wie der Nachthengst mit einem Horn, während sie zu einer wunderhübschen Einhornstute wurde, die an die Nachtmähre Nektaris erinnerte. Von da an lebten sie glücklich – und es zog niemals ein Sturm auf, denn ihre Liebe machte alle Wolken flockig und jeden Regen sanft, ungeachtet dessen, wie grimmig es sich diese Wolken auch wünschen mochten.

»Was hältst du davon?« erkundigte sich Chex auffordernd, als der liebliche Traum endete. »Wird Fracto das in Angst und Schrecken versetzen?«

Der Hengst schüttelte den Kopf. »Wir haben keine Erfahrung mit solcherlei Dingen. Du müßtest die Tagmähren fragen.«

»Ich glaube, das brauche ich nicht«, sagte sie. »Wir haben es hier mit der Psychologie der angewandten Umkehrung zu tun.«

»Fracto haßt es, daß ihm ein Riegel vorgeschoben wird«, sagte Grundy. »Und er haßt alles Liebliche. Es sollte ihn rasend machen.«

»Wir wollen es hoffen«, sagte Chex. »Wir werden es eben ausprobieren müssen. Ich danke euch, Volk des Kürbis, für eure Anstrengungen, selbst wenn es sich als nicht wirksam erweisen sollte.«

Der Hengst schaute die Mähre Nektaris an. »Bring diesen Traum zu Fracto«, sagte er. »Wir werden seine Auswirkungen beobachten.«

Die Mähre Nektaris berührte die Traumkapsel mit ihrer Nase. Die Kapsel verschwand. Dann sprang sie durch das Dach des Pavillons und galoppierte in die Lüfte, der monströsen Wolke entgegen.

Der Pavillon verblaßte. Auf der Oberfläche des Mondes war es hell, aber ein Zauberspruch schien ihre Gruppe unsichtbar zu machen, so daß Fracto nicht von ihnen wissen konnte. Chex fand es interessant zu sehen, daß das Mondlicht die Nachtmähre nicht störte, aber sie vergegenwärtigte sich, daß das logisch war, denn zur Nacht waren sie immer draußen, gleich ob der Mond nun schien oder verdeckt war.

Die Mähre verschwand in der Dunkelheit, die die boshafte Wolke umgab, doch Fracto blieb unsichtbar. Er machte gerade ein Nickerchen, was bedeutete, daß er sich gerade im rechten Zustand für die Überbringung des Traums befand. Chex litt unter wachsenden Zweifeln: Konnte diese wilde Idee Erfolg bringen? Ein lieblicher Traum für eine gemeine Wolke?

Fracto flackerte auf. Der Traum fing an! Etwas leuchtete an der Seite auf. Chex schaute hin und sah, daß der Traum sich auf der Oberfläche eines hartkäsigen Felsen abspielte, so als wäre es ein Hypnokürbis. So konnte sie überwachen, was Fracto gerade durchmachte. Das war ausgezeichnet.

Die Prinzessin traf gerade den Prinzen. Das Wetter war schön. Fracto, der dies im Schutz einer dunklen Wolke beobachtete, versuchte verzweifelt, zu ihnen hinüberzugelangen, um ihre Begegnung ins Wasser fallen zu lassen. Sie würden sich beide nicht annähernd so attraktiv gefunden haben, wenn ihr Haar in Strähnen über ihr Gesicht gehangen und sein Anzug jäh aus der Form geschrumpft wäre! Aber Fracto konnte sich nicht bewegen, er schien durch widrige Winde eingepfercht und nicht dazu in der Lage zu sein, in die Handlung einzugreifen oder sich schwebend von der Szenerie zu entfernen.

Als die Prinzessin ihren anstrengenden Aufstieg den Berg hinauf zum Schloß unternahm, bemühte sich Fracto, über sie zu gelangen und ihr einen Eimer Wasser ins Dekolleté zu kippen. So etwas machte Prinzessinnen wirklich wütend! Aber er bewegte sich wie in einer zähen Masse, und als er schließlich dort ankam, war sie schon im Schloß. Er war so frustriert, daß er einen Blitz auf das Schloß schleuderte, der aber lediglich harmlos abprallte. In der Nähe des Schlosses konnte er jetzt nicht wieder fortkommen und mußte sich blöde Dialoge der Prinzessin mit ihrem Vater und ihrer Mutter anhören. Er grollte vor Wut, aber niemand schenkte ihm Aufmerksamkeit, was ihn noch viel verrückter denn je machte.

Dann ging die Prinzessin zur Klippe. Was für eine Gelegenheit, sie jetzt bis auf die Haut zu durchnässen! Aber irgendwie war er nur fähig, ihr zu folgen, wobei seine Regentropfen harmlos hinter ihr herunterplätscherten. Anstatt naß zu werden, wurde der Prinzessin eher heiß, und sie hörte noch nicht einmal sein unheilvolles Grollen.

Dann sah sie den Drachen und warnte ihn vor dem Hinterhalt. Fracto versuchte, ihre Schreie mit Donner zu übertönen, damit ihre Warnung ungehört verhallte, doch zu seiner großen Verärgerung blieb er stumm. Der Drachen hörte sie und benutzte sein Feuer, um die Soldaten zu verbrennen, was immerhin ein lustiger Anblick war. Doch eigentlich wollte Fracto die Bestie lieber vom Himmel blasen, was er jedoch nicht schaffte. Die Prinzessin sprang die Klippe hinunter, der Drache schnappte sie, und die beiden flogen über den Horizont fort, während Fracto ihnen unbeholfen folgte. Selbst als sie auf der Insel landeten, konnte er sie nicht davonpusten, da die Insel durch einen Zauber geschützt war. Er war so frustriert, daß er kurz davor stand zu explodieren.

Dann wurden sie zu zwei dämlichen Einhörnern, die das süße Gras mampften und von da an glücklich miteinander lebten. Und noch immer konnte er sie nicht erreichen: weder mit einem aufflammenden Blitzstrahl noch mit einem frostigen Windsturm, nicht einmal mit einem einzigen scharfen Hagelkorn. Das war zuviel, Fracto detonierte. Sein Dunst prasselte über die Landschaft, und schon bestand er aus nichts anderem als aus übelriechendem Nebel. Uff! Was für ein schrecklicher Traum!

Chex spähte in die Dunkelheit hinaus. Alles, was sie sah, waren Sterne und die Lichter der Häuser in Xanth. Die böse Wolke hatte sich zerstreut.

»Es funktioniert!« schrie sie. »Der Traum hat ihm das Kreuz gebrochen!«

»Also *war* es ein schlechter Traum für ihn«, sagte der Hengst der Finsternis erfreut. »Ich muß zugeben, daß ich mir Sorgen gemacht habe.«

Mittlerweile war Chex durch ihre Stunden auf dem Mond gut ausgeruht. »Ich danke euch, Hengst und Mähren«, sagte sie. »Jetzt muß ich mich auf den Weg machen.« Sie entfaltete ihre Flügel. Das Fliegen bei Nacht war zwar nicht gerade ihre Vorliebe, aber sie konnte es sich nicht leisten, noch mehr Zeit zu verlieren.

»So manches Übel kehrt wieder!« rief Grundy, als sie abhoben.

Der Flug war angenehm leicht, weil sie die meiste Zeit dahinglitten. Zur rechten Zeit erblickte sie die Landelichter des Berges Sauseschnell und rief nach den Feuerfliegen, die die Landung freigaben. Grundy, der wußte, daß hier keine

Nichtungeheuer zugelassen waren, versteckte sich in ihrer Mähne und hielt den Mund. Das allein war schon eine Erleichterung.

Es fiel ihr etwas spät ein, daß der Fluch des Magiers Murphy wahrscheinlich dafür verantwortlich war, daß Che sich in der Nähe des An-den-Keks-Flusses anstatt im Herzen des Koboldbergs aufhielt. Was auch immer bei dem Unterfangen der Kobolde schief gehen konnte, ging auch schief. Nun ergaben aber viele Fehler noch nicht unbedingt eine Wende zum Guten. Sie mußte sich noch etwas Vernünftiges einfallen lassen!

Bald würde sie bei Cheiron sein und ihm alles berichten. Schließlich würde sie sich dann in der Gewißheit entspannen können, daß er wüßte, was zu tun wäre. Was für ein Tag!

6
JENNYS JAMMERTAL

Jenny und Che waren gefesselt, aber nicht an den Füßen, da die Kobolde sie nicht tragen wollten. Ihre Hände waren gebunden und jeder hatte einen Strick um den Hals. Wenn einer von ihnen langsamer wurde oder stolperte, riß ein Kobold erbarmungslos an dem Strick und zerrte sie weiter.

Jenny war durch das Eintauchen in den Fluß von dem brakigen Wasser durchnäßt und ihre neue Brille war mit dreckigen Tropfen bespritzt, aber sie saß noch auf ihrer Nase und half ihr wunderbar beim Sehen. Sie erkannte, daß dieses Gefühl etwas töricht war, da sie sich in fürchterlichen Schwierigkeiten befand. Doch es befriedigte sie, daß sie in der Lage war, die Dinge sehr viel besser als je zuvor zu erkennen.

Aber selbst in ihrem Kummer wegen ihrer Gefangenschaft bemerkte sie etwas Seltsames. Das waren nicht die gleichen Kobolde wie vorher. Wo war Godiva?

»Che«, murmelte sie, während sie durch den Dschungel stolperten, »sind …?«

»Nein, diese hier sind nicht die gleichen, die mich entführt haben«, entgegnete der Zentaur. »Ich fürchte sehr, diese hier sind schlimmer.«

»Schlimmer? Sind denn nicht alle gleich schlimm?«

»Nein. Einige Stämme sind weniger schlimm als andere. Godiva hat mich nicht grausam behandelt. Tatsächlich hat sie gerade nach einem bequemeren Weg im Norden gesucht, als du mich gerettet hast. Diese Kobolde hier sind brutal, und sie gehen nach Süden.«

»Wo ist dann die andere Gruppe?«

»Ich nehme an, daß sie sich versteckt halten. Kobolde kommen nicht unbedingt gut miteinander aus. Vielleicht erleiden die anderen das gleiche Schicksal wie wir, wenn sie gefangengenommen werden.«

»Denkst du, ich habe dich nur gerettet, um dich in noch größere Schwierigkeiten zu bringen?« fragte sie ärgerlich.

»Das wäre eine unfaire Behauptung. Du hast versucht, mir zu helfen, und dabei kein Glück gehabt.«

»Das sehe ich nicht so!« erklärte sie.

Der Kobold, der sie hielt, riß an dem Strick, so daß sie zur Seite taumelte. »Kein Gemaule auf den billigen Plätzen!« schnappte er.

Jenny konnte nur hoffen, daß Sammy Hilfe gefunden hatte und daß diese Helfer sie und Che finden würden, bevor die brutalen Kreaturen sie wer-weiß-wohin schleppten.

Die Kobolde stießen bald auf einen gut ausgetretenen Pfad und trieben sie mit großer Eile vor sich her. Es war so, als wenn sie sich ein wenig außerhalb ihres Gebiets aufhielten und sich unsicher fühlten. Das, gepaart mit Ches Aussage, daß es nicht dieselben waren wie die, die sie vorher gefangen gehalten hatten, ließ sie darüber herumrätseln, was hier vor sich ging. Sie wußte so gut wie nichts über Kobolde, hatte aber irgendwie vorausgesetzt, daß sie alle gleich waren: elfengroße Ungeheuer. Sicherlich war ihr Godivas Trupp schon als sehr bösartig vorgekommen. Wenn diese hier noch schlimmer waren …

Ihre Füße wurden vom anhaltenden Marsch immer müder und müder. Schon bevor das hier passierte, war sie zu viel auf den Beinen gewesen. Außerdem wurde es jetzt dunkel. Aber sie hatte keine Wahl, sie mußte weitergehen, sonst würde sie einfach am Hals fortgezerrt werden. Che schien es nicht besser zu gehen. Er hatte zwar vier Beine, dafür aber auch mehr Gewicht.

Schließlich kamen sie spät am Abend zum Dorf der Kobolde. Es lag an einem dunklen See und bestand aus rohen Erd- und Steinhütten, die in einem Halbkreis angelegt waren. Die Kobolde trieben eine Holzstange in den festgestampften Erdboden und knoteten die Seile daran, mit denen Jenny und Che gefesselt waren. Jetzt waren sie sozusagen an die Kette gelegt.

Da erblickte Jenny etwas am Himmel. Es war riesig und grünlich-weiß. »Was ist das?« fragte sie erstaunt.

Che starrte hinauf. »Oh, das ist nur der Mond. Er ist jetzt fast voll.«

»Der Mond? Aber er ist so groß! Wo ist der andere?«

Seine Braue hob sich. »Der andere was?«

»Der andere Mond! Der kleine.«

»Es gibt keinen anderen Mond. Dies ist der einzige. Er kommt nur in der Nacht heraus, außer wenn er am größten und fettesten ist. Dann hat er den Mut, sich auch am Rande des Tages zu zeigen. Er ist aus grünem Schimmelkäse gemacht und würde verderben, wenn er zu sehr erhitzt wird. Im Gegensatz dazu fürchtet sich die Sonne in der Dunkelheit und kommt deshalb niemals in der Nacht heraus. Das einzige andere am Himmel sind die Sterne, die aber zu klein sind, um viel auszurichten; und natürlich die Wolken.«

»Ich *bin* wirklich in einer anderen Welt«, flüsterte Jenny erschreckt. Sie hatte es zwar schon vorher gewußt, aber irgendwie hatte diese Bestätigung es noch schlimmer gemacht. Wie sollte sie jemals wieder nach Hause kommen, selbst wenn sie diesen schrecklichen Kobolden entkam?

Inzwischen legten andere Kobolde Zweige in ein kleines Feuerloch. Die schläfrigen Kobolde entdeckten das Futter und leckten hungrig nach ihnen. Schon bald gab es einen wild flackernden Brand, der das ganze Dorf ausleuchtete.

»Ich wünschte, ich wäre gründlich in Geographie unterrichtet worden«, sagte Che und starrte auf das große Feuer.

»Warum?« fragte Jenny, da ihr das unwichtig erschien.

»Weil ich dann genau wüßte, welcher Koboldstamm das ist und welche Quälereien ihre Spezialität sind.«

»Würde uns das helfen zu entkommen?«

»Wahrscheinlich nicht. Aber zumindest würden wir wissen, was uns erwartet.«

Dann schleppten die Kobolde einen riesigen schwarzen Topf zum Feuer und setzten ihn auf ein Eisenrost, so daß die Flammen an ihm hochzüngelten. Sie brachten Eimer mit Wasser und leerten sie in den Topf. Das Ding sah groß genug aus, um ein Elfenmädchen und einen kleinen Zentaur aufzunehmen.

»Ich glaube, wir können es auch so erraten«, sagte Jenny und spürte trotz der Hitze des Feuers ein Frösteln. Sie wollte schreien und davonrennen, wußte aber, daß es nutzlos war. So blieb sie einfach sitzen.

»Kannst du deine Fesseln selbst lösen?« erkundigte sich Che.

Jenny untersuchte den Strick, der ihre Hände auf den Rükken band. »Nein. Die machen gute Knoten.«

»Vielleicht kann ich dich befreien«, sagte er, »wenn du deine Hände dorthin bringst, wo ich sie erreichen kann.«

»Wofür soll das gut sein? Wir sind vollständig von Kobolden umringt, und ich bin sowieso zu müde, um noch schnell laufen zu können.«

»Wenn ich deine Hände losbinden kann, kannst du das Seil von deinem Hals lösen. Dann werde ich dir einen Klaps mit meinem Schweif geben, der dich leicht genug macht, so daß du schweben kannst. Dann kannst du losspringen und von hier wegsegeln.«

Jenny bemerkte, daß ihr Gewicht nach und nach zurückgekehrt war, nachdem er sie auf dem Floß leicht gemacht hatte. Dies war einer der Gründe dafür, daß sie jetzt so müde war; es war ihr Gewicht. Die Leichtigkeit hatte es ihr ermöglicht, weitaus schneller und weiter zu gehen, als sie es sonst gekonnt hätte. Das gleiche mußte für Che gegolten haben.

Seine Magie zeigte sich den Kobolden nicht, aber sie hatte sie beide davor bewahrt, die ganze Strecke grausam mitgezerrt zu werden.

Sie hatte noch Fragen. »Was ist dann mit dir? Wenn ich mich selbst befreien könnte, kann ich dich auch befreien. Aber du hast gesagt, daß du noch nicht fliegen kannst.«

»Stimmt. Du solltest den Ast eines Baums erreichen und dich hinauf- und weiterschwingen können und ihnen entkommen. Aber ich wäre unerträglich schwerfällig, und mein Körper würde sich in den Ästen verfangen, so daß sie mich bald wieder ergreifen würden. Deshalb muß ich hierbleiben.«

»Aber ich kann nicht ohne dich gehen!« protestierte sie. »Sie werden dich kochen!«

»Ja, das wollen sie. Aber zumindest du wirst frei sein. Wenn einer flüchtet, ist das immer noch besser als keiner.«

»Aber ich kenne mich hier gar nicht aus«, sagte sie. »Ich weiß noch nicht einmal, wo Sammy ist!«

»Sicher wird er Hilfe finden, und wenn du dich lange genug von den Kobolden fernhalten kannst, wird dich die Hilfe auch erreichen.«

Das schien vernünftig zu sein. Außerdem wurde ihr klar, daß sie, wenn sie frei käme, vielleicht in der Lage wäre, auch ihn zu befreien. Vielleicht gab es in der Nähe einen weiteren Kirschbombenbaum. »Gut, wir können es versuchen. Vielleicht können wir beide fliehen.«

Sie drehte sich herum und brachte ihre Hände nach hinten, dann griff er nach unten, um an dem Knoten zu arbeiten. Doch im nächsten Moment ließ er wieder davon ab. »Ich hätte es wissen sollen, es ist ein Zauberknoten. Nur die Kobolde können ihn lösen.«

Nachdem, was sie hier gesehen hatten, bezweifelte Jenny das nicht. Irgendwie war sie nicht sonderlich überrascht. Die Kobolde schenkten ihren beiden Gefangenen keinerlei Aufmerksamkeit, was bedeutete, daß sie entweder ziemlich dumm oder ziemlich selbstsicher waren. Es schien aber, daß sie nicht gerade dumm waren.

Der Koboldhäuptling kam zu ihnen herübergestampft.

»Soso, was haben wir denn hier?« fragte er so, als ob er überrascht war, sie zu sehen. »Einen komischen, kleinen Zentaur und ein komisches, kleines Elfentrampel. Hahaha! Nun, ich bin der Koboldhäuptling Grotesk, und ich will euch verraten, welche Art von Belustigung wir mit euch vorhaben.«

Jenny konnte nicht anders, als nach dem riesigen Topf auf dem Feuer zu sehen. »Wir wissen schon, danke sehr«, sagte sie abweisend.

»Oh, das ist nicht für euch beide«, sagte der Häuptling.

Jenny wurde wieder munter. »Wirklich?«

»Nicht diese Woche. Würdest du uns etwa unser Vergnügen mißgönnen? Wir müssen dich erst baden.«

Es stimmte, daß Jenny im Moment reichlich schmutzig war, aber irgendwie traute sie der Sache nicht. »Das kann ruhig warten, danke.«

»Da bin ich sicher! Hahaha!«

Jenny konnte nicht erkennen, was Grotesk Kobold daran so komisch fand, aber sie entschloß sich, lieber nicht danach zu fragen. Sie konnte den Koboldhäuptling wirklich nicht gut leiden.

»Ich nehme an, daß wir eure Art von Vergnügung nicht mögen werden«, sagte Che.

Jenny war schon selbst zu dieser Überzeugung gekommen, hatte es aber nicht ausgesprochen.

»Holt den Gegenstand der Unterhaltung, der für heute abend bestimmt ist!« befahl Grotesk.

Die Kobolde liefen zu einer Hütte, entriegelten die Tür und brachten zwei Gestalten heraus, die wahrscheinlich vor ihnen gefangen worden waren. Eine war eine junge Frau in einem engsitzenden Kleid, die andere Gestalt war ein haariger Mann, dessen Füße in runden Stiefeln steckten – nein, seine Hufe. Beide waren gefesselt, aber die Kobolde berührten die Knoten und sie lösten sich wie von selbst. Beide waren wesentlich größer als die Kobolde, was vermuten ließ, daß sie nahezu menschliche Größe hatten.

»Was sind das für welche?« fragte Jenny.

»Sie scheinen eine Drecknymphe und ein Faun zu sein«, entgegnete Che und starrte sie an. »Ich kenne solche Kreaturen nur aus Beschreibungen, aber die Merkmale scheinen zu passen.«

»Ein was und ein was? Sie sehen aus wie eine Frau in braunen Elastik-Kleidern und ein Mann mit zotteligen Hosen und komischen Füßen.«

»Eine Nymphe und ein Faun«, wiederholt er. »Ich glaube, sie sind zusammen und leben in fröhlichen Gemeinschaften, wo die Faune den Nymphen den ganzen Tag nachjagen. Das ist alles, was ich weiß, außer, daß keiner von ihnen Kleider trägt. Was du siehst, ist sein Fell und der Matsch, der sie einhüllt.«

Jenny sah an ihren eigenen matschigen Beinen hinunter. Sie verstand, wie das passieren konnte. »Ich schätze, daß die Kobolde sie heute abend kochen und uns für morgen aufheben.« Sie war überrascht über ihre scheinbare Ruhe; sie wußte, daß sie zutiefst schockiert sein würde, wenn sie dazu erst einmal die Gelegenheit bekam.

»Ich fürchte, daß es schlimmer werden wird.«

»Schlimmer, als lebendig gekocht zu werden?« fragte sie zweifelnd.

»Ja. Meine alte Dame weigerte sich, mir zu erzählen, was die Kobolde mit ihren Gefangenen alles anstellen. Das bedeutet, daß es noch schlimmer sein muß.«

Jenny hätte es vor Schreck geschüttelt, wenn sie nicht zu müde gewesen wäre. Sie hoffte, daß Sammy bald Hilfe finden würde.

»Also, zu den Spielregeln«, sagte Häuptling Grotesk Kobold zu der Nymphe und dem Faun. »Faun, wenn du sie fängst, bevor sie den Teich erreicht, lassen wir dich frei und kochen sie. Wenn du das nicht schaffst, kann sie gehen, falls sie das möchte, und wir kochen dich. Wenn ihr nicht lauft, kochen wir euch beide. Verstanden?«

»Das ist grausam!« sagte Jenny. »Sie dazu zu bringen, sich gegenseitig zu opfern!«

»Sie werden uns mit Sicherheit morgen das gleiche machen lassen«, meinte Che. »Es wird mir sehr leid tun, weil du versucht hast, mich zu retten, und ich dich mag.«

»Wir müssen einfach gerettet werden!« sagte sie. »Ich

weiß, daß deine Mutter dich sucht, vielleicht findet sie dich noch rechtzeitig.«

»Das hoffe ich auch.«

»Deshalb müssen wir darauf achten, daß du den Wettkampf gewinnst, weil mich sowieso niemand befreien wird.«

Er wandte ihr das Gesicht zu. »Das ist sehr großzügig von dir, Jenny. Aber da du nicht gefangen wärst, wenn du nicht versucht hättest, mir zu helfen, denke ich, daß du diejenige sein solltest, die ...«

»Vielleicht werden wir ja auch beide gerettet, bevor die Kobolde zu uns kommen«, sagte sie. Es schien besser zu sein, daran zu glauben, als diesen Dialog fortzusetzen.

Die Veranstaltung mit den anderen Opfern fing an. Die Kobolde ließen die Nymphe frei und sie lief schnell fort. Dann ließen sie den Faun los, und er rannte ihr nach. Die Nymphe schrie lieblich auf und lief schneller. Sie schienen gleich schnell zu sein. Aber die Nymphe versuchte aus dem Kreis der Kobolde zu entkommen, doch diese ließen sie nicht durch. Sie mußte zurückspringen, und als sie das tat, holte der Faun sie ein. Sie stieß einen lieblichen Schrei aus und rannte fort.

»Warum läuft sie nicht zum Teich?« fragte Jenny.

»Darüber bin ich selbst erstaunt«, entgegnete Che.

Die Nymphe sprang wieder beiseite, aber nicht in Richtung des Teichs. Sie versuchte ein zweites Mal, an den Kobolden vorbeizukommen, und wurde zurückgeworfen. Sie stürzte, und dieses Mal fing der Faun sie beinahe. Erneut stieß sie einen niedlichen Schrei aus und rappelte sich gerade noch rechtzeitig auf, um ihm zu entkommen. Aber er war ihr hart auf den Fersen. Sie hatte keine andere Wahl, als sich zum Teich zu wenden.

Das tat sie mit offensichtlichem Widerwillen. Sie erreichte das Ufer und sprang hinein. Der Faun hielt enttäuscht am Rand an. Er berührte das Wasser nicht einmal, er schien sich tatsächlich davor zu fürchten. Das war merkwürdig, wenn man sein wahrscheinliches Schicksal bedachte.

»Warum waten sie nicht beide einfach hindurch auf die

andere Seite?« fragte Jenny. »Dort stehen keine Kobolde, die aufpassen.«

»Das ist wirklich ein Rätsel.«

Die Nymphe, die zwischenzeitlich völlig ins Wasser eingetaucht war, tauchte wieder auf. Jetzt war ihr Körper sauber, und Jenny sah, daß Che recht hatte. Sie hatte keine Kleider an. Die Nymphe hatte eine sehr hübsche Figur für ein nacktes Mädchen.

Sie starrte den Faun an. Dann verwandelte sich ihr liebliches Gesicht in eine weniger liebliche Fratze. Sie schrie wieder auf, aber dieses Mal war es nicht nett, süß oder niedlich, es war blanker Haß. Sie stürmte aus dem Wasser und jagte den Faun.

Dieser drehte sich um und floh. Die Kobolde lachten unbändig. Sie fanden diese überraschende Umkehr offensichtlich sehr erheiternd. Es schien so, daß die Nymphe aus irgendeinem Grund auf den Faun wütend war und vergessen hatte, daß sie hätte freikommen können. Sie wollte ihn einfach schnappen.

»Das verstehe ich nicht«, sagte Jenny. »Sie hätte durch den Teich gehen können. Warum ist sie zurückgekommen, und warum ist sie so wütend?«

»Ich glaube, ich verstehe jetzt«, entgegnete Che mit Schaudern. »Es gibt in Xanth Liebesquellen. Es ist also folgerichtig, davon auszugehen, daß es auch Haßquellen geben kann.«

»Du meinst, daß ...?« Aber offensichtlich war es so. Die Nymphe war in dem Wasser des Hasses gewesen und haßte den Faun jetzt so sehr, daß sie sich um nichts anderes mehr kümmerte, außer ihm weh zu tun. Die beiden mußten es gewußt haben, weswegen sie nicht in das Wasser gehen wollten. Das war wirklich eine schreckliche Folter.

Der Faun rannte, aber jetzt verhielt es sich umgekehrt. Die Kobolde wollten ihn nicht durchlassen, und er mußte zurückspringen. Und als er das tat, verringerte die Nymphe den Abstand. Ihre zierlichen Finger waren zu Klauen gekrümmt, und sie entblößte ihre schönen Zähne mit einem häßlichen Knurren. Es gab keinen Zweifel, sie wollte ihn so schwer verletzen, wie sie nur konnte. Sie war unbändig.

Schließlich rannte der Faun zum Wasser hinunter und sprang hinein. Dann wurde auch er vom Haß verwandelt. Er wandte sich der Nymphe zu. Im nächsten Augenblick kämpften sie wild miteinander. Jeder versuchte, den anderen zu ertränken.

Jenny sah weg, ihr war übel. Sie war sich kaum bewußt, daß die Kobolde sie und Che in ihre Hütte trieben, in der zuvor die Nymphe und der Faun untergebracht waren. Sie hatte sich niemals vorgestellt, daß es solch gemeinen Wesen wie die Kobolde geben könnte.

Die Hütte war dunkel, bis auf ein kleines bißchen Licht, das von einem entfernten Feuer um die Türpfosten herum hereinleckte, und einen dünnen Strich Mondlicht, der durch eine runde Öffnung an der Dachspitze kam. Nach kurzer Zeit hatten sich Jennys Augen eingewöhnt, und sie konnte gut genug sehen. Bis auf sie beide war die Hütte leer. Es gab keine Möbel – nur den gestampften Boden, der nach Urin und übler roch.

Sie blieben gefesselt. Offensichtlich kümmerten sich die Kobolde nicht um ihr Wohlergehen. Es gab nichts anderes zu tun, als sich niederzulassen und sich so gut, wie sie konnten, auszuruhen. Che legte sich in der Mitte der Hütte nieder, da sein Körper nicht dafür geschaffen war, etwas anderes zu tun. Jenny ließ sich am Rande nieder und lehnte sich gegen die harte Lehmwand. Sie war hungrig, wußte aber, daß dies noch das geringste ihrer Probleme war. Sie konnte essen, nachdem sie gerettet war, und wenn sie nicht gerettet wurde, würde es kaum noch eine Rolle spielen, ob sie aß. Sie war müde, und dagegen konnte sie etwas tun, indem sie sich ausruhte und schlief.

Che lehnte seinen menschlichen Rumpf zurück gegen seinen Tierkörper, faltete die Flügel ein wenig auf und schloß die Augen. Er atmete gleichmäßig und sah ziemlich entspannt aus. Jenny beneidete ihn wegen dieser Fähigkeit. Sie war nicht in der Lage, sich zu entspannen, obwohl das sehr sinnvoll gewesen wäre. Ihre Gedanken waren zu sehr mit den Ereignissen des letzten Tages beschäftigt. Wie weit entfernt und wie lange her schien ihr normales Leben auf der Welt der Zwei Monde zu sein. Die Sache mit dem riesigen Einzelmond …

Sie schüttelte den Kopf. Es hatte keinen Sinn, sich damit aufzuhalten. Wenn sie erst geflohen waren und sie Sammy zurück hatte und Che bei seiner Mutter in Sicherheit war, dann konnte sie sich um die Rückkehr in ihre normale, vertraute Welt kümmern. Aber all das war so weit weg, lag jenseits ihrer gegenwärtigen Situation, den Strapazen, dem Schmutz und dem Grauen, daß sie es am Besten aus ihren Gedanken vertrieb.

Bei dem Versuch, diese Gedanken zu verscheuchen, war das Dumme, daß sie augenblicklich zurückkehrten, und zwar stärker als zuvor. Was dachten ihre Leute zu Hause wohl jetzt? Sicher fragten sie sich, was ihr zugestoßen sein mochte, und sie waren besorgt – nein, sie *mußte* aufhören, darüber nachzudenken!

Es sei denn … es sei denn, sie konnte an ihren Hain senden und ihre Situation bekanntgeben. Senden war der Geisteskontakt zwischen Leuten ihrer Art, der es ihnen ermöglichte, sich gegenseitig zu finden oder bei Gefahr zu warnen, ohne zu rufen. Warum hatte sie nicht schon früher daran gedacht?

Sie konzentrierte sich darauf zu senden. Aber es erfolgte keine Antwort. Sie war außerhalb der Reichweite ihrer Art, und die Leute von Xanth konnten weder senden noch empfangen. Jetzt fühlte sie sich noch mehr verlassen als zuvor.

Ihr blieb nur noch eine Möglichkeit, und die war sehr persönlicher Natur. Sie konnte sie nur abrufen, wenn sie allein war – und sie war jetzt allein, da Che schlief.

Sie fing zuerst an zu summen und dann zu singen. Jenny sang niemals in Gesellschaft, weil es einfach zu kompliziert war zu erklären, was es ihr bedeutete. Aber wenn sie allein oder mit ihren Freunden zusammen war, bedeutete es einen großen Trost. Ihre Freunde waren Sammy, die Blumen und die farbigen Steine um ihren Hain, oder vielleicht sie selbst, wenn sie einige Hausarbeiten zu erledigen hatte. Wenn sie sang, schien das ihre Umgebung heller, wärmer und schöner zu machen. Und obwohl sie wußte, daß es nicht wirklich so wahr – weil niemand sonst es so sehen konnte –, tröstete es sie jedesmal.

Wenn sie sang, gab es in ihrer Phantasie eine Prinzessin, ein Schloß auf einem Berg und einen fremden, stattlichen Prinzen sowie einen Drachen, der irgendwie auch der Prinz war. Jenny hatte niemals einen Drachen gesehen oder davon gehört, daß solche Kreaturen existierten. Trotzdem verstand sie das Wesen dieser Kreatur und respektierte es. Er war wie eine große, geflügelte Schlange mit Feuer in seinem Bauch. Und die Prinzessin liebte den Drachenprinz, aber …

Füße trampelten in der Nähe der Tür. Jennys Lied und ihre Vorstellung brachen augenblicklich ab.

Die Tür knallte auch. »Essen«, blaffte ein Kobold mit seiner barschen Stimme und warf ein großes Blatt, auf dem zwei Fleischklumpen lagen, auf den Boden.

Che hob den Kopf. »Wir können nicht essen, wenn wir gefesselt bleiben«, stieß er hervor.

Widerwillig berührte der Kobold seinen Knoten, und Ches Hände kamen frei. Dann faßte der Kobold Jennys Knoten an, bis er sich öffnete und sie freiließ. »Aber versucht keine Dummheiten, ihr Dussel«, warnte er, als er sich durch die Tür zurückzog und sie zuwarf. Sie hörten, wie sie von außen verriegelt wurde.

»Ich kann das nicht essen!« rief Jenny aus.

»Ich kann es auch nicht«, stimmte Che zu, »es sei denn, das Blatt ist eßbar.«

»Oh, du ißt auch kein Fleisch?« fragte sie.

»*Dieses* Fleisch würde ich nicht essen. Erkennst du es nicht?«

Jenny sah genauer hin. Sie schrie auf. »Es ist …«

»… von dem Faun«, vollendete er, »und der Nymphe.«

Jenny versuchte sich zu übergeben, aber sie hatte nicht genug im Magen, das hochkommen konnte. Sie würgte nur mehrere Male und hörte dann keuchend auf.

»Entschuldige«, bat Che, »ich dachte, du hättest verstanden.«

»Nein, ich mag nur kein Fleisch essen oder irgendeinem Tier Schmerzen zufügen«, entgegnete Jenny, wobei Tränen ihren Blick verschleierten. »Ich hätte erkennen müssen ...« Sie wurde durch einen weiteren Würgeanfall unterbrochen.

»Wenigstens sind wir nicht mehr gefesselt«, meinte Che. »Ich kann dich leichter machen, und du kannst versuchen durch die Öffnung im Dach zu klettern und zu entkommen.«

»Und dich hier zurücklassen, um ... um ...« Sie konnte aus dem Würgen nicht herauskommen. »Nein«, brachte sie nach einer Weile heraus.

»Ich weiß deine Großzügigkeit zu schätzen, aber sie ist töricht. Du solltst dich selbst in Sicherheit bringen, wenn du kannst.«

»Ich habe niemals behauptet, klug zu sein«, entgegnete Jenny. Sie brachte es nicht fertig, in die Richtung der Tür zu sehen, wo das schreckliche Fleisch lag.

»Dann sollten wir uns vielleicht besser ausruhen.«

»Ja.« Sie hoffte, daß das möglich war.

Für eine Weile waren sie still. Jenny konnte sich überhaupt nicht entspannen. Das Vorhandensein des Fleisches verfolgte sie, und sie konnte das Entsetzen auch nicht beiseite schieben.

»Jenny?« fragte Che zaghaft.

»Du kommst auch nicht zur Ruhe?« erkundigte sie sich. Die Antwort wußte sie schon.

»Vielleicht wenn du singen ...«

Ein Schauer einer anderen Art von Unwohlsein ließ sie frösteln. *Er hatte sie gehört!* Und sie hatte geglaubt, er hätte geschlafen. »Oh, das kann ich nicht tun«, protestierte sie und fühlte die Röte in ihrem Gesicht.

»Entschuldige, wenn ich dir zu nahe getreten bin«, sagte er.

Sie konnte nicht antworten, sie war immer noch verlegen.

Nach einiger Zeit hörte sie ein Schniefen und dann noch eins. Sie sah zu Che hinüber. Im Dämmerlicht erkannte sie, daß er mit den Händen sein Gesicht bedeckt hielt.

Dann merkte sie, daß er versuchte, seine Tränen zurückzuhalten.

Sie erinnerte sich daran, daß er auf ziemlich gleiche Weise allein war wie sie. Er war entführt und roh behandelt worden.

Sie vergegenwärtigte sich, daß er nur fünf Jahre alt war. Er sprach zwar wie ein Erwachsener – das schien bei den Zentauren so zu sein –, aber er war doch nur ein Kind. Ein Fohlen.

Sie machte sich klar, daß sie beide einem fürchterlichen Schicksal entgegensahen. Das war schon schlimm genug, um ihren Geist abzustumpfen. Was mochte das alles erst in seinem Geist anrichten?

»Es tut mir leid, Che«, sagte sie sanft. »Ich singe nur für ... für Tiere und Dinge.«

»Vielleicht wenn du mich als ein Tier ...«, entgegnete er mit bedeckter Stimme.

»Oh, du bist kein ...« Aber was war er dann, wenn kein Tier? Ein Freund in dieser schlimmen Zeit.

Er benötigte Trost. Konnte sie ihm verwehren, was sie doch ihrer Katze freizügig zukommen ließ?

»Vielleicht kann ich für dich singen«, meinte sie zweifelnd.

Sie versuchte es, unsicher was geschehen würde. Sie hatte niemals zuvor für jemanden gesungen, der die Bedeutung der Worte verstand. Sie war nicht sicher, ob es überhaupt möglich war. Blumen und Tiere waren unkritisch. Die dachten nicht, daß sie dumm wäre, falsch sänge oder sonst etwas. Sie versuchten auch nie zu kritisieren, daß es ihnen zu gewöhnlich klang. Sie akzeptierten es, wie es war, und so konnte sie selbst es auch tun. Che mochte ein Fohlen sein, aber er hatte ein Bewußtsein, das über das eines Tieres oder einer Blume hinausging. Und das würde wahrscheinlich stören. Bestimmt hatte er einen kritischen Verstand.

Kein Ton kam. Ihre Kehle war zugeschnürt, wollte nichts herauslassen. Sie konnte in dieser Art von Gesellschaft einfach nicht singen.

Aber, ein fünfjähriges Fohlen ...

Sie versuchte es noch einmal, indem sie die Melodie nur hauchte. Nach einer Weile konnte sie summen, und dann –

zuerst zaghaft – kam ihre Stimme, und sie sang wie vorher. Sie war wieder in der Phantasie von der Prinzessin, dem Schloß und dem Drachen, der aussah wie ein Prinz.

Draußen gab es ein Geräusch. Kam der Kobold zurück? Che wandte den Kopf. Er hörte es auch. Aber Jenny sang weiter und hoffte, daß der Kobold weitergehen würde ohne anzuhalten.

Das Geräusch wurde schwächer. Was immer es gewesen war, es entfernte sich. Jenny sang weiter, und ihr Bild von der Prinzessin wurde deutlicher und schöner. Es gab dort keine gemeinen Dinge, nur hübsche Blumen und schöne Tage. Die einzige dunkle Wolke, die sie sehen konnte, war klein und weit entfernt und sah dabei ein wenig bedrückt aus.

Aber dann passierte etwas Furchtbares, so als ob faulendes Fleisch in der Hütte aufgetaucht wäre. Der Drachen wollte die Prinzessin fressen! Er wollte, daß sie zu ihm kam, wenn er in seiner natürlichen Gestalt war, so daß er sie fressen konnte und zu einem König seiner Art wurde. Was konnte sie da tun?

Jenny sang, und die Worte kamen von selbst, entstanden im Einklang mit ihrer eigenen Phantasie. Es war fast so, als ob jemand ihr *senden* würde, so daß sie sich die Geschichte nicht selbst ausdachte, sondern sie empfing. Sie kam selbst irgendwie als die Prinzessin darin vor, und Che war ebenfalls als der Drachenprinz dort, waren doch beide geflügelte Ungeheuer. Trotz der Grauenhaftigkeit ihrer Situation wußte sie, daß der Drache die Prinzessin liebte. Er hatte zwar eine für ihren Geschmack komische Art, das zu zeigen, aber sie sah auch, daß die Liebe für seine Maßstäbe aufrichtig war. Drachen waren gewalttätige Kreaturen. Sie lebten, um andere zu rösten und zu fressen, und die größtmögliche Erfüllung ihrer Natur war es, eine reine und liebliche Prinzessin zu verspeisen.

Also entschloß sich die Prinzessin, zu dem Drachen zu gehen, weil sie ihn liebte und ihm Erfüllung geben wollte. Obwohl das einige Unannehmlichkeiten für sie mit sich bringen würde. Genauso wie es für ein Mädchen war, das ihr allerintimstes, geheimstes Lied für einen Freund sang, der es brauchte, und die so etwas vorher noch nie getan hatte.

Die gemeinen Männer und eine böse Wolke versuchten den Drachen zu verletzen, und die Prinzessin rief ihm eine Warnung zu. Er vernichtete die niederträchtigen Männer und trug die Prinzessin fort auf eine ferne, schöne Insel. Da keiner von ihnen wieder heimkehren konnte, wandten sie einen Zauber an, um sich selbst in Einhörner zu verwandeln, und lebten von da an in Freuden. Sie hatte vorher auch noch kein Einhorn gesehen, aber irgendwie spielte das in ihrer Vorstellung keine Rolle – sie wußte ganz genau, was es war. Ebenso bereitete ihr natürlich keine Schwierigkeit, die Wolke zu erkennen. Es war Fracto, den sie bereits kennengelernt hatte.

Das war eine wunderbare Phantasie, die sie durch und durch erwärmte. Und sie wußte, daß diese Vision Che beruhigt hatte, wenn er auch den Inhalt nicht genau mitbekommen hatte. Trotzdem glaubte Jenny, daß er ihn sozusagen fühlte, da er ja auch in der Vision vorgekommen war. Sie war froh, daß er sich als gut herausgestellt und die Prinzessin geheiratet hatte, anstatt sie zu fressen, obwohl nichts von dem real war und sie beide nur imaginäre Teile davon darstellten.

Sie setzte ihr Singen und Summen fort, fand es jetzt einfach, nachdem sie sich darin vertieft hatte. Che hörte zu, und dann war er auch schon eingeschlafen. Sie hatte es geschafft, trotz des Grauens um sie herum.

Wieder kamen Schritte auf die Hütte zu. Jenny fuhr hoch und lauschte ihnen ängstlich. Dieses Mal gingen sie nicht vorbei. Die Tür wurde aufgerissen, und ein Kobold zeichnete sich vor dem verglühenden Feuer ab.

»Was, wart ihr nicht hungrig?« wollte der Kobold wissen. »Um so mehr bleibt für die anderen übrig!« Er hob das Fleisch auf und nahm einen großen Bissen, während er die Tür wieder zuknallte.

Jenny entspannte sich. Sie war froh, daß das widerliche Essen weg war. Sie hatte niemals Fleisch gegessen, weil sie Tiere zu gerne mochte und wußte, daß es von ihnen kam.

Aber bevor sie wieder einschlafen konnte, näherten sich mehrere schwere Schritte. Die Tür wurde aufgerissen – Häuptling Grotesk stand da.

»Wollt nicht essen, was?« verlangte er zu wissen. »Gut, das wollen wir doch mal sehen. Kommt heraus, ihr Drückeberger. Wir lassen euch euer Spielchen gleich jetzt machen.«

Jennys Herz sackte hinunter bis in ihren linken Fuß. Es war immer noch mitten in der Nacht, und sie waren nicht gerettet worden – jetzt würde es keine Gelegenheit mehr geben! Und das alles, weil sie das widerwärtige Fleisch nicht angerührt hatten.

Sie wurden an das niedergebrannte Feuer geführt. Anscheinend waren einige Stunden vergangen, da der größte Teil der Zweige verbrannt und der monströse Käsemond in einen anderen Teil des Himmels gewandert war. Die Kobolde mußten all ihr Frischfleisch verbraucht haben – jetzt verlangten sie nach mehr.

»Wir wollen euch bei guter Gesundheit haben, so daß wir euch für ein paar Tage aufbewahren können«, sagte der Häuptling. »Wenn ihr nicht eßt, seid ihr zu schwach zum Rennen und schmeckt nicht so gut.« Er mußte gedacht haben, daß dies ein annehmbares Argument sei.

»Nein, danke schön«, erwiderte Jenny. Sie haßte es, höflich zu diesem grausamen Kobold zu sein, aber es schien ihr nichts dadurch gewonnen, wenn sie unhöflich wurde.

»Jetzt habt ihr die Wahl«, eröffnete Grotesk Kobold ihnen, wobei er eine Grimasse zog, die er für ein Lächeln halten mußte. »Eßt oder führt sofort das Rennen durch.« Er zeigte ihnen die beiden Fleischbrocken. Bei einem fehlte ein Bissen.

Jenny sah Che an. Sie wußte, daß sie nichts von dem Zeug anrühren würde, aber er mußte seine eigene Wahl treffen.

Er sah das Fleisch an, den Teich in der Nähe, und dann sie. »Singe für mich«, murmelte er.

Jenny war erstaunt und verärgert. »Ich kann nicht ...«, begehrte sie auf.

»Genau, sag ihr, daß sie es essen soll«, sagte Grotesk, der ihn offensichtlich falsch verstand, »damit du nicht sofort rennen mußt. Wir wollen dich für einen der nächsten Tage aufbewahren, an dem wir nicht gerade schon vorher gegessen haben.«

»Eher sterben wir«, sagte Che.

Da war seine Antwort, er würde also nichts essen. So mußten sie das grausame Spiel der Kobolde spielen und sich gegenseitig hassen. Danach würden sie gekocht werden. Che wollte ihr ein letztes Mal zuhören, bevor das passierte. Durfte sie da nein sagen?

Aber wie konnte sie vor diesen fürchterlichen Kreaturen singen? Es war schon schwierig genug, allein vor Che zu singen!

»Also los, triff deine blöde Entscheidung«, schnaubte Grotesk. Die Kobolde, die in einem Ring um sie herum standen, grinsten dazu. Sie genossen es.

Sie wußte, daß sie es tun mußte. Sie mußte dem Zentaurenfohlen Trost spenden, und wenn es noch so wenig war. Es würde keine weitere Chance geben. Zumindest würden sie die Erinnerung an ihre Freundschaft haben, bevor der Haß kam.

Sie ging auf Che zu und nahm seine Kopf in ihre Hände. Sie wollte, daß dies nur für ihn war, weil sie einfach nicht für die Kobolde sinden *konnte.* Sie tat so, als ob niemand außer ihnen beiden da war. Sie führte ihren Mund an sein Ohr, schloß die Augen und summte. Kurz darauf konnte sie schon lauter summen. Ihre Phantasie nahm Gestalt an, ein Bild in ihrem Geist von dem lieblichen Schloß auf dem Berg mit den Blumen zu seinen Füßen und der Prinzessin, die sie pflückte und für sie sang.

Irgendwo war eine Koboldstimme, die etwas rief. »Also, dann hol mehr Holz aus dem Wald!« bellte Grotesk. »Wir müssen den Kessel heiß halten, falls sie nichts essen.«

Jenny sang lauter, um die schrecklichen Worte zu übertönen. Das Phantasiebild wurde fester, und jetzt war auch der Drache in seiner wirklichen Gestalt da, aber ohne wild zu sein. Sie wußte, daß Che ihre Vision teilte, und daß er der Drache war, der hoffte, sie in Sicherheit zu bringen, wenn er nur fliegen könnte.

In der Nähe gab es eine häßliche Wolke, aber es hatte den Anschein, daß selbst die keinen Sturm machen wollte. Sie schaute nur zu, beabsichtigte vielleicht fortzusegeln und irgendwoanders abzuregnen.

»He, Häuptling!« rief ein Kobold. »Wollen wir nicht mit dem Rennen loslegen?«

Die Wolke machte einen Satz. Dann rüttelte eine schwere Hand an Jennys Schulter und brachte sie zum Schweigen. Die Vision verschwand.

»Was versuchst du hier, du Elfen-Füchsin?« wollte der Häuptling wissen. Er schien erschüttert zu sein. »Elfen verfügen nicht über diese Art von Zauber!«

»Zauberei!« stieß Che hervor. »Das ist es!«

»Ab zum Rennen!« sagte der andere Kobold.

»Nein, noch nicht«, bestimmte Grotesk. »Etwas ist komisch an ihr. Sie besitzt Magie. Seht ihre Ohren an!«

Die Kobolde umringten sie dichter. Offensichtlich hatten sie Jennys Ohren vorher nicht bemerkt. Sie hätte niemals gedacht, daß ihre Ohren sie vor Haß und Tod bewahren würden!

Sie wurden in die Hütte zurückgetrieben. Als die Tür zufiel und sie einschloß, wandte sich Jenny an Che. »Du weißt, daß ich nicht zaubern kann!« sagte sie. »Ich weiß nicht einmal wirklich, was das ist. Wo ich lebe, haben nur die Hohen so etwas.«

»Ich glaube, du besitzt es«, entgegnete Che. »Als du gesungen hast, war ich in deinem Traum von der Prinzessin und dem Drachen, mit Schloß Roogna, nur daß es auf einem komischen Berg thronte, anstatt wie in Wirklichkeit im Urwald. Dann war da noch Grotesk als die dunkle Wolke. Du besitzt Traum-Magie!«

»Nein, tue ich nicht!« protestierte sie. »Ich war nicht eingeschlafen, du auch nicht, und der Häuptling der Kobolde mit Sicherheit auch nicht. Ich habe mir das nur ausgedacht.« Aber sie erkannte, daß es nicht so einfach sein mochte. Wie konnten sie an ihrem Tagtraum teilnehmen? Sie hatte keinem von ihnen erzählt, was darin passierte, und ihr Lied hatte es auch nicht getan. Es waren nur erfundene Worte gewesen. Trotzdem hatte sie gewußt, daß Che da war und auch Grotesk – und sie hatten es auch gewußt.

»Nachtmähren bringen schlafenden Leuten schlechte Träume«, sagte Che. »Die Mähre Imbri und andre Tagmähren bringen wachen Leuten gute Träume. Vielleicht hast du die Magie einer Tagmähre.«

»Davon habe ich nie gehört!«

»Nun, du bist ja auch noch nicht lange in Xanth.«

Da hatte er recht. »Diese Tagträume – nehmen daran auch mehrere Leute teil?«

Er runzelt die Stirn. »Ich glaube nicht. Die Mähren singen auch nicht. Aber es muß sich um so etwas handeln, weil Grotesk es gespürt hat. Und nun ist er nicht sicher, ob er uns kochen soll, ehe er es herausbekommen hat. Vielleicht will er alles über die Gefangenen erfahren, bevor er sie auffrißt.«

»Aber der Traum hat sich nicht gehalten«, erwiderte sie. »Sonst hätte ich vielleicht weitersingen können, und wir wären möglicherweise einfach hier hinausspaziert.«

»Das ist eine aufregende Vorstellung«, stimmte er zu. »Warum ist er abgebrochen?«

»Grotesk legte seine grobe Hand auf mich.«

»Aber wenn er in der Vision war – und er war es als schwarze Wolke –, warum hat er sie unterbrochen? Die Vorstellung war angenehm. Ich wollte sie nicht verlassen und ich glaube, er auch nicht.«

»Ich weiß nicht. Ich hörte einen anderen Kobold ›He, Häuptling!‹ rufen und ...« Sie hielt inne, um sich zu erinnern. »Die Wolke machte einen Satz. Dann war er aus der Vision raus.«

»Weil ihn jemand gestört hat, wachte er gewissermaßen aus dem Traum auf«, meinte Che. »Das läßt vermuten, daß Grotesk darin geblieben wäre, wenn der andere Kobold ihn nicht gerufen hätte.«

»Davon gehe ich aus. Es ist zu schade, daß der andere Kobold nicht auch drinnen war.«

»Vielleicht war er außerhalb der Hörweite deines Gesangs«, überlegte Che und wurde ganz aufgeregt. »Wenn du lauter gesungen hättest, wären wir möglicherweise aus dem Lager spaziert!«

Jenny erschreckte der Gedanke, in solcher Gesellschaft überhaupt zu singen, geschweige denn laut. Aber wenn es darum ging: so zu enden oder ihre beiden Leben zu retten, mußte sie es sich überlegen. »Ich denke – ich denke, wir sollten herausfinden, ob es sich so verhält, weil sie uns sonst auf jeden Fall kochen werden.«

»Ja. Sing für mich, und ich will sehen, ob ich aus der Vision ausbrechen kann. Wenn ja, können es die Kobolde wahrscheinlich auch. Aber wenn ich es nicht kann ...«

»Ja!« Sie war auch aufgeregt, weil sie nun eine Hoffnung sahen, aus eigener Kraft zu entkommen.

Sie setzte sich hin und begann zu summen. Ohne sich anzuwärmen, konnte sie einfach nicht singen, ihre Kehle war blockiert. Es war wie ein Sprung ins kalte Wasser. Sie hatte das nie tun können und sich immer nur schrittweise angenähert. Aber das Summen stimmte sie an, und nach kurzer Zeit sang sie auch. Es war einfacher als draußen, denn hier war nur Che.

Che beobachtete sie aufmerksam. Er wurde nicht schläfrig, entspannte sich nicht einmal. Er stand da und wartete, was passieren würde. Er war bereit, aus der Vision auszubrechen, wenn sie kam und wenn er es konnte.

Ihre Phantasie ließ wieder die Prinzessin und das Schloß entstehen. Aber es gab keinen Drachen und keine dunkle Wolke. Nur die Prinzessin pflückte ihre Blumen. Es funktionierte nicht! Che kam überhaupt nicht ins Bild.

Dann ertönte draußen ein Geräusch. Che wurde davon abgelenkt. Wahrscheinlich befürchtete er, daß ein Kobold kam. Sie wollten nicht, daß die Unholde wußten, was sie hier taten! Jenny sang weiter, war aber bereit, sofort abzubrechen, falls es wirklich ein Kobold sein sollte.

Der Drache erschien. Jetzt funktionierte es! Dann tauchte eine kleine dunkle Wolke auf. Sie erkannte, daß das nur der Kobold draußen sein konnte, er mußte nahe genug herangekommen sein, um sie singen zu hören.

Jetzt war es Zeit für Che auszubrechen. Sie hörte nicht auf

zu singen, denn wenn sie es täte, würde das Bild vergehen. Und das galt nicht. Sie mußte wissen, ob andere ausbrechen konnten, während sie die Vision aufrecht erhielt.

Che brach nicht aus. Er schien es nicht einmal zu versuchen. Schließlich hielt sie auf und ließ die Szene entschwinden, weil sie befürchtete, daß ein anderer Kobold kommen konnte und entdecken würde, was sie taten.

»Was ist passiert?« fragte sie. »Hast du nicht versucht, herauszukommen?«

»Nein«, sagte Che verlegen. »Zunächst konnte ich nicht hineingehen. Dann war ich plötzlich drinnen und habe einfach nicht mehr daran gedacht auszubrechen. Ich wollte nur bleiben und ein Teil davon sein.«

»Aber du solltest es versuchen!« sagte sie. »Damit wir gewußt hätten, ob das die Kobolde festhalten kann.«

»Ich weiß. Irgendwie habe ich das Interesse verloren.«

»Nun, wir müssen es eben noch einmal tun, und dieses Mal paß auf, daß du es auch wirklich versuchst«, sagte sie nachdrücklich.

»Das mache ich bestimmt«, willigte er energisch ein.

Sie begann erneut zu summen und zu singen. Aber wieder entstand die Vision ohne ihn. Er beobachtete sie mit äußerster Konzentration, doch es funktionierte nicht.

Dann formte sich die Wolke. Der Kobold war wieder dabei, aber nicht Che! Wie konnte das angehen, obwohl der Kobold sich sicher nicht darum bemühte und vermutlich nicht einmal davon wußte?

Dann erkannte sie, was es war. Sie hörte auf zu singen.

»Aber ich war nicht drin!« protestierte Che.

»Ich weiß. Der Kobold draußen war es.«

»Aber …«

»Du hast darauf geachtet«, sagte sie, »und der Kobold nicht. Und vorher … bist du nur hineingekommen, als du abgelenkt warst.«

»Als ich abgelenkt war!« wiederholte er. »Ich habe etwas gehört und weggesehen und plötzlich war ich in der Vision!«

»Es kann also sein, daß es nur funktioniert, wenn man

nicht darauf achtet!« schloß sie. »Und vielleicht kannst du nur herauskommen, wenn du *darauf* achtest!«

»So muß es sein! Aber wie kann ich nicht darauf achten, wenn wir experimentieren?«

»Indem du abgelenkt wirst«, erwiderte sie.

»Aber das hängt von zufälligen Ereignissen ab.«

»Das glaube ich auch. Aber auf diese Art läuft es ab, wir müssen einen Weg finden, das zu nutzen.«

»Ja. Wir müssen es noch einmal versuchen und das überprüfen und uns versichern, ob ich wirklich hinausgelangen kann, wenn ich drinnen bin.«

Sie sang noch einmal. Zunächst beobachtete er sie, dann drehte er sich absichtlich weg. Er schlug mit seiner Hand hart gegen die Wand, so daß es schmerzte, schüttelte sie – und der Drache erschien humpelnd in der Vision.

Es gab keinen Zweifel, daß eine Ablenkung erforderlich war, um hineinzukommen! Konnte er jetzt wieder herauskommen? Jenny sang weiter.

Aber der Drache schien kein Interesse daran zu haben hinauszugehen, ebensowenig wie die beiden Koboldwolken, die sich in der Nähe befanden. Die friedfertige, nette Szene hatte solange Bestand, wie Jenny sang. Jenny hörte wieder damit auf – und die Szene verschwand lautlos.

Che war verlegen. »Ich weiß, ich hätte versuchen sollen auszubrechen, aber ich konnte mich einfach nicht dazu durchringen es zu tun. Es war so schön in deinem Traum.«

»Aber wie können wir es herausfinden, wenn du nicht ...«

»Ich denke, daß wir die Antwort schon haben«, sagte er. »Man kann nichts zustande bringen, wenn man es nicht versucht – und die Leute in deiner Phantasie versuchen es nicht. Sie genießen es einfach.«

»Aber wie kann *ich* die Szene verlassen?« fragte sie.

»Deine Situation unterscheidet sich davon. Du befindest dich nicht einfach in ihr, du stellst sie mit deinem Lied her. Um die Szene zu erhalten, mußt du weiter singen, wenn du es nicht tust, verschwindet alles. Die anderen sind passiv, während du aktiv bist, so daß du auch die Kontrolle hast.«

Jenny fand das ein bißchen schwer zu verstehen, aber sie begann die Überzeugungskraft des Zentauren zu respektieren – daher akzeptierte sie es. »Deshalb können die anderen sie nicht verlassen, weil sie es nicht wollen – sie können jedoch hinausgestoßen werden. Aber da wir sie nicht hineinziehen können, außer wenn sie nahe genug dran sind, um den Gesang zu hören, oder ihm keine Beachtung schenken, wird es nicht bei ihnen funktionieren, wenn wir es brauchen.«

»Vielleicht kriegen wir es doch hin. Grotesk Kobold war abgelenkt, als ihn jemand nach dem Brennholz fragte, und er nahm an der Vision teil, bis ein anderer Kobold ihn hinausriß. Wenn du singst, kannst du dir die Kobolde vielleicht trotzdem schnappen, wenn sie nicht darauf achten.«

Jenny dachte daran, wie schwer es war, sich ständig auf etwas zu konzentrieren, selbst wenn es so wichtig war. Ihr Verstand driftete immer wieder in andere Phantasien ab, und manchmal war sie deswegen auch in Schwierigkeiten geraten. Kobolde schienen in dieser Hinsicht nicht besser als andere Wesen zu sein, deshalb konnte es vielleicht funktionieren.

Allerdings, wenn es ständig Ablenkungen gab, gab es auch ständig Erinnerungen. Grotesk war abgelenkt, dann aber wieder erinnert worden, so daß seine Anwesenheit in dem Phantasiebild nicht von Dauer gewesen war. »Ich glaube nicht, daß es gut genug funktioniert, wenn viele Kobolde dabei sind«, sagte sie. »Einige von ihnen werden immer aufpassen.«

Che nickte. »Das ist wahr. Ich wünschte, wir könnten es tun, wenn sie schlafen. Dann würden nur die, die uns weggehen hören, die Vision mit uns teilen, und alle anderen, die uns nicht hören, würden einfach weiterschlafen.«

»Warum können wir das nicht?« fragte sie mit wachsender Hoffnung.

»Weil wir diese Hütte nicht verlassen können. Weil der Lehm zu hart ist, um ihn zu durchbrechen, und weil die Tür von außen verriegelt ist.« Ihre Hoffnung sank wieder, um mit einem unhörbaren Plumpser auf den Boden aufzuschlagen. Er hatte recht. Sie mußten auf einen Kobold warten, der die Tür öffnete, und dann würde wahrscheinlich schon der Morgen angebrochen sein.

Sie dachten eine Weile nach. »Wenn der nächste Kobold kommt«, sagte Che, »kannst du singen und mich vielleicht hinausleiten, da ich nichts aus eigenem Antrieb unternehmen werde. Wenn wir Glück haben, werden die anderen nicht darauf achten und wir können fliehen, bevor sie es bemerken.«

»Das ist einen Versuch wert«, stimmte Jenny zurückhaltend zu. Sie hatte auch nichts Besseres anzubieten.

Dann sang sie beide in den Schlaf. Sie hatten viel gelernt und sich selbst vor dem Haß und dem Gekochtwerden bewahrt. Alles, was sie jetzt tun konnten, war, sich auszuruhen.

Am Morgen wachten sie davon auf, daß der Riegel aufgestoßen wurde. Jenny wischte sich den Schlaf aus den Augen und versuchte sich zurechtzufinden. Wo war sie? Aber nur zu schnell erinnerte sie sich: Sie war in Schwierigkeiten.

Es war Grotesk selbst. »Wollt ihr beiden jetzt endlich essen?« fragte er und winkte dabei mit einem widerlichen, kalten Brocken Fleisch nach ihnen.

»Singe!« forderte Che.

»O nein, das wirst du nicht, Lausebengel!« befahl der Häuptling. Offensichtlich dachte er, daß sie ein Junge sei, und sie hatte nicht die Absicht, ihn darüber aufzuklären. Nein, er hatte sie früher ein Bauerntrampel genannt. Vielleicht war es ihm einfach egal. »Knebelt sie!«

Hoppla! Jenny versuchte zu singen, aber es war so schwer anzufangen, besonders als die Kobold heranstürmten und sie ergriffen. Bevor sie irgend etwas unternehmen konnte, hatten sie ihr einen dreckigen Fetzen vor das Gesicht gebunden, der ihren Mund verschloß.

»Als ich sah, daß du Zauberkräfte hast, wußte ich, daß es zu gefährlich war, dich gewähren zu lassen«, sagte Grotesk.

»Deshalb werdet ihr beiden jetzt essen oder ihr werdet rennen. Der Zentaur ißt als erster.«

Jenny wußte, daß Che das Fleisch nicht essen könnte. Sie würden um die Wette laufen müssen, und das Ergebnis spielte keine Rolle, weil die Kobolde sie sowieso kochen würden.

Sie konnte nicht singen, aber vielleicht konnte sie summen. Sie wußte nicht, ob das etwas bewirken würde, aber das war alles, was sie im Moment tun konnte, solange sie geknebelt war.

Sie summte, fing leise an und wurde dann lauter. Sie stellte sich die hübsche Szene mit der Prinzessin und den Blumen vor. Für sie war alles da, aber konnte sie es auch auf die anderen ausweiten?

Grotesk sah sich um. »Was ist das?« fragte er.

Unglücklicherweise war es keine Ablenkung, die er vernahm – es war Jennys Summen. Das bedeutete, daß er sie beachtete und deshalb aufmerksam blieb.

»Ha!« stieß der Häuptling hevor. »Die Elfe versucht zu singen. Nun, das werden wir unterbinden!« Er holte mit seiner riesigen knorrigen Faust aus.

Che sprang vor und riß Jennys Knebel herunter. Plötzlich sang sie – aber Grotesk konzentrierte sich auf sie und hieb mit seiner Faust nach ihrem Gesicht.

Jenny duckte sich, weswegen die Faust nutzlos über ihren Kopf hinwegsauste. Aber sofort tauchten die anderen Kobolde auf und packten ihre Arme. Sie rissen sie hoch, bis sie stand.

»Haltet sie fest«, sagte Grotesk grimmig. »Dieses Mal werde ich sie nicht verfehlen.« Und Jenny wußte, daß es so war. Sie öffnete den Mund und versuchte verzweifelt zu singen, aber ihr Hals war so zugeschnürt, daß sie nicht einmal einen Schrei herausquetschen konnte.

»Schaut euch das an!« rief ein Kobold und blickte zur Seite.

»Stör mich jetzt nicht«, fauchte der Häuptling. »Warte, bis ich dieses Elfengesicht eingeschlagen habe.«

»Aber sie ist …«, stieß der Kobold erstaunt hervor. Jetzt

sahen auch die anderen hin, und ihre häßlichen Gesichter wurden immer länger.

»Ich habe dir gesagt ...«, bellte Grotesk, wobei er schließlich auch in diese Richtung starrte.

Jenny nutzte ihre Chance. Sie preßte die Luft durch die Kehle und begann zu singen. Wenn sie die Kobolde während dieses Augenblicks der Ablenkung zu packen vermochte, konnten Che und sie vielleicht doch noch fliehen. Sie wußte, dies war ihre letzte Gelegenheit.

7

NADAS NOTLÜGE

Die beiden Mädchen faßten sich an den Händen und traten durch das riesige Guckloch des großen Kürbis. Nada führte, denn sie war schon vorher in dem Kürbis gewesen. Tatsächlich war auch Electra schon dort gewesen. Aber das war nicht dasselbe, denn sie hatte so viele Jahrhunderte geschlafen.

Es flößte ihr etwas Furcht ein, wenn sie daran dachte, wie alt Electra war, jedenfalls wenn sie von dem Zeitpunkt ihrer Geburt an rechnete. Deshalb dachte sie normalerweise nicht daran. Sie nahm Electra, wie sie nun einmal war, also etwas jünger als achtzehn Jahre, obwohl sie wie fünfzehn aussah. Allem Anschein nach war sie eine gute Partie für Prinz Dolph, der wirklich erst fünfzehn war und auf die sechzehn zuging. Zu schade, daß es ihr an den Eigenschaften fehlte, die solch einen Teenager aufregten, wie beispielsweise einen attraktiven Körper und ein Gesicht ohne Sommersprossen. Electras war ohne Zweifel ein gutes Mädchen, aber Männer jeglichen Alters waren mehr an der äußeren Erscheinung als an wirklichen Qualitäten interessiert. Wenn Nada vielleicht mit Electra daran arbeiten würde, sie etwas interessanter zu machen ...

Ihr Gedankengang wurde durch das Szenario im Kürbis unterbrochen. Sie befanden sich in der Mitte eines Dorfes ... nein, eines Städtchens ... nein, einer Stadt von Pflanzen. Pflanzen raschelten durch die Straßen und kletterten die Treppen zu den Gebäuden hoch, während ausgesuchte Tiere und menschliche Wesen dekorativ in Pflanzkübeln umherstanden.

»Pflanzenstadt«, erklärte Electra und ließ ihre Hand los, da sie beide sicher im selben Szenario angekommen waren. »Was für ein Spaß!«

Nada beneidete sie um ihre Fähigkeit, Vergnügen an allen möglichen seltsamen Dingen zu finden. Sie selbst wäre lieber wieder zurück auf Schloß Roogna gewesen, um dort einen der romantischen Romane aus der Schloßbücherei zu lesen. Einer der Geister hatte Zora Zombie diese Abteilung gezeigt, und Zora hatte ihr davon erzählt, denn sie beide liebten solche Bücher. In ihnen war die Romantik lebendig und wundervoll. Die Männer waren immer stattlich, stark und älter als die Frauen. Aber Electra machte sich kaum etwas aus Lesen. Sie war immer draußen an der frischen Luft, unternahm etwas, lernte neue Freunde kennen und strotzte vor unschuldigem Unternehmungsgeist. Zum Teil lag das daran, daß sie keine Prinzessin war und sich deshalb auch nicht so benehmen mußte. Sie konnte Blue Jeans und Zöpfe tragen, mit dem Burggrabenungeheuer Fangen spielen, auf dem Eselszentaur in einem unschicklichen Galopp durch den Obstgarten reiten und unfeine Kraftausdrücke benutzen, ohne deshalb gescholten zu werden. Sie konnte sich einfach in den Schmutz fallen lassen und Sandkuchen formen. Nada mußte so tun, als wenn sie an solchen Kindereien nicht interessiert sei. Aber wenn sie jemals einen geheimen Ort gefunden hätte, wo sie vor neugierigen Augen sicher war, dann hätte auch sie dort Sandkuchen geformt. Und das wichtigste von alledem war, daß Electra nicht ständig aufpassen mußte, daß jemand ihre Höschen sah. In Blue Jeans bestand schon von vornherein keine

Gefahr, und außerdem interessierte sich sowieso niemand für sie. Gerade wegen dem, was sie nicht war, konnte sie ein derart sorgloses Leben führen.

Doch in einer Woche würde sie sterben, wenn sie nicht das bekam, was Nada ihr nur zu gern überlassen würde: die Heirat mit Prinz Dolph. Niemand, der sie nur vom Aussehen oder von ihren ständigen Aktivitäten her beurteilt hätte, würde etwas von ihrer Tragödie ahnen. Aber die gab es, und sie zeichnete sich jeden Tag deutlicher ab. Jetzt wünschte sich Nada, den Mut aufzubringen, ihre Verlobung mit Dolph zu lösen, wenn sie nur die Möglichkeit hätte, das ohne eine Verletzung ihres Volks zu vollziehen. Aber sie hatte es nicht ernstgenommen, daß die Zeit für Electra tatsächlich ablaufen würde. Sie hatte immer darauf gehofft, daß irgend etwas passieren und das Problem dadurch gelöst wäre. Jetzt wußte sie, daß dem nicht so war. Dolph mußte zwischen ihnen wählen, und keine von beiden wollte sich darauf verlassen.

Wenn es nur eine Möglichkeit gäbe, diese Wahl zu steuern und sie aus seinen unbeholfenen Händen zu nehmen! Aber das schien unmöglich, solange sie beide lebten. Solange sie beide lebten. Auf einmal hatte Nada einen Einfall. »Schau, ein Kekshinweis!« rief Electra in ihrer begeisterten Art. Sie hatte genau das getan, was Nada hätte tun sollen, sich nämlich überall umzusehen und nach dem Weg zu schauen. »Sieh doch, dort bei dem Schafsbock mit dem grünen Bauch.«

Nada schaute hin. Tatsächlich, dort stand ein großes männliches Schaf mit grüner Wolle auf dem Bauch. Es stand in einem Beet neben einem Zeichen mit dem Bild von einem Schock-Schokoladenkeks. Da war noch etwas: Nada würde sich nicht trauen, einen solchen Keks zu essen, weil er dick machte. Während Electra alles, was sie nur wollte, essen konnte und trotzdem sportlich schlank blieb. Folglich hatte Electra viel mehr Spaß an ihrem Appetit, als Nada jemals haben konnte.

Sie gingen die Straße hinunter in Richtung des Schafbocks. So weit schien alles in Ordnung zu sein. Nichts bedrohte, und keine schrecklichen Anblicke drängten sich ihnen auf. Aber Nada traute dem nicht. Das Reich des Kürbisses ließ normalerweise keine Fremden durch, ohne den Versuch zu unternehmen, ihnen etwas anzutun. Irgend etwas Unangenehmes oder mindestens Fremdartiges würde bestimmt noch passieren.

Unruhig schaute Nada sich nach dem Schafsbock um, während sie an ihm vorbeigingen. Sie fürchtete, daß er sich wie sein Verwandter, der Rammbock, aufführen und sie angreifen würde. Aber das Szenario blieb friedlich. Nichts hatte sich verändert. Außer ...

Das Bild vom Keks war verschwunden.

War das ein Einwegpfad? Wenn dem so war, dann sollten sie besser nicht von ihm abweichen, denn wenn sie ihn einmal verloren hätten, würden sie ihren Weg nicht wieder zurückfinden.

Die Pflanzen ignorierten sie, vielleicht aus Höflichkeit oder einfach deshalb, weil Pflanzen lebendige Leute genausowenig beachteten, wie lebendige Leute normalerweise Pflanzen. Sie waren eben einfach da. Bald kamen sie an eine Weggabelung, wo etwas mit drei kleinen runden Fenstern hing. Das oberste Fenster war offenbar rot, das untere grün und das mittlere gelb. Als sie dort ankamen, leuchtete das rote Fenster auf, und eine Rose wurde sichtbar.

»Weißt du, was das bedeutet?« erkundigte sich Electra heiter.

»Ich habe keine Ahnung«, antwortete Nada.

»Ich glaube, ich habe eine Idee. Als Grey, Ivy und ich in Mundania waren, hingen über den Straßen ganz ähnliche Kästen. Sie leuchteten immer rot auf, wenn sich jemand näherte, und das bedeutete, daß alle stehenbleiben mußten. Nach einer Weile leuchteten sie grün auf, und dann durfte man weitergehen. Vielleicht funktioniert es auf diese Weise.«

»Was passiert, wenn wir bei rot weitergehen?« fragte Nada.

»Ich weiß es nicht. Irgend etwas Schreckliches, glaube ich, denn wir hielten immer an und fluchten auf das rote Licht.«

Nada dachte gründlich darüber nach und entschied sich, es lieber nicht zu riskieren. Sie hoffte, daß es keinen Ärger geben würde, wenn sie nicht fluchte, denn das war auch etwas, was einer Prinzessin nicht geziemte.

Nach einer Minute verblaßte die Rose plötzlich, und eine hellgrüne Limone leuchtete auf. Nada wollte gerade losgehen, aber Electra hielt sie zurück. »Wir haben den Hinweiskeks noch nicht gesehen«, erklärte sie. »Ich frage mich ...«

Tatsächlich, nur ein paar Sekunden später leuchtete das gelbe Fenster auf und man sah einen großen Vanillekeks.

Sie beeilten sich, weiter zu kommen, bevor der Kasten seine Meinung ändern konnte.

Nada schaute zurück. Dazu ergriff sie die Gelegenheit, als Electra forsch vorausging, denn durch den Reptilienteil ihres Verstandes sickerte eine Idee. Und tatsächlich, beim nächsten Mal, als das gelbe Licht aufleuchtete, war kein Vanillekeks mehr zu sehen, sondern eine Zitrone. Der Weghinweis war verschwunden.

Dies war tatsächlich ein Einwegpfad, zumindest ein Pfad zum einmaligen Gebrauch. Sobald ein Weghinweis benutzt wurde, verschwand er.

Jetzt befanden sie sich auf einmal auf einem spiralförmigen Pfad, den Nada vorher noch nicht bemerkt hatte. Beim Gehen machte er schmatzende Geräusche, und außerdem schwankte der Untergrund. Aber man konnte nirgendwoanders gehen, und so folgten sie ihm immer weiter hinunter, wobei sie die ganze Zeit von den schmatzenden Geräuschen begleitet wurden.

»Es ist ein Korkenziehersumpf!« rief Electra, begreifend. Ihr machte das Schmatzen natürlich Spaß.

Der Pfad schien unendlich so weiter zu gehen, während Nadas königliche Sandaletten allmählich schrecklich schmutzig waren. »Jetzt habe ich aber genug davon«, erklärte sie schließlich. »Ich verwandle mich.«

Sie sah sich um, um sicherzustellen, daß niemand zuschaute, legte schnell ihre Kleider ab und gab sie Electra. Es wäre verheerend, wenn irgendein Mann einen Blick auf die Höschen der Prinzessin werfen könnte, aber Electra würde sie mit allem, was ihr noch vom Leben blieb, verteidigen. Dann nahm Nada ihre natürliche Gestalt an: eine Schlange mit Menschenkopf. Nun konnte sie ohne Schwierigkeiten durch den Schlamm gleiten.

»Ich habe es gesehen! Ich habe es gesehen!« schrie jemand hinter ihnen. Es war ein Mann in einem unheimlichen Mantel, dessen Haar senkrecht vom Kopf abstand. »Ich habe sie gesehen, deine Hös...«

Nada ging zur völligen Schlangenform über und ließ ihren Kopf vorpeitschen, um nach dem schrecklichen Mann zu stoßen. Aber ihre Kiefer schossen direkt durch ihn hindurch. Ihr eigener Schwung warf sie über die Kante des spiralförmigen Schlammpfads, und sie verlor langsam den Halt.

»Nada!« schrie Electra, wobei sie sich nach vorn warf, um Nadas Schwanz zu ergreifen. Aber Nada war bereits zu weit über die Kante gerutscht, wodurch auch Electra mitgerissen wurde, als Nada stürzte.

»Das hättest du nicht tun sollen«, tadelte Nada sie und verwandelte sich in ihre natürliche Gestalt. »Nun fallen wir gemeinsam, welch schreckliches Schicksal uns da unten auch erwarten mag.«

»Aber ich konnte nicht zulassen, daß dieser blöde Vogelschreck dir das antut!« protestierte Electra. »Besonders, wo ich doch wußte, daß er deine Höschen überhaupt nicht gesehen hat. Ich habe die ganze Zeit den Weg beobachtet, und er war überhaupt nicht da, bevor er geschrien hat.«

»Das ist immerhin ein Trost«, stellte Nada fest. »Aber was ich eigentlich sagen will ist: Wenn mir etwas zustößt, muß Dolph dich heiraten. Es ist nicht gut, wenn wir beide ...«

»Das ist ja entsetzlich!« protestierte Electra. »Ich möchte nicht, daß du anstatt meiner stirbst!«

»Schau«, versuchte Nada sie zu überzeugen. »Wir können Dolph nicht beide heiraten, und ich will es nicht einmal. Aber es ist eben seine Entscheidung und nicht unsere. Da wir nun einmal wissen, daß er sich sowieso falsch entscheidet, ist es unsere Aufgabe, die Entscheidung für ihn zu fällen.«

»Aber wir sind doch Freundinnen, ich käme nicht einmal in Gedanken darauf ...«

»Deine Anständigkeit wird dich noch einmal das Leben kosten, und mich meinen Seelenfrieden«, stellte Nada fest. »Mittlerweile ist die Zeit für verzweifelte Maßnahmen gekommen. Wir müssen einen von uns beseitigen, eben gerade hatten wir dazu eine gute Gelegenheit. Nun aber sterben wir vielleicht beide, und das ist doch auch nicht gut.«

»Du hast vielleicht recht«, stimmte Electra zu, wobei sie sich so auf die Unterlippe biß, wie es sich eine Prinzessin nicht erlauben konnte. »Ich glaube, ich habe einfach nicht nachgedacht. Aber, Nada, ich mußte dich doch retten!«

»Ich hätte bei dir dasselbe versucht«, gestand Nada ein. »Doch wir müssen irgendwann klug werden.«

Sie fielen immer noch, aber es schien Nada, als wenn die Fallgeschwindigkeit nachgelassen hätte. Es kam ihr wieder in den Sinn, daß dies hier der Kürbis war, in dem die Dinge nicht unbedingt das waren, was sie zu sein schienen. War es möglich, daß sie dort unten vielleicht doch nicht zerschmettert wurden?

Electra schaute nach unten. »Da ist ein Fluß!« sagte sie, wobei schon wieder etwas von ihrer Fröhlichkeit durchkam. »Und sogar ein sehr schöner.«

Nada sah hin. Dort war tatsächlich ein Fluß, der im Sonnenschein glänzte. Im Augenblick war Nada nicht in der Stimmung, sich zu fragen, wie hier unten unterhalb des Korkenziehersumpfpfades Sonnenlicht sein konnte. Der Fluß war von einer kristallartigen Schönheit mit vielen perfekt geschliffenen Facetten. »Ich stimme dir zu.«

Ihr Fall verlangsamte sich noch immer, bis sie schließlich weich auf dem Flußufer aufsetzten. Von hier aus sahen die Kristalle des Flusses groß und hell aus. Sie schossen wunderbare Lichtstrahlen in alle möglichen Richtungen. »Was für ein wunderschöner Kristallfluß!« hauchte Electra.

»Aber nun haben wir den Kekspfad verloren«, erinnerte Nada sie desillusioniert. »Wir werden danach suchen müssen, denn wir wollen ja nicht für immer im Kürbis verschollen sein, egal wie schön dieser Teil hier ist.«

»Ja, natürlich«, stimmte Electra ernüchtert zu. »Aber ich bin mir sicher, daß der Korkenzieher sich hier irgendwo befindet.« Offensichtlich waren sie unter ihn gefallen und hatten sich verirrt.

»Wir müssen einfach nach einem Kekshinweiszeichen Ausschau halten«, entschied Nada. »Du suchst flußaufwärts, und ich werde mich flußabwärts umsehen. Das wird unsere Chancen, den richtigen Pfad zu finden, verdoppeln.«

»Wir sollten uns nicht trennen!« protestierte Electra. »Wir werden uns vielleicht niemals wiederfinden!«

»Und wenn nur eine von uns wieder aus dem Kürbis gelangen kann, welchen Nutzen haben wir dann davon?« erkundigte sich Nada sanft.

»Aber ...«, begann Electra aufgeregt. Dann begriff sie. »Du meinst ...?«

»Ich meine, daß das eine Möglichkeit ist, um unser Dilemma zu lösen, ohne einen von uns dabei zu bevorteilen.«

»Oh, Nada, ich mag diese Möglichkeit überhaupt nicht!« rief Electra.

»Laß uns einen Pakt schließen«, sagte Nada bestimmt. »Diejenige von uns, die den Kekspfad findet, wird ihm direkt nach draußen folgen, um keine Zeit für die Rettung von Che Zentaur zu verlieren. Diejenige, die ihn nicht findet, zieht sich erst einmal zurück und verfolgt den Pfad nach draußen eben etwas später.«

»Aber wenn wir es beide nach draußen schaffen, wer soll dann Dolph heiraten?«

»Diejenige, die er erwählt natürlich, so wie jetzt schon.«

Electra sah bekümmert aus. Offensichtlich hatte sie einen Verdacht, was Nada plante, wollte diesen aber im Moment nicht aussprechen. »Einverstanden.«

»Sehr gut, damit ist es entschieden«, sagte Nada forsch. Dann glitt sie flußabwärts davon. Sie sah absichtlich nicht zurück, damit Electra nicht anders handeln konnte, als flußaufwärts zu forschen.

Sie hoffte, daß es Electra sein würde, die den Kekspfad

fand. Dann würde das Mädchen auf ihm hinausgehen und ihre ursprüngliche Mission allein weiterverfolgen. Die Pfadmarkierungen würden verschwunden sein, so daß Nada nicht mehr in der Lage wäre, ihr zu folgen. Electra würde Dolph heiraten, am Leben bleiben und glücklich sein. Dolph würde auch glücklich werden, denn wenn er erst einmal Electra seine Aufmerksamkeit widmete – was er vorher wirklich noch nie getan hatte –, dann würde er entdecken, daß sie viel besser zu ihm paßte als Nada. Sie entsprach seinem Alter viel mehr, was schon einiges zählte, und noch mehr bedeutete es, daß sie vom Wesen her mit ihm harmonierte. Sie teilte seine jugendliche Begeisterungsfähigkeit. Sie liebte es zu essen, sie konnte niemals ihr Lachen unterdrücken, wenn jemand auf einem Stinkhorn blies und dabei einen faulig riechenden Lärm machte. Das war etwas, was eine Prinzessin sich nicht leisten konnte, aber ein Prinz oder ein einfaches Mädchen konnten das. Und am wichtigsten von alledem war, daß Electra lebte, um Dolph zu erfreuen, und das war etwas, das jeder Mann an jeder Frau schätzte, wenn sie erst einmal seine Aufmerksamkeit gewonnen hatte. Deshalb wäre Dolph viel glücklicher mit Electra, und jedermann wußte das auch, außer ihm. Er mußte nur darauf gestoßen werden, das zu begreifen.

Der Kristallfluß wand sich lieblich hinunter bis zu einem seltsamen See. Er war rot und es schien, als ob er seufzen würde. Nun ja, es war kein wirkliches Seufzen, es klang eher nach einem Weinen.

Sie machte am Ufer halt, das die Form einer Mondsichel hatte – oder besser noch wie ein großgeschriebenes U. Tatsächlich lagen dort anstelle des Sands viele kleine metallene Us. Sie sahen aus wie diese Dinger, die die Zentauren unter ihre Hufe nagelten, damit sie nicht so abnutzten. Sie wurden auch Hufeisen genannt, wahrscheinlich einfach deshalb, weil man diese Eisen an den Hufen trug. Der gesamte Strand bestand aus verlorenen Hufeisen! Für welchen schlimmen Traum mochte dies das Szenario sein?

Sie ging zum Wasser und war von dessen tränender Farbe erstaunt. Nachdem sie sich umgesehen und keinen Menschen entdeckt hatte, verwandelte sie sich in ihre menschliche Gestalt. Dann bückte sie sich, um eine Handvoll Wasser zu schöpfen.

Unter der Oberfläche sah sie Augen, die zu ihr hoch blickten. Huch! War da etwa jemand, der heimlich ihre menschliche Nacktheit begaffte? Nein, es war eine Muschel mit Augen, die sie ansah. Eine Sehmuschel, natürlich.

Sie langte in das Wasser, ergriff den Rand der Muschel, hob sie und drehte sie um. Dann benutzte sie sie, um etwas von dem weinenden roten Wasser zu schöpfen. Sie hob es an den Mund und kostete davon.

Und tatsächlich, es war ein geschmackvolles, alkoholisches Getränk. Roter Wein. Ohne Zweifel ein weiteres Requisit schlimmer Träume.

Nada hatte dafür keine Verwendung. Sie ging den Strand entlang weg von dem Kristallfluß und wünschte sich, daß sie ihre Kleider wieder hätte. Diesen Aspekt hatte sie vergessen, als sie sich von Electra trennte, und nun konnte sie nicht zu ihrer Freundin zurückkehren, um ihre Kleidung wiederzubekommen. Sie mußte eben so damit zurecht kommen. Vielleicht machte es auch gar nichts, da sie nicht in das normale Xanth zurückkehren würde.

Denn das war das Wesentliche an Nadas Plan: Sie würde es nicht schaffen, ihren Weg aus dem Kürbis hinaus zu finden, und Electra würde Dolph aufgrund ihrer Abwesenheit heiraten und von da an glücklikch weiterleben können. Nada konnte nicht einfach von ihrer Verlobung zurücktreten, aber wenn sie sich hier verirrte, mußte sie das auch nicht. Vielleicht konnte sie im Reich der Träume eine Arbeit finden, so wie es Richard Riese vor drei Jahren geschafft hatte. Ivy hatte ihr natürlich alles darüber erzählt: wie sie den Blutfluß entdeckt und ihn bis zu seiner Quelle, die die Wunde des Riesen gewesen war, verfolgt hatten. Sie hatten Richard dabei geholfen, gesund zu werden und seine wahre Liebe, die Gigantin Gina, zu finden. Richard war ursprünglich einer der unsichtbaren Riesen gewesen, aber nun war er sichtbar und arbeitete im Kürbis. Das war eine Art Präzedenzfall, und Nada war bereit, hier zu arbeiten, wenn der Nachthengst Verwendung für sie hatte.

Dann sah sie den Hinweiskeks. Es war eine lecker aussehende Wortspielbretzel. Eins von diesen Gebäcken, die für eine Prinzessin eine schreckliche Versuchung darstellten, die aber bei normalen Leuten nur Desinteresse und Gegähne auslösten. Ivy hatte erzählt, daß sie diese als kleines Mädchen sehr geliebt hatte, und sie wurde immer noch rot und überließ sich ihrem Verlangen, so einen zu genießen, so oft sie Gelegenheit dazu fand. Letztendlich stellte sich die Frage, was man von einer Prinzessin denn noch alles verlangen konnte. Da gab es schließlich auch Grenzen.

Nada erkannte, daß ihr Plan ins Wanken geriet. Sie hatte gedacht, daß der Kekspfad flußaufwärts und nicht flußabwärts weiterströmen würde, weil sie von oben in diese Gegend gefallen waren. Nun begriff sie, daß der Kekspfad überall da verlaufen konnte, wo er wollte, einschließlich nach unten – und genau das hatte er getan. So war sie es auch gewesen, die ihn gefunden hatte, und nicht Electra. Ihr Opfer als Prinzessin war umsonst gewesen.

Was sollte sie nun tun? Sie wußte noch immer, daß Electra die richtige sein würde, um Dolph zu heiraten, doch das würde niemals geschehen, wenn Electra nicht ihren Weg aus dem Kürbis fand. Natürlich wollte Nada Electra nicht hier zurücklassen, denn dann hätte sie keine Chance, Dolph zu heiraten und würde innerhalb einer Woche sterben.

Nada überlegte, erwog und dachte nach, wobei sie jedesmal die Gestalt wechselte. Schließlich erkannte sie, daß es einen Ausweg aus diesem Schlamassel gab. Alles, was sie tun mußte, war, den Kekspfad zu vermeiden und sich zu verstecken, so daß er nicht verschwand. Nach einiger Zeit würde Electra hier vorbeikommen, weil sie stromaufwärts keine Hinweiskekse gefunden hatte, und sie würde diese hier entdecken. Dann würde sie annehmen, daß Nada diesen Pfad bereits benutzt hatte, da sie nicht wußte, daß es ein Pfad war, den man nur einmal benutzen konnte. Sie würde ihm folgen und Nadas Plan würde wieder funktionieren.

Nada zog sich von dem Kekspfad zurück, wobei sie darauf

vertraute, daß er nicht verschwinden würde. Sie hatte recht: Der Hinweiskeks blieb sichtbar, weil sie ihn nicht passiert hatte. Sie nahm ihre Schlangengestalt an und glitt unter einen Busch. Als sie sich gut versteckt hatte, wurde sie völlig reglos. Sie hatte vor, hier zu wachen, um sicher sein zu können, daß Electra kam. Falls sie nicht kam, würde Nada nach ihr suchen müssen, denn mindestens eine von ihnen mußte den Weg durch den Kürbis schaffen. Schließlich mußte Che Zentaur gerettet werden.

Nun, da ihr Plan ausgeführt wurde, fiel Nada etwas anderes ein. Wie sollte die arme kleine Electra Che vor den bösen Kobolden retten? Sie konnte vielleicht einen von ihnen lähmen, aber wo ein Kobold war, waren auch immer gleich zwanzig weitere. Nada wußte das sehr gut durch den endlosen Krieg ihres Vaters gegen die eindringenden Kobolde auf dem Berg Etamin! Sie ließ Electra wirklich im Stich, und das machte ihr zunehmende Schuldgefühle. Dennoch war es ihre Chance, das richtige zu tun, was Electra und auch was Dolph betraf, und sie mußte ihren Plan weiter verfolgen. So verhielt sie sich ruhig und wartete.

Es dauerte nicht lange, und Electra tauchte auf. Sie hatte den Kekspfad nicht gefunden und versuchte nun Nada aufzuholen, die ihn ihrer Ansicht nach gefunden haben mußte.

Nada beobachtete, wie das Mädchen vorbeirannte. Was für eine Vitalität! Ihre bernsteinfarbenen Zöpfe hopsten lebhaft auf und ab, und ihre Sommersprossen schienen ihr förmlich aus dem Gesicht zu springen. Egal was sie tat, sie hatte eine riesige Freude am Leben. Sie würde wirklich einen guten Einfluß auf Dolph haben, der so wenig Ahnung davon hatte, worum es im Leben ging.

Auf einmal fühlte Nada, wie ihr eine Träne über die Schlangenwange lief. Das war seltsam, denn soweit sie wußte, konnten Schlangen nicht weinen. Dies würde das letzte Mal sein, daß sie Electra sah. Sie verabscheute, was sie ihrer Freundin antun mußte, obwohl sie wußte, daß es das Beste für sie war. Electra würde nie verstehen, was geschehen war, und würde entsetzt darüber sein, aus der Situation einen Vorteil zu ziehen und Dolph zu heiraten. Electra war schrecklich anständig in solchen Dingen. Dennoch würde Electra ohne jede Unterstützung kämpfen müssen, um Che zu retten, und das war beinahe genauso übel, wie der andere Teil gut war. Nadas Gefühle gerieten so durcheinander, daß sie bald verworren wie gerührte Bandnudeln waren.

Sie beobachtete, wie Electra den Keks erspähte. »Sie hat ihn gefunden!« freute sich das Mädchen. Eine von Electras Qualitäten war, wie sie die Dinge sah: Sie hatte sich nicht für sich selbst gefreut, sondern für Nada. Sie war die beste Freundin, die man überhaupt haben konnte.

Doch dann hielt Electra inne. »Aber vielleicht sollte ich ihr nicht folgen«, überlegte sie laut. »Es gibt sowieso keine Zukunft für mich.«

O nein! Electra kam auf den gleichen Gedanken wie Nada! Sie dachte, Nada hätte den Kürbis verlassen. Deshalb wollte sie drinnen bleiben und das Problem der zwei Verlobten lösen. So konnte es nicht klappen!

»Aber sie wird meine Hilfe brauchen, um mit diesen Kobolden zurechtzukommen«, entschied sich Electra und rannte an dem Keks vorbei, worauf dieser verschwand.

Nada entspannte sich, aber irgendwie fühlte sie sich nicht wirklich besser. Electra hatte sich dafür entschieden weiterzugehen, weil sie ihr im Kampf mit den Kobolden beistehen wollte. Nada hatte im Hinblick auf Electra über die gleiche Sache nachgedacht, sich aber dagegen entschieden. Dies zeigte, wieviel gleichgültiger sie war. Sie fühlte sich schrecklich.

Sie glitt voran und versuchte dem Mädchen zu folgen, bevor es außer Sicht war. Aber als sie die Stelle erreichte, wo sich der Keks befunden hatte, war Electra schon nicht mehr zu sehen. Sie bewegte sich so schnell mit ihrem schlanken, gesunden Körper! Man konnte Electra niemals dabei erwischen, wie sie träge auf einem Sofa lag und Weintrauben aß. Sie aß ihre Weintrauben, während sie durch das ganze Schloß schwirrte.

Nada versuchte zu erkennen, wo das Mädchen langgegangen war, aber es half nichts. Alle Richtungen waren gleich unwahrscheinlich. Deshalb gab sie es als sinnlos auf. Was sie auch tat, sie würde sich schuldig fühlen, entweder weil sie es nicht ermöglichen konnte, daß Electra Dolph heiratete, oder weil sie ihre Freundin im Kampf gegen die Kobolde im Stich gelassen hatte. Oder wegen beidem.

Sie kehrte um und glitt auf den Kristallfluß zu. Sie ließ sich einfach hineingleiten, ohne darauf zu achten, ob er flüssig oder fest war. Schlangen konnten schließlich schwimmen.

Es stellte sich als Mittelding zwischen beidem heraus. Die Kristalle wurden zur Seite gestoßen, wenn sie sie berührte, und trieben unabhängig auf dem Wasser. Sie waren kalt. Tatsächlich waren es Eiskristalle. Deshalb bewegte sie sich so schnell voran, wie sie konnte. Ihr Schlangenkörper konnte selbständig keine Wärme erzeugen, und sie würde immer langsamer werden und schließlich erfrieren, wenn sie nicht schnell aus dem Eis herauskam.

Endlich erreichte sie das andere Ufer. Hier gab es keine Hufeisen, sondern nur Menschenschuhe aller Arten und Größen, deren Zungen schmatzend heraushingen. Hier bekamen die Zentauren wohl ihren Nachschub für ihr großes Schuhspiel. Nada konnte nicht begreifen, wie solche Dinge schlimme Träume erzeugen sollten. Aber natürlich gab es vieles, was sie über Träume nicht wußte.

Dennoch würde sie es lernen müssen, wenn sie hier arbeitete. Aber zuerst mußte sie den Nachthengst finden und ihn um Arbeit im Reich der Träume bitten. Sie glaubte nicht, daß es ihr Spaß machen würde, schlafende Leute unglücklich zu machen, aber sie hoffte, daß sie sich irgendwie durchschlängeln könnte. Wo konnte der Hengst bloß sein?

Da erblickte sie in einiger Entfernung eine Stadt. Sie schien die Form eines Kreuzes zu haben. Vielleicht gab es dort eine Nachtmähre oder irgend jemand anderen, den sie fragen konnte.

Sie verwandelte sich in ihre natürliche Gestalt zurück, die sowohl zum Reisen wie auch zum Sprechen die geeignetste war. Es wäre nicht gut, wenn sie sich in einen Menschen verwandelte, denn man konnte sie leicht für eine Nymphe ohne Kleider halten. Außerdem geziemte es sich sowieso nicht für eine Prinzessin, nackt herumzulaufen. Als sie noch jünger war, hatte sie das getan. Aber ihre Jahre auf Schloß Roogna hatten sie nach menschlicher Sitte geprägt, besonders in bezug auf Höschen. Daher war ihre natürlich Form hier die passendste, bis andere Umstände eintraten.

Als sie näher heranglitt, erkannte sie, daß auch alle Gebäude der Stadt die Kreuzform aufwiesen. Sie hatten kreuzförmige Türen und Fenster und kreuzförmige Schornsteine. Sie fragte sich, ob dies der Ort der Kreuzritter war. Oder vielleicht war es auch der Ort, wo all die Schauspieler kreuzweise lebten, die für Träume mit Tod und Grabstätten gebraucht wurden. Sie hoffte, daß sie keinem von ihnen begegnen würde!

Dann roch sie etwas Leckeres: Sie kam an einer Stelle vorbei, wo es heiße Kreuzkümmelbrötchen gab. Aber sie wußte, daß es ärgerlicherweise entweder in ihrem Mund oder später beim Verlassen ihres Körpers brennen würden, falls sie versuchte, eines zu essen.

Selbstverständlich waren auch die Kreuzungen kreuzförmig. Nada entschied sich dafür, einfach geradeaus hindurchzugleiten. Sie wollte lieber an einem anderen Ort um Hinweise bitten.

Dann erreichte sie die Hauptkreuzung im Zentrum der Stadt – und plötzlich näherte sich ihr jemand von der Seite. Nada zischte vor Überraschung und zog den Kopf ein, weil sie Angst davor hatte, was dieser Bewohner der Kreuzstadt unternehmen mochte.

»Nada!« rief der andere erfreut.

»Electra!« antwortete Nada erleichtert, als sie sie erkannte. Electra warf sich auf den Boden und umarmte Nada, ohne auf deren Gestalt oder den der Straße zu achten. »Oh, ich bin so froh, daß ich dich endlich eingeholt habe!« jubelte sie. »Ich hatte solche Angst, daß dir etwas zugestoßen sein könnte!«

Nada öffnete den Mund, brachte aber keinen Laut heraus. *Electra ahnte nicht einmal, was Nada getan hatte!* Sie war in ihrer Art so unschuldig und gutmütig, daß sie kein Mißtrauen gegenüber ihren Freunden kannte. Nada war beschämt.

»Du bist ein so anständiges Mädchen!« sagte sie und wieder flossen ihre Tränen.

»Nein, bin ich nicht! Ich wäre dir beinahe nicht gefolgt, weil ...«

»Du bist mir nicht gefolgt«, stellte Nada klar, weil sie nicht wollte, daß diese Lüge noch länger zwischen ihnen stand. »Ich habe den Kekspfad überhaupt nicht benutzt. Es ist reiner Zufall, daß wir uns hier treffen.« Aber während sie sprach, erkannte sie, daß vielleicht noch mehr dahinter steckte. Dies war die Kreuzstadt, wo sich alle Pfade kreuzten, auch die ihren.

»Aber ...«, staunte Electra mit großen Augen.

»Ich habe dich im Stich gelassen, Lectra. Ich habe dich verlassen, so daß du den Kobolden alleine hättest gegenübertreten müssen. Es tut mir leid.« Nada konnte kaum noch etwas sehen, so viele Tränen der Reue vergoß sie.

»Weil du wolltest, daß nur ich den Kürbis verlasse«, antwortete Electra, »damit ich Dolph heiraten kann.«

»Deshalb auch«, gestand Nada.

Electra hielt ihren Schlangennacken eng umschlungen. »Oh, Nada, wie hätte ich Dolph heiraten können, wenn du verschwunden wärst? Du warst so großzügig, aber ich bin es nicht wert. Ehrlich nicht. Das ist doch kein Ausweg!«

»Das ist kein Ausweg«, stimmte Nada erleichtert zu.

»Versprich mir, daß du das nicht noch einmal tust!«

Hier gab es kein Kneifen. »Ich verspreche es.« Und dann nach einer kleinen Pause: »Aber du *bist* es wert, Electra.«

Electra tat das als nette Übertreibung ab. »Nun können wir zusammen diese Kobolde verfolgen«, sagte sie begeistert, und ihre gute Grundstimmung kehrte zurück, als sei sie niemals getrübt gewesen. »Und falls einem von uns etwas zustoßen sollte ...«

Nada nickte. Die liebe, unschuldige Electra verstand die fundamentalen Realitäten. Vielleicht konnte ihr Problem zufällig auch auf ehrenhafte Weise geregelt werden. Kobolde waren bösartige Kreaturen, und nur ein Oger konnte ihnen mit Gleichmut begegnen. Das lag zum Teil daran, daß Oger so blöd waren.

Sie nahmen ihre Reise wieder auf. Der Kekspfad führte sie zu einer großen Wand, in der eine Nische war. Als sie diese betraten, befanden sie sich plötzlich an einem anderen Fluß, an dessen Ufern überall Kekse wuchsen.

»Wie sollen wir jetzt den richtigen Weg finden?« fragte Electra enttäuscht. »Es gibt so viele!«

Nada war genauso sprachlos. Sie drehte sich zu der Stelle um, wo der letzte Keks verschwunden war. Möglicherweise lag hier ein Mißverständnis vor. Aber dort war nichts außer dem Guckloch in einem riesigen Kürbis. Sie wandte den Blick gerade noch rechtzeitig ab, bevor sie davon gefangen werden konnte.

Dann zog sie die Schlußfolgerung: »Electra! Wir sind aus dem Kürbis raus! Das ist der An-den-Keks-Fluß – der echte!«

»Oh!« rief Electra aufgeregt. »Nun können wir Che retten!«

»Zuerst einmal müssen wir ihn finden«, erinnerte Nada sie. »Und wir müssen uns vor den Kobolden in acht nehmen. Es ist besser, wenn wir sie überraschen, als daß wir von ihnen überrascht werden.«

Für einen Augenblick überkam Electra die Ernsthaftigkeit. »Ja, ich kann nur einen von ihnen schocken. Wir werden deine Fangzähne brauchen.«

»Ich kann auch nur einen auf einmal beißen. Es wäre besser, wenn wir sie fänden und dann die Pfeife benützten, um die anderen herbeizurufen.«

»Aber werden dann die Kobolde die Pfeife nicht auch hören?«

»O weh! Das hatte ich vergessen! Wir können es nicht wagen, die Kobolde zu alarmieren, denn sie könnten dann das Fohlen sofort in ihren Kochtopf werfen.«

»Vielleicht mit Glühbirnen«, schlug Electra vor. »Es ist schon ziemlich dunkel, und man müßte sie eigentlich sehen können. Wenn die Kobolde nicht erkennen, um was es sich handelt ...«

»Ja, das ist prima. Doch nun sollten wir lieber weiterziehen, denn es ist klar, daß sich Che hier nicht mehr befindet. Die Kobolde müssen ihn zu ihrem Lager geschleppt haben.«

»Kannst du in deiner Schlangengestalt ihre Spur wittern?«

»Das müßte ich schaffen.« Nada nahm ihre volle Schlangengestalt an und prüfte züngelnd die Luft. Sofort konnte sie Ches Witterung ausmachen – aber auch die Witterung vieler Kobolde und von etwas anderem. Es war beinahe wie von einer Elfe, aber nicht ganz. Sie glaubte nicht, daß sie so ein Wesen schon einmal gewittert hatte.

Sie nahm wieder ihre Nagagestalt an. »Gibt es hier in der Nähe einen Ulmenhain der Elfen?« fragte sie.

»Ich glaube, das könnte sein«, antwortete Electra, »denn wir wissen gar nicht genau, wo wir sind. Aber die Elfen würden kein Zentaurenfohlen entführen!«

»Hier ist zumindest die Witterung einer Elfe«, stellte Naga fest. »Aber es ist kein Ulmengeruch dabei. Es ist fast so, als ob diese Elfe keine eigene Ulme hätte.«

»Aber das ist unmöglich! Alle Elfen leben in ihren Ulmenhainen, und sie werden unendlich schwach, wenn sie sich zu weit davon entfernen. Wenn eine umherirrt, bringen ihre Gefährten sie zurück. Elfen lassen einander nicht im Stich.«

»Ja. Deswegen ist es ja gerade so seltsam. Ein merkwürdiger Elfengeruch und keine Ulme in der Nähe. Ich muß irgend etwas falsch deuten.« Nada kehrte in ihre Schlangenform zurück und forschte weiter.

Bald glitt sie wieder auf der Spur der Kobolde voran. Die kleinen, fiesen Männer hatten nicht einmal versucht sie zu verwischen. Sie waren einfach auf eine ihrer alten Fährten eingeschwenkt und folgten ihr nun weiter. Die Witterung des Zentauren mischte sich weiter mit jener der merkwürdigen Elfe. Es schien beinahe so, als seien beide Gefangene.

Electra berührte den Rücken ihrer Freundin mit der Hand. »Ich kann etwas erkennen«, flüsterte sie.

Nada hob den Kopf und schaute sich um. Vorher hatte sie ihren Kopf tief gehalten, um die Spur zu verfolgen. Seitlich von ihnen war ein schwaches Leuchten zu erkennen.

Sie nahm wieder ihren menschlichen Kopf an. »Dort muß das Lager der Kobolde sein! Komm, wir schleichen uns an.«

Das taten sie und bewegten sich dabei sehr leise. Nada hatte in ihrer Schlangenform keine Schwierigkeiten damit, aber Electra mußte sich mit ihrem menschlichen Körper sehr langsam bewegen.

Sie erreichten den Rand einer kleinen Dschungellichtung. Dort sahen sie vier Kobolde und ein geschickt gedämpftes Feuer. Neben dem Feuer stand ein kleines Zelt. Nada erkannte, daß Che gefesselt im Zelt liegen mußte. Würde sie in der Lage sein, sich von hinten leise hineinzuschleichen und ihn loszubinden, ohne daß die Kobolde dies bemerkten? Das wäre einen Versuch wert.

Sie nahm ihre Nagagestalt an. »Ich gehe in das Zelt«, flüsterte sie.

Electra nickte. Sie wollte hier warten und einspringen, falls ihre Hilfe gebraucht wurde.

Nada wurde zu einer kleinen Schlange und glitt am Rand der Lichtung auf das Zelt zu. Die Kobolde schienen gerade ihre Abendmahlzeit zu verzehren. Hoffentlich war es kein gekochter Zentaur! Sie war erleichtert, daß die Gruppe nur so klein war. Vielleicht konnte sie in Gestalt einer großen Schlange allein mit ihnen fertig werden. Eine von ihnen war weiblich, was das ganze weniger schrecklich machte, weil weibliche Kobolde nicht ganz so schlimm waren wie männliche. Es wäre besser, zuerst Che zu befreien, damit er ausbrechen konnte, während Nada die Kobolde in Schach hielt.

Seltsam war nur, daß sie weder Che noch die merkwürdige Elfe wittern konnte. Je näher sie dem Zelt kam, desto unwahrscheinlicher wurde es, daß irgendein Wesen sich darin aufhielt. Was konnte das bedeuten?

Sie erreichte das Zelt und glitt unter der rückwärtigen Zeltklappe hinein. Es war leer. Der einzige Geruch hier stammte von dem weiblichen Kobold. Offensichtlich führte sie diese Gruppe an und hatte deshalb auch die beste Unterkunft.

Aber warum lagerte diese kleine Gruppe von Kobolden hier abseits der Haupttruppe? Und wo befand sich Che? Sie hatte geglaubt, kurz vor der Lösung zu stehen, und jetzt tauchten immer neue Rätsel auf.

Nada glitt enttäuscht wieder aus dem Zelt hervor. Sie würden wieder die Spur aufnehmen müssen, die sie vorher verfolgt hatten. Diese hatte sich als Sackgasse erwiesen.

Dann nieste Electra. Nada erkannte das Geräusch sofort, als sie es hörte. Sie hoffte, daß es den Kobolden entgangen war.

Aber sie hatten Pech. »Was war das?« rief die Koboldin, wobei sie so schnell aufsprang, daß ihr langes Haar ihr um den Körper wirbelte.

»Das klang wie ein menschlicher Nieser, Godiva«, antwortete einer der Kobolde.

»Das weiß ich auch, Schwachkopf!« fuhr ihn Godiva an. Sie zeigte mit einem Zauberstab in die Richtung des Geräusches.

»Hiiilfe!« schrie Electra, während sie in die Luft gehoben wurde. Nada sah ganz deutlich im Mondlicht, wie sie ohne Flügel flog. Die Kobolde schienen Magie zu besitzen – genauer gesagt einen magischen Stab.

Nada mußte handeln. Sie nahm die Gestalt eines Schlangenungeheuers an und stürzte sich auf die Kobolde.

»Paß auf, Godiva!« warnte ein Kobold.

Godiva wirbelte herum. Sie erblickte Nada und richtete ihren Zauberstab auf sie. Augenblicklich wurde Nada in die Luft gehoben, während Electra zu Boden fiel.

»Was haben wir denn hier?« erkundigte sich Godiva, während sie Nada weiterhin in der Luft schweben ließ.

Nada wechselte, immer noch schwebend, in ihre menschliche Gestalt. »Du hast eine Naga«, antwortete sie, wobei sie hoffte, die anderen zurückzuhalten oder zumindest ihre Aufmerksamkeit von Electra abzulenken, damit diese etwas unternehmen konnte. Dieser Zauberstab war eine böse Überraschung!

»Schaut euch ihren Körper an!« rief einer der Kobolde, wobei er sie mit seinen Blicken verschlang. Genauso glotzten die beiden anderen Männer.

Huch! In ihrer Verwirrung hatte Nada ihre Nacktheit vergessen. Sie hätte statt dessen ihre natürliche Gestalt angenommen, wenn sie auch nur einen Moment länger darüber nachgedacht hätte.

»Idiot!« schrie die Koboldin. »Schwachkopf! Ergreift das andere Mädchen!«

Zwei der Kobolde, denen fast die Augen aus dem Kopf gefallen waren, drehten sich um und griffen Electra an, aber die schlüpfte in ihrer gewandten Art an ihnen vorbei und rannte auf Godiva zu. Electra war als Mensch zweimal so groß wie die Kobold. Das half ihr. Der Angriff überraschte die Gruppe, denn sie hatten erwartet, daß sie fliehen würde. Sie berührte den Arm der Koboldin und versetzte ihr einen Schock.

Godiva fiel zu Boden und verlor den Zauberstab. Gleichzeitig fiel Nada herunter. Sie schaffte es, sich so zu drehen, daß sie auf ihre menschlichen Füße fiel, und konnte so eine Verletzung vermeiden.

Electra stürzte sich auf den Zauberstab. Die Kobolde, wieder von Nadas Anblick gebannt, waren viel zu langsam, um an etwas anderes zu denken. Electra hob den Stab auf und richtete ihn auf einen. »Zieh dich zurück!« rief sie. »Oder ich schmeiße dich in die Baumkronen!«

Die Kobolde lachten amüsiert. »Du kannst den überhaupt nicht benutzen!« sagte einer und kam auf sie zu.

Nada nahm wieder ihre Schlangengestalt an und zischte ihn an. Er fuhr zurück.

»Aber es ist wahr«, sagte Electra enttäuscht. »Er funktioniert bei mir nicht.«

Nada nahm wieder ihren menschlichen Kopf an. »Behalte ihn trotzdem«, sagte sie. »Dann können sie ihn nicht benutzen. Nun laß uns von hier verschwinden.«

»Wartet!« rief Godiva und versuchte hochzukommen. »Nehmt uns nicht unsere einzige Magie weg!«

»Warum nicht?« gab Electra zurück. »Du mußt den Zauberstab sowieso jemand anderem gestohlen haben.«

»Nein, er gehört mir«, sagte Godiva. »Genau genommen meiner Mutter, aber ich benutze ihn mit ihrer Erlaubnis. Warum habt ihr uns angegriffen?«

»Wir haben euch nicht angegriffen!« gab Nada schroff zurück. »Wir haben nur überprüft, ob ihr das Zentaurenfohlen bei euch habt. Und dabei hat Electra geniest.«

»Ihr sucht nach Che Zentaur?« erkundigte sich Godiva. »Gehört ihr zu der Elfe?«

»Du weißt etwas über die Elfe? Ich habe sie gewittert, aber da ist etwas Seltsames an ihr.«

Godiva blickte sie einen Moment direkt an. »Ich meine, wir sollten miteinander reden«, schlug sie vor.

»Reden? Wir müssen das Fohlen retten!«

»Vielleicht sind wir gar keine Feinde«, meinte Godiva. »Jedenfalls keine richtigen.«

Das wurde ja immer seltsamer! »Würden Kobolde einen Waffenstillstand einhalten?« fragte Nada.

»Weibliche tun es.« Godiva wandte sich an die drei Kobolde. »Gimpel, Idiot, Schwachkopf – legt eure Waffen ab und zieht euch zurück.«

Die drei befolgten den Befehl sofort. Nada war beeindruckt. »Also einen Waffenstillstand«, stimmte sie zu. »Solange wir reden.«

»Solange wir reden«, bestätigte Godiva. »Laß mich zu Anfang erklären, daß wir nicht die Kobolde sind, die das Fohlen gefangenhalten. Wir wollen es retten, bevor die Kobolde der Goldenen Horde ihn und seine Kameradin, das Elfenmädchen, kochen.«

»Elfenmädchen?« rief Nada. Sie hatte angenommen, daß es ein männlicher Elf sei. Aber das war nicht weiter wichtig, die Geschichte war seltsam genug.

»Was ist das für eine Elfe, wenn sie nicht zu euch gehört?« erkundigte sich die Koboldin bei Nada.

Sie ließen sich alle am warmen Feuer nieder, was ihnen guttat. Nada traute der Koboldin nicht völlig, aber solange Electra im Besitz des Zauberstabs war und die Kobolde nicht wußten, daß sie ihre Aufladung verbraucht hatte, beließ sie es dabei. Es war offensichtlich, daß Godiva über wichtige Informationen für sie verfügte.

»Wir wissen wenig über sie, und ich werde es dir erzählen. Aber zuerst muß ich unser Interesse an dem Fohlen erläutern«, erklärte Godiva. »Habt Geduld. Ich werde mich kurz fassen und glaube nicht, daß die Goldene Horde ihnen vor morgen früh etwas antun wird.«

»Ich hoffe nicht!« sagte Electra.

»Wir kommen vom Koboldberg im Osten«, erzählte Godiva. »Vor einiger Zeit kam ein Oger in der Begleitung von sieben Frauen vorbei. Er war für seine Art bemerkenswert anständig und auffällig wenig dumm, außer wenn es Frauen betraf. Eine der Frauen war Goldie Kobold, die Tochter von Kotbold Kobold, dem Häuptling des Stammes vom nördlichen Abhang der Spalte. Sie versuchte, einen Ehemann auf die bewährte Weise einzufangen. Dem Oger gelang es, das Geheimnis des Zauberstabs, den der Stamm gestohlen hatte, zu ergründen. Er gab ihn Goldie, die somit die Macht hatte, den Sohn des Häuptlings zu betören. Der Oger stampfte nach Norden weiter, und man hörte nie wieder etwas von ihm. Aber Goldie blieb und heiratete – und der Storch brachte mich. Mein Name beruht auf einer seltsamen Legende, die irgendwie mit Haaren und Abgaben zu tun hat. Aber ich will euch nicht mit so etwas langweilen.« Godiva ließ ihr Haar wirbeln und sie sahen, daß sie kaum etwas, genau genommen nichts, darunter trug. Das Haar diente ihr als vollständiger Umhang.

»Im rechten Augenblick schnappte ich mir den Sohn meines eigenen Häuptlings, der meine Art der Bekleidung zu schätzen schien«, fuhr Godiva fort. »Und wieder kam der Storch und brachte uns Gwendolyn, die so lieb und hübsch war wie alle weiblichen Babys. Aber durch ein tragisches Unglück kam sie teilweise gelähmt auf die Welt. Sie kann nur unter Schwierigkeiten gehen. Da ich nicht dulde, daß meine Tochter durch irgendwelche Umstände benachteiligt wird, entschied ich, ein passendes Pferd für sie zu beschaffen, auf dem sie reiten kann. Deshalb borgte ich mir von meiner Mutter den Zauberstab und benutzte einen Tunnelzauber, mit dem ich mir das Zentaurenfohlen besorgte.«

»Aber Che ist doch viel zu jung, um auf ihm zu reiten!« protestierte Electra.

»Er wird wachsen«, erwiderte Godiva. »Inzwischen werden wir ihn zähmen, so daß er für Gwendolyn keine Gefahr darstellt. Auf solch einem Roß sollte sie, wenn sie einmal erwachsen ist, in der Lage sein, das zu erreichen, was ich für sie erhoffe, und unsere Tradition wird sich damit fortsetzen. Unglücklicherweise funktionierte unser Tunnelzauber nicht richtig. Als wir wieder auftauchten, befanden wir uns nicht auf dem Koboldberg, sondern auf der falschen Seite der Elemente. Damit fing unser Problem an.«

»Murphys Fluch!« rief Electra. »Er ließ den Anschlag scheitern!«

»So war es also feindliche Magie«, begriff Godiva. »Ich habe es beinahe angenommen. Meiner Ansicht nach bedeuten wir auf keinen Fall eine Gefahr für das Fohlen. Er wird gut behandelt werden, und meine Tochter wird ihm ein so guter Kamerad sein, wie nur möglich. Aber wir wußten, daß wir hier, in dieser feindlichen Gegend, Ärger mit den Kobolden der Goldenen Horde bekommen würden. Deshalb beeilten wir uns, nach Norden zu kommen, um ihnen auszuweichen. Wir hofften, eine Furt durch den Fluß zu finden, die Elemente zu umgehen und von Norden zum Koboldberg zurückzukehren. Aber plötzlich erschien diese unbekannte Elfe, narrte meine Männer mit Kirschbomben und stahl uns das Fohlen. Natürlich verfolgten wir sie, aber sie flohen mit einem Floß auf den Fluß, und wir konnten sie nicht erreichen. Verstehst du, uns war es wichtig, daß dem Fohlen kein Leid geschah. Das schränkte unsere Möglichkeiten ein. Aber dann bekamen die Kobolde der Horde Wind davon, daß das Fohlen hier war, und rückten auf den Fluß zu. Wir mußten uns zurückziehen, denn sie sind Hunderte und wir nur vier. Der Zauberstab kann bei einem solchen Kräfteverhältnis nichts ausrichten. Das ist die gegenwärtige Lage. Wir müssen das Fohlen aus den Händen der Horde vor dem sicheren Tod retten, aber uns fehlt die Stärke zum Angriff. Nur wenn ich den Zauberstab in der Nacht benutzen kann, um das Fohlen wegschweben zu lassen, können wir es schaffen.«

Nada nickte ernüchtert. Nun ergaben die Teile ein vollständiges Bild! Sie konnte Godivas Entführung des Fohlens nicht billigen, aber sie mußte ihren Motiven Glauben schenken. Wenn Che starb, war das ein Verlust für Godiva, genau wie sie selbst einen Zentaurenfreund verloren.

»Aber das Elfenmädchen!« fragte Electra. »Wer ist sie? Warum kam sie hierher? Wo ist sie jetzt?«

»Anscheinend ist sie mit dem Fohlen befreundet«, antwortete Godiva. »Sie ist eine Fremde, mit seltsamen spitzen Ohren, fehlenden Fingern und doppelt so groß wie die Elfen, die wir kennen. Die Horde nahm sie gefangen, und es sieht so aus, als würde ihr keine bessere Behandlung widerfahren als dem Fohlen. Ich befürchte, daß sie ebenfalls im Kochtopf endet. Sie ist noch ein Kind, und das Sonderbarste daran ist, daß sie so weit von ihrer Ulme entfernt keinen Anschein von Schwäche zeigt.«

»Aber alle Elfen sind doch an ihre Ulme gebunden!« wunderte sich Nada.

»Wie ich schon sagte, sie ist sehr fremdartig. Ich habe sie nie zuvor gesehen. Sie trägt eine Brille und ist in Gesellschaft eines sonderbaren kleinen Tieres aus der Familie der Katzen.«

»Die Zentaurin Chex muß sie an einem entfernten Berg gefunden und als Spielkameradin für Che mitgebracht haben«, vermutete Electra. »Sie muß dir gefolgt sein, als du Che entführt hast, und hat dann versucht ihn zu retten.« Sie runzelte die Stirn. »Aber es ist seltsam, Chex hat mir nie etwas davon erzählt. Ich habe oft mit Che gespielt, und es war niemals eine Elfe dort.«

»Wir sind alle verwundert«, sagte Godiva. »Aber da siehst du es. Ich meine, wir sollten uns zusammentun und versuchen, das Fohlen vor der Horde zu retten. Später können wir unsere Meinungsverschiedenheit über die Verwendung des Fohlens klären.«

Nada überlegte, denn sie war nicht ganz zufrieden mit dieser Lösung. Sie glaubte Kobolden aus einem sehr wichtigen Grund nicht: Sie waren nicht vertrauenswürdig. Es war richtig, daß Godiva Che nichts antun wollte, aber in dem Augenblick, da sie ihn befreit hatten, würde sie sicher versuchen, ihn zum Koboldberg zu zaubern. Dennoch war es sehr unwahrscheinlich, daß eine einzige Naga und ein Mädchen Che ohne weitere Unterstützung retten konnten.

»Wir haben eine Pfeife, mit der wir andere Suchgruppen herbeirufen können«, bemerkte sie. »Vielleicht ...«

»Die Kobolde sind nicht taub«, stellte Godiva klar. »Wenn sie glauben, daß noch mehr Leute kommen, werden sie einfach ihren Zeitplan ändern und ihre Gefangenen sofort kochen. Sie wissen nichts von uns, weil wir uns versteckt haben. Das würde sich sofort ändern, wenn sie die Pfeife hören.«

Damit hatte sie recht. »Wir haben auch Glühbirnen, um den Guten Magier zu rufen«, sagte Nada.

»Ebensowenig sind die Kobolde blind. Sie haben Wachposten. Deshalb trauten wir uns nicht, unser Lager näher bei ihnen aufzuschlagen, denn wir könnten entdeckt und vernichtet werden. Nachdem wir das Fohlen befreit haben, kannst du Hilfe herbeirufen.«

Damit schien sie einen vernünftigen Vorschlag gemacht zu haben. »Aber wie regeln wir, wer Che bekommt?« fragte Nada. »Wir wollen genausowenig, daß er im Koboldberg gefangen gehalten wird.«

»Das können wir regeln, nachdem wir ihn befreit haben. Wir können einen Wettkampf abhalten, Strohhalme ziehen oder irgend etwas in der Art, wobei der Verlierer sich verpflichtet, ihn dem Gewinner zu überlassen. In jedem Fall wird er in Sicherheit sein.«

Nada schaute zu Electra hinüber. »Was denkst du? Können wir diesen Koboldenvtrauen?«

»Ich denke, wir müssen es«, sagte Electra, die darüber offensichtlich nicht mehr erfreut war als Nada. Sie gab der Koboldfrau den Zauberstab zurück.

»Ausgezeichnet.« Nada blickte Godiva an. »Wir werden zusammenarbeiten, um Che und das Elfenmädchen zu befreien. Haben wir sie erst einmal vor der Horde in Sicherheit gebracht, werden wir entscheiden, wer Che behält. Aber du mußt wissen – egal, welche Abmachung du mit uns beiden schließt –, Ches Eltern werden nicht eher ruhen, bis sie ihn zurückhaben. Sie gehören zu den Flügelungeheuern, und ich glaube, du müßtest dich darauf gefaßt machen, daß die einen Belagerungsring um deinen Berg legen werden.«

»Wir hatten wirklich gehofft, daß niemand erfahren würde, wo er sich befindet«, gab Godiva zu. »Aber ich vermute, daß alle Bedenken gegenstandslos werden, sobald klar wird, wie gut wir das Fohlen behandelt haben. Ich nehme an, daß du ihn lieber in unseren Händen weißt, als daß er gekocht wird; und auch wir würden ihn lieber bei euch sehen, als daß er gekocht wird. Deshalb wollen wir uns mit der augenblicklichen Situation befassen und alles andere auf morgen verschieben.«

Godiva war offensichtlich sehr praktisch veranlagt! Doch Nada war es nicht weniger. »Selbst wenn wir zusammenarbeiten, können wir uns mit der Kampfkraft der Horde nicht messen. Wir brauchen eine schlaue Strategie oder irgendeinen Kniff, um ihn herauszubekommen, ohne daß sie es gleich merken. Angenommen, ich nehme die Gestalt einer kleinen Schlange an, schleiche unbeobachtet in ihr Lager, löse seine Fesseln und bringe ihn heraus. Wenn sie uns dabei erwischen, kannst du uns mit dem Zauberstab in die Höhe heben und aus ihrer Reichweite bringen.«

»Ich kann nicht zwei zugleich heben«, gab Godiva zu bedenken. »Nicht, wenn sie eure Größe haben.«

»Das habe ich befürchtet. Dann hebe ihn alleine nach oben, während ich die Gestalt einer riesigen Schlange annehme und mich so gut wie möglich hinauskämpfe.«

»Aber du kannst nicht darauf hoffen, zu ...«, protestierte Electra.

»Dann mußt du es eben übernehmen, Che nachher aus den Händen von Godiva zu befreien«, sagte Nada. »Und zwar bevor du Dolph heiratest.«

»Vielleicht könnte ich hineinschleichen und ihn losbinden«, schlug Electra vor.

»Nein. Du kannst nicht deine Größe oder Gestalt verändern. Aber du kannst mir helfen, mich zur Horde zu tragen, so daß ich ausruhen und schlafen kann und bei besten Kräften bin, wenn es darauf ankommt.«

Electra schaute unglücklich drein, doch sie mußte zustimmen, daß dies das Beste wäre. Aber sie hatte immer noch einen Einwand. »Nur solange Godiva den Zauberstab führt, kann dieser ihn in der Luft halten. Die Kobolde werden sie schon bald entdecken, und wenn sie sie einfangen …«

»Stimmt«, sagte Godiva. »Gerade so, wie ihr beide mich überwältigt habt. Wenn ich meinen Zauberstab benutze, muß ich mich auf ihn konzentrieren, sonst bin ich ganz schön hilflos. Aber ich kann mich in einem Baum verstekken, dann würden sie mich nicht entdecken. Meine drei Gefolgsleute könnten sie fortlocken.«

»Oho …«, protestierte einer der Männer.

»Still, Gimpel«, schnauzte Godiva ihn an.

»Das ist aber nicht höflich, ihn so zu nennen«, meinte Electra.

»Das ist doch sein Name«, erwiderte Godiva. »Sie heißen Gimpel, Idiot und Schwachkopf – alles verwegene Exemplare ihrer Art.«

»Oho.« Electra war in Verlegenheit. »Aber du kannst Che nur von einem festen Platz hochschweben lassen, und die Kobolde der Horde werden überall auftauchen.«

Godiva seufzte. »Das weiß ich. Es ist keine ideale Situation. Aber wir müssen tun, was wir können. Wenn nichts dabei herauskommt, wirst du deine Freunde verständigen müssen, zumal es von da an nichts mehr ausmachen wird, wenn du die ganze Horde aufgeschreckt hast.«

»Damit bin ich nicht zufrieden«, sagte Electra.

»Jeder bessere Vorschlag ist mir willkommen. Ich denke, wir sollten allmählich anfangen, da ich annehme, daß die Horde sich in einiger Entfernung aufhält. Wir müssen uns so leise wie möglich bewegen und können nur hoffen, beim Anpirschen nicht entdeckt zu werden.«

»Ich werde nach einem Granatapfelbaum Ausschau halten«, sagte Electra. »Wir müssen uns noch etwas einfallen lassen, um unter diesen bösen Buben noch mehr Unheil anzurichten.«

»Gute Idee.« Godiva wandte sich den drei Koboldmännern zu. »Verteilt euch, sucht nach so etwas und teilt es einer von uns Frauen mit, wenn ihr was gefunden habt.«

»Aber wir würden lieber den Weg benutzen!« wagte einer einzuwenden.

»Das ist die erste Stelle, wo die Horde einen Hinterhalt legt, Schwachkopf.«

Schwachkopf ließ seinen Protest fallen.

»Aber wie werden wir einander wiederfinden?« fragte Nada, die sich wegen Godivas Absichten noch immer ein bißchen unbehaglich fühlte.

»Idiot kann pfeifen wie ein Vogel«, erklärte die Kobolddame. »Idiot, pfeif mal ›Kuckuck, Kuckuck, ruft's aus dem Wald‹.«

Der männliche Kobold spitzte seine häßlichen Lippen und pfiff. Der Pfiff bestand aus einer trillernden Tonfolge, die sich etwa so anhörte: »Hab' ihn! Hab' ihn! Gehört er schon mir!«

Nada war beeindruckt. »Aber nimm mal an, in der Nähe befindet sich ein wirklicher Vogel?«

»Das könnte sein. Es wäre nicht klug, einen Ruf zu benutzen, der der Horde fremd vorkommen würde. Doch ein wirklicher Vogel würde sich, im Gegensatz zu Idiot, bei solch einer Begegnung gar nicht weiter in der Nähe aufhalten.«

Nada nickte. Das war ein guter Einfall.

Sie zerstreuten sich im Wald. Nachts hätte Electra ihn lieber nicht allein durchquert, aber der Mond war außergewöhnlich groß und schien so hell, daß die Horde wohl schon den größten Teil der Raubtiere beseitigt hatte, so daß es hier wahrscheinlich einigermaßen sicher war.

»Solltest du Ärger bekommen, dann weck mich auf«, sagte Nada, ergriff ihre Hand und nahm die Gestalt einer kleinen Schlange an. Electra legte sie vorsichtig in ihre Brusttasche. Selbstverständlich konnte Nada mit Brusttaschen nichts anfangen. Zum einen waren sie für eine Prinzessin nicht schicklich, und außerdem gab es in diesem Bereich ihres Oberkörpers für so etwas überhaupt keinen Platz.

Nada ringelte sich zu einer Spirale und ließ sich durch Electras Bewegungen in den Schlag wiegen. Dort war es gemütlich, und wenn man es genau nahm, dann war Electra alles andere als flachbrüstig. In einem passenden Kleid würde sie sich mit einigem Erfolg sehen lassen können. Es war bloß so, daß sie sich nie darum gekümmert hatte, sondern es vorzog, jungenhaft auszusehen. Vielleicht fürchtete sie, wenn sie so weiblich aussah, wie es ihr möglich war, daß Königin Irene das bemerken könnte und ihrer Vorliebe, sich wie ein Junge zu kleiden und ungestüm durch die Gegend zu rennen, ein Ende setzen würde. Aber damit würde es sowieso in einer Woche für immer vorbei sein, wenn Dolph ihre Weiblichkeit bis dahin nicht bemerkt haben sollte. Nada hatte den Entschluß gefaßt, sich Electras anzunehmen und sie, sobald sie nach Schloß Roogna zurückgekehrt waren, in ein Kleid mit tiefem Ausschnitt zu stecken. Selbstverständlich müßte man sich dann immer noch mit ihren Sommersprossen beschäftigen, aber vielleicht könnten sie mit ein bißchen Verschwindekrem zum Verschwinden gebracht werden. Im Kräutergarten wuchs bei den Milchkräutern auch ein Kremkraut, das vielleicht die richtigen Bestandteile hatte. Die falschen Wirkstoffe würden allerdings gleich Electras ganzes Gesicht verschwinden lassen, also war einige Vorsicht angebracht.

Eingelullt durch die Bewegung und ihre Phantasien, schlief Nada ein. Sie durfte sich glücklich schätzen, daß sie in ihrem reptilienhaften Zustand kalte Nerven besaß und sich, trotz des Wissens um die tödliche Gefahr ihrer bevorstehenden Mission, entspannen konnte. Ein warmblütiges Wesen wäre wegen der Horde schon längst unruhig geworden. Wenn sie half, Che zu befreien, selber aber nicht mehr davonkam, würde Electra weder das Kleid noch die Krem benötigen. So viel war sicher.

Nada erwachte, weil Electra aufgehört hatte sich zu bewegen. Sie hatte sich an das ständige Hin- und Herschaukeln gewöhnt, das mit dem Durchqueren des Dickichts einherging, so daß sie von der plötzlichen Reglosigkeit beunruhigt war. Sie streckte den Kopf aus der Tasche.

Direkt vor ihnen lag ein Abgrund, ähnlich der Spaltenschlucht. Nein, es schien nur so, denn sie hatte vergessen, ihre geringe Größe miteinzuberechnen. Es handelte sich vielmehr um einen Riß, eine kleine Klamm, die zu breit war, als daß ein Mensch sie überspringen konnte, und zu tief, um es zu riskieren. Die Bäume wuchsen in einem respektvollen Abstand zum Rand und ließen einen deutlichen Streifen zur Kante hin frei, als ob sie sich nicht trauten, ihre Wurzeln zu sehr in die Nähe dieser gähnenden Leere zu treiben. Das Mondlicht schien herab und erhellte den Waldboden, zögerte jedoch, zu tief in den Riß einzudringen.

Electra war unschlüssig und Nada kannte sie gut genug, um zu wissen, daß in ihrem Kopf etwas vor sich ging. Also schlängelte sie sich aus der Tasche heraus. Electra fühlte diese Bewegung und hob die Hand. Nada kroch hinauf, und Electra setzte sie auf den Waldboden. Daraufhin nahm Nada die Gestalt einer Frau an. »Was ist los?« erkundigte sie sich.

»Das sieht ganz nach der Spaltenschlucht aus«, sagte Electra.

»Sie ist zu schmal. Die Spaltenschlucht ist hundertmal so groß.«

»Aber könnte es nicht ein Ausläufer der Spalte sein? Ein Riß, der von ihr abzweigt?«

»Ich denke schon. Davon gibt es viele. Was ist damit?«

»Dann müßte das eine Ende zur Spaltenschlucht führen, während das andere immer schmaler wird, bis es sich verläuft.«

»Na klar. Worauf willst du hinaus?«

»Es dürfte schwer sein, ihn in Richtung der Spaltenschlucht zu überqueren, aber an seinem Ende ist es wohl einfacher.«

Nada wurde ungeduldig. »Nun komm schon, Lectra! Geh doch einfach an ihm entlang, bis du an eine Stelle gelangst, wo wir ihn überqueren können.«

»Aber falls wir – *wenn* wir Che befreien, dann werden die Kobs uns jagen. Also ...«

»Deshalb müssen wir erst einen guten Übergang finden«, sagte Nada. »Jetzt verstehe ich deine Absicht. Ausgezeichnet, ich überprüfe die eine Richtung und du die andere, und dann werden wir uns hier wieder treffen, um unsere Beobachtungen auszutauschen.«

»Nein«, widersprach Electra.

»Sieh mal, ich will doch nicht reinspringen!« erwiderte Nada. »Ich habe es versprochen, erinnerst du dich?«

»Rotz drauf«, sagte Electra. Nada erschauderte. Sie mußte dieses Mädchen noch dazu bringen, solche Ausdrücke zu unterlassen, selbst wenn sie keine Prinzessin war. Es rief in ihr das Bild einer laufenden Nase wach.

»Haben wir denn noch Zeit dafür? Der Mond steht immer noch am Himmel, also dauert es noch eine Weile bis zur Morgendämmerung.«

»Darauf kannst du auch rotzen.« Uff! »Wenn sie uns verfolgen, wollen wir keinen leichten Übergang haben.«

»Aber wir können es uns nicht leisten, zu spät zu kommen, wenn ...« Jetzt begriff Nada. »Die Kobolde! Um die Kobolde zu stoppen!«

»Ja. Wenn wir rüberkommen, und sie nicht, werden wir in Sicherheit sein oder zumindest einen gewaltigen Vorsprung erzielen. Ich dachte, daß mit Godivas Zauberstab ...«

»Lectra, das ist ja brillant«, stieß Nada hervor. »Diese Kluft könnte besser sein als Granatapfelbomben! Also müssen wir einen sehr breiten Abschnitt finden, den sie nicht überqueren können, und später genau dorthin laufen.«

»Aber sicherlich werden sie diesen Riß in- und auswendig kennen und vielleicht sogar eigene Übergänge haben«, sagte Electra. »Deshalb sollten wir sie vorher finden und sie unpassierbar machen, so daß sie nicht hinüberkommen können.«

»Ja, das machen wir! Ausgezeichnet. Wir werden uns trennen, die Gegend auskundschaften und zusehen, was wir finden können. Wir müssen uns trotz allem sehr beeilen, damit wir noch Zeit haben, um wieder mit Godiva zusammenzukommen.«

»Richtig.« Electra machte sich auf den Weg, obwohl sie sehr erschöpft war, und lief am Riß entlang. Nada nahm die Gestalt einer schwarzen Rennschlange an und verschwand in die andere Richtung. Wie sich herausstellte, führte ihre Richtung zu der Spaltenschlucht. Nach einer kurzen Weile ging der Riß in eine weitere Kluft über, und Nada mußte einen Umweg machen, bis sie eine Stelle fand, die eng genug für sie war, um in ihrer menschlichen Gestalt hinüberzuspringen. Dann kroch sie weiter, bis sie zur eigentlichen Spaltenschlucht gelangte. Sie hatte keine geeigneten Übergänge entdeckt, denn die Kobolde trieben sich in dieser Region offensichtlich nicht herum.

In aller Eile zog sie sich zurück, wobei sie hoffte, daß sie Electra nicht verpaßt hatte. Ihre Entdeckung machte ihr Mut. Sie könnte Che zu dieser Kluft führen und Godiva könnte ihn hinüberschweben lassen, während die Kobolde auf der anderen Seite festsäßen.

Sie selbst allerdings auch.

Nada dachte darüber nach, während sie zurücksauste. Aber dann fiel ihr ein, daß das kein Problem werden würde, weil es kein Kobold mit dieser rasenden Form aufnehmen konnte. Sie würde damit keine Schwierigkeiten haben. Tatsächlich wäre es nicht einmal erforderlich, denn sie könnte die Gestalt einer kleinen Schlange annehmen, und Che würde sie in die Hand nehmen und mit hinübertragen.

Dann erinnerte sie sich an das Elfenmädchen, das zuvor versucht hatte, Che zu befreien und dabei selber in Gefangenschaft geraten war. Was würde mit ihr passieren?

Vielleicht blieb genügend Zeit übrig, um sie hinüberschweben zu lassen, nachdem Che in Sicherheit war. Nada wünschte sich das, denn sie wollte mehr über diese Elfe in Erfahrung bringen.

Aber wo wäre Electra zu diesem Zeitpunkt? Sie konnte nicht ihre Gestalt verändern und sich fortschleichen. Sie würde auf der anderen Seite der Kluft zurückbleiben müssen, um Che den Weg zu weisen, während Nada in der Gegend umherschlich. Das würde einen weiteren Vorteil mit sich bringen: Sollte sich die Koboldدame als nicht vertrauenswürdig erweisen, dann wäre jemand da, der Che beschützen könnte.

Beruhigt eilte Nada ihrem Treffen mit Electra entgegen.

Schon bald darauf trafen sie sich ein wenig abseits von der Stelle, wo sie sich getrennt hatten. Offensichtlich hatte Electra ihre Erkundung beendet und war zurückgekommen, um Nada zu suchen. Sie glitt heran und nahm die Gestalt eines Mädchens an. »Mein Ende führt zur Spaltenschlucht«, sagte sie. »Keine Übergänge. Hast du einen gefunden?«

»Ja, ein kleines bißchen weiter oben«, sagte Electra atemlos. »Die Schlucht wird sehr eng dort und die Kobolde haben eine Baumstammbrücke errichtet, einen Baum, der über die Schlucht gestürzt ist. Ich bin dann noch ein Stück weitergegangen, aber man müßte noch eine ganze Weile laufen, bis die Kluft sich verläuft. Also, wenn wir diese Brücke unbrauchbar machen könnten ...«

»Das hört sich gut an! Laß mich die Sache mal anschauen.«

Sie machten sich auf den Weg, und Nada untersuchte die Brücke. Es sah so aus, als ob man den Baumstamm mit einer Stange aus seiner Verankerung heraushebeln könnte, um ihn in die Kluft stürzen zu lassen. Es würde die Kobolde viel Zeit kosten, sich einen anderen Baumstamm als Übergang zu beschaffen. Das sah sehr gut aus. Sie wären sogar imstande, den Übergang selbst zu benutzen und den Stamm dann hinunterzustoßen, bevor die Kobolde ihn erreichen konnten.

Daraufhin nahmen sie wieder ihren Marsch zum Lager der Horde auf. Die ersten Anzeichen des Morgengrauens veranlaßten sie, die Vorbereitungen für ihr Vorhaben zu treffen.

Sie waren schon ziemlich spät dran. »Die Kobolde müssen genau vor uns sein«, sagte Nada. »Vielleicht pfeift Idiot, und wir können es hören.«

Sie lauschten und hörten nach einer kurzen Weile tatsächlich die Melodie von ›Kuckuck, Kuckuck ...‹ Sie eilten in der Hoffnung dorthin, daß es kein wirklicher Vogel war.

Das war es nicht. Idiot hatte sich hinter dem Stumpf eines Baumes versteckt, und Godiva stand dicht daneben. »Ich befürchtete, ihr wäret – verlorengegangen«, sagte die Kobolddame erleichtert.

»Oder wären dir davongelaufen?« erkundigte sich Nada.

»Es ist wahr, daß ich euch nicht gut kenne und daß unsere Beziehungen zum Volk der Naga nicht besonders gut sind.«

Nada konnte Godiva immer besser leiden. Die Frau schien die Dinge gerade heraus anzupacken. »Wir haben einen Ausläufer der Spaltenschlucht gefunden, von dem wir annehmen, daß er die Kobolde zurückhalten kann, vorausgesetzt, wir zerstören ihre Brücke, nachdem wir sie benutzt haben. Sofern wir soweit kommen, ohne vorher gefangengenommen oder getötet zu werden …«

»Wunderbar! Wir haben nichts gefunden; die Horde scheint dieses Gebiet abgesucht zu haben. Eine Stunde lang haben wir uns hier beobachtend aufgehalten und dabei schon befürchtet, daß ihr nicht zurückkommen würdet. Wir glauben, daß die Horde das Fohlen und die Elfe zusammen in eine Hütte eingesperrt haben. In der Nähe der Hütte schreitet eine Wache auf und ab. Anderswo im Lager gibt es noch weitere Wachen; wenn wir eine ausschalten, würden die anderen den Aufruhr bemerken und den Rest aufscheuchen. Also sind wir nicht in der Lage gewesen, etwas zu unternehmen, doch wir befürchten, daß sie beabsichtigen, ihr Vorhaben im Morgengrauen durchzuführen.«

»Ich könnte mich hineinschleichen und sie befreien«, bot Nada an. »Aber das würde nichts bringen, wenn das ganze Lager aufgeschreckt ist.«

»Da stimme ich dir zu. Deswegen denke ich, sollte ich sie lieber ablenken. Es ist eine schwache Chance, aber alles, was wir haben.«

»Sie ablenken?« fragte Electra.

»Mit einem Tanz.«

»Wie kann ein Tanz Kobolde ablenken?« hakte Electra nach. Aber Nada hatte eine Vorstellung davon, was gemeint war, und winkte ihr verstohlen ab.

»Während ich tanze, schleichst du schnell hinein und befreist sie«, sagte Godiva. »Vielleicht wirst du entkommen.«

»Aber was passiert dann mit dir?« fragte Nada.

»Oh, sie werden ohne Zweifel viel Spaß mit mir haben,

bevor sie mich töten. Aber wenn erst einmal das Fohlen in Sicherheit ist, kann ich vielleicht noch gerettet werden.«

Ihre Nüchternheit ließ Nada erschaudern. »Vielleicht sollten wir jetzt um Hilfe rufen.«

»Und mit Sicherheit die ganze Horde auf den Plan rufen! Nein, wir sollten es lieber auf meine Weise versuchen. Wenn ich es nicht schaffe, mußt du über den weiteren Verbleib des Fohlens in gutem Glauben mit meinen Gefolgsleuten verhandeln.«

Nada sah das ein. Sie fürchtete, daß ein Unheil auf sie alle zukam; es schien geradezu an ihnen zu kleben. Sie wandte sich an Electra. »Wenn ich es nicht schaffe, mußt du diejenige sein, die verhandelt. Behalte einen klaren Kopf und führe die Gruppe zum Übergang. Che wird dir folgen, wenn er dich sieht.«

Electra nickte mit zusammengepreßten Lippen.

Godiva wandte sich den drei Kobolden zu. »Sollte ich nicht wiederkommen, werdet ihr diese beiden unterstützen. Solltet ihr das Fohlen gewinnen, nehmt es mit nach Hause.«

Die drei nickten grimmig.

Das Morgengrauen brach an. Doch noch bevor Nada eindringen konnte, marschierte jemand, der offensichtlich der Anführer der Kobolde war, mit einer Gruppe von Gefolgsleuten in die Hütte. Ihr Befreiungsversuch kam zu spät!

»Wir müssen auf unsere Chance warten«, sagte Nada. »Vielleicht ist das noch nicht das Ende.«

Sie beobachteten, wie die beiden Gefangenen herausgeführt wurden. Die Kobolddame hatte recht: Das war die größte Elfe, die Nada je gesehen hatte. Keine von beiden war gefesselt, nur die Elfe schien geknebelt zu sein. Das war seltsam. »Beherrscht sie die Magie der Worte?« fragte Nada.

»Nicht daß ich wüßte«, antwortete Godiva.

Die Kobolde scharten sich um die Gefangenen, aber es war nicht klar, was sie taten. Dann griff Che nach der Elfe und riß ihr den Knebel heraus. Sofort holte der Anführer mit seiner Faust aus und schlug nach ihr, doch die Elfe duckte sich.

»Sie muß über Magie verfügen!« brachte Godiva hervor.

»Schau nur, viele der Männer stehen nur dumm herum, ohne ihrem Anführer zu helfen. Also dürfen wir auch nicht zuhören.« Während sie sprach, stopfte sie sich Haarsträhnen in die Ohren, um ihr eigenes Gehör abzudämpfen. »Ich werde sie mit meiner Erscheinung ablenken; dann wirst du hineingehen und sie herausholen.«

Nada nahm die Gestalt einer kleinen Schlange an und schlich sich zur Gruppe. Sie sah, wie Godiva auf die Lichtung des Lagers hinausschritt und tanzte, wobei ihr Haar um ihren Körper wirbelte. Das konnte sie hervorragend; das Haar glich einem lebendigen Umhang, der kurzfristig Bereiche ihres Körpers aufblitzen ließ, bevor sie wieder verdeckt wurden.

Ein Kobold erspähte Godiva. »Schaut euch das an!« schrie er mit starrem Blick.

Nada schaute nicht zu. Sie konzentrierte sich auf Che und das Elfenmädchen. Sie würde sich ganz dicht an sie heranschleichen, dann menschliche Gestalt annehmen und die beiden auffordern, loszulaufen. Danach würde sie die Gestalt einer Riesenschlange annehmen und jeden Kobold, der gefährlich aussah, beißen. Sie konnte dabei den Tod finden, genauso, wie es auch Godiva passieren konnte, aber zweifelsohne würden sie in der Zwischenzeit Che eine Chance zur Flucht geben.

Eine wachsende Anzahl von Kobolden stand wie erstarrt herum, doch nicht alle von ihnen schauten in Godivas Richtung. War es möglich, daß die Elfe irgendeine Art der gesprochenen Magie beherrschte? Wenn dem so war, dann würde dies Nadas Aufgabe um einiges erleichtern. Sie konzentrierte sich weiter auf die Gefangene und beobachtete nichts anderes, was sie von ihrer augenblicklichen Aufgabe ablenken konnte.

Der Anführer wollte noch immer die Elfe schlagen, doch sie wich ihm aus. Die Kobolde, die sie festhielten, schienen betäubt zu sein. Es mußte Magie sein, denn normalerweise bestand das oberste Interesse von Kobolden darin, andere zu verletzen.

Nada erreichte die Gruppe. Sie nahm die Gestalt einer

Frau an. »Che!« rief sie. »Renn zum Wald!« Dann wurde sie zu einer monströsen, riesigen, mit Giftzähnen bewehrten Schlange und richtete sich vor dem Anführer auf. Wenn sie ihn zuerst außer Gefecht setzte, würden die anderen möglicherweise führungslos umherirren.

Aber auch das Gesicht des Anführers war total verdutzt. Es gab keinen Anlaß, ihn zu beißen, solange er außer Gefecht war. Sie drehte sich um, nach den anderen zu sehen. Alle standen schlaff herum und hatten ein unkoboldisches Grinsen auf ihren häßlichen Gesichtern. Was ging hier vor?

Che und das Elfenmädchen rannten los, und es schien, als würde die Elfe dabei singen. Sie schloß das aus den Mundbewegungen des Mädchens, weil sie in ihrer Schlangenform einzelne Töne nicht sonderlich gut unterscheiden konnte. Nun, wenn es seinen Zweck erfüllte, um so besser für sie alle!

Che und die Elfe rannten zu der Stelle, wo Electra aus dem Wald trat und ihnen etwas zurief. Sie folgten ihr in den Wald hinein. Godiva hörte auf zu tanzen. Die Kobolde verharrten an ihren Plätzen. Nada schlängelte Chef hinterher, und nach einem Augenblick der Überraschung hüllte sich Godiva wieder in ihre Haare und folgte ihnen.

Dann erwachten die Kobolde wieder zum Leben, doch waren sie für einen Moment noch verwirrt. Es machte beinahe den Eindruck, als hätten sie die Gefangenen nicht fliehen sehen. Nada und Godiva eilten in den Wald und bildeten somit ihre Rückendeckung.

Die Gruppe bewegte sich weiter voran. Offensichtlich zeigte Electra ihnen den Weg. Che vertraute Electra, und die Elfe wiederum vertraute Che. So weit, so gut. Wenn sie nur lange genug ihren Vorsprung vor der Horde bewahren konnte, dann konnten sie auch die Kluft überqueren, den Baumstamm hinunterstürzen und sich in Sicherheit bringen. Danach könnten sie um Hilfe rufen.

Aber mittlerweile organisierten sich die Kobolde bereits. Godiva schaute sich um und hörte sie deutlich. Schon einen kurzen Moment später konnte auch Nada das anschwellende Gebrüll hören.

Auf ihrem Pfad kamen sie an einer engen Stelle vorbei, in die zwei große Bäume hineinragten. Nada schnellte zur Seite, schlängelte sich spiralförmig am Baum empor, während Godiva weiterlief.

Kurz darauf tauchte der erste Kobold auf. Nada streckte sich vom Baum herunter, zischte wütend und stieß ihn mit ihrem Kopf zurück. Der Kobold war nicht wirklich verletzt, reagierte aber erschrocken. Er schrie und taumelte zurück, als gerade der zweite eintraf. Die beiden stießen zusammen und stürzten den Pfad hinunter, gerade rechtzeitig, damit der nächste Kobold in sie hineinpoltern konnte.

Für einen Augenblick gab es ein ansehnliches Gerangel von Kobolden. Zufrieden nahm Nada die Gestalt einer schwarzen Rennschlange an und schoß den Pfad entlang, um zu den anderen aufzuschließen. Sie hatte ihnen ein wenig mehr Zeit verschafft.

Offensichtlich reichte diese aus, denn die Gruppe gelangte zum Baumübergang, bevor die Horde der Kobolde sie wieder einholen konnte. Godivas Gefolgsleute waren dabei, den Baumstamm aus seiner Verankerung zu hebeln, und er neigte sich bereits nach unten. Als sie Nada herankommen sahen, hielten sie inne. Aber der Baumstamm hatte schon zuviel Neigung, er begann zu rutschen. Schnell sprang sie hinauf und rannte gerade noch hinüber, bevor er abkippte.

Nada kam kurz vorm Rand zum Halten. Es war zu spät! Hinter ihr erscholl das Gröhlen der Horde.

Dann fand sie sich schwebend in der Luft wieder. Sie wandte sich heftig um, aus Furcht, daß sie die tiefe Kluft hinunterstürzen könnte. Da erblickte sie Godiva, die ihren Zauberstab führte. Die Koboldame brachte sie hinüber!

Sie schwebte über die Kluft und landete sanft. Dann nahm sie ihre natürliche Form an: ein menschlicher Kopf auf einem Schlangenkörper. »Vielen Dank«, sagte sie. »Ich hätte die Kluft auch umgehen können, aber das hätte Zeit gekostet.«

»Du hast mir geholfen, indem du die Verfolger aufgehalten hast«, sagte Godiva.

Jetzt liefen die Kobolde auf der gegenüberliegenden Seite der Kluft auf und ab. Gimpel, Idiot und Schwachkopf standen am Rand und schnitten Grimassen zu ihnen herrüber, während der Rest der Gruppe sich organisierte. »Vielleicht sollten wir uns lieber einander vorstellen«, schlug Nada vor. »Che, ich glaube, du kennst uns alle.«

»Sicher«, antwortete das Zentaurenfohlen. Er sah etwas mitgenommen aus, was nicht verwunderlich war, doch er bewahrte seine Fassung. »Das ist die Jenny Elfe aus der Welt der Zwei Monde. Dies ist die Prinzessin Nada Naga und das ist Electra. Ich vermute, daß du und Godiva bereits miteinander Bekanntschaft gemacht haben.«

Nada schaute Jenny an. »Stammst du nicht aus Xanth?«

»Nein«, erwiderte die Elfe. Sie hielt ihre vierfingrige Hand hoch.

»Sieh, meine Finger und meine Ohren unterscheiden sich von deinen. Aber, sage mir bitte, habt ihr Sammy gesehen?«

»Wen?«

»Ihren Kater«, sagte Che. »Er kann auf magische Weise Dinge finden.«

»Nein, wir haben keine Katze gesehen«, antwortete Naga.

»Hör zu, Che. Electra und ich kamen eigentlich, um dich zu befreien, aber wir haben erkannt, daß Godiva nicht die Absicht verfolgt, dir weh zu tun. Sie will dich zum Begleiter ihrer Tochter machen. Wir haben ein Abkommen geschlossen, um zusammenzuarbeiten und dich von der Horde zu befreien. Nun müssen wir regeln, wohin du jetzt kommst.«

»Aber ihr könnt Che doch nicht von seiner Mutter fernhalten!« protestierte Jenny. Sie war wirklich der Freund des Fohlens. Sie war so groß wie ein Kobold, was bedeutete, daß sie nur halb so groß war wie ein Mensch.

»Wir mußten einen Kompromiß schließen«, sagte Nada. »Die andere Möglichkeit hätte darin bestanden, dich der Horde zu überlassen.«

Che nickte. »Ich verstehe. Ich habe mich nach eurem Kompromiß zu richten.«

»Aber zunächst einmal sollten wir hier besser verschwinden«, sagte Godiva, »bevor die Horde die Kluft umrundet.«

Tatsächlich lief die Horde der Kobolde schon an der Seite der Schlucht entlang in Richtung des nächsten möglichen Übergangs. Das würde eine Weile dauern, aber nicht lange genug, um es vernachlässigen zu können.

»Dann sollten wir besser zur Schlucht aufbrechen«, schlug Nada vor. »Das ist die Richtung, die jede Gruppe einschlagen würde.«

»Ich bin mir nicht sicher, ob das so gut ist«, sagte Godiva. »Schau, einige von den Kobolden gehen denselben Weg. Dort muß es einen Übergang geben, den du übersehen hast.«

Nada sah, daß es stimmte. »Dann nach Norden«, korrigierte sie.

Sie bildeten eine Reihe und brachen durch den Urwald nach Norden auf. Sie waren alle erschöpft, doch es blieb ihnen keine Zeit zum Rasten. Nada glitt in ihrer großen Schlangengestalt voran, weil sie damit am besten für alle einen Weg bahnen konnte.

Plötzlich hörten sie vor sich ein Grollen. Nada wich erschrocken zurück. Es war ein riesiger feuerspeiender Drache, der schnurstracks auf sie hinabstieß!

8

DOLPHS DAUERREISE

Dolph, der inzwischen die Gestalt eines Nachtfalken angenommen hatte, flog durch die Nacht nach Westen zum Anden-Keks-Fluß. Unglücklicherweise hatte Metria ihm nicht gesagt, an welcher Stelle des Flußufers sich seine beiden Verlobten befanden. Daher war er etwas verunsichert.

Nun ja, alles, was er tun konnte, war, an der Quelle anzufangen, dort Fischgestalt anzunehmen und den Fluß hinunterzuschwimmen, bis er sie gefunden hatte. Irgendwo am Ufer mußte es einen Koboldstamm geben. Dann könnte er Drachen- oder Ogergestalt annehmen, die Kobolde zerfetzen und die beiden Mädchen retten. Diese Vorstellung hatte einen gewissen Reiz.

Mit seinen Nachtfalkenaugen konnte er alles klar erkennen, ganz egal, wie dunkel es war. Aber nicht nur, daß er nicht genau wußte, wo sich die Mädchen befanden, er wußte auch nicht, wo der Fluß sich befand – außer, daß er irgendwo westlich von ihm lag. Beinah wünschte er sich, die Dämonendame wäre bei ihm, denn dann könnte sie ihm die

Richtung zeigen. Aber sie würde ihn aus Gehässigkeit wahrscheinlich in die Irre führen.

Endlich konnte er den Fluß ausmachen. Wenigstens glaubte er, daß es der Fluß war. Er flog hinunter, glitt dicht über ihn hinweg und sah einen Haufen Ingwerkekse, die wütend nach ihm schnappten – man mußte sich vor Ingwerkeksbissen vorsehen. Aber sie waren die Garantie, daß es sich um den An-den-Keks-Fluß handelte, der normalerweise sowohl nach Norden als auch nach Westen floß.

Vielleicht konnte er einfach der Länge nach über ihn fliegen, bis er die Mädchen und die Kobolde erspäht hatte. Nein, das funktionierte nicht, denn der Urwald verdeckte einige Stellen und war so dicht, daß er den Boden nicht sehen konnte. Also wäre es wohl besser für ihn, zum Fisch zu werden – zu einem großen, angriffslustigen, mit scharfen Zähnen, den kein Allidil angreifen würde. Doch zunächst einmal mußte er die Quelle des Flusses finden, damit ihm nichts entging.

Er flog flußaufwärts, bis er einen großen ungestalten Morast erreichte. Er wußte, worum es sich handelte: das halbgare Moor, das noch nicht zu einem richtigen Sumpf herangereift war. Wenn es die Reife erlangt hatte, würden die Früchte, die entlang des Flusses wuchsen, anstelle der jugendlichen Kekse erwachsene Fruchtbrote mit Butter sein, und der Name des Flusses mußte geändert werden. Er hoffte, daß sie nie erwachsen würden!

Dolph setzte an der Stelle zur Landung an, wo die ersten Bäche aus dem Moor herausströmten. Das Moor gab nur ungern Wasser, aber der Fluß zwang es dazu, also wurde die Sache an dieser Stelle ausgekämpft. Dolph wußte, daß, wenn es regnete, das Moor manchmal nicht schnell genug war, um all das neue Wasser in sich aufzunehmen, dann gelang es dem Fluß, eine Menge davon abzusaugen. Manchmal wurde der Fluß so voll, daß er über seine Ufer trat. So waren noch nicht Ausgereifte eben: Sie kannten keine Zurückhaltung. Dolph bedauerte, daß er schon bald ein Erwachsener wäre.

Für einen Augenblick nahm er seine menschliche Gestalt

an, um die ihm am meisten vertrauten Sinne benutzen zu können, nur für den Fall, daß die Mädchen sich in der Nähe aufhielten. Es wäre furchtbar, sie zu verfehlen und die ganze Länge des Flusses hinunterzuschwimmen, während sie von den Kobolden gekocht wurden!

»He, schaut euch das an!« kreischte eine rauhe Stimme. »Ein nacktarschiger kleiner Dreikäsehoch!«

Dolph stutzte und fuhr herum. Aber es war nur eine Harpyie, einer dieser Vögel aus der Wildnis mit verdrecktem Körper und schmutzigem Mundwerk. »Verschwinde hier, bevor du das Wasser vergiftest«, sagte er.

»Ach so ist das, Stinkgesicht!« kreischte sie und flatterte näher heran. »Es juckt mich, dich zu verdreschen, Muttersöhnchen!«

»Dir juckt nur das Fell«, gab er zurück und stolperte, als er einen Stock aufheben wollte.

»Willst du mir drohen, Prinz?« schnappte sie wütend. »Ich ertränke dich in Rotze!«

Dolph schlug mit dem Stock nach ihr, aber sie flatterte aus dem Weg. »Plump! Plump!« höhnte sie harpyienhaft.

Doch dann wurde ihm plötzlich etwas bewußt. Sie hatte ihn Prinz genannt – aber er hatte sich nie zu erkennen gegeben, und mit Sicherheit verriet sein Kostüm nichts anderes außer der Tatsache, daß er männlichen Geschlechts war. Woher also konnte sie es wissen?

»Metria!« rief er aus.

Die Harpyie verwandelte sich in die Dämonendame. »Oh, Mist, es fing gerade an, mir Spaß zu machen«, beklagte sie sich.

Das war richtig! Sie hatte nicht ein einziges wirklich schmutziges Wort benutzt, weil sie wußte, daß er altersmäßig gesehen noch immer ein Jugendlicher war. Eine wirkliche Harpyie hätte dagegen einen Wust von Obszönitäten über ihn ergossen, um ihre außergewöhnliche Bildung zu demonstrieren. Genau das ärgerte ihn doppelt, worüber sie sich natürlich wiederum freute.

»Raus hier, du hohles Hemd!« schrie er und schwang den Stock. Selbstverständlich fuhr er ohne jeden Widerstand durch ihren Torso hindurch. Trotzdem verschwand sie pflichtschuldig. Was war der Grund für ihr Bleiben, nachdem er doch ihre Identität aufgedeckt hatte? Er war für sie nicht besonders unterhaltsam, wie sie selber zugegeben hatte, es sei denn, sie konnte ihn auf dämonische Art zum Narren halten.

Dolph wandte sich wieder dem Fluß zu. Welche Fischgestalt sollte er hier annehmen, wo der Fluß noch so klein war? Er machte sich Sorgen, daß eine Elritze von einem unsichtbaren Raubfisch gefressen werden konnte. Selbstverständlich würde er sofort eine größere Gestalt annehmen und den Räuber seinerseits verschlingen, aber es war noch immer ein Unsicherheitsfaktor. Vielleicht könnte er zu einer kleinen Wasserschlange werden, die dann zusammen mit dem Fluß größer wurde.

»Miau.«

Dolph schaute sich um. Es war ein Kater – ein orangefarbener, flauschiger Ball, der auf dem Boden lag. Was machte der hier? In Xanth gab es keine gewöhnlichen Katzen, nur verrückte Varianten davon. Aber Dolph konnte trotzdem die Art erkennen, denn er hatte Bilder von den irdischen Rassen gesehen.

Oh! – die Dämonendame trieb wohl noch immer ihren Spaß und versuchte herauszufinden, ob er sich zum Narren halten ließ. »Schluß mit den Spielchen, Metria«, schimpfte er. »Diese Befriedigung gönne ich dir nicht.«

Der Kater blickte ihn einfach nur an und verharrte bewegungslos. Er wußte, daß es die Dämonendame war, aber irgendwie hegte er doch noch einen ganz kleinen Rest von Zweifel. Also beteiligte er sich an dem Bluff, indem er die Gestalt eines anderen Katers annahm, und zwar eines großen schwarzen.

»Sag irgend etwas in der Katzensprache«, miaute er und erwartete, daß die andere nicht dazu fähig war. Dolph war ein Magier und konnte jede Sprache der Gestalten, die er annahm, sowohl sprechen als auch verstehen. Sie aber war eine Dämonin, die die Gestalten bloß imitierte.

»Irgend etwas«, miaute der Kater deutlich in Katzensprache und schlug nach seinem Katzenschwanz. Das überraschte Dolph zunächst. Aber dann fiel ihm ein, daß Metria ein paar Ausdrücke aus der Katzensprache gelernt haben könnte, um ihn irrezuführen. Vielleicht hatte sie auch bloß eines seiner Worte nachgeahmt. Nun ja, dann würde er den Kater eben dazu bringen, etwas anderes zu sagen.

»Wie heißt du?«

»Sammy.«

Dolph war beeindruckt. Aber es war eine einfache Frage gewesen und daher könnte es trotzdem die Dämonendame sein, die ihn bluffen wollte. »Wo kommst du her?«

»Von zu Hause.«

»Du hast wohl nicht viel für ein Gespräch übrig!«

Sammy zuckte nur mit den Schultern und bewegte sich kaum.

»Warum bist du hier?«

»Hilfe.«

»Du bist hier, um mir zu helfen?«

»Nein.«

»Du willst meine Hilfe?«

»Ja.«

Es schien so zu sein, daß das lakonische Tier es ablehnte, mehr als nur das Minimum von Energie auf irgendeine Sache zu verschwenden. Das war nicht Metrias Art. Dolph war allmählich überzeugt, daß Sammy echt war. Aber das gab ihm nur ein weiteres Rätsel auf.

»Nun ja, ich bin gerade damit beschäftigt, jemand anderem zu helfen, also wird dein Problem warten müssen.«

Der Kater zeigte ein wenig Engagement. »Aber Jenny braucht Hilfe!«

»Wer ist Jenny?«

»Meine persönliche Freundin.«

Jetzt erinnerte sich Dolph an etwas anderes, das Metria erzählt hatte: Eine ausländische Elfe und ein ausländischer Kater waren durch das Loch in Xanth gekommen. Und die Elfe versuchte, Che zu helfen. »Ist Jenny eine Elfe?«

»Sie haben sie so genannt«, meinte Sammy ein wenig zurückhaltend. »Aber sie ist eine wirkliche Person.«

Doch es war Metria, die ihm das erzählt hatte, diese Geschichte war also kein Beweis. Trotzdem, sein Glaube besiegte seine Zweifel.

»Und ihr beide seid durch das Loch gekommen?«

»Darauf habe ich nicht geachtet.«

»Warum seid ihr hindurch gekommen?«

»Wegen einer Feder.«

Davon hatte ihm Metria nichts erzählt. Er war sich immer noch nicht sicher. »Was für eine Feder?«

»Eine große.«

Dolph widerstand seinem Drang, wütend zu werden, denn er dachte, die Dämonendame wollte nur, daß er den Kopf verlor. »Woher wußtest du, wo sie war?«

»Ich wußte es einfach.«

»War es nicht schwierig, eine große Feder zu finden?«

»Nein.«

Metria stellte ihn noch immer auf die Probe! »Woher wußtest du, wo du mich finden kannst?« Das müßte sie zu einer leichtfertigen Entgegnung verleiten.

»Ich wußte es einfach.«

Hatte es noch einen Sinn oder verschwendete er bloß seine Zeit – genau wie es die Dämonendame ja beabsichtigte? »Weißt du, wer ich bin?«

»Nein.«

»Warum hast du mich dann gesucht?«

»Habe ich nicht.«

»Aber du hast doch gesagt, daß du gekommen bist, damit ich dir helfe.«

»Ja.«

»Wie kannst du das tun, wenn du nicht einmal weißt, wer ich bin?«

»Jenny hat mir gesagt, ich soll Hilfe finden, und ich habe sie gefunden.«

»Du weißt zwar nicht, was du gefunden hast, aber daß es Hilfe bedeutet?«

»Ja.«

Dolph war verzweifelt. Immer, wenn er dachte, er hätte etwas herausbekommen, war es wieder eine Sackgasse. Er vermutete, daß es das Beste wäre, den Kater einfach zurückzulassen und den Fluß hinunterzuschwimmen. Aber wenn der Kater nun doch kein Betrüger war?

Metria erschien. »Ich kann mir dieses Gestottere nicht länger anhören!« erklärte sie. »Entweder ich helfe dir voranzukommen, oder wir verbringen noch die ganze Nacht hier.«

»Aber ich bin mir nicht sicher, ob er du ist«, protestierte Dolph und formte sein Katzenmaul gerade genug zu einem Menschenmund, um menschliche Worte aussprechen zu können.

Sie starrte ihn an. »Willst du mich etwa veralbern, damit ich glaube, du seist noch blöder als du scheinst?«

Dolph blickte zwischen ihr und der Katze hin und her. Wie konnte sie der Kater sein, wenn sie zugleich doch auch ihre eigene Gestalt besaß? »Wie würdest du denn vorgehen?«

»Ich würde ihn danach fragen, wie er Dinge findet.«

Dolph blickte Sammy an, aber der Kater lag einfach bewegungslos da.

»Dussel!« keifte Metria. »*Frag* ihn!«

»Aber er hat dich gehört.«

»Ich habe nicht in Katzensprache geredet. Das kann ich gar nicht. Du mußt übersetzen.«

»Oh! Sammy, wie kannst du Dinge finden?«

»Ich tue es einfach.«

»Er tut es einfach«, sagte Dolph zu der Dämonendame.

»Wie tut er es einfach?« fragte sie.

»Sammy, wie tust du es einfach?«

»Wenn ich interessiert bin.«

»Wenn er interessiert ist.«

Metria sah aus, als würde sie eine gewaltige Wut unterdrücken. Das ließ Dolph frohlocken. »Wie sonst?«

»Wie sonst, Sammy?«

»Wenn mir jemand sagt, daß ich es tun soll, dann tue ich es auch.«

»Wenn es ihm jemand sagt«, stellte Dolph fest.

»Dann sag ihm, daß er Nada Naga finden soll!«

»Sammy, geh und finde Nada Naga.«

Plötzlich geriet der Kater in Bewegung. »Ihm nach!« rief Metria und entschwand in dieselbe Richtung.

Dolph begann zu laufen, aber er rutschte im Morast aus und fiel mit einem lauten Platsch hin.

»Du bist mir vielleicht eine durchgedrehte Kupplung!« meinte Metria.

»Eine was?« fragte Dolph und richtete sich mühsam auf.

»Haltung, Übersetzung, Verbindung, Verknüpfung ...« rief Metria.

»Eine Verflechtung?« fragte er.

»Nein! Motor, Lenkrad, Handbremse, begrenzter Ausrutscher ...«

Dolph dachte an ein Wort, das die Mundanier manchmal benutzten. »Ein schleifendes Getriebe?«

»Ja! Du bist mir vielleicht ein schleifendes Getriebe!« Sie hielt inne. »Nein, da bin ich mir nicht sicher.«

»Du meinst, du beleidigst mich nicht?«

»GEH JETZT ENDLICH LOS, DOOLF!«

Oh, endlich kapierte er. Dolph nahm die Gestalt eines roten Jeeps an und glitt mit Höchstgeschwindigkeit hinter dem entschwindenden Kater her. Er wußte, daß die Dämonendame ärgerlich war, weil sie seinen Namen nicht richtig verstanden hatte. Das war wenigstens eine kleine Genugtuung.

Es stellte sich heraus, daß sie ganz schön laufen mußten. Sammy, der augenscheinlich müde war, verlangsamte bald seinen Schritt, verlor aber sein Ziel nicht aus den Augen. Und Dolph war froh darüber. Das war sicherlich ein besserer Weg, um Nada zu finden, als den Fluß hinunterzuschwimmen, besonders da sie sich jetzt in die genau entgegengesetzte Richtung bewegten. Der Kater hatte bestimmt eine sehr schwierige Reise hinter sich gebracht, um Dolph zu finden, und war jetzt schon wieder unterwegs.

Sammys Fähigkeit war hoch interessant. Dolph hatte noch nicht von vielen Tieren gehört, die magische Fähigkeiten besaßen. Auch das zeigte nur, daß beinahe alles möglich war.

Doch diese Geschichte von der ausländischen Elfe, die

nach Xanth gekommen war – das war etwas, was er noch nie zuvor gehört hatte. Was konnte sie hier wollen?

Und noch etwas machte ihm Sorgen. Sie schienen sich genau auf das Gebiet der Kobolde der Goldenen Horde zuzubewegen. Dolph hatte schon vorher mit Häuptling Grotesk und seinen üblen Gefolgsleuten Bekanntschaft gemacht. Wenn die die Mädchen gefangen hielten ...

Er wischte diesen Gedanken beiseite und ließ ihn einfach hinter sich zurück. Glücklicherweise schienen seine Gedanken noch müder zu sein als er selbst, und so vermochten sie seinen Körper nicht mehr einzuholen.

Dolph war ebenso müde, wie der Kater beim Einsetzen der Morgendämmerung ausgesehen hatte, was sich bei ihm in der Gestalt eines Jeeps mit heißgelaufenem Motor bemerkbar machte. Sie waren fast die ganze Nacht unterwegs gewesen. Inzwischen mußten sie sich Nada aber schon deutlich genähert haben; und mit etwas Glück waren Electra und Che auch bei ihr, so daß Dolph sie alle auf einmal retten konnte – falls die Richtung des Katers stimmte. Es mußte einfach so sein!

Vor sich hörten sie ein paar Geräusche: das dumpfe Knurren ärgerlicher Kobolde und etwas näher ein Bersten, so als ob sich viele Kobolde einen Weg durch das Gestrüpp bahnten. Nada mußte der Horde davongelaufen sein!

Dolph nahm die Gestalt eines feuerspeienden Drachen an und sammelte seine letzten Kräfte. Er sprang vor den Kater, um die Jagdgesellschaft in Empfang zu nehmen.

Was vor ihm auftauchte, war eine riesige Schlange. Hinter ihr rannten mehrere Kobolde! Das übertraf seine schlimmsten Befürchtungen! Aber wenn Nada in Gefahr war ...

Er holte Atem und war bereit, den Kopf der Schlange von ihrem Körper zu brennen.

»Dolph!« kreischte Metria. »Das ist Nada!«

Verwirrt schluckte Dolph seinen Feueratem wieder hinunter und nahm die Gestalt einer Schlange an, passend zur Gattung der anderen. Er spürte den aufsteigenden Rauch, der zwischen seinen Zähnen entwich, denn nur er hatte die Gestalt gewechselt, der Rauch war geblieben. Er hustete.

Nada erschien jetzt in ihrer natürlichen Gestalt: eine Schlange mit einem menschlichen Kopf. »Dolph!« rief sie erleichtert aus.

Er verwandelte sich noch einmal, diesmal in seine menschliche Gestalt. »Nada! Ich hätte beinahe ...«

Sie wurde vollständig menschlich. »Ich weiß!« Sie umarmten sich.

Irgendwo im Hintergrund hörte er leise Stimmen: »Sammy! Du hast Hilfe gefunden!«

»Miau.« Dolph hatte keine Katzengestalt mehr und konnte daher die Katzensprache nicht verstehen, aber der Sinn war nicht schwer zu erraten. Sammy würde niemals zwei Worte benutzen, wenn ein einziges genügte.

Dann fielen Dolph mehrere Dinge auf. Das erste war, daß sie beide nichts anhatten, weil ihre Kleider nicht mit verwandelt worden waren. Das zweite war, daß Nada das üppigste Armvoll Frau war, das er sich vorstellen konnte, besonders so, wie sie jetzt war. Er hatte noch niemals vorher die Möglichkeit gehabt, sie so zu umarmen, was mit den verrückten Ansichten seiner Mutter über Schicklichkeit zu tun hatte. Und drittens fiel ihm auf, daß sie nicht allein waren.

Er blickte sich um und sah neun Augenpaare, die ihn anstarrten. Sie gehörten vier Kobolden, einer Verlobten, einem Zentaurenfohlen, einer Elfe, einer Dämonendame und einem Kater. Die Augen des Katers störten ihn nicht, denn er wußte, daß es Sammy egal war. Also blieben noch – nun ja, er war nicht sicher, wie viele Augen, denn Rechnen war nicht seine Stärke, aber er wußte, es waren ungefähr acht Paare zuviel.

»Oh, laß uns Nagagestalt annehmen«, murmelte er ihr ins Ohr.

Nada schaute in die Runde. Ihre entzückenden Lippen öffneten sich. Sie wurde zur Naga. Er tat dasselbe, so daß sie umeinandergeschlungen waren, aber einen verhältnismäßig gesitteten Eindruck machten.

»He, was ist hier los?« fragte er noch immer etwas verwirrt, und zwar nicht nur wegen der Fremden, die er erblickte.

»Die Erwachsenenverschwörung verbietet mir eine Antwort darauf«, erwiderte Metria. »Wenn sie ihr Höschen angehabt hätte, hätten wir dich einschließen und den Schlüssel verschlucken müssen.«

Nada wandte den Kopf, um die Dämonin anzuschauen. »Und wer ist sie?«

»Ach, das ist Metria«, stammelte Dolph. »Die Dämonendame Metria. Sie ...«

»Ich verstehe.« In diesem Augenblick hatte die Dämonendame eine Gestalt angenommen, die noch üppiger war als Nadas. So etwas war nur einem übernatürlichen Wesen möglich. Sie konnte es aber sicherlich nicht lange aufrechterhalten.

»Sie ist gerade erst aufgetaucht!« protestierte er. »Sie sagte, sie braucht ...«

»Ich kann es mir vorstellen.«

»Komm schon, Nada«, meinte Electra. »Du weißt, daß er nur dich liebt.«

Nada kam wieder zu sich. »Du meinst, ich werde eifersüchtig? Wehe mir!« Dann fing sie an zu lachen.

Dolph vermutete, daß sie ihn necken wollte, aber er war sich nicht sicher. Ebensowenig wußte er, was er von Electras Bemerkung halten sollte, denn natürlich war Electra diejenige, die ihn liebte. Also wechselte er das Thema, so schnell seine Zunge es möglich machte. »Ich meine, wer sind diese Kobolde?«

Einer von ihnen trat vor. »Ich bin Godiva und das hier sind meine Begleiter: Gimpel, Idiot und Schwachkopf. Wir haben das Zentaurenfohlen entführt, aber auch dabei geholfen, es vor der Horde zu retten.«

»Nun ja, ich bin gekommen, um Che zu retten«, sagte Dolph. »Und ich weiß, daß Nada und Electra das gleiche vorhatten. Also könnt ihr jetzt gehen, weil wir ihn zurück zu seiner Mutter bringen.«

»Du hast da etwas durcheinandergebracht«, meinte Electra. »Wir haben eine Vereinbarung mit Godiva. Die Goldene Horde ist hinter uns allen her.«

»Eine Vereinbarung?« fragte er verwirrt.

»Einen Handel, eine Abmachung, einen Pakt, einen Vertrag«, leierte Metria herunter.

»Das weiß ich! Ich will nur wissen, auf wessen Seite diese Kobolde eigentlich sind.«

»Inzwischen auf unserer«, erwiderte Nada. »Wir können Che nicht einfach mit nach Hause nehmen, denn vorher müssen wir uns erst mit Godiva einigen. Aber vor allem sollten wir erst einmal der Horde entkommen.«

»Ich kann mich in einen Rokh verwandeln und euch alle forttragen«, schlug Dolph vor, »außer den Kobolden, denn vier Personen mehr sind zuviel. Wie lautet eure Vereinbarung?«

»Daß wir zusammenarbeiten, um Che und die Elfe vor der Goldenen Horde zu schützen und dann entscheiden, wer Che mitnehmen kann.«

»Und was ist mit Jenny?« fragte Dolph. »Wer nimmt die mit?«

»Woher kennst du meinen Namen?« wollte das Elfenmädchen überrascht wissen.

»Das hat mir Sammy gesagt.«

»Aber Sammy kann doch gar nicht sprechen!«

»Er kann die *menschliche* Sprache nicht«, erklärte ihr Dolph. »Ich habe mit ihm in Katzensprache gesprochen.«

»Das stimmt«, sagte Electra zu Jenny. »Er kann alle Sprachen derjenigen Tiere sprechen, in die er sich verwandelt. Aber es ist eine gute Frage: Wenn wir entschieden haben, wohin Che geht, was wird dann aus dir? Gehst du dorthin zurück, wo du hergekommen bist?«

Che wandte sich an die Elfe. »Oh, bitte tu das noch nicht, Jenny!« protestierte er. »Du bist mir so eine gute Freundin gewesen, und ich möchte dich nicht so schnell verlieren.«

»Sie kann nicht mehr nach Hause zurück«, sagte Metria. »Wir haben den Durchgang blockiert.«

»Den Durchgang?« fragte Electra.

»Den Durchgang nach Xanth, durch den sie gekommen ist«, erklärte Dolph. »Das hatte ich ganz vergessen. Weil Ungeheuer hindurchgekommen sind, haben Metria und ich ihn blockiert. Jenny kann nicht mehr zurück, weil wir ihn verschlossen haben. Also schätze ich, daß sie noch ein Weilchen bei uns bleiben muß.«

Jenny umarmte Che. »Ich möchte sowieso noch nicht fortgehen«, sagte sie.

»Wir können hier nicht herumstehen und plaudern«, meinte Godiva. »Die Horde wird uns sonst erwischen.«

»Laßt uns das schnell entscheiden«, schlug Nada vor. »Wir losen aus, wohin Che geht, und wenn wir gewinnen, dann helft ihr Kobolde uns, ihn zu seiner Mutter zurückzubringen; falls ihr gewinnt, helfen wir euch, ihn zum Koboldberg zu führen.«

»Jetzt wartet mal!« widersprach Dolph. »Wir können ihn doch nicht den Kobolden überlassen!«

»Wir haben eine Vereinbarung«, erinnerte Electra. »Es paßt uns vielleicht nicht, aber Godiva hat geholfen, ihn zu retten, indem sie die Horde irreführte.«

»Ja, das hat sie getan«, stimmte Che zu. »Ich habe sie tanzen sehen. Nachdem alle ganz verwirrt waren, wurden sie von Jennys Magie erfaßt, und wir konnten fliehen. Ich werde mit dem gehen, der gewinnt. Es ist nur fair.«

»Aber diese Kobolde haben dich doch entführt!« gab Dolph zu bedenken.

»Stimmt. Aber sie haben mir nichts getan.«

»Über die Einzelheiten können wir später sprechen«, meinte Nada. »Jetzt brauchen wir eine schnelle und gerechte Methode, zu einer Entscheidung zu kommen. Was sollen wir tun? Etwa Zahlen raten?«

»Aber jeder von uns steht entweder auf der einen oder auf der anderen Seite«, betonte Electra. »Da könnte einer schummeln.«

»Ich kenne ein Koboldspiel«, sagte Godiva. »Ich denke, das ist geeignet, da es eindeutig den Gewinner feststellen läßt.«

Dolph wurde klar, daß sie gezwungen waren, diese Sache zu Ende zu bringen, bevor sie vor der herannahenden Horde fliehen konnten. »Welches Spiel?«

»Es nennt sich Godo«, erklärte Godiva. »Wir machen eine kleine Schlinge aus einer Schnur, ungefähr so.« Sie zog irgendwo aus ihrem langen Haar eine Schnur hervor und knotete sie flink zu einer Schlinge. »Dann vergräbt eine Person sie im Sand, und die anderen versuchen, Stöckchen hindurchzustecken. Der erste, der trifft, hat gewonnen.«

Dolph sah die anderen an. »Ob das wohl fair ist?«

»Ich glaube schon«, meinte Nada. »Aber derjenige, der sie vergräbt, sollte nicht mitspielen. Tatsächlich sollte der, der sie vergräbt, nicht einmal anwesend sein, weil er den Spielern ein Zeichen geben könnte.«

»Ich werde sie vergraben«, schlug Metria vor. »Weil es mir egal ist, wer gewinnt. Ich lasse mich nur gern von der ganzen Sache amüsieren.«

»Sie hat recht«, stimmte Dolph zu. »Sie ist an keinem von uns besonders interessiert. Also, wer wird spielen?«

»Ich«, sagte Godiva.

»Und ich«, meinte Electra.

»Gib mir die Schlinge«, forderte Metria.

Godiva reichte ihr die Schlinge. Die Dämonin nahm sie und verwandte sich in eine kleine, dunkle Wolke. Es gab einen Staubwirbel. Dann erschien sie wieder. »Es ist getan. Wählt.« Sie hielt Godiva und Electra ein paar kleine Stöckchen hin.

An einer Stelle gab es im Sand einen glatten Flecken; irendwo darunter war die Schlinge verborgen. »Wartet!« rief Dolph. »Woher wissen wir denn, ob jemand hindurchgestochen hat? Vielleicht gewinnt eine und weiß es nicht einmal!«

»Sie zieht einfach das Stöckchen heraus und die Schlinge hängt dran«, erklärte Godiva und machte eine Bewegung, als würde sie etwas drehen und herausziehen.

»Ich möchte etwas mehr Sicherheit in dieser Sache«, sagte Dolph. »Ich meine, die Schlinge könnte ja abrutschen oder so etwas ähnliches.«

»Sammy kann das herausfinden«, meinte Jenny.

Dolph blickte die Katze an. »Wie?«

»Ich sage ihm, er soll den Stock mit der Schlinge drumherum finden. Er wird sich nicht bewegen, bis er ihn finden kann.«

Das Gebrüll der herannahenden Horde wurde lauter. Sie

hatten keine Zeit zu verlieren. »Dann ist das wohl in Ordnung, denke ich«, meinte Dolph.

»Wer versucht es zuerst?« fragte Nada.

»Sie zuerst«, meinte Godiva, »weil ich das Spiel vorgeschlagen habe.«

Dolph war beeindruckt. Nicht nur, daß die Koboldame ein bemerkenswert anmutiges Beispiel ihrer Rasse war – er wünschte, er könnte mehr von ihr sehen, aber es gelang ihrem Haar irgendwie jedesmal, alle interessanten Stellen zu verdecken und sie geheimnisvoll zu verschleiern – sie schien auch empfindsam und gerecht zu sein.

Electra nahm ihr Stöckchen, starrte den Sand gebannt an und steckte es dann hinein. Sie blickte hinüber zum Kater, aber Sammy schien zu schlafen. Soviel zu diesem Aspekt! Electra drehte ihr Stöckchen herum und hob das Ende hoch, aber es war keine Schlinge daran. Auf diese Art und Weise hätte sie die Schlinge höchstwahrscheinlich nur dann hochgehoben, wenn sie sie wirklich aufgespießt hätte.

Godiva steckte ihren Stock an einer anderen Stelle hinein und holte ihn ebenso leer wieder heraus.

Electra versuchte es noch einmal und verfehlte wieder die Schlinge. Genauso war es bei der Koboldfrau. Der glatte Flecken im Sand wurde durch die vergeblichen Versuche zwar aufgewühlt, aber das machte nicht notwendigerweise die folgenden Anstrengungen leichter, konnte Dolph feststellen. Die Schlinge könnte direkt neben der Spur eines vergeblichen Versuchs liegen, verborgen unter dem aufgewühlten Sand.

Während das Spiel fortgesetzt wurde und das Getöse der herannahenden Horde anschwoll, hatte Dolph einen verwerflichen Gedanken: Angenommen, Metria trieb einfach nur ihre Späße mit ihnen? Angenommen, sie hatte die Schlinge irgendwoanders versteckt, so daß sie sie niemals finden würden, egal, wie lange sie herumstocherten – bis sie, aufgehalten durch das Spiel, von der Horde geschnappt werden würden? Was für ein Spaß!

Aber die Dämonin wußte, daß nur Dolph die Horde aufhalten konnte. Er hatte es schon einmal getan, indem er die

Gestalt des Spaltendrachens angenommen hatte. Er könnte auch zu einer riesigen Sphinx werden und damit drohen, sie zu zertreten, oder ein unsichtbarer Riese, dessen bloßer Geruch sie schon in die Flucht schlagen würde, oder er könnte die Gestalt eines Salamanders annehmen, dessen Feuer sie versengte. Also war die Horde nicht länger eine wirkliche Bedrohung. Und daher gab es für Metria keinen Grund, so etwas zu tun. Sie würde sich besser amüsieren, den beiden Parteien dabei zuzusehen, wie sie ihren Interessenkonflikt auf zivilisierte Weise zu lösen versuchten. Dämonen verstanden die Zivilisation nicht, da sie selbst keine hatten. Sie hätte genausoviel Spaß, wenn Godiva gewann, denn dann müßte er helfen, Che zum Koboldberg zu bringen. Das würde ihm gar nicht gefallen, und das wußte sie auch genau. Wie faszinierend fand sie dann wohl seine Gewissensbisse?

Könnte sie also irgendwie herumgetrickst haben, damit Godiva gewann? Dolph wußte nicht, wie. Also mußte er davon ausgehen, daß das Spiel fair verlief, und weiterhin das Beste hoffen.

Electra hatte etwas aufgespießt. Sie kreischte in mädchenhafter Aufregung – das war sehr niedlich von ihr, registrierte er ein wenig überrascht – und zog ihren Stock heraus. Es hing etwas daran. Aber es war nur eine Wurzel.

Das Spiel ging weiter. Dann steckte Godiva ihren Stock hinein – und Sammy der Kater sprang auf. Es geschah so plötzlich, daß alle ganz erschrocken waren. Er landete auf dem Stock und schlug ihn Godiva aus der Hand. Das Ende schnellte empor – und an ihm hing die Schlinge.

»Seht ihr?« meinte Jenny Elf. »Er *sah nur* so aus, als würde er schlafen. Er bewegt sich nicht, wenn er nicht unbedingt muß. Sammy hat den Stock mit der Schlinge gefunden!«

So war es tatsächlich. Und Godiva hatte das Spiel gewonnen. Sie konnten den anderen Suchtrupps nicht einmal ein Zeichen geben, denn das würde die sichere Überbringung Ches zum Koboldheim gefährden.

»Also gut«, sagte Dolph ernst. »So war es vereinbart. Wir helfen euch, zum Koboldberg zu gelangen. Aber das war nur die Vereinbarung, die Nada und Electra mit euch getroffen haben. Ches Mutter hat es nicht getan, und sie wird kommen, um ihr Fohlen zu retten, egal, was passiert.«

»Dagegen können wir nichts tun«, erwiderte die Kobolddame. »Ich werde mir Gedanken darüber machen, wenn wir zum Berg aufgebrochen sind. Im Augenblick muß ich die beste Reiseroute herausfinden.«

»Nach Norden«, sagte Metria.

Godiva starrte sie an. »Was kümmerst du dich darum, Dämonendame? Warum hilfst du uns überhaupt?«

»Sie findet es unterhaltsam«, meinte Dolph. »Soweit hat sie uns die Wahrheit gesagt.«

»Warum sollen wir nach Norden gehen, wenn der Koboldberg doch im Osten liegt?«

»Weil die Kobolde der Goldenen Horde aus dem Osten und dem Westen kommen, und im Süden gibt es noch mehr von ihnen.«

Tatsächlich war der Lärm inzwischen fast ohrenbetäubend geworden.

»Also nach Norden«, stimmte Godiva kurz entschlossen zu. »Aber wir sind die ganze Nacht wach und auf den Beinen gewesen. Wir können nicht viel Zeit herausschlagen.«

»Ich könnte einige von euch tragen«, schlug Dolph vor, »wenn ich die Gestalt des Rokhs angenommen habe und eine Lichtung zum Abheben finde. In diesem Dschungel kann ich nicht losfliegen.«

»Verwandle dich in eine Sphinx, und wir werden auf deinem Rücken reiten«, sagte Nada.

Alles, worum sie ihn bat, machte sofort einen Sinn. Es gab sowohl geflügelte als auch ungeflügelte Sphinxen, genau wie bei den Drachen, aber die flügellosen waren viel größer. Er verwandelte sich in eine riesige Landsphinx und legte sich langsam hin, damit sie auf seinen Rücken klettern konnten. Trotzdem war es noch eine schwierige Kletterei. Schließlich nahm Nada ihre größte Schlangengestalt an, die noch immer viel kleiner als die Sphinx war, und legte sich so hin, daß sie eine Reihe von Stufen bildete, auf denen die anderen hinaufklettern konnten, bis sie seinen Rücken erreicht hatten.

Che und Jenny gingen zuerst, wobei sie Sammy trugen, und Godiva und ihre Begleiter folgten ihnen. Alle standen ungefähr auf der gleichen Höhe, ein Zentaur, eine Elfe und die Kobolde. Dann hielt Electra Nadas Kopf fest, während Nada in ihren Händen zu einer kleinen Schlange wurde. Alle waren an Bord. Gerade rechtzeitig, denn die ersten Mitglieder der Koboldhorde wurden schon lärmend und schreiend sichtbar.

Dolph konnte sich nicht verwandeln, weil er neun Leute trug, Sammy einmal mit eingerechnet. Die wollte er nicht einfach runterfallen lassen. Aber es war auch nicht einfach, sich plötzlich aufzurichten, ohne daß sie von seinem Rücken herunterrutschten. Also arbeitete er sich langsam hoch und hoffte dabei, daß nicht zu viele Kobolde zu schnell herankommen würden.

Der erste Kobold versuchte, an Dolphs Schenkel hinaufzuklettern. »Sie sind hier!« schrie er. »Sie reiten eine Stinks!«

»Das heißt *Sphinx*!« grummelte Dolph ärgerlich.

»Du hast mich schon verstanden, Dickarsch!« meinte der Kobold und hielt sich die Nase zu. Dann flog der Kobold durch die Luft, wobei er wild mit Armen und Beinen ruderte. Was war geschehen?

»Godiva hat ihren Zauberstab benutzt«, erklärte Electra, die offensichtlich seine Verwirrung bemerkt hatte. »Sie kann die Leute herumfliegen lassen.«

Ein Zauberstab. Das war interessant. Wie kam eine Koboldin dazu, so etwas zu besitzen?

Ein weiterer Kobold kam heran. Noch im selben Augenblick flog auch er durch die Gegend, was ihm offensichtlich nicht besonders viel Spaß machte. Godiva hatte mit ihrer eigenen Rasse kein Erbarmen! Aber wenn sie immer nur einen aufhalten konnte, würde der Zauberstab gegen den Hauptteil der ganzen Horde nicht viel nützen. Das wäre eine Erklärung, wie Che beim letzten Mal von der Horde gefangengenommen werden konnte.

Dolph war es schließlich gelungen, auf die Füße zu kommen. Jetzt konnte er selbst etwas gegen die Kobolde unternehmen. Aber er wollte sie nicht zertrampeln. Sie würden unter seinen Füßen zerquetscht werden und die ganze Gegend besudeln. Also drängte er einfach nach vorn, drückte die Bäume beiseite und ließ die Kobolde hinter sich zurück.

Die Horde gab nicht auf. Die Kobolde folgten ihnen, und immer mehr tauchten rechts und links aus dem Dschungel auf. Dolph konnte sehen, wie sie sich duckten, wenn er den Kopf wandte. Aber alles, was sie hatten, waren Stöcke und Steine, und es waren nicht genug, um ihm damit die Knochen zu brechen. Also bewegte er sich langsam vorwärts, und trotz der Kobolde war es ein schnelles Vorankommen.

»Jetzt können wir schlafen«, meinte Electra. »Was für eine Erleichterung!«

»Was für eine Erleichterung!« wiederholte Godiva.

Bald darauf verfielen sie alle in Schweigen. Sie schliefen. Dolph war ebenfalls die ganze Nacht wach gewesen, aber er konnte jetzt noch nicht schlafen. Nun gut, vielleicht würde er später an die Reihe kommen.

»Ziemlich stumpfsinnig, nicht wahr?«

Es war Metria. Zum ersten Mal freute er sich über ihre Gesellschaft. Sie würde ihn wach halten. Aber das durfte sie nicht wissen. »Bist du noch immer da?« fragte er mit vorgetäuschtem Ärger. »Es ist jetzt alles entschieden, also könntest du dich genausogut davonmachen.«

»Nichts wurde entschieden«, widersprach sie. »Wenn du erst einmal das opferbereite Fohlen bei den Kobolden abgeliefert hast, fängt der Spaß erst richtig an. Warte nur ab, bis die Flügelungeheuer eintreffen!«

»Welche Flügelungeheuer?« fragte er und blickte nervös in die Runde. Ein Flugdrachen könnte im Gleitflug lautlos herankommen und seine Reiter rösten. Das wäre ein Problem.

»Diejenigen, die Cheiron Zentaur zur Rettung seines Fohlens ausgesendet hat. Du mußt wissen, daß sie nicht lange fackeln.«

»Daß sie nicht was?«

»Herumreden, zögern, um den heißen Brei herumschleichen, auf Samtpfötchen ...«

»Katzenpfötchen?«

»Egal. Sie werden den Koboldberg jedenfalls Tunnel für Tunnel demolieren. Das ist eine Vorstellung, die ich um nichts in der Welt versäumen möchte!«

Möglicherweise hatte sie recht. Chex Zentaur war eine verhältnismäßig sanfte Kreatur, die selten ihren Schweif in einen Streit verwickelte. Aber ihr Gatte, Cheiron, war ein Hengst, und er duldete nur wenig oder gar keine Einmischung in seine Angelegenheiten. Und sein Fohlen war mit Sicherheit seine Angelegenheit! »Wir werden die Spalte bestechen müssen!« murmelte Dolph.

»Wen bestechen?«

»Die Hölle, die Unterwelt, den Hades ...«

»Das wirst du nicht, o nein!« erwiderte sie lachend. »Du wirst mich nicht dazu bringen, das schmutzige Wort auszusprechen, das du hören willst! Ich weiß, daß du es nicht kennst.«

»Stopfnaht!« fluchte er.

»Nähen, heften, reparieren?« fragte sie besorgt.

»Wirst du jetzt endlich verschwinden, du ... du was auch immer?!«

»Selbstverständlich, Süßer. Ich liebe es, dich zu piesakken. Ich glaube, ich komme in deiner Hochzeitsnacht mal vorbei und beobachte dich dabei, wie du versuchst, den Storch herbeizurufen.«

»Storch?«

»Das ist es, was man unter Hochzeit versteht, mein unschuldiges Jungchen. Aber das ist ziemlich egal, bis du dem Storch wirklich begegnest.«

»Aber ich weiß doch gar nicht, wie ich das tun soll!«

»Daher wird es wohl ein selten schönes Vergnügen für mich werden.«

Dolph stampfte weiter voran, aber er war nicht mehr ganz so zufrieden mit seinem Erfolg, sie zum Bleiben bewegt zu haben. Wie sehr wünschte er doch, er könne die magische Barriere überwinden und erwachsen werden, damit er alles über die Erwachsenenverschwörung erfahren konnte! Dann würde es der Dämonendame nicht gelingen, ihn so grausam zum Narren zu halten.

Aber zunächst einmal mußte er heiraten, und das war noch schlimmer. Oh, es würde ihm durchaus gefallen, Nada zu heiraten, aber der Gedanke daran, Electra sterben zu sehen, erschütterte ihn. Und wenn er sie heiratete und Nada verlöre, würde ihm das Herz brechen. Die Zeit verrann so schnell, wie seine großen Sphinxfüße voranstampften, aber er war einer Antwort nicht nähergekommen als vor sechs Jahren, bei seiner Verlobung mit den beiden Mädchen. Die Neuigkeit, daß er den Storch herbeirufen sollte, machte es nur noch schlimmer. Nada kannte das Geheimnis, aber Electra nicht. Und er fürchtete, Nada würde es ihm nicht erzählen. Jedenfalls hatte sie es ihm bis jetzt noch nicht erzählt, warum sollte sie ihre Meinung ändern? Wenn man einmal davon ausging, daß er einen Ausweg für das Problem mit Electra fand.

Es war heller Tag, als er zum südlichen Ufer des An-den-Keks-Flusses hinaufstapfte. Er wollte einfach hindurchwaten, aber der Boden erwies sich als der matschigste Matsch, den man sich vorstellen konnte. Vielleicht war es übriggelassener Teig des halbgaren Moores, und er fürchtete, seine Beine würden einsinken wie Säulen, bis er für immer festsaß. Also hielt er, um kurz zu rasten.

Nada wachte auf. »Oh, der Fluß!« rief sie überrascht aus.

»Was hast du denn erwartet, die Wüste?« fragte Metria mit Dolphs Stimme.

»Wie bitte?« fragte Nada, die überrascht war, einen solchen Ton von ihm zu hören.

»Das war ich nicht!« rief Dolph.

»Ich meine, es war nicht, was ich wirklich sagen wollte«, meinte die Dämonin schnell, wobei sie wieder seine Stimme benutzte. »Ich wollte sagen, daß nur ein total dummer Hammer ...«

»Dummer was?« fragte Nada.

»Schraubstock, Klammer, Zange, Griff ...«

»Schraubenschlüssel?«

»Ja. Nein, nicht genau ...«

»Schraube, Metria?«

»Schraube! Das ist es! Nur die blödeste Schraube kann einen Fluß mit einer Wüste verwechseln. Also kannst du nur – o je!« Die Dämonendame hatte gemerkt, daß Nada sie bei ihrem Namen genannt hatte. Sie verschwand in einer Wolke wirbelnden Rauchs.

»Ich weiß, daß du es nicht gewesen bist, Dolph«, sagte Nada. »Ich habe gehört, wie sie dich vorher geärgert hat.«

»Da bin ich froh«, sagte Dolph erleichtert. »Jetzt muß ich herausfinden, wie wir den Fluß überqueren können. Der Morast ist zu tief.«

»Hast du letzte Nacht überhaupt geschlafen?« fragte Nada besorgt.

»Nein.« Wie schön es war, daß sie sich um ihn sorgte!

»Dann solltest du jetzt ein wenig schlafen. Warum verwandelst du dich nicht in ein Walfangschiff und läßt dich ein paar Stunden lang den Fluß hinuntertreiben? Soweit ich weiß, fließt er ziemlich genau nach Norden, also in die richtige Richtung, und wir können uns alle ausruhen und trotzdem vorankommen.«

»Das ist ein großartiger Vorschlag, Nada!« rief er aus. »Haltet euch fest!« Er verwandelte sich sehr langsam in ein Walboot, um die anderen nicht herunterrutschen zu lassen. Bald war die neue Gestalt perfekt: ein riesiger flacher Fisch (oder so etwas ähnliches, denn er hatte keine genaue Vorstellung davon, wie ein Wal aussah) mit einer Rückenmulde, der sicher über das ruhige Wasser trieb. Seine Seitenflossen und die Schwanzflosse verhinderten, daß er so schnell schwamm, wie er gern wollte, aber es war auch nicht notwendig, denn seine Nase war ein Loch in seinem flachen Hinterkopf, das niemals unter Wasser sank, ganz egal wie tief er schlief.

»Mach es dir bequem, Dolph«, sagte Nada. »Ich werde ab jetzt wachbleiben und unseren Kurs überwachen. Ich habe letzte Nacht ein wenig geschlafen, und es geht mir daher besser als den anderen. Wenn irgend etwas passiert, werde ich euch wecken.«

»Vielen Dank, Nada!« Wie sehr liebte er sie doch! Sie war wirklich die entzückendste, empfindsamste und vornehmste Person, die er kannte, und sie wußte immer, was zu tun war, und tat es dann auch. Es war ein wundervoller Tag gewesen, als er mit ihr verlobt worden war.

»Gern geschehen, Dolph«, sagte sie. Sie klang ein wenig betrübt. Das erinnerte ihn daran, daß sie ihn nicht liebte. Oh ja, sie würde ihn heiraten, wenn er sie wählte, weil sie ihr Wort gegeben hatte und eine Prinzessin niemals ihr Wort brach. Aber ihr Herz würde ihm nie gehören. Sie war freundlich zu ihm, weil sich eine Verlobte eben so verhalten sollte. Er wußte, er sollte das einzig Richtige tun und sie nicht heiraten. Aber er war sich nicht sicher, ob er dazu in der Lage war.

Am Ufer wurde es plötzlich laut. Die Kobolde von der Goldenen Horde waren angekommen! Pech für sie, denn sie konnten weder ihn noch seine Passagiere hier draußen in der Mitte des Flusses erreichen. Sie konnten ihnen ruhig den ganzen Weg am Ufer hinterherlaufen, es würde ihnen nichts nützen.

Zufrieden ließ er sich in den Schlaf hinübergleiten.

Dolph trieb den Fluß hinunter, wobei er ab und zu durch die schmeichelnde Berührung von Nadas Hand auf seiner Nase gesteuert wurde, damit er sich nicht in einem Sackgassenfisch verfing. Sackgassenfische waren unangenehme Auswüchse, die in einem Sack endeten. Wenn einmal etwas hineingetrieben war, verschloß die Zugfaser den Sack, und der würde auffressen, was immer er gerade gefangen hatte. Selbstverständlich könnte Dolph sich auch in etwas anderes verwandeln und entkommen, dann würden aber die Leute, die auf seinem Rücken ritten, alle ins Wasser fallen. Also war es so besser, einmal ganz abgesehen von dem Genuß, den Nadas Aufmerksamkeit bot.

Hin und wieder hörte er den Lärm der Kobolde, die am Ufer ihrer Wut freien Lauf ließen. Die drei männlichen Kobolde, die Godiva begleiteten (und war sie nicht ein faszinierendes Wesen, selbst wenn sie beinahe alt genug war, um ihre Mutter zu sein!), machten sich einen Spaß daraus, sich halb aufzurichten und denen am Ufer Zeichen zu machen. Dolph, der zwischen Wachsein und Schlaf hin und herglitt, schnappte ab und zu ein paar Gesprächsfetzen auf.

»Gimpel, was haben diese Zeichen zu bedeuten?« wollte Jenny Elf wissen. Es schien jetzt, die Elfe und das Zentaurenfohlen seit ihrer Zusammenarbeit ganz gut mit diesen vier Kobolden auskamen. Dolph vermutete, daß die Kobolde Che zwar entführt, aber nicht wirklich mißhandelt, sondern nur gefesselt hatten, damit er nicht weglaufen konnte. Es war zwar einige Zeit unglücklich gewesen, aber dann hatte er erkannt, daß sie nur einen Auftrag ausführten.

»Zeichen?« fragte Gimpel.

»Mit dem Finger. Ungefähr so.«

Es war Dolph noch nicht aufgefallen, daß männliche Kobolde erröten konnten, aber dieser tat es, denn Dolph fühlte, wie Gimpels große Füße glühend heiß wurden. »Oh, ich weiß nicht«, erwiderte der Kobold.

»Aber du hast das Zeichen zu den Kobolden auf dem Land gemacht, und sie haben Steine nach uns geworfen«, beharrte die Elfe. »Ich bin froh, daß wir außerhalb der Reichweite ihrer Steine sind, aber das muß mit Sicherheit eine magische Geste gewesen sein, und ich frage mich, ob ich sie nicht lernen könnte.«

»Ich glaube nicht«, meinte Gimpel. »Mädchen benutzen diese Art von Magie nicht.«

»Oh, du meinst, es funktioniert bei Mädchen nicht?«

An dieser Stelle kam Godiva herüber zu ihnen. »Habt ihr ein Problem?« wollte sie wissen.

»Ich wollte bloß wissen, wie man diese Geste hier macht«, erklärte Jenny unschuldig.

Godiva mußte erbleicht sein oder zumindest so viel Farbe verloren haben, daß Dolph spüren konnte, wie ihr Gewicht sich verminderte. »Unterlaß sofort diese Geste!« fuhr sie Gimpel an. »Weißt du nicht, daß dieses Mädchen minderjährig ist? Meinst du, daß die Dinge in ihrem Stamm anders sind, bloß weil sie spitze Ohren haben? Du bringst Schande über die Erwachsenenverschwörung.«

»Aber die anderen haben angefangen!« protestierte Gimpel. »Wir konnten das doch nicht einfach hinnehmen!«

»Dann gib ihnen als Antwort dieses Zeichen«, sagte Godiva. Sie beugte sich vor und machte ein bestimmtes Handzeichen. Dolph konnte nicht erkennen, was es war, aber er sah den Effekt. Zwanzig wütende Kobolde am Ufer blieben stocksteif stehen, und die Hälfte von ihnen fiel mit dem Gesicht zuerst ins Wasser, wo die Schellfische ihnen ein paar Schellen verpaßten. Die drei männlichen Kobolde auf dem Walfischboot fielen in Ohnmacht.

»Ich konnte es nicht erkennen«, beklagte sich Jenny Elf. »Was war das?«

»Das solltest du auch nicht, meine Kleine«, erwiderte Godiva.

»Aber ich bin ziemlich neugierig, was ...« Dolph war genauso neugierig. Was immer es auch war, der Effekt war zwanzigmal größer als das, was die männlichen Kobolde getan hatten.

»Nicht, bevor du erwachsen bist«, sagte die Koboldfrau bestimmt.

Jenny seufzte. Dolph ebenfalls. Die Verschwörung der Erwachsenen war eine schreckliche Sache.

Einige Zeit später hielten sie am Sprudelbrausensee an. Und die Passagiere schöpften ein paar Tassen von dem klebrigen, süßen Getränk, das gut zu den Keksen paßte, die sie gepflückt hatten. Dolph ließ seine Zunge hervorschnellen und versuchte, einen Keks von einer Pflanze am Ufer zu erhaschen, konnte ihn aber nicht erreichen und mußte sich mit ein paar Schlucken Brause zufriedengeben. Dann nahm Electra die Sache in die Hand und begann, ihm Kekse hinunterzuwerfen. Sie war schon oft auf diese Weise aufmerksam zu ihm gewesen, immer ein guter Kamerad und Freund. Er mochte sie sehr gern, aber natürlich war sie kaum ein Schatten der phantastischen Erscheinung Nadas.

Sie trieben weiter dahin. Der Sprudelbrausensee erwies sich nicht als ein einzelner See, sondern als eine ganze Ansammlung von kleinen Teichen, jeder mit einem anderen Geschmack. Dolph notierte es sich in Gedanken: Er wollte einige Zeit nach diesem Abenteuer hierher zurückkehren und es sich einmal richtig gutgehen lassen. Er wußte, Nada würde ihn nicht begleiten, aber Electra würde es tun und sich sogar auf eine Keksschlacht mit ihm einlassen. Keksschlachten waren eine der Vergnügungen, die nur junge Leute wirklich genießen konnten. Wenn sie Flaschen mitbrachten, konnten sie sie vielleicht mit Sprudel füllen, sie fürchterlich schütteln und sich dann gnadenlos bespritzen. Oh, was für ein Spaß!

Die drei männlichen Kobolde hatten sich inzwischen genug erholt, um das Godospiel mit Che und Jenny zu spielen, wobei sie übriggelassene Kekskrümel anstelle von Sand verwendeten. Nada und Godiva waren in ein Gespräch über gute Haarpflege verwickelt, was Dolph geflissentlich überhörte. Er liebte den Anblick ihrer gleißenden Lockenpracht, aber ihre Pflege interessierte ihn überhaupt nicht. Sammy Kater schlief die ganze Zeit. Er schien ganz von der Vorstellung ergriffen zu sein, daß Geschwindigkeit tödlich war und es daher besser wäre, sich so wenig wie möglich zu bewegen. Electra nahm das Ruder, um Dolph zu lenken, und er nahm sich zusammen, nicht zu protestieren, weil er eigentlich Nada erwartet hatte. Die Dämonendame Metria flimmerte hin und her und suchte Gelegenheiten, um da und dort ein wenig Mißstimmung zu säen, aber die anderen waren ihr längst auf die Schliche gekommen und konnten nicht mehr genarrt werden. Alles in allem war es eine friedliche und vergnügliche Reise.

Als der Fluß sich nach Westen wandte, um zum Meer zu gelangen – denn alle Flüsse hatten einen Todeswunsch und sehnten sich danach, sich in Meeren oder Seen zu ertränken –, mußten sie ihn verlassen. Sie würden jetzt nach Norden gehen, dann um den Gipfel der Elemente herum und danach südlich in Richtung Koboldsberg. Der lag neben dem Element der Erde. Südlich davon, neben dem Element der Luft, befand sich der Berg Etamin, wo Drago Drache lebte – und das Volk der Naga. Zu dumm, daß sie nicht zu diesem Berg unterwegs waren, denn Dolph hätte sich gefreut, Nadas Volk wiederzusehen, und Nada wäre glücklich gewesen, mit ihnen wieder vereint zu sein.

»Was?«

»Verbunden, vermischt, verschlungen ...«

»Wiedervereinigt?«

»Egal.« Dann kam er wieder zu sich und stellte fest, daß er einen Tagtraum von einem Dialog mit Metria gehabt hatte. Er erhaschte einen Blick auf die unsichtbare Mähre Imbri, die davongaloppierte. Ihre Faxen waren stets harmlos und für gewöhnlich angenehm. Imbri war einmal eine Nachtmähre gewesen, hatte aber den Gefallen daran verloren, nachdem sie eine halbe Seele erworben hatte, und fühlte sich jetzt als Tagmähre viel wohler.

Dolph nahm, nachdem er nun ausgeruht war, wieder seine Sphinxgestalt an und bahnte sich seinen Weg nach Norden mit langsamen, aber raumgreifenden Schritten, während er die anderen auf seinem Rücken trug. Zwei kleine Drachen beobachteten ihn und schlingerten herunter, um die Sache zu untersuchen. Vielleicht wollten sie sich nur mit einer kleinen, unschuldigen Abfackelei amüsieren, aber Godiva winkte mit dem Zauberstab, und die beiden Drachen fielen beinahe aus der Luft herab. Es schien so, als ob ihr Zauberstab alles in die Luft fliegen lassen konnte, und wenn er gegen ein Wesen gerichtet wurde, das bereits flog, kehrte er die ganze Sache herum. Dolph erinnerte sich, wie Chex sich selbst leicht gemacht hatte, indem sie sich mit dem Schweif schlug. Wenn sie es zu stark machte, kam sie ebenfalls in Schwierigkeiten. Leichte Dinge mochten es nicht unbedingt, noch leichter gemacht zu werden.

Ihr Weg führte sie zum Ogerfreßmoor, das die Menschenfresser zum Fressen gern hatte und stumpfsinnig sumpfig war. Aber seine riesigen Füße kamen damit zurecht. Er bewegte sich jetzt viel schneller als in der Nacht, weil er sehen konnte, wo er hintrat. Mittlerweile war es später Nachmittag geworden, und sie hatten noch immer ein gutes

Stück Weg vor sich. Er hielt also nicht an. Wenn er die ganze Zeit weiterging, konnten sie den Koboldberg vielleicht kurz nach Einbruch der Nacht erreichen. Er war nicht besonders erpicht darauf, Che Zentaur dort abzuliefern, aber eine Vereinbarung war eine Vereinbarung, und er mußte sich daran halten. Also konnte er es genausogut auch so schnell wie möglich hinter sich bringen.

Das wiederum erinnerte ihn an den Aspekt dieser Situation. Was hatten die Kobolde mit Che vor? Godiva hatte etwas davon gesagt, ihn als Begleiter für ihre Tochter zu benutzen. Damit war möglicherweise gemeint, er sollte ein Streitroß werden, aber Che war noch zu jung, um schon geritten zu werden. Seine Beine würden dadurch nur ruiniert werden. Das klang also nicht gut, auch wenn die Kobolde keine bösen Absichten hatten. Obendrein war da noch die Tatsache, daß das Fohlen von seiner Mutter getrennt war. Zentauren jeden Alters waren erstaunlich klug und selbständig. Sie schienen in der Tat eine überlegene Rasse zu sein. Aber Dolph kannte Che und wußte, daß Che noch nicht bereit für eine solche Trennung war, ganz egal wie gut er behandelt wurde. Außerdem wußte Dolph, daß Ches Vater das niemals zulassen würde. Daher wäre es besser – viel besser! –, wenn Electra das Spiel gewonnen und sie das Fohlen mit nach Hause genommen hätten. So, wie es jetzt stand, wußte Dolph nicht, was noch alles geschehen konnte.

Und außerdem, was war mit dem Elfenmädchen? Sie war ein nettes Ding, aber trotzdem fremdartig wegen ihrer spitzen Ohren, ihrer vierfingrigen Hände und ihrer Größe. Was sollte aus ihr werden? Sie hatte versucht, Che zu retten, aber die Kobolde der Goldenen Horde waren zu viele für sie gewesen. Jetzt konnte sie nicht mehr nach Hause zurück, was bedeutete, daß sie in Xanth festsaß. Vielleicht konnten sie sie nach Schloß Roogna mitnehmen.

Ein weiterer Effekt dieses Abenteuers: Es lenkte seine Gedanken von seinem Problem mit den beiden Verlobten ab. Aber er wußte, sobald diese Sache erledigt war, würde er sich einen Stoß geben müssen und endlich seine Entscheidung treffen. Und er wußte immer noch nicht mehr als vor sechs Jahren.

Ein Oger baute sich vor ihm auf. Dolph ging einfach weiter. Oger waren groß, aber ausgewachsene Sphinxen waren viel größer. Er hoffte, mit den Ogern hier Ärger vermeiden zu können, aber wenn es welchen gab, gab es eben welchen, und er würde einfach hindurchstampfen.

Der Oger blieb mit einem erstaunten Blick auf seinem dümmlichen Gesicht zurück. Was war geschehen? Dolph hatte gar nichts getan.

»Das war es, Nada!« rief Electra.

Oh! Nada hatte sich beim Anblick des Ogers erhoben und atmete tief ein. Das war die Erklärung. Oger waren nicht gerade schlau, aber man benötigte keinen großen Verstand, um Nadas besondere Qualitäten schätzen zu wissen. Diese Oger würde für die nächste Zeit ausgeschaltet sein – und dabei auch noch unentwegt lächeln. Dann tauchte ein weiblicher Oger auf. Oha! – die würde sich von Nadas Erscheinung weniger beeindrucken lassen, denn Ogerfrauen waren berechtigterweise stolz auf ihre Häßlichkeit. Der vollkommene Oger war stärker, häßlicher und dümmer als jede andere Kreatur im Urwald. Die Männer konnten durch Schönheit völlig verwirrt werden, weil das für sie eine vollkommen ungewohnte Erscheinung war. Aber die Frauen hatten eine Ahnung von ihrem Wesen und arbeiteten hart daran, sie auszulösen.

Die Ogerfrau segelte durch die Luft davon. Godivas Zauberstab war wieder in Aktion getreten! Die Ogerfrau machte einen ungelenken Salto und prallte mit dem Gesicht auf einen Felsen. Der Stein brach entzwei und einzelne Brocken stoben entsetzt davon. Aber ihr Gesicht blieb unverändert. Es sah noch immer aus wie grob gemahlener Weizenbrei.

Mittlerweile merkte die Ogerfrau, daß irgend etwas nicht stimmte. Normalerweise schlichen die Gedanken nur langsam durch das Ogerhirn, aber schließlich kamen doch einige von ihnen an ihrem Bestimmungsort an. Ihr Schädel erhitzte sich, und die Flöhe ergriffen die Flucht, als ihre Füße angesengt wurden. Sie versuchte zu denken! Doch schon einen

Augenblick später gab sie diese fruchtlose Bemühung auf und griff einfach an.

Der Zauberstab hob sie wieder empor, diesmal noch höher und weiter. Dann stürzte sie mit dem Kopf zuerst in ein Matschloch. Der Matsch verteilte sich auf ihrem Gesicht und ließ es noch größer erscheinen. Sie hatte enorme Schwierigkeiten, wieder aus dem Loch herauszukommen, ruderte wild mit den Armen, und das Schlammloch explodierte, wobei riesige Matschklumpen überall durch die Gegend flogen. Schließlich stand die Ogerfrau wieder auf den Füßen und griff noch einmal an. Wenn sich einmal ein Gedanke in einem Ogerhirn festgesetzt hat, dann konnte ihn höchstens ein Erdbeben wieder dort heraustreiben. Niemand, der noch ganz richtig im Kopf war, legte sich mit einem Oger an – außer einem anderen Oger.

Glücklicherweise stürmte sie diesmal in die falsche Richtung.

Dolph stapfte weiter voran und versuchte seine Fußabdrücke so gering wie möglich zu halten, damit die Oger ihm nicht folgen konnten. Das war nicht besonders schwierig, denn die Abdrücke waren eher wie natürliche Erdmulden, und er schlurfte durch den Sumpf voran.

Dolph schlug sich weiter nach Süden durch und gelangte bald in das Gebiet der Vögel. Die meisten von ihnen ignorierten ihn, nur ein Rokh zog nachdenklich seine Kreise. Die Sphinx galt als das größte Landlebewesen und der Rokh war die größte fliegende Kreatur, abgesehen von dem Simurgh, der sich gewöhnlich nicht in solch banale Angelegenheiten einmischte. Aber bei Chex' und Cheirons Hochzeit hatte er es getan. Dolph war dabeigewesen und hatte sich zusammen mit den anderen einverstanden erklärt, ihr Fohlen zu beschützen. Er fürchtete, im Augenblick machte er seine Sache nicht besonders gut!

Der Rokh entschloß sich zu einem Angriff. Rokhs neigten dazu, den Schnabel aufzureißen, weil sie sich über die Größe der Sphinxen ärgerten, und der Schnabel von diesem Exemplar war offensichtlich besonders ausgerenkt, weil eine Sphinx in das Königreich der Vögel eingedrungen war.

Dolph verabscheute das alles. Sollte er nicht besser seine Passagiere abwerfen und die Gestalt ändern, um einer möglichen Konfrontation aus dem Weg zu gehen?

Che Zentaur kletterte auf Dolphs Kopf und wedelte mit den Armen. »Komm da runter, Che!« kreischte Electra aufgeregt.

Doch der Rokh flog mit einem ohrenbetäubenden Schrei davon. Dolph begriff sofort, was geschehen war: Der Rokh hatte Che erkannt. Die Rokhs waren auch Flügelungeheuer, die alle geschworen hatten, Che zu beschützen. Als dieser nun sah, daß das Fohlen hier bei ihnen war und es ihm gutging, brach er seinen Angriff ab. Es würde keinen weiteren Ärger mehr im Königreich der Vögel geben.

Was aber würde geschehen, wenn einige von denselben Flügelungeheuern kämen, um Che vom Koboldberg zu retten? Dolph wünschte sich erneut, daß die Entscheidung anders ausgefallen wäre!

Gerade als die Dämmerung hereinbrach, erreichte er das Gebiet der Greife. Hier war jedes Lebewesen ein Flügelungeheuer!

Und tatsächlich. Im nächsten Augenblick stiegen drei wilde Greife auf, um die Eindringlinge herauszufordern. Che winkte ihnen zu, und statt anzugreifen, formierten sie sich zu einer Ehrengarde durch ihr Gebiet. Sie gingen davon aus, daß die anderen, die auch auf der Sphinx ritten, ebenfalls Ches Interessen vertraten. Und so war es ja in gewisser Weise auch.

Da tauchte Metria wieder auf. Sie schwebte in ihrer gewöhnlichen, üppigen Dämonengestalt neben seinem einen Auge. »Es dürfte bald interessant werden«, sagte sie aufmunternd. »Glaubst du wirklich, daß diese Kobolde das Fohlen gut behandeln werden?«

Dolph konnte zwar in seiner jetzigen Gestalt durchaus sprechen, aber er zog es vor, trotzdem nicht zu antworten. Sie versuchte nur, ihn auf Dinge zu bringen, an die er lieber nicht denken wollte.

»Wenn er erst einmal im Koboldberg ist, wird es natürlich unmöglich sein, ihn wieder herauszubekommen«, fuhr sie fröhlich fort. »Denn wenn sie irgendwie angegriffen werden, stecken sie ihn einfach in einen Topf, kochen ihn und fressen ihn auf, bevor die Verteidigungslinie durchbrochen werden kann. Also wird er mit Sicherheit ihre Geisel sein.«

Dolph schleppte sich dahin. Er wußte, daß sie recht hatte. Doch was hätte man in dieser Situation tun können? Electra hatte es ihm erklärt: Godiva hatte eine Schlüsselrolle bei Ches Rettung vor der Horde gespielt. Sie hatte einen hinreißend erotischen Tanz aufgeführt, um die feindlichen Kobolde solange abzulenken, bis die Magie der Elfe ihre Wirkung entfalten konnte. Godiva hatte ihr Leben riskiert, um Che zu retten. Daher mußten Nada und Electra sich auch an die Vereinbarung halten, die sie mit ihr getroffen hatten. Und es schien wirklich so, als ob sie Che nicht hatte wehtun wollen. Das allein bedeutete schon eine ganze Menge.

Aber war es auch genug? Krank vor Sorge stapfte Dolph schleppend weiter.

Ohne Dämmerung brach die Nacht herein, ganz so, als sei es der Sonne gerade noch gelungen zu fliehen, bevor sie von der Dunkelheit verschluckt wurde. Dolph fragte sich, was wohl geschähe, wenn die Sonne dieses Spiel einmal zu weit trieb und in der Nacht verlorenging. Sie würde wahrscheinlich einen Nervenzusammenbruch erleiden!

Er stapfte weiter durch das seichte, schmutzige Wasser. Dies war der Ort, an dem die Kredithaie herumschwammen, die zwar in schillernd bunte Farben gehüllt waren, doch sofort nach einem Arm oder einem Bein schnappten, wenn man ihnen die Gelegenheit dazu gab. Die Sphinx war jedoch viel zu groß, um sich von ihnen beunruhigen zu lassen.

Schließlich hatte er den Koboldberg erreicht. Er erkannte ihn an den schimmernden Lichtern entlang seiner Oberfläche, die die Umrisse hervorhoben. Es gab viele kleine Koboldhöhlen und Pfade, die zwischen ihnen entlangführten, so daß es aussah wie eine Ansammlung verankerter Leuchtkäfer.

Der Berg wurde erschüttert, als die Sphinx mit schweren Schritten dicht vor seinem Fundament auftrat. Von überallher tauchten Kobolde auf und stürmten den Berg hinunter, um der Herausforderung zu begegnen. Sie waren mit spitzen Stöcken, stumpfen Keulen und tropfenden Fackeln ausgerüstet. Der Berg wirkte nun wie ein beleuchteter Ameisenhaufen.

Godiva stand auf Dolphs Kopf und warf herausfordernd den Kopf in den Nacken, daß ihre langen Haare nur so flogen. »Sagt Goldie, daß ich mit dem Fohlen zurückgekehrt bin!« rief sie.

Es entstand eine Bewegung. Eine Anzahl Kobolde rannte den nächstgelegenen Pfad hinauf und verschwand wieder im Berg. Dolph wartete. Er war nicht bereit, einer solchen Übermacht von Kobolden zu trauen, solange er nicht sicher war, daß man seine Begleiter erkannt hatte.

Ein weiblicher Kobold kam zum Vorschein. Majestätisch schritt sie den Pfad hinunter und blieb vor Dolph stehen. »Hebe mich zu dir hinauf, Godiva«, verlangte sie.

Gleich darauf wurde sie in die Höhe gehoben und landete auf Dolphs Rücken. Dolph wandte den Kopf gerade so weit, um einen Blick auf das Geschehen werfen zu können.

Die beiden Koboldfrauen umarmten sich, und Dolph stellte fest, wie ähnlich sie sich sahen, wenn man einmal von dem Altersunterschied absah. Goldie sah aus wie eine ältere Version von Godiva – nur mit kürzeren Haaren.

»Was hat dich aufgehalten?« wollte sie wissen.

»Ich habe das Fohlen hergebracht, Mutter. Unterwegs kam es zu Komplikationen, und wir mußten ein bißchen improvisieren.«

»Das lag an Murphys Fluch«, erklärte Electra.

Die Frau runzelte die Stirn. Dolph begriff jetzt, daß sie die Koboldfrau Goldie sein mußte und hier mit Hilfe ihres Zauberstabs an die Macht gekommen war. Er hatte sie in dem Wandteppich gesehen, als er die Geschichte vom Oger Krach noch einmal abspielen ließ. Aber damals war sie jung und schön gewesen, jetzt war sie alt und mürrisch. »Ich verstehe. Aber was tun die anderen hier?« fragte Goldie.

»Wir haben die Übereinkunft getroffen, das Fohlen hierherzubringen. Sie werden friedlich wieder abziehen.«

»Sehr gut. Laß mich hinunter. Und danach das Fohlen.«

»Und mich«, sagte Jenny Elf.

»Wartet mal!« protestierte Nada. »Jenny soll doch keine Gefangene werden!«

»Che ist mein Freund«, sagte Jenny. »Ich möchte bei ihm bleiben.«

Godiva blickte Che an. »Das war nicht unsere Abmachung.«

»Sie ist meine Freundin«, beharrte Che. »Mir wäre es viel lieber, wenn sie bei mir bliebe.« Niemand von den anderen sah besonders erfreut aus, aber sie sahen ein, daß die Elfe zu keiner der Parteien gehörte und daher frei entscheiden konnte. »Wir müssen sie gehen lassen«, meinte Nada schließlich. Electra stimmte ihr zu.

»Wir müssen sie aufnehmen«, murrte Godiva. »Sie hat es uns ermöglicht, das Fohlen zu retten.«

Goldie betrachtete die Elfe. »Bist du dir im klaren darüber, daß es dir nie mehr erlaubt sein wird, den Berg zu verlassen, wenn du ihn erst einmal betreten hast?«

»Ja«, erwiderte Jenny. Sie war von dieser Aussicht sichtlich beunruhigt, aber andererseits war sie nicht bereit, Che zu verlassen. »Ich werde Sammy auch mitnehmen.« Sie hob ihren Kater hoch.

»So sei es denn.« Goldie gab Godiva ein Zeichen, schwebte unvermittelt in die Höhe und landete ein Stück weiter auf dem Boden.

Dann schwebte Che Zentaur auf dieselbe Weise hinunter, gefolgt von Jenny Elf und Sammy Kater. Danach kamen Gimpel, Idiot und Schwachkopf an die Reihe.

Nun warf Godiva den Zauberstab zu ihrer Mutter hinunter, die ihn geschickt auffing und ihrerseits benutzte, um Godiva herunterzuholen.

Die Gruppe marschierte im Gänsemarsch in den Koboldberg hinein, vorbei an zwei Reihen bewaffneter Kobolde.

»Oh, ich halte das nicht aus!« rief Nada, der vor Kummer die Augen überflossen. Sie sprach für alle anderen.

Dolph kehrte dem Berg den Rücken zu und wanderte dann langsam um ihn herum. Schließlich schlug er den Weg nach Süden ein. Mehr gab es nicht zu tun.

9
CHEIRONS CHAOS

Cheiron ging am Rand des Berges Sauseschnell spazieren. Er fühlte sich unbehaglich. Die Nachricht, die Chex überbracht hatte, war reichlich verwirrend. Und sie betraf nur seine persönliche Lage. Die politische Lage war fast genauso schlecht. Denn als er die Neuigkeit erfuhr, wußte er sofort, daß es sich um kein gewöhnliches Verbrechen handelte: Che war nicht zufällig entführt worden. Nein, das trug die Handschrift von Kobolden, was darauf hindeutete, daß der Krieg zwischen den Ungeheuern des Landes und den Ungeheuern der Luft kurz vor einem erneuten Ausbruch stand.

Vor Jahrhunderten, ja vor Jahrtausenden hatte der Streit zwischen Kobolden und Harpyien angefangen, weil die männlichen Harpyien die Beine der Koboldfrauen attraktiv fanden. Bevor er beigelegt war, waren die Harpyienmänner beinahe schon verschwunden und hatte ihre Frauen, schmerzlich aus der Fassung gebracht, zurückgelassen. Und die männlichen Kobolde waren ebenso gemein und häßlich, wie ihre Frauen hübsch und nett waren. Diese Kriege hatten die Verbündeten vom Land und aus der Luft miteinbezogen, und sie hatten zum Niedergang der Zivilisation in Xanth beigetragen.

Heute bemühten sich die Zentauren und sogar die Menschen um Wiederherstellung der Normen von Xanth; sowohl Harpyien als auch Kobolde waren nur noch selten anzutreffen, wenigstens auf dem Lande. Aber die alten Richtlinien blieben erhalten, und außerdem gab es noch alte Bündnisse, die ihre Gültigkeit nie verloren hatten. An dieser Stelle kam das politische Element ins Spiel: Wenn die Kobolde Che als Geisel genommen hatten, um von den Ungeheuern der Luft einen gewissen Vorteil zu erzwingen, dann müßte Cheiron mit ihnen auf dieser Basis verhandeln. Aber er hatte nicht die Absicht, so etwas zu tun.

Es war noch Nacht, und der Morgen begann erst gerade eben zu dämmern, doch Cheiron ruhte nicht. Chex schlief dagegen ruhig in der Gewißheit, daß er, Cheiron, wissen würde, was zu tun sei. Er hielt es nicht für nötig, ihr seine persönlichen Zweifel mitzuteilen. Aber vielleicht war die Lage ja nicht so schlecht, wie sie aussah. Das wollte er erst herausfinden, bevor er zur Tat schritt.

Er peitschte zunächst seinen Körper mit dem Schweif und sprang vom Rand. Mit kraftvollen Flügelschlägen flog er zum Lager von Hardy Harpyie. Gloha, Hardys Koboldtochter, besuchte zufällig gerade die Harpyien; sie war es, die Cheiron sehen wollte. Die Romanze zwischen Hardy und der schönen Gloria Kobold hatte den Krieg beinahe von neuem ausbrechen lassen. Allein die Entdeckung, daß Kobolde und Harpyien zusammen magische Talente besaßen, hatte diese Krise entspannt. Aber möglicherweise hegten die Kobolde noch Groll und hatten deshalb den Sprößling der Verbindung zwischen Geschöpfen von Land und Luft gefangen genommen. Bei ihren guten Beziehungen zu Kobolden wußte Gloda möglicherweise davon.

Er erreichte den Hain der Harpyien. »Worauf bis'n du aus, Ungeheuer?« kreischte eine von ihnen keifend. Sie war aus ihrem Schlaf aufgeschreckt.

»Ich komme, Gloha zu besuchen, Ungeheuer«, entgegnete Cheiron und benutzte dieselbe Höflichkeitsanrede, mit dem sie ihn begrüßt hatte. Sie waren alle Ungeheuer und stolz darauf. Die Harpyie setzte sich zurück, sie war zufrieden. In der Regel haßten Harpyien die Kobolde, aber Gloha war anders. Natürlich war auch sie ein Kobold, gleichzeitig aber war sie ein Flügelungeheur.

Er erreichte Hardys großen Baum. Gloha konnte ihre Klauen nicht so um einen Ast klammern wie eine Harpyie, deshalb hatte Hardy ihr ein eigenes hübsches Nest gebaut, komplett mit einem Dach zum Schutz vor dem Wetter. »Gloha!« rief er, als er neben dem Nest schwebte.

Einen Augenblick später öffnete sich die Strohtür und ein Kopf lugte verschlafen hervor. »Was ist los?«

»Hier ist Cheiron. Ich muß mit dir sprechen.«

»Ja, natürlich. Ich fliege eben runter.« Sie war zu höflich, um darauf hinzuweisen, daß die Morgendämmerung noch nicht einmal richtig eingesetzt hatte – das war die schrecklichste Zeit, zu der man ein Mädchen aus dem Schlaf wecken konnte.

Sie traf auf den Ast hinaus und zog ihr Gewand an: eine liebliche kleine Koboldddame, mit vogelgleichen Flügeln, und gerade mal fünfzehn Jahre alt. Bald würde sie sich entscheiden müssen, an was für einen Mann sie sich binden wollte. Leider gab es keine anderen fliegenden Kobolde.

Sie flogen auf den Boden, wo Cheiron sicher stehen konnte. »Che wurde von Kobolden entführt«, sagte er unvermittelt. »Weißt du irgend etwas darüber?«

Sie legte ihre zarte Hand auf den Mund. »Oh, nein, Cheiron! Bist du sicher?«

»Ich bin sicher, daß er entführt wurde, und die Aktion riecht geradezu nach Kobolden. Wir haben natürlich schon Suchtrupps losgeschickt, aber meine Sorge gilt dem Motiv. Es war mir wieder eingefallen, daß da möglicherweise noch ein Rest Feindschaft wegen der Verbindung deiner Eltern verblieben sein könnte und daß diese Entführung ein Ausdruck davon ist.«

»Davon weiß ich nichts, Cheiron«, beteuerte sie. »Aber ich werde es bestimmt herausfinden! Ich fliege sofort zum Dorf von Gloria und erkundige mich dort.«

»Ich danke dir. Brauchst du eine Wache?«

Sie überlegte. »Eigentlich nicht. Aber wenn sich diese Angelegenheit zu etwas Ernsterem entwickeln sollte, wäre es vielleicht doch besser.«

»Dann setz' dich auf meinen Rücken, und ich werde dich dahinbringen.«

Sie nickte und flog auf seinen Rücken, wo sie sich leicht wie ein Vogel niederließ. Dann sprang er hoch, spreizte seine großen Schwingen aus und schwang sich mit kräftigen Schlägen in den Himmel.

Als die Dämmerung anbrach, erreichten sie das Koboldorf. Gloha flog los, um sich mit dem Häuptling zu beraten. Währenddessen setzte Cheiron sich und wartete. Er war wachsam, auf der Hut vor Verrat. Wenn der Krieg tatsächlich wieder aufgenommen worden war, könnte seine Reise hierher ebensogut ein Teil eines Plans sein, ihn hier herunterzulocken, damit auch er gefangengenommen werden konnte. Er hatte jedoch keine Angst vor Kodolden: Er konnte mit Pfeil und Bogen ebenso gut umgehen wie jeder andere Zentaur, und das bedeutete, daß fünfzig Kobolde sterben würden, bevor er sich zurückziehen mußte.

Schon bald kehrte Gloha mit dem Koboldhäuptling zurück. Selbst nach den Maßstäben seiner Rasse war der Mann knorrig und häßlich, aber aus der Nähe betrachtet wirkte er nicht bedrohlich. Vielleicht war das so, weil Gloha neben ihm ging. Im Licht der frühen Dämmerung gab sie einen so prächtigen Kobold ab, wie ihn das Dorf hier wohl kaum jemals zu sehen bekam: Zusammengefaltet bildeten ihre Flügel einen Federmantel, der ihren ganzen Rücken bedeckte, so daß ein Fremder wohl mehrmals hinsehen mußte, um zu erkennen, daß sie ein Mischling war und keine reinrassige Koboldame. Sogar ein Koboldhäuptling war geneigt, sich halbwegs höflich zu benehmen, wenn er sich in Begleitung eines solchen Geschöpfs befand.

»Wir wissen nichts über diese Entführung, Federnase«, sagte der Häuptling fast höflich. »Gloha war bei deiner Hochzeitszeremonie vor sechs Jahren dabei und gab ebenfalls das Versprechen, deine Nachkommenschaft zu beschützen. Wir geben zwar keinen Klumpen Dreck um dich, Pferdefuß, oder um deine flatterhafte Mutterstute, aber wir wollen nicht, daß der Simurgh über uns kommt. Also lassen wir alles geflügelte, menschengesichtige Pferdegezücht in Ruhe.«

»Ich schätze deine Aufrichtigkeit, Keulenfuß«, entgegnete Cheiron höflich nach Art des Protokolls der Kobolde. »Aber was ist mit anderen Koboldstämmen?«

Der Häuptling blickte finster drein. »Ich kann an den Fingern einer Hand abzählen, wie vielen von ihnen du so sehr vertrauen kannst, daß du dein Fohlen getrost bei ihnen alleinlassen könntest, Hufnase.« Finster hob er seine Faust.

»Aber Großvater Kotbold«, protestierte Gloha, »du kannst doch gar nicht zählen!«

»So ist es nicht!« erwiderte der Häuptling barsch. »Ich kann *nichts* zählen – und genauso viele Stämme sind es.«

»Einverstanden«, sagte Cheiron, »aber es gibt doch keine Verschwörung der Kobolde, nicht wahr? Andernfalls würdest du doch davon wissen?«

»Richtig, Schwanzgehirn. Es ist wahrscheinlich die Koboldschaft der Goldenen Horde. Dieser Stamm ist dir am nächsten, und sie sind die schlimmsten. Sogar wir mögen sie nicht.«

»Großvater, du magst doch sowieso keinen anderen Stamm«, warf Gloha ein.

»Richtig. Aber diese Horde mögen wir noch weniger als die anderen. Das sind ganz gemeine Kobs!«

Cheiron wußte von der Horde. Sie waren zweifellos die übelsten Kobs. Prinzessin Ivy war mit ihnen mehr als einmal aneinandergeraten. Größtenteils hatte sie diese Kobolde in der Spalte versenkt. Doch sie wuchsen nach wie Unkraut und machten von neuem Ärger. Sie waren die gewalttätigsten Kobolde und galten nicht gerade als die Schlauesten unter den Koboldstämmen. Che war mit einer besonderen Magie von verschlagenen Kobolden entführt worden.

Immerhin erfreute ihn die Nachricht, daß es keine Verschwörung gab. Das bedeutete, daß kein Land-Luft-Krieg im Anzug war, sondern daß es sich ausschließlich um einen

Raubüberfall durch einen einzelnen Stamm handelte. Mit einem Stamm konnte er verhandeln. »Danke für deine Nachricht, Häuptling«, sagte er. »Ich freue mich darüber, daß wir gegenwärtig keinen Streit haben.«

»Also, wenn ich nicht auf Gloha und den Simurgh Rücksicht nehmen würde, hätten wir einen, Schweißflanke!« verteidigte sich der Häuptling.

»Dessen kannst du sicher sein«, pflichtete Cheiron ihm bei, denn er wollte ihn versöhnlich stimmen. »Vielleicht ändert sich das ja eines Tages.«

»Ja«, seufzte der Häuptling und ließ sein erstes Lächeln sehen.

»Tschüs, Großvater«, sagte Gloha und küßte ihn auf die Wange. Der Kobold blickte finster drein, aber es gelang ihm nicht ganz, sein unkoboldhaftes Vergnügen zu verbergen.

Dann flog Gloha wieder auf Cheirons Rücken. Diese sprang in die Luft, tippte sich mit dem Schweif an und spreizte seine Schwingen. Der Rückstoß pustete eine Sandwolke in das Gesicht des Häuptlings. Cheiron tat so, als bemerkte er das nicht – schließlich konnte der Sandstrahl das Aussehen des Kobolds nur verbessern.

»Bring mich nicht nach Hause«, sagte Gloha. »Ich werde mit dir zum Berg Sauseschnell fliegen.«

»Aber du solltest dich nicht in solch häßliche Geschäfte verwickeln lassen«, protestierte er.

»Doch, sollte ich. Wenn ein anderer Koboldstamm das getan hat, wirst du jemanden zum Verhandeln brauchen, den sie nicht sofort angreifen.«

»Aber das wird für dich riskant werden, Gloha! Du weißt, daß normale Zentauren Mischlinge nicht mögen; Kobolde könnten sie genausowenig leiden.«

»Das kann sein«, argumentierte sie, »aber ich gehe ein größeres Risiko ein, wenn ich hier nicht herauskomme und keine Leute treffe.«

»Ein größeres Risiko?«

»Na, die Gefahr, eine alte Jungfer zu werden.«

Nun wurde ihr Beweggrund klar. Sie war fünfzehn und gerade reif geworden für Romanzen. Ihr eigener Stamm mochte gegenüber einem geflügelten Kobold zwar tolerant sein. Aber im allgemeinen waren Kobolde exogamisch, das hieß, sie zogen es vor, außerhalb ihres eigenen Stammes zu heiraten. Exogamie konnte als hervorragender Vorwand dafür dienen, viele Männer aus vielen verschiedenen Stämmen kennenzulernen und herauszubekommen, wer tolerant war und wer nicht. Ihre Entscheidung, sich lieber die Koboldstämme als die Harpyien vorzunehmen, war vernünftig; denn noch immer gab es so wenige männliche Harpyien, daß es böses Blut geben würde, wenn sie auch nur versuchte, männliche Harpyien kennenzulernen.

»In Ordnung, wenn dein Vater dem zustimmt.«

»Er wird zustimmen«, sagte sie zuversichtlich.

Daran gab es wohl keinen Zweifel. Wie die meisten weiblichen Teenager konnte sie ihren Vater um den kleinen Finger wickeln, wie sie es auch mit ihrem Koboldgroßvater getan hatte. Cheiron mußte zugeben, daß sie sich tatsächlich als nützlich erweisen könnte. Denn die meisten Kobolde waren reichlich bärbeißig – und schuldbewußte Kobs würden noch schlimmer sein. Wie unfreundlich wären sie wohl, wenn sie ihr begegneten? Sicherlich weniger als üblicherweise. Vor allem, wenn es sich um junge Männer handelte, die an hübschen jungen Frauen interessiert waren – und das waren sie alle.

Der Berg Sauseschnell kam bald in Sicht. Cheiron fühlte sich etwas erleichtert, weil der Täterkreis eingegrenzt worden war. Doch die Sache war nach wie vor verzweifelt ernst.

Eine Harpyie flog auf, als er landete. »Neuigkeiten, Pferde-Vogel!« kreischte sie. »Ich habe dein Fohlen gesehen!«

»Wo denn?« fragte Cheiron aufgeregt.

»Mit einer lustigen großen Elfe, die ebenfalls Gefangene der Goldenen Horde war, schleppte es sich mühsam südwärts.«

Cheiron durchlief es eiskalt. »Die Horde? Bist du da sicher?«

»Sicher bin ich sicher!« kreischte sie. »Das ist doch mein heimatliches Revier. Ich schnappe mir das, was sie zurücklassen. Deshalb beobachte ich sie. Als ihre Späher von Frischfleisch auf dem Fluß berichteten, hasteten sie dahin und holten es sich mit Hilfe von Fracto der Wolke. Ich wette, man wird sie beide kochen!«

Cheiron war selten sprachlos, doch diesmal war er es, aus verständlichen Gründen. Also sprang Gloha für ihn ein. »Dank dir, Harpyie. Wir wissen deine Information zu schätzen. Und wir werden sofort aufbrechen, um Che zu retten.« Dann überlegte sie von neuem. »Sagtest du, eine Elfe?«

»Ja, und eine seltsame dazu«, kreischte die Harpyie. »Spitze Ohren und Hände mit vier Fingern. Ein Mädchen, größer als jedes andere.«

»Sie muß sehr schwach geworden sein, so weit ab von ihrer Ulme.«

»Sie war müde, aber nicht schwach«, kreischte die Harpyie. »Sie half dem Fohlen, wenn es stolperte. Sie sahen wie Freunde aus.« Sie lachte heiser. »Kannst du dir das vorstellen? Freunde!« Sie breitete ihre Flügel aus, flatterte empor und ließ dabei den typischen furchtbaren Harpyiengeruch zurück.

Cheiron erinnerte sich an eine Aussage von Chex, als diese aufgeregt ihre Geschichte erzählt hatte: Sie war kurz einem seltsamen Elfenmädchen und ihrem orangefarbenen Kater begegnet. Könnte es dieselbe Elfe gewesen sein? Was hatte das aber mit der Entführung von Che zu tun? Und wie konnten sie Freunde sein – Che und die Elfe? Che hatte keine Elfenfreunde; die Elfen kümmerten sich im allgemeinen um ihre eigenen Angelegenheiten, und es gab auch keine Ulme in der Nähe ihrer heimatlichen Lichtung. Sie waren gewiß gute Leute und in ihrem Gebiet ein Bollwerk gegen die Kobolde. Aber Che mußte sie nach seiner Entführung getroffen haben. Freunde? Che war dafür doch viel zu wählerisch!

Aber die Elfe war offensichtlich auch eine Gefangene. Vielleicht war sie allein auf Reisen gewesen, und die Kobolde hatten sie auf demselben Raubzug gefangengenommen und die beiden zusammengeworfen. Das wäre dann keine Freundschaft, sondern eine Notgemeinschaft.

Das ergab mehr Sinn. Nichtsdestotrotz konnte er es sich nicht leisten, irgend etwas als sicher anzunehmen. »Wir werden auch die Elfe retten müssen«, sagte er.

»Oh, fein!« rief Gloha. »Ich würde sie sehr gerne treffen. Ich komme gut mit solchen merkwürdigen Geschöpfen aus.«

Er wußte, was sie meinte. Es gab Geschöpfe, die aus einer Art, und solche, die aus mehreren Arten hervorgingen und oftmals das Ergebnis von Kreuzverbindungen waren. Außer den geflügelten Zentauren gab es noch Grundy, den Golem, und seine Frau Rapunzel, die eine Kreuzung zwischen Mensch und Elf war. Sie konnte ihre Größe ändern und besaß das wunderbarste Haar von ganz Xanth. Und es gab Gloha selbst. Natürlich war sie aus einer guten Beziehung hervorgegangen; sie wußte, was es hieß, etwas Einzigartiges unter den Arten zu sein.

Doch eben jetzt mußte er in Aktion treten. Mit Che als Gefangenem der Kobolde von der Goldenen Horde – am schlimmsten Ort, den man sich denken konnte –, mußte er augenblicklich handeln. Er wollte sich nicht eingestehen, daß es schon zu spät sein könnte, daß die Kobolde das Fohlen zur Zeit der Dämmerung bereits in den Kochtopf geworfen hätten: Das war einfach keine akzeptable Annahme. Er mußte sich darauf verlassen, daß die Kobolde mit ihren Opfern eine Weile spielten, sie seelisch quälten, bevor sie zu körperlicher Mißhandlung übergingen und sie schließlich kochten. Er mußte an der Hoffnung festhalten, daß er wenigstens noch diesen einen Tag hatte, um die Rettung zu organisieren.

Denn eine solche Rettungsaktion war keine leichte Aufgabe. Die Horde war bösartig, wenn ihr schrecklicher Haß aufloderte, und jedes schlecht geplante Vorgehen würde in einer Katastrophe enden. Ja, die Flügelungeheuer wären froh, die gesamte Horde auslöschen zu können. Aber das Ganze wäre sinnlos, wenn Che im Verlauf einer solchen Aktion umkommen würde. Deshalb zwang sich Cheiron dazu, das zu tun, was ihm in diesem Augenblick am schwersten fiel, nämlich gar nichts. Er mußte mehr Informationen bekommen, bevor er handelte, und dann mit größtmöglicher Geschwindigkeit zuschlagen.

»Gloha, darf ich dich um einen Gefallen bitten?« fragte er.

»Natürlich, Cheiron«, sagte sie. »Ich möchte helfen.«

»Begebe dich zum Drachen Netz und bitte ihn, ein Aufgebot zusammenzustellen, das mein Fohlen retten soll«, wies er sie an. »Aber es sollte nicht nur in der Lage sein, mit den Kobolden der Goldenen Horde fertig zu werden. Es muß auch äußerst diszipliniert sein und darf nicht eher losschlagen, bis wir dazu bereit sind. Bitte ihn, bis zum Ende des Tages eine Mannschaft bereitzustellen, wenn möglich.«

Sie überlegte. Ganz offensichtlich machte sie sich Gedanken um die beabsichtigte Verzögerung, aber sie fügte sich seinem Urteil. »Ich werde es ihm melden«, sagte sie und flog über die abgeflachte Höhe des Berges hinweg.

Cheiron ging hinüber zu jenem Platz, an dem Chex schlief. Grundy Golem saß auf ihrem Rücken, ebenfalls schlafend. Wie wundervoll war es doch gewesen, als Chex in sein Leben trat! Er war der einzige geflügelte Zentaur in Xanth gewesen, bis er von dem jungen Mädchen gehört hatte. Aber ein Zentaur entwickelte noch lange keine Beziehung zu einem anderen Zentauren, nur weil dieser existierte. Sowohl die äußeren Umstände als auch die Ausstrahlung des anderen mußten schon passend sein. Das Mädchen war jung und unerfahren gewesen und hatte noch nicht herausgefunden, wie man flog.

Sie war ein gut aussehendes Exemplar gewesen, gesund und resolut, aber eben unerfahren. Die Tatsache, daß sie schön war und Flügel besaß, reichte aber noch nicht aus. Hatte sie auch alle Eigenschaften, die für diese Spezies erforderlich waren, wie er sie geplant hatte? Er testete sie, um das herauszufinden. Sie schnitt gut ab, und später lernte sie auch zu fliegen. Er hatte ihr natürlich nicht gesagt, wie sie das tun mußte. Für sie war es eine Art von Selbstbestätigung gewesen; der Beweis dafür, daß das Fliegen ohne fremde Hilfe zu lernen war. Dann hatten sie geheiratet, und der Simurgh selbst hatte die Zeremonie beaufsichtigt und alle Ungeheuer vereidigt, ihre Nachkommenschaft zu schützen.

Das war eine Überraschung. Cheiron hatte zwar die Absicht, eine feste Nachkommenschaft zu gründen, aber offensichtlich hatte es damit mehr auf sich. Was aber war Ches Bestimmung? Sie mußte bedeutend sein, denn in der bisher bekannten Geschichte Xanths hatte der Simurgh seinen Thron im Lebensbaum niemals verlassen, um an einem solchen Ereignis teilzunehmen.

Könnte es wegen dieser Bestimmung sein, weshalb Che entführt worden war? Gab es jemanden, der die Zukunft kannte? Jemand, der entschlossen war, sie zu ändern, indem er den Zentauren beseitigte, bevor er das Alter erreichte, in dem sich sein Schicksal erfüllen sollte? Wenn das der Fall war, so war das allerdings schlimmer als eine Verschwörung mit dem Ziel, den Krieg zwischen den Ungeheuern von neuem zu entfachen. Ja, es wäre ein Versuch, in das Schicksal selbst einzugreifen. Auch wenn es sich nicht um sein geliebtes Fohlen gehandelt hätte, das in Gefahr war, hätte Cheiron das als bedrohlich empfunden.

Chex verspürte seine Gegenwart und erwachte. Sie lächelte. Was für ein liebliches Geschöpf sie doch war! »Hast du Che gefunden?« fragte sie.

»Ja. Es gibt da aber noch eine Komplikation. Ich beschäftige mich gerade damit.«

»Wie gut«, sagte sie sichtlich erleichtert und schlief entspannt wieder ein.

Er hatte ihr nur soviel erzählt, wie er unbedingt mußte, also nur einen Teil der Geschichte. Er sah keinen Grund, ihr zu berichten, wo sich Che befand. Dabei würde sie sich nur unnötig verrückt machen. Er hatte sie Sache tatkräftig in die Hand genommen, und mit etwas Glück käme die Rettungsaktion zustande, bevor sie wieder erwachte und nach weiteren Neuigkeiten verlangte.

Er sah die flinken kleinen Wasserjungfern, die sich nach Zielen im Norden, Osten, Westen und Süden aufmachten und winzige Dampfwölkchen zurückließen: Netz Drachen sandte seine Gefolgsleute aus, um die Teilnehmer für das Aufgebot zusammenzuziehen. Die Drachenflieger wußten, wo die grimmigsten, aber diszipliniertesten Ungeheuer zu finden waren, und würden sie so schnell wie möglich hierher bringen. Cheiron war zufrieden, denn er war sich sicher, daß er die Organisation des Aufgebots Netz Drachen in der Gewißheit überlassen konnte, daß dieser das einwandfrei erledigen würde.

In der Tat, da kam auch schon ein Drache mittlerer Größe herbei. Wie schnell sich der Ruf doch verbreitete!

Aber dieser Drache suchte nach Cheiron und nicht nach Netz. »Ich habe dein Fohlen gesehen!« keuchte er fast sein letztes Feuer hinaus. Er war offensichtlich schnell geflogen und hatte dabei die plumpe Harpyie überholt, denn er hatte eindeutig neuere Informationen. »Er ritt auf einer Sphinx in der Begleitung von Mädchen und Kobolden. Eine von ihnen hatte einen magischen Zauberstab! Sie benutzten den Stab, um meinen Begleiter und mich vom Himmel zu putzen. Aber immerhin bemerkten wir vorher noch, daß etwas Seltsames im Gange war!«

Cheiron war erstaunt. Che ritt auf einer Sphinx? Sphinxen kümmerten sich doch wenig um die Angelegenheiten anderer Wesen. Mädchen? Was hatten sie mit dieser Sache zu tun? Kobolde auf einer Sphinx? Das war das Seltsamste von allem!

Er brachte den Drachen dazu, die anderen Leute so genau wie möglich zu beschreiben, und allmählich setzte er alles zu einem Ganzen zusammen. Eines der Mädchen war erstaunlich hübsch: Das klang nach Nada Naga. Chex hatte gesagt, daß verschiedenste Suchtrupps ausgezogen seien. Die beiden Verlobten von Prinz Dolph bildeten einen solchen Trupp. Und auch die spitzen Ohren des Elfenmädchens hatte der Drache bemerkt. Die Verlobten hatten möglicherweise Che und die Elfe gerettet, und dann war Prinz Dolph vielleicht gekommen und hatte die Gestalt einer Sphinx angenommen, um sie zu tragen. Die Kobolde mußten Gefangene sein, vielleicht waren es Geiseln. Also war Che gerettet!

Aber der Drache berichtete auch, daß die Truppe nach Norden zog, fort von Ches Zuhause. Das schien keinen Sinn zu ergeben! Die Sphinx hätte direkt durch das Koboldlager brechen und den direktesten Weg nach Hause einschlagen können, und wäre inzwischen schon längst angekommen. Warum bewegte sie sich in die verkehrte Richtung?

»Du siehst verwirrt aus, Zentaur«, sagte eine Stimme.

Er blickte sich um, sah aber nichts. »Wer bist du?« fragte er kurz angebunden, da er nicht zu Späßen aufgelegt war.

Eine undeutliche menschliche Gestalt erschien. »Ich bin D. Metria.«

»Eine Dämonin!« rief er aus. »Du bist kein Flügelungeheuer! Du gehörst nicht hierher.«

»Doch, ich bin eins«, sagte die Erscheinung und prahlte plötzlich mit Flügeln und Brüsten. »Ich bin gekommen, Altes weiterzugeben, das dich interessieren und in Verlegenheit stürzen wird.«

»Was weiterzugeben?«

»Geschichte, Information, Kommunikation, Neuestes vom Tage, Altigkeiten ...«

»Neuigkeiten?«

»Egal!« Sie schlug verärgert mit den Flügeln. »Von deinem Fohlen. Aber wenn du nicht interessiert bist ...«, begann sie und wurde schon leicht fadenscheinig.

»Ich bin interessiert«, warf Cheiron schnell ein.

»Na, es schien dir eher fade zu werden.« Sie wurde noch fadenscheiniger.

Cheiron hatte den Verdacht, daß sie ihn nur ärgern wollte. Das mochte er gar nicht. »Entweder erzählst du mir deine Neuigkeiten, oder du kannst dich völlig in Luft auflösen«, fuhr er sie an und wendete sich ab.

»Was wirst du mir dafür geben?«

»Gar nichts, weil ich Dämonen nicht traue.« Er ging weiter und ignorierte sie.

Das brachte sie offensichtlich aus dem Konzept. »Kennst du ein Geschöpf, das die Wahrheit dessen, was ich sage, bestätigen kann? So laß mich mit ihm sprechen.«

»Die Zombieeule kann das«, sagte er kurzangebunden. »Da drüben.« Er wies auf den Ast, wo der altersschwache Vogel am Tage schlief.

Die Dämonin flog hinüber zur Eule. »Hör zu, du fauler

Balg«, sagte sie, »erzähle dem Zentauren, daß ich die Wahrheit spreche. Die Verlobten des Prinzen hatten einen Handel mit Godiva Kobold vom Koboldberg in der Absicht abgeschlossen, das Fohlen vor der Goldenen Horde zu retten. Dann mußten sie entscheiden, wohin es gehen sollte, weil doch keine Seite das Fohlen tot sehen wollte. Sie retteten es mit Hilfe des fremden Elfenmädchens und spielten dann eine Runde Godo, um die Entscheidung herbeizuführen. Godiva gewann, also mußten sie ihr helfen, das Fohlen zum Koboldberg zu bringen.«

Die Eule öffnete ein großes, ranziges Auge. »Waarrr«, knarrte sie.

Es stimmte also! Das machte die Sache noch schwieriger. Wenn ein Handel geschlossen worden war, um Che zu retten, konnte er ihn kaum ignorieren, ohne daß dies unehrenhaft wäre. Der Koboldberg war ein übler Ort, aber nicht annähernd so schlecht wie der der Goldenen Horde. »Warum nach Norden? Dieser Weg führt doch gar nicht zum Koboldberg.«

»Sie mußten nach Norden fliehen, damit Prinz Dolph sie einholen konnte«, sagte Metria. »Außerdem hielt die Horde auch noch alles besetzt, was nach Süden führte. So mußten sie eine Route planen, die den anderen Weg um die Elemente herum nahm, da sie die Reise ja zusammen machen wollten. Das schien weniger riskant zu sein. Hätten die Mädchen gewonnen, so hätte der Prinz die kleinere Gruppe direkt durch die Luft zum Heim des Fohlens mitnehmen können.«

»Waarrr«, knarrte die Eule.

»Also reisen sie alle zusammen«, schloß Cheiron, »weil alle darauf aus sind, Che seiner Bestimmung zuzuführen.«

»Du hast es erfaßt, Zentaur«, stimmte die Dämonin zu. »Winden sich da nicht deine Schwanzfedern?«

»Warum aber will der Koboldberg Che haben?«

»Mein Interesse war nicht groß genug, das herauszufinden.«

»Faaalsch«, heulte die Eule.

»Ach, halt den Schnabel, du schräger Vogel!« fuhr ihn die

Dämonin an. Dann wandte sie sich wieder an Cheiron: »Ich glaube fast, du würdest dich noch mehr winden, wenn ich dich weiter deiner Vorstellungskraft überließe.«

»Waarrr.«

Cheiron erkannte, daß er keine nützlichen Informationen mehr von ihr bekommen würde. »Ich danke dir, Dämonin«, sagte er. »Ich werde an deine Worte denken.«

»Machst du dich denn jetzt nicht auf den Weg, dein Fohlen zu retten?«

»Alles zu seiner Zeit.«

»Wenn du dich beeilst, kannst du es schaffen, bevor sie Koboldberg erreichen.«

»Darüber bin ich mir im klaren.«

Ihre dämonischen Augen glitzerten. »So?«

»Ich werde warten«, sagte er und wünschte, sie würde weggehen. Aber es gab fast keine Möglichkeit, einen Dämon zum Gehen zu bewegen, abgesehen von einer Austreibung – und dazu fehlte ihm das Talent.

Ihre Augen rundeten sich in gespieltem Erstaunen. »Du meinst, du wirst es zulassen, daß die garstigen Kobolde dein unschuldiges Fohlen in ihren schrecklichen Berg bringen, aus dem ihn kaum etwas, außer vielleicht einem Krieg bis aufs Messer, wegbringen wird?«

»Ja, genau.«

»Aber warum denn, Zentaur? Ist das nicht dumm, sogar nach den Maßstäben deiner Rasse?«

Er wußte, daß sie ihn ködern wollte, um ihre dämonische Freude zu haben, aber er mußte antworten. »Nein. Das ist eine Frage der Ehre. Ein Handel wurde abgeschlossen, um Che zu retten, und dieser Handel muß respektiert werden. Also werden wir Che retten, nachdem die Abmachung eingelöst worden ist.«

»Aber das erfordert, ein Bataillon der grausamsten Ungeheuer auszuheben – und dann wirst du den Berg Stück für Stück auseinandernehmen müssen, um das Fohlen zu erreichen.«

»Genau.«

Sie schüttelte den Kopf. »Das wird bestimmt lustig. Das

Schauspiel will ich mir nicht entgehen lassen.« Mit diesen Worten verblaßte sie.

Schauspiel nannte sie das! Aber einmal abgesehen von ihrer grausamen Stichelei hatte sie recht: Es war ein gewaltiges Unternehmen, diesen Berg zu erobern, und es würde Che zugleich einem unkalkulierbaren Risiko aussetzen. Er hatte der Dämonin allerdings nicht verraten, daß er etwas anderes im Schilde führte.

Es würde eine Weile dauern, bis der Trupp sich versammelt hatte. Jetzt konnte er noch ein wenig ausruhen und sich den nötigen Schlaf verschaffen, bevor der Feldzug begann. Er ging davon aus, daß die Sphinx bei ihrer gewohnten Geschwindigkeit nicht vor heute abend am Ziel ankommen würde. Die Nacht war für einen Angriff durch Flugwesen nicht gut geeignet. So hatten sie bis zum folgenden Morgen Zeit, zum Berg zu gelangen und Aufstellung zu nehmen. Dann würden sie weiter sehen.

Eins war jedoch sicher: Che Zentaur würde nicht mehr lange als Gefangener im Koboldberg bleiben.

Cheiron schlief im Stehen neben Chex, den kommenden Tag erwartend. Von Zeit zu Zeit trafen Berichte ein. Der Rokh, der Riese unter den Vögeln, erschien und kreischte in seiner ohrenbetäubenden Sprache. Jäh erwachte Grundy Golem aus seinem Nickerchen auf Chex' Rücken und nahm die Botschaft entgegen. Grundys Talent waren die Sprachen.

»Er erzählt gerade, daß die Sphinx durch das Reich der Vögel geflogen ist. Dort hat er auch Che mit den anderen gesehen, und es schien ihm gut zu gehen.«

»Danke«, sagte Cheiron. Grundy übersetzte dies mit einem schrillen Kreischen. Eigentlich verstand Cheiron die Vogelsprache durch seine lange Zusammenarbeit mit ihnen selbst ziemlich gut. Aber er gab der Golem lieber die Gelegenheit, sich dadurch nützlich zu fühlen.

Später erschien ein Greif, eine anmutige Kreatur mit Löwenkörper und Adlerkopf, deren Haut tiefschwarz wie Schuhkrem glänzte. Grundy übersetzte wieder. So erfuhren sie, daß die Gruppe unbeschadet durch diese Region gelangt war. Che schien noch wohlbehalten und mit der seltsamen Elfe befreundet.

In diesem Augenblick erwachte Chex, und Cheiron brachte sie auf den neuesten Stand der Geschehnisse. »Che befindet sich also in Sicherheit, aber wir müssen ihm erlauben, daß er sich zum Koboldberg bringen läßt«, schloß er.

»Ja, natürlich«, stimmte sie zu, denn sie sah die Notwendigkeit ein, die Absprache zu erfüllen, die es Nada und Electra ermöglicht hatte, das Fohlen aus den schrecklichen Klauen der Koboldschaft der Goldenen Horde zu retten. »Wenn die Gruppe dann weitermarschiert, müssen wir die Elfe befragen. Es ist offensichtlich die gleiche, der ich schon einmal begegnet bin. Ich glaube, ihr Kater hat Che aufgespürt. Aber dann nahmen die Kobolde die Elfe zusammen mit Che gefangen, und sie wurden Freunde in der Not. Ich vermute, sie ist für ihn eine große Stütze gewesen, denn er hat es überraschend gut durchgestanden. Das hätte er nicht, wäre er allein gewesen.«

Cheiron stimmte ihr zu. Che war schon so klug wie ein erwachsener Zentaur, aber emotional war er immer noch ein Fohlen. Allein wäre er einfach nicht mit dem Schrecken fertig geworden, den so eine Entführung durch die Horde mit sich brachte. Aber mit einer Gefährtin, die ihn vor der vollen Belastung beschützte, konnte er überleben. Und das hatte er wohl auch geschafft. Das sprach Bände über das Elfenmädchen. Vielleicht hatte sie keine besonderen Eigenschaften, aber sie war zum kritischen Zeitpunkt da gewesen, und das war schließlich das einzige, was zählte.

Am Nachmittag stand die Gruppe von Netz Drachen endlich bereit. Sie setzte sich aus einer fliegenden Sphinx, zwei Chimären, drei Rokhs, vier Greifen, fünf fliegenden Drachen und einer Sechserschar Harpyien zusammen. Zusätzlich waren noch Unmengen von kleinen Drachenfliegen sowie Feuerfliegen als Unterstützungstruppe angetreten, ebenso ein Basilisk für den Nahkampf.

Einer der Drachen war Drago vom Berg Etamin, unmittelbar südlich des Koboldbergs. Er war ein Feuerdrachen, nicht sehr groß für seine Art, aber vielseitig begabt. Denn er konnte Höhlen durchqueren, auch wenn sie sich unter Wasser befanden. Zu Cheirons Hochzeitszeremonie war er auch dabei gewesen, weil er Prinz Dolph – der zu diesem Anlaß in Gestalt einer Drachenfliege erschienen war – dorthin gebracht hatte. Drago kannte sich sehr gut in diesem Gelände aus und würde als Führer für die Mitglieder der Truppe dienen, die von weiter her kamen. Cheiron freute sich, ihn zu sehen; für seine gründlichen Kenntnisse dieser Region gab es keinen Ersatz.

Bevor sie aufbrachen, gab ihnen Cheiron einen kurzen Überblick über die Lage. »Mein Sohn Che ist der Gefangene des Koboldstamms, der im Koboldberg haust. Wir wissen nicht, warum sie ihn entführt haben. Aber es sieht nicht so aus, als hätten sie vor, ihm etwas anzutun. Es gibt keine Anzeichen dafür, daß sie ihn für politische Zwecke benutzen wollen; scheinbar haben sie private Gründe. Möglicherweise gibt es aber einen Zusammenhang mit der besonderen Stellung, die das oberste Flügelungeheuer, der Simurgh, ihm ausgewiesen hat, daß nämlich sein Leben den Verlauf der Geschichte von Xanth verändern wird. Die Kobolde glauben vielleicht, Macht über Xanth zu erlangen, wenn sie ihn kontrollieren. Das dürfen wir aber nicht zulassen, schon mit Rücksicht auf die Geschichte von Xanth, und mehr noch aus den persönlichen Gründen, daß er mein Fohlen ist.«

Er blickte sich einen Moment lang in der Gruppe um, bevor er fortfuhr. Alle Mitglieder der Truppe hatten dem Bericht mit finsteren Mienen gelauscht. Er redete in Menschensprache, die viele von ihnen nicht besonders gut verstanden, so daß Grundy Golem es ihnen übersetzen mußte. Zuerst hörten die Rokhs und Greife dem grellen Kreischen zu, sträubten die Federn und spreizten die Krallen. Dann kamen die Drachen dran, und auf die Knurrlaute hin stießen sie langsame Feuerströme, Rauch- oder Dampfschwaden aus – jeder nach seiner Art.

»Ich will den Berg nicht sofort angreifen«, fuhr Cheiron fort, als die ganzen Übersetzungen zu Ende waren. »Ich stelle ihnen ein Ultimatum: Innerhalb einer bestimmten

Frist müssen sie mir Che unverletzt ausliefern. Tun sie das, ziehen wir in Frieden wieder ab.« Als die Übersetzung diesen Punkt erreicht hatte, reagierten alle mit Enttäuschung. Sie zogen es vor zu kämpfen. Natürlich wollten sie Che retten, aber es wäre ruhmreicher, ihn in einer Schlacht zu befreien, als ihn kampflos ausgeliefert zu bekommen.

»Tun sie das nicht, greifen wir an«, sagte Cheiron. Zustimmendes Kreischen war die Folge sowie heftige Ströme von Feuer, Rauch und Dampf. »Wir beseitigen die Wächter an der Oberfläche und räuchern die Bewohner in der Tiefe aus.« Da atmeten die Raucher aus und verschwanden einen Augenblick lang in einer dichten Rauchwolke. So mancher glaubte, Rauch sei nicht so wirkungsvoll wie Feuer, aber tatsächlich war er in geschlossenen Räumen viel tödlicher. Die Kobolde sollten halb erstickt und keuchend aus ihren Löchern kriechen! »Aber wir werden diszipliniert vorgehen und sofort aufhören, wenn sie kapitulieren. Dies ist eine Befreiungsaktion und kein Vernichtungsfeldzug.«

»Aber angenommen, sie töten das Fohlen«, erkundigte sich die Sphinx. Cheiron sah, wie Chex zusammenzuckte, und wünschte sich, diese Frage wäre nicht gestellt worden. Aber nun mußte er sie beantworten. »Dann werden wir diesen Stamm vollständig auslöschen«, fauchte er grimmig.

Alle äußerten sich auf ihre Art bedauernd wegen eines möglichen Verlusts des Fohlens, aber die Aussicht auf so eine blutige Schlacht ließ sie wohlig erschauern. Es war schon lange her, daß es eine solche Gelegenheit gegeben hatte. Cheiron persönlich widerte es zwar an, aber ihm war klar, daß sein Trupp in der Lage sein mußte, diesen Berg in Schutt und Asche zu legen. Andernfalls würden die Kobolde über das Ultimatum nur lachen. Eventuell würden sie sowieso so lange lachen, bis er seine Macht demonstriert hatte.

»Wir rechnen damit, nachts anzukommen«, schloß Cheiron. »Dann rasten wir bis zum Morgen und verschaffen uns einen Überblick über die Situation, während wir verhandeln. Denkt daran: Wir wollen unsere Macht demonstrieren, aber wir werden nicht wirklich angreifen – bis sie sich entweder weigern, den Gefangenen zurückzugeben, oder sich als nicht vertrauenswürdig erweisen. Disziplin steht an erster Stelle.«

Das verstanden sie. Disziplin war nicht gerade beliebt, aber sie war nun einmal der Preis, um in den Trupp aufgenommen zu werden.

Grundy Golem setzte sich zu Gloha auf Cheirons Rücken, weil er sie wahrscheinlich beide für Verhandlungen brauchte. Gloha sollte mit den Kobolden sprechen, und Grundy würde es für die Truppe übersetzen.

Sie brachen auf. Die kleinen Lebewesen ritten auf den größeren: So begleiteten die Drachenfliegen die Drachen, und der Basilisk ritt auf dem Rokh. Die Harpyien waren relativ unbeholfene Flieger. So mußten sie ebenfalls auf anderen mitfliegen und versprechen, daß sie diese nicht besudeln würden.

Sie flogen in Formation Richtung Nord-Nordost. Die stärksten Flieger waren die Rokhs. Sie hatten ihr Tempo gedrosselt, bildeten vorne einen Keil und brachen Bahn für die nachfolgenden. Die Truppe kam schnell bis zur Spalte voran, und als der Tag zuerst in Dämmerung und dann in Nacht überging, ließen sie sie schon hinter sich zurück. Sie zogen an den Grenzen des Fliegenreichs und des Luftelements entlang, denn sie wollten auf ihrem Weg keine Schwierigkeiten bekommen.

»Ich glaube, ich kenne dich gar nicht richtig, Gloha«, sagte Grundy. »Natürlich weiß ich einiges *über* dich; als sich deine Eltern zusammentaten, war es fast Krieg. Aber du hast die meiste Zeit bei den Flügelungeheuern und nicht auf Schloß Roogna gelebt.«

»Nun, ich *bin* ein Flügelungeheuer«, antwortete sie.

»Ich habe niemals ein hübscheres Ungeheuer gesehen!« rief er aus.

Ihr wurde heiß, und sie errötete ganz offensichtlich. Cheiron wollte ihr Gespräch eigentlich nicht belauschen, aber es gab kaum eine Möglichkeit, das zu vermeiden. »Ich wünschte, dort wäre ein Ungeheuer meiner Art gewesen. Aber ich bin das einzige.«

»Ich bin auch der einzige meiner Art«, meinte Grundy. »Aber ich fand das nicht mehr schlimm, als ich dann Rapunzel traf, die wiederum die einzige ihrer Art ist.«

»Aber du bist auch kein Flügelungeheuer«, erklärte sie. »Du hast nicht wie ich die Verpflichtung, eine neue Spezies zu schaffen, ohne deine besten Eigenschaften zu opfern.«

»Das stimmt wohl«, gab Grundy zu. »Die Kobolde und die Harpyien kämpfen schon so lange miteinander, daß es seit Jahrhunderten keine Kreuzung mehr gegeben hat. Ich vermute, daß das zu früheren Zeiten vorgekommen ist. Vielleicht gibt es noch geflügelte Kobolde im Hirnkorallenteich?«

»Der Hirnkorallenteich!« rief sie aus. »Daran habe ich noch gar nicht gedacht! Oh, ich frage mich, ob es wohl möglich ist? Vielleicht gibt es ja dort einen Mann für mich?«

»Wer weiß?« stimmte Grundy ihr zu. »Du solltest zum Guten Magier gehen und ihn danach fragen.«

»Vielleicht sollte ich das tun! Aber erst, nachdem wir Che befreit haben.«

»Weißt du, Che hat das gleiche Problem«, erzählte Grundy. »Er ist auch das einzige Flügelungeheuer seiner Art. Ihr könntet euch zusammentun, und vielleicht genügt die Antwort auf eine Frage für euch beide.«

»Vielleicht! Oh, Grundy, du hast mir etwas gegeben, auf das ich mich freuen kann!«

Auch Cheiron hatte allen Grund dazu. Er hatte sich über das Schicksal seines Fohlens Sorgen gemacht, denn er wußte, daß es keine Partnerin für ihn gab. Auch wenn es in einem Jahr ein Schwesterfohlen geben sollte, wäre sie nicht die richtige. Damit ihr Geschlecht fortbestehen konnte, mußten sie andere geflügelte Zentauren finden – und soweit er wußte, gab es keine in Xanth. Bevor Chex auftauchte, hatte er jahrelang danach gesucht. Nur wenn weitere Kreuzungen stattfinden würden, gäbe es noch weitere Exemplare dieser Art. Die Zentauren als Klasse für sich waren viel zu konservativ, um das zuzulassen. Cheiron verdankte seine eigene Existenz dem zufälligen Zusammentreffen eines Zentauren und eines geflügelten Pferds, die beide aus einer Liebesquelle getrunken hatten, ohne es zu wissen. Sie hatten sich unabsichtlich gepaart und blieben gerade lange genug zusammen, um das Überleben ihres Nachkommen zu sichern. Die Pferdeanteile traten in den Hintergrund, während sich die anderen Eigenschaften so stark manifestierten, daß ein geflügelter Zentaur dabei herauskam. Die Stute hatte ihn gesäugt, bis er entwöhnt werden konnte, dann war sie für immer verschwunden. Der Zentaur hatte ihn auf seine Art erzogen, bis das Fohlen seine weitere Ausbildung selbst verfolgen konnte, und war dann gleichfalls verschwunden. So mußte Cheiron noch einsamer leben als ein normaler Weise. Da es ihm nicht gelang, Zentaur und geflügelte Pferde dazu zu verführen, einen Liebestrank mit ihm zu trinken, sah er keine Möglichkeit, andere seiner Art zu schaffen. Chex war einzigartig, denn ihre Eltern hatten kein Liebeselixier getrunken. Aber sie und ihre Mutter wurden auch von den normalen Zentauren gemieden, weil sie Chex geboren hatte.

Wenn es in den verganenen Jahrhunderten ähnliche Züchtungen gegeben haben sollte – was gut möglich war –, und man die Fohlen im Hirnkorallenteich verborgen hielt, dann wäre das eine Überprüfung wert. Vielleicht könnte damit das Drama, das den Beginn einer Spezies von geflügelten Zentauren bedrohte, verhindert werden.

Cheiron flog weiter. Seine Gedanken drängten das weitere Gespräch zwischen Golem und Kobold in den Hintergrund. Im Augenblick war Ches Rettung vorrangig; den Fortbestand seines Geschlechts zu fördern war eine längerfristige Angelegenheit. Wie wunderbar wäre es doch, einen gangbaren Weg zu finden!

Drago übernahm während der Dunkelheit die Führung. Kopf, Schwanz und die Spitzen seiner Flügel wurden von Feuerfliegen beleuchtet, so daß die anderen ihm mühelos folgen konnten. Er brachte sie zum Fuß des Koboldbergs an der Ostgrenze des Erdelements. Sie landeten sicher im nahegelegenen Wald und mieden den trügerischen Sumpf, in dem die Kredithaie lauerten. Es war ungefähr Mitternacht.

Dann erstatteten Feuerfliegen Bericht: Prinz Dolph, Prinzessin Nada und Electra hatten ihr Lager in der Nähe aufgeschlagen und waren auf dem Weg, sie zu treffen.

Bald sahen Cheiron und Chex die riesige Sphinx undeutlich in der Dunkelheit schimmern. Die Mädchen saßen ab, und Dolph nahm seine menschliche Gestalt wieder an. Überall hörte man freudige Begrüßungen.

Jetzt konnten sie endlich die vollständige Geschichte erfahren. Es existierte tatsächlich ein Abkommen, das erforderlich gewesen war, um Che zu retten. Überraschend war die Rolle der Elfe dabei: Ihr magisches Talent bestand darin, daß jeder, der in Hörweite war und nicht aufpaßte, sich in einem Tagtraum im Bewußtsein der Elfe verfing. Er verlor das Interesse an anderen Dingen, bis dieser Traum unterbrochen wurde oder jemand die Aufmerksamkeit des Lauschenden wieder auf die Wirklichkeit richtete. Es ähnelte ein bißchen dem Hypnokürbis – nur wesentlich angenehmer und weniger zwanghaft. Es war schwieriger, sich absichtlich auf sie einzulassen. Auf diese Weise hatte die Elfe die Kobolde dazu gebracht, so lange zu verharren, bis die Gefangenen entkommen konnten. Somit hatte sie Che zweimal einen Gefallen getan.

»Aber wo ist die Elfe?« fragte Chex.

»Sie begleitete Che«, erklärte Electra. »Sie sagte, er sei ihr Freund, und sie wollte bei ihm bleiben. Also folgte sie ihm zusammen mit Sammy.«

»Mit wem?«

»Mit ihrem Kater.«

»Ach! Ja«, rief Chex. »Er findet Dinge.«

»Das tut er mit Sicherheit!« gab Prinz Dolph zurück. »Er spürte die Gruppe für mich auf, so daß ich sie fortbringen konnte, bevor die Horde sie wieder erwischte. Sonst hätte ich viel zu lange dafür gebraucht, weil dieses Klageweib Metria mich die ganze Zeit angespitzt hat.«

»Was hat sie?« fragte Cheiron.

»Geschnitten, geschliffen, geschärft ...«

»Oh, du meinst scharf gemacht ...«

»Hundsweib«, unterbrach Chex ihn und stieß mit ihrem Huf gegen seinen Vorderhuf. Ihm wurde klar, daß Dolph noch nicht erwachsen genug war, um den richtigen Ausdruck zu kennen.

»Egal«, meinte Dolph, augenscheinlich verstimmt. »Ich wußte nicht, wann sie die Wahrheit sprach.«

»Genau«, stimmte Cheiron zu. »Metria kam, um mir von deinem Abkommen mit den Bergkobolden zu berichten. Aber ich hatte eine Methode, ihre Aufrichtigkeit nachzuprüfen.« Er wendete sich Chex zu. »Ich denke, wir verdanken dieser Elfe mehr, als wir bisher angenommen haben. Sie half Che auf dreifache Weise, wenn man die Aktivitäten ihres Katers auch mitzählt. Und sie hat noch dazu beschlossen, mit ihm die Gefangenschaft zu teilen. Wir müssen sie unbedingt mit retten.«

»Na klar«, stimmte Chex zu. »Und den Kater.«

»Also werden sie noch mit einbezogen«, entschied Cheiron. »Das Ultimatum umfaßt nun alle drei.«

Nachdem sie das beschlossen hatten, legten sie sich nieder und schliefen für den Rest der Nacht.

Während die so verschieden gearteten Mitglieder des Trupps am nächsten Morgen die Umgebung nach Nahrung durchstreiften, näherte sich Cheiron zusammen mit Grundy und Gloha dem Haupteingang des Koboldbergs.

»Schickt jemanden zu uns heraus!« schrie er barsch.

»Steck dein Hinterteil in den Matsch, du Arschbacke!« brüllte ein Koboldwächter und fuchtelte wild mit dem Speer.

Gloha flog hinunter, um den Wächter zu stellen. »Wie meinen?« säuselte sie lieblich.

Nur wenige Dinge konnten das vorlaute Maul eines Kobolds außer Gefecht setzen. Aber der plötzliche Anblick einer wunderschönen geflügelten Kobolddame war wohl eins davon. »Hol den Boß«, murmelte er zu einem Wächter niederen Ranges.

Befriedigt flog Gloha zu Cheiron zurück. Es war deutlich, daß ›Arschbacke‹ als Beschreibung einfach nicht auf sie zutraf.

Nach angemessener Zeit watschelte ein fetter Kobold mittleren Alters aus der Höhe heraus. »Was, zum Teufel, willst du, du Bastard?«

»Ich bin Cheiron Zentaur. Wer bist Du?«

»Ich bin Gichtig Kobold, Häuptling des Koboldbergs. Spuck aus, was du zu sagen hast, Fellnase.«

»Hast du Gefangene, Gichtig?«

»Was wäre, wenn ich welche hätte, Chamäleon?«

»Es heißt *Cheiron*, Fuzzie!« rief Grundy.

»Was geht dich das an, du Wurmgesicht?« grollte der Häuptling.

»Einer der Gefangenen ist mein Freund, du Klumpfuß! Wir rösten dich am Spieß, wenn du ihn uns nicht auslieferst.«

Offensichtlich erkannte der Häuptling, daß es für ihn ein verlorenes Spiel war, mit dem Golem Beleidigungen auszutauschen. Er richtete sich nun an Cheiron. »Warum sagst du nicht einfach, was du willst, Zentaur?«

Das tat Cheiron gern. »Du hast bis heute mittag Zeit, deine Gefangenen freizulassen: Che Zentaur, Jenny Elfe und Sammy Kater. Wenn du das nicht tust, mache ich euren Berg dem Erdboden gleich und lösche deinen Stamm aus.«

»Ach ja?« fragte Gichtig. »Du – und wer sonst noch, Hufkopf?«

Cheiron hob die rechte Hand. Sofort präsentierten sich mehrere Flügelungeheuer, die begierig nur darauf warteten, endlich an die Arbeit gehen zu können. Sie sahen sehr entschlossen aus – groß und furchterregend.

»Ich werde darüber nachdenken.« Gichtig drehte sich um und schlurfte den Pfad zurück. Seine geschwollenen Beine behinderten ihn erheblich beim Laufen.

»Ich glaube, du hättest ihm nicht bis heute mittag Zeit geben sollen«, meinte Grundy, als Cheiron sich umdrehte. »Das gibt ihm nur mehr Gelegenheit, Böses auszukochen.«

»Ich möchte, daß die Ungeheuer völlig bei Kräften sind«, erklärte Cheiron. »Sie sind einen langen Weg hierhergeflogen und haben sich auch schon ausgeruht. Und jetzt brauchen sie noch eine Menge zu essen. Heute mittag ist der früheste Zeitpunkt, an dem wir einen wirklich wirksamen Angriff wagen können.«

»Oh. Das leuchtet mir ein. Aber angenommen, sie rufen Verbündete herbei?«

»Dann werden wir dasselbe tun«, erwiderte Cheiron. »Ich hoffe, daß Gichtig – denkt er einmal darüber nach – erkennt, daß er nichts davon hat stur zu bleiben, und er besser beraten wäre, uns die Gefangenen ohne Kampf zu überlassen. Das ist ja eigentlich unser Ziel.«

Sie warteten und sammelten ihre Kräfte. Die Rokhs schleppten Felsblöcke an, um sie auf den Berg zu werfen; die Greife schärften ihre Klauen; die Drachen fraßen ungeheure Mengen. Ihre Körper verarbeiteten das Futter zu einem inneren Kraftstoff für Feuer, Rauch und Dampf. Sie alle hofften, daß die Kobolde es auf einen Kampf ankommen lassen würden.

Langsam wurde es mittag, und die Gefangenen waren immer noch nicht frei. Statt dessen waren die Eingänge ganz plötzlich mit Felsen und Türen von innen verschlossen. Die Kobolde hatten sich für den Kampf entschieden.

Cheiron ließ den Kopf hängen. Wie sehr hatte er gehofft, daß es nicht dazu kommen würde! Nicht, daß der Trupp unfähig gewesen wäre, den Berg zu zerstören, aber es erhöhte das Risiko für die Gefangenen enorm. Vielleicht rechnete der Koboldhäuptling damit, daß die Flügelungeheuer eben deswegen nicht allzu brutal angreifen würden.

Nun, jetzt konnte man nichts mehr daran ändern. Sie mußten zur ersten Stufe der Schlacht um den Koboldberg übergehen. Das Unheimliche an der ganzen Angelegenheit war, daß er einfach nicht wußte, warum die Kobolde sein Fohlen entführt hatten. Auf welche Mittel meinten sie, sich stützen zu können, um die Sache aufgehen zu lassen? Sie mußten doch gewußt haben, daß es so weit kommen würde. Durch diesen unbekannten Faktor geriet Cheirons ganze Zuversicht ins Wanken.

10

JENNYS JONGLIERPROBLEM

Jenny folgte Che mit Sammy auf dem Arm in den Koboldberg hinunter. Das tat sie, weil es ihrer Meinung nach notwendig war, aber zweifellos hatte sie auch Angst dabei. Sie war eigentlich in Wald und Hain zu Hause und haßte die bedrohliche Tiefe der Höhlen. Der Berg glich einem riesigen Ameisenhaufen mit weit verzweigten Gängen, die alle immer tiefer nach unten führten. An jeder Abzweigung hielt ein Kobold Wache und starrte sie finster mit seinem Speer an, als hätte er nicht übel Lust, ein Loch in sie zu bohren, um zu sehen, wie sehr es wehtun würde, bevor das Blut hervorquoll. Ihr stockte der Atem.

Aber wie hätte sie den armen Che hier allein lassen können? Sie kannte das Fohlen erst knapp zwei Tage, aber soviel wußte sie: Es haßte Gefangenschaft und würde sich schrecklich quälen, wenn es niemanden zu seinem Schutz gab. Sie mußte einfach bei ihm bleiben, um ihm etwas vorzusingen und ihn zu trösten, wenn sein Blick wild wurde. Es gab keine andere Möglichkeit.

Die Kobolde trugen verrußte, tropfende Fackeln, deren widerspenstige Flammen eher Qualm als Licht produzieren schienen. Der dichte Rauch quoll an der Decke entlang und suchte blind nach einem Ausgang. Jenny konnte sich vorstellen, wie er sich fühlte.

Als sie schon das Gefühl hatte, daß es unmöglich noch tiefer gehen konnte, schob man sie grob in einen leeren Raum. Die Tür schlug hinter ihnen zu. Sie waren allein.

Wenigstens gab es Licht. Einer der Kobolde hatte seine Fackel in eine Wandspalte geschoben. Sonst wäre es stockdunkel um sie herum gewesen, denn es war nicht nur Nacht, es gab auch keine Fenster. In diesem Ameisenbau war die freie Sicht wohl nicht so wichtig für die Bewohner.

Jenny hätte sich gern vor Furcht in einer Ecke zusammengekauert, aber Ches wegen wollte sie das nicht tun. So stellte sie sich einfach unbesorgt. »Nun, wenigstens haben wir einen Raum für uns«, sagte sie heiser. Sie setzte Sammy auf den Boden. Er rollte sich sofort als orangenes Bündel an der Wand zusammen und verfiel in ein Nickerchen. Wenn er durch die kürzliche Entwicklung beunruhigt sein sollte, ließ er sich jedenfalls nicht dazu herab, es zu zeigen. »Sehen wir mal, was hier so alles zu finden ist.« Sie lief in der Kammer herum, aber eigentlich erwartete sie nichts.

So überraschte es sie, einen Alkoven mit einem glänzenden Stein zu finden, der als Spiegel diente. Daneben gab es einen Krug mit klarem Wasser, eine Schüssel und einen Schwamm. »Seht nur, das ist eine Waschstube!« rief sie aus. »Wir können uns reinigen und wieder einigermaßen manierlich aussehen!« Sie erwähnte lieber nicht, wie sinnlos es schien, sich in dieser gräßlichen, überdeckten Grube zu waschen.

Nachdem sie etwas Wasser in die Schüssel gegossen hatte, tunkte sie den Schwamm hinein. »Wie wär's, wenn du anfingst, Che?« fragte sie. »Ich kann dich auch abreiben, wenn du magst. Dein Fell ist ziemlich schmutzig.«

»Ja, danke«, sagte er, offensichtlich abgelenkt durch ihre Zuversicht. Es war schwer zu glauben, daß sie sich in einer wirklich schlimmen Lage befanden, wenn jemand in die Alltäglichkeit verfiel, sich zu waschen.

Sie schrubbte ihn ab, und sein Fell war wirklich schmutzig – aber dafür konnte er nichts. Ihr Zug durch den Urwald und jene Nacht im Dorf der Horde hatte sie mit Schmutzschichten überkrustet. Sie mußte den Schwamm mehrmals ausspülen, und das Wasser im Becken wurde erst braun, dann schwarz, bevor sie fertig war. Sie mußte es sogar in die Abflußrinne kippen und die Schüssel von neuem mit klarem Wasser aus dem Krug füllen.

Nachdem sie ihn ziemlich gut sauber gekriegt hatte, benutzte sie das übrige Wasser, um sich selbst zu reinigen. Ihre Kleidung war völlig verschmutzt. So zog sie sich aus und stopfte ihre Sachen in die Schüssel. Es gelang ihr nicht, sie gänzlich sauber zu bekommen, aber wenigstens sahen sie jetzt besser aus als vorher. In der Hoffnung, sie rechtzeitig zu trocknen, hängte sie die nassen Kleider an den Wandhaken auf.

Vor der Tür hörte sie ein Geräusch. Irgend jemand hob den Riegel. Jenny erschrak, weil ihr aufgefallen war, daß die Menschen und die ihnen ähnlichen Wesen immer bekleidet herumliefen. Sie wollte nicht in ihre nassen Sachen steigen; aber wenn sie es nicht tat, stellte sie sich bloß. So hastete sie schnell hinter Che in Deckung, damit man von der Tür aus den mittleren Teil ihres Körpers nicht sehen konnte.

Die Tür öffnete sich knarrend. Eine Frau stand im Eingang. Ihre Konturen wurden im Schein einer Fackel sichtbar. Sie war wunderschön. Ihr schlanker Körper war in ein kostbares Gewand gekleidet und das Gesicht von der Dunkelheit verschleiert.

Sie trat ein, und die Tür schloß sich wieder. Man hörte das Geräusch des Riegels, der in seine alte Position zurückfiel. Die Besucherin blieb mit ihnen eingeschlossen. War sie auch eine Gefangene? Sie konnte sogar eine Prinzessin sein, denn ihre Kleidung war sehr vornehm.

»Hallo, Che«, grüßte die Frau, »hallo, Jenny.«

Es war Godiva! »Ich habe dich nicht erkannt!« stieß Jenny erstaunt hervor. »Bist du auch eine Gefangene?«

Godiva lachte. »Nein, meine Liebe. Ich habe mich mit euch einschließen lassen, damit wir nicht gestört werden. Ihr wollt euch bestimmt ausruhen, aber vorher muß ich euch etwas erklären. Es ging nicht früher, und ich brauche euer Versprechen.«

»Wir haben uns an unsere Abmachung gehalten und sind hierher gekommen«, sagte Che. »Ich meine, das tilgt unsere Verpflichtungen.«

»Ja, das tut es, Che«, stimmte sie zu. »In der Tat ist Jenny mir nichts schuldig, und sie ist freiwillig hier. Jetzt müssen wir eine neue Vereinbarung treffen.«

»Ich habe das Abkommen nur eingehalten, weil andere es für mich vereinbart haben«, sagte Che. »Ich habe keinerlei Verpflichtung, noch eines abzuschließen.«

»Trotzdem müssen wir ein neues treffen«, erwiderte die Koboldin finster. »Jetzt, da Jenny hier ist, müssen wir sie mit einbeziehen.« Sie warf einen Blick über Ches Rücken auf Jenny. »Aber wir müssen dir etwas zum Anziehen besorgen. Warte einen Augenblick.« Sie ging zur Tür und klopfte. »Bringt mir eine von Gwendolyns Ausstattungen«, rief sie.

»Ja, Herrin«, antwortete ein Kobold.

Godiva wendete sich wieder an Che. »Ich bin bereit, mich meinerseits euch zu verpflichten, als Gegenleistung für euer Entgegenkommen: zunächst ein bequemes Leben, das beste Essen, Kleidung und Unterhaltung – und natürlich Sicherheit; das alles als Gegenleistung für deine Zusage, niemals zu verraten, was ich dir jetzt erzählen werde.«

Jenny war überrascht. »Wenn du ein Geheimnis wahren willst, erzähle es uns lieber nicht!« rief sie. »Ich glaube nicht, daß wir Freunde sind!« Aber eigentlich bedauerte sie das, weil Godiva sie während ihrer Reise hierher sehr beeindruckt hatte.

»Ich bin trotzdem der Meinung, daß wir uns gut genug kennen, um zu wissen, daß wir einander trauen können«, sagte Godiva, »wenn wir unser Wort geben. Deshalb werden wir uns bestimmt einigen können.«

»Das mag sein«, bemerkte Che. »Aber ich sehe keinen Grund dafür, irgend etwas zu versprechen.«

»Aber wenn ihr es nicht tut, kann ich euch nicht erzählen, warum ich euch entführt habe«, meinte Godiva gleichmütig. »Die ganze Mission wird auf diese Weise sinnlos, und das dient keinem von uns.«

»Dann solltest du uns vielleicht einfach gehen lassen«, schlug der Zentaur vor.

»Dazu bin ich nicht bereit. Und ich glaube, wenn ich euch alles erzählt habe, werdet ihr verstehen, warum ihr hier seid.«

»Es interessiert mich überhaupt nicht, das zu verstehen«, erwiderte Che und schob das kleine Kinn trotzig vor.

Godiva seufzte. »Die Verstocktheit der Zentauren ist legendär. Aber du brauchst dich ja nicht mit der Rolle einverstanden zu erklären, die ich für dich vorgesehen habe. Du mußt nur bereit sein, zuzuhören und es keinem anderen zu erzählen. Das ist doch nicht unzumutbar?«

»Du hast mich gewaltsam entführt«, beharrte Che und zeigte genau jenen Starrsinn, den sie gerade beschrieben hatte. »Du hast überhaupt kein Recht, etwas von mir zu verlangen. Bring mich sofort zu meiner Mutter zurück!«

Godiva dachte nach. »Wie wäre es, wenn ich es Jenny Elfe erzähle? Und sie kann dir dann sagen, ob du auf den Handel eingehen sollst?«

»Nein, warte ...« protestierte Jenny.

Aber Che überlegte es sich. »Jenny ist nicht von dir entführt worden, sie ist freiwillig hier. Sie kann sich mit dir einigen, wenn sie will.«

»Dann komm mit, Jenny«, forderte Godiva sie auf.

»Aber ich bin nur hergekommen, um mit Che zusammen zu bleiben!« rief Jenny. »Ich will ihn nicht verlassen.«

»Ich verspreche dir, dich gleich zu ihm zurückzubringen, wenn unser Gespräch beendet ist«, beruhigte Godiva sie. »Er wird ja nicht mit mir zusammenarbeiten, bis er von dir gehört hat, was ich zu sagen habe. So gibt es keinen Grund für mich, dich von ihm fernzuhalten – außer dem, mein Geheimnis zu schützen.«

Das schien sinnvoll zu sein. »Ich werde es tun«, stimmte

Jenny zu. »Aber ich kann nicht versprechen, daß ich Che von irgend etwas überzeugen werde.«

Godiva klopfte wieder an die Tür. »Reich mir die Kleidung herein«, rief sie.

Die Tür wurde entriegelt. Eine Koboldhand wurde sichtbar und reichte ein Kleid herein, das Godiva entgegennahm. Dann folgten ein paar zierliche Schuhe und andere Dinge. Die Tür schloß sich wieder.

»Und jetzt, Che«, sagte Godiva bestimmt, »sieh zur Tür und schließ die Augen.«

»Warum?«

»Weil wir jetzt Jenny Elfe ankleiden werden und das ist etwas, wobei kein Mann zusehen sollte.«

»Aber ...«

»Einschließlich Höschen.«

Das wirkte. Er wußte von Höschen. Er blickte zur Tür und kniff die Augen fest zu.

Godiva ging auf Jenny zu und hielt ihr das Höschen hin. Es war rosa und sehr hübsch, viel schöner, als man in einer Koboldfeste erwarten sollte. Jenny schlüpfte hinein. Es folgte ein noch unaussprechlicheres Kleidungsstück – ungefähr auf halber Höhe zwischen Höschen und Kopf. Dann das Kleid, auch in rosa, das ihr fast perfekt paßte und das so ziemlich das Schönste war, das sie je gesehen hatte. Schließlich schlüpfte sie in die Schuhe, die aus dehnbarem Stoff gefertigt waren, der sich nachgiebig um ihre Füße schloß, ohne zu kneifen. Sie betrachtete sich eingehend in dem Steinspiegel und war überrascht. Abgesehen von ihrem wirren Haar sah sie fast aus wie eine Prinzessin!

»Wo – wie hast du nur ...« begann sie, während sie die Bürste nahm, die Godiva ihr reichte, und ihr Haar bearbeitete. Es würde niemals auch nur ahnungsweise in die Nähe von Godivas eigenem wundervollen Haar kommen, aber sie konnte es immerhin ein wenig ordnen. Bevor dieses Abenteuer begonnen hatte, reichte ihr Haar bis zur Hüfte, aber inzwischen war es so verfilzt, daß es genausogut hätte abgeschnitten sein können.

»Die Ausstattung gehört meiner Tochter Gwendolyn«, erklärte Godiva. »Sie hat ungefähr deine Größe.«

Ganz offensichtlich! Und das erklärte auch die Qualität der Kleidung, denn Gwendolyn war ja eine Prinzessin beziehungsweise das entsprechende Gegenstück bei den Kobolden. Das Gewand hatte Jenny ebenso gründlich verwandelt, wie Godiva sich durch ihren Kleidungswechsel verändert hatte. Jenny hatte zunächst angenommen, daß Godiva hauptsächlich ungebändigtes Haar trug, aber das war offensichtlich nur außerhalb des Bergs der Fall.

»Jetzt darfst du wieder herschauen«, sagte Godiva zu Che.

Das Fohlen öffnete die Augen, drehte sich um und sah Jenny an. »Du bist schön«, staunte er.

Jenny errötete so tief, daß ihre Sommersprossen kaum noch zu sehen waren. »Das bin ich nicht!« protestierte sie.

Che wandte sich ab.

»Das hättest du nicht sagen sollen«, murmelte Godiva. »Ein Zentaur spricht stets nur die reine Wahrheit. Du hast seine Gefühle verletzt.«

Jenny war entsetzt. »Oh, Che, es tut mir leid«, rief sie und ließ die Bürste fallen. »Ich wollte nicht – ich habe es falsch verstanden! Bitte vergib mir!«

»Natürlich«, brummte er ein wenig aufgemuntert. »Ich hätte es wissen müssen. Es tut mir leid.«

Sie beschloß, dazu nichts weiter zu sagen, sondern umarmte ihn einfach. Dann richtete sie sich wieder an Godiva. »Nun bin ich bereit, dich zu begleiten.«

Sie warf einen Blick auf Sammy, der sich nicht gerührt hatte, seit sie sich in der Kammer aufhielten. »Sammy leistet dir Gesellschaft, wenn ich fort bin, Che. Er wird sich zwar nicht bewegen oder sprechen, aber er kann dich verstehen, und wenn du etwas verlierst, wird er es finden.«

»Ich glaube, ich habe mein Selbstvertrauen verloren«, sagte Che mit einem schwachen Lächeln.

Godiva klopfte wieder an die Tür, die sogleich entriegelt wurde. Die Tür schlug auf, und die beiden traten hinaus in den Gang. Hinter ihnen legten die Kobolde den Riegel wieder vor.

Godiva führte sie den Gang entlang, und schon bald erreichten sie ein anderes Gemach. Sie öffnete die Tür und bat Jenny herein.

Dieser Raum war ganz anders als der, den sie verlassen hatten. Boden und Wände waren mit Teppichen bedeckt und die Decke schmückte ein blauer Himmel. Bequeme Stühle standen herum. Es war die Art von Zimmer, die einen Menschen alle Probleme vergessen lassen konnte.

»Es ist für dich und Che, wenn du wünschst«, erklärte Godiva. »Und wenn du ihn davon überzeugst, meinen Vorschlag zu überdenken.«

Jenny hatte gehört, wie die Dämonin Metria darum rang, das richtige Wort zu finden. Sie fühlte sich jetzt genauso. Es gab mit Sicherheit ein Wort, das auf diese Situation paßte, aber sie kannte es nicht. Die Koboldin bot ihr etwas Schönes an, das sie wahrscheinlich nie annehmen würde. Aber sie hatte sich bereit erklärt, ihr zuzuhören. »Ich werde zuhören und niemanden außer Che etwas davon erzählen – wenn ich das überhaupt will«, sagte sie. »Das ist alles, was ich versprechen kann.«

»Das ist genug. Ich möchte, daß Che Gefährte und Streitroß meiner Tochter Gwendolyn wird. Ich weiß, daß er noch nicht alt genug ist, einen Reiter zu tragen, weil seine Knochen nicht ausgewachsen sind. Aber er kann ihr Gefährte sein, bis beide alt genug sind. Das wird einige Jahre dauern. Wie alt bist du, Jenny Elfe?«

Jenny sah keinen Grund, nicht zu antworten. Sie zeigte dreimal die Hand mit jeweils vier Fingern.

»Zwölf nach unserer Rechnung. Das ist Gwendolyns Alter. Es ist vielleicht ein glückliches Zusammentreffen, daß du so gut zu ihr paßt. Sie ist ein Kind wie du, wird es aber nicht mehr lange bleiben – mein einziges Kind und die erste Erbin der Führerschaft. Noch nie wurde diese einer Frau übergeben, aber diesmal wird es geschehen, weil Gwendolyn den magischen Stab hat.«

Jenny konnte sich den Unterschied vorstellen. Sie hatten

den erwähnten Stab in Aktion gesehen. »Aber warum braucht sie ein Streitroß, wenn sie den Stab hat?«

»Sie hinkt. Das ist eines ihrer Probleme. Aber mit einem Roß wird das nie schwierig werden müssen. Sie braucht unbedingt den Zentauren, wenn Gichtig stirbt. Und ich befürchte, das wird früher als gewöhnlich sein. Seine Krankheit schreitet voran, und wenn er nicht länger laufen kann, wird er abgesetzt. Das kann ich nicht verhindern.«

Es war offensichtlich, daß die Politik der Kobolde so hitzig war wie ihr ganzes Wesen. Sie brauchten einen starken und aktiven Führer. Jenny hatte gelesen, was mit ihren eigenen Leuten geschah, wenn sie zu alt oder untauglich wurden. Gewöhnlicherweise entschieden sie sich dafür, die Gemeinschaft im Wald nicht länger zu belasten.

»Aber das ist vielleicht das geringere von Gwendolyns Problemen«, fuhr Godiva fort. »Sie ist auch so gut wie blind.«

Jenny sprang hoch. »Du meinst, so kurzsichtig wie ich? Durch diese Brille kann ich viel besser sehen! Vielleicht – wenn du ihr auch eine solche besorgst ...«

»Das dürfen wir Kobolde nicht. Ihr Leiden darf nicht auf diese Weise gemildert werden. Wenn andere hier im Berg herausfinden, daß ihr Augenlicht getrübt ist, sorgt man dafür, daß sie nur ein kurzes Leben hat. Deshalb müssen wir ihre Schwierigkeiten verstecken. Sie kann nur grobe Umrisse sehen, aber nicht genug, um Gesichter oder Einzelheiten zum Beispiel auf Wandteppichen zu erkennen. Ich habe sie isoliert aufgezogen, damit es keiner merkt. Aber jetzt, da sie fast erwachsen ist, wird es wesentlich schwieriger, denn sie muß mehr an den Aktivitäten des Stamms teilnehmen. Der Zentaur kann ihr auch als Auge dienen und ihr die Dinge sagen, die sie sehen muß.«

»Aber es gibt doch sicher Kobolde, die ihr helfen könnten!« meinte Jenny, die langsam Mitleid mit dem Koboldmädchen empfand. Zu hinken und dann auch noch fast blind zu sein – wie schrecklich für eine Prinzessin!

Godiva runzelte die Stirn. »Ich sehe, du verstehst die Natur der Kobolde nicht«, sagte sie.

»Ich bin ja auch nicht von hier«, gab Jenny zu. »Ihr nennt mich Elfe, aber dort, wo ich herkomme, bin ich einfach nur ein Mädchen. Ich bin nie zuvor in Xanth gewesen. Und ich finde es seltsam, daß Kekse an Büschen wachsen und Kirschen explodieren. Ich gehe davon aus, daß ich überhaupt nichts über euch weiß.«

»Aber du hast gesehen, wie es in der Goldenen Horde zuging.«

Jenny erschauderte. »Das sind fiese Leute.«

»Kobolde sind fast immer fies«, antwortete Godiva. »Das stammt aus einer lang vergangenen Zeit, als ein Fluch auf uns gelegt wurde, der besagte, daß die Frauen die schlimmsten Männer bevorzugen mußten. Daraus resultierte ein degeneriertes Volk – zumindest in Hinsicht auf das männliche Geschlecht. Der Fluch wurde schließlich aufgehoben, so daß wir jetzt gute Männer wählen können. Aber es dauert einfach.«

»Wieso?«

»Die Dinge verändern sich nur langsam. Und zwar deswegen, weil es kaum brauchbare Männer in unserem Volk gibt, so daß wir dazu gezwungen sind, auch weniger gute zu wählen. Es wird ein langer und frustrierender Aufstieg zurück in die Ehrbarkeit sein, und ich vermute, daß einige Stämme es nicht schaffen werden.«

»Wie die Goldene Horde zum Beispiel«, meinte Jenny verstehend.

»Ja. Die Berg-Kobolde treiben es nicht so arg, aber sie sind noch schlimm genug. Mein Gemahl, Gichtig, hat gewisse Führungsqualitäten, obwohl er sein bestes gibt, sie zu verstecken. Aber er hat seinem Stamm einen ausgesprochenen Gefallen getan, obwohl er es selbst natürlich nicht so sieht: Er hat keinen Sohn als legitimen Erben zustande gebracht.«

Jenny runzelte die Augenbrauen. »Ihr wählt eure Häuptlinge nicht danach, wer der beste ist?«

»Nein, das tun wir nicht. Der Sohn des Häuptlings wird auch der nächste Anführer. Das ist einer der Gründe, warum ich Gichtig geheiratet habe. Er ist der Sohn eines Häuptlings. Meine Mutter Goldie heiratete einen geringeren Führer – einen, der hoch in der Hierarchie stand –, aber nicht den obersten Häuptling. Sie war sehr schön, doch der magische Stab verlieh ihr zusätzliche Anziehungskraft, denn er sollte die Macht ihres Gemahls verstärken. Den Stab gab sie an mich weiter, damit ich mir einen Oberhäuptling einfangen konnte. Und mein Sohn sollte dann der nächste Häuptling werden. Aber Gichtig verschwendete seine schwindende Energie mit Gespielinnen und verlor seine Fähigkeit, den Storch herbeizurufen, bevor er mir einen Sohn schenkte. Deshalb wird nun Gwendolyn die Führerschaft erben und hat die Chance, diesen Stamm sehr zum Besseren zu entwickeln, denn natürlich sind die Koboldfrauen immer all das gewesen, was die Männer nicht waren: intelligent, attraktiv und anständig.«

Jenny war der Unterschied zwischen Godiva und den Koboldmännern nicht entgangen. So hatte sie nichts mehr dagegen einzuwenden. »Dann ist es also gut, wenn eine Frau die Anführerin wird?«

»Ich sehe, daß du das Problem immer noch nicht ganz durchschaust. Vielleicht gibt es bei deinen Leuten keine Vorstellung von Untreue. Weißt du, was eine Gespielin ist?«

»Eine Person, die auf die Kinder aufpaßt und mit ihnen spielt, während die Eltern unterwegs sind«, antwortete Jenny prompt.

Godiva nickte traurig. »Ich tu das nicht gerne, aber ich muß wohl die Grundsätze der Erwachsenenverschwörung brechen, um dir etwas zu erklären. Es ist verboten, einem Kind zu erzählen, wie man den Storch herbeiruft. Auch über bestimmte, damit verbundene Dinge spricht man nicht. Das ist der Grund, warum Che Zentaur deine Höschen nicht sehen darf.«

»Aber was haben Höschen mit Störchen zu tun?« fragte Jenny erstaunt.

»Ich darf dir das nicht beantworten. Akzeptiere einfach die Tatsache, daß kein Mann, gleich welchen Alters, das Höschen einer Frau sehen darf. Die einzige, etwas fragwürdige Ausnahme ist seine Frau. Das ist nicht nur Koboldsitte. Es ist die Sitte Xanths. Was die Störche betrifft: Sie bringen

Babys; und keinem Kind ist es erlaubt, den Mechanismus zu kennen, mit dem der Storch zu diesem Zweck herbeigerufen wird.«

»Aber das scheint mir doch Unsinn zu sein!« protestierte Jenny. »Dort, wo ich herkomme, gibt es keine ...«

»Du bist nicht dort, wo du herkommst«, erinnerte Godiva.

Jenny nickte und begriff nun, daß sie die Gebräuche dieses Landes auf sehr vielen Ebenen nicht kannte.

»So werde ich dir lediglich beibringen, daß eine Gespielin – wie ich den Begriff verwende –, eine Frau ist, die den Storch zusammen mit einem Mann ruft, der nicht ihr Gemahl ist.« Godiva runzelte die Stirn, und Jenny konnte sehen, daß sie so etwas nicht sehr erfreulich fand. »Mein Mann hat sich mit einigen dieser Frauen abgegeben, und der Storch, der blind für Rechtmäßigkeit ist, hat zweien davon Söhne gebracht. Sie sind als illegitime Kinder bekannt, und ihr Platz in unserer Gesellschaft ist zweitrangig. Sollte es aber keinen legitimen Erben für die Führerschaft geben, wird der älteste Junge akzeptiert.«

Jenny dämmerte es langsam. »Du meinst, wenn Gwendolyn nicht ...?«

»Wenn Gwendolyn sich nicht als qualifiziert erweist, wird sie beseitigt, und der Junge übernimmt nach Gichtig die Führung.«

»Beseitigt?«

»Der Stamm wird einen Häuptling brauchen. Wenn der führende Kandidat nicht in der Lage ist, muß er eliminiert werden, damit man sich einem besseren Kandidaten zuwenden kann.«

»Eliminiert?« Jenny verstand immer noch nicht ganz.

»Getötet.«

Jenny starrte die Koboldin voll Schrecken an. Die Natur der Kobolde wurde ihr jetzt plötzlich klar. »Und wenn sie nicht gut sehen kann ...«

Godiva nickte finster. »Ein hinkender Häuptling mag noch toleriert werden; Gichtig kann schließlich auch nicht gut laufen. Aber ein blinder steht völlig außer Frage – es sei denn, sie überspielt es so gut, daß es keinen Unterschied macht. Eine Brille könnte das auch leisten, aber das darf sie nicht.«

»Und ein Zentaurengefährte könnte das auch kompensieren«, führte Jenny fort und verstand. »Aber warum muß es einer mit Flügeln sein?«

»Das ist nur ein Zufall. Die meisten Zentauren leben auf der Zentaureninsel, und es gibt keine Möglichkeit, einen von dort zu holen. Sie lassen sich ja schon kaum dazu herab, sich mit Zentauren abzugeben, die nicht von der Insel stammen. Auch auf die Menschen blicken sie herab und mit Kobolden haben sie überhaupt nichts im Sinn. Die meisten anderen Zentauren leben in Dörfern und bewachen argwöhnisch ihren Grundbesitz. Che war allein. Er war der einzige, den wir erreichen konnten und der jung genug ist, um entsprechend ausgebildet zu werden. Die Tatsache, daß er auch fliegen kann, wenn er heranwächst, ist ein zusätzlicher Vorteil. Mit einem solchen Streitroß wird Gwendolyn sich unter den Kobolden behaupten. Diese Erklärung kann für seine Anwesenheit gut vorgeschoben werden. Aber der wirkliche Grund ist, daß er Gwendolyns Sehvermögen kompensieren soll. Mit einem solchen Wesen an ihrer Seite – gleich wie jung –, kann sie aktiv an der Koboldpolitik teilnehmen und ihre Kompetenz beweisen. Das wird sie nicht nur dazu befähigen, Häuptling zu werden, sondern auch ihr Leben retten.«

Jenny verstand nun, warum Godiva solche Mühe auf sich genommen hatte, um das Fohlen zu entführen. Leben und Schicksal ihrer Tochter standen auf dem Spiel! Doch sie mußte ganz sicher gehen, daß sie alles richtig verstand, denn sie sollte es ja Che berichten. Ihr eigenes Urteil mußte stimmen. »Wenn einer der anderen Kobolde Häuptling wird ... wird der Stamm dann eher wie ... wie ...?«

»Wie die Kobolde der Goldenen Horde? Genau. Du wirst zu gegebener Zeit die Möglichkeit haben, diesem anderen Kandidaten zu begegnen. Aber wenn eine Frau die Leitung übernimmt, wird es viele Verbesserungen geben. Das wäre bei jeder Frau der Fall, doch Gwendolyn ist die einzige, die einen Anspruch hat, weil sie eben die Tochter des Häuptlings ist. Man wird erheblichen Widerstand dagegen leisten, weil es nie zuvor einen weiblichen Anführer gegeben hat, aber mit Che und dem Zauberstab wird sie sich meiner Meinung nach durchsetzen können.«

»Warum ... warum kannst *du* nicht Häuptling werden?«

»Ich bin nicht die Tochter des Häuptlings, nur die eines Unterhäuptlings. Ich bin zwar die Frau des Häuptlings, aber wenn er stirbt, bin ich nur seine Witwe. Und das stellt keine Qualifikation dar. Nur Gwendolyn ist berechtigt.«

Jenny hatte schon genug gehört, um einzusehen, daß Godivas Vorhaben das beste für ihren Stamm war und möglicherweise auch das beste für alle Lebewesen in der Umgebung des Stammes. »Ich werde es Che sagen«, entschied sie.

»Danke. Vergiß nicht – er muß zustimmen wie du, Gwendolyns Schwierigkeiten nicht zu verraten. Ich bringe euch beide in diese Suite, wenn er sich bereiterklärt, zuzuhören. Wie er sich dann entscheidet, ist etwas anderes. So was wird von einem Zentauren nicht leichtfertig beschlossen, und wir müssen sein Wort haben. Wenn er es gibt, wird er völlig frei sein, weil nichts bindender ist als das Wort eines Zentauren.«

»Ähm, könnte ich ... könnte ich Gwendolyn mal kennenlernen?« fragte Jenny. »Ich werde Che alles erzählen, aber es wäre besser, wenn ich ihm auch sagen könnte, wie ich sie finde, wenn er danach fragt. Ich meine, wenn er sich entscheiden muß, ob er bei ihr bleiben will ...«

»Natürlich.« Godiva erhob sich und schritt zu einer zweiten Tür im Raum, öffnete sie und bat Jenny hinein.

Sie betrat ein mädchenhaft geschmücktes Gemach, in dem sie Bilder von Bäumen, Blumen, Tieren und Wolken entdecken konnte. Überall lagen gemütliche Kissen herum und auf einem Federbett lag schlafend ein wunderschönes Koboldkind. Ihr dunkles Haar breitete sich auf dem Kissen und um sie herum aus, wodurch es eine Art Bettdecke für sie bildete. Es war leicht zu erkennen, daß sie Godivas Tochter war.

»Gwenny«, sagte Godiva sanft.

Jenny war überrascht, denn diese Version des Namens war dem ihren so ähnlich. Aber natürlich war es der Kosename für Gwendolyn. Sie selbst hieß ja eigentlich auch Jennifer.

Die Augenlider vibrierten leicht. Gwenny erwachte und sah auf.

»Hallo, Mutter«, murmelte sie.

»Das ist Jenny Elfe, die vielleicht einmal deine Freundin sein wird«, erklärte Godiva.

Gwenny setzte sich blinzelnd auf. »Hallo, Jenny Elfe, wir haben uns noch nicht kennengelernt.« Sie streckte die Hand in Jennys ungefähre Richtung.

Jenny ergriff sie für einen kurzen Augenblick. »Ich wollte nur eben hallo sagen«, grüßte sie. »Ich wollte deinen Schlaf nicht unterbrechen.«

»Das ist schon in Ordnung. Ich habe nicht wirklich geschlafen.«

Jenny stellte fest, daß sie Gwenny Kobold mochte. Das war gefährlich, weil sie objektiv bleiben mußte. »Vielleicht sehe ich dich ja morgen früh«, meinte sie und zog sich wieder zurück.

»Das wäre schön«, stimmte Gwenny zu. Sie legte sich wieder hin und schloß die Augen.

Jenny schritt durch die Tür und ließ sich von Godiva in den kargen Raum zurückbringen, in dem Che auf sie wartete. »Ich werde mit ihm sprechen«, sagte sie.

»Ich warte einen Augenblick draußen«, sagte Godiva. »Wenn er bereit ist zuzuhören, klopfe einfach, und ich werde euch beide zu dem anderen Gemach begleiten.«

Jenny trat ein, und Che lächelte, als er sie erblickte. »Sammy hat mein Selbstvertrauen gefunden«, rief er aus. »Ich fühle mich jetzt viel besser!«

»Wie hat er das denn gemacht?« fragte Jenny erstaunt. Sie hatte noch nie davon gehört, daß man etwas Derartiges auf diese Weise wiederfinden kann.

»Ich habe ihn gebeten, und er ist einfach nur gekommen, hat sich an meinem Bein gerieben und geschnurrt – und mein Selbstvertrauen war wieder da. Er muß es mir gebracht haben.«

Oh! Früher hatte Sammy das auch schon für Jenny getan. Sie hatte es nur nicht so gesehen. »Che, ich habe mit Godiva gesprochen. Sie ... bitte, ich meine, daß du sie anhören solltest. Du brauchst kein Abkommen mit ihr zu treffen. Stimme einfach zu, es nicht zu verraten.«

Er sah sie an. »Wenn du es mir erzählst, werde ich zuhören.«

»Ich erzähle es dir. Aber erst sollten wir in einen gemütlicheren Raum umziehen.« Sie klopfte an die Tür, die sich sogleich öffnete.

Jenny führte Che hinaus, und Sammy stapfte hinter ihnen her, er wußte, daß etwas los war. Wortlos betraten sie nacheinander die Suite. »Das Essen wird euch gebracht, sobald ihr danach fragt«, sagte Godiva und schloß hinter ihnen die Tür. »Ich komme sofort, wenn ihr nach mir ruft, vielleicht am Morgen.«

»Danke«, erwiderte Jenny.

Sammy fand sofort ein geeignetes Kissen und kuschelte sich zusammen, um sein Nickerchen fortzusetzen. Che stand einen Augenblick im Raum und blickte sich beeindruckt um. »Ich wußte gar nicht, daß Kobolde so bequeme Einrichtungen haben.«

»Das haben sie für Prinzessinnen oder so«, erklärte Jenny. Sie sah, daß er müde war, und beschloß, das Gespräch abzukürzen. »Ich erkläre dir nun den Kern der Sache, und morgen früh berichte ich dir alles, was ich weiß, wenn du willst.«

»Das wäre mir sehr recht.«

»Denk daran, daß du es niemandem sonst erzählen darfst, gleich, was du von der Vereinbarung hältst, die sie anbietet.«

»Natürlich. Ich wollte nicht durch etwas Unwichtiges zu einer Übereinkunft gezwungen werden, aber da du mir nun versicherst, daß das nicht der Fall ist, akzeptiere ich die Bedingungen.«

»Sie möchte, daß du der Begleiter ihrer Tochter Gwenny wirst. Wenn du ihr hilfst, wird sie der nächste Häuptling, und wenn du es nicht tust, stirbt sie – weil sie hinkt und fast blind ist. Ein weiblicher Häuptling würde außerdem versuchen, diesen Stamm zum Besseren zu führen.«

Che war offensichtlich für Bedeutsames gewappnet gewesen, aber das überraschte ihn. »Frauen werden doch keine Koboldhäuptlinge!« protestierte er.

»Diese kann es werden. Mit deiner Hilfe.«

Er grübelte. »Was für eine Person ist dieses Koboldmächen?«

»Ich habe sie nur ganz kurz gesehen. Sie schläft im Raum nebenan. Ich fand sie nett, aber natürlich kenne ich sie nicht wirklich.«

»Vielleicht kann ich sie sehen.«

»Oh! Ich glaube kaum, daß die Tür unverschlossen ist«, meinte Jenny und versuchte es. Erstaunlicherweise ließ sie sich aber doch öffnen. Jenny starrte völlig verblüfft darauf. Wie konte Godiva nur soviel Vertrauen haben?

Sie traten ein. Dort im trüben Licht der Fackel fanden sie Gwenny Kobold lieblich schlafend.

»Sie ist dir sehr ähnlich«, sagte Che.

»Oh! Nein, sie ist …«, aber Jenny hielt sich im letzten Augenblick zurück. »Sie ist in meinem Alter und hat meine Größe, aber natürlich sind ihre Ohren rund. Und sie hat fünf Finger.«

»Das macht kaum einen Unterschied.« Er zog sich zurück. Seine Hufe berührten den Boden nur leicht, um das Mädchen nicht aufzuwecken.

Sie kehrten in ihren eigenen Raum zurück und schlossen die Tür. »Das ändert die Sache«, überlegte er. »Ich muß darüber nachdenken.« Dann ließ er sich auf dem teppichbedeckten Boden nieder, lehnte sich gegen den Wandteppich und schlief ein.

Jenny sammelte ein paar Kissen zusammen und machte sich neben ihm ein Lager. Sie legte sich darauf und …

Das Licht des Morgens weckte sie. Es war ihr nicht einmal bewußt geworden, daß sie eingeschlafen war. Sie war so müde gewesen, aber jetzt fühlte sie sich sehr erfrischt. Sie blinzelte und streckte sich – und stieß mit einer Hand auf etwas Felliges und Warmes. Oh! Ja, das war Che Zentaur. Er ...

Sie zwinkerte wieder. Morgen? Wie war das möglich, hier unten tief im Ameisenbau?

Sie setzte sich auf und sah, daß das Licht durch einen Alkoven schimmerte. Es schien ein Lichtschacht zu sein, an dessen Ende sich das Zimmer befand. So konnte das Licht bis in die Tiefe dringen. Sie sah seine blanken Wände, die das Licht reflektierten. Wie schön! Sie hatte es die ganze Nacht nicht bemerkt. Aber natürlich war es da auch dunkel gewesen und hätte einfach nur wie eine leere Nische ausgesehen.

Im Tageslicht war der Raum heller und noch schöner als er im Fackellicht schien. Und auch da war er schon sehr hübsch gewesen. Dieses hier war offensichtlich Gwennys Spielzimmer, das sie sich nun teilten.

Gwenny! War sie immer noch da? Jenny ging zur Tür zwischen den Zimmern, aber zögerte. Sie hatte schließlich nicht das Recht, die Tochter des Häuptlings zu stören. Darüber hinaus hatte sie auch noch etwas zu erledigen.

Sie untersuchte das Zimmer und fand einen mit Vorhängen abgeteilten Bereich mit glänzender Steinoberfläche. Dort fand sie Schüssel, Wasserkrug, Schwamm, zwei Bürsten und einen Topf mit Deckel. Sie hob ihn an und schnüffelte daran, dann rümpfte sie angeekelt die Nase. Gut, das war, wonach sie gesucht hatte. Sie benutzte den Topf und legte den Deckel wieder darauf. Dann goß sie etwas Wasser in die Schüssel, reinigte sich gründlich mit dem Schwamm und entfernte dabei auch noch die schwachen Rußspuren, die sie vorher übersehen hatte. Sie bürstete ihr Haar und entwirrte die Kletten, die sich über Nacht wieder eingefunden hatten. Nun fühlte sie sich nicht nur besser, sondern auch recht gut.

Als sie aus dem verhängten Alkoven hervortrat, war Sammy schon auf den Beinen und schritt unruhig den Boden ab. O weh!

Sie ging zur äußeren Tür und klopfte. Sofort wurde der Riegel angehoben und ein Koboldgesicht zeigte sich.

»Oh, Gimpel!« sagte Jenny, als sie ihn erkannte. Zuerst hatten alle Kobolde für sie gleich ausgesehen, aber das legte sich langsam. »Kannst du uns einen Kasten mit Erde bringen?«

Er schien überrascht. »Keine Kekse?«

Sie lachte. »Nicht zum Essen, du Dummkopf! Für Sammy.« Dann überlegte sie es sich noch einmal. »Aber bring uns auch ein paar Kekse oder sonst was Gutes zum Frühstück. Für zwei.« Sie korrigierte noch einmal. »Für drei. Und eine tote Ratte, wenn ihr eine habt.« Denn sie befürchtete, daß Sammy wahrscheinlich hier unten nicht viel Glück bei der Jagd haben würde. Eigentlich war sie sich gar nicht sicher, was Sammy fraß, weil sie nie die Ergebnisse seiner Jagd zu Gesicht bekam.

Gimpel lächelte. Er wendete sich an den Kobold hinter sich. »Drei Portionen Kekse, eine tote Ratte und ein Kasten mit Erde. Sie haben Hunger.«

Jenny biß sich auf die Lippen. Anscheinend waren Koboldmänner doch nicht völlig humorlos.

Sie kehrte in den Raum zurück. Che war jetzt aufgewacht und kam gerade hoch. Er sah sich suchend um. »Da gibt es einen abgetrennten Raum«, sagte sie, denn sie ahnte sein Bedürfnis. Sie hoffte, er kannte die Funktion des Topfes.

Anscheinend wußte er darum. Inzwischen hörte sie aus dem Raum nebenan ein Geräusch. Jenny ging zur Tür, die sich gerade öffnete, als sie dort ankam. Da stand Gwenny Kobold und blinzelte genauso, wie es Jenny vorher getan hatte. Sie hatte auch Jennys Größe. »Hallo?« grüßte sie unsicher.

»Hallo, Gwenny«, sagte Jenny. »Ich bin Jenny Elfe. Wir haben uns gestern abend schon einmal getroffen.«

»Oh, und ich dachte, ich hätte es geträumt!« rief Gwenny aus. »Ich wollte gerade zum …«

»Der wird leider benutzt.«

Gwenny versuchte, die andere Seite des Raums zu erkennen, aber offensichtlich reichte ihr Sehvermögen nicht so weit. »Noch ein anderes Mädchen?«

»Nein, Che Zentaur. Er ... deine Mutter hat uns letzte Nacht hierher gebracht.«

»Warum hat sie das getan?«

»Sie möchte gern, daß Che dein Begleiter wird.«

»Warum denn das?«

»Heißt das, du weißt es nicht?«

Gwenny schüttelte den Kopf. »Ich weiß überhaupt nicht sehr viel. Manchmal fühle ih mich sehr einsam.«

Das tat sie bestimmt! Jenny hatte geglaubt, daß Che als Gefangener hierher gekommen war. Aber nun erkannte sie, daß Gwenny schon immer eine Gefangene gewesen war. Godiva wollte ja nicht, daß irgend jemand von ihren Unzulänglichkeiten erfuhr, und deshalb hatte sie bisher wohl wenig Gesellschaft gehabt. Wie schrecklich!

Che kam heraus. »Hallo, Gwenny«, sagte er höflich.

Gwenny blickte angespannt in seine Richtung. »Bist du wirklich ein Zentaur?« fragte sie und schien zu zweifeln.

»Ja, wenn auch ein kleiner. Hat deine Mutter nicht ...«

»Nein«, unterbrach Jenny ihn schnell. Dann sagte sie zu Gwenny: »Es ist jetzt frei. Ich begleite dich.«

»Oh! Ich kann es allein finden«, erwiderte Gwenny. »Ich weiß, wo alles hier steht, wenn es nicht verrückt wird.« Sie bewegte sich auch ziemlich selbstverständlich durch den Raum. Aber sie hinkte, denn ein Bein schien nicht völlig in Ordnung zu sein. Es sah ganz normal aus; eigentlich war es ein wohlproportioniertes Bein, aber es schien sich nicht so beugen zu lassen, wie es sollte.

Dann sah Jenny Sammy, der in seiner hingegossenen Art in der Mitte des Zimmers lag. »Warte!« schrie sie und sprang auf den Kater zu.

Gwenny blieb stehen. »Ist da irgend etwas?«

»Sammy, mein Kater. Er erkennt nicht, daß du ihn nicht sehen kannst.« Sie hob Sammy auf.

Gwenny betrachtete Sammy jetzt von ganz nahe. »Oh, orange!« stieß sie hervor. »Wie hübsch!«

Jenny erkannte, daß diese zwei sich verstehen würden.

»Sammy, sie kann dich nicht sehr gut aus der Entfernung sehen«, erklärte sie ihm. »So mußt du einen Platz finden, wo sie nicht hintritt.« Sie setzte ihn wieder ab und hoffte, es würde funktionieren. Er konnte alles mögliche finden, aber so etwas hatte sie noch nicht ausprobiert.

Von der äußeren Tür kam ein Geräusch. »Das wird das Frühstück sein«, sagte Jenny. Alles schien jetzt geregelt. Sie ging zur Tür hinüber.

Gimpel stand dort mit dem Kasten voll Erde und einem gelblichen Stück Käse in Form einer Ratte. Offensichtlich hatten sie Rattenkäse anstelle einer Ratte gefunden. Vielleicht würde es das auch tun. »Oh, danke, Gimpel!« rief Jenny und nahm den Kasten entgegen. Dann trug sie ihn in die Nähe des verhängten Alkoven und setzte ihn in der Ecke ab. »Hier, für dich, Sammy, du weißt, wofür das ist. Die Ratte ist auch für dich.« Sie hoffte, er würde den Käse mögen, sie persönlich zog ihn einer wirklichen Ratte vor.

Sammy lief auf den Kasten zu. Inzwischen kehrte Jenny zur Tür zurück, wo Gimpel drei Haufen Kekse bereithielt. Es waren so große Kekse und so große Haufen, daß sie kaum auf Jennys Arme paßten. Sie marschierte damit in die Mitte des Raums und überlegte angestrengt, wo sie sie ablegen konnte.

»Ich glaube, ich habe in dem anderen Raum einen Tisch gesehen«, bemerkte Che.

»Oh! Gut.« Jenny balancierte durch die Tür und ließ die Kekse auf den Tisch purzeln.

Gwenny kam hinter den Vorhängen hervor und folgte dem Geräusch. »Ich rieche Kekse«, sagte sie.

»Ja, ich habe sie für uns bestellt«, meinte Jenny. »Ist das in Ordnung? Magst du Kekse?«

»Oh, ja! Aber Mutter hat sie mir nie zum Frühstück gegeben.«

»Was gibt sie dir denn dann?«

Gwenny blickte finster drein. »Heißen Erbsenbrei.«

»Schmeckt der gut?«

»Nein, er ist gräßlich, soll aber gut für mich sein.«

»Die Erwachsenenverschwörung!« stieß Jenny hervor und lachte.

»Hast du das je bezweifelt?« erkundigte Che sich unschuldig.

»Vielleicht hat Gimpel es nicht gemerkt«, überlegte Jenny.

»Ach, du hast Gimpel gebeten!« sagte Gwenny. »Ja, der ist nicht der Hellste.«

»Warum? Wen fragst du denn?« fragte Jenny.

»Gewöhnlich bringt es mir meine Mutter her.«

»Dann ist es ja klar. Die ist klug.«

»Ich glaube, ich war nicht klug, weil ich nicht getan habe, was du getan hast.«

»Ich wußte es einfach nicht besser.«

»Weißt du, Jenny kommt aus einem anderen Land«, erklärte Che. »Sie kennt die hiesigen Bräuche nicht.«

»Oh, das stelle ich mir toll vor!« rief Gwenny. »Ich bin noch nie außerhalb des Berges gewesen.«

Jenny überlegte kurz und beschloß, nicht darüber zu diskutieren. Sie vermißte ihren Hain, aber sie stellte es sich schrecklich vor, immer nur auf ihn beschränkt zu sein. Also aß sie ihre Kekse, die sehr gut schmeckten, und die anderen aßen auch. Sie hoffte, daß Sammy seinen Käse mochte, aber sie wollte lieber nicht erst die Aufmerksamkeit darauf lenken, aus Furcht, er könne dann seine Meinung ändern.

»Wie ist es denn in deinem Land?« fragte Gwenny.

Womit sollte sie anfangen? »Es ist ein bißchen wie Xanth, nur gibt es dort keine Kobolde und Drachen, und die meisten Leute dort haben auch keine magischen Fähigkeiten. Alle Leute, die ich kenne, sind wie ich, mit spitzen Ohren und vierfingrigen Händen, außer den Menschen natürlich.«

»Du hast spitze Ohren?« fragte Gwenny und betrachtete sie sich aus der Nähe. »Wahrhaftig, das hatte ich noch gar nicht bemerkt! Und deine Hände, hast du gesagt … bist du sicher?«

Jenny hielt eine Hand hoch, und Gwenny hob die ihre, und sie legten sie aneinander. Und wahrhaftig, sie waren etwa gleich groß, aber das Koboldmädchen hatte einen Finger mehr.

»Anders als die Elfen von Xanth«, sagte Che. »Ich glaube, Jenny ist in Xanth einzigartig.«

»Einzigartig?« fragte Gwenny.

»Ich meine, es gibt hier niemanden wie sie.«

Gwenny klatschte in die Hände. »Ist das nicht toll!«

Jenny bekam Durst. »Ich hätte auch etwas zu trinken bestellen sollen.«

»Mutter bringt immer nur einfache, gesunde Milchschoten«, sagte Gwenny und rümpfte die Nase.

»Ich frage mich, ob ...«, begann Jenny.

»Das scheint mir vernünftig ...«, fuhr Che fort.

»Laßt es uns doch versuchen!« beendete Gwenny.

Sie standen auf und rannten zur Außentür. Auf halbem Weg lag Sammy und schlief, aber er lag in Jennys Bahn und nicht in Gwennys. Offensichtlich war es ihm gelungen, die Stelle zu finden, wo Gwenny nicht entlanglief. Jenny sprang über ihn hinweg, wie sie es gewohnt war. Der Käse mußte ihm geschmeckt haben, da er sich nicht beschwert hatte, und das war ihr eine Erleichterung.

Jenny klopfte an die Tür. Augenblicklich öffnete sich diese, und Gimpels Gesicht erschien. »Bitte etwas Sprudelbrause«, sagte sie. »Jedes Aroma ist recht, solange es gut schmeckt.«

Er nickte. Einen Augenblick später erschien er wieder in der Tür und trug etwas in seinen Armen: drei Flaschen purpurnen Sprudel. Jenny nahm sie und bedankte sich.

Jenny, die gerade im Begriff war zu nippen, hielt inne. »Habt ihr schon mal ...?« fragte sie und setzte ihren Daumen auf die Flaschenöffnung. Electra hatte ihr davon erzählt, und sie war neugierig. Laut Electra wurde Sprudelbrause aufbrausend, wenn man sie einsperrte und schüttelte, dann schwoll sie aus Protest an.

»Die Flasche zugehalten?« fragte Gwenny und spähte auf ihre Hand. »Nein, wieso?«

»Ich bin nicht sicher, ob es so ganz richtig ist«, mischte sich Che ein.

»Aber du bist ja auch erst fünf«, erinnerte ihn Jenny. »Du kannst es nicht besser wissen.«

»Stimmt.«

»Worüber sprecht ihr eigentlich?« fragte Gwenny verwundert.

»Darüber«, entgegnete Che und schüttelte seine Flasche. Die Brause schäumte hoch und spritzte Gwenny ins Gesicht.

»Oh!« stieß sie erstaunt hervor. »Wie hast du denn das gemacht?«

»So«, sagte Jenny, nahm Gwennys Hand und führte ihren Daumen auf die Öffnung. »Schüttle.«

Gwenny schüttelte kräftig. Die Brause schwoll zornig an und spritzte hervor, wobei es alles vollsprühte.

Einen Augenblick später machten alle drei das gleiche, und sie spritzten durch die Gegend, bis die Flaschen nur noch halbvoll waren und zu müde, um noch weiter aufzubrausen. Dann tranken sie aus, was noch übrig war. Es schmeckte schrecklich, aber trotzdem gut, weil sie soviel Spaß dabei gehabt hatten. Sie troffen alle drei vor klebriger Nässe, und ihre Kleider und ihr Fell waren verdorben.

»Was ist denn hier passiert?«

Alle drei sprangen auf. Es war Godiva!

»Ich fürchte, wir haben uns danebenbenommen«, sagte Che zerknirscht.

Godiva runzelte die Stirn. Aber als ihre Augen auf Gwenny trafen, die vergeblich versuchte, sich zu reinigen, wurden sie sanfter. Jenny wurde klar, daß Gwenny wahrscheinlich bisher noch nicht sehr oft Spaß gehabt hatte. »Nun, du wirst dich reinigen und deine Kleider wechseln müssen. Du stinkst nach Sprudel!« Ihr Blick fiel auf Jenny. »Hast du mit Che gesprochen?«

»Ja«, sagte Jenny.

Ihre Augen fielen auf Che. »Und bist du zu einem Entschluß gekommen?«

»Nein«, antwortete Che.

Ohne ein weiteres Wort entschwand Godiva.

»Was hat sie damit gemeint?« fragte Gwenny.

»Ich denke, wir machen uns wohl besser erst einmal sauber«, entgegnete Jenny, »und dann erzähle ich es dir.

Komm, wir seifen uns gegenseitig ab und unterhalten uns dabei.«

»Aber wer seift mich ab?« fragte Che enttäuscht.

»Das machen wir beide«, tröstete ihn Jenny.

»Toll!«

Sie mußten sich mehr Wasser kommen lassen, und unterdessen schickten sie den randvollen Topf zum Entleeren. Bald waren sie dabei, sich zu waschen, während Che sich geduldig der Tür zuwandte und die Augen schloß.

»Deine Mutter meint, daß du eines Tages Häuptling werden kannst«, erklärte Jenny Gwenny. »Aber nicht, wenn irgend jemand erfährt, daß du nicht gut sehen kannst.«

»Das stimmt. Sie würden mich als Drachenfutter hinauswerfen, und Knurps würde Häuptling werden.«

»Knurps?«

»Knurps Kobold, der älteste Halbsohn meines Vaters.«

»Ist er nett?«

Gwenny schnitt eine Grimasse. Bei ihr sah das süß aus. »Er ist das balgartigste zehnjährige Balg, das es je gegeben hat.«

»Nun, deine Mutter war der Meinung, daß, wenn sie dir einen Zentauren zum Reiten geben würde, du überall besser herumkommen könntest, und er könnte für dich Ausschau halten nach den Dingen und dir alles über sie erzählen, so daß keiner zu merken brauchte, daß du sie nicht selber sehen kannst. Und dann könntest du Häuptling werden.«

»Meine Güte, daran habe ich nie gedacht!« rief Gwenny aus. »Vielleicht hat sie recht! Zentauren sind sehr klug.«

»Deshalb brachte sie Che mit. Aber es wird nicht klappen, solange er nicht einverstanden ist.«

»Ich dachte, du hättest gesagt, er sei erst fünf Jahre alt!«

»Ja, aber allmählich wird die Zeit kommen, da du erwachsen wirst und er auch, und dann könntest du auf ihm reiten.«

Gwenny dachte nach. Als sie beide wieder sauber waren und hübsche neue Kleider trugen, wurde es Zeit, das Zentaurenfohlen zu versorgen. Gwenny fragte: »Wie hat sie dich eigentlich hierher gebracht, Che?«

»Sie hat mich entführt.«

»Das habe ich befürchtet. Das ist Koboldart. Du wolltest also eigentlich gar nicht hierherkommen?«

»So ist es.«

Gwenny schüttelte den Kopf. »Das tut mir leid, Che. Das wußte ich nicht. Natürlich solltest du dann nicht hier bleiben. Ich werde Mutter sagen, daß sie dich gehen läßt.«

»Aber was wird dann aus dir, Gwenny?« fragte er.

Sie zuckte die Achseln. »Ach, dieses Leben ist ohnehin nicht so besonders.«

Jenny wurde es schwer ums Herz. Das Koboldmädchen würde nur so lange überleben, wie sein Geheimnis gewahrt blieb, und es würde nie in der Lage sein, sich unter den Kobolden frei zu bewegen. Denn dann würde man vielleicht seinen Zustand entdecken, und dann wäre es aus. Außerdem würde es vermutlich auch für ihren Stamm kein Glück sein, wenn das Balgartigste aller Bälger die Führung übernehmen würde.

»Ich habe mich noch nicht entschieden«, sagte Che.

»Aber es ist nicht richtig, dich von deiner Mutter fernzuhalten. Ich will dir nicht wehtun. Ich ...« Sie hielt inne. »Was ist das?«

»Einer meiner Flügel«, sagte Che.

»Du hast Flügel?«

»Ich bin ein fliegender Zentaur. Ich kann jetzt zwar noch nicht fliegen, aber eines Tages werde ich es können.«

»Das wußte ich gar nicht! Ich habe noch nie von einem fliegenden Zentauren gehört!«

»Ich glaube, daß es in Xanth keine gab, bevor mein Vater und meine Mutter erschienen«, sagte er. »Jedenfalls nicht häufig. Wir versuchen, eine neue Gattung zu begründen.«

»Das macht das ganze noch schlimmer! Du kannst keine neue Gattung hervorrufen, solange du gefangen gehalten wirst!«

»Das stimmt nicht. Wäre ich damit einverstanden, auf diese Art dein Gefährte zu werden, dann würde man mich nicht länger gefangenhalten, und ich könnte gehen, wohin ich wollte, solange du bei mir wärst und ich deine Zustimmung hätte.«

Gwenny nickte. »Weil ein Zentaur niemals eine Abmachung bricht. Dennoch bleibt es Unrecht.«

»Da bin ich mir nicht sicher«, entgegnete Che. »Tatsache ist, daß ich nicht in der Lage bin, eine Entscheidung zu treffen. Deshalb werde ich das jemand anderem überlassen.«

»Und wem?«

»Jenny Elfe.«

Jenny sprang auf. »Nein! Ich kann doch nicht für dich entscheiden, Che! Nicht bei etwas, was in diesem Maße dein ganzes Leben betrifft!«

»Du wirst es tun müssen, denn ich kann es nicht, und eine Entscheidung muß nun einmal getroffen werden.« Und seine kleine Moralpredigt zeigte ihr, was er tatsächlich wollte.

»Also gut, Che, dann werde ich entscheiden«, gab sie nach. »Aber nicht jetzt. Ich muß darüber nachdenken, und zwar gründlich.«

»Aber so lange du nachdenkst, können wir da Freunde sein?« fragte Gwenny sehnsuchtsvoll.

»Ja natürlich«, sagte Jenny gerührt. »Eigentlich könnte ich, während ich nachdenke, versuchen, dir zu helfen, Dinge zu sehen, damit du dich unter den Kobolden bewegen kannst.«

»Oh, vielen Dank!« rief Gwenny und hüpfte vor Freude. »Ich wollte schon immer gerne ausgehen, aber das konnte ich ja nur, wenn meine Mutter mich mitnahm.«

Jenny nickte; sie verstand genau, was das war. Sie hatte keine Ahnung, wie sie entscheiden würde, aber wenigstens konnte sie sich Zeit lassen. Es kam ihr vor wie Prinz Dolphs Dilemma, der zwischen zwei Bräuten wählen mußte und von denen eine sterben würde, wenn er sich falsch entschied. Auch Gwenny müßte sterben, falls Jenny falsch entscheiden sollte.

Sie spielte mit dieser Vorstellung, die sie beunruhigte. Natürlich war es nicht dasselbe, denn die drei waren jünger und von verschiedener Art. Aber die Parallelen waren deutlich genug, zwei weibliche Wesen, die beide älter waren als ein drittes männliches. Dieses mußte sich für eine von den beiden entscheiden und konnte es nicht. Und sie alle hatten einander gerne.

Der Unterschied bestand darin, daß es hier nicht um eine Ehe ging, sondern um eine andere Art der Verbindung. Und daß nicht Che wählen würde, sondern daß Jenny das für ihn tun mußte. Sie aber war an einem Ergebnis nicht interessiert.

Nein, das stimmte nicht. Wenn sie es sich recht überlegte, saß sie ganz schön in der Klemme. Sie hatte eine Entscheidung zu treffen, die das Leben des einen Freundes und den Frieden des anderen beeinflussen würde, und das ging sie selbst auch etwas an. Schließlich war sie hierher in den Koboldberg gekommen, weil sie wußte, daß Che sie brauchte; er war noch zu jung, um allein das Schreckliche einer Trennung von seinen Artgenossen zu überleben, ohne die Unterstützung eines Freundes. Aber jetzt konnte er einen Freund bekommen. Gwenny Kobold brauchte ihn und würde seine Freundin sein, und sie war nicht nur ein nettes Mädchen, sie war eine Prinzessin oder wenigstens ein Häuptling. Also brauchte er Jenny nicht mehr. Sie war so etwas wie die überzählige Dritte, so wie Electra, wenn Dolph Prinzessin Nada heiraten würde. Sie war keine Prinzessin, weder von ihrem Naturell noch von ihrer Rolle her, sie war einfach nur ein Mädchen, das aus seinem früheren Leben herausgerissen und in dieses seltsame Land versetzt worden war. Wie sehr wünschte sie sich, daß sie zurückkehren könnte in ihren Hain, in der Welt der Zwei Monde und zu ihrer Familie, die sie sicherlich vermißte und sich wunderte, was mit ihr geschehen war. Aber die Öffnung, durch die sie gekommen war, war verstopft, und sie kannte den Weg ohnehin nicht, und Sammy konnte ihn nicht finden, weil ›zu Hause‹ das einzige war, was er nicht finden konnte.

»Warum bist du so traurig?« fragte Gwenny.

Sollte sie antworten? Ihre Situation hatte wirklich keinerlei Beziehung zu dem Problem.

»Sie ist weit weg von ihrer Heimat und ihrem Volk«, antwortete Che für sie. »Genau wie ich. Das ist keine einfache Lage.«

»Ich wünschte, ihr könntet beide nach Hause zurückkehren«, sagte Gwenny. »Und daß ich mit euch gehen könnte.«

»Aber du sollst doch ein Häuptling werden!« protestierte Jenny.

»Ich würde aber lieber Freunde haben.«

Jenny sah ein, daß das Koboldmädchen genauso nötig einen Freund brauchte wie Che. Che hatte zu Hause viele Freunde und Jenny auch, ihr einziges Problem war, daß sie eben nicht zu Hause waren. Gwenny war zwar zu Hause, aber ohne Freunde; ihre Lage war also genau so mißlich.

»Kommt, wir gehen auf Entdeckungen aus«, schlug Jenny vor, um das Thema zu wechseln, da sie wirklich nicht das geringste mit diesem Umstand anzufangen wußte. »Ich kann euch erzählen, was ich sehe, und ihr könnt mir sagen, wer oder was das ist.«

»Ich weiß nicht, ob das vernünftig ist«, sagte Che. »Andere werden dich sprechen hören und werden merken, daß Gwenny die Dinge nicht unmittelbar wahrnimmt.«

Daran hatte Jenny nicht gedacht. »Vielleicht könnte ich ja flüstern.« Aber sie sah ein, daß das trotzdem ein Problem blieb. »Oder wenn wir uns einen Geheimkode ausdächten, den die anderen nicht kennen. Nur glaube ich nicht, daß ich etwas allzu Kompliziertes behalten könnte.«

»Ich schon«, stellte Che fest. »Das ist sicher mit einer der Gründe, warum Godiva einen Zentauren gewählt hat. Es würde verhältnismäßig einfach sein, eine Technik zu ersinnen, die auf eine wirkliche Zeichensprache hinauslaufen würde, die nur wir kennen. Diese Zeichen müßten eher hörbar oder fühlbar statt sichtbar sein, da Gwenny auf Entfernung nicht so gut sieht. Ich glaube, fühlbar wäre das beste, wenn sie auf einem Zentauren reitet. Einfache Schwanzhiebe oder einfaches Zucken mit der Haut könnten Zustimmung oder Verneinung signalisieren, und anspruchsvollere Kombinationen könnten der weiteren Verständigung dienen.«

Gwenny überlegte. »Ich glaube, das ist im Augenblick zu

kompliziert für mich. Ich möchte gerne ausgehen, aber ich glaube, ich sollte besser warten, bis ich sicher bin, daß ich damit umgehen kann. Wenn Knurps je hinter meine Schwäche käme, würde ich verurteilt werden, und er ist so hinterlistig, daß ich ihm das zutraue.«

»Vielleicht könnten wir hierbleiben und mit Zauberei spielen«, schlug Che vor. »Hast du magische Fähigkeiten, Gwenny?«

»Nein. Das heißt, ich allein nicht. Kobolde haben die eine Hälfte des Talents und Harpyien die andere, deshalb ist es für uns nicht leicht zu zaubern. Gewiß werde ich den Zauberstab bekommen, aber noch nicht jetzt.« Sie spähte in seine Richtung. »Und du? Ich dachte, Zentauren hätten keine.«

»Eigentlich sollten Zentauren keine haben«, erwiderte er. »Aber es ist anders gekommen. Meine Fähigkeit besteht darin, daß ich Dinge schwerelos machen kann, indem ich mit dem Schweif dagegen schlage; deswegen muß ich mich damit vorsehen. Ich kann es ausschalten, wenn ich das will, aber wenn ich es vergesse, kann das peinlich werden.«

»Oh, das klingt lustig!« rief Gwenny aus. »Kannst du auch mich schwerelos machen?«

»Sicherlich. Aber weshalb?«

»Ich stelle es mir spaßig vor, deshalb«, sagt sie. »Mutter läßt mich manchmal mit ihrem Zauberstab in die Höhe steigen, aber wenn ich auf andere Art schweben könnte, fände ich das toll.«

»Na gut. Stell dich in die Mitte des Raums.«

Gwenny ging zur Mitte. Sie hatten schon lange aufgehört, Che zu striegeln. Er stellte sich neben sie und schlug sie mit der Spitze seines Schweifs auf ihre Schulter.

»Oh, es klappt!« rief sie. »So hoch kann ich hüpfen!« Sie beugte ihr gesundes Bein zum Sprung.

»Tu das nicht!« schrie Jenny und griff nach ihr. Fast wäre es zu spät gewesen. Gwenny war schon mitten im Springen. Jenny packte ihren Arm, als sie emporstieg.

Es war gut, daß sie das tat, denn sonst wäre das Koboldmädchen mit dem Kopf voran gegen die Steindecke geprallt.

So schnellte ihr Körper empor und wurde gerade noch von Jennys Griff am Arm gestoppt. Die wirbelte herum, quietschend und mit den Füßen strampelnd, ehe es Jenny gelang, sie auf den Boden zurückzuzerren.

»Oh, hat das einen Spaß gemacht!« kreischte Gwenny.

»Spaß!« sagte Jenny streng. »Du hast dir beinahe den Kopf gestoßen!«

»Aber ich bin so leicht, daß es nicht weh getan hätte.«

»Nicht leicht genug«, sagte Che. »Deine Trägheit wirkt weiter.«

»Meine was?«

»Bleibt-wie-es-ist«, meinte Jenny, die sich erinnerte, was Godiva gesagt hatte.

»Mein Bleibt-wie-es-ist bleibt bestehen?« fragte Gwenny verwirrt.

»Nicht ganz«, erwiderte Che. »Trägheit kann in sozialem und in physikalischem Sinne gebraucht werden. Ich meine damit, daß dein Körper dieselbe Masse wie immer hat, er fühlt sich nur leicht an, so daß du höher springen kannst. Aber wenn du deinen Kopf an der Decke gestoßen hättest, wäre es so, als ob man kopfüber auf den Boden stürzt.«

»Oh!« sagte Gwenny. »Das hätte mir nicht gefallen. Ich werde vorsichtiger sein. Aber wenn du mich noch einmal antippen wolltest, vielleicht könnte ich dann einfach nur schweben. Das wäre lustig.«

»Nicht in dieser Kleidung«, ermahnte Jenny.

»Warum denn nicht?«

»Es könnte jemand deine Höschen sehen.«

»Oh!« Gwenny errötete, was auf ihrem dunklen Gesicht recht bemerkenswert aussah.

Jenny hatte die Wirkung der Warnung unterschätzt. Sie hatte das Mädchen nicht so verwirren wollen. »Ich habe mir etwas anderes ausgedacht, was wir versuchen können«, sagte sie schnell, um Gwenny zu beruhigen.

»Etwas anderes?«

»Versuch es einmal mit meiner Brille.« Jenny nahm sie ab und setzte sie vorsichtig dem Koboldmädchen auf. Es sah komisch damit aus, und die Brille verbog sich, ehe sie paßte.

»Oh!« rief Gwenny. »Ich kann dich sehen!«

»Sie funktioniert also«, stellte Jenny befriedigt fest. »Außer ...«

»Außer daß ich es nicht wage, mich damit blicken zu lassen«, ergänzte Gwenny und nahm sie ab.

Jenny nahm sie wieder an sich. Ohne Brille war sie fast blind gewesen, so sehr hatte sie sich daran gewöhnt, und ohne sie fühlte sie sich schier verloren. »Vielleicht können wir noch etwas anderes tun«, sagte sie schnell. »Zum Beispiel Geschichten erzählen.«

»Oh, ich liebe Geschichten!« jubelte Gwenny. »Sie sind für mich die einzige Möglichkeit zu reisen.«

Jenny war sich bewußt, daß sie mit der ihr eigenen magischen Fähigkeit, die sie zusammen mit Che entdeckt hatte, dem Mädchen auf eine ganz spezielle Weise zum Reisen verhelfen könnte. Aber für den Augenblick schien ihr eine ganz normale Geschichte genug. »Kommt, wir setzen uns hin, und ich erzähle eine Geschichte«, schlug sie vor. »Danach kannst du eine erzählen und dann Che.«

»Oh, wie schön!« Gwenny warf sich hin, tastete mit ihren Füßen nach zerstreut herumliegenden Kisten, sammelte sie und türmte sie auf zu einem Stapel. Sie beanspruchte eine ganze Menge Platz, aber irgendwie trat sie nie auf Sammy, der stets an genau dem Ort schlief, wo sie nicht ging. Sie stapelte die Kisten in der Ecke auf, und sie ließen sich darauf nieder, Che auf der einen Seite, Jenny auf der anderen und Gwenny in der Mitte.

Was für eine Geschichte sollte sie erzählen? Jenny kannte eine Anzahl netter Erzählungen über die Geschichte ihres Volkes, wie zum Beispiel die über die früheren Häuptlinge und deren Freunde, aber sie war sich nicht sicher, ob ein Kobold aus Xanth diese verstehen würde. Zum Beispiel war da die Geschichte über Hank Schwank und Sigi Schwachfuß, der lahm war. Gwenny könnte denken, sie wolle sich über sie lustig machen. Dann gab es die Geschichten über die Wolfsfreunde, aber Jenny wußte nicht, ob es in Xanth überhaupt Wölfe gab, und wenn es welche gab, hatten diese keine Reiter, dessen war sie sich ziemlich sicher – so daß es das Mädchen nur verwirren würde.

So entschloß sie sich für eine, die besser nach Xanth paßte, wenn sie die Begriffe etwas anglich. Statt der Hohen könnte es – was geben? Sie war nicht sicher, was nach Xanth gehörte.

Also versuchte sie etwas Törichtes. »Sammy, finde etwas für mich, das paßt«, flüsterte sie.

Der Kater erwachte, schaute sich um, ging zu Che und ließ sich an der Seite des Zentauren nieder – das war alles.

»Ich denke, das bedeutet, daß ich deine Frage beantworten soll«, stellte Che fest. »Was gibt es denn?«

»Ich wüßte gern, was in Xanth den Hohen entsprechen könnte.«

Che sah verdutzt aus, gab aber trotzdem Antwort. »Vielleicht die Musen?«

»Gibt es eine Muse der Schönheit?«

»Nein, die gibt es hier nicht, hier sind sie die Patroninnen der Künste. Aber vielleicht würde Erato passen, die Muse der Liebespoesie?«

»Gerät diese auch in Zorn über Sterbliche?«

»Das glaube ich kaum. Vielleicht Melpomene, die Muse der Tragödie. Sie trägt eine tragische Maske, eine Keule und ein Schwert.«

»Das könnte vielleicht passen.« Jenny nickte. »Also ... eines Tages wurde Melpomene zornig, weil eine Frau namens Weide ein Baby bekam ... ich meine, der Storch brachte ihr ein kleines Mädchen, das so schön war, daß jeder wußte, es würde einmal so schön werden wie die Musen. Und sie nannte ihr Baby Lilie, weil sie so zart war wie die Lilie.

›Das wird sich noch zeigen‹, sprach Melpomene. ›Lilie wird die Blume, deren Namen sie trägt, niemals sehen. Kein Sterblicher darf so schön sein wie die Musen, ohne daß Unheil über ihn käme!‹

Weide ging hinaus auf eine Blumenwiese in der Nähe des Musenbergs, wo ein Vogelschwarm sich mit Fliegen vergnügte, und in den Armen hielt sie Lilie, ihr Kind. ›Ach, ihr

Musen‹, rief sie aus, und Tränen strömten ihr über die Wangen, ›nun habt ihr mir so ein wunderschönes Kind geschenkt, aber warum nur habt ihr es blind gemacht?‹ Da tat es den Musen leid, aber es gab nichts, was sie hätten tun können, denn was einmal geschehen war, konnten sie nicht ungeschehen machen.

Lilie wuchs auf zu einem liebreizenden Mädchen, aber nie konnte sie eine Blüte sehen, noch irgend etwas anderes. Sie ging hinaus auf die Wiese und betastete die Blumen, auch die Blume, deren Namen sie trug, aber das war nicht gut, denn die Blumen überlebten es kaum, wenn man sie anfaßte. Und Lilie begann zu weinen.

›Warum weinst du?‹ fragte Weide sie.

›Ach Mutter, du hast mich gelehrt, Gut und Böse zu unterscheiden und mit dem zufrieden zu sein, was ich habe, aber wie kann ich mich über die Blumen freuen, von denen du so liebevoll sprichst, wenn meine Berührung sie verletzt?‹

Das hörten die Blumen und wurden traurig. ›Sie hat uns so gern‹, sagten sie zueinander, ›und sie trägt den Namen einer der Unsrigen. Wir müssen einen Weg finden, wie sie sich an uns erfreuen kann, ohne uns zu verletzen.‹

Sie besprachen sich untereinander und baten die Musen um Hilfe, und die Musen erinnerten sich, daß sie einen Fehler begangen hatten, und stimmten zu. Sie konnten Lilie nicht sehend machen, aber sie konnten den Blumen helfen, sich zu verändern. So gaben sie den Blumen die Macht, sich in Wohlgerüchen auszudrücken.

Jede Blume nahm denjenigen Duft an, von dem sie fand, daß er sie am besten beschrieb. Einige Blumen, wie die Rosen, fanden sich außergewöhnlich schön und nahmen deshalb Düfte an, die köstlich waren. Andere dachten, sie seien häßlich, wie die Geranien, also nahmen sie unerfreuliche Gerüche an. Es spielte keine Rolle, ob sie wirklich schön oder häßlich waren, es kam nur darauf an, wie sie sich selbst sahen, und einige hatten eine ziemlich unrealistische Sicht. Manche waren dreist und hatten kräftige Gerüche, während andere schüchtern waren und nur leicht oder gar nicht dufteten, obwohl jemand, der sie betrachtete, hätte finden können, daß sie einen stärkeren Duft verdienten. So kam es, daß, wenn die Wohlgerüche auch nicht ganz gerecht verteilt sein mochten, sie immerhin dazu beitrugen, die Blumen zu bestimmen und diese voneinander zu unterscheiden.

Und so geschah es auch, daß Lilie sich schließlich doch noch an den Blumen erfreuen und die Rose vom Gänseblümchen unterscheiden konnte, ohne sie zu berühren, und sie war glücklich, und die Blumen waren glücklich, und selbst Melpomene war weniger tragisch. Seit dieser Zeit haben Blumen unterschiedliche Düfte, so daß jedermann sie erkennen kann, sei es durchs Anschauen oder durch den Geruch.«

Es entstand eine Stille, als Jenny ihre Geschichte beendet hatte. Dann sagte Gwenny: »Oh Jenny, ich wollte, ich könnte das sehen! Ich bin sicher, daß das der Grund dafür ist, daß Blumen duften, aber wenn ich doch nur Weide und Lilie sehen könnte ...«

»Ich glaube, das ließe sich machen«, sagte Che. »Falls Jenny für dich singen will.«

»Oh! Nein, das kann ich nicht«, sagte Jenny verlegen.

»Dann sing doch einfach für mich«, sagte er, »und Gwenny kann so tun, als wären wir gar nicht da.«

Jenny verstand ihn sofort und fühlte, daß er recht hatte. Sie machte sich selbst Mut und sah ihn an, denn sie wußte, für ihn würde sie singen können. Sie wußte auch, daß er, obwohl er den Vorschlag für das Koboldmädchen gemacht hatte, es sich in Wirklichkeit selbst wünschte, denn er war noch immer ein Fohlen und ein Gefangener tief im Bergesinneren, und wie erwachsen er sich auch gab, in seinem Innersten fürchtete er sich.

Sie summte vor sich hin, und ganz allmählich verblaßte der Raum. Dann fing sie an zu singen, und da war auf einmal die Blumenwiese mit dem Berg der Musen im Hintergrund, und mit Weide, die ihr Baby Lilie in den Armen hielt, während Tränen über ihr Gesicht liefen. Wie bei Godiva umgab ihr Haar sie wie ein weicher Umhang. Überhaupt sah sie Godiva sehr ähnlich, die ihre Tochter so umsorgte und dennoch nicht in der Lage war, ihr zu geben, was ihr fehlte.

Dann drehte sich das Baby um, und Jenny wußte, daß es

Gwendolyn war, auch wenn sie hier einen anderen Namen hatte. Gwenny war auf dem Schauplatz erschienen!

Im Hintergrund tauchte ein Zentaur auf, der nur zuschaute, aber sich nicht einmischte. Auch Che war jetzt hier. In seiner Nähe lag eine orangefarbene Katze und schlief.

Die Zeit verging im Nu, wie in einem Traum oder in einer Vision, und das Mädchen wuchs heran und sah dem Koboldmächen sehr ähnlich, aber immer noch war es blind. Doch die Blumen änderten sich für Lilie und nahmen jede ihren eigenen Duft an, und das Mädchen konnte sie erkennen und war ergriffen.

Der Schauplatz erbebte. Plötzlich fiel er auseinander und löste sich auf, und die drei fanden sich im Raum wieder. Aber die Erschütterung dauerte an und der ganze Berg schien zu dröhnen. »Was ist denn das?« fragte Jenny erschreckt.

»Ich weiß nicht«, sagte Gwenny. »So etwas ist noch nie vorgekommen. Irgend etwas stimmt hier nicht!«

Draußen in den Gängen hörte man Geräusche. »Wir sollten fragen, was los ist?« sagte Jenny.

Sie gingen zur Tür und klopften. Gleich darauf öffnete Gimpel. »Was geht denn hier vor?« fragte Jenny.

»Die Flügelungeheuer greifen den Berg an«, berichtete er.

»Mein Vater«, rief Che. »Er ist gekommen!«

»In der Tat!« bestätigte Gimpel. »Er hat Häuptling Gichtig bis heute nachmittag Zeit gegeben, dich und die Elfe freizulassen, aber wenn Gichtig das nicht tut, werden die Ungeheuer uns belagern. Rokhs schmeißen Felsblöcke auf uns herab. Ihr solltet hier bleiben, die Stollen sind vielleicht nicht mehr sicher.« Er schloß die Tür.

»Ich hatte dein Volk ganz vergessen!« sagte Jenny. »Natürlich haben sie dich nicht einfach vergessen! Was wollen wir jetzt bloß tun?«

»Am besten solltet ihr meiner Mutter sagen, daß sie euch gehen läßt«, sagte Gwendy traurig. »Eure Gesellschaft wird mir sehr fehlen, aber deine Mutter wird sich um dich genauso sorgen, Che, wie meine Mutter um mich. Sie werden sicher aufhören, uns anzugreifen, sobald ihr draußen seid.«

»Klar werden sie das«, pflichtete Che bei. »Aber davon werden wir unsere Entscheidung nicht abhängig machen, das ist ja Zwang. Wir werden uns so entscheiden, wie wir es für richtig halten.« Er sah Jenny an. »Hast du dich inzwischen entschlossen?«

»Nein.« Jenny schüttelte den Kopf. Sie sah Gwenny an. »Wenn wir deine Mutter jetzt bitten würden, meinst du, sie würde uns wohl ziehen lassen?«

»Möglich. Aber ich weiß nicht, wie mein Vater darüber denkt. Er weiß nämlich nicht, warum sie euch hierher geholt hat – jedenfalls nicht den wirklichen Grund –, weil er keine Ahnung hat, daß ich schlecht sehe. Er denkt, daß es nur zu meiner Gesellschaft ist. Und er mag es nicht, wenn ihm andere sagen, was er tun soll. Als dann dein Vater kam, Che, und deine Freilassung forderte, hat Gichtig vermutlich – nun, manchmal macht er etwas mit einem Finger, ich weiß nicht genau, was, aber ...«

»Das gehört zur Erwachsenenverschwörung«, erklärte Jenny. »Meiner Meinung nach ist es einfach eine unhöfliche Art, nein zu sagen.« Doch sie vermutete, daß mehr dahintersteckte, denn sie erinnerte sich daran, was auf dem An-den-Keks-Fluß geschehen war.

»So etwas wird es wohl sein. Ihr könnt also nicht einfach gleich aufbrechen. Es tut mir leid.«

Jenny wendete sich an Che. »Würde dein Vater wohl den Angriff beenden, wenn du bereit wärst, Gwennys Kamerad zu werden?«

»Ich fürchte, nein«, sagte Che. »Ich kann nur für mich selbst sprechen und nicht für ihn, aber ich denke, er würde annehmen, daß meine Bereitschaft erzwungen worden und deshalb nicht gültig ist.«

»Der Angriff wird also weitergehen, was auch immer passiert«, stellte Jenny fest. Merkwürdigerweise fühlte sie sich dadurch beinahe erleichtert, weil ihr das viel von dem Druck der Entscheidung nahm. Sie konnte es sich leisten, zu warten und sich die Zeit zu nehmen, einen Entschluß zu fassen – solange sich dabei doch nichts ändern würde.

Wieder erbebte der Berg unter einem Felsbrocken. Von der Decke rieselte etwas Sand.

Jenny wurde sich klar, daß ihre Entscheidung möglicherweise das kleinste ihrer Probleme war. Sie befanden sich mitten in einer Schlacht, und wer konnte wissen, wie diese enden würde?

»Kommt, wir gehen zurück zu unseren Kissen und singen«, schlug sie verängstigt vor.

Die anderen waren schnell bereit zuzustimmen.

11

ELECTRAS EINFÜHLUNGS-VERMÖGEN

Nach dem ersten Bombardement war der Koboldberg mit Löchern übersät und mehrere Koboldstollen, die vorher verschlossen waren, lagen jetzt offen da. Doch bevor Cheiron die Raucher hineinschickte, beschloß er, noch einmal zu verhandeln. »Gloha, glaubst du, daß du dort hineingehen kannst, ohne angegriffen zu werden?« fragte er.

»Ich denke ja«, sagte sie. »Ich bin ein Kobold, und meine Tante Goldie ist dort. Sie ist die älteste Schwester meiner Mutter, und obwohl sie meinen Vater nicht anerkennt, hat sie sich dazu durchgerungen, mich zu akzeptieren.«

Electra kam hinzu. »Godiva ist Goldies Tochter!« erklärte sie. »Ich habe mit ihr gesprochen und das herausgefunden. Godiva ist also deine Cousine, Gloha!«

»Stimmt, sie ist älter. Sie hat sogar schon eine Tochter, die fast so alt ist wie ich, aber wir durften nie miteinander spielen. Von daher kann es sein, daß sie mich trotz allem nicht akzeptieren.«

»Nein, Godiva ist nicht so!« protestierte Electra. »Ich kenne sie zwar erst seit kurzem, aber durch die gemeinsame Zeit in der Horde war die Begegnung ziemlich intensiv. Ich bin mir sicher, daß sie nichts gegen dich hat.«

Glohas Blick glitt zu ihren Flügeln, aber sie sagte nichts. Jeder wußte, wie Mischlinge in einigen Kulturen behandelt wurden.

»Laß mich mit dir gehen!« schlug Electra vor. »Vielleicht kann ich mit Godiva sprechen, wenn ...«

»Lectra, das ist gefährlich«, warnte Nada sie. »Wir hatten Waffenstillstand mit Godiva geschlossen, denn keiner von uns wollte, daß Che verletzt würde, aber jetzt ist dieser Waffenstillstand aufgehoben. Du kannst nicht auf deine Zwei-Tages-Bekanntschaft setzen.«

»Ich fürchte mich nicht vor der Gefahr«, erwiderte Electra.

Nada antwortete darauf nicht. Keine der beiden hatte vergessen, daß sich in der nächsten Woche ein Problem lösen würde, wenn eine von ihnen in dieser Woche von der Bildfläche verschwände. Sie mußte Electra gehen lassen.

Gloha sah erleichtert aus. Sie war bereit zu gehen, zog aber offensichtlich eine Begleitung vor.

Die beiden gingen auf den Berg zu. Sie trugen weiße Stofffetzen, um zu zeigen, daß sie in friedlicher Absicht kamen. Natürlich waren sie sich darüber im klaren, daß die Kobolde sie dennoch angreifen könnten, aber sie hofften, daß sie es nicht tun würden.

Bald erreichten sie den nächstliegenden aufgesprengten Stollen. Der Stein, der ihn verschlossen hatte, war von seinem Platz verschoben worden und den Hang hinabgerollt. Am Eingang häufte sich Schutt, aber weiter innen sah der Tunnel durchgängig aus.

»Hallo!« rief Gloha. »Wir möchten uns gern mit euch unterhalten.«

»Geh zum Teufel, Spatzenhirn!« rief ein Kobold aus der Tiefe.

Electra wurde ärgerlich. »Hör zu, du Trottel, wir sind gekommen, um zu verhandeln. Du weißt, daß die Flügelungeheuer den ganzen Berg zerstören werden, wenn das so weiter geht. Sorge dafür, daß jemand heraufkommt, um mit uns zu sprechen.«

»An wen denkst du denn dabei, du sommersprossenwinziges Hirn?«

Electra versteifte sich. Sie hatte wirklich Sommersprossen. Und das Elfenmädchen auch; das war eines der Dinge, die Electra an ihr leiden mochte. Soweit ihr bekannt war, gab es daran nichts auszusetzen. Aber aus dem Munde des Kobolds klang es so, als wäre es ein Verbrechen.

Jetzt war es Gloha, die ärgerlich wurde. »Zum Beispiel an Godiva, Blödmann!«

»Ich heiße nicht Blödmann, ich heiße Geizkragen«, erwiderte der Kobold.

»Dann geh und sag Godiva Bescheid, Geizkragen«, rief Gloha.

»Mach's doch selber!«

»Kommt sie dann hierher?«

»Nö! Ha, Ha, ha!«

Gloha blickte zu Electra. »Sie sind meinesgleichen, aber manchmal machen sie mich einfach fürchterlich wütend«, sagte sie.

»Vielleicht sollten wir gehen, und nach Godiva suchen«, schlug Electra vor, obwohl die Idee, unbeschützt in den Berg einzutreten, sie ängstigte.

»Ja, vielleicht«, stimmte Gloha zu. »Ich kenne mich hier ganz gut aus, obwohl sie ständig dabei sind, neue Stollen zu graben. Ich weiß, wo sie lebt.«

»Dann laß uns gehen!« forderte Electra, bevor sie ihren Entschluß noch bereuen konnte. Sie wußte, wenn sie keinen Erfolg bei den Verhandlungen hätten, würde der Angriff fortgesetzt werden, und dann gäbe es kein Zurück mehr.

»In Ordnung. Ich werde es aber Cheiron mitteilen.« Gloha breitete ihre Flügel aus und flog schnell zurück. Sie flog wie eine Schwalbe, und nicht wie ein plumper Käfer. Ihre Bewegungen waren schnell, denn anderenfalls wäre sie zu Boden gestürzt.

Kurz darauf kam sie zurück. »Er sagt, es wäre das beste,

diese Chance zu ergreifen, falls wir in Anbetracht des Risikos dazu bereit wären.«

Electra wünschte, er hätte es anders ausgedrückt, aber sie behielt ihre Bedenken für sich. »Dann laß uns gehen und Godiva suchen!«

Sie drangen in den Tunnel ein. In dem halbdunklen Gang entdeckten sie ein Licht, das sich als eine der rauchigen Fakkeln entpuppte, welche die Kobolde als Beleuchtung verwendeten. Electra nahm sie aus ihrer Halterung, damit sie besser sehen konnten, wohin sie gingen. Der Rauch tat sein Bestes, um sie zu ersticken, aber schon bald gab er diesen erfolglosen Versuch auf und bahnte sich mühsam seinen Weg an der Decke entlang, um nach jemand anderem Ausschau zu halten, bei dem er mehr Erfolg hätte.

»He, was macht ihr denn hier drinnen?« fragte ein Kobold und musterte Gloha eindringlich, während er Electra nur einen oberflächlichen Blick zuwarf.

»Wir werden selber mit Godiva sprechen, Geizkragen«, sagte Electra tapfer, »so, wie du es vorgeschlagen hast.«

Kobolde können zwar von Natur aus nicht verärgert aussehen, aber dieser unternahm zumindest den Versuch dazu. »Na gut, dann seht zu, daß ihr das erledigt«, murmelte er und trat zurück.

Sie gingen weiter und folgten dem Tunnel, der in vielen Windungen bergab führte. »Wenn wir unten angekommen sind, müssen wir in einen anderen Gang abbiegen«, erklärte Gloha. »Aber jeder von diesen Tunneln hier wird uns zunächst in die Tiefe führen.«

Electra war froh darüber, daß Gloha sich hier auskannte! Sie selbst wäre bereits hinter der ersten Stollenbiegung verloren gewesen.

»Was habt ihr denn vor?«

Electra fuhr erschrocken herum. Vor ihr stand die Dämonin Metria, die ganz offensichtlich Ausschau nach weiterem anregendem Unheil hielt. Wahrscheinlich war es das beste, auf ihre Frage zu antworten und darauf zu hoffen, daß sie das Interesse an ihnen verlor. »Wir versuchen zu verhandeln, um Che und Jenny frei zu bekommen. Du weißt doch, auf welche Weise die Kobolde sie in ihre Gewalt gebracht haben.«

»Ja, es wäre langweilig gewesen, wenn ihr das Spiel gewonnen hättet! Keine Gefangenschaft, keine Belagerung des Berges.«

»Es ist sogar immer noch ziemlich langweilig«, erwiderte Electra.

»Oh, das finde ich nicht. Denn ihr habt ja keine Chance, das Fohlen zurückzubekommen. Und so ist Cheiron geradezu gezwungen, den Berg zu zerstören. Das ist doch sehr interessant.«

»Nun ja, das werden wir sehen«, gab Electra kurz angebunden zurück.

»Und wie steht es zur Zeit mit deiner eigenen Situation?« fragte die Dämonin.

Eigentlich wollte Electra nicht antworten, aber noch immer hoffte sie, daß die Dämonin verschwinden würde, wenn sie ihr Spiel mitspielte. »Was soll damit sein? Dolph wird seine Entscheidung treffen, und das war es dann.«

»Aber jeder weiß doch, daß er sich für Nada Naga entscheiden wird. Was wird dann mit dir?«

»Ich werde dann sterben«, gestand Electra.

»Wirklich?« fragte Gloha entsetzt. Ganz offensichtlich war sie sich dieses Aspekts der Situation nicht bewußt.

»Ich muß den Prinzen, der mich aus meinem unseligen tausendjährigen Schlaf erweckt hat, heiraten, oder ich werde sterben«, erklärte Electra. »Das habe ich gewußt, als ich mich darauf einließ. Und wenn er mich nicht heiratet, wird mir nichts anderes übrigbleiben.«

»Oh, das tut mir aber leid!« sagte Gloha. »Ich dachte immer, daß ich schon nicht gut dran wäre, so gänzlich ohne einen Mischlingsmann meiner Art, aber deine Lage ist ja noch viel schlimmer!«

Darüber mochte Electra jetzt wirklich nicht sprechen, doch wollte sie auch nicht, daß die Dämonin das bemerkte. »Kann schon sein.«

»Wie wirst du dich fühlen, wenn du zusehen mußt, wie er die Naga-Prinzessin heiratet?« fragte Metria hartnäckig.

»Ich werde mich für sie freuen, denn sie ist meine Freundin und ein freundliches Wesen.«

»Aber sie liebt ihn nicht. Ihr Sterblichen legt doch großen Wert auf die Liebe, oder?«

»Ja. Aber sie kann doch einen Liebestrank nehmen.«

»Und wie wirst du sterben?«

»Müssen wir diese Unterhaltung wirklich führen«, fragte Gloha besorgt.

Electra war dankbar für ihre Unterstützung. Dennoch war ihr klar, daß dies die Dämonin nur noch mehr in Fahrt bringen würde. »Ich weiß es nicht«, sagte sie und beantwortete damit gleichzeitig beide Fragen. Im Grunde genommen wußte sie zwar, wie sie sterben würde, aber sie wollte wirklich nicht darüber sprechen.

»Ich kann dir wundervolle Arten des Sterbens zeigen«, begeisterte sich Metria. »Ersticken, ein Schlaganfall, ein Riß der ...«

»Ich schätze, ich werde mein Leben in geradezu jungfräulicher Manier aushauchen«, unterbrach Electra sie. »Sicherlich auf die langweiligste Art und Weise.«

»Nein, warte, jetzt fällt es mir wieder ein!« rief die Dämonin aus. »Es gibt da doch so eine Geschichte – wenn du nach Mundania gehst, alterst du dann nicht schneller? So könnte es doch geschehen: Du wirst ganz plötzlich älter, von einem Augenblick zum nächsten, du wirst zunächst eine reife Frau, dann ein häßliches altes Weib und schließlich ein Gerippe. Und das alles in wenigen Minuten.«

Electra biß die Zähne zusammen. Sie fürchtete, daß es genauso geschehen würde. Im Grunde genommen war sie um die neunhundert Jahre alt; und nur die Kraft des Zaubers erhielt sie so jung, wie sie sein sollte. Wäre der Zauber erst gebrochen, würde sie wieder in ihre eigene Generation zurückkehren, die bereits seit achthundertfünfzig Jahren tot war. Aber sie weigerte sich, der Dämonin die Genugtuung zu verschaffen, sie vor Angst schlottern zu sehen – wie schwierig das auch für sie sein mochte. »Mag sein, daß du recht hast«, sagte sie.

»Du mußt Dolph irgendwie dazu bringen, dich zu heiraten!« sagte Gloha.

»Nein!« protestierte Electra. »Es muß seiner eigenen Entscheidung überlassen bleiben.«

»Ich könnte dich umhüllen und dir Nadas Aussehen verleihen«, schlug Metria vor. »Du könntest ihn heiraten, und er würde den Unterschied erst bemerken, wenn es zu spät ist.«

»Nein!« Electra war bemüht, die Tränen zurückzuhalten, denn sie wußte, daß sich die Dämonin daran nur ergötzen würde.

»Du würdest also lieber sterben und zusehen, wie er eine heiratet, die ihn nicht liebt und die nicht die Richtige für ihn ist, als das zu tun, was erforderlich wäre?« fragte Metria neugierig.

Electra wußte darauf wirklich keine Antwort, aber sie tat ihr Bestes. »Ich möchte einfach nur, daß er glücklich ist.«

»Wie glücklich wird er denn sein mit der falschen Frau, selbst wenn sie einen Liebestrank nähme?«

»Nada ist nicht die Falsche! Sie ist schließlich eine Prinzessin! Und sie war mit ihm schon verlobt, noch bevor ich es war!« Trotz ihrer besten Vorsätze war sie dabei, den Fall zu diskutieren und in die Falle der Dämonin zu tappen.

»Wenn du ihn heiratest und er König wird, wirst du die Königin sein«, sagte Metria. »Wäre das denn nicht angemessen für ihn?«

»Nur wenn es seine eigene Wahl ist!« widersprach sie, ohne die dämonische Logik richtig zu erfassen.

»Aber er ist doch nur ein Junge!« sagte die Dämonin höhnisch. »Was weiß er denn schon von der richtigen Wahl? Er sieht nur den Busen der Naga-Frau und nichts anderes.«

»Das ist nicht wahr!« schrie Electra. »Er kann von mir aus auch ruhig ihre ...« Sie brach ab, denn sie bemerkte, daß sie sich nur noch mehr in Schwierigkeiten brachte.

»Ihre Unterhöschen sehen«, beendete Metria den Satz triumphierend. »Er hält große Stücke auf sie, oder nicht?«

»Nun ja, alle Männer tun das«, klang es nicht sehr überzeugt.

»Und wenn er sie einmal gesehen hat, was bleibt dann noch für die Hochzeit? Ein Leben mit einer älteren Frau, die ein echtes Reptil ist?«

»Das ist nicht fair!«

»Und zu der Zeit, da er seinen Fehler bemerkt und dich zu schätzen lernt«, fuhr die Dämonin unerbittlich fort, »wirst du bereits tot sein. Eine hübschere Revanche könntest du kaum bekommen.«

»Verschwinde von hier, du …« Aber Electra, die nur noch knapp eine Woche von der magischen Müdigkeit trennte, fiel das Wort nicht ein. »Du wucherndes Leiden!«

»Wie bitte?«

Electra schaute verständnislos drein. Die Dämonin hatte sich in Luft aufgelöst und vor ihr stand Godiva. Sie war entsetzt.

Gloha trat zwischen sie. »Die Dämonin war hier und hat Electra auf grausamste und niederträchtigste Weise gepiesackt«, sagte sie. »Sie hat nicht dich gemeint, Cousine Godiva.«

Godiva runzelte die Stirn. »Aha, die Dämonin. Dann verstehe ich. Aber was macht ihr beide hier unten? Wißt ihr denn nicht, daß der Berg belagert wird?«

»Wir sind hier, um zu verhandeln«, sagte Gloha. »Wir wollen der Gewalt ein Ende machen.«

»Kommt herein«, forderte Godiva sie auf und winkte sie in ihre Gemächer. »Gichtig ist verhindert, deswegen regele ich die Dinge jetzt vorübergehend.«

Drinnen befanden sich gemütliche Gemächer, mit Tapeten und Kissen und Tageslicht aus einem Schacht, der nach oben führte. Am Boden dieses Schachtes lag etwas Schotter und Staub, der sich noch nicht lange dort zu befinden schien, aber die Koboldfrau ignorierte es einfach.

Sie setzten sich auf die Kissen. »Ich habe Che Zentaur gefragt, ob er nicht der Gefährte meiner Tochter Gwendolyn werden möchte«, berichtete Godiva. »Er überdenkt noch seine Antwort. Solange er damit beschäftigt ist, ist es uns nicht möglich, der Belagerung ein Ende zu setzen, es sei denn, die Flügelungeheuer zögen sich zurück.«

»Aber Cheiron wird den ganzen Berg zerstören!« protestierte Electra. »Er wird es nicht zulassen, daß sein Sohn ein Gefangener bleibt!«

»Das ist das Risiko, das wir eingehen müssen«, antwortete die Frau gelassen. »Ich glaube aber nicht, daß es dazu kommen wird.«

»Ich sage dir doch, Cheiron ...«

»Laß mich dir jemanden vorstellen. Dann kannst du Cheiron davon berichten«, unterbrach Godiva. Sie griff nach oben, um an einem Strang mit einem Quast zu ziehen. Irgendwo im Berg erklang ein Gong.

»Habt ihr etwa noch weitere Gefangene?« fragte Electra. Einen Vorteil hatte dieses Unternehmen: Es lenkte sie von ihren persönlichen Problemen ab.

»Nein.«

Nach kurzer Zeit klopfte es. »Tritt ein«, rief Godiva und erhob sich von ihrem Kissen.

Die Tür öffnete sich und ein Mann kroch herein. Nein, es handelte sich um eine Schlange. Nein, es war ...

Electra blieb der Mund vor Erstaunen offen stehen. *Es war ein Naga*!

»Prinz Naldo, darf ich Euch Gloha Kobold und Electra, Prinz Dolphs Verlobte, vorstellen«, sagt Godiva. »Mädels, ich möchte euch mit dem Prinz Naldo Naga, Nadas Bruder, bekanntmachen.«

Electra war Prinz Naldo nie zuvor begegnet, aber sie erkannte die Ähnlichkeit mit Nada. Jetzt nahm er seine menschliche Gestalt an und machte eine kleine, förmliche Verbeugung. Er war atemberaubend schön. »Ich bin froh, euch nun doch noch kennenzulernen, Electra und Gloha. Ich habe schon viel von euch gehört, denn ich habe kürzlich mit eurem König Dor und mit Königin Irene am Berg Etamin gesprochen.«

Den beiden Mädchen hatte es die Sprache verschlagen. Das schien unmöglich zu sein; die Naga waren doch seit alters her Erzfeinde der Kobolde.

»Ich werde es erklären«, meinte Gloha. »Es gibt Bündnisse, die mehr als tausend Jahre zurückreichen, bis zu der

Zeit, als der Krieg zwischen den Ungeheuern der Luft und den Ungeheuern der Erde noch jung war. Da wir einen Angriff der Luftungeheuer vorhersahen, beriefen wir uns auf ein solches Bündnis und riefen alle unsere Verbündeten zusammen. Kobolde und Naga haben zwar Streitigkeiten untereinander, aber diese werden durch das Bündnis beiseitegeschoben. Der Naga vom Berg Etamin ist hier, um uns in unseren Bemühungen zu unterstützen.«

Schließlich fand Electra die Sprache wieder. Sie war entsetzt. »Und die – die Drachen der Erde, und ...«

»Und die Knochenbrecher«, nickte Godiva. Die Knochenbrecher waren furchterregende, unterirdisch lebende Ungeheuer. »Und die Elfen.«

»Das ist doch nicht möglich!« rief Electra aus. »Ich meine, sie ...«

»Kommt mit mir.« Godiva führte sie aus ihrer Wohnung.

»Es ist leider wahr«, murmelte Naldo. »Wir können nicht sagen, daß wir über diese Entwicklung erfreut wären, aber wir sind dem Bündnis verpflichtet und müssen die Kobolde im Kampf gegen die Flügelungeheuer unterstützen. Die Elfen aus dieser Region sind in ähnlicher Weise gebunden.«

Wortlos folgte Electra der Koboldfrau zu einer Kammer, die sich weiter unten im Tunnel befand. Dieses Unternehmen hatte sich plötzlich zu etwas entwickelt, das ihre ärgsten Befürchtungen noch überstieg. Was würde Cheiron tun, wenn er das erführe?

Godiva öffnete die Tür. Hier sah es aus wie in einem Krankenzimmer, mit einem Bett und einer Kobold-Krankenschwester. Auf dem Bett lag ein Patient, schmal und bleich. Kein Kobold, kein Kind, sondern ...

»Ein Elf!« rief Electra aus. »Aber sein Ulmenreich muß doch weit entfernt sein!«

»Es liegt hinter dem Koboldberg«, bestätigte Godiva. »Aber nicht weit in dem Sinne, wie wir über Entfernungen denken. Er zieht es vor zu liegen, weil er hier nur wenig Kraft hat, aber er ist bei guter Gesundheit.« Dann, als sie näherkamen, stellte Godiva sie einander vor: »Das ist Bud, von dem Stamm der Blumen-Elfen.« Der Elf nickte. »Und das sind Prinz Naldo Naga, die Kobold-Harpyie Gloha und Electra, die Verlobte von Prinz Dolph, aus dem Volke der Menschen.« Sie nickten zurück.

Bud, der Elf, sah überrascht aus. »Die Menschen gehören auch zu euren Verbündeten?«

»Nein«, antwortete Electra schnell. »Sie sind nicht wirklich in diesen Streit verwickelt – nur einige wenige von uns, die Che Zentaur persönlich kennen. Gloha und ich sind im Auftrag von Cheiron Zentaur hier, um zu sehen, ob wir Che und Jenny nicht befreien können, bevor die Flügelungeheuer den Berg zerstören.«

»Wer ist Jenny?« fragte er.

»Jenny, die Elfe. Sie ist ...« Electra hielt inne, als sie bemerkte, daß dies eine weitere Ungereimtheit war. »Sie stammt nicht aus einem der Elfenreiche oder aus Xanth. Wenn sie sich von ihrem Baum entfernt, behält sie ihre Kraft. Sie ist doppelt so groß wie du, und sie hat spitze Ohren. Aber ich glaube, sie ist letztendlich doch eine Elfe.«

»Ich würde sie gerne kennenlernen.«

»Ich werde sie herholen«, sagt Godiva und ging hinaus.

»Wie kannst du so weit von deiner Ulme entfernt den Kobolden helfen?« fragte Gloha Bud. »Ich meine ...«

»Ich bin hier, um die Einzelheiten zu besprechen«, antwortete Bud. »Wir werden die eine Seite des Koboldbergs gegen eine Attacke der Flügelungeheuer verteidigen. Das schützt die Kobolde vor einem Flankenangriff.«

Das war sicherlich richtig. Die Elfen waren zwar kleinwüchsig, aber in der Nähe ihres Reichs sehr stark und geschickt, so daß kein Ungeheuer den Weg würde passieren können.

»Ich hätte nie gedacht, daß die Elfen mit in die Sache verwickelt wären«, sagte Gloha unglücklich. »Aber ich nehme an, daß die Elfen ihr Versprechen halten müssen, und ein Bündnis ist schließlich ein Versprechen.«

»Du bist auf der Seite der Flügelungeheuer?« fragte Bud sie. »Ist deine Haltung nicht etwas zwiegespalten?«

»Nein. Che Zentaur ist ein Flügelungeheuer, und auch bin eins.«

»Natürlich«, räumte er ein und erlaubte sich mit größter Zurückhaltung einen männlichen Blick auf ihren zierlichen Körper. Electra kannte diesen Blick; es war die Art von Blick, den nie jemand auf sie richtete.

Während sie sprachen, näherte sich Prinz Naldo Electra. »Meine Schwester – wo befindet sie sich gerade?«

»Nada ist bei Cheiron«, antwortete Electra. »Wir taten uns mit ihm zusammen, nachdem wir Che hier abgeliefert hatten.«

»Ihr habt den Zentaur hier abgeliefert?« fragte er überrascht.

»Es war ein Handel. Die Koboldschaft der Goldenen Horde wollte ihn auffressen, deshalb haben wir uns mit Godiva verbündet, um ihn zu retten. Danach mußten wir uns einigen, welche Gruppe ihn bekommen sollte, und sie hat gewonnen. Wir wollen nicht, daß er hier ist, aber wir hatten keine andere Wahl. Es war ...«

»Eine Ehrensache«, beendete er den Satz. »Das kann ich gut verstehen. Sag mir, wie stehen die Dinge zwischen euch beiden?«

»Nada und ich kommen gut miteinander aus. Wir hoffen nur, daß Dolph nicht sie heiraten wird.«

»Das war ein anderer Handel«, sagte er. »Eine politische Verlobung. Wir hatten geglaubt, daß sich die Prophezeiung auf mich und Prinzessin Ivy bezöge. Wir hatten uns geirrt, und so ergriff Nada die Initiative.«

Electra fragte sich, was wohl geschehen wäre, wenn es sich bei der Prophezeiung um Ivy und nicht um Dolph gehandelt hätte. Ivy hätte Naldo durchaus heiraten können; denn auch er war ein Prinz und in seiner menschlichen Gestalt ein gutaussehender Mann. Das hätte allerdings bedeutet, daß Ivy niemals Grey Murphy getroffen hätte – und dann wäre Dolph Electra nie begegnet.

»Nun gut, Nada glaubt, es durchschauen zu können. Sie liebt Dolph nicht. Ich tue es zwar, aber es bleibt seine Entscheidung.«

»Das ist ja eine Ironie des Schicksals. Mein Vater würde Nada wohl dazu veranlassen, die Verlobung zu lösen, aber er hat nicht das Recht dazu. Wir haben von den Vorteilen dieser politischen Verbindung mit Schloß Roogna profitiert und müssen nun um der Ehre Willen unser Wort halten.«

»Das verstehe ich. Ebensowenig wie du das Bündnis mit den Koboldem brechen kannst.«

Er verzog das Gesicht. »Ganz genau. Wir sind mit beiden Situationen nicht zufrieden, aber unsere Richtung ist festgelegt. Die Blumen-Elfen sind in ähnlicher Weise verpflichtet.«

Die Tür öffnete sich – und gab den Blick auf Jenny Elfe frei! Aber natürlich konnte sie keine echte Elfe sein, nein, wirklich nicht, denn ...

»Oh! Ich bin so froh, dich zu sehen, Lectra!« rief Jenny aus und lief auf sie zu, um sie zu umarmen. Electra wurde sich plötzlich ihres Größenunterschieds bewußt; Jenny war kaum halb so groß wie sie selbst. »Che, Gwenny und ich hatten eine Brausewasserschlacht, genau so, wie wir sie uns am See gewünscht hatten!«

Dann bemerkte sie die anderen und wurde verlegen.

»Ich werde dich wohl besser mal vorstellen«, sagte Electra. »Leute, das ist Jenny von der Welt der Zwei Monde. Jenny, das sind Gloha und Prinz Naldo, Nadas Bruder, und Bud von den Blumen-Elfen.«

»Du kannst fliegen?« fragte Jenny und blickte als erstes zu Gloha.

Als Antwort breitete Gloha ihre Flügel aus und flog hinauf zur Decke. Aber es gab keinen Platz, um irgendwohin zu fliegen, darum landete sie sogleich wieder.

»Du mußt unbedingt Che kennenlernen!« sagte Jenny. »Er kann bisher noch nicht fliegen, aber ...«

»Ich weiß«, sagte Gloha. »Ich bin mit Cheiron hierhergekommen.«

Dann blickte sie durch ihre Brille auf Bud. »Ein Elf?« fragte sie und guckte erstaunt. »Aber du bist so klein!« Und wirklich, er war nur halb so groß wie sie.

Bud lächelte nachsichtig. »Ebenso wie es Riesen unter den Menschen gibt, zum Beispiel die Oger, und Riesen unter den Kobolden, wie die Knochenbrecher, gibt es ganz offensichtlich auch unter uns Elfen Riesen; wenn ich dich so anschaue, und du bist noch jung, andere deiner Art müssen noch größer sein.«

»Ja, ich bin noch klein. Vielleicht stimmt das auch gar nicht, denn keiner meiner Leute hat sich jemals selbst als Elfe bezeichnet. Wir müssen einer anderen Gattung angehören, die zufällig in einigen Einzelheiten der deinen ähnelt.«

Bud lächelte. »Das interessiert mich. Wenn du dazu Lust hast, können wir dem ja noch weiter nachgehen.« Er warf einen Seitenblick auf die anderen. »Vorausgesetzt, daß das eure Unternehmungen nicht behindert.«

»Es liegt in meinem Interesse, daß ihr einander kennenlernt und voneinander erfahrt«, sagte Godiva. »So können Electra und Gloha, wenn sie zur Oberfläche zurückkehren, einen umfassenden Bericht erstatten.«

»Uns wird Cheiron glauben müssen, daß du wirklich diese Verbündeten hast«, ergänzte Gloha. »Ich nehme an, dies bedeutet, du hast nicht vor, Che Zentaur oder Jenny Elfe freizugeben.«

»Jenny Elfe kann gehen«, sagte Godiva. »Sie ist keine Gefangene.« Sie blickte auf das Mädchen. »Aber ich erwarte von dir, daß du dein Wort hältst.«

»Das werde ich«, erwiderte Jenny. »Aber ich werde nicht gehen, bevor nicht auch Che frei ist.« Sie wandte sich erneut Bud zu. »Denkst du wirklich, daß wir nur verschiedene Varianten der gleichen Gattung sind?«

»Ich nehme an, wir stellen die Äquivalente unserer jeweiligen Länder dar. Gibt es bei euch noch andere Kreaturen?«

»Meinst du Trolle?«

»Ah, bei euch gibt es Trolle! Sind sie auch spitzohrig wie du?«

»Nein, sie haben runde Ohren und sind häßlich. Sie sind, wenn sie aufrecht stehen, nicht viel größer als wir, aber dafür wesentlich massiger.«

»Das ist interessant. Unsere Trolle sind groß und dünn. Wieviele Finger haben sie an ihrer Hand? Unsere haben fünf, es sei denn, es wurden welche abgerissen.«

Ein Lächeln huschte über Jennys Gesicht. »Vier, wenn alle

dran sind. Aber trotz allem scheinen eure Trolle den unseren ähnlich zu sein.«

Electra hörte mit wachsendem Interesse zu und bemerkte, daß es den anderen ähnlich erging.

»Gibt es dort auch Menschen?« fragte Bud.

»Einige. Wir haben nicht sonderlich viel mit ihnen zu tun.«

»Wir auch nicht. Seit Jahren ist Electra die erste, mit der wir Kontakt haben. Sind die Ohren eurer Menschen auch spitz?«

»Nein«, sagte Jenny mit wachsender Erregung. »Sie sind rund – und sie haben auch fünf Finger. Das heißt, ich habe nie wirklich einen gesehen, aber ich erinnere mich an Geschichten über sie. Runde Ohren und einen Finger mehr. Und sie sind groß – eineinhalbmal so groß wie wir.« Sie schaute Electra an. »Ja, wirklich, genauso groß wie die Menschen hier. Auch ihr Äußeres ist gleich, nur ...« Sie wandte ihr Gesicht von Electra ab.

»Sie sind wohl nicht sehr freundlich?« fragte Electra.

»Nicht zu uns«, gab Jenny zu. »Wir sind Feinde, meistens jedenfalls. Die Geschichte unserer Kämpfe reicht weit in die Vergangenheit zurück, und unsere Art ist selten gut auf sie zu sprechen. Es begann damit, als wir in ihre Welt kamen. Wir waren zivilisiert, sie primitiv. Sie griffen uns an und metzelten uns nieder, und sie waren so groß, stark und bösartig, daß wir trotz unserer Magie und unserer Strategien sehr zu leiden hatten und in die Wälder fliehen mußten, um uns zu verstecken. Wir wurden in einzelne Stämme zerstreut, und seit diesem Zeitpunkt ...«

Sie brach ab und blickte in die Runde. »Oh, es tut mir leid! Ich denke, hier ist es wohl anders.«

»Manchmal war es hier genauso«, sagte Electra, und Bud nickte bejahend. »Als ich jung war – ich meine, so vor ungefähr neunhundert Jahren ...« Sie stockte, als sie merkte, wie die anderen sie anstarrten.

»Sie hat einige Jahrhunderte verschlafen«, erklärte Godiva, »aufgrund eines Zaubers. Sie ist nicht älter, als sie aussieht, wenn man von der Zeit, die sie geschlafen hat, absieht.«

»Ja«, sagte Electra und war dankbar für die klärenden Worte der Koboldfrau. Irgendwie klang es ganz normal, wenn Godiva es sagte. »Es gab da noch weitere Kämpfe zwischen Menschen und anderen Kreaturen. Ich weiß nichts näheres über die Elfen, aber ...«

»Sie wolten das Land für ihre Dörfer roden«, sagte Bud. »Und dafür wollten sie die Bäume der Elfenreiche fällen.«

»Ja, unser Gehölz wollten sie abbrennen«, stimmte Jenny zu. »Wir leben in einem Baum, aber in seiner Nähe sind wir auch nicht stärker als sonst. Es ist nur, daß wir verbissener kämpfen, um ihn zu schützen, denn ...«

»Ich glaube, es gibt eine Wesensverwandtschaft zwischen uns«, sagt Bud. »Vielleicht kannst du uns, wenn dieses leidige Unternehmen beendet ist, in unserem Blumen-Reich einmal besuchen, Jenny.«

»Das – das würde ich sehr gerne tun«, stimmte Jenny zu.

»Würdest du jetzt einmal das Fohlen sehen wollen, bevor du wieder auf die Oberfläche zurückkehrst«, fragte Godiva, an Electra gewandt.

Durch die Entwicklung des Gesprächs abgelenkt, hätte Electra beinahe ihren Auftrag vergessen. »Ja, gehen wir besser.«

»Tut mir leid, daß ich euch unter diesen Umständen kennengelernt habe, Electra und Gloha«, sagte Naldo.

»Ich empfinde das gleiche«, sagte Bud. »Aber vielleicht läßt sich noch ein Kompromiß erreichen.«

»Ich hoffe es!« brachte Electra inbrünstig hervor. Was würde Nada dazu sagen, wenn sie erfuhr, daß ihr Bruder auf der anderen Seite stand?

Godiva verließ die Kammer. Jenny, Gloha und Electra folgten ihr. Naldo blieb zurück, vielleicht, um sich noch weiter mit Bud Elf zu unterhalten. Die Naga und die Elfen, beide unterstützten die Kobolde – das veränderte die Lage grundlegend.

Sie kamen zu einer anderen Kammer, die von einem

männlichen Kobold bewacht wurde. »Idiot!« rief Electra, als sie ihn erkannte.

»Hallo, Electra«, sagte der Kobold. »Wer ist deine Freundin?«

»Gloha, das ist Idiot«, stellte Electra vor und lächelte. Sie konnte Kobolde noch nie leiden. Doch die weiblichen hatten sie beeindruckt, und die drei männlichen in Godivas Gesellschaft hatten sich auch als anständig herausgestellt, wenn man einmal von ihrer Häßlichkeit absah.

»Hallo, Idiot«, sagt Gloha und lächelte schüchtern.

»Öffne die Tür, Idiot!« befahl Godiva.

Der Kobold beeilte sich, die Verriegelung zu öffnen. Sie gingen hinein, und die Tür schloß sich hinter ihnen.

Innen stand ein Koboldmädchen neben Che. »Das ist meine Tochter Gwendolyn«, sagt Godiva. »Gwendolyn, das sind Electra und Gloha von der Erdoberfläche. Wie du sehen kannst, ist Electra ein Menschenmädchen in deinem Alter, und Gloha ist ein geflügeltes Koboldmädchen von fünfzehn Jahren. Gloha war früher schon einmal hier, aber du bist ihr noch nicht begegnet. Sie ist meine Cousine ersten Grades. Die beiden sind hier, um sich zu versichern, daß es Che Zentaur gut geht.«

»Hallo, Electra«, sagte Gwendolyn. »Hallo, Gloha.«

Jenny ging unverzüglich auf Gwendolyn zu. »Ja, diese Flügel von Gloha funktionieren«, sagte sie. »Sie ist wie Che, nur älter, deshalb kann sie fliegen. Ein Mischling.«

»Oh! Das ist toll!« sagt Gwendolyn ein bißchen unbestimmt.

»Ich habe Che Zentaur gebeten, der Gefährte meiner Tochter zu sein«, sagt Godiva. »Wie ihr sehen könnt, wird er nicht mißhandelt, und ich denke, daß sie ganz gut miteinander auskommen.«

Irgend etwas war merkwürdig hier, aber Electra konnte es nicht genau ausmachen. Gwendolyn schien ein nettes Mädchen zu sein, und sowohl Jenny als auch Che schienen sie zu mögen. Aber warum brauchte sie ein Flügelungeheuer als Gefährten? Und warum ausgerechnet dieses, das dem Koboldberg den Krieg brachte? Es ergab einfach keinen

Sinn, solche außergewöhnlichen Schwierigkeiten für so etwas Unwesentliches auf sich zu nehmen. Bestimmt standen doch zahlreiche andere Koboldmädchen zur Verfügung und viele harmlose andere Tiere.

»Che«, sagte Electra, »dein Erzeuger bereitet sich darauf vor, den Berg Stück für Stück zu zerstören, wenn du nicht zu ihm zurückkehrst. Ich bin sicher, Gwendolyn ist ein nettes Mädchen und glücklich über deine Gesellschaft, aber was denkst du über deine Gefangenschaft?«

»Beim Betreten des Bergs hatte ich Angst«, antwortete Che. »Aber meine Bedenken haben sich gelegt. Ich werde gut behandelt und ich mag Gwenny. Ich bin gerade dabei, mich zu entscheiden, ob ich ihr Gefährte werden möchte.«

»Aber das zählt nicht, wenn sie dich gefangenhalten!« protestierte Gloha. »Das wird Cheiron nicht hinnehmen.«

»Das ist ein Problem«, gestand Che. »Denn es liegt nicht mehr in meiner Hand, da ich meine Entscheidung jemand anderem überlassen habe.«

Godiva war erschreckt. »Das hast du? Wem?«

»Jenny Elfe.«

Electra, Gloha und Godiva starrten auf Jenny. »*Du* entscheidest das für ihn?« fragte Godiva.

»Ja, er hat mich darum gebeten«, sagte Jenny errötend.

»Und was beabsichtigst du, ihm vorzuschlagen?« fragte Godiva.

»Das weiß ich noch nicht. Ich habe mich noch nicht entschieden.«

Godiva wechselte einen erstaunten Blick mit Electra. Sie standen auf verschiedenen Seiten, aber keine von ihnen konnte einen Sinn darin erkennen.

Electra wandte sich zu Che. »Was geschieht mit dir, wenn du zustimmst?«

»Ich werde als Gwennys Gefährte hierbleiben, aber später können wir uns auch draußen bewegen, wenn wir es wünschen.«

»Aber sie kann doch auch allein nach draußen gehen oder zusammen mit einem anderen Kobold!« wandte Electra ein. »*Dich* braucht sie dafür doch nicht!«

Che zuckte mit den Schultern. »So könnte es sein. Jenny wird entscheiden.«

»Wie kannst du dich darauf verlassen, Jenny?« forschte Electra. »Ich hatte gedacht, du wärst seine Freundin?«

»Ich *bin* auch seine Freundin«, erwiderte Jenny.

Gloha war ebenso verblüfft. »Was passiert mit dir, wenn du nein sagst?«

»Ich bin mir nicht sicher. Kann sein, daß ich freigelassen werde.«

Electra wandte sich zornig an Godiva. »Was geschieht, wenn er nein sagt?« wiederholte sie ihre Frage.

»Ich habe mich noch nicht entschieden«, sagte die Kobolddame.

»Mutter!« sagte Gwendolyn ärgerlich.

Godiva machte eine Pause. Dann preßte sie widerstrebend hervor: »Ich werde ihn freilassen.«

»Gut!« sagte Electra. »Jenny, sag ihm, er soll nein sagen, dann gehen wir jetzt alle zusammen. Die Belagerung wird aufgehoben und niemand verletzt werden.«

Aber Jenny schüttelte den Kopf. »Das kann ich ihm nicht sagen. Ich habe mich noch nicht entschieden.«

»Auf welcher Seite stehst du eigentlich?« fragte Electra verwirrt und ärgerlich zugleich.

»Aus welchem Grunde heiratest du Dolph nicht«, gab ihr Jenny die Frage zurück.

»Weil ich eben nicht kann ...« Electra brach ab und stutzte. »Das hat nichts mit dem hier zu tun!« Aber sie war verunsichert, denn das war die allerletzte Antwort, die sie von Jenny erwartet hatte. War die Elfe etwa in einer ähnlichen Lage?

Sie grübelte. Einmal angenommen, die Kobolde hätten damit gedroht, sie alle zu töten – Electra und Gloha eingeschlossen –, wenn Che ihnen nicht Folge leistete? Und Che wollte das nicht. Dann könnte er weder ja noch nein sagen. In diesem Fall blieb ihm nur übrig zu sagen, daß er sich noch nicht entschieden hatte. Und in diesem Fall wäre es das Beste für Electra und Gloha, so schnell wie möglich von hier zu verschwinden.

Aber was hatte die Frage nach der Heirat mit Dolph damit zu tun? Jenny wußte doch, daß nicht Electra die Entscheidung zu treffen hatte. Vielleicht lag die Entscheidung, zu bleiben oder zu gehen, gar nicht mal bei Che. Oder weswegen hatte er die Verantwortung hierfür an Jenny weitergegeben? Das war keine gute Parallele. Die ganze Situation mit der Heirat war kompliziert, und keiner würde wissen, wie sie sich entwickelte, bevor sie nicht stattgefunden hatte. Dennoch hatte jeder für sich eine bestimmte Vorstellung davon.

War die Lage hier vielleicht noch komplizierter? Keine Drohung, sondern irgendein anderer Faktor? Denn Godiva sah einfach nicht so aus, als würde sie ihr Wort brechen. Und das würde sie, wenn sie den Waffenstillstand mißachtete und Electra und Gloha etwa antun sollte. Es war wirklich Electras nachhaltiger Eindruck, daß Godiva es ehrlich damit meinte, Che gehen zu lassen, wenn er sich weigerte, Gwendolyns Gefährte zu werden.

Doch was ließ Che zurückschrecken – und auch Jenny –, trotz allem, was sie über die Belagerung und über Cheirons Entschluß, sein Fohlen zu befreien, wußten? Wenn Che zustimmte, schien es so, als würde er gut behandelt werden und sogar die Möglichkeit haben, sich draußen frei zu bewegen, denn ein Zentaur war an sein Wort gebunden. Wenn er es ablehnte, würde er freigelassen werden. Er hatte eigentlich allen Grund dazu, sich sofort zu entscheiden. Trotzdem tat er es nicht – und auch Jenny tat es nicht.

Electra schüttelte den Kopf. Sie war nicht in der Lage, den Sinn darin zu entdecken. Ihr blieb nur noch, zurückzukehren und Bericht zu erstatten.

»Ich glaube, das war's«, sagte sie. »Wir werden jetzt aufbrechen.«

Sie gingen zur Tür. »Berichte Cheiron von unseren Verbündeten«, sagte Godiva. »Auch die Landdrachen werden kommen, um uns zu unterstützen.«

Die Lage wurde schlimmer und schlimmer!

Sie folgten den Tunneln nach oben und traten schließlich

in das helle Tageslicht hinaus. Mit zusammengekniffenen Augen begaben sie sich zum Lager der Flügelungeheuer.

Dort trafen sie auf Cheiron, Chex, die neben ihm stand, Prinz Dolph und Prinzessin Nada in ihrer menschlichen Gestalt. Sie alle blickten grimmig und zugleich erwartungsvoll drein.

»Es – es ist kompliziert«, sagte Electra schwerfällig. »Sie lassen Che nicht gehen, nicht wirklich, aber sie halten ihn auch nicht wirklich fest. Sie möchten, daß er sich entscheidet, ob er der Gefährte von Godivas Tochter Gwendolyn werden möchte; und er hat sich noch nicht entschieden.«

»Eine Entscheidung, die unter Zwang gefällt wird, ist ungültig«, sagte Cheiron. »Das weiß er.«

»Ja. Das scheint aber nicht den Punkt zu treffen, jedenfalls nicht ganz. Er – er läßt Jenny Elfe für sich entscheiden, und sie hat sich noch zu keinem Entschluß durchringen können. Sie werden ihn gut behandeln, wenn er zustimmt, und für den Fall, daß er es nicht tut, lassen sie ihn gehen. Er muß wohl zufrieden sein. Es ist einfach noch nicht entschieden.«

»Da muß aber ein Zwang dahinterstecken«, sagte Cheiron grimmig. »Wir wissen, wie wir damit umzugehen haben.«

»Aber da ist noch etwas«, sagte Gloha. »Sie haben Verbündete.«

»Verbündete? Wen denn? Noch mehr Kobolde?«

»Die Blumen-Elfen«, sagte Electra und verabscheute sich selbst dafür. »Die Knochenbrecher, die Landdrachen und die Naga.«

»Was?« fragte Nada entsetzt.

»Dein Bruder, Prinz Naldo, ist dort. Es gibt ein altes Bündnis. Sie sind dazu verpflichtet, den Kobolden gegen die Flügelungeheuer beizustehen.« Nun war es heraus.

»Mein eigenes Volk!« rief Nada entsetzt. »Dieses Bündnis hatte ich ganz vergessen!«

Cheiron wandte sich an sie. »Ein solches Bündnis existiert also tatsächlich?«

»Ja. Aber es ist in unserer Zeit niemals in Anspruch genommen worden – tatsächlich seit Jahrhunderten nicht.

Wir hassen die Kobolde! Aus diesem Grunde wurde ich auch mit Dolph verlobt!«

Chex schüttelte ärgerlich ihren Kopf. »Es sieht so aus, als hätten wir ein Problem.«

Electra konnte sich gut in die anderen hineinversetzen und mußte ihr beipflichten.

12

DOLPHS DIAGNOSE

Dolph war wie vor den Kopf geschlagen. Nicht allein, daß die Kobolde Che bei sich behalten wollten – nein, sie hatten auch noch Nadas Volk zu ihrer Unterstützung zusammengerufen. Das bedeutete, daß sie bei einem erneuten Angriff von Cheirons Streitkräften gegen ein Volk kämpfen würden, das mit Schloß Roogna verbündet war. Es blieb ihm nicht verborgen, wie bestürzt Nada darüber war. Er wollte sie aufmuntern, aber in dieser Situation fiel ihm nichts Tröstliches ein.

»Wir sollten das noch einmal überprüfen«, brummte Cheiron grimmig. »Wir müßten doch in der Lage sein, den Anmarsch der Landdrachen zu bemerken.«

»Ja«, stimmte Chex zu. Sie gingen zu der Lichtung, die als Laufbahn zum Starten und Landen benutzt wurde.

»Ich werde mit dir gehen!« rief Gloha.

Dolph war unentschlossen. Sollte er eine geflügelte Gestalt annehmen und mit ihnen fliegen oder sollte er hier bleiben, um Nada zu trösten? Er wandte sich ihr zu und sah, wie sie Electra tränenüberströmt umarmte.

Nada stand Electra näher als ihm. Warum machte ihm das so viel aus? Electra hatte immer viel Verständnis für die Probleme anderer gehabt.

Er entschloß sich, mit den Zentauren zu gehen.

Cheiron rannte auf das Feld, machte einen Satz, breitete die Flügel aus, tippte sich mit dem Schweif an und hob ab. Chex wollte ihm folgen, hielt aber inne, als sich ein Rokh näherte. Am besten ließ man diesen großen Vögeln viel Platz, denn beim Landeanflug übersahen sie oft die kleinen Kreaturen, und das konnte gefährlich werden.

Gloha ging los, drehte sich aber noch einmal zu Dolph um, der immer noch unschlüssig war, welche Gestalt er annehmen sollte. »Prinz Dolph, in der Luft fühlte ich mich zwischen den größeren Ungeheuern nicht sicher genug und ich kann auch nicht Schritt halten. Darf ich mit dir fliegen?«

»Oh!« sagte er überrascht. »Sicher.« Und er nahm die Gestalt eines geflügelten Zentauren an, in der es für sie am leichtesten war, auf ihm zu reiten. Vor allem würde er in dieser Gestalt mit ihr sprechen können. Das hatte er bei der Hochzeit von Cheiron und Chex ausprobiert, und inzwischen konnte er damit gut genug umgehen. Er konnte jede lebendige Gestalt annehmen – und unter Umständen auch Grenzgestalten wie zum Beispiel die eines Geistes –, aber es bedurfte der Praxis, um jede Gestalt perfekt zu beherrschen. Insofern war sein Repertoire begrenzt, doch es wuchs ständig. Auf jeden Fall gab es da noch eine spezielle Einzelheit, die ihm für diese Gestalt fehlte.

Gloha hopste auf seinem Rücken. Sie war ein kleines, leichtes Ding und nach ihren Koboldmaßstäben so wohlgeformt wie eine Nymphe. Offensichtlich konnte sie reiten, denn ihre Haltung war sicher. Er mußte sich keine Gedanken machen, daß sie herunterfallen könnte.

Er trabte zu Chex, die auf sie gewartet hatte. Der Wind des landenden Rokhs blies ihre braune Mähne zurück. »Wirst du mich leicht machen, wenn wir abheben?« fragte er sie.

Chex warf einen Blick auf ihn und bemerkte, daß er seine Gestalt gewechselt hatte, und erkannte dann auch seine Reiterin. »Natürlich, Dolph.«

Der Rokh berührte den Boden, hüpfte und schlitterte auf der harten Oberfläche. Seine Klauen sprühten Funken, als er vor den Felsen bremste. Im Unterholz entflammte ein kleines Feuer, aber ein Dampfdrachen stand schon bereit, um es mit einigen gutgezielten Dampfstößen zu löschen. Der Rokh kam schließlich zum Stillstand und hopste von der Laufbahn. Er hielt ein kleines Bierfaß aus einem hohlen Baumstamm in seinem Schnabel: Offensichtlich gehörte dieser Vogel zum Getränkekomitee.

»Fliegt los«, sagte Chex und berührte Dolph und Gloha mit zwei Schweifschlägen. Dolph und das Koboldmädchen wurden beide sofort leicht. Dolph trabte auf das Feld, breitete seine Flügel aus und sprang in die Luft. Er war in der Luft nicht ganz so geschickt wie die echten Zentauren, aber gut genug. Er schraubte sich in die Höhe, um Cheiron zu begleiten, der über ihm kreiste.

In diesem Augenblick stieg Chex hinter ihm auf. Als die drei sich in einem geeigneten Aufwind befanden, streckten sie die Schwingen und flogen nach Süden. Dabei beobachteten sie das Land unter sich.

»Ich fürchte, es ist wahr«, sagte Gloha. »Wir haben wirklich Prinz Naldo und Bud Elf dort unten gesehen. Und sie waren es, die uns von dem Vertag erzählt hatten.«

»Aber das wäre für Cheiron kein Grund, sein Fohlen aufzugeben«, entgegnete Dolph. Eher würde er einen Verzweiflungsangriff vom Stapel lassen, um Che zurückzubekommen, bevor noch mehr Verbündete den Kobolden zu Hilfe eilten.

»Aber wenn die Naga dort ...«

Dolph seufzte. »Ja, und deshalb ist es nämlich mein Problem. Das war es zwar schon immer, ist es aber jetzt erst recht. Wir können doch nicht anfangen, Naga zu töten! Erst recht nicht Nadas Bruder!«

»Oder die Elfen!« fügte sie hinzu.

Dolph erinnerte sich an Jenny Elfe. »Ich finde nicht, daß das dasselbe ist. Jenny ist nicht so wie die anderen Elfen.«

»Menschen haben doch noch nie gegen die Elfen Krieg geführt!«

»Nicht daß ich wüßte. Elfen bleiben meistens in ihren Ulmen. Und nachdem unsere Art einmal entschieden hatte, sie in Ruhe zu lassen, gab es auch keine Probleme mehr. Ungefähr vor 400 Jahren hatte Jordan der Barbar einen Handel mit Glockenblume Elf gemacht. Ich weiß allerdings nicht genau, worum es ging. Jedenfalls brachte ihnen der Storch ein Mischlingsbaby – und Rapunzel ist eine entfernte Nachkomme von ihnen. Deshalb nehme ich an, daß Menschen und Elfen miteinander auskommen können, wenn sie nur wollen. Mit Sicherheit wollen wir mit ihnen keinen Ärger. Aber wenn wir Cheiron unterstützen und die Kobolde Che nicht gehen lassen ...«

»Ich bin nicht sicher, ob Che überhaupt gehen möchte«, unterbrach ihn Gloha.

»Na ja, wie Cheiron schon sagte, wenn er dort zum Bleiben gezwungen wird ...«

»Ich bezweifle, daß das wirklich der Fall ist. Und außerdem, wie gut kennst du denn überhaupt Jenny Elfe?«

»Nicht besonders gut. Wirklich nicht. Aber sie scheint in Ordnung zu sein, und Che scheint sie wirklich zu mögen. Obwohl sie nicht mit ihm in den Koboldberg gehen mußte, hat sie ihn begleitet.«

»Falls es für Che schwer ist, sich zu entscheiden, weil es möglicherweise eine Drohung oder etwas Ähnliches gibt«, deutete sie vorsichtig an, »was aber ist dann mit Jenny? Wäre es auch schwer für sie? Vorausgesetzt, daß sie dort nicht bleiben muß?«

»Ich glaube, wenn sie ihn wirklich mag und ihn nicht verletzten möchte, dann könnte die Entscheidung auch für sie ganz schön schwierig sein.«

»Und Jenny – als Electra sie fragte, warum sie Che nicht dazu bringen könnte, einfach ›nein‹ zu sagen, und Jenny ihr darauf zur Antwort gab, daß sie das nicht könne, fragte Electra, auf welcher Seite sie denn stünde. Mit einer Gegenfrage als Antwort, ›Warum heiratest du nicht Dolph?‹, brachte sie Electra wieder auf den Teppich. Vielleicht ist darin die Antwort enthalten. Wenn wir das doch bloß wüßten!«

Dolph war erstaunt. Was hatte seine mögliche Heirat mit

Electra damit zu tun, ob Che bei den Kobolden blieb oder nicht?

»Ich verstehe den Zusammenhang nicht«, gestand er.

»Vielleicht liegt es daran, daß Electra sich einfach nicht entscheiden kann, dich zu heiraten«, sagte Gloha. »Denn du bist derjenige, der zu entscheiden hat.«

»Richtig. Also, wenn Jenny diese Entscheidung nicht treffen kann, weil Che sie treffen muß ... wäre das plausibel. Aber wenn er sie dazu auffordern würde, dann würde sie die Entscheidung fällen, oder?«

»Das will ich meinen. Aber irgend etwas muß sie daran hindern.« Sie überlegte. »Dolph, stell dir vor, du würdest Electra die Entscheidung überlassen. Nicht du würdest entscheiden, sondern sie. Und sie würde dir dann sagen, wen du heiratest – sie selbst oder Nada. Wäre das dasselbe?«

»Ja, sie würde mir einfach vorschlagen, sie zu heiraten. Alle raten mir, Lectra zu heiraten!«

»Wäre das tatsächlich ihre Antwort,«

»Wäre sie das nicht?« Was führte Gloha im Schilde?

»Ich bin mir unsicher, aber ich vermute, daß Jenny Elfe es weiß. Electra hätte bestimmt das Nachsehen! Wenn du herausfinden könntest, was Electra antworten würde, dann weißt du vielleicht auch, was Jenny eigentlich zum Ausdruck bringen will, warum sie wegen Che trotz alledem keine Entscheidung trifft und warum Che das zuläßt.«

»Das ist ein weiteres Rätsel! Warum trifft Che nicht seine eigene Entscheidung, bevor alles noch schlimmer wird?«

»Und warum tust du es nicht?«

»Das hat doch nichts miteinander zu tun!«

»Vielleicht hat es das doch«, sagte sie. »Vielleicht ist es eine derart schwierige Entscheidung, daß Che sie nicht alleine treffen kann. Vielleicht hat er deshalb Jenny gebeten, die Entscheidung zu fällen, aber möglicherweise ist es immer noch so schwierig, daß auch sie diese Entscheidung nicht zu treffen vermag. Für Electra wäre es genauso schwierig, wenn du sie bitten würdest, die Entscheidung zu fällen. Das ist wohl nicht ganz dasselbe, aber doch im Kern das gleiche Problem. Alles, was uns zu tun bleibt, ist, das herauszufinden.«

Sie hatte etwas Licht in diese Angelegenheit gebracht. »Wie kommt es, daß du in dieser Sache besser Bescheid weißt als ich?« fragte er.

»Es weiß doch jeder, daß Mädchen besser denken können als Jungen«, sagte sie und zuckte mit den Achseln.

»Das wußte ich nicht!«

»Ja, du bist eben ein Junge.«

Weshalb war das so einleuchtend? »Also gut. Dann haben wir es eben hier mit demselben Grundproblem zu tun. Aber ich bezweifle, daß sie irgendein Dreiecksverhältnis haben, bei dem Liebe im Spiel ist.«

»Kein Dreiecksverhältnis«, stimmte sie zu. »Aber es könnte durchaus Liebe sein.«

»Wie kann es Liebe sein? Sie sind doch noch Kinder!«

»Wir etwa nicht?« fragte sie schelmisch.

»Tja, ich jedenfalls nicht! Ich werde in einer Woche verheiratet sein!«

»Weißt du, daß ich genauso alt bin wie du! Wenn es dir nichts ausmacht, die geflügelte Koboldgestalt anzunehmen, könnte ich dir ein oder zwei Dinge zeigen.«

Dolph wurde sich bewußt, daß sie wirklich ein wunderschönes Koboldmädchen war. Er war drauf und dran, genau das zu tun: ein geflügelter Kobold zu werden, um zu sehen, wie sie dann auf ihn wirkte. »Wie wäre es, wenn du mir deine Höschen zeigen würdest?« fragte er.

Sie stieß ihm in die Rippen. »Das kommt nicht in Frage. Es sei denn, du willst mich heiraten.«

»Aber ich habe doch schon zwei Verlobte!« protestierte er.

»Ich habe doch nur einen Witz gemacht«, sagte sie, »obwohl es keinen Jungen meiner Art gibt. Ich wollte nur darauf hinweisen, daß das Alter für die Liebe kein Hindernis darstellt. Nach den Maßstäben der Erwachsenenverschwörung sind wir zwar alle Kinder, aber lieben können wir dennoch.«

»Oh! das finde ich auch.« Die Erwachsenenverschwörung mit all ihren lächerlichen Grundsätzen war der Fluch seines

Lebens. »Aber Jenny Elfe, Gwendolyn Kobold und Che Zentaur haben nicht ...«

»Sie lieben ihre Familien und vielleicht lieben sie auch einander. Nicht jede Liebe hat was mit dem Storch zu tun, oder?«

Dolph wußte das zwar nicht genau, beließ es aber dabei. »Ja, vielleicht mögen sie einander. Aber warum ist es dann für Che so schwer zu entscheiden, was zu tun ist?«

»Ich weiß es nicht. Das genau ist es, was wir herausfinden wollen. Wenn du Electra nicht heiratest, stirbt sie. Könnte es mit Gwendolyn Kobold etwas Vergleichbares auf sich haben?«

»Wirkte sie krank auf dich?«

»Nein. Sie schien ganz und gar gesund zu sein. Und hübsch. Ich konnte gerade sehen, wie gern Che und Jenny sie hatten. Aber es muß irgend etwas Merkwürdiges mit ihr sein, weil es das erste Mal war, daß Godiva mich überhaupt zu ihr gelassen hat. Ich bin sicher, daß wir Freunde geworden wären, wenn wir uns schon früher begegnet wären.«

»Gut, wie du meinst, deine Flügel ...«

»Aber Che hat doch Flügel!« sagte sie scharf.

»Das stimmt. Also kann es nicht an den Flügeln liegen. Vielleicht aber daran, daß er männlich ist?«

»Männlich? Wie kann ein Mann besser sein als eine Frau?«

»Nun denn, Electra mußte von einem Prinzen wachgeküßt werden. Möglicherweise braucht Gwendolyn Kobold einen männlichen Partner.«

»Aber ich bin sicher, daß es dort viele Koboldmänner gibt, die ihre Spielgefährten sein könnten.«

»Wäre einer von ihnen so nett gewesen wie Che?«

»Also du denkst doch nicht im Ernst, daß ein Koboldmann nett sein könnte«, sagte sie vernünftig. »Alles Liebeswerte steckt doch in den Frauen.«

»Wenn sie also einen freundlichen männlichen Partner haben wollte, könnte es kein Kobold sein«, sagte er. »Trotzdem hätte es für sie bestimmt irgendeinen anderen Gefährten geben können, als den einen, der die Flügelungeheuer veranlaßt, den Berg zu belagern. Warum haben sie sich nicht nach so jemandem umgesehen?«

»Das ist das Rätsel«, fuhr sie fort, »zumindest zur Hälfte. Warum nahmen sie gerade Che – und warum kann er sich dazu nicht äußern? Unser einziger Anhaltspunkt ist, daß es in irgendeiner abwegigen Weise etwas mit dir und Electra zu tun hat.«

Er seufzte. »Wenn es genau dasselbe wäre, wäre es nicht leicht zu lösen. Ich kann mich einfach nicht entscheiden, welches Mädchen ich heiraten möchte. Vielleicht kann Che sich nicht entscheiden, welches Mädchen seine Partnerin werden soll.«

»Vielleicht«, sagte sie zweifelnd. »Aber er würde es rechtzeitig tun, wenn er wüßte, daß sonst Kobolde und Ungeheuer kämpfen und sterben würden. Er ist immerhin ein Zentaur, er kann im Gegensatz zu uns logisch denken.«

»Vielleicht sollten wir einen Zentauren fragen«, rief Dolph aus.

Aber dann beanspruchte eine Bewegung auf dem Boden seine Aufmerksamkeit. »Oh, je! – Das ist ein Drache!«

Sie beugte sich so weit nach unten, daß sie beinahe von seinem Rücken gefallen wäre. Aber das wäre nicht schlimm gewesen, weil sie dann einfach ihre Flügel ausgebreitet hätte und zurückgeflogen wäre. »Oh, ja! Ein großer Raucher!«

»Ein Raucher! Ich sah einen Dampfer!«

Einen Augenblick später hatten sie eine ganze Drachenmeute gesichtet. Eine Meute war eine Maßeinheit, die nur für wirklich beängstigende Situationen verwendet wurde, und es war die Standardeinheit für Ungeheuer. Normalerweise war der Begriff ausreichend, egal für welchen Zweck er benutzt wurde. Dolph hatte noch nie von einer Situation gehört, die es erfordert hätte, von zwei Meuten zu sprechen.

Aus dem Drachenland zogen die Drachen mit feurigem Getöse nach Norden in Richtung des Koboldbergs. Es gab keinen Zweifel: die Forderung der Kobolde beruhte auf Tatsachen.

»Fliegst du nicht viel zu niedrig, Dolph?« fragte Gloha.

Dolph bemerkte es auch. Er bewegte seine Flügel etwas

schneller, doch er verlor weiter an Höhe. »Oh! Ja, ich werde immer schwerer!« schrie er, als er mit einem Schlag begriff, was los war.

Dann erkannte auch Cheiron die Gefahr und stieß herab. Im Vorbeifliegen berührte er Dolph mit dem Schweif und sofort wurde er wieder leicht. Als er dann sein Gleichgewicht wiedergefunden hatte und nach oben flog, sah er den klitzekleinen Grundy Golem, der sich an Cheirons Mähne festklammerte. Grundy diente als Dolmetscher für die verschiedensten Ungeheuer.

»Dann war das also kein Bluff«, bemerkte Cheiron gelassen. »Also, während wir zum Berg zurückfliegen, sollten wir besser darüber nachdenken, was zu tun ist. Vor morgen werden diese Drachen nicht ankommen, so daß uns noch ein wenig Zeit bleibt.«

»Wir sind uns darüber einig, daß Ches Verhalten etwas merkwürdig ist«, sagte Dolph. »Sollte es einen Grund geben, daß er sich nicht entscheiden kann, so wie ich mich nicht zwischen zwei Verlobten entscheiden kann? Wenn wir diesen Grund kennen würden, wären wir vielleicht in der Lage, ihm bei der Entscheidung zu helfen.«

»Da gibt es keine zwei Meinungen«, brummte Cheiron. »Er wird nicht als Gefangener in diesem Berg bleiben.«

»Ähm, wir sind nicht einmal sicher, ob er überhaupt ein Gefangener ist«, sagte Dolph. »Wenn er ›nein‹ sagen würde, würde sie ihn gehen lassen.«

Cheiron sah ihm scharf in die Augen. »Und warum sagt er dann nicht ›nein‹?«

»Da muß irgend etwas sein, irgendein Grund – wir hatten gehofft, daß du ihn vielleicht herausfinden könntest.«

»Für mich sieht das nach Nötigung aus. Vielleicht haben sie ihm gedroht, das Elfenmädchen zu töten, wenn er ›nein‹ sagt.«

Gloha piepste erschreckt auf, und Dolph war schockiert. Daran hatten sie überhaupt nicht gedacht!

»Und deshalb bat er Jenny Elfe um die Entscheidung, denn es betraf sie«, sagte Gloha. »Und sie konnte das nicht entscheiden, denn sie wollte nicht sterben – genausowenig, wie sie ihn zum Gefangenen machen wollte.«

»Und möglicherweise sagten sie ihr, daß man beide töten würde, wenn sie etwas davon verrieten«, sagte Dolph mit wachsendem Entsetzen. »Deshalb konnte sie nicht mehr sagen. Aber sie stellte Electra eine verschlüsselte Frage, die keiner verstand, damit die Kobolde nichts merken.«

»Welche Frage war das?« fragte Cheiron gespannt.

»Warum Electra Dolph nicht heiratet«, antwortete Gloha.

Chex, die auf der anderen Seite flog, nickte. »Wenn Electra Dolph nicht heiratet, wird sie sterben. Wenn Che nicht Gwendolyns Gefährte werden will, wird Jenny Elfe sterben. Das scheint eine sinnvolle Parallele zu sein.«

»Das ist nicht erwiesen«, sagte Cheiron. »Aber als Arbeitshypothese ist es ausreichend. Wenn wir dieser Annahme folgen, wäre es eindeutiger Zwang. In diesem Fall wäre der Grund für ihre Unentschlossenheit der, uns die Zeit zu verschaffen, sie zu befreien. An eine Vereinbarung, die unter solchen Bedingungen zustande gekommen ist, wäre Che nicht gebunden. Vielleicht sieht er das jedoch nicht ganz so und glaubt, daß er nur die Wahl hätte zwischen der Sklaverei und dem Leben seiner Freundin. Wir müssen schnell handeln und den Berg vernichten, bevor die Landdrachen da sind.«

»Wenn du angreifst, würden sie sie dann nicht auch töten?« fragte Dolph.

»Ich glaube nicht. Sie werden wissen, daß ihre einzige Hoffnung auf Begnadigung darin besteht, das Fohlen und die Elfe unversehrt zurückzubringen. Sie werden sie als Geiseln behalten in der Hoffnung, am Ende noch einen Handel um ihr Leben abschließen zu können, falls sie sich nicht so lange halten würden, bis die Drachen kommen. So wie ich es beurteile, wird es sehr knapp werden, aber wir könnten es noch rechtzeitig schaffen.«

Dolph bestürzte die Aussicht auf einen solchen Kampf um Leben und Tod, aber nicht nur das. Er hatte Godiva Kobold während ihrer Reise zum Koboldberg kennengelernt, indem er ihre Gespräche mit den anderen Reisenden verfolgt hatte. Er erinnerte sich daran, wie sie der Erwachsenenverschwörung Respekt zollte, indem sie sich weigerte, Jenny eine unanständige Geste zu zeigen, nur weil Jenny ein Kind war. Auch wenn er mit der Erwachsenenverschwörung im Konflikt stand, war es doch unwahrscheinlich, daß eine Frau, die diese so sehr respektierte, in der Lage sein sollte, ein Mädchen zu töten, nur um jemanden zu etwas zu zwingen. Erwachsene, welche Schreckensgeschichten über sie auch immer im Umlauf waren, pflegten in der Regel ihre Kinder zu beschützen, anstatt ihnen Schaden zuzufügen. Godiva hatte doch sehr den Eindruck einer beschützenden Mutter gemacht.

»Gloha, du hast Che und Jenny mit Gwendolyn gesehen, nicht wahr?« fragte er, als sie in einigem Abstand von den Zentauren zurückflogen. »Was war dein Eindruck, wie sie miteinander auskamen?«

»Tadellos, wirklich«, sagte Gloha. »In der Tat ...« Sie hielt inne, als ob ihr etwas Wichtiges eingefallen wäre.

»Koboldmädchen sind hübsch, oder nicht? War Gwendolyn auch hübsch?«

»Ja. Und sie ... Als Electra fragte, was geschehen würde, wenn Che ›nein‹ sagt, und Godiva antwortete, daß sie das noch nicht entschieden hätte, und Gwendolyn ›Mutter‹ rief – da sagt Godiva, daß sie Che freilassen würde.«

»Nur das könnte bedeuten, daß sie ihn freiläßt, Jenny aber tötet«, sagte Dolph. Doch das schien nicht zu Godiva zu passen. Sie war zwar hart, aber sie stand zu ihrem Wort.

»Ich glaube nicht. Jenny wirkte überhaupt nicht ängstlich, sondern lediglich unentschlossen. Und Gwendolyn mochte sie, das habe ich gemerkt. Als Gwendolyn ihre Mutter provozierte, gab Godiva nach. Ich glaube nicht, daß Gwendolyn Jenny töten will. Und ich denke auch nicht, daß sie gegen Gwendolyns Willen umgebracht wird. Bedenke, daß sie die Thronfolgerin ist. Sie hat Macht, schon jetzt als Kind. Deshalb muß es etwas anderes sein.«

»Was ist mit Che? War er ängstlich?«

»Nein. Auch er mochte Gwendolyn. Die drei schienen echte Freunde zu sein. Tatsächlich, er hat *gesagt*, daß er

Gwenny, wie er sie nannte, gern hat und daß er gut behandelt würde.«

»Wenn er das gesagt hat, dann stimmt es auch«, meinte Dolph. »Selbst ein junger Zentaur würde niemals die Unwahrheit sagen. Es kann sein, daß er überhaupt nichts sagt, aber er würde nie lügen.«

»Genau. Dolph, ich glaube nicht, daß auch nur einer von ihnen bedroht war.«

»Warum entscheiden sie sich dann nicht?«

Sie zuckte die Achseln. »Daraus werde ich auch nicht schlau.«

»Wir haben das Geheimnis bis jetzt noch nicht gelüftet«, sagte Dolph, »und wir müssen es tun, bevor das Blutvergießen beginnt.«

»Ja, aber wie?«

»Ich gehe hin und finde es heraus.«

»Aber du bist kein Kobold, Dolph!«

»Ich kann aber zu einem werden.«

»Du kennst den Berg doch gar nicht! Und auch die Stollen der Kobolde nicht.«

Sie hatte recht. Er könnte in tödliche Schwierigkeiten geraten, wenn er dort herumirrte.

»Ich könnte eine Ameise oder so etwas werden und mich hineinschleichen.«

»Damit irgend jemand auf dich drauftritt!«

»Auch richtig. Dann vielleicht in meiner eigenen Gestalt. Gloha, ich muß dorthin und herausfinden, was los ist, bevor schreckliche Dinge geschehen, die vielleicht nur auf einem Mißverständnis beruhen.«

»Ich werde mit dir gehen.«

»Aber du hast es schon einmal riskiert!«

»Ich kann dich direkt bis zu Che und Jenny Elfe führen.«

Er nickte und flog in einem Bogen auf Cheiron zu. Als er zu ihm aufgeschlossen hatte, rief er: »Kannst du deinen Angriff noch ein bißchen aufschieben?« Ich möchte gern in den Berg hinabsteigen und versuchen, Che zu befreien. Wahrscheinlich gibt es dort etwas, das wir nicht verstehen.«

Cheiron war ärgerlich. »Es ist zu wenig Zeit. Ich muß den

Angriff rechtzeitig beginnen, um die Zerstörung des Bergs zu vollenden, bevor die Landdrachen erscheinen, sonst ist alles verloren.«

Chex hatte zu ihnen aufgeschlossen. »Lieber ...«

»Also gut, wir könnten Rauch und Feuer für eine Stunde zurückhalten, um dir Zeit zu geben«, sagt Cheiron.

»Siehst du! Weibliches Denken!« murmelte Gloha befriedigt.

Sie erreichten den Berg und landeten nacheinander in einer Reihe: Cheiron, Chex und Dolph. Sofort begann Cheiron mit der Organisation des Angriffs, während Dolph sich zurückverwandelte und sich Nada und Electra näherte. »Cheiron nimmt den Angriff wieder auf«, sagte er knapp, »weil die Landdrachen kommen und der Berg vernichtet sein muß, bevor sie hier sind. Aber wir sind der Ansicht, daß dort etwas vorgeht, von dem wir nichts wissen, und vielleicht gelingt es uns, Che und Jenny herauszuholen. Deshalb gehen Gloha und ich für eine Stunde hinein.«

»Ich werde mit dir gehen!« sagte Electra sofort.

Doch Nada hielt sie zurück. »Ich bin an der Reihe, Lektra«, sagte sie mit einem geheimnisvollen Blick.

»Aber es ist gefährlich«, protestierte Gloha.

»Das wissen wir«, riefen Nada und Electra wie aus einem Munde.

»Ich nehme an, du möchtest deinen Bruder sehen«, sagte Dolph zu Nada. Er wußte, daß sie nicht nur seinetwegen mitkommen wollte, obwohl ihn die Aussicht auf ihre Gesellschaft erfreute.

»Das auch«, sagte sie. »Laßt uns gehen.« Plötzlich begriff Dolph, was die beiden taten. Abwechselnd nahmen sie Gefahren auf sich. Wenn eine von ihnen starb, würde die andere ihn heiraten. Das ist ein grausamer Handel, aber er konnte nichts daran aussetzen. Es sei denn, die falsche ...?

Die drei näherten sich dem Berg. Die Rokhs waren schon dabei, noch mehr große Geröllblöcke zu suchen, um sie auf den Berg schleudern zu können, und die Dampfdrachen wärmten sich auf. Sie würden die Oberfläche erhitzen und aufweichen, damit die Geröllblöcke schneller nach unten durchschlagen würden. Wären erst einmal die Tunnel freigelegt, würden die Raucher die Kobolde hustend und würgend zum Rückzug zwingen. Die Harpyien könnten Granateneier legen und sie so plazieren, daß sie in die Tunnel hineinrollten. Doch wenn diese Eier Naga treffen sollten – o weh! Ganz besonders, wenn es Nadas Bruder wäre! Schrecklich! Deshalb wollte Nada selbst dabei sein.

Gloha zeigte ihnen den Weg. Nada wechselte in ihre natürliche Gestalt, eine Schlange mit einem Frauenkopf, die für die Tunnel praktischer war. Dolph überlegte einen Augenblick und nahm die gleiche Gestalt an. Er erinnerte sich daran, als sie sich vor sechs Jahren in dieser Gestalt zum ersten Mal begegnet waren. Sie hatten sich verlobt und geküßt und waren mit den Nasen zusammengestoßen, bevor ihnen das gelang. Er hatte damals nicht bemerkt, daß er sich im Augenblick des Kusses in sie verliebt hatte. Natürlich war er sich nicht darüber im klaren gewesen, daß sie fünf Jahre älter war als er, sie schien in seinem Alter zu sein, eher noch etwas jünger. Was waren das damals für Zeiten gewesen!

Sie gingen in den Berg hinein. Ein Kobold erschien und baute sich vor ihm auf. »Wir sind gekommen, um noch einmal zu verhandeln«, rief Gloha. »Das sind Prinz Dolph und Prinzessin Nada.«

Die Kobolde kannten diese Namen. Sie machten Platz. Nach kurzer Zeit hatten sie die Basis erreicht.

Godiva erwartete sie vor dem Zimmer ihrer Tochter. »Was ist dein Anliegen, Prinz Dolph?« fragte sie, als sie ihn erkannte.

»Die Flügelungeheuer werden den Berg noch vor Sonnenaufgang in Schutt und Asche legen«, erwiderte er. »Eure verbündeten Landdrachen werden bis zu diesem Zeitpunkt noch nicht hier sein, so daß ihr es nicht verhindern könnt. Wir wollen Che und Jenny hier herausholen und diesen Kampf beenden, bevor irgend jemand verletzt wird.«

»Ihr werdet nicht in der Lage sein, den Berg so schnell zu vernichten«, sagte Godiva. »Dafür werden unsere Verbündeten sorgen.« Sie blickte auf Nada. »Du kannst dir das von deinem Bruder bestätigen lassen, wenn du es willst.«

»Das sollte ich vielleicht tun«, sagte Nada.

Godiva schnippte mit den Fingern. Im selben Augenblick glitt Naldo Naga herein. »Nada!« rief er überrascht und erfreute aus.

»Naldo!« schrie sie. Sie glitten aufeinander zu und küßten sich. Dolph wünschte sich, daß sie ihn doch mit der gleichen Freude küssen würde.

»Oh! Ist er nicht wunderhübsch!« flüsterte Gloha Dolph ins Ohr. »Ich habe ihn das letzte Mal nicht in einem so günstigen Licht gesehen.«

Naldo hörte das. Er sah Gloha an, die vor Verlegenheit fast schwarz anlief. »Ich bin so froh, dich wiederzusehen, du liebliches Wesen«, sagte er zärtlich. Glohas Verlegenheit ließ sie eine violette Färbung mit roten, herzförmigen Schnörkeln annehmen.

Nada rollte die Augen. Sie hatte schon früher bemerkt, daß ihr Bruder jede Frau bezaubern konnte. Sie hatte nicht übertrieben. Dolph kannte es, denn auch Nada konnte jeden Mann bezaubern. Und *wie* gut er das kannte!

»Erzähl ihnen von deinen Vorbereitungen, Naldo«, sagte Godiva.

Naldo nickte. »Schwesterchen, wie du weißt, gefällt uns diese Situation auch nicht, aber wir sind an den Vertrag gebunden und werden unserer Pflicht gewissenhaft nachkommen. Wir haben Knallerbsen, Kirschbomben, Granatäpfel und Puffreis als Vorrat angelegt. Wir werden eine so kleine Schlangengestalt annehmen, daß wir diese Früchte in die Gesteinsritzen von strategisch wichtigen Tunneln bringen können. Sie werden detonieren, sobald ein Eindringling in ihre Nähe kommt, so daß die Tunnel zusammenbrechen. Es wird nicht möglich sein, die Basis zu erreichen, ohne die Tunnel zum Einsturz zu bringen. Währenddessen werden die Verteidiger mit ihren Gefangenen den Berg in Richtung der Unterwelt der Gallicantzari verlassen haben – falls es übehaupt soweit kommt. Es wird viel eher der Fall sein, daß diese Taktik ein weiteres Vordringen so lange hinauszögert, bis die Landdrachen die Möglichkeit haben, noch vor der vollständigen Zerstörung des Bergs einzugreifen. So haben die Flügelungeheuer kaum eine Chance, die Oberhand zu gewinnen.«

»Aber die Raucher können euch ausräuchern!« sagte Nada.

»Nicht, wenn wir die Tunnel zerstören, bevor der Rauch sie ausfüllen kann. Und natürlich wollt ihr nicht, daß die Gefangenen in dem Rauch ersticken. Deshalb bezweifle ich, daß es überhaupt so weit kommt.« Naldo schüttelte den Kopf. »Schwesterchen, du solltest lieber umkehren und Cheiron sagen, daß seine Bemühungen aussichtslos sind. Diese Festung kann nicht bezwungen werden. Das Fohlen oder die Elfe werden die Entscheidung herbeiführen, und dabei wird Gewalt überhaupt keine Rolle spielen.«

Nada schwieg. Dolph auch. Naldos Argumentation war überzeugend. Es sah wirklich nicht so aus, als ob Cheiron sein Fohlen mit Gewalt retten könnte.

»Wir sollten noch einmal mit Che reden«, sagte Gloha.

»Auf alle Fälle«, stimmte Godiva zu. Sie öffnete die Tür.

Das Fohlen, die Elfe und das Koboldmädchen standen zusammen im Eingang. »Hallo, Prinz Dolph«, sagte Jenny. »Hallo, Prinzessin Nada. Hallo, Gloha.«

Warum war sie so förmlich? Das war wirklich etwas merkwürdig, aber Dolph konnte immer noch nicht ergründen, was es genau war. Nun ja, er würde alles tun, was in seiner Macht stand.

»Che, dein Vater ist entschlossen, diesen Berg dem Erdboden gleichzumachen«, sagte er. »Und die Naga sind genauso entschlossen, dasselbe zur Verteidigung zu tun. Das gibt eine Katastrophe, und viele werden sterben. Das kannst du nicht zulassen, du mußt dich entscheiden.«

Che nickte. »Ja, das muß ich.« Er sah Jenny an. »Aber was tue ich bloß?«

»Oh! Che, es tut mir ja so leid«, sagte Jenny und sah so bekümmert aus, wie eine Elfe überhaupt nur aussehen konnte. »Ich sehe keine andere Möglichkeit. Du mußt damit einverstanden sein, Gwennys Gefährte zu werden.«

»Ich bin erleichtert und nicht traurig«, sagte Che. »Und ich bin einverstanden.«

»Oh, Che!« rief Gwendolyn aus und umarmte ihn. »Oh! Danke, ich danke dir! Das bedeutet so viel für mich!«

»Aber dein Vater wird den Berg vernichten!« protestierte Dolph. »Er sagt, daß eine Entscheidung, die unter Zwang getroffen wird, ungültig ist!«

»Da ist kein Zwang!« sagte Che.

»Aber ...«, begann Dolph.

»Beleidige ihn nicht«, flüsterte Naldo hinter ihm. »Du weißt daß das Wort eines Zentauren unantastbar ist.«

»Oh! Ja, natürlich«, sagte Dolph nervös. »Aber Che, kannst du uns nicht den Grund nennen? Zumal dich diese Kobolde doch entführt und gefangengehalten haben.«

»Nein«, sagte das Fohlen unsanft.

Dolph sah Jenny Elfe an. »Dann du, Jenny. Du bist seine Freundin. Warum ...?«

»Es tut mir leid«, sagte Jenny unter Tränen. »Ich kann es dir auch nicht sagen. So ist es das Beste.«

Dolph fürchtete sich davor, mit dieser Nachricht zu Cheiron und Chex zurückzukehren, doch es blieb ihm nichts anderes übrig. Seine Mission war völlig gescheitert.

Nada kam ihm zu Hilfe. »Che, dein Vater und deine Mutter werden sich schwer tun, das zu verstehen. Sie unterstellen dir, daß du zu jung bist, um die Tragweite des zentaurischen Ehrbegriffs vollständig zu ermessen. Könntest du nicht mit nach oben kommen und es ihnen selbst sagen?«

»Tja, ich weiß nicht«, sagte Che verwirrt. »Ich sollte wirklich bei Gwenny bleiben.« Er blickte zu Godiva.

»Du kannst gehen, wohin du willst, Che«, sagte Godiva.

»Wir akzeptieren dein Wort, wie es auch dein Vater und deine Mutter tun werden, sobald sie es aus deinem eigenen Mund vernehmen.«

Che wandte sich an Gwendolyn. »Fühlst du dich wohl genug, um die Reise an die Oberfläche zu machen? In diesem Durcheinander wirst du nicht sehr gern mit anderen sprechen wollen, aber du könntest dich wenigstens oben blicken lassen.«

»Ich würde es sehr gern tun, Che«, sagte das Koboldmädchen.

Che wandte sich an Dolph. »Dann geh und sage meinen Eltern, daß ich komme«, sagte er. »Wir werden in Kürze folgen.«

Dolph war erleichtert. »Das werde ich tun.« Was für ein Durchbruch das war!

Nada blieb noch, um mit ihrem Bruder zu sprechen. Gloha und Dolph erklommen den Tunnel in Richtung Erdoberfläche. »Warum, meinst du, macht er das?« fragte Gloha, als sie allein waren. »Wenn er nicht zu diesem Schritt gezwungen worden ist, warum erklären sie es uns dann nicht?«

»Wenn ich das wüßte, dann wüßte ich auch, wie ich mich entscheiden soll«, seufzte Dolph schweren Herzens. »Ich kann es einfach nicht erraten.«

»Gloha hat recht«, sagte Metria, als sie inzwischen ihnen erschien. »Jungs sind dümmer als Mädchen.«

»Das habe ich ja nicht gesagt«, protestierte Gloha. Dann, mit einiger Verzögerung: »Wer bist du überhaupt?«

»Das ist die Dämonin Metria«, antwortete Dolph. »Sie liebt es, Leute verrückt zu machen.«

»Oh! D. Mentia«, sagte Gloha.

»Es heißt D. *Metria*«, erwiderte die Dämonin giftig.

»Weshalb bist du diesmal hier?« fragt Dolph, um es schnell hinter sich zu bringen.

»Ich dachte, daß ihr in der Lage wärt, herauszufinden, was mit dem Fohlen los ist, wenn ich euch genug Zeit gebe, darüber zu brüten«, sagt Metria. »Aber weil ihr nicht gut im Raten seid, werde ich euch wohl einen Hinweis geben müssen.«

»Ich will deinen Hinweis nicht!« rief Dolph aus, denn das war es genau, was er in Wirklichkeit wollte.

»Denk an die Parallele«, sagte Metria. »Wenn du Electra nicht heiratest, wer stirbt dann?«

»Sie. Aber was hat das hiermit zu tun …?«

»Wenn Che nicht Gwendolyns Begleiter wird, was passiert dann?«

»Aber Gwendolyn ist gesund!« protestierte er. »Und wenn sie es nicht ist, würde ihr ein Begleiter auch nicht helfen können.«

»Was weißt du über das Gesellschaftssystem der Kobolde?«

»Es ist grausam«, sagte er. »Sie töten sich gegenseitig um des eigenen Vorteils willen. Keiner der Männer wagt es, irgendeine Schwäche oder Tugend zu zeigen, denn das würde sein Ende bedeuten. Aber das trifft nicht auf Gwendolyn zu, weil sie weiblich ist, und die Frauen sind nicht so.«

»Und für welche Stellung ist sie vorgesehen?« fragte die Dömonin.

»Sie wird der erste weibliche Häuptling sein«, sagte Gloha. »Bislang haben immer Männer diese Position innegehabt.« Dann hielt sie ihre kleine Faust vor den Mund. »O je! In Konkurrenz zu Männern!«

»Das bedeutet, daß sie sie töten werden, sobald sie irgendeine Schwäche ausspioniert haben!« rief Dolph aus. »Aber Che kann sie doch nicht wirklich vor ihnen schützen!«

»Es sei denn, er stattet sie mit etwas aus, um ihre Schwäche wettzumachen«, meinte Gloha. »Aber was könnte das für eine Schwäche sein?«

»Ich weiß es nicht«, gestand Dolph. »Sie schien in Ordnung zu sein. Ihr Blick war etwas verschwommen, aber ...« Er unterbrach sich, als ihn ein schrecklicher Verdacht beschlich.

»Sie könnte fast ...«, warf Gloha ein.

Plötzlich konnte Dolph das Rätsel lösen. »Metria ...«, begann er, aber die Dämonin war bereits verschwunden.

»Wenn ...«, sagt Gloha.

»Dann ...«, fuhr Dolph fort.

»Um ihr Leben zu retten«, vollendete sie.

»Und sie würden nichts verraten, weil ...«

»Und wir können es genausowenig.«

»Ausgenommen Cheiron und Chex.«

»Nachdem sie uns ihr Wort gegeben haben.«

»Und sonst niemandem«, ergänzte er.

»Und sonst niemandem«, stimmte sie zu.

Er machte sich Gedanken über die Dämonin. Sie hatte keine Skrupel wie die Menschen und könnte das Geheimnis in ganz Xanth ausplaudern. Würde sie das tun? Bis jetzt hatte sie es nicht getan, und vielleicht war es auch gar nicht ihre Absicht. Es war unmöglich, daß sie Mitleid mit dem Koboldmädchen oder irgendein Interesse an besseren Beziehungen zu den Kobolden haben könnte, aber vielleicht hielt sie es für unterhaltsamer, wenn es in Zukunft einen weiblichen Koboldhäuptling geben sollte. Möglicherweise hatte sie auch ganz und gar das Interesse daran verloren, was sowieso das Beste wäre.

Sie erreichten die Oberfläche und glitten schnell hinunter, um mit Cheiron und Chex zu sprechen. Dolph nahm wieder seine natürliche Gestalt an.

»Ihr müßt uns euer Wort geben, nicht zu verraten, was wir herausgefunden haben«, sagte Dolph.

»Geht es um das Wohlbefinden meines Sohnes?« verlangte Cheiron zu wissen.

»Ja.«

»Dann werde ich mein Wort nicht geben.«

»Aber ...«, sagt Gloha zu Chex.

»Lieber ...«, beschwor Chex Cheiron.

»Nicht, bevor ihr mir sagt, warum das nötig ist«, sagte der Zentaur zu Dolph.

»Che hat sich damit einverstanden erklärt, Gwendolyns Gefährte zu werden, und ...«

»*Was*?« schrie Cheiron außer sich.

»Und wir nehmen an, daß er dafür seine Gründe hat«, sagte Gloha zu Chex.

»Aber wir können es euch nicht sagen, außer ...«, sagte Dolph zu Cheiron.

»Lieber ...«, murmelte Chex.

»Steht er unter Zwang?« wollte Cheiron wissen.

»Nein«, sagten Dolph und Gloha gleichzeitig.

»Ha!« tönte Grundy Golem aus Cheirons Mähne hervor.

»Nicht der schon wieder!« sagte Dolph. »Grundy hat die größte Klappe in Xanth.«

»Verschwinde doch mal für einen Augenblick«, sagte Chex zu Grundy.

»Aber …« Dann erfaßte der Golem die Bedeutung ihres Blicks und verschwand auf der Stelle.

Chex verdrehte die Augen und richtete ihren Blick auf Cheiron.

Cheiron überlegte. »Wir werden euer Geheimnis nicht verraten«, sagte er schließlich. »Aber ich mache keine Zugeständnisse, was mein Vorgehen betrifft.«

Dolph sah sich um und vergewisserte sich, daß kein anderes Lebewesen in Hörweite war. »Wir nehmen an, daß Gwendolyn Kobold blind oder beinahe blind ist. Wenn die Kobolde das herausfinden …«

»Dann werden sie sie töten, damit sie nicht Häuptling werden kann«, fügte Gloha hinzu.

»Und Che …«, fing Dolph an.

»Wird ihr helfen …« setzte Gloha fort.

»Ich verstehe, daß das Koboldmädchen ein Problem hat«, sagte Cheiron. »Aber das rechtfertigt nicht, unser Kind zu entführen.« Er war offensichtlich bestürzt.

Da berührte Chex seinen Arm und schaute zum Berg. Alle folgten ihrem Blick. Che hatte die Oberfläche erreicht – zusammen mit Gwendolyn Kobold und Jenny Elfe.

13

CHEIRONS CHARAKTER

Chex reagierte aufgewühlt, als sie ihr Fohlen wiedersah. Aber sie wußte, daß die Situation noch nicht ausgestanden war. Zumal Cheiron niemandem etwas Genaues über sein Vorhaben anvertraut hatte, und das bedeutete, er beabsichtigte immer noch, Che zurückzuholen.

»Oh! Wir vergaßen, es dir zu erzählen«, bemerkte Prinz Dolph. »Che sagte, er würde kommen, um es dir selbst zu erklären. Das ist Gwendolyn Kobold neben ihm.«

Was für ein Versäumnis! Aber natürlich war Dolph noch etwas unreif. Eine Heirat würde ihn schon davon kurieren.

Sie trabten zum Tunneleingang. Chex beugte sich herunter, um Che zu umarmen. »Du bist wohlauf!« schnaubte sie, fast schmerzlich erleichtert.

»Natürlich, Mutter«, pflichtete er bei. »Wir sind sehr gut behandelt worden. Ich habe mich entschieden, als Gefährte bei Gwenny zu bleiben. Deshalb werde ich nicht mit euch zurückkehren.«

»Aber warum?« fragte Chex. Denn sie wußte, daß es besser war, nicht zu zeigen, daß sie die Antwort schon kannte.

»Ich erwog die Umstände und beriet mich mit Jenny, dann traf ich die notwendige Entscheidung.«

Wahrhaftig, das hatte er getan! Aber wie sollte sie es nur fertigbringen, ihr Fohlen den Kobolden zu überlassen?

»Wenn du mir keinen vernünftigen Grund nennst, kann ich deine Entscheidung nicht akzeptieren«, sagte Cheiron vorsichtig. »Außerdem muß ich dich von den Folgen der Gefangenschaft kurieren.«

Che vermied es, darauf zu antworten. Er zeigte eine Haltung, die Chex mit Stolz erfüllte. »Werter Vater, werte Mutter, erlaubt mir, daß ich euch meine Begleitung vorstelle: Gwendolyn Kobold, Tochter von Häuptling Gichtig und seiner Gemahlin Godiva.«

»Hallo, Gwendolyn«, begrüßten Chex und Cheiron sie gemeinsam.

»Gwenny, das sind Cheiron und Chex Zentaur, mein Vater und meine Mutter«, machte Che sie bekannt.

»Hallo, Cheiron und Chex«, sagte das Mädchen scheu blinzelnd. Nach dem Geschmack der Kobolde sah sie in ihrem hellen roten Gewand, den roten Schuhen und dem roten Reif in ihrem Haar sehr schön aus. Bei anderen Völkern wurde nicht unbedingt von der äußeren Erscheinung auf den Charakter geschlossen. Bei den Kobolden aber war das üblich. Die häßlichen Männer waren roh und ungehobelt und die hübschen Frauen nett und freundlich.

»Und das ist meine Freundin Jenny Elfe«, sagte Che und wandte sich dabei dem Elfenmädchen zu. Ihr Kleid, die Schuhe und der Haarreifen waren blau und bildeten so eine perfekte Ergänzung zu der Kleidung der Koboldin. Sie hatte sich die Kringellocken aus dem Haar gekämmt, so daß es lang herunterhing, ganz wie es die Kobolde trugen. Sie sahen wie zwei Elfenschwestern aus, abgesehen von den spitzen Ohren und der riesigen Brille. »Sie hat geholfen, mich vor der Koboldschaft der Goldenen Horde zu retten und war mir in den Stunden ein großer Trost, als ich sie brauchte.«

»Hallo«, sagte Jenny fast schüchtern. »Wir sind uns schon einmal begegnet, Chex Zentaur. Du hast mir diese Brille gegeben.«

»Ja natürlich, meine Liebe«, antwortete Chex. »Ich bin froh, daß sie dir von gutem Nutzen war.«

»Und Sammy Kater«, schloß Che und deutete auf das orangenfarbene Energiebündel, das jetzt an Ches Vorderhuf schlief. Sammy stellte ein Ohr auf.

»Hallo, Sammy Kater«, begrüßte Cheiron ihn förmlich. »Wir sollten jetzt mit dem Häuptling der Kobolde sprechen, weil die Sache immer noch nicht geklärt ist.«

Eine ältere Koboldfrau erschien in der Tunnelöffnung. Bei ihr waren Nada Naga und ein männlicher Naga.

»Dies ist Godiva Kobold, die die Geschäfte führt, solange der Häuptling verhindert ist«, stellte Nada vor. »Und das ist mein Bruder, Prinz Naldo. Godiva, das sind Cheiron und Chex, die Eltern von Che.«

»Wie ihr sicherlich erfahren habt, hat Che eingewilligt, meine Tochter zu begleiten«, begann Godiva. »Eine Fortsetzung der feindseligen Aktivitäten erscheint im Lichte dieser Entscheidung widersinnig.«

»Ihr habt unser Fohlen entführt«, entgegnete Cheiron. »Die Tatsache, daß ihr ihn später dazu bewegt habt, dem Vorhaben zuzustimmen, befreit euch nicht von Schuld und rechtfertigt auch nicht seinen fortdauernden Aufenthalt in euren Bergen.«

»Ich tat, was ich tun mußte«, erwiderte Godiva.

»Und ich werde das tun, was ich zu tun habe«, sagte Cheiron.

»Oh! Che, ich habe nicht gewußt, daß es so kommen würde!« sprach Gwendolyn zu dem Fohlen. »Ich habe diesen ganzen Ärger nicht gewollt.«

»Es ist alles meine Schuld!« rief Jenny Elfe mit Tränen in den Augen. »Ich muß die falsche Entscheidung getroffen haben!«

»Nein«, unterbrach Che sie, bevor Cheiron irgend etwas sagen konnte.

Cheiron war still, weil er den Worten seines Fohlens nichts entgegensetzen wollte.

»Wir stehen auf verschiedenen Seiten«, stellte Chex fest. »Das ist eine Situation, die nicht durch die Entscheidung irgendeiner Person gelöst werden könnte. Wir sollten einen Kompromiß ausarbeiten.«

Cheiron konnte auch ihr nichts entgegensetzen. Aber er war keineswegs entmutigt. »Ich hege keine Feindseligkeit gegen deine Tochter«, sagte er zu Godiva. »Aber ich will auch mein Fohlen nicht hergeben. Er ist auf seine Art einzigartig, wie es deine Tochter nicht ist, und für unsere Rasse in einer Weise unentbehrlich, wie es deine Tochter ebenfalls nicht ist. Er sollte mit seinesgleichen zusammen sein. Du mußt für Gwendolyn eine andere Begleitung finden, denn Che wird nicht in euren Bergen bleiben.«

»Dann müssen wir die Entscheidung wohl mit Gewalt treffen«, stellte Godiva unerschrocken fest. »Wir werden uns zurückziehen und euren Angriff erwarten.«

»Aber ich will das nicht!« protestierte Gwendolyn weinend. »Che, du mußt zu deinem Volk zurückkehren!«

»Nein.« Che blickte schrecklich unglücklich drein, aber er war ebenso verbissen wie Cheiron. Er nahm ihre Hand und wandte sich dem Tunnel zu. Sie betraten ihn, und Jenny Elfe folgte.

Chex wußte, daß sie das nicht zulassen konnte. Sie mußte einen Weg finden, dieses Problem ohne Gewalt zu lösen. Che und Cheiron waren beide stur, und keiner würde seine Meinung ändern. Der Charakter der Zentauren (einige nannten es auch ihre Halsstarrigkeit) war legendär. Aber Chex war nicht nur eine Zentaurin, sondern auch eine Mutter. Auch in Godiva sah sie eine Mutter und wußte, warum die Kobolddame sich so verhielt. Sie erkannte sehr wohl, daß Che und Gwendolyn Kobold sich wirklich gern hatten und daß die Elfe mit beiden befreundet war. Der Schlüssel konnte bei der Elfe liegen.

»Jenny!« rief sie.

Die Elfe blieb an dem dunklen Tunnelloch stehen und blickte zurück. »Ja, Chex Zentaur?«

»Du bist niemandem verpflichtet. Komm mit mir.«

Jenny war nervös. »Aber ...«

Godiva erkannte Chex' Absicht offensichtlich und setzte sich für sie ein. »Geh nur mit ihr, Jenny. Wir werden dir erlauben, zu uns zurückzukehren, sobald das ohne Gefahr möglich ist.«

Das Mädchen war weiterhin verwirrt. »Aber ich kann nicht ... ich meine ...«

»Ich denke, sie weiß es schon. Sprich mit ihr.«

Jenny zögerte einen Augenblick und drehte sich dann zu dem Tunnel um. »Che!« rief sie. »Ich ... ich werde dir später folgen.« Dann hob sie ihr orangefarbenes Pelzknäuel auf und ging hinunter zu Chex.

Cheiron wandte sich ab. »Die Sperre wird sich jeden Augenblick wieder schließen«, sagte er.

Nada bat ihren Bruder, sich zu verabschieden, und ging die Schräge hinunter. Chex wußte, daß sie genauso litt und nicht auf einer anderen Seite als Naldo stehen wollte. Das war alles so schwierig, und es könnte zu Lasten von Ches Unversehrtheit gehen. Chex wünschte sich, daß die Zentauren nur einmal nicht so schrecklich entschlossen wären. Aber sie wußte, es war zwecklos zu diskutieren.

Die Elfe kam auf sie zu. »Steig auf meinen Rücken«, forderte Chex sie auf. »Wir müssen von hier fort und miteinander reden. Vielleicht können wir einen Ausweg finden.«

Das Mädchen setzte den Kater auf Chex' Rücken und hangelte sich dann selbst hinauf. Es war offensichtlich, daß sie noch nie auf einem Zentauren gesessen hatte. Aber sie schien ein Gefühl für das Reiten zu haben, denn ihre Balance war sicher, sobald sie sich zurechtgesetzt hatte.

»Halte dich fest«, rief Chex ihr zu. Dann patschte sie sie mit ihrem Schweif, breitete die Schwingen aus und schwang sich vom Berg.

Als sie sich hinter dem Lager befand, sah sie, daß Nada Electra umarmte und von ihr getröstet wurde. Gloha, das Koboldmädchen mit den Flügeln, stand neben Prinz Dolph und sah verloren aus. Cheiron führte die Rokhs und die Drachen zu einem erneuten Angriff. Chex wußte, daß es aufgrund der begrenzten Zeit ein grausamer Kampf sein würde: Was immer geschehen sollte, es mußte vollbracht sein, bevor die Landdrachen eintrafen. Die Ironie bestand darin, daß Cheiron nun verstand, warum die Kobolde Che brauchten. Auch wußte er, daß sie das Fohlen nicht mißhandeln würden. Er konnte jedoch nicht von seiner Position abweichen. Cheiron war ein männlicher Zentaur, und das sagte alles.

Schließlich befanden sie sich hoch über den Bäumen und segelten in den Himmel. Chex wollte sich das Bombardement nicht ansehen. Sie wußte, daß dabei nichts Gutes herauskommen würde, ganz gleich, wie sich die Dinge auch entwickelten. Gewalt war nun mal der Weg der Männer, und nur selten war das für jemanden von Nutzen. Doch sie hielten daran fest. Zwar konnte sie Cheiron nicht sagen, daß sie damit nicht einverstanden war, aber sie konnte ihre Qual und Ablehnung deutlich machen, indem sie den Vorgängen fernblieb.

»Ooooh! Ist das ein Spaß!« rief Jenny Elfe aus. Sie wußte mit Sicherheit, wie man ritt. Ihr Gefühl für das Gleichgewicht war ausgezeichnet. Der Kater schien auch keine Schwierigkeiten zu haben, denn so, wie er sich anfühlte, schlief er schon wieder.

»Wie kommt es, daß du so gut reiten kannst, Jenny, wenn es in eurem Land doch gar keine Zentauren gibt?« erkundigte sich Chex.

»Wir sind Wolfsreiter«, erklärte das Mädchen. »Wir haben Wölfe als Freunde. Wenn wir irgendwo ganz schnell hin müssen, dann reiten wir auf ihnen. Ich habe zwar noch keinen Wolfsfreund, aber ich schätze, daß wir von Natur aus wissen, wie man reitet. Das hier ist, als ob man auf einem Wolf reitet, der einen großen Sprung macht.«

»Das müssen ja große Wölfe sein!«

»Wie groß sind denn die Wölfe in Xanth?«

»Sie sind zu klein, als daß du auf ihnen reiten könntest! Eigentlich leben die wirklichen Wölfe in Mundania, hier aber wären sie zu klein zum Reiten. Wie ist es mit euren Wölfen, können sie fliegen?«

»Nein. Sie rennen einfach sehr schnell, sie beschützen uns und sind unsere Freunde.«

»Hat es dir das erleichtert, Ches Freundin zu werden?«

»Vielleicht hat es das«, sagte das Mädchen überrascht. »Aber in der Hauptsache brauchte Che einfach einen Freund.«

Chex erinnerte sich noch einmal an alles, was Che und Jenny durchgemacht hatten: der tiefe, dichte Urwald, die Kobolde aus der Horde, die lange Reise um die Region der Elemente und die Gefangenschaft in den Koboldbergen. Sie erschauerte bei dem Gedanken, wie es Che allein ergangen wäre! »Er brauchte einen Freund«, stimmte sie zu. »Und du bist ihm ein guter Kamerad gewesen. Aber nun sieht es so aus, als hätte er einen anderen Freund gefunden.«

»Oh! Gwenny ist kein richtiger Freund. Nun, sie ist ..., aber das tut nichts zur Sache. Er ist ihr Begleiter.«

»Und sie braucht einen Begleiter, der für sie sehen kann.«

Jenny antwortete nicht.

»Ich rief dich zurück, Jenny, weil ich annehme, daß du die Situation am besten verstehst«, sagte Chex. »Wir glauben mittlerweile genug zu wissen, um verstehen zu können, warum Godiva Kobold unser Fohlen entführt hat. Gwendolyn würde getötet werden, wenn sie irgendeine auffällige Schwäche zeigt. Ein Zentaur als Begleiter kann beides: diese Schwäche mildern und sie verbergen. Cheiron und ich haben abgemacht, nichts weiterzuerzählen. Es ist doch wahr, daß Gwendolyn blind ist?«

»Nein. Sie kann sehen, allerdings nicht gerade gut, eben nicht besser als ich. Man kann ihr aber keine Brille aufsetzen, weil die Kobolde es dann sofort wissen würden, aber Che kann ihr wirklich helfen, und – nein, ich wollte ihm ja nicht sagen, daß er es tun sollte – ich wußte, er sollte nach Hause kommen, aber ich konnte doch Gwenny nicht sterben lassen, und er ebensowenig! Es ging einfach nicht!«

Sie fing wieder an zu weinen. Die Last der Entscheidung, die doch schon getroffen war, quälte sie immer noch.

Auch Gwendolyns Mutter konnte nicht einfach daneben stehen und zusehen, wie ihre Tochter getötet wurde. Chex wußte genau, wie das war. Deshalb war es unmöglich, Godiva zu hassen. Sie hatte wirklich nur das getan, was jede Mutter tun würde.

»Ohne deine Brille siehst du nicht gut, Jenny«, stellte Chex fest. »Wie hast du es geschafft, damals in der Welt der Zwei Monde zurechtzukommen? Warst du da nicht fast blind?«

»Ja, sicher mit meinen Augen. Aber das kümmerte mich nicht so sehr, wegen der Sendungen.«

»Wegen was?«

»Der Sendungen. In Xanth scheint es nicht zu funktionieren.«

»Was ist das denn, Jenny?«

»Es ... es ist eine Art Gedankenverbindung. Wenn eine Gefahr auftritt, kann der Häuptling unseres Stammes jeden einzelnen rufen, ohne einen Laut von sich zu geben. In früheren Generationen war es manchmal die einzige Möglichkeit, uns vor einer Katastrophe zu schützen.«

»Wir würden es Gedankenlesen nennen«, sagte Chex. »Bei einigen Völkern gehört das zu den magischen Fähigkeiten. Aber die meisten von uns haben keine mentale Verbindung zu anderen.«

»Ist man da nicht schrecklich einsam?« fragte das Mädchen nachdenklich.

»Das scheint nicht der Fall zu sein. Vielleicht liegt es daran, daß wir nie Erfahrungen damit gemacht haben. So bist du also in der Lage gewesen, Leute kennenzulernen, indem du Kontakt mit ihrem Geist aufgenommen hast?«

»Ja, so ungefähr. Und Sammy half dabei auf seine Weise. Ich meine, ich konnte ihn sehen, vermutlich durch seinen Geist, obwohl ich nicht wirklich mit ihm sprechen konnte. Ich stolperte häufig und rannte gegen Hindernisse, aber draußen an den Beerenstellen gab es nicht viel, wogegen ich laufen konnte, von daher war es schon in Ordnung.«

Chex sah, wie das Mädchen dem, was eigentlich eine beständige Bürde für sie war, eine gute Seite abgewonnen. Nun wurde es auch verständlicher, warum sie den Kater so dicht bei sich behielt, obwohl sie sich nicht länger auf seinen

Geist einstimmen konnte. Jenny kam von einer entfernten fremden Welt, aber sie war ein gutes Mädchen, und sie war eine unschätzbare Hilfe für Che gewesen.

»Was empfindest du für Che?« fragte Chex.

»Ich mag ihn!« beteuerte Jenny. »Ich habe noch nie zuvor einen Zentauren getroffen, ausgenommen dich, meine ich. Aber er ist nett.«

Sie hatte absolut recht. Chex wußte aber, daß Che, wenn auch noch sehr jung, mit Freundschaften höchst wählerisch war. Ohne gute Gründe würde er nicht ihr Freund geworden sein. Das war die beste Empfehlung, die Jenny Elfe haben konnte, obwohl sie das nicht wußte.

»Und nun hast du ihn für Gwendolyn Kobold aufgegeben.«

»Nein, das habe ich nicht getan!« protestierte Jenny. »Ich werde immer seine Freundin bleiben! Aber sie ... sie braucht ihn wirklich als Begleiter, und sie ist auch nett und ...«

Jenny weinte. Sie hätte Che für sich haben können. Aber sie hatte getan, was sie für richtig hielt, wohlwissend, daß sie deswegen eine geringere Bedeutung in seinem Leben spielte. Es verletzte sie auch, daß er an die Tiefen der Koboldberge gebunden blieb. Aber da Che sie in Begleitung des Koboldmädchens verlassen konnte, war das ihre geringere Sorge.

Nun wurde auch deutlich, warum Che Jenny gebeten hatte, die Entscheidung zu treffen. Er hatte gewußt, daß sie, genau wie er, ein Opfer bringen würde. Gwendolyns Gewinn war Jennys Verlust. Che hatte es nicht für richtig befunden, über Jennys Kopf hinweg zu entscheiden. So hatte Jenny für Che diese Entscheidung getroffen. Nun war sie dabei, ihren einzigen, wirklichen Freund in Xanth zu verlieren.

Chex war damit nicht zufrieden. Aber in der unüberschaubaren Situation, in der sie sich befanden, wußte sie keine passende Lösung.

Sie schaute nach unten und erspähte die Landdrachen, die sich nun deutlich den Bergen genähert hatten. Es waren sehr große Drachen, die nicht einmal Flügelstummel hatten, und das wiederum bedeutete, daß sie in keiner Weise dazu verpflichtet waren, auf Ches Sicherheit zu achten. Die kleineren geflügelten Drachen hatten keine Chance, etwas gegen sie auszurichten. Waren die Landdrachen erst einmal eingetroffen, würden sie das Gebirge beherrschen, und nur noch die Rokhs konnten sie angreifen. Aber das würde nicht ausreichen. Cheiron hatte recht: Was immer er auch tat, es mußte schnell geschehen. Seine Kriegslist zielte sicherlich darauf ab, den Berg schneller zu zerstören, als es die Kobolde für möglich hielten, um so ihre Kapitulation noch vor dem nächsten Morgen zu erzwingen. Inmitten all dieser Gewalttaten aber gab es so viele Gefahren für Che!

»Hier liegt das Problem«, sagte Chex nach einer Weile. »Cheiron wird es einfach nicht zulassen, daß unser Fohlen auf diese Weise festgehalten wird. Sollte Che eine Verpflichtung gegenüber den Kobolden eingegangen sein, so ist Cheiron darauf vorbereitet. Er wird eine solche Bindung aufheben, indem er die Kobolde vernichtet.«

»Aber das ist das Schlimmste, was passieren kann!« protestierte Jenny. »Sie sind wirklich gar nicht so schlechte Leute, nicht so wie die Horde. Und Gwenny ist wirklich nett, genau wie Godiva, wenn man sie näher kennenlernt. Und das ist der Grund, weshalb die Kobolde sich bessern werden. Es ist nicht nur wegen Gwenny, sondern weil es einfach richtig ist, das zu tun.«

»Vielleicht verhält es sich tatsächlich so«, gab Chex zu. »Aber Cheiron hat auch recht. Siehst du irgendeinen Ausweg aus dieser Sackgasse?«

»Ich wünschte mir, daß sie alle Freunde sein könnten und nicht länger miteinander kämpfen würden«, schluchzte Jenny tränenerfüllt.

»Das wünsche ich mir auch!« stimmte Chex mit heißer Inbrunst zu. »Jetzt liegt es also an uns, einen Weg zu finden, um das zu verwirklichen. Nun, Cheiron wird sich nicht erweichen lassen, bis Che mit uns nach Hause kommt. Während Godiva ...«

»Sie ist nicht so, wirklich«, beteuerte Jenny. »Ich meine,

sie hat zwar den Konflikt angefangen, indem sie Che entführte, doch hat sie letztlich Che die Wahl überlassen, nachdem wir Gwenny begegnet waren. Er hätte ebensogut nach Hause gehen können. Aber ...«

»Aber in diesem Fall wäre Gwendolyn gestorben«, setzte Chex fort. »Also war es Ches Entscheidung, auch wenn du sie getroffen hast. Er wollte, daß jemand, der älter und objektiver war, die Entscheidung traf, damit er sicher sein konnte, daß sie richtig war. Für ihn war sie das vielleicht ja auch. Nun ist Che auf der anderen Seite, und es steht ein männlicher Zentaur gegen den anderen. Und wir als Frauen müssen einen Weg finden, das Problem zu lösen.«

»Aber wie können wir das tun?« fragte Jenny kläglich. »Che kann entweder nur zu dir oder zu Gwenny halten.«

»Nicht, wenn wir ihm in die Koboldberge folgen würden!« warf Chex mit einem kurzen und nicht sehr fröhlichen Lachen ein.

»Du würdest da nicht gut hinpassen«, sagte Jenny eine Spur weniger unglücklich. »Aber du weißt, daß Che dich besuchen kann. Er hat sein Wort gegeben ...«

»Das stimmt. Aber er wird zurückkommen müssen. Es ist doch ganz offensichtlich, daß er eine lange Zeit bei Gwendolyn verbringen muß, denn jede Panne hätte verheerende Folgen. Cheiron dagegen möchte, daß er völlig aus dem Koboldgebirge entlassen wird, da er noch viel Erziehung nötig hat. Es ist einfach nicht genug Zeit vorhanden, um beides unterzubringen: Ches Zentaurenerbe und eine ständige Begleitung für Gwendolyn.«

»Das denke ich auch«, stimmte Jenny traurig zu. »Es sei denn, sie könnte mitkommen.«

»Mitkommen?«

»Und bei ihm sein, während er lernt«, erklärte sie. »Sie möchte gern herumkommen und neue Dinge sehen, aber sie kann es nicht. Sie ist nie aus dem Koboldgebirge herausgekommen. In ihrem Gemach oder vielleicht in einem Stollen, wo sie ganz genau weiß, wo die kleinste Rosine zu finden ist, kann sie allein zurechtkommen. Aber draußen ist es hoffnungslos.«

»Solange sie keinen fachkundigen Berater hat.« Chex seufzte. »Ich verstehe das Problem.«

»Natürlich, mit Che zusammen kann sie es schaffen, weil er ihr sagen würde, was es zu sehen gibt. Er würde ihr nur nichts sagen, wenn er die Signale empfängt, die nur für die Zentauren bestimmt sind, und die sonst keiner kennt. Deshalb muß es ein Zentaur sein; sie haben mentale Kräfte, die andere nicht haben.«

»Wahrlich«, sagte Chex. »Ich könnte das tun. Aber ein erwachsener Zentaur würde sich nicht damit aufhalten. Wir haben uns um andere Dinge zu kümmern, so wie es Che eigentlich auch tun müßte.«

»Andere Dinge?«

»Er ist dafür auserwählt, den Verlauf der Geschichte von Xanth zu verändern. Aus diesem Grund muß er frei sein, selbst wenn er kein Zentaur und nicht unser Fohlen wäre. Deshalb können wir nicht zulassen, daß die Kobolde sich hier einmischen. Wir befürchten schon, daß seine Entführung ein Anschlag gewesen sein könnte, um die Erfüllung seines Schicksals zu verhindern.«

»Wenn aber Gwenny die Kobolde regiert, würde das nicht die Dinge verändern? Schließlich hat es niemals zuvor einen weiblichen Koboldführer gegeben. Mit dem magischen Zauberstab kann sie es schaffen, wenn sie genug sehen könnte, um ihn zu benutzen, oder wenn sie jemanden hat, der ihr dabei hilft.«

Chex fiel es wie Schuppen von den Augen, und sie wäre fast vom Himmel gestützt. Um ihr Gleichgewicht wiederzuerlangen, mußte sie heftig mit ihren Schwingen schlagen, während Jenny sich an sie klammerte.

»Die Geschichte von Xanth ändern, dadurch, daß eine Koboldfrau Häuptling wird!« rief Chex, nachdem sie ihre Balance wiedergefunden hatte. »Wir haben angenommen, es wäre die menschliche Geschichte oder die Geschichte der Zentauren, aber an die Geschichte der Kobolde haben wir nie gedacht.«

»Gut, vielleicht ist sie es auch nicht«, sagte Jenny. »Vielleicht werden die Kobolde auch etwas tun, was die anderen verwirren wird.«

»Die ganze Zeit haben wir versucht, Che zu schützen, damit sich sein Schicksal erfüllen kann, und vielleicht stören wir diese Vorherbestimmung ausgerechnet jetzt!« rief Chex aus. »Ich muß das unbedingt Cheiron berichten.«

»Würde das seine Meinung ändern?« fragte Jenny.

Chex, die gerade eine schwungvolle Wendung zurück in Richtung Koboldberge machte, bremste. »Nein. Er hat sich schon festgelegt. Es ist lediglich ein weiterer Grund, einen friedlichen Ausweg aus dieser so verzwickten Situation zu finden.«

Jenny überlegte. »Du sagtest, daß jeder Zentaur ihr außerhalb der Koboldberge helfen könnte. Aber sie würden es nicht tun.«

»Das ist richtig. Wir Zentauren sind sehr mit unseren eigenen Angelegenheiten beschäftigt. Cheiron und ich versuchen zum Beispiel, Che großzuziehen.«

»Aber angenommen, Gwenny würde euch besuchen. Würde einer von euch Gwenny helfen, während der andere Che ausbildet?«

»Sicherlich könnten wir das. Aber warum sollten wir es tun?«

»Falls das sein Schicksal ist, könntest du seine Bestimmung retten, und ihn unterrichten, und Gwenny würde nicht leiden.«

»Meinst du vielleicht, wir sollten sie bei uns wohnen lassen?« fragte Chex erstaunt.

»Nun, vielleicht war das doch keine gute Idee«, sagte Jenny beschämt.

Chex überlegte es ganz nüchtern; plötzlich setzten sich alle Teile zu einem Ganzen zusammen! Cheiron könnte zufrieden sein, und Ches Vorherbestimmung – was immer sie auch sein mochte – würde nicht gefährdet werden. Auch das Koboldmädchen wäre in Sicherheit, denn niemand würde ihr Geheimnis verraten. So müßte es möglich sein – falls Godiva sie gehen lassen würde.

»Ich glaube, daß das eine brillante Idee ist«, freute sich

Chex. »Ich werde jetzt geradewegs zu Cheiron fliegen, um es ihm vorzuschlagen.« Sie vollendete ihre Kehrtwendung und hielt mit kraftvollen Flügelschlägen auf die Berge zu.

So schien noch ein weiteres Problem für Chex gelöst zu sein. »Jenny, du wirst dort hineingehen müssen, um mit Godiva zu sprechen, weil der Rest von uns mit den Kobolden im Kampf steht. Es wird auf jeden Fall nötig sein, daß du auch mit Che und Gwendolyn sprichst.«

»Ja«, stimmte das Mädchen verzagt zu.

»Ich möchte, daß du Che eine Botschaft überbringst, die ihm vielleicht hilft, das alles zu verstehen.«

»Ja, natürlich.«

»Sie lautet: Erinnere dich an das Bekenntnis des Nachthengstes.«

»Erinnere dich an das Bekenntnis des Nachthengstes«, wiederholte sie. »Ich werde es ihm sagen, aber was bedeutet es?«

»Das wäre zu kompliziert, um es zu erklären, da ich annehme, daß es in eurer Welt keine Nachtmähre gibt. Aber ich denke, daß Che es herausfindet und es dir dann erzählen wird.«

»Oh! In Ordnung.«

Das Mädchen drängte auf keine weitere Klärung, und Chex war froh darüber, denn sie wollte, daß Che diese Entscheidung selbst traf.

Als sie die Berge erreichten, sahen sie die kreisenden Rokhs, die Geröllblöcke mit sich trugen. Jeder Rokh stieß herab und ließ seinen Felsblock mit hoher Geschwindigkeit in einem bestimmten Winkel auf den Berg stürzen. Dann stieg er wieder hoch. Der Berg erzitterte und erbebte, und einige Tunnel stürzten ein. Danach flog der erste Rokh erneut los, um einen weiteren Felsbrocken zu holen. Unterdessen stürzte sich der nächste Rokh hinab.

In der Zwischenzeit schwebten die Flugdrachen heran. Als alle drei Rokhs ihre Angriffe beendet hatten, gingen die Feuerspeier zu Angriffsflügen über und schossen ihre Flammen in die freigelegten Tunnel. Die Dampfer machten es genauso. Ihr Atem hatte allerdings die Aufgabe, die Substanz des Gebirges zu erweichen, damit die Geröllbrocken mehr Schaden anrichten konnten. Ganz zum Schluß kamen die Raucher an die Reihe. Ihr Angriff war der schlimmste, weil ihr Rauch tief in den Berg vordringen sollte, um Not, Elend und sogar den Tod über jene zu bringen, die im Rauch gefangen blieben. Die anderen Flügelungeheuer entspannten sich und warteten auf ihren Einsatz. Einige leckten sich im Vorgeschmack auf geräucherte Kobolde die Lippen.

»Aber die Naga werden den Tunnel so zerstören, daß nichts durch ihn hindurchdringen kann«, erklärte Jenny. »Der Rauch wird sie also nicht umbringen.«

»Cheiron wird die Basilisken einsetzen«, entgegnete Chex. »Sie werden die Kobolde und die Naga mit ihren Blikken versteinern lassen, und der Tunnel wird nicht einstürzen. Cheiron hat sich intensiv mit Belagerungstechniken befaßt, und er wird für jede ihrer Kriegslisten eine Gegenmaßnahme bereit haben. Das ist noch ein Grund, warum ich nicht möchte, daß dieser Kampf fortgesetzt wird. Ich weiß, daß es für alle Beteiligten grauenvoll wird.«

»Die Kobolde werden sich zu den Höhlen der Calli... der Calli... zurückziehen.«

»Der Callicantzari«, verbesserte Chex. »Auch Knochenbrecher genannt. Sie sehen wie übergroße Kobolde aus. Es sind groteske Ungeheuer. Einige ihrer Körperglieder sind auf dem Rücken angebracht. Nur aus Verzweiflung würden die Kobolde dorthin gehen.«

»Aber jetzt sind sie Verbündete aufgrund des Vertrags. Außerdem denke ich, daß sie Che mit sich nehmen werden.«

»Das müssen wir verhindern. Die Knochenbrecher sind heimtückische Verbündete. Es könnte sein, daß sie gleich alle zusammen in den Kochtopf schmeißen.« Cheiron war sicherlich auch dieser Taktik zuvorgekommen und hatte die Basilisken erst in den unteren Bereichen eingesetzt, um zu verhindern, daß die Kobolde irgendwohin entkommen konnten.

Chex faltete ihre Schwingen zusammen und ließ sich fallen. Ihr zunehmendes Gewicht verlieh ihr Geschwindigkeit.

Wenn sie sich nicht selbst so oft mit ihrem Schweif gepeitscht hätte, wäre sie vielleicht sogar zu schwer gewesen, um überhaupt fliegen zu können. Andererseits hatte ihr Gewicht auch eine gute Seite, weil sie sich sonst nie am Boden zu Hause gefühlt hätte. Sie sackte nach unten, auf Cheiron zu, dann breitete sie wieder die Schwingen aus und bremste abrupt, bevor sie mit ihren Hufen aufsetzte.

»Cheiron!« stieß sie hervor. »Stopp die Raucher! Es gibt einen anderen Weg.«

Cheiron unterbrach seine Tätigkeit, wie er es immer tat, wenn sie zu ihm kam. »Ich werde mich mit nichts anderem als mit der unbeschadeten Rückkehr unseres Fohlens zufrieden geben. Falls die Kobolde davon ausgehen, daß uns die Nacht aufhalten wird, liegen sie falsch. Wir haben Feuerfliegen, um das Schlachtfeld zu erleuchten.«

»Wir können sie beide zu unserer Wohnstätte bringen«, stieß Chex hervor. »Che und Gwendolyn. Er kann ihre Begleitung in unserer Bergschlucht sein.«

Er reagierte verblüfft. »Ich denke, das könnte er. Aber wir sind dann auch verpflichtet, auf sie achtzugeben, und das könnte eine Last für uns werden.«

»Es geht um Ches Vorherbestimmung«, sagte sie. »Vielleicht bringt das die Kobolde dazu, einen weiblichen Häuptling anzunehmen. Die Geschichte Xanths würde sich dadurch völlig verändern.«

Das ließ ihn innehalten. Er erkannte, daß seine jetzigen Anstrengungen eher das Gegenteil bewirken könnten. »Sehr gut. Ich werde den Angriff für eine Stunde einstellen. Wenn Godiva ihre Tochter ziehen lassen will, werden wir zustimmen. Aber sie muß sich mit ihrer Antwort beeilen, da ich mich dann nicht weiter halten lasse.« Pferde konnte man am Zügel halten, aber keinen Zentauren.

»Jenny hat Zutritt zu den Bergen. Sie kann hineingehen und fragen. Das könnte alle Probleme lösen und dem gesamten Verlauf dieses Zwischenfalls Bedeutung verleihen.«

»Dann laß sie hineingehen«, sagte er. »Aber sie muß mit einer eindeutigen Antwort zurückkehren. Wenn sie nicht innerhalb einer Stunde zurückkehrt, wird der Angriff wieder aufgenommen, und das kann dann sehr schnell geschehen.« Er stieg in die Luft, um die Unterbrechung der Angriffe einzuleiten.

»Jetzt liegt es an dir, Jenny«, wandte sich Chex an das Mädchen. »Du würdest uns einen unermeßlichen Dienst erweisen, wenn dir das gelänge.«

Das Mädchen sah ängstlich aus. »Ich werde es versuchen«, antwortete sie. »Ich werde mein Allerbestes versuchen.«

14

JENNYS JUBELFLUG

Jenny fürchtete sich, als sie sich mit Sammy auf dem Arm dem Berg näherte. Sonst hatte sie immer jemand begleitet, aber nun war sie ganz allein, von dem Kater einmal abgesehen. Der Hang des Berges bestand zum größten Teil aus Schotter, und der Hauch des Kriegs lag noch in der Luft. Was, wenn die Kobolde dachten, sie wäre ein eindringender Feind, und Steine nach ihr warfen?

Dann hatte sie plötzlich eine glänzende Idee. »Sammy, suche einen sicheren Weg hinein«, sagte sie und setzte den Kater auf den Boden. Sammy schien ein bißchen verwundert darüber, daß er in seinem Nickerchen gestört wurde, aber er entschied sich für einen der kleinen Stolleneingänge und schlüpfte in den Berg. Jenny mußte sich auf Händen und Füßen durch den Schutt quetschen, der teilweise den Eingang blockierte, und ihr reizendes blaues Kleid – eigentlich war es ja Gwennys Kleid – wurde bei dieser Tortur völlig verschmutzt … aber immerhin, sie schaffte es.

Im Stollen war es schrecklich finster. Hätte sie nur daran gedacht, eine Fackel mitzunehmen! Wie sollte sie nur in dieser Schwärze den Weg finden? »Sammy, warte auf mich!« rief sie vor lauter Angst, zurückgelassen zu werden. Der Kater fand natürlich leicht einen sicheren Weg in den Tunnel hinein, aber das nützte ihr gar nichts, wenn sie nicht mit ihm Schritt halten konnte. Hier in Xanth war das um so vieles schwerer, da sie Sammy weder senden noch seinen Geist empfangen konnte.

Jenny hörte ein leises Miauen. Sie tastete sich darauf zu und stolperte prompt über einen Stein, wobei sie beinahe abstürzte. Dann trat sie doch über eine Kante in die Luft und stürzte ab. Schreiend rutschte sie irgendeine Art Schlickgrube hinunter, ohne sich wieder fangen zu können.

Doch erkannte sich bald, daß es sich nicht um eine einfache Grube handelte, sondern um einen steilen, tiefen Stollen. Eigentlich war es eine richtige Rutsche! Sie schlitterte allmählich nach unten, in einem großen, wendelartigen Bogen, rundherum, ganz sacht, aber keineswegs so fürchterlich, wie sie erwartet hatte. Das war ja ein ausgesprochen sicherer Weg ins Innere des Bergs!

Etwas später verlangsamte sich ihre Rutschpartie. Bestimmt war die Rückseite ihres Kleides schon schrecklich verschmutzt, aber zumindest blieb sie selbst unversehrt. Jetzt erspähte sie auch ein Licht und würde sich nach einer Weile in der Nähe einer dieser tropfenden, flackernden Fakkel ausruhen können. Und dort erwartete Sammy sie schon, während er sich den Schmutz aus dem Fell leckte.

»Jetzt such Godiva«, bat Jenny ihn. »Aber langsam!« Sie nahm eine Fackel aus der Halterung und folgte dem Kater, der sofort losgelaufen war.

Ein Koboldmann schnitt ihnen den Weg ab. »He, du Blödbaddel! Wo willst du hin?«

Jenny rückte ihre Brille etwas nach vorn, um sich ihn genauer anzusehen, doch sie erkannte ihn nicht. »Wer bist du?«

»Wer bin ich? Was soll das heißen?« fragte er mit kommandierender Stimme. »Hier bin *ich* derjenige, der die Fragen stellt! Also, wo willst du hin, Glasauge?«

»Ich will zu Godiva«, entgegnete sie. »Also laß mich gefälligst durch, denn ich bin sehr in Eile!«

»Oh! Bist du das, Elf?« fragte er lauernd, wobei er ›Elf‹ betonte, als ob eine Elfjährige nicht ernst zu nehmen sei »Was willst du denn von dieser ollen Schnepfe?«

Jenny bemerkte allmählich, daß es einer von den halbstarken, jungen Kobolden war. Nicht nur, daß er kleiner war als sie, er kannte offenbar auch nicht die Ausdrücke, die von der Erwachsenenverschwörung dieser Welt nicht erlaubt wurden. »Dir muß ich überhaupt nichts erzählen.«

»Mußt du nicht, Spitzöhrchen?« fragte er angriffslustig. »Na schön, ich bin Knurps, Sohn des Häuptlings, und jetzt möchte ich wissen, was du dazu zu sagen hast, du Nichtsnutz!«

Dies war also der Kobold Knurps, Gichtigs zehnjähriger Sohn! Gwennys Ansicht nach der dämlichste Dämlack, der jemals gelebt hatte. Nun glaubte sie es selbst. Sie dachte daran, daß er Oberhaupt der Kobolde würde, falls Gwenny zurückstände. Gewöhnlicherweise bemühte sich Jenny, zu diesen Leuten freudlich zu sein, aber sie war in Eile, und dieses Exemplar war es wirklich nicht wert.

»Verschwinde, du Schlammhirn!« forderte sie und drückte sich an ihm vorbei.

»Oh, nein, das wirst du nicht, du Schmierschmutz!« schrie er und riß ihr die Brille von der Nase.

Augenblicklich konnte Jenny so gut wie nichts mehr erkennen. »Gib sie mir sofort zurück!« befahl sie ihm und grapschte hilflos in seine Richtung.

»Ätsche bätsche, du kriegst sie nicht!« kreischte er schadenfroh und blieb immer außerhalb ihrer Reichweite.

Jenny taumelte ihm nach, lief statt dessen aber gegen eine Wand. Sie schlürfte sich die Wange auf, was schrecklich schmerzte. Knurps gluckste glücklich. »Hey, dein Schnäuzelchen sieht schon viel besser aus, Milchgesicht! Willst du nicht die andere Seite genauso verschönern?«

Jenny war wütend und verletzt. Schlimmer noch, sie wußte, daß sie ihn nicht packen konnte, und ohne diese Brille konnte sie nicht sehen, wohin sie ging. Jetzt saß sie wirklich in der Patsche. Weinen konnte ihr jedoch noch weniger helfen, denn das würde diesen Satansbraten erst richtig glücklich machen.

»Was ist hier los?« fragte eine Stimme. Jenny erkannte sie. Es war Godiva! Wahrscheinlich war ihr Knurps gerade in der Nähe des Frauengemachs in die Arme gelaufen.

»Ach, gar nichts«, sagte Knurps, während seine Stimme einen weinerlichen Ton annahm. »Wir spielen doch bloß.«

»Du hast ihre Brille!« sagte Godiva streng. »Gib sie ihr auf der Stelle zurück!«

Es gab ein leichtes Knacken und Klirren, als würde etwas zerbrechen. »Hoppla, ist mir aus der Hand gerutscht!« sagte Gobbel. »Hoppla, aus Versehen auch noch draufgetreten! Och, ich glaub', sie ist kaputt!«

Er hatte doch tatsächlich ihre Brille mutwillig zerbrochen! Wie sollte sie jetzt weiterkommen? Welch ein Unglück!

»Dich werde ich mir noch vorknöpfen, Knurps«, sagte Godiva, und etwas in ihrer Stimme ließ Jenny zusammenfahren. Sie hörte, wie der kleine Balg davonlief – augenscheinlich hatte er diesen sanften Unterton auch herausgehört. »Komm mit mir, Jenny.«

Godivas Hand umfaßte Jennys Ellenbogen und leitete sie mit einer bestimmten Festigkeit. Auf einmal mußte sich Jenny keine Sorgen mehr darüber machen, wohin sie ging. Godiva wußte genau, wie sie ihr helfen konnte. Anscheinend hatte sie eine Menge Erfahrung mit Gwenny gewonnen.

Einen kurzen Augenblick später erreichten sie Godivas gemütliche Gemächer, und die Koboldfrau wusch Jennys Gesicht mit einem Schwamm. Es brannte etwas, aber Godivas beruhigend mütterliche Fürsorge tat ihr sehr gut. »Warum bist du zurückgekommen, Jenny?« fragte sie sanft.

Plötzlich erinnerte sich Jenny wieder an ihre eigentliche Aufgabe. »Die Zentaurin Chex läßt fragen, ob Gwenny zu ihr kommen kann, um bei ihr zu leben!« platzte sie unvermittelt heraus. »Sie … sie weiß … ich habe ihr nichts gesagt, aber …«

»Ich verstehe. Ich wußte, daß sie etwas in dieser Art im Sinn hat. Sie ist schließlich auch nur eine Mutter.«

»Wenn du Gwenny zu ihr gehen ließest, könnte Che weiterhin ihr Gefährte bleiben, und sie würden auch nichts verraten ...«

»Meine Tochter hergeben?« fragte Godiva bestürzt, »aber sie muß doch einmal Häuptling werden, sonst ...«

»Sonst wird es Knurps«, beendete Jenny den Satz und verzog dabei das Gesicht. »Chex will das ja auch gar nicht verhindern. Sie versteht das alles. Sie will sie sogar unterrichten. Ich meine, Gwenny kann auch etwas lernen, während die Zentauren Che unterrichten; und wenn es für sie Zeit wird, hierher zurückzukehren, um Häuptling zu werden, kann Che sie wieder begleiten. Die Zentauren wollen Che bei sich behalten. Es macht ihnen nichts aus, daß er Gwennys Gefährte ist, und das wäre eine Möglichkeit.«

»Das wäre eine Möglichkeit«, stimmte Godiva zu. »Sie wollen ihr Kind behalten, genau wie ich. Mein Kind kann sich bei ihnen in größerer Freiheit entwickeln, als ihr Kind es bei mir könnte. Schließlich sind sie Zentauren. Man kann ihnen vertrauen. Wahrscheinlich ist es so das Beste.«

»Dann wirst du es also zulassen?« fragte Jenny. »Du läßt sie beide gehen?«

»Ich werde es tun«, sagte Godiva.

»Oh! Ich danke dir vielmals!« rief Jenny freudig und nahm sie in die Arme.

»Du wirst eine neue Brille brauchen«, sagte Godiva nun ganz geschäftsmäßig. »Aber was wird aus dir werden, Jenny?«

»Was aus mir wird?« fragte Jenny verblüfft.

»Du bist, soviel ich weiß, zufällig nach Xanth gekommen und kannst nicht in deine Welt zurückkehren. Du hast dem Zentaur Che geholfen und höchstwahrscheinlich dazu noch meiner Tochter. Was wirst du nun mit deinem Leben anfangen, jetzt, da das Leben dieser beiden sicher und geordnet ist?«

»Wieso, warum? Ich weiß noch nicht. Ich habe gar nicht

an mich gedacht. Ich habe einfach immer gerade das getan, was ich für das Beste hielt.«

»Vielleicht ist es an der Zeit, daß du auch einmal an dich denkst.«

»Aber erst muß ich noch zu Che und ihm eine Botschaft von seiner Mutter überbringen.«

»Ach ja. Was für eine Botschaft?«

»Erinnerst du dich an das Bekenntnis, das der Nachthengst ablegte«, fragte Jenny, ohne nachzudenken. Dann: »Oh! Ich weiß gar nicht, ob ich das überhaupt erwähnen durfte. Ich meine ...«

»Das ist schon in Ordung, Jenny«, sagt Godiva sanft. »Ich weiß jetzt, um welche Botschaft es sich handelt.« Sie schien etwas betrübt.

»Was meinst du damit?«

»Das muß allein Che entscheiden. Komm, ich werde dich jetzt zu ihm bringen.«

Sie gingen in Gwennys Zimmer, und mit Hilfe der sicheren Hand Godivas konnte Jenny den Weg ganz einfach finden. Godiva öffnete die Tür, bugsierte sie hindurch und schloß sie wieder hinter ihnen. »Hier hast du Che und Gwendolyn. Na, und dein Kater hat sich auch schon ganz gemütlich auf dem Kissen da eingerichtet«, sagte sie.

Jenny war über diese einleitende Erklärung sehr froh, denn der Raum bestand für sie nur aus einem Schleier verschwommener Flecken und Gestalten. Sie konnte keine einzige davon wirklich erkennen.

»Jenny, wo hast du denn bloß dein Nasenfahrrad gelassen?« drang Ches Stimme zu ihr herüber.

»Ich bin Knurps über den Weg gelaufen.«

»Das erklärt alles!« drang jetzt auch Gwennys Stimme an sie heran. »Wenn Che nicht gerade eine Bemerkung dazu gemacht hätte, hätte ich gar nicht gesehen, daß deine Brille fehlt. Aber ich kenne unseren Knurps nur zu gut. Jetzt muß Che eben auch dir helfen.«

»Das werde ich sehr gern tun«, sagte Che.

»Denk an deine Botschaft, Spätzchen«, murmelte Godiva leise in Jennys Ohr.

»Che! Chex läßt dir sagen, daß du Gwenny mit dir nach Hause bringen darfst«, sagte Jenny. »Du kannst also nach Hause zurückkehren und doch ihr Gefährte bleiben.«

»Juchuuuh!« rief Gwendolyn voll überschwenglicher Freude.

»Das ist ja großartig, Jenny«, freute sich Che. »Damit scheinen alle unsere Probleme und Schwierigkeiten mit einem Schlag auf einfachste Weise gelöst zu sein, falls Godiva einverstanden ist.«

»Ich habe bereits meine Erlaubnis dazu gegeben, Che«, sagte Godiva, »im Vertrauen darauf, daß diese Bedingung auch für deine Familie gilt.«

»Oh! Mein Herr Vater und meine Frau Mutter würden ein solches Vertrauen niemals enttäuschen«, sagte Che. »Aber was sagst du denn dazu, Gwenny?«

»Aber ja – mit dir immer«, sagte Gwendolyn. »Ich würde mich ohne dich fürchten. Schon jetzt ersetzt du mir das Augenlicht, und wenn deine Leute so sind wie du ...«

»Sie würden niemals diese Einladung ausgesprochen haben, wenn sie nicht bereit wären, die damit verbundene Verpflichtung auf sich zu nehmen«, sagte er. »Sie werden dich gut behandeln und dafür sorgen, daß dein spezielles Problem nicht bekannt wird. Ich versichere dir, daß du ihnen in dieser Hinsicht genauso vertrauen kannst wie mir. Sie sind eben Zentauren.«

Gwendolyn hatte wohl ihre Mutter angesehen, als diese nun sprach: »Das stimmt, mein Liebling. Du wirst bei ihnen sicher aufgehoben sein.«

»Aber Mutter, wirst du nicht sehr einsam sein?« fragte Gwendolyn.

»Ja, mein Schätzchen, das werde ich. Aber ich würde noch sehr viel einsamer werden, falls dir irgend etwas zustieße. Ich glaube, du wirst bei den Zentauren sehr viel sicherer leben als hier, bis du alt genug und erfahren bist, um den Zauberstab richtig führen zu können. Vielleicht kannst du mich ja häufiger mit Che besuchen.«

»Oh, ja! Mutter, natürlich werden wir dich besuchen kommen!« sagte Gwendolyn. »Genauso wie Che seine Eltern besucht hätte. Oh, das ist einfach wundervoll! Ich muß gleich ein paar Kleider einpacken.«

»Ich glaube kaum, daß wir dafür Zeit haben«, sagte Jenny. »Wir müssen innerhalb einer Stunde zurück ans Tageslicht, oder sie werden wieder angreifen.«

»Ich werde dir deine Kleider später nachbringen«, sagte Godiva. »Wenn ihr euch erst einmal wieder gezeigt habt, werden sie die Belagerung beenden, und es wird einfacher werden, alles Notwendige zu erledigen.«

»Toll! Dann können wir also jetzt gehen.«

»Teil ihm auch deine zweite Botschaft mit, Jenny«, murmelte Godiva.

»Oh! Das hatte ich schon beinahe vergessen! Che, deine Zentaurenmutter möchte dich an das Bekenntnis des Nachthengstes erinnern.«

Eine Zeitlang war es still, dann sagte Che gerührt: »Genau das werde ich tun. Diese Möglichkeit ist mir bisher noch gar nicht in den Sinn gekommen.«

»Was meinst du damit?« fragte Gwendolyn.

»Es ist ein bestimmtes Gesetz, das im Reich der Träume gilt, hier aber keine Bedeutung hat«, erklärte Che. »Ich glaube, meine Mutter fürchtet, ich könnte es nicht beachten, und wahrscheinlich hätte ich auch nicht daran gedacht. Ich muß mir seine Anwendung allerdings noch einmal genau überlegen.«

Jenny war frustriert. Welches Geheimnis steckte wohl dahinter? Warum sprach Che nicht darüber? Aber solange er es ihr nicht selber erklären wollte, würde sie auch nicht weiter in ihn dringen. Im Augenblick mußten sie so schnell wie möglich zurück ans Tageslicht, bevor ein weiterer Angriff erfolgte.

»Ich werde dich hinaufführen, Gwendolyn«, sagte Godiva. »Che wird mit Jenny gehen.«

»Ja, Mutter.« Es entstand eine Bewegung irgendwo im Raum, dann schälte sich neben Jenny ein undeutlicher Schatten heraus. Es war Che. Er nahm ihre Hand.

»Sammy!« rief Jenny. »Wo ist Sammy?«

Ein kleiner Fellball rieb sich schmeichelnd an ihren Beinen. Sie bückte sich, um den Kater aufzuheben.

Sie zogen gemeinsam zur Tür hinaus und durch den Stollen, immer paarweise, zwei und zwei. Es beruhigte sie, Che bei sich zu haben, der sie führte, denn sie wußte, daß er sehr gut sehen konnte und auch nicht zum Spaß irgendeinen Unfug mit ihr treiben würde. Sie verstand nun um so mehr, was dieser Gefährte für Gwendolyn bedeutete. Wenn man nicht sehen konnte, war ein verläßlicher Führer einfach lebenswichtig.

Sie traten ins strahlende Tageslicht hinaus. Jenny blinzelte. Die Tatsache, daß sie nichts sah, hatte keinen Einfluß auf ihre Lichtempfindlichkeit. Nur Formen und Gestalten in größerer Entfernung konnte sie nicht klar erkennen.

»Ich glaube, wir sind uns über die Bedeutung dieser Vereinbarung alle einig«, sagte Godiva.

»Das sind wir«, hörte sie Cheiron sagen.

Jenny ahnte, warum sie nicht weiter darüber sprachen, denn mit Sicherheit waren Kobolde und Flügelungeheuer in Hörweite. Jennys Sehschwäche war ja allgemein bekannt, aber Gwendolyns sollte auch weiterhin geheim bleiben.

»Gwendolyn soll auf mir reiten«, entschied Cheiron. »Wir werden zwar unsere Beine benutzen, da Che zu Fuß laufen muß, aber es besteht kein Grund, deine Tochter mit solch einem weiteren Fußmarsch zu belasten.«

»Ich verstehe«, sagte Godiva und half dem Mädchen auf seinen Rücken. Jenny erkannte, daß somit Gwendolyn für alle Ungeheuer und Kobolde klar ersichtlich unter Cheirons Schutz stand und daß der Belagerungszustand dadurch aufgehoben wurde. Auch konnte auf diese Weise niemand merken, daß Gwendolyn nicht sehen könne.

Es war also alles gut ausgegangen. Jenny merkte auf einmal, daß auch sie alles getan hatte, was sie tun konnte, und sie nun nicht länger gebraucht würde. Für sie war es an der Zeit, ihren Freunden Lebewohl zu sagen. Sie schluckte die Tränen herunter, denn sie wollte sich und die anderen nicht in Verlegenheit bringen.

Schließlich kam Che zu ihr. »Und du solltest auf meiner

Mutter reiten, was du ja, wie ich glaube, schon einmal getan hast«, sagte er.

»Ich? Aber das war doch nur, um …«

»Bleiben wir denn nicht Freunde?«

»Ja, aber sicher doch, Che!« rief sie aus. »Aber nun bist du in Sicherheit und wirst anderes zu tun haben.«

»Ich möchte, daß du bei mir bleibst, bis du in deine Heimat zurückkehren kannst.«

»Aber Che! Du hast eine Gefährtin und deine Eltern …«

»Ich habe eine Gefährtin und auch eine Freundin. Ich möchte meine Freundin nicht verlieren.«

»Ich würde euch nur im Weg sein! Dein Vater und deine Mutter haben so viel zu tun und …«

»Falls eine Person das Urteil des Nachthengstes in seinem Reich anzweifelt, so hat er verfügt, daß derjenige, der die Rolle des anderen übernimmt, auch das Schicksal des anderen teilen soll. Das ist ein Teil seines Bekenntnisses und es ist ein furchtbares Bekenntnis.«

»Das Schicksal teilen?« fragte sie verblüfft.

»Als beispielsweise Prinz Dolph versuchte, Grazi Knochen vor der Bestrafung des Nachthengstes zu bewahren, mußte er ihr Schicksal teilen. Sie wurde verteidigt und freigesprochen, und somit auch Dolph. Als Grey Murphy Richard Riese half, mußte auch er dessen Schicksal teilen. Meine Mutter erinnerte mich an dieses Gesetz im Reich der Träume, und ich stimme ihr zu, auch wenn sie es nur als Analogie benutzte. Es war ihre Art, mich auf eine angemessene Handlungsweise aufmerksam zu machen und mir gleichzeitig ihre Einwilligung kundzutun.«

»Aber was hat das alles mit mir zu tun?« fragte Jenny.

»Du hast Gwennys Rolle übernommen, obgleich du wahrscheinlich gespürt hast, daß es deine eigene Position sehr schwächte. Jetzt kommt Gwenny zu mir nach Hause. Ich möchte, daß du ihr Schicksal teilst.«

Jenny war verlegen. »Aber das ist doch nichts Schlimmes, das ist sehr schön! Gwenny wird sehr glücklich bei dir sein.«

»Würdest du bei mir nicht auch glücklich sein?«

Endlich drang er zu ihr durch. »Du meinst – ich auch?«

»Das meint er, mein Spätzchen«, sagte Godiva. »Ich würde dich auch gern im Koboldberg willkommen heißen, aber ich glaube, du wirst bei den Zentauren und deinen Freunden sehr viel besser aufgehoben sein.«

Jenny stand da und konnte nicht sprechen.

Chex sprach: »Komm, Jenny, sitz auf. Wir freuen uns auf dich.«

»Ich danke euch«, sagte Jenny und spürte einen Kloß im Hals.

Godiva hob sie auf, und schon saß sie auf Chex' Rücken und hielt dabei immer noch Sammy in den Armen.

»Ich bin froh, daß wir diese Angelegenheit gütig regeln konnten«, sagte Cheiron zu Godiva. »Wir werden in Verbindung bleiben.«

»Einverstanden«, sagte Godiva.

Dann kletterten die Zentauren langsam den Abhang hinunter und ließen den Berg hinter sich.

Es war ein langsamer Marsch, denn sie mußten sich Ches Gangart anpassen. Jenny wußte, daß Prinz Dolph eine große Gestalt annehmen und so das Fohlen tragen konnte, während die beiden erwachsenen Zentauren ihre Flügel benutzen konnten. Aber augenscheinlich zogen sie es vor, niemanden um Hilfe zu bitten und sich in dem ihnen eigenen Trott fortzubewegen. Ab und zu hielten sie, um einige Früchte zu pflücken und zu essen oder die Schönheiten Xanths zu bewundern. Irgendwie schienen sie nach etwas zu suchen, denn ihre Marschroute schlängelte sich unbestimmt um etwas herum. Jenny wunderte sich darüber und fand dann schließlich heraus, was es war.

»Dort ist eine, mein Lieber«, sagt Chex.

»Sehr schön«, entgegnete Cheiron. »Che, geleite deine Gefährtinnen doch bitte hinüber zu der Genierlinsenpflanze.«

Genierlinsen! Sollten sie danach gesucht haben? Jenny beugte sich hinunter und ergriff Ches kleine Hand. Gleichzeitig nahm Gwenny die andere Hand.

»Der Boden ist sehr uneben«, sagt Che. »Ihr müßt vorsichtig auftreten. Ich werde euch leicht an euren Händen leiten.« Er wies ihnen auf diese Weise den Weg, und sie gingen auch beide ohne Schwierigkeiten neben ihm her. Die Genierlinsenranke versteckte sich zuerst hinter einem Baumstamm, linste dann doch hervor und bot ihre Früchte feil: In den grünen Schoten lagen Brillen.

»Ich glaube, diese Brille wird dir sehr gut stehen, Jenny«, sagte Che, pflückte eine Schote und reichte sie ihr. Jenny setzte sich die Brille auf die Nase, und auf einmal wurde die Welt um sie herum wieder klar. Es war wunderbar!

Che pflückte eine weitere Brille und setzte sie sich selbst auf. Jenny lachte. »Du siehst vielleicht komisch aus, Che!«

»Und diese hier würde wirklich hübsch zu dir passen, Gwenny«, sagte er und pflückte eine dritte.

»Aber ich kann doch nicht ...«, protestierte Gwendolyn.

»Es ist nicht besonders nett, das gegenüber der Genierlinse laut auszusprechen, aber Jenny sieht mit dieser Brille irgendwie komisch aus«, wisperte er verstohlen. »Eigentlich gebietet schon die Höflichkeit, daß du dir auch so eine Brille aufsetzt und genauso komisch aussiehst, damit sich Jenny nicht so geniert, wie ich es getan habe. Meine Brille beeinträchtigt natürlich keineswegs mein Sehvermögen. Sie ist nur eine Art Rappenlinse.«

»Oh, es macht mir nicht das geringste aus ...«, griff nun Jenny ein. Aber er unterbrach sie, indem er ihr schnell ein NEIN-Zeichen zuwinkte, das Gwendolyn wiederum nicht sehen konnte. Was hatte er vor? Sein Zentaurenvater und seine Mutter mußten ihn während des Marsches zu diesem Verhalten angewiesen haben.

»Ich möchte nicht, daß sich Jenny allein albern vorkommt«, sagt Gwendolyn. »Hier draußen kennt mich ja keiner, also kann ich es auch wagen, mir so eine Brille aufzusetzen.« Sie klemmte sich die Brillenbügel hinter die Ohren.

Dann stand sie einen Augenblick lang ganz still, während ihr Unterkiefer vor Erstaunen langsam herunterklappte. »Ich kann sehen!« rief sie freudig aus. »Ich kann einfach alles sehen, ganz gleich, wie weit es entfernt ist!« Sie hob ihr Gesicht empor. »Ist ... ist das eine Wolke?«

»Ja«, sagte Jenny, die jetzt alles verstand. Sie hatten Gwendolyn einen Grund geben wollen, eine Brille aufzusetzen, ohne zu erklären, welchen Effekt die Linsen auf ihre Sehkraft haben würden. Nun konnte sie genauso gut wie alle anderen sehen und brauchte nicht mehr so zu tun, als könne sie es auch ohne Brille.

»Falls wir jedoch plötzlich irgendeinem Kobold über den Weg laufen sollten, werden wir alle unsere Brillen so lange abnehmen«, versicherte Che, »bis wir nicht mehr in seiner Nähe sind. Dann kann keiner mehr Schoten über uns verbreiten.«

Die beiden Mädchen nickten, denn sie verstanden nur zu gut.

Sie kehrten zu den erwachsenen Zentauren zurück und hatten nun alle eine Brille auf der Nase. Sogar Sammy hatten sich so ein Nasenfahrrad auf das Schnäuzchen gesetzt. »Wie ich sehe, habt ihr Kinder bei euren Spielen wieder mal nur Spaß und Unsinn im Kopf«, bemerkte Cheiron. »Vielleicht sollten wir beide uns diesem Schauspiel anschließen und auch Brillen aufsetzen.«

»Nein, Herr Vater«, sagte Che. »Nur Kinder dürfen sich kindisch aufführen.«

»Hier stehe ich, geläutert und belehrt«, sagte Cheiron und machte dabei ein drolliges Gesicht. Jenny kannte Cheiron noch nicht sehr lange, aber sie wußte schon jetzt, daß sie ihn sehr gern haben würde.

»Wenn ihr euch schon mit solchen Albernheiten abgeben müßt«, sagte Chex streng, »dann tut das wenigstens während der Reise, damit wir nicht noch mehr Zeit verlieren.«

Sie waren schnell dazu bereit. Gwenny kraxelte auf Cheirons Rücken und Jenny auf Chex'. Die Zentauren trabten wieder los.

Alles hatte sich nun verändert. Jenny wie auch Gwenny konnten Xanth jetzt in seiner ganzen Schönheit betrachten. Gwenny drehte ihren Kopf bald hierhin, bald dorthin, als wolle sie alles in sich aufsaugen, bevor es wieder verschwand. Dann blickte sie Jenny an, und Jenny zwinkerte ihr zu. Gwenny brach in heiteres Gelächter aus, aus reinster Freude darüber, daß es ihr möglich gewesen war, ein solches Mienenspiel auch aus dieser Entfernung so gut erkennen zu können.

Etwas später am Tag trafen sie auf eine riesige, hiesige, lange Schlange. Die Kreatur hob den Kopf und zischte hungrig – nur, um sich kurz darauf von zwei Pfeilen eingeklemmt wiederzufinden, die dumpf in zwei Bäume links und rechts neben ihrem schlanken Schlangenkörper eingeschlagen waren. Sie starrte Cheiron an, der seinen Bogen noch in der Hand hielt, und entschloß sich, doch lieber ein anderes Wesen in größerer Entfernung anzuzischen. Einen Augenblick später war sie verschwunden.

Jenny hatte bisher angenommen, daß fliegende Zentauren einer Bedrohung dadurch entkamen, daß sie einfach davonflogen. Nun sah sie, daß das nicht immer der Fall war. Cheiron hatte die Schlange nicht verfehlt, er hatte sie nur gewarnt. Der Bogen eines Zentauren war so treffsicher wie seine Ausdrucksweise.

Neben einem lieblichen Teich machten sie Rast. Jenny fiel plötzlich auf, daß sie eigentlich großen Durst hatte. »Ich könnte ganz allein die Hälfte davon auf der Stelle austrinken!« forderte sie die anderen heraus.

»Ich auch!« seufzte Gwenny zustimmend.

»Vorsicht«, warnte Cheiron. »Man sollte niemals Wasser aus einem unbekannten Teich trinken, als wäre es selbstverständlich.«

Jenny dachte an die Haßquelle der Horde und schüttelte sich.

Cheiron sah sich um und fand einige Marienkäfer, die gerade von einigen Hirschkäfern belästigt wurden. Zwei der letzten Art fing er in der Hand, trug sie zu dem kleinen Weiher und ließ sie hineinplumpsen. Sie plantschten kräftig umher und ruderten dann zum Ufer. Cheiron nahm sie wieder heraus und betrachtete sie gründlich. Sie waren beide naß, aber unversehrt.

Vorsichtig setzte er sie neben einer Schießbeere zu Boden.

Die Hirschkäfer achteten jedoch überhaupt nicht darauf, sondern krabbelten statt dessen wieder zu den Marienkäfern, eifrig bemüht, diese um so mehr zu belästigen. »Allem Anschein nach ist dieses Wasser unverdorben«, bemerkte Cheiron. »Frei von Liebe, Haß oder Gift.«

So schien es zumindest. Nichtsdestoweniger nippten sie erst einmal vorsichtig von dem Wasser und siehe da, es war lieblich süß.

Jenny fiel ein, daß Cheiron über die Eigenschaften des Trinkwasserweihers schon lange, bevor sie hierher kamen, Bescheid gewußt haben mußte. Aber er verfolgte damit einen bestimmten Zweck, nämlich, daß die Kinder, die über ihre plötzliche Sehfähigkeit ungeheuer aufgeregt waren, in ihrem Übermut keine leichtsinnigen Risiken eingingen. Das gehörte zu einer Zentaurenerziehung dazu.

Che hatte die ganze Zeit über geschwiegen. Er hatte es sicher geahnt.

»Mein Lieber«, sagte Chex, »ich glaube, ich würde es vorziehen, diese Nacht in unserem eigenen Heim zu verbringen statt auf irgendeinem fremden Feld. Es war alles in allem doch eine recht ermüdende Angelegenheit.«

»Nun gut«, sagt Cheiron. »Mädchen, wir werden wohl eure Unterstützung brauchen. Che reitet nicht besonders gern und kann auch noch nicht richtig fliegen, also bleibt uns nichts anderes übrig, als daß ihr ihn während unseres Fluges festhaltet.«

»Aber ...«, sagten die beiden, wie aus einem Munde.

»In diesem Sinne«, ordnete Chex an, »steigt auf und nehmt ihn bei den Händen.«

Verblüfft taten sie, was Chex gesagt hatte. Jedes der Mädchen ritt nun einen Zentauren und beugte sich herunter, um eine von Ches kleinen Händen zu umfassen.

Dann gab Cheiron Che mit seinem Schweif einen leichten Peitschenhieb. Che wurde auf einmal so leicht, daß sie ihn durch den Zug ihrer vier Hände einfach in die Luft heben konnten. »Laßt bloß nicht los!« rief er laut.

Die beiden Zentauren peitschten sich leicht mit ihren Schweifen, breiteten die Flügel aus und sprangen gleichzeitig in die Höhe. Unmittelbar darauf flogen sie durch die Luft, in vollkommmener Angleichung ihrer Bewegungen, während Che zwischen ihnen schwebte und Jenny jauchzend jubelte.

Jenny dachte die ganze Zeit, sie hätten auch schon vorher eigentlich auf diese Weise reisen können, vermutete aber, daß die beiden Zentauren die Mädchen erst ein wenig Erfahrung mit den neuen Brillen auf festem Boden sammeln lassen wollten. Sicherlich bezweckten sie damit auch, daß sich die kleine Gruppe erst kennenlernte, bevor sie ein solches Manöver wagten. Sie hatte in dieser kurzen Zeit schon eine Menge über Zentauren gelernt.

15

ELECTRAS ENTSCHEIDUNG

Electra blickte den Zentauren nach. Gwendolyn Kobold ritt auf Cheiron und Jenny Elfe auf Chex, während der kleine Che zwischen ihnen herumsprang. Ihre dreiköpfige Familie war auf fünf Mitglieder angewachsen, die alle glücklich aussahen. Darüber war Electra sehr froh. Sie wußte, daß die Zentauren ausgesprochen gut auf die Mädchen aufpassen würden, damit sie nicht nur glücklich und gesund sein, sondern auch die beste Bildung erhalten würden, die in Xanth zu haben war.

Die Belagerung des Koboldbergs war vorüber, noch bevor jemand getötet worden war. Kobolde waren zwar nicht gerade Electras Lieblingswesen, aber sie hatte gelernt, die langhaarige Godiva zu respektieren. Wenn eine Frau Anführerin der Kobolde wurde, dann wären die Kobolde sehr viel angenehmere Nachbarn!

Die Flügelungeheuer hoben ab. Einige waren offenbar enttäuscht, daß sie ihre furchtbaren Waffen nicht hatten einsetzen können, andere jedoch wirkten erleichtert, sich davonmachen zu können, bevor die Landdrachen eintrafen. Godiva, Nada und Nadas gutaussehender Bruder Naldo sowie Dolph blieben zurück. Nada und ihr Bruder unterhielten sich und erneuerten ihre Familienbande, während Dolph sich von den Ungeheuern verabschiedete.

Electra trat zu der Koboldin. »Ich denke, es ist schwer für dich, deine Tochter zu verlieren, selbst wenn es das Beste für sie ist«, sagte sie.

»Ich hätte sie auf eine schlimmere Weise verloren, wenn es nicht so gekommen wäre«, entgegnete Godiva, aber sie sah traurig aus. »Wenigstens werden sie mich öfter besuchen.« Sie zuckte die Achseln. »Aber ich glaube nicht, daß es eine ähnliche Lösung für dich gibt, Electra. Was wirst du in dieser Woche tun?«

»Was könnte ich schon machen? Che könnte ein Begleiter für beide Mädchen sein, aber Dolph kann nur eine von uns heiraten. Wenn ich vielleicht aussehen würde wie Nada ...«

»Ihr Mädchen habt geholfen, Che Zentaur zu retten, und das hat zur Rettung meiner Tochter beigetragen«, meinte Godiva. »Mal sehen, was ich für dich tun kann.«

»Wenn dein Zauberstab mich nicht in eine Schönheit verwandeln kann ...«

»Hör auf, Mädchen. Schönheit ist nicht das Problem. Sie ist nur ein Aspekt davon.« Sie sah Electra forschend an. »Du hast hier keine Familie, nicht wahr?«

»Nein. Meine Familie ist schon seit Jahrhunderten tot. Aber König Dor und Königin Irene sind sehr gut zu mir gewesen.«

»Das ist ja ihr Zwiespalt. Sie müssen für das Wohlergehen ihres Sohns sorgen. Ich habe keinen solchen Konflikt. Komm mit mir in die Berge.«

»Aber ...«

Godiva lächelte. »Nicht, um zu bleiben, Electra. Ich möchte einfach, daß du ein paar Kleider anprobierst.«

»Kleider? Aber ...«

»Meine Tochter ist fort. Ich muß mich jetzt irgendwie beschäftigen.«

»Oh!« Das konnte Electra akzeptieren.

Godiva warf einen Blick dorthin, wo sich die beiden Nagas unterhielten.

»Naldo, würdest du einen Augenblick zu mir kommen, bevor du gehst?«

»Selbstverständlich, meine Dame.« Beide Naga glitten heran.

»Naldo, wir haben hier eine Krise bewältigt, und ich möchte meinen Dank für die Unterstützung durch dein Volk zum Ausdruck bringen. Euer und unser Volk sind normalerweise keine Verbündete, aber du hast das Bündnis mit uns anerkannt. Wir sollten das gleiche tun, wenn die Zeit dazu gekommen ist. Als Kobolde können wir uns nicht gegen unsere eigene Art im Berg Etamin wenden, aber wenn meine Tochter erwachsen ist und Macht erhalten hat, werden wir sehen, was sich politisch erreichen läßt, um eure Situation zu verbessern.«

Electra war sich klar über die Bedeutung dieses Abkommens. Wenn Gwendolyn hier später Anführerin wäre und dort einen Häuptling heiraten würde, dann hätte sie die Mittel, um die Angriffe der Kobolde gegen die Naga vom Berg Etamin zu beenden. Die Anerkennung des Bündnisses könnte sich für die Naga tatsächlich als nützlich erweisen. Denn die Kobolde waren ihre schlimmsten Widersacher. Tatsächlich waren sie der Grund für Nadas Verlobung mit Dolph gewesen: Um eine Verbindung mit dem menschlichen Volk zu schaffen und die Macht zu vergrößern, damit die Kobolde zurückgeworfen werden konnten.

»Vielen Dank, edle Dame«, sagte Naldo. »Ich bin sehr froh, Euch kennengelernt zu haben.«

»Aber vielleicht wäre es dir möglich, etwas Naheliegenderes für deine Schwester zu tun«, schlug Godiva vor. »Du weißt, daß sie Dolph nicht heiraten will und es nur aus dem Grunde täte, weil sie das Bündnis mit dem menschlichen Volk nicht aufkündigen will. Du weißt, daß Electra Dolph heiraten oder innerhalb einer Woche sterben muß, und vor allem, daß sie ihn liebt. Du bist ein aufmerksamer Beobachter der Natur der Wesen. Ich möchte, daß du dich mit diesem

Problem beschäftigst und zu einer Lösung kommst, die für alle Beteiligten am besten ist.«

»Aber ...« protestierte er.

»Innerhalb einer Stunde«, ergänzte sie. »Während ich Electra einkleide.« Sie nahm Electras Arm und führte sie in den Stollen. Mit der freien Hand nahm sie eine qualmende Fackel aus dem Halter, um den Weg zu beleuchten. Es war merkwürdig, daß Electra als menschliches Wesen beinahe doppelt so groß war wie die Koboldin und sich trotzdem wie ein Kind neben dieser Erwachsenen fühlte.

»Er kann doch nicht in einer Stunde ein Problem lösen, das andere nicht einmal innerhalb von sechs Jahren lösen konnten«, protestierte Electra verspätet, als sie in die Tiefe hinabstiegen. »Es *gibt* keine Lösung! Ich meine, selbst wenn ich nicht sterben würde, würde er mich nicht lieben, und ich will nicht, daß er unglücklich ist.«

»Es gibt immer einen Weg ein Problem zu lösen«, widersprach Godiva. »Es ist nur eine Frage des Herangehens. Naldo ist ein schlauer Kopf, den ich erst vor kurzem in Aktion erlebt habe. Er wird einen Weg finden, auch wenn ihn möglicherweise nicht alle von uns verstehen werden.«

Electra entgegnete nichts. Sie wußte, daß dies ein unmöglicher Traum war. Es sei denn, der Gute Magier hatte eine Antwort. Das war ihre einzige wirkliche Hoffnung.

Godiva brachte sie in ihr hübsches Gemach. »Ich habe die Kleider meiner Tochter selbst genäht«, erläuterte sie, »denn bei uns ist es nicht üblich, hinauszugehen und Kleider von der Stange oder vom Schneider zu kaufen. Ich habe mir Stoff besorgt, ihn zugeschnitten und genäht. Ich glaube, sie standen ihr sehr gut.«

»Sie machten sie schön«, sagt Electra. »Und das Elfenmädchen ... das blaue Kleid hat auch sie schöngemacht. Es war außergewöhnlich.«

»Nur gewußt wie«, versicherte Godiva. »Eine Frau kann schön sein, allein mit ihrem Haar bekleidet, wenn sie es nur auf die richtige Art frisiert. Es kommt auf die Technik an.«

Das galt sicherlich für Godiva! Sie hatte das wundervollste schwarze Haar, das Electra je gesehen hatte. Es reichte ihr bis zu den Knien. Ihr Haar war ständig in Bewegung, so als würde es sie die ganze Zeit liebkosen. Aber Electra hatte so etwas nicht zu bieten.

Godiva brachte einen weißen Stoff. »Das wird dein Hochzeitskleid werden«, sagte sie.

»Aber ...«

»Jede Frau sieht schön aus in ihrem Hochzeitskleid«, meinte Godiva. »Es ist ein Teil des Zaubers.«

»Aber ich kann das doch nicht tragen, wenn ich gar nicht heirate!«

»Natürlich kannst du das. Naldo wird herausfinden, wie.« Die Frau arbeitete geschäftig, wobei sie bei Electra da und dort Maß nahm, dann den Stoff zuschnitt und mit schnellen, gleichmäßigen Stichen zusammennähte. Bald war es fertig zum Anprobieren. »Zieh dich aus.«

Electra gab ihren Widerstand auf. Es war etwas Hoffnungsvolles und Faszinierendes an dieser Geschäftigkeit, dem sie nicht widerstehen konnte. Selbstverständlich würde sie Dolph nicht heiraten, aber wenigstens für diese eine Stunde konnte sie so tun als ob. Sie zog Hemd, Jeans und ihre klobigen Schuhe aus.

Godiva sah sie mit unverblümter Direktheit an. »Du bist noch schmutzig von der Belagerung. Geh zum Alkoven und wasch dich.«

Gehorsam ging Electra hin. Der Anweisung einer Mutter widersetzte man sich nicht.

Es gab dort einen polierten Steinspiegel, aber Electra schaute sich nicht an, denn sie wußte, daß es dort nichts Ermutigendes zu sehen gab. Sie säuberte sich, trocknete sich ab und wandte sich dann um, um ihr Höschen anzuziehen. Aber es lag nicht mehr da. An ihrer Stelle fand sie etwas anderes.

Sie hob den leichten Satinstoff auf. Es war ein ganz entzückendes rosafarbenes Höschen. »Oh! Das kann ich doch nicht anziehen!« rief sie aus.

»Glaubst du denn, ich lasse dich ein Hochzeitskleid über einem schmuddeligen Höschen anprobieren?« fragte Godiva.

Verlegen gab Electra auf. Sie zog das rosa Höschen und einen rosa Büstenhalter an, wobei sie doch etwas beschämt war. Dann trat sie zurück, denn sie wußte, daß ihr Erröten genau zu der Farbe der verbotenen Kleidungsstücke paßte.

»Sehr gut«, beurteilte Godiva kurz. »Und nun das.«

Sie hielt das Kleid hoch. Es war ziemlich offensichtlich, daß es nicht der Mangel an Erfahrung beim Schneidern von Kleidungsstücken war, der Godiva veranlaßt hatte, sich nur in ihr Haar zu hüllen. Sie mußte viel Geschicklichkeit beim Schneidern für ihre Tochter erworben haben.

Electra stieg hinein und war beinahe ängstlich, es zu berühren. Das Material war wunderbar leicht und anschmiegsam. Godiva machte noch ein paar schnelle Änderungen und ließ sie dann in ein Paar weiße Sandaletten schlüpfen.

»Öffne dein Haar.«

Electra tat es und zupfte die Flechten auseinander. Sie trug einen üppigen Schleier und steckte eine weiße Blume hinein. Sie kam sich völlig dämlich vor.

»Jetzt sieh in den Spiegel«, fordert Godiva und schubste sie dorthin zurück.

Ergeben ließ Electra es geschehen. Sie holte tief Luft und schaute hinein.

Vor ihr stand ein Bild von vollkommener Schönheit, ein Märchen von einer Braut. Die Frau im Spiegel war groß, schlank und dennoch wohlgeformt, und ihr zartgeschnittenes Gesicht war lieblich. Das konnte unmöglich sie selbst sein!

»Ja, ich glaube, so geht es«, urteilte Godiva. »Jetzt müssen wir das alles bis zur richtigen Gelegenheit verstecken und sehen, was Naldo ausgetüftelt hat.«

Electra tat es leid, ihre alten, schmuddeligen Kleider wieder anzuziehen, aber sie sah ein, daß es so am besten war. Es war eine wunderschöne Vision gewesen, aber mehr auch nicht.

Bald fühlte sie sich wieder als die alte, schäbig und gewöhnlich, mit einem Päckchen unter dem Arm. Sie war noch nie so unzufrieden über sich selbst gewesen wie in diesem Augenblick. Das war das Schlimmste an Visionen: Sie ließen die Wirklichkeit so viel unattraktiver erscheinen.

Draußen an der Erdoberfläche war Naldo inzwischen bereit. »Ich glaube, ich habe einen Weg gefunden«, meinte er. »Prinz Dolph muß Electra heiraten ...« Electras Herz machte ein paar törichte Sprünge, »am Tag, bevor sie achtzehn wird, und sich am nächsten Tag scheiden lassen, damit er Nada heiraten kann«, schloß er. »Das wird Electras Leben retten, ohne Dolph von seinem Wunsch abzuhalten.«

Electra konnte kein Wort herausbringen. Er hatte tatsächlich eine Möglichkeit gefunden, ihr Leben zu retten – aber was hatte das für einen Sinn? Ohne Dolph wollte sie gar nicht weiter leben. Und Nada sah auch nicht erfreuter aus.

»Du möchtest doch, daß Dolph glücklich ist?« fragte Naldo Electra.

»Ja, natürlich«, erwiderte Electra sofort, als sie bemerkte, wie selbstsüchtig sie war. Dolph würde nicht glücklich sein, wenn sie seinetwegen sterben mußte oder wenn er Nada nicht heiraten konnte.

»Du kannst einen Zaubertrank einnehmen, um deine Liebe zu ihm abzutöten, nachdem dein Leben gerettet worden ist«, schlug Naldo vor.

Electra nickte. Sie konnte sich einfach nicht vorstellen, nicht in Dolph verliebt zu sein, aber das würde natürlich ihren Schmerz mindern.

»Und du möchtest doch nicht, daß das Bündnis zwischen uns und dem Menschenvolk gefährdet wird?« wollte Naldo von Nada wissen.

»Natürlich nicht«, stimmte Nada zu, wobei ihre Stimme ein Echo Electras war.

»Und du kannst einen Liebestrank mit ihm zusammen einnehmen«, fuhr Naldo fort. »Und wenn du ihn geheiratet hast, wirst du ihn lieben.«

Nada schwieg ebenso wie Electra. Naldo hatte tatsächlich eine Antwort gefunden und die Tatsache, daß sie keinem von ihnen gefiel, war unbedeutend. Die Tatsache, daß es der gerissenste und finsterste Ratschlag war, den man sich vorstellen konnte, war ebenfalls unbedeutend. Es würde funktionieren.

»Also laßt es uns Prinz Dolph mitteilen«, meinte Naldo und wandte sich abrupt ab. Nada folgte ihm ein wenig zögernd.

Electra wollte sich anschließen, aber Godiva hielt sie zurück. »Wenn du es tun mußt, kannst du immer noch den Guten Magier fragen«, erinnerte sie sie. »Vielleicht weiß er eine bessere Antwort.«

»Das hoffe ich!« versetzte Electra.

»Aber Naldo wäre gerissen genug, einen guten Koboldführer abzugeben«, fuhr Godiva fort »Ich denke nicht, daß wir die Schachfiguren in seinem Spiel ändern sollten. Ich bin der Meinung, du solltest es selbst zu Ende spielen.«

Electra seufzte. »Aber wenn es Dolph doch glücklich macht«, gab sie zu bedenken. »Du bist eine großmütige Person. Das ist eine gute Eigenschaft bei anderen Völkern, nicht unter den Kobolden.«

Das war ein schwacher Trost, aber Electra konnte es sich nicht leisten, in Tränen auszubrechen, denn Dolph kam lächelnd auf sie zu. Offensichtlich war er begeistert von der Idee.

Electra wußte, daß sie einen Idioten liebte.

Diesmal gab es keine Prüfungen am Schloß des Guten Magiers zu bestehen. Grey Murphy war für Electras Frage bereit. Er dachte nach.

Ivy begrüßte sie beide leidenschaftlich. »Wir haben die Belagerung im magischen Spiegel verfolgt«, rief sie. »Es war beängstigend, aber wir konnten nicht eingreifen. Ich bin froh, daß alles gut geendet ist. Gwenny und Jenny scheint es auf der Zentaurenlichtung gut zu gehen.«

»Nun zu deiner Frage«, sagte Grey.

»Oh! Wir haben da keine Frage«, widersprach Electra schnell. »Wir bitten nur um einen Gefallen. Wir hätten gern zwei Zaubertränke von dir. Einen, um Liebe auszulöschen, und den anderen, um sie zu wecken.«

»Zwei Zaubertränke?« wollte Ivy erstaunt wissen.

»Wir richten uns nach dem Vorschlag meines Bruders«, erläuterte Nada. »Electra wird Dolph zuerst heiraten, sich dann scheiden lassen, und am nächsten Tag heirate ich ihn. So wird sie am Leben bleiben und Dolph wird glücklich. Aber wir beide können nicht glücklich sein, solange wir nicht unsere Gefühle ausgetauscht haben. Wir bitten dich also nicht um eine Antwort.«

Grey schüttelte den Kopf. »Auch gut. Das war die Antwort, die ich euch gegeben hätte. Sie gefällt mir zwar nicht, aber ich habe sie in dem Buch der Antworten gefunden, also muß sie stimmen.«

Ivy ging in den Lagerraum und holte die Zaubertränke. »Dies wird unser Hochzeitsgeschenk für jeden von euch sein«, meinte sie. Aber glücklich sah sie dabei nicht aus.

»Paß auf, daß ihr sie richtig verwendet«, mahnte Grey. »Der Neutralisierer ist kein Problem, weil er einfach die Magie der Liebe unwirksam macht, genau wie der Zauber, der bewirkt hat, daß du dich in den Prinzen verliebst, der dich aufgeweckt hat, Electra, ohne die Hilfe irgendeiner anderen Magie. Also wird er dich nicht plötzlich altern lassen oder von dem Bedürfnis befreien, Dolph zu heiraten. Doch gibt es keinen Grund, ihn schon vor der Scheidung einzunehmen.« Er wandte sich Nada zu. »Aber du mußt aufpassen, daß du Dolph ansiehst, wenn du diesen Trank einnimmst, denn wenn du zuerst einen anderen Mann anblickst, wirst du ihn an Dolphs Stelle lieben. Das ist nicht die Art Zaubertrank, der in manchen Quellen gefunden wird und der sofortige, äh, Aktivität verursacht. Er wird einfach nur bewirken, daß du ihn liebst. Aber es wäre unangenehm, wenn ...«

»Ich verstehe«, sagte Nada.

»Da ist noch eine andere Sache«, fügte Electra irgendwie verlegen hinzu. »Ich weiß nicht, wie ich ... den Storch herbeirufen kann. Ich habe verstanden, daß eine Heirat ungültig ist, solange man das nicht getan hat.«

Grey schüttelte den Kopf. »Du bist technisch gesehen

immer noch minderjährig. Die Erwachsenenverschwörung ...«

»Aber Dolph weiß es doch auch nicht«, fuhr Electra fort. »Also wie sollen wir dann ...?«

Ivy hob hilflos die Schultern. »Wir dürfen es dir nicht verraten. Aber sicherlich wirst du es herausfinden, wenn die Zeit gekommen ist. Das tun die meisten Leute.«

Electra antwortete nicht, aber sie hatte ihre Zweifel.

Die Hochzeit wurde natürlich auf der Insel der Liebe gefeiert. Das war der Ort, an dem Electra tausend Jahre lang geschlafen hatte (mit Zeiterlaß für gutes Betragen) und von Prinz Dolph wachgeküßt worden war. König Dor hatte veranlaßt, daß ein Pavillon am Strand errichtet wurde, den man bei Nacht verschließen konnte, so daß sie die Hochzeit direkt hier auf der Insel der Liebe genießen könnten. Tatsächlich war die Insel seit ihrer Wiederentdeckung beliebt geworden, und das nicht nur bei jungen Paaren. Es war eine wunderschöne Gegend. Die Zentauren hatten sogar eine Expedition zu einem bestimmten Ort gesandt, um dort im Sand zu graben und nachzusehen, ob sie die Ruinen der alten Residenz der Magierin Tapi finden konnten. Diese Expedition wurde von zwei Zentauren mit Namen Archä und Ologie geleitet, und sie wußten mit Sicherheit genau, was sie taten, aber niemand anders schien das zu wissen. Sie hatten sich nicht die Mühe gemacht, Electra zu befragen, die doch dort gelebt hatte und ihnen daher alles über die Insel hätte sagen können. Aber das war nun einmal die Natur des Volks von der Zentaureninsel.

Electra nahm ihr Päckchen mit in ein abgeschlossenes Zimmer, um dort ihr Hochzeitskleid überzustreifen. Zu ihrem Mißfallen war es ihr an diesem Tag nicht gestattet, Dolph zu sehen. Das war ein Teil des Rituals bei dieser Festlichkeit. Nada war ihre Brautjungfer, was bedeutete, sie mußte darauf achten, daß Electra alles richtig machte. Das war gut so, denn Electra wußte, daß sie es allein nicht zustandegebracht hätte. Sie war furchtbar aufgeregt, schuldbewußt, deprimiert und hoffnungsvoll – alles auf einmal. Sie würde einen Tag und eine Nacht mit Dolph verheiratet sein, doch wurde ihre Freude an dieser Vorstellung durch ihr Wissen gedämpft, daß es unangenehm für Dolph sein würde. Sie würde alles tun, um ihn glücklich zu machen, doch das genügte nicht. Sie würde nur ihr Leben retten, damit er keine Schuld verspürte, wenn er Nada heiratete.

»Ich hatte gerade eine Idee«, sagte Nada, während sie sich mit dem Kleid beschäftigt, um alles zu befestigen und zurechtzurücken. »Stell dir einmal vor, wir würden den Liebestrank in Dolphs Getränk schütten? So daß er es trinkt, wenn er mit dir zusammen ist, und ...«

Electra spürte eine furchtbare Verlockung. Sie schalt sich selbst dafür. »Nein. Das wäre unrecht.«

Nada seufzte. »Ich dachte mir schon, daß du das sagen würdest. Dein Leben und dein Glück stehen auf dem Spiel, aber du bestehst darauf, das zu tun, was richtig ist.«

»Es tut mir leid. Ich weiß, es ist albern.«

»Das war nicht der Ausdruck, der mir vorschwebte.« Nada fuhr mit ihrer Geschäftigkeit fort. Sie befestigte eine zarte, rote Liebesrose an Electras wallendem Haar und steckte den Schleier auf ihrem Kopf fest, während sie beides zurechtrückte.

Schließlich war auch das getan. Nada trat zurück, um sie zu begutachten. »Es ist überwältigend!« stieß sie hervor.

»Es ist ein hübsches Kleid«, stimmte Electra zu.

»Du bist auf einmal die entzückendste Frau des Tages«, stellte Nada fest.

Electra lachte ein wenig bitter. »Godiva sagte, daß Hochzeitskleider magisch sind. Stell dir vor, wie du morgen darin aussehen wirst! Sie können hier und dort und besonders da die Nähte herauslassen, damit es paßt.«

»Ich kann nur sehen, wie gut es dir heute steht. Lectra, du hattest schon immer einen Minderwertigkeitskomplex wegen deines Aussehens, aber glaube mir, du bist jetzt atemberaubend. Ich gebe dir mein Wort: Wenn die anderen dich sehen, werden sie hingerissen sein. Sie werden dich nicht verspotten. Du bist für heute die Königin. Mach das Beste daraus!«

»Der einzige, den ich beeindrucken möchte, ist Dolph«, erwiderte Electra bedauernd. »Und der …« Sie zuckte die Achseln.

»Dieses Mal werden ihm die Augen aus dem Kopf fallen!« meinte Nada. Bei dieser Vorstellung mußten sie beide lachen.

Es wurde Zeit. »Oh, Nada, ich glaube, mir werden die Knie weich!« rief Electra.

»Und du hast Schmetterlinge im Bauch«, ergänzte Nada.

»Woher weißt du das?«

»Mach den Mund auf und steh still«, kommandierte Nada.

Überrascht tat Electra wie geheißen. Nada klopfte ihr auf den Rücken. Die Schmetterlinge flogen aus ihrem Mund heraus und flatterten im Zimmer umher. Sie waren natürlich von strahlendem Gelb.

Nada öffnete ein Fenster und die Schmetterlinge flogen hinaus. »Jetzt fühlst du dich besser«, stellte sie fest.

Electra nickte. Sie hatte recht.

»Nun mußt du hinausgehen und es hinter dich bringen. Mein Bruder wird dich das Seitenschiff hinunterführen. Geh einfach dorthin, wohin man dich führt, und wenn man dich etwas fragt, dann sag ›ich will‹. Und dann küsse Dolph. Danach mußt du nur noch auf die Leute hören, die ihm gratulieren, dich geheiratet zu haben.«

»Ja, es ist ein richtiges Opfer für ihn.«

»Hör jetzt endlich damit auf!« Nada öffnete die Tür und schob sie hinaus.

Electra sah sich plötzlich einer Zuschauermenge gegenüber. Alle waren da: König Dor, Königin Irene, Dolphs Großvater Bink mit seiner Frau, Chamäleon in zarter Kleidung, König Emeritus Trent mit Königin Emerit Iris, Magier Murphy mit Zauberin Vadne; Grey Murphy mit Ivy; der Zombiemeister mit Millie, dem (ehemaligen) Gespenst, und ihren erwachsenen Kindern Hiatus und Lacuna; Cheiron, Chex und Che Zentaur, und bei Che waren Gwenny Kobold und Jenny Elfe und ihr Kater Sammy, die alle vier Brillen trugen und über diesen Scherz sehr belustigt zu sein schienen; Godiva Kobold mit Gloha neben ihr; Grundy Golem und Rapunzel; Mark Knochen, das wandelnde Gerippe, und Grazi Knochen, seine Freundin mit den hübschen Knochen; selbst Drago Drache rauchte still in einer Ecke vor sich hin, hielt aber sein Feuer gedämpft, weil er ebenfalls ein Freund von Dolph war; und zahllose andere Leute, die Electra in den vergangenen sechs Jahren kennengelernt hatte. Alle waren da und schauten sie an.

Electra spürte, wie sie schwankte. Sie wußte, daß sie kurz davor war, in Ohnmacht zu fallen.

Dann ergriff eine starke Hand ihren Ellbogen. »Nein, das tust du nicht, zauberhafte Braut!«

Es war Nadas schöner Bruder, Naldo Naga, in vollkommen menschlicher Gestalt. Derjenige, der den Weg aus ihrer Sackgasse herausgefunden hatte. Sie war sich nicht sicher, ob sie ihn dafür segnen oder verfluchen sollte, doch seine Anwesenheit war beruhigend. Er wußte bestimmt, was er tat.

»Warum starren sie mich so an?« fragte Electra kaum hörbar.

»Weil sie nicht glauben können, daß du das bist«, erklärte Naldo mit gedämpfter Stimme. »Du hast dich sehr verändert, Electra.«

»Nein«, widersprach sie zweifelnd. Aber irgendwie fühlte sie sich schöner als je zuvor, außer vielleicht in dem einen Augenblick vor Godivas Spiegel, als sie das Kleid zum ersten Mal anprobiert hatte. Sie wußte, daß es eine Illusion gewesen war, aber eine wunderschöne. Sie war froh über den Schleier, der wenigstens ihre Sommersprossen verbarg.

Dann sah sie zwei prächtige Schwäne in einem Meer roter, grüner und blauer Glockenblumen stehen. Die Schwäne begannen zu singen, und die Blumen ließen ihre farbenfrohen Glocken zur Begleitung erklingen. Electra wurde klar, wieviel Sorgfalt Königin Irene auf dieses Arrangement verwendet haben mußte, damit es so fein abgestimmte Töne hervorbringen konnte. Sie spielten den Hochzeitsmarsch.

Es war die schönste Melodie, die Electra sich vorstellen konnte, obwohl sie sie doch nur verhöhnte.

In der Tat war die ganze kunstvolle Zeremonie ein einziger Hohn, weil jedem klar war, daß die Ehe nur einen Tag währen würde. Obgleich Electra das wußte, hatte sie nur die Möglichkeit, sich zu freuen. Wenn sie dies versäumte, würde sie in den verbleibenden Tagen ihres Lebens nicht einmal mehr eine schöne Erinnerung haben. Also gab sie sich einen Ruck, blickte geradeaus und ließ sich von Naldo den Gang hinuntergeleiten, während die wundervolle Musik weiterspielte.

Ein ehrfurchtsvolles Gemurmel erhob sich, als sie an dem mannigfaltigen Publikum vorüberschritt. Die Leute bewunderten offensichtlich das Kleid. Electra war wirklich dankbar, daß Godiva es für sie gemacht hatte, weil sie andernfalls zu beschämt gewesen wäre, hier überhaupt zu erscheinen. Sie hatte keine Ahnung gehabt, daß es so ein großes Ereignis werden würde!

Dann erblickte sie Prinz Dolph, der am Ende des Gangs am Rande des Pavillons stand. Er trug einen Anzug, und sein Haar war gekämmt. Beides Dinge, die ihm, wie sie wußte, Unbehagen bereiteten. Er war größer als vorher. Als sie sich das erste Mal getroffen hatten, waren sie gleich groß gewesen, obwohl sie zwei Jahre älter war als er. Aber inzwischen war er gewachsen und war nun größer als sie. Obendrein sah er auch ziemlich gut aus. Er schaute sie an, blieb aber absolut bewegungslos stehen, so als sei er in Trance. Ihr Herz schlug ihm entgegen. Sie wußte, daß er sie nicht heiraten wollte, nicht einmal für einen Tag, und es tat ihr leid, daß er ihretwegen das alles erdulden mußte. Aber so mußte es nun einmal sein. Jenseits des Ganges befand sich ein großer Hypnokürbis, der so verankert war, daß sein Guckloch zur anderen Seite wies. Vor ihm stand etwas, das so aussah, wie ein großes, hölzernes Pferd.

Das war das xanthische Sinnbild für den Nachthengst, wurde ihr bewußt – der Herrscher im Reich der Alpträume! Sie war ihm schon früher einmal flüchtig begegnet, als sie das erste Mal aus ihrem langen Schlaf erwacht war, nachdem sie der Prinz geküßt hatte. Der Hengst hatte sie furchtbar erschreckt. Aber nun befand sie sich außerhalb des Kürbisses, wo das Pferd der ›Anderen Farbe‹ keine Macht hatte, und sie war eher neugierig als verängstigt. Was hatte er hier zu suchen?

Aber ein paar weitere Überlegungen gaben ihr die Antwort. Prinz Dolph hatte eine besondere Beziehung zu dem Kürbis. Er konnte sich dort hineinbegeben, wann immer er wollte, und wurde gut behandelt, weil der Nachthengst ihn gern hatte. Natürlich war der Hengst zu Dolphs Hochzeit erschienen. Er war Dolphs Trauzeuge.

König Nabob Naga, Nadas Vater, war hier, um die Zeremonie zu vollziehen. Natürlich hatte auch er ein Interesse!

Naldo setzte sie auf den Platz neben Dolph, dem König gegenüber, und wandte sich ab. Dolph jedoch blieb wie erstarrt. Es war, als sei er in Stein verwandelt worden, was allerdings unmöglich war, da die Gorgonenzauberin, Humfreys Frau, sich nicht länger in Xanth befand und niemand mehr versteinert wurde.

Dreh ihn um.

Das war der Hengst. Electra hatte angenommen, daß er im Kürbis normal sprechen konnte, wenn er wollte, aber diese Stimme kam nicht aus dem Kürbis, sie war eher atmosphärisch – wie eine Traumstimme. Aber das machte nichts, solange man ihn hören konnte.

Electra legte die Hände vorsichtig auf Dolphs Schultern und drehte ihn sanft zu König Nabob herum. Sie hatte gedacht, daß sie diejenige wäre, die bei dieser Zeremonie durcheinander sein würde, aber nun sah sie, daß Dolph noch schlechter dran war als sie. Sie mußte ihm helfen, das ganze durchzustehen. Sie freute sich, das für ihn tun zu können. Wie gern würde sie ihm auch bis ans Ende seines Lebens treu zur Seite stehen, wenn er es nur wollte.

König Nabob sagte etwas. Electra versuchte, ihm aufmerksam zuzuhören, doch sie war zu sehr um Dolph besorgt, der in dem ganzen Trubel wie ein lebender Leichnam wirkte. Er mußte völlig verstört sein! Sie nahm seine Hand und drückte sie beruhigend. Es war ja bald vorüber.

Auf einmal wurde sie in die Wirklichkeit zurückgestoßen. König Nabob hatte sie etwas gefragt. Sie wußte, was sie jetzt zu tun hatte. »Ich will«, antwortete sie.

»... erkläre ich euch zu Mann und Frau. Und jetzt dürft Ihr die Braut küssen.«

Dolph verharrte in seinem tranceähnlichen Zustand. Also mußte Electra ihren Schleier heben und ihm einen Kuß geben. Jetzt endlich begann er sich allmählich zu erholen. Er nahm sie in die Arme und erwiderte ihren Kuß. Sie war erleichtert, denn inzwischen hatte sie sich wirklich Sorgen um ihn gemacht.

Kurz darauf gaben sie einen Empfang, und die Gäste defilierten an ihnen vorüber, um Dolph zu gratulieren. Electra fand das eigentlich abstoßend, aber sie verstand nur zu gut, daß dies zu dem Schauspiel gehörte, wie die ganze Mühe, mit der dem Mann suggeriert werden sollte, daß es wunderbar sei, von einer Frau eingefangen worden zu sein.

Es gab auch einen wunderschönen, großen Hochzeitskuchen. Dolphs Aufgabe war es, ihn anzuschneiden, aber er schien nicht genau zu wissen wie, so daß sie seine Hand führte. Durch ihre Bemühung, Dolph da sicher durchzubringen, war ihre eigene Nervosität völlig verschwunden. Sie mußte Nada deswegen vorwarnen, damit sie morgen darauf vorbereitet wäre, Dolph zu helfen.

Schließlich war alles vorüber, und sie waren für den Rest der Nacht allein in ihrem Pavillon. Die anderen waren alle nach Hause gegangen, oder wo auch immer Hochzeitsgäste gewöhnlich die Nacht verbrachten.

Das Zimmer war hübsch eingerichtet, mit einem riesigen Federbett. Überall lagen kleine und große Kissen herum. Viel mehr gab es nicht. Offenbar wurde von Ehepaaren nicht erwartet, daß sie in ihrer Hochzeitsnacht an anderen Dingen interessiert waren.

Dolph war etwas unsicher. »Was nun?« fragte er.

»Jetzt müssen wir unsere Ehe vollziehen«, antwortete Electra. »Sie ist nicht gültig, bis wir es getan haben. Und sie muß gültig sein, bevor wir uns scheiden lassen können.«

Er starrte sie an und verstand immer noch nicht so recht, was sie meinte. »Oh!«

Electra begann sich vorsichtig zu entkleiden, denn sie wollte nicht, daß ihre entzückende Aufmachung in irgendeiner Weise Schaden nahm. Sie würde sie wohl niemals wieder tragen, aber Nada brauchte sie noch. Nada würde bestimmt doppelt so schön darin aussehen wie Electra es jemals für sich erträumt hätte.

»Vielleicht ziehst du auch deine Kleider aus«, schlug sie vor. »In deinem schicken Anzug solltest du nicht schlafen.«

»Äh, ja, das denke ich auch.« Er sah sie hilflos an. »Lectra, ich … ich glaube, ich sehe dich jetzt zum ersten Mal richtig.«

Sie lachte. Seltsamerweise genoß sie das ganze. »Aber natürlich hast du mich schon gesehen. Ich war bei jeder Gelegenheit mit dir zusammen, die sich mir bot, seit du mich vor sechs Jahren wachgeküßt hast.«

»Ich meine, als du diesen Seitengang entlangkamst, habe ich dich kaum wiedererkannt. Du warst wunderschön.«

»Das war die Kleidung, das war ihre Magie.«

»Oh!« Er begann sich auszuziehen. »Äh, sollten wir .. ich meine, Mutter sagt immer, Leute sollten nicht unbekleidet zusammen …«

»Wir sind aber jetzt verheiratet, Dolph«, sagte sie und strahlte ihn dabei an, obgleich sie in Wirklichkeit selbst ihre Bedenken hatte. Ob es jetzt wohl erlaubt war, daß er sie in ihrem Höschen sah? Sie beschloß, daß es jetzt oder niemals geschehen müßte, denn ab morgen würden es Nadas Höschen sein, die er sah, nachdem er es sechs Jahre lang vergeblich versucht hatte. Falls ihr Höschen auch nur die winzigste Chance haben sollte, dann nur, bevor er das von Nada gesehen hatte.

Sie machte sich Mut und zog ihr Hochzeitskleid über den Kopf. Plötzlich stand sie in ihrer bezaubernden rosafarbenen Unterwäsche vor ihm. Sie hoffte, Dolph wäre zumindest so gnädig, ein kleines bißchen beeindruckt zu sein. Langsam drehte sie sich zu ihm herum, damit er sie ansehen konnte.

Auch Dolph trug jetzt nur noch seine Unterhosen. Er sah sie an und verfiel auf der Stelle wieder in Trance. Völlig erstarrt stand er da und bewegte nicht den kleinsten Muskel. Oh, nein! Er war ja schon wieder durcheinander.

Sie ging auf ihn zu, immer noch fest entschlossen, sich diese Nacht aller Nächte nicht verderben zu lassen. »Komm wieder zu dir, Dolph!« sagte sie. »Es ist doch alles in Ordnung! Wir sind verheiratet!«

»Hö-Hö-Hö…« stotterte er.

»Höschen«, bestätigte sie mit fester Stimme. »Ich weiß ja, daß es nicht das ist, nach dem du schon so lang Ausschau gehalten hast, aber vielleicht hilft es dir, dich auf das vorzubereiten, was dich morgen erwartet.«

Er verharrte jedoch unverändert in seinem tranceartigen Zustand, stand einfach nur da und glotzte sie an.

»Du Feigling!« stieß sie hervor. »Das hilft uns keinen Schritt weiter!« Sie nahm ein Kissen und warf es in seine Richtung. Es traf ihn genau am Kopf.

Das wirkte. Dolph griff nach einem Federbett und schleuderte es ihr entgegen. Electra schmiß ein weiteres zu ihm zurück. Kurz darauf befanden sie sich mitten in einer der größten und wildesten Kissenschlachten, die sie je erlebt hatten, denn es gab hier eine solche Vielzahl an Kissen und Federbetten und niemanden, der sie daran hindern konnte. Electra hatte schon einige Kissenschlachten mit Nada und Ivy auf Schloß Roogna hinter sich gebracht, aber ihre damaligen Gegner waren immer sehr zurückhaltend gewesen, weil sie vorsichtig sein mußten, damit niemand sie hörte. Jetzt aber, hier mit Dolph, gab es kein Halten mehr. Welch ein Vergnügen!

Sie nahm das größte Kissen, das sie finden konnte, schwang es wie ein Lasso an einem Zipfel über ihren Kopf und schlug ihn damit auf den Rücken. »Oho!« rief er übermütig und griff sich ein anderes, um es ihr heimzuzahlen. Übermütig lachend wich er ihr aus. Dolph benahm sich endlich wieder normal, und zwar genauso, wie sie ihn mochte.

»Iiiih!« schrie sie, als sie über eines der riesigen Federkissen stolperte und der Länge nach auf das Hochzeitsbett fiel. Dolph schlug ihr sein Kissen direkt auf den Hosenboden, während sie so dalag. Sie kugelte auf die andere Seite, griff nach seinem Knöchel und brachte ihn mit einem kräftigen Ruck zu Fall. Im nächsten Augenblick rangen sie schon miteinander, versuchten sich gegenseitig Kissen auf die Nase zu drücken oder sich durch und durch zu kitzeln. Sie umklammerten sich, jeder versuchte, in die günstigste Position zu kommen, um einen Kissenschlag anzusetzen, und so purzelten sie über- und untereinander. Dolph schaffte es, sie mit dem Knie herunterzudrücken, hielt sie auf diese Weise fest und langte nach einem Kissen, das er auf ihren Kopf schleudern konnte. Aber sie mogelte: Sie setzte sich schnell auf, nahm sein Gesicht mit beiden Händen und gab ihm einen Kuß.

Sie hatte damit gerechnet, daß er nun mit einem entsetzten Aufschrei aufspringen und weglaufen würde, um sich voller Abscheu den Mund zu waschen. Statt dessen schien es, als würde all seine Kraft schwinden, und seine Augen nahmen einen starren, leeren Ausdruck an.

»Oh! Es tut mir leid, Dolph!« rief sie aus. »Hätte ich dich doch einfach nur machen lassen! Fall nicht schon wieder in Trance!«

»K-K-K-Kuß«, stammelte er.

»Schau mal, ich *weiß* ja, daß ich nicht Nada bin und daß du das, was ich getan habe, nicht ausstehen kannst«, bemerkte sie enttäuscht. »Aber Dolph, dies ist die einzige Nacht, in der ... in der ich bei dir sein darf, und ich wünschte ...«

Er faßte sie bei den Schultern und zog ihr Gesicht zu sich herunter. »Ich habe dich noch niemals zuvor geküßt«, sagte er. »Mach es noch mal.«

»Soll das heißen, daß du es *mochtest*?« fragte sie fassungslos. »Oh! Dolph, du kannst alles haben, was du willst!« Sie küßte ihn wieder und wieder und dann noch weitere zehn Male, um so viele Küsse wie möglich loszuwerden, bevor es ihn wieder abstoßen würde.

Er fing jedoch gar nicht erst an, sich davor zu ekeln. »Oh! Lectra«, hauchte er. »Ich hätte niemals geglaubt, daß es mit dir so schön sein könnte!« Er küßte sie.

»Willst du damit sagen, daß es dir gefällt, mit mir so herumzuschmusen?« fragte sie ängstlich, um nicht von der Enttäuschung, daß er es gar nicht so meinte, wie er gesagt hatte, zu sehr erschüttert zu werden.

»Ich glaube, ich mag es«, erwiderte er. Dann umarmten und küßten sie sich, umarmten und küßten sich wieder – noch viele, viele Male. Die Kissenschlacht war vergessen.

»Aber wie konnte es so weit kommen?« fragte sie, als sie eine kurze Pause einlegten, um Luft zu holen. Sie gewann allmählich immer mehr an Selbstvertrauen. Anscheinend hatte er wirklich Gefallen daran gefunden.

»Als ich dich in diesem Kleid sah, habe ich dich nicht einmal wiedererkannt«, antwortete er. »Ich dachte, du wärst ein fremdes Mädchen, und war sehr erschrocken, weil ich nicht wußte, was eigentlich schiefgelaufen war. Du warst so wunderschön!«

»Wirklich?« fragte sie. Denn sie konnte sich kaum vorstellen, daß er sie für schön gehalten hatte.

»Ja, wirklich! Sie sagten mir, daß das Kleid dich verändern würde, aber Lectra, es war soviel mehr! Dann kamst du näher, und ich sah eine Sommersprosse unter deinem Schleier. Da wußte ich, daß du es bist …«

Und das war das Ende der Illusion, dachte sie.

»Und dann warst du auch noch so bezaubernd, daß ich es kaum aushalten konnte«, erklärte er. »Die ganze Zeit habe ich mich in dir getäuscht: Ich habe niemals bemerkt, wie schön du bist!«

Electra war ganz stolz. »Willst du etwa damit sagen, daß du in Trance warst … meinetwegen?«

»Genau. Ich habe vorher nie gesehen, wie du wirklich bist, Lectra. Erst in diesem Kleid …«

»Und dann habe ich das Kleid ausgezogen«, sagte sie resigniert.

»Und da sah ich dein Höschen. Und dein – deinen – ich weiß nicht, wie man das nennt.«

»Büstenhalter?«

»Ich glaube, ja. Ich hatte so etwas noch nie gesehen, ich wußte nicht einmal, daß es das gibt. Und du warst immer noch so wunderschön, und ich wußte, daß das nicht nur am Kleid lag.«

»Rosafarbene Höschen sind etwas Besonderes«, gab sie zu. Eins wußte sie sicher: Jetzt, da sie deren Magie entdeckt hatte, würde sie sie nicht mehr ausziehen. Sie wollte, daß er nicht aufhörte, sie schön zu finden, auch wenn es nur am Zauber des Höschens und des Büstenhalters lag. Nada mochte solche Magie nicht nötig haben, um schön zu sein – Electra jedenfalls brauchte sie.

»Dann hast du mich geküßt und ...«

»Oh! Dolph, wie lieb von dir, mir zu sagen, daß dir das gefallen hat!« rief sie, in Begeisterung ausbrechend.

»Und sich dann vorzustellen, daß ich dich die ganze Zeit über hätte küssen können, statt zu versuchen, Nada zu küssen, wo diese das doch gar nicht wollte«, überlegte er weiter. »Du hättest mich jederzeit geküßt, aber ich ...«

»Das kannst du ja jetzt nachholen«, schlug sie vor.

»Da hast du recht!« Er küßte sie wieder, und sie küßte ihn, und dann küßte er sie ... Electras liebster Traum erfüllte sich. »Oh! Lectra, und ich habe es einfach nicht gewußt!«

Aber nach einer Weile bekamen sie sogar davon genug, und lagen einfach nur noch Seite an Seite da und starrten zur Decke empor. Electra war sich bewußt, daß ein spezieller Zauber mit der ganzen Hochzeitszeremonie verbunden sein mußte, der bewirkte, daß er sie jetzt liebte, und es war ihr verhaßt, die Verzauberung zerstören zu müssen. Aber es galt, eine Pflicht zu erfüllen. »Du weißt, daß wir diese Ehe vollziehen müssen«, flüsterte sie schließlich.

»Mir wäre es lieber, dich einfach nur zu betrachten, zu streicheln und zu küssen«, entgegnete er.

»Das kannst du ja auch. Nur müssen wir trotzdem den Storch herbeirufen.«

»Aber wie macht man das bloß?« fragte er kläglich. »Ich habe das immer noch nicht herausgefunden.«

»Ich auch nicht.« Denn die beiden waren Opfer der Erwachsenenverschörung, da sie noch immer minderjährig waren. Sie hatten geheiratet, weil sie dazu gezwungen waren, aber hinter das Geheimnis mußten sie selbst kommen. Hätten sie – welch eine Ironie des Schicksals! – doch nur einen Tag länger warten können, dann wäre Electra alt genug gewesen, es zu erfahren.

»Ich glaube, es hat irgend etwas mit Rührseligkeit zu tun«, mutmaßte er, »aber *was*?«

»Küssen kann es nicht sein«, überlegte sie, »denn sonst wäre es jetzt schon geschehen.«

»Und umarmen auch nicht«, fügte er hinzu.

»Und eine Kissenschlacht auch nicht.«

»Und Höschen betrachten auch nicht.«

Sie gingen alles durch, was sie sich vorstellen konnten, aber nichts von alledem schien es zu sein. Das Geheimnis blieb unauflösbar.

Sie mußten einsehen, daß sie nicht in der Lage waren, es herauszufinden. Niedergeschlagen umarmten und küßten sie sich noch einige Male und wurden dann ernst. »Vielleicht kann ich mich hinausschleichen und Nada fragen gehen«, schlug Electra vor. »Sie ist zusammen mit Naldo und König Nabob in einer Höhle an der Südspitze der Insel, weil das für sie in Schlangengestalt einfacher ist. Wenn ich sie bitte, wird sie es mir sicher erklären.«

»Versprich ihr einfach, daß du nie verraten wirst, daß sie es dir erzählt hat«, riet Dolph, etwas verschüchtert bei der Aussicht, die Erwachsenenverschörung hintergehen zu müssen. »Sie müssen denken, wir hätten es selbst herausgefunden.«

»Richtig«, stimmte Electra zu. Sie stand auf und stellte fest, daß sie nichts anzuziehen hatte. Sie weigerte sich, zu diesem Anlaß ihr wunderschönes Hochzeitskleid zu benutzen, und ihre Alltagskleider lagen in dem anderen Zimmer, in dem sie sich umgezogen hatte. Aber vielleicht war die Tür ja nicht verschlossen.

Sie wickelte sich in ein Laken, und Dolph hüllte sich in ein anderes. Mit schlechten Gewissen schlichen sie sich leise wie zwei Gespenster hinaus.

Es war niemand in der Nähe, und es war ein Glück, denn die beiden waren so unauffällig wie Sonne und Mond in einer dunklen Nacht – ja, noch unauffälliger, denn der Mond erschien selten in einer dunklen Nacht, und die Sonne war zu dieser Zeit noch nie gesehen worden. Sie schlichen sich zum Ankleideraum der Braut. Zu ihrer Erleichterung war die Tür nicht verschlossen. Sie traten ein, und Electra fand ihr gelbes Hemd und ihre Bluejeans und schlüpfte hinein. »Am besten gehst du ins Schlafzimmer zurück«, flüsterte sie ihm zu. »Wenn jemand kommt, kannst du einfach sagen, ›verschwinde‹! und wirfst ein Kissen gegen die Tür.«

»In Ordnung.« Er zögerte. »Dürfte ich dich wohl noch einmal küssen?«

»Aber ich habe doch meine langweiligen Kleider wieder an!« protestierte sie.

»Aber *du* bist doch nicht langweilig.« Er lächelte sie an.

Ihr Herz fing Feuer. »Oh! Dolph, ich werde dich ewig lieben!« rief sie aus und küßte ihn mit soviel Leidenschaft, wie sie sich gerade noch traute, ohne zu riskieren, ihn abzuschrecken.

Dann verließen sie den Raum. Dolph schlich sich ins Schlafzimmer zurück, um die Stellung zu halten, und Electra machte sich im Mondlicht zum Lager der Naga auf.

Bei Nacht sah der Strand wundervoll aus. Der Sand war weich und hell, und die Meereswellen plätscherten sanft vor sich hin, um die Unebenheiten des Tages zu glätten. Der Mond benutzte das Wasser als Spiegel, indem er sich in jeder Welle brach. Alles war lieblich und jedes Ding liebte seine Nachbarn, denn dies war die Insel der Liebe.

»Nun denn, du Braut auf Zeit!« rief eine Stimme und ließ Electra beinahe aus der Haut fahren. Zum Glück konnte sie die Hände gegen die Brust pressen und rechtzeitig innehalten, um ihre Haut zu retten. Sie hatte geglaubt, allein zu sein.

»Wer ...?« japste sie.

»Wir kennen uns bereits. Ich bin die Dämonin Metria, erinnerst du dich?«

Oje! Von allen Wesen, die Electra in diesem Augenblick ganz sicher nicht treffen wollte, stand diese Dämonin zwei Plätze vor allen anderen auf der Rangliste. Es könnte Metria nämlich großen Spaß machen, allen möglichen Leuten von dieser befremdlichen Mission zu erzählen. Aber Electra würde sie unmöglich loswerden, indem sie sich einfach nur abweisend verhielt. Und außerdem war sie sich gar nicht sicher, ob sie überhaupt fähig wäre, abweisend zu sein, sogar im Fall von Metria, denn sie glühte noch immer von

Dolphs Kuß. Er hatte sie doch wahrhaftig darum *gebeten*, als sie ihre Alltagskleidung anhatte! Deshalb bemühte sie sich, möglichst gleichgültig zu erscheinen. »Ich erinnere mich.«

»Was beschäftigt deinen sommersprossigen Geist?« wollte die Dämonin wissen.

»Dolph hat mich geküßt!« sagte Electra. »Sogar in diesen Kleidern!«

»Natürlich. Du hast immer noch dein rosafarbenes Höschen drunter.«

Electras Herz kehrte auf den Boden zurück. Das stimmte. Die Magie dieses Höschens wirkte immer noch. Hätte sie ihr altes angezogen, wäre es sicher anders gekommen. »Vermutlich«, sagte sie matt.

»Und wohin willst du jetzt?«

Was nützte es zu lügen, selbst wenn es einen Zweck gehabt hätte? Die Dämonin hatte es vermutlich schon lange erraten. »Wir wissen nicht, wie wir den Storch herbeirufen können. Ich will Nada fragen gehen.«

»Oha! Also habt ihr das heute nacht vor. Vielleicht werde ich zuschauen.«

»Wenn du das machst, dann tun wir es nicht!« sagte Electra herausfordernd. Aber das war nur ein Bluff, denn sie mußten es ja tun. Wenn sie es nicht taten, wäre die Ehe nicht vollzogen und damit endgültig, und Electra müßte an ihrem achtzehnten Geburtstag sterben – das war morgen. Zwar nicht sofort – in Wirklichkeit würde der Prozeß mit Herzbluten und Verfall beginnen, wenn der Zauber verflog, und sie würde innerhalb weniger Stunden altern und in Vergessenheit geraten. Dann wäre Dolph auf jeden Fall frei, Nada zu heiraten. Aber er würde unglücklich sein, weil seinetwegen jemand anders sterben mußte. Und sie wollte nicht, daß er unglücklich wurde.

»Aber wenn du es tust«, fuhr die Dämonin unbarmherzig fort, »wird Dolph frei sein, sich scheiden zu lassen und morgen Nada heiraten. Das muß ein tolles Gefühl sein.«

»Wenigstens wird er glücklich werden«, entgegnete Electra kurz.

»Er ist ein Idiot.«

»Das stimmt!«

Verblüfft durch Electras bereitwillige Zustimmung, entschwand Metria, und Electra fühlte sich erleichtert.

Sie war an der Südspitze der Insel angekommen. Wo mochten Nada und Naldo sein? Sie erspähte sie in der See, wo sie in ihrer natürlichen Gestalt herumschwammen und lachten, während sie sich mit ihren Schwänzen mit Wasser bespritzten.

»Nada!« rief Electra.

Nadas Kopf fuhr herum. »Lectra, was tust du denn hier unten?«

»Ach Nada, bitte, es ist lebenswichtig für mich! Sag mir, wie man dem Storch das Zeichen gibt.«

Nada und ihr Bruder arbeiteten sich zum Ufer vor. Sie erreichten den Strand und glitten hinauf zu Electra. Die Schlangen bewegten sich genauso parallel zueinander. »Aber, Lectra«, protestierte Nada. »Die Erwachsenenverschwörung ..«

»Aber ich bin doch jetzt verheiratet! Ich muß es tun! Bitte ...«

»Erzähl es ihr schon«, meinte Naldo zu seiner Schwester und glitt ins Meer zurück.

Nada hatte Respekt vor ihrem Bruder, und natürlich war er derjenige gewesen, der diesen Weg der Zweierhochzeit vorgeschlagen hatte. Also erzählte Nada ihr es.

»Du meinst, das ist alles, was es damit auf sich hat?« fragte Electra verwundert und irgendwie enttäuscht.

»Das ist kein großes Geheimnis, nicht wahr?« erwiderte Nada. »Du mußt versprechen, es nicht irgendwelchen Kindern zu erzählen, denn wenn sie es jemals herausfänden, wie wenig es da zu wissen gibt, würden sie den Erwachsenen geradeaus ins Gesicht lachen.«

»Das sehe ich ein«, stimmte ihr Electra zu. Dann umarmte sie Nada und begann den Strand hinaufzulaufen. Nun wußte sie wenigstens, wie man es machte. Sie konnte jetzt ihr eigenes Leben retten und Dolph für morgen befreien. Seltsamerweise hatte sie dabei gemischte Gefühle.

Wieder im Schlafzimmer angekommen, fand sie Dolph ängstlich wartend vor. »Ich hatte Angst, daß dir etwas passiert ist«, sagte er.

»Nein, wir sind hier jetzt vollkommen sicher«, entgegnete sie. »Denk daran, dies ist die Insel der Liebe.«

»Und ich liebe dich«, lachte er.

Sie schlug mit einem Kissen nach ihm.

Er hielt sie fest und küßte sie.

Es entstand ein Gerangel, bei dem sie sich umarmten und kitzelten. Sie hatten großen Spaß. Aber schließlich mußten sie zum Ernst der Lage zurückkehren.

»Wir müssen einander sehr eng umarmen«, erläuterte Electra. »Aber da gibt es noch einen Haken.«

»Wir haben uns doch schon umarmt«, widersprach er. »Es macht mir nichts aus. Was ist der Haken dabei?«

»Keine Kleider zu tragen.«

»Meinst du ...?«

»Kein Unterhemd. Keine Unterhose für dich. Kein Höschen für mich.« Das war das Schreckliche daran. Mit dem fabelhaften rosa Höschen würde sie alles verlieren, was von ihrer Attraktivität noch geblieben war.

Aber er schien mit diesem unglückseligen Aspekt der Angelegenheit ziemlich gut klar zu kommen. »Woher wissen wir, wann das Zeichen gesendet wird?«

»Das erkennen wir daran, daß wir die Ellipse sehen.«

»Die was?«

»Sie sieht aus wie drei Flecken und kennzeichnet immer das Signal an den Storch. Nada erzählte mir das.«

»Also umarmen wir uns weiter, bis wir die Flecken sehen?« fragte er. Er hatte Schwierigkeiten mit dieser Vorstellung.

»Genau das.«

»Das scheint mir ja sehr einfach zu funktionieren.«

»Es ist Magie.« Was hätte es schon für einen Sinn, wenn sie zugeben mußte, daß sie es selbst kaum glaubte? Es *mußte* einfach funktionieren.

»Ach, ja. Also machen wir es so.«

Sie zogen ihre Unterwäsche aus und umarmten sich. »So nah?« fragte Dolph.

»Näher.«

Er drückte sie so sehr, daß ihre Rippen weh taten. »So nah?«

»Das ist kräftig, aber noch nicht nah«, keuchte sie.

Er ließ sofort nach. »Es tut mir leid, Lectra. Ich will dich nicht verletzen! Ich will dich lieber küssen.«

»Das können wir auch tun.«

»Können wir? Donnerwetter, das ist toll!«

Er küßte sie, und sie küßte ihn. Sie wälzten sich herum, umarmten sich noch mehr und küßten sich immer wieder. Und je mehr sie das taten, desto mehr Spaß machte es. Das Fehlen der Kleider schien überraschenderweise nicht zu stören. Dolph schien es genauso gut zu gefallen. Bald vergaßen sie, was sie tun sollten: Sie küßten sich nur immer wieder, umarmten und umarmten sich und kamen sich näher und näher. Sie waren sich so nahe, daß es schwer war zu sagen, wo einer von ihnen aufhörte und der andere begann. Wie Geister oder Dämonen schienen sie sich gegenseitig zu durchdringen. Aber es störte sie nicht im geringsten. Electra wußte, daß sie schließlich auf ihr Vorhaben zurückkommen mußte, dem Storch das Zeichen zu geben, aber das konnte warten. Das hier machte viel zu großen Spaß. Sie liebte Dolph, und er liebte sie auch!

Electra verspürte einen elektrischen Schauer und erkannte, daß sie dabei war, die Kontrolle über ihr magisches Talent zu verlieren. Der Strom ging von ihr aus und elektrifizierte beide sanft. Sie hoffte, daß das harmlos war, weil sie einfach nicht damit aufhören konnte, ihn zu küssen.

Dann wurde Dolphs Körper heiß und seine Augen glasig, sie starrten hinter ihr Gesicht. »Dolph! Was ist los?« fragte sie und hatte Angst, daß er in die nächste Trance fallen würde, ohne daß ihr Strom zu stark gewesen war und ihn verletzt hatte.

»Ich sehe sie!« keuchte er und zitterte.

»Siehst was?« fragte sie völlig verwirrt. Sein ganzer Körper schüttelte sich.

»Ich sehe die Flecken!«

Electra drehte ihren Kopf und sah dorthin, wohin er blickte. Da waren sie: Drei Flecken schwebten genau über ihren Körpern: …

Die Flecken hielten an, um sich zu orientieren, reihten sich hintereinander auf und verschwanden durch die Wand zum Storch.

»Wir haben es geschafft!« rief Electra aus. »Wir sind zur Ellipse vorgedrungen!« Sie hatte sich entschlossen, es richtig zu machen, und sie hatten es getan.

Dolph küßte sie und entspannte sich. Dann legte er sich zurück und schloß die Augen. »Oh! Nada, ich werde dich immer lieben …« flüsterte er.

Electra spürte, wie ihre wilden Hoffnungen zusammenbrachen. Ihre schönsten Träume verschwanden wie die Dämonin im Rauch. Ihr Herz begann zu bluten.

16

DOLPHS DURCHRINGEN

Später lag Dolph still an ihrer Seite. Seine Gedanken wirbelten wie verrückt, und sein Herz raste. Er hatte heute nicht nur geheiratet, sondern auch gelernt, wie man dem Storch einen kleinen Wink gab, und dabei eine vollkommen neue Electra kennengelernt. Drei schockierende Ereignisse hatten ihn aus seiner Gleichgültigkeit gerissen: Sie in ihrem zauberhaften Hochzeitskleid zu sehen, ein Wesen von unvorstellbarer Lieblichkeit; sie in ihrem Höschen zu sehen, eine Erfahrung, die ihn auf eine andere, seltsame, aber auch wunderbare Weise erregt hatte; und schließlich sie zu küssen und zu seinem größten Erstaunen festzustellen, daß ihn ihre Küsse mindestens ebenso erbeben ließen, wie es bisher nur bei Nada der Fall gewesen war. Nach diesen Entdeckungen schien ihm die Vorstellung, mit ihr zusammen den Storch herbeizurufen, direkt interessant und längst nicht mehr nur eine lästige Pflicht zu sein.

Daraus hatte sich wiederum eine andere schwere Aufgabe

ergeben, die zu bewältigen er nie zuvor in Betracht gezogen hatte. Wie sollte er das bewerkstelligen?

Oh! Nada, ich werde dich ewig lieben!

Als er jedoch genauer darüber nachdachte, fiel die Entscheidung. Er wußte, so war es richtig.

Zufrieden schlief er ein.

Am anderen Morgen wachte er auf und küßte Electra, aber irgendwie reagierte sie merklich zurückhaltend. Wahrscheinlich hatte ihre Kissenschlacht sie doch etwas erschöpft. Er überlegte, ob er ihr erzählen sollte, worüber er nachgedacht hatte, fürchtete aber, sie könnte ihm widersprechen und ließ es bleiben. Sie würde sowieso alles noch früh genug erfahren.

Sie kleideten sich an. Dolph zog seinen guten Anzug an, da er nichts anderes hatte. Electra schlüpfte nacheinander in ihr makelloses, seidiges Höschen, ihren bezaubernden Büstenhalter und schließlich in ihre einfache, unauffällige Alltagskleidung. Das traumhafte Hochzeitskleid ließ sie im Schrank hängen. Wahrhaftig, sie hatte dafür keine Verwendung mehr, aber er fand es schade, daß er sie nun nicht mehr darin sehen würde. Doch selbst in ihrer schlichten Aufmachung blieb sie ein wunderbares Mädchen. Sechs Jahre hatte er gebraucht, um das zu erkennen. Aber er würde es von nun an wieder vergessen.

Electra half ihm, seine Knöpfe in Ordnung zu bringen, kämmte ihm das Haar und bürstete den Staub aus seinen Schuhen. »Du siehst eigentlich recht gut aus, Dolph«, sagte sie traurig.

Stimmte etwas nicht? »Lectra, ich ...«

Sie zwang sich zu einem kleinen Lächeln. »Es ist alles in Ordnung, Dolph. Ich weiß, was ich zu tun habe.«

Er beschloß, daß er die Frauen einfach nicht verstand. »Wir sollten zusehen, daß wir zu einem Frühstück kommen.«

Sie gingen nach draußen zum Hauptpavillon. Es gab einige ausgesuchte Früchte und Teigwaren, die schon jemand vorsorglich aufgedeckt hatte. Dolph nahm sich ein knuspriges, gefülltes Hörnchen.

Electra ging hinüber zu einem anderen Tisch, auf dem zwei Phiolen standen, die mit Zaubertränken gefüllt waren. Sie griff nach dem Fläschchen, das das Gegenmittel enthielt.

»Warte, Lectra!« rief er. Aber es war schon zu spät. Sie stürzte den Inhalt des Fläschchens in einem einzigen Schluck hinunter.

Er ging auf sie zu. »Lectra, ich wollte nicht, daß du ...«

»Ist schon gut, Dolph«, sagte sie. »Meine Liebe wäre dir jetzt doch nur im Weg.«

»Aber ...«

»Wenn du nichts dagegen hast, möchte ich mich jetzt hinsetzen. Ich glaube, ich habe Kopfschmerzen.«

»Nun sicher, natürlich. Aber ...«

Sie war bereits im Begriff fortzugehen. Hilflos kaute er an seinem Hörnchen. Jedes Mal, wenn er abbiß, machte es leise »Iiieeks!«, denn das war das Besondere an ihm.

Die Dämonin Metria tauchte plötzlich auf. »Nun, Prinz, wie fühlst du dich heute?« fragte sie.

Er starrte zu Electra hinüber. »Irgendwie durcheinander«, gab er zu.

»Wirklich? Nachdem du nun dieses Abenteuer einer Nacht überstanden und deinen Spaß dabei hattest, ist es Zeit für dich zu gehen. Höchste Zeit, Electra, die dich immer noch liebt, fallen zu lassen und derjenigen nachzulaufen, die dich immer noch nicht liebt. Warum solltest du da durcheinander sein?«

»Aber sie hat gerade das Gegenliebesmittel getrunken!« rief er bestürzt aus. »Ich hätte es verhindert, wenn ich es rechtzeitig gemerkt hätte, aber ...«

»Warum hätte sie warten sollen?« erkundigte sich die Dämonin. »Je länger sie dich liebt, um so mehr wird es sie verletzen. Sie hat dir damit jetzt den Weg geebnet, wie sie es zu tun versprach, diese einfältige, kleine Närrin.«

»Deine Sticheleien können mich überhaupt nicht beeindrucken. Ich habe meine Entscheidung letzte Nacht getroffen.«

»Ja, ich habe es gehört, als ich an deinen Ovalen geschnüffelt habe. Und sie hat auch eine Entscheidung getroffen.«

»An meinem was hast du herumgeschnüffelt?«

»Deinen zwei abgeflachten Kreisen, deinem Nichts plus Nichts, deinem ›Wilhelm‹, ›Cäsar‹, deinem Null Null.

»Meinst du damit diese zwei Pünktchen?«

»Richtig. Deinen zwei Flecken, die du mit zwei Punkten markiert hast. Aber ich habe etwas für dich, was dich wirklich richtig glücklich machen wird, Dolph. Du kennst doch das Mittel, das Electra trank?«

»Ja, ich wollte es gerade verhindern ...«

»Es wirkt überhaupt nicht. Zumindest nicht so, wie sie glaubt.«

»Aber die Zaubertränke des Guten Magiers wirken doch garantiert.«

»Nun, es hat nur den Liebeszauber von ihr genommen«, sagte Metria. »Aber das ist völlig unwesentlich.«

»Warum?«

»Weil ihre magische Liebeskraft schon vor vielen Jahren dahinschwand. Sie wurde durch eine natürliche Liebesfähigkeit ersetzt. Somit hat das Gegenzaubermittel überhaupt keine Wirkung. Sie liebt dich noch immer, du Dussel.«

»Aber warum hat sie mir das nicht gesagt?«

»Ich nehme an, sie möchte, daß du glücklich wirst, und will dir nicht dein Leben zerstören. Es ist so eine Art von Großzügigkeit, die sich kein Dämon je erlauben dürfte. Aber menschliche Wesen haben eben einfach nicht unser Niveau.«

»Das ist ja großartig!« rief er freudig erregt.

»Und ich dachte immer, wir Dämonen wären herzlos. Du hast wirklich gute Anlagen, Prinz.«

Dolph beachtete sie nicht mehr, denn er hatte Naldo und Nada erspäht, die vom Strand her auf den Pavillon zuglitten. In ihrer Begleitung befand sich noch eine weitere Person, eine Menschenfrau in mittleren Jahren, die ein langes weißes Gewand trug. Ihr dunkles Haar war sorgfältig hochgesteckt und eine schön geformte, gerade Nase zierte ihr Gesicht. Er hatte sie niemals zuvor gesehen.

»Prinz Dolph«, sagte Naldo. »Darf ich dich mit Clio bekanntmachen, der Muse der Geschichte, die gekommen ist, um sämtliche Einzelheiten dieses ungewöhnlichen Ereignisses aufzuzeichnen.«

Die Muse der Geschichte! »Aber alle Musen leben doch auf dem Berg Paranaß!« sagte Dolph.

»Gewöhnlich tun wir das, Prinz Dolph«, sagte Clio, »aber dies ist eine außergewöhnliche Situation, so daß ich selbst herkam, um mich davon zu überzeugen, daß ich alles richtig verstanden habe.« Sie betrat den Pavillon, setzte sich in einen der leeren Sessel und schrieb eifrig auf ihrem Notizblock.

»Aber natürlich!« sagte Dolph verdrossen. Denn er begriff gerade, daß ausgerechnet das ein Ereignis war, das garantiert in einen Band der Geschichte von Xanth eingehen würde! Die Muse hatte jedoch der gestrigen Hochzeit nicht beigewohnt. Wie konnte das heutige Ereignis wichtiger sein als das gestrige?

»Ich glaube, wir sollten es jetzt hinter uns bringen«, sagte Naldo. »Die meisten haben sich dazu entschlossen, fernzubleiben, aber die Zentaurenfamilie wird kommen, sowie mein Vater, König Nabob, um die Formalitäten durchzuführen.« Er ging mit Nada zu den Umkleideräumen, in denen sie augenscheinlich ihre Kleider zum Wechseln bereitgelegt hatten. Kurz darauf tauchten sie in ihrer menschlichen Form auf. Naldo blickte in die Richtung zurück, aus der sie gekommen waren. »Ah, dort sind sie ja schon.«

Dolph sah auf. Vom Himmel hoben sich die Umrisse zweier Zentauren ab, die Seite an Seite flogen und irgendwie einen dritten zwischen sich trugen. Als sie im Sand landeten, konnte er genau erkennen, wie sie es gemacht hatten: Auf jedem der großen Zentauren ritt ein kleines Mädchen und hielt jeweils eine Hand des kleinen Zentauren Che. Sand stob auf, als sie den Boden berührten. Dann falteten die Zentauren ihre Schwingen ein, die Mädchen sprangen herunter und alle fünf sowie ein kleiner orangefarbener Kater kamen herbei. Sie trugen große Brillengläser, anscheinend irgendwie privater Familienwitz, an dem sie alle ihren Spaß hatten.

Dolph drehte sich herum – dicht hinter ihm stand König Nabob. »Nun mach schon«, sagte er.

Dolph sah, daß nun sein großer Auftritt gekommen war. »Ähm, Lectra«, rief er.

Electra stand auf und kam zu ihm. »Natürlich, Dolph«, sagte sie. Sie zupfte ein kleines Taschentuch hervor und benutzte es, um ihm damit den Mund abzutupfen. Er hatte noch etwas Hörnchenfüllung im Gesicht. »Darf ich dich noch ein letztes Mal küssen?«

»Nein«, erwiderte er sanft.

»Wundervoll!« murmelte Metria.

Electra wandte sich ab. Sie wollte, daß er glücklich war, deshalb würde sie ihm niemals eine Szene machen. Da sie ihn liebte, gab sie ihn pflichtschuldig frei. Erst jetzt kamen ihre vielen guten Eigenschaften so recht zum Vorschein, dabei hätte er es schon seit langem wissen müssen.

Nada trug kein Hochzeitskleid. Das machte jedoch keinen Unterschied. Sie sah auch in ganz gewöhnlichen Kleidern wunderschön aus. Sie machte einen Schritt auf den Tisch zu, auf dem die Phiolen mit dem Liebeselixier standen.

»Bitte nicht«, bat Dolph sie. »Ich ... ich muß dir etwas sagen und hoffe, du wirst mich verstehen.«

»Natürlich, Dolph«, sagte sie, genau wie Electra es zuvor getan hatte.

Er holte tief Luft, machte sich selbst Mut und sprach die Worte, die er in der Nacht einstudiert hatte: »Oh! Nada, ich werde dich ewig lieben. Aber ich kann dich nicht heiraten.«

Electra wandte sich um, ihr Gesicht war ein einziges Fragezeichen.

Nada klimperte mit den Augenlidern. »Wie bitte?«

»Oh! Bevor gleich der Zensor mit seinem Rotstift kommt ...!« sagte die Dämonin voller Verachtung. Sie verblaßte, wurde durchscheinend und verschwand schließlich in einer Wolke aus tiefster Abscheu.

Dolph schluckte. »Ich ... ich möchte unsere Verlobung lösen, Nada. Da ich allein die Schuld daran habe, werde ich auch allein die Konseqenzen tragen. Das Bündnis zwischen unseren Völkern soll auch in Zukunft genauso respektiert werden, wie bisher. Du kannst ... du kannst jetzt denjenigen heiraten, den du dir aussuchen wirst. Ich hoffe, daß ich dennoch immer dein Freund bleiben werde, sowie der Freund deines Volkes. Aber bitte, darf ich dir noch einen letzten Kuß geben?«

Nada war noch damit beschäftigt, ihre fünf Sinne wieder zusammen zu sammeln, die sich gerade ein wenig zerstreut hatten. »Nicht bevor du mir nicht erklärt hast, warum«, sagte sie schließlich, nachdem sie sich wieder gefangen hatte.

»Weil ich mich nicht von Lectra scheiden lassen werde. Ich ... ich habe sie jetzt besser kennengelernt, und sie liebt mich. Sie tut alles, was sie nur kann, um mich glücklich zu machen, ganz gleich, wie sehr es sie auch schmerzt und wie sehr ich sie verletzt habe. Sie ist eigentlich auch viel mehr mein Typ – ich meine damit, sie mag Kissenschlachten und solche Sachen. Außerdem passen wir altersmäßig viel besser zusammen. Und du ... weißt du, ich dachte immer, niemand außer dir könne für mich sein, was du für mich bist, aber Lectra kann es, genauso wie ihre Sommersprossen, und schließlich kann ich dieses Fläschchen mit Liebestrank austrinken und sie ansehen. So ist es letztlich am besten.«

»Du läßt mich also fallen«, sagte Nada.

Dolph scharrte verlegen mit den Füßen. »Ja.«

»Das ist also des Rätsels Lösung!« sagte König Nabob. »Der Gute Magier Humfrey riet uns einst, ›denjenigen zu vermählen, der mit Drago kommen wird‹ – und mit Drago kam Dolph. Und gestern vermählte ich Dolph mit Electra!«

»Dafür gebe ich dir einen Kuß«, sagte Nada. Sie hielt Dolph fest und küßte ihn auf eine Weise, die ihn an die vergangene Nacht denken ließ. Oh! ja, er liebte sie, ohne Frage – aber nicht mehr ganz so wie früher. Er hatte einiges gelernt, war erwachsen geworden und wußte ganz genau, was er jetzt zu tun hatte.

Als sie ihn aus ihren Armen entließ, wandte sich Dolph um und trat an den Tisch heran, auf dem die Zaubertrankfläschchen standen. Er hielt inne und wandte sich an Electra. »Nein, ich glaube nicht, daß ich das brauchen werde.

Lectra, du sollst mich nicht zum letzten Mal küssen, denn es wird kein letztes Mal geben. Zumindest solange ich noch bei klarem Verstand bin. Aber falls du mit mir über irgend etwas, was in der vergangenen Zeit passiert ist, streiten möchtest oder falls du mir nun böse bist, daß ich solange so dumm und blöde zu dir war ...«

»Ich will!« erklärte sie und schritt auf ihn zu, mit tränenüberströmtem Gesicht. Sie knisterte vor Elektrizität wie in der vergangenen Nacht, und ihr Kuß versetzte ihn gleichsam in einen schwebenden Zustand. »Ich liebe dich, so dumm wie du bist«, flüsterte sie zärtlich.

»Ich ... ich glaube, das wäre es dann«, sagte Dolph, nachdem sich der Strudel in seinem Kopf einigermaßen beruhigt hatte. »Ich, wir ... ich weiß nicht, was wir nun tun werden, außer, daß wir auf jeden Fall verheiratet bleiben. Ich danke euch allen, daß ihr gekommen seid.«

»Du wirst uns immer willkommen sein. Du Dummer«, sagte König Nabob barsch und glitt irgendwie ganz zufrieden davon.

Dolph sah sich im Pavillon um – noch immer etwas benommen von der Einfachheit dieser zufriedenstellenden Lösung. Als er jedoch sah, wie Clio und die Elfe Jenny miteinander sprachen, erkannte er, daß es natürlich schon allein deshalb so gut gegangen war, weil die Muse der Geschichte selbst gekommen war, um die Fäden in die Hand zu nehmen. Der Fluch des Magiers Murphey, der sich auf Ches Entführung ausgewirkt hatte, hätte auch andere Aspekte der Geschichte von Xanth durcheinanderbringen können. Er hatte aber auf diese Weise Dolphs persönliches Eingreifen erforderlich gemacht, so daß alles gut ausgehen konnte.

»Ich vermute, Clio erklärt Jenny gerade alles über die Musen«, bemerkte Chex. »Die Elfe hat einige Geschichten erzählt, aber die Einzelheiten ihrer Schilderung waren nicht genau genug. Nun, sie kommt eben aus einem anderen Land, und wahrscheinlich wurde noch nie etwas von ihr in den Büchern der Musen festgehalten. Ich bin Clio sehr dankbar dafür, daß sie sich dazu entschlossen hat, sich selbst um diese Angelegenheit zu kümmern.«

Sie war also gar nicht wegen Dolphs nichtvollzogener Scheidung gekommen! Er war froh darüber.

»Nada und ich werden jetzt zum Berg Etamin zurückkehren«, sagte Naldo. »Aber wir werden sicherlich weiterhin in Verbindung bleiben.« Irgendwie hatte Dolph den Eindruck, daß der Prinz der Naga von dem Ausgang dieser Geschichte nicht sonderlich überrascht war. Vielleicht hatte er eine Ahnung davon, was es für einen jungen Mann bedeutete, die Hochzeitsnacht mit seiner Frau zu verbringen. Er war schließlich derjenige gewesen, der diese Heirat und die anschließende Scheidung vorgeschlagen hatte, und er war es auch, der sich darum sorgte, seiner Schwester jeglichen Kummer zu ersparen. Es schien, als hätte er dafür den richtigen Weg gefunden. Falls es so war, hätte ihm Dolph viel zu verdanken, weil er ihn auf diese Weise dazu gebracht hatte, Electras wirkliches Wesen zu entdecken. Nicht, daß Nada in seinen Augen oder seinem Herzen weniger liebenswert erschien, aber er hatte nun, nach alledem, endlich eine andere Möglichkeit gefunden, glücklich zu werden.

»Warte doch, Naldo«, sagte der Zentaur Cheiron. Auch er schien nicht besonders überrascht zu sein. Wahrscheinlich war keiner der männlichen Hochzeitsgäste in irgendeiner Weise von dem Ausgang der Geschichte überrascht. »Wir wollten euch fragen, ob ihr in unserer Familie heute nachmittag für uns fohlensitten könntet.«

Nada war verblüfft. »Du meinst, auf Che, Gwenny und Jenny aufpassen?«

»Und Sammy«, sagte Che. »Das brillante Brillenspektakel.«

»Aber warum?«

»Weil wir Prinz Dolph und Prinzession Electra auf die andere Seite des Mondes bringen müssen«, erklärte Cheiron.

»Was?« fragte Electra.

»Eure Flitterwochen«, klärte sie Chex auf. »Das ist so Tradition.«

»Ich dachte ... ich meine, du sagtest zu mir ... ich wäre keine ...«

»Du hast jetzt einen Prinzen geheiratet«, sagte Naldo. »Du bist die erste Prinzessin, von der man sagen wird, daß sie Blue Jeans trug.«

»Das ist richtig!« stimmte Dolph zu und ergänzte: »Und wenn ich König werde, wirst du Königin.«

Electra begann zu schwanken. Naldo fing sie auf und stützte sie, bevor sie zu Boden stürzte. »Prinzessinnen fallen immer sehr schnell in Ohnmacht«, sagte er. »Besonders wenn sie noch neu sind. In den nächsten Tagen solltest du immer ganz besonders dicht in ihrer Nähe bleiben und sie gut im Auge behalten, Prinz Dolph.«

»In den nächsten *Wochen*«, betonte Nada. »Doch Prinzessinnen werden durch reichliche Zuwendung auch schnell wieder kuriert.«

»*Monate*«, verbesserte sie Chex. »Wahrscheinlich sogar *Jahre*.« Ihre Stimme klang sehr autoritär, in der Art, wie Erwachsene eben zu sprechen pflegten, aber Dolph fand das nicht weiter störend oder gar ärgerlich. Er würde sein Bestes geben.

Dolph fühlte sich auch ein wenig schwindlig. Bevor er sich versah, saß er schon auf Cheirons Rücken, während Electra auf Chex' Platz nahm. Sie wurden leichter und leichter, als die Schweife der Zentauren sie mit einem leichten Klaps berührten. Dann waren sie schon in der Luft, flogen über den Strand und den Pavillon dem Mond entgegen, oder besser gesagt dorthin, wo er sich zu dieser Tageszeit gerade befinden mochte.

Dolph blickte hinunter. Die Kinder liefen eben zum nassen Sandstrand und begannen, kleine Sandburgen um den Kater zu errichten, der ganz still dasaß und sie gewähren ließ. Alle Kinder, außer der Elfe Jenny. Sie stand etwas abseits, allein, und sah verträumt in eine Richtung. Dolph wußte, daß es die Richtung war, in der ihre Heimat lag, die Welt der Zwei Monde. Er konnte sich vorstellen, wie ihr zumute war, etwas zu verlieren, an dem ihr ganzes kleines Herz hing, und doch auf eine andere Weise glücklich zu werden. Er hatte jedoch den Verdacht, daß ihre Geschichte noch nicht ganz zu Ende war. Die Musen waren jetzt am Höhepunkt ihrer Geschichte angelangt und würden sich darum kümmern, wie sie sich auch um seine Geschichte gekümmert hatten.

»Sieh nur!« rief Electra und zeigte mit dem Finger nach unten.

Dolph sah in die Richtung, in die sie zeigte. Hinter dem zentralen Gebirgsgrat der Insel der Liebe konnten sie zwei Einhörner – ein männliches und ein weibliches – erkennen, die beide auf die Elfe Jenny zugingen.

»Ich glaube, ich kenne diese Einhörner!« erklärte Chex. »Sie kamen in einem Traum vor, den wir inszenierten!«

»Che hat von einem Traum gesprochen, den er zusammen mit Jenny träumte«, sagte Cheiron. »Glaubst du ...?«

»Sieh mal, Clio beendet das Kapitel«, sagte Electra und beobachtete die Muse, die gerade ihren Notizblock einsteckte.

»Sie hat den gesamten Band beendet«, sagte Cheiron. »Ich fürchte, diese Flitterwochen werden nicht mehr darin dokumentiert.«

Dolph sah zu Electra hinüber, die ihn anlächelte. Die Muse der Geschichte würde also die Aktivitäten ihrer kommenden Flitterwochen nicht in ihrem Buch festhalten? Um so besser. Sie waren inzwischen selbst zu Mitgliedern der Erwachsenenverschwörung geworden, vor der sie sich als Kinder so gefürchtet hatten.

ENDE